T0287061

MANUEL AYLLÓN

El secreto de
la Orden Negra

ALMUZARA

© Manuel Ayllón, 2024
© Editorial Almuzara, s.l., 2024

Primera edición: mayo de 2024

Reservados todos los derechos. «No está permitida la reproducción
total o parcial de este libro, ni su tratamiento informático, ni la transmisión de ninguna forma o por cualquier medio, ya sea mecánico,
electrónico, por fotocopia, por registro u otros métodos, sin el permiso
previo y por escrito de los titulares del *copyright*.»

Cualquier forma de reproducción, distribución, comunicación pública o
transformación de esta obra solo puede ser realizada con la autorización
de sus titulares, salvo excepción prevista por la ley. Diríjase a CEDRO
(Centro Español de Derechos Reprográficos, www.cedro.org) si necesita
fotocopiar o escanear algún fragmento de esta obra.

Editorial Almuzara • Novela Histórica
Director editorial: Antonio Cuesta
Editora: Ángeles López
Corrección: Mónica Hernández
Maquetación: Joaquín Treviño

www.editorialalmuzara.com
pedidos@almuzaralibros.com - info@almuzaralibros.com

Editorial Almuzara
Parque Logístico de Córdoba. Ctra. Palma del Río, km 4
C/8, Nave L2, nº 3. 14005 - Córdoba

Imprime: Liberdúplex
ISBN: 978-84-10521-92-6
Depósito legal: CO-695-2024
Hecho e impreso en España - *Made and printed in Spain*

Mañana muchos maldecirán mi nombre
Adolf Hitler

La muerte de una persona es una tragedia;
la muerte de un millón, una estadística
Iósif Stalin

Lo más atroz de las cosas que hace la gente mala
es el silencio de la gente buena
Mahatma Gandhi

La historia de la humanidad empezó con un acto de desobediencia
y es muy probable que termine con un acto de obediencia
Erich Fromm

Índice

— 1 —
Exilio

Frontera francesa. Le Perthus.
5 de febrero de 1939.

Solo un mínimo rayo de sol en el horizonte.

Eso fue lo que pudo apreciar María Millán Pruneda cuando miró hacia las grises crestas encapotadas que señalaban el final de su viaje, o al menos eso creía ella en aquel momento. De aquellos picos, de aquella brizna de luz lejana, colgaba toda su esperanza; llevaba cuatro días de caminata hacia un destino tan incierto como doloroso.

A su alrededor no encontraba más que calamidad, fatiga, dolor y un miedo que a veces, las menos, se disfrazaba con voces y gestos de ira en aquellos que querían, o creían que debían, infundir ánimo a los demás mostrando una resolución pintada de valor tan necesaria entonces como el alimento. Desde que abandonó Barcelona camino de la frontera, sin más equipaje que un fardel sobre la raída gabardina que vestía encima del mono miliciano, muchas cosas habían cambiado en ella, en su interior. Había conocido demasiado pronto y demasiado bien las muchas caras de la muerte y se había desnudado demasiado deprisa de cuanta ingenuidad se cubrió durante una adolescencia siempre ilusionada y risueña, pero sin embargo, y tal vez por ese conocimiento prematuro e impropio, pocas sensaciones nuevas excitaban ya sus sentidos, tan curtidos ahora como la badana de su morral. El hambre, el agotamiento, el frio, dormir en el suelo con la mochila por almohada y el raso por techo, eran cosas ya sabidas desde que comenzó la guerra, como lo eran el olor de la muerte y la sangre, los gritos de los heridos y el sabor acre del miedo escurriéndose por la garganta a cualquier hora para quemarle las entrañas. Llevaba tres años en esa diabólica disciplina del conocimiento que nunca deseó haber cursado. Ya estaba acostumbrada, para su desgracia, al estruendo de los obuses haciendo explosión cerca de ella, conocía el silbido percutiente de los bombarderos alemanes con su picado criminal, distinguía bien el sonido de los disparos de los francotiradores y el tableteo de las ametralladoras y, aquello era lo peor, se había acostumbrado para su desgracia a escuchar los estertores de la muerte, esos hálitos dolientes que llamaban a la puerta de la nada.

Lo que ahora veía a su alrededor, sin embargo, era nuevo para ella; no se había imaginado nunca estar en lance semejante, tan terrible y tan extraño, inmersa hasta el agobio, sobre todo, en el inexplicable sonido de aquella su liturgia trashumante.

Escuchaba los llantos de niños pequeños en brazos de sus madres y las quejas de aquellos otros que, aunque se valían por su pie, no comprendían qué hacían allí, en aquella columna infinita, en semejante calamidad, sobreponiéndose al sordo lamento de miles de pasos cansados que se arrastraban por una cuesta tan larga como su derrota. Sentía que solo las voces airadas y urgentes de unos hombres fatigados y macilentos que encontraban en la furia de su grito la fuerza de la que ya carecían sus cuerpos, agotados por aquella terrible marcha bajo una lluvia inmisericorde, eran capaces de orientar la compungida grey silenciosa de hombres y mujeres derrotados, heridos y temerosos, que huían a marchas forzadas del crimen que, como una bestia criminal y estrepitosa, venía tras sus espaldas

Estaba rodeada por gente a pie que se abrazaba a su miseria cargando lo poco que pudieron arrastrar con ellos. Carros de todas las partes, que allí se juntaban catalanes, aragoneses y castellanos unidos por sus ideales o por sus miedos, camiones renqueantes llenos hasta reventar que buscaban paso en aquella barahúnda y algunos pocos automóviles con maletas en el techo, eran las piezas dislocadas de aquel rompecabezas serpenteante que ascendía por las laderas en busca de una puerta por donde escapar de la venganza que iba a acompañar a una derrota que ya se venteaba, vesánica y cercana. Allí aprendió que cada carro era una familia que abandonaba su tierra con lo poco que pudo cargar a lomos de una caballería, que cada camión era un universo de cuerpos que aún guardaban en el silencio ilusiones temerosas e inciertas cuyo premio, si lo alcanzaban, era salvar la vida, y que cada coche era el caparazón de algún secreto, de muchos miedos y el objeto perseguido de una represalia que los desencajados pasajeros intuían que sería inmisericorde. Sabía que todos marchaban en busca de lo mismo, de lo que creían más necesario en aquel minuto, de lo único posible: salvar la vida; lo demás lo daban por perdido. Con ellos, para su dolor, se iba la Segunda República española.

Esa marea en fuga, más de medio millón de personas, civiles de toda edad y condición y los restos del desarbolado ejército republicano, esas colas infinitas que se derramaban en los pasos fronterizos con Francia que aún no habían sido tomados por las tropas de Franco, eran las arterias que desangraban al otro lado de los Pirineos lo que podía huir de la España republicana. Y todo ello bajo el bombardeo de la aviación sublevada, que diezmaba las columnas de fugitivos destrozando sus escasos medios de transporte y haciendo que se quedaran al borde del camino, como la piel de la que se desprende una serpiente, buena parte de los arreos, armas, cuerpos y cargas que no iban a encontrar destino. En las cunetas quedaban maletas abiertas con ropa abandonada. Se abrían para sacar algún recuerdo, algo que no se quisiera perder nunca, y se dejaban desvencijadas a orillas de la carretera porque ya no se podían cargar. Entonces, las mujeres echaban una última mirada de cariño a su ropa bordada, a veces el ajuar para la boda que no se celebró porque el novio murió en una trinchera, y seguían para arriba. Muchas lloraban.

—¿Falta mucho, María? —preguntó Vicenta Céspedes, una amiga que la acompañaba en la huida.

—Creo que al paso que vamos, y si los pájaros no pican, llegaremos mañana al mediodía —respondió refiriéndose a la aviación sublevada y sin estar muy segura de lo que decía.

—Dios te oiga y el santísimo padrecito Lenin nos proteja —quiso bromear Vicenta para quitarle hierro a una situación que pintaba muy negra.

—Que así sea, camarada; que buena falta nos hace.

Eran cuatro las muchachas que salieron juntas de Barcelona sumándose a un convoy que había organizado el comité comunista del barrio de Gracia, donde ellas vivían desde que llegaron allí. Las cuatro mujeres estaban afiliadas a las Juventudes Socialistas Unificadas y hacían trabajo político para esa organización que agrupaba las juventudes de los partidos socialista y comunista. María y Vicenta, las dos madrileñas, habían servido como enfermeras adscritas al batallón Amanecer de la 1ª Brigada Mixta durante la ofensiva del Ebro y se habían replegado a Barcelona con los heridos que podían viajar; Mercè y Carme, las otras dos compañeras de viaje, eran dos catalanas que habían trabajado en la producción de bombas de mano en la F-3 de Poblenou, una de las quince fábricas de la Comisión de Industrias de Guerra. Ahora poco más podían hacer que intentar no ser detenidas, y seguramente ejecutadas, por las tropas de Franco en su avance hacia la frontera francesa. Casi medio millón de personas seguían ese camino doloroso.

Todo aquello había comenzado a mediados de abril del año anterior, cuando las tropas franquistas alcanzaron el Mediterráneo en Vinaroz después de ocupar Teruel y Lérida. Esas victorias sucesivas de los sublevados barrieron al Ejército Popular en Aragón y consiguieron romper en dos el territorio republicano. Desde aquel momento, Madrid no tenía conexión con Cataluña y las tropas sublevadas ya amenazaban Valencia porque Franco maniobró hacia el sur cruzando el Maestrazgo castellonense. Ante ese movimiento inesperado, el gobierno de la República, que se había instalado en Barcelona junto con las Cortes de la nación cuando abandonaron su sede en Valencia, intentó revertir la situación y encomendó al general Rojo, jefe del Estado Mayor Central republicano y tal vez el más capacitado militar español, que detuviese la ofensiva franquista a fin de aliviar la presión sobre el ejército de Levante. Rojo diseñó un ataque, masivo y por sorpresa, sobre las fuerzas rebeldes que guarnecían la margen derecha del río Ebro abriendo un frente de sesenta kilómetros cuyo objetivo era tomar Gandesa. Era la apuesta definitiva del gobierno del Frente Popular, su última oportunidad para alterar un escenario militar que, en aquel momento, daba ventaja a los militares sublevados que contaban con el ilimitado apoyo logístico de los gobiernos alemán e italiano; Hitler y Mussolini habían apostado por Franco desde el primer momento. El gobierno del doctor Negrín, sostenido por el Partido Comunista casi en solitario, decidió jugar sus últimas cartas ante la superioridad numérica de los sublevados. Desde julio hasta diciembre duraron los enfrentamientos de las mejores fuerzas de ambos bandos. Las tropas marroquíes del general Yagüe, con el apoyo aéreo de la Legión Cóndor alemana, los carlistas del general García Valiño, los legionarios de Millán Astray, las milicias falangistas y los mercenarios africanos se enfrentaron al ejército de Juan Modesto, Enrique Líster, Manuel Tagüeña y Etelvino Vega, los más capaces jefes militares comunistas que se habían formado en el Quinto Regimiento, verdadero embrión del Ejército Popular Republicano. Cuatro meses después, en noviembre, las tropas republicanas eran derrotadas y comenzaba su repliegue hacia Cataluña. En tierras de Aragón quedaban cuarenta mil muertos de ambos bandos. Uno de aquellos que murió en Gandesa era Cosme Millán Pruneda, de veintidós años, un sargento de infantería que servía como voluntario en el Batallón Líster, también de la 1ª Brigada Mixta donde su hermana, que trabajaba en la enfermería de campaña, supo de su muerte cuando se estaban replegando y nunca llegó a ver su cadáver.

El día 15 de enero cayó Tarragona y comenzó el éxodo hacia la frontera francesa. El día 22, el gobierno republicano ordenaba la evacuación de Barcelona y daba comienzo el calvario de miles de barceloneses y de tantos otros españoles acogidos en aquella tierra. María y sus amigas encontraron acomodo de última hora en un camión de las JSU que salía hacia la frontera. El día 26 cayó Barcelona ante las tropas de los generales franquistas Yagüe y Solchaga al frente de las unidades marroquíes y del ejército navarro.

A partir de ese momento la República estaba condenada. Solo la gallardía de Juan Negrín sosteniendo el Gobierno tenía una cierta posibilidad de conjurar el desastre.

Esa noche corrió entre los que caminaban al exilio una noticia que no esperaban. Aquella multitud humana, mezcla de gentes de toda condición, unida por la calamidad y por su compromiso con la República, era un organismo vivo con conciencia colectiva y por ello cualquier incidente, noticia, desgracia, repercutía de inmediato en todos como si la mística de la derrota hubiese unido no solo su destino sino también sus emociones y sentimientos.

—Los franceses solo dejan pasar a los civiles…y si van desarmados —había anunciado Mercé Roca que era la que mejor relacionada estaba con sus compañeros de las milicias.

—Nosotras somos civiles; las enfermeras no estamos armadas —quiso argumentar Vicenta, que esperaba cruzar al otro lado para encontrarse con su novio, un muchacho de Vallecas que había pasado días antes con sus compañeros de batallón después de dejar las armas y los arreos y disimularse como civiles.

—Y los camaradas… ¿qué hacen? ¿Se pegan un tiro? —protestó María que no estaba dispuesta a separase de sus compañeros de la 1ª Brigada, algunos de los cuales iban en el mismo camión que ellas.

—Hemos perdido la guerra… —quiso argumentar Carme para justificar la situación.

—Habremos perdido la guerra… pero no la dignidad —rebatió María interrumpiéndola—. Un soldado solo entrega el arma cuando muere o cuando se rinde… y nuestros camaradas no se han rendido.

—¡Ni se van a rendir! —apostilló Vicenta, tan vehemente como María.

—De momento… —quiso corregir Mercé, que estaba al corriente de los intentos de algunos sectores republicanos para buscar un acuerdo con los sublevados que pusiera fin a la guerra y a la huida masiva; «una rendición honrosa» explicaban. Ella compartía esas intenciones.

—Los comunistas nunca nos rendiremos ante el fascismo —pregonó María, cuya adscripción comunista era ajena a cualquier fisura. Militaba en las juventudes del partido de Pasionaria desde el mes de diciembre de 1935, cuando cumplió los dieciocho años y se afilió en la organización de Tetuán, que era su distrito. Antes había militado, al igual que su madre, en la Agrupación de Mujeres Antifascistas.

Ya había cesado la caminata, era noche entrada y ningún fuego alumbraba el breve reposo a orillas del camino de los que huían, a fin de no marcar objetivos a la aviación nacionalista. Ya faltaba muy poco para alcanzar la frontera. Aquel ser indescriptible formado por miles de cuerpos, máquinas y semovientes, cuyo aspecto desde el aire bien podía ser el de una gigantesca serpiente que ascendía por la senda, adaptando su forma a las curvas de la carretera, cesó en su agitación y paró en su caminar echándose a un lado, sobre las cunetas, preparándose para aguantar la noche y recobrar el resuello. De hecho, la cabeza de aquella destartalada comitiva ya estaba en la divisoria a la espera de que los gendarmes levantaran la barrera otro día más. Las autoridades francesas, a instancias del ministro de Estado del Gobierno de la República, el socialista de izquierdas Julio Álvarez del Vayo, abrieron la frontera el mismo día que los franquistas entraban en Barcelona. «*Quedan prohibidas todas las actividades políticas o sindicales que no se desarrollen dentro de Falange Española Tradicionalista y de las J.O.N.S. […] lo que sancionaría fulminantemente como el más grave delito de traición*» decía el bando dictado por el general Eliseo Álvarez Arenas nombrado por Franco capitán general de Cataluña y con el que daba comienzo una feroz represión que pretendía purgar a todos los desafectos a la sublevación fascista. Los puestos fronterizos de Latour de Carol, Bourg Madame, Prats de Mollo, Le Perthus y Cerbère permitían, al menos de momento, el paso de los huidos siempre y cuando no fueran tropas combatientes. Las cuatro amigas pasaron la noche en vela debatiendo sobre lo que podía ocurrir al día siguiente, que rumores y opiniones había para todos los gustos, porque si bien todas coincidían en que la derrota militar era inminente no había acuerdo en qué hacer una vez estuvieran en Francia. Por todo alimento compartieron entre las cuatro esa noche una lata de sardinas, media hogaza de pan negro y dos manzanas que les dieron los brigadistas que las alojaban en su camión; para beber tomaron agua de un charco grande en la cuneta, uno de los muchos que había formado la lluvia de esos días.

A la mañana siguiente, cuando María Millán y sus amigas entraban por fin en Francia cruzando el paso fronterizo de Le Perthus, vigilado por gendarmes y tropas regulares francesas que exigían el desarme de los militares que formaban en esa cuarta oleada de exiliados, otros refugiados de condición muy diferente; apenas veinte personas, lo habían hecho horas antes, aún de noche, por un paso en pleno monte a no muchos kilómetros de allí, más al este.

El presidente de la Segunda República española, don Manuel Azaña, en compañía de su mujer, su cuñado, unos pocos incondicionales y una muy pequeña escolta, abandonaba España para siempre, en silencio. Así iniciaba su camino hacia el exilio, «el destierro» como decía él mismo al referirse a ello.

El domingo 5 de febrero, a las seis de la mañana cuando todavía no había amanecido, la comitiva presidencial a la que se sumó el presidente de las Cortes, Diego Martínez Barrios, salió de La Vayol. Le asistían en señal de respeto, pero sin intención de permanecer en Francia, el presidente del Gobierno y el ministro José Giral. Eran veinte personas las que salieron hacia la frontera en coches de la policía, pero el presidente de las Cortes y un familiar suyo se anticiparon usando un coche particular que se quedó tirado obstruyendo el camino a los demás cuando aún faltaba trecho para el paso y eso obligó a que todos siguieran a pie hasta alcanzar el alto al final de la pendiente. El presidente de la República y su esposa, Dolores de Rivas Cherif, el presidente del gobierno Juan Negrín y el ministro José Giral cruzaron a Francia por la aduana de Chable-Beaumont. Tras ellos lo hicieron Cipriano de Rivas, Santos Martínez y la pequeña escolta militar que guardaba la deslucida comitiva. Los últimos en hacerlo fueron el presidente de las Cortes, Diego Martínez Barrio, su cuñada Blanca y algunos funcionarios y la escolta. Después de todo aquello, y también por su pie, bajaron hasta Les Illes por una barranca helada. Allí les aguardaban las autoridades locales francesas y dos automóviles para seguir su viaje al interior, un Mercedes y un Hispano-Suiza.

En su cartera, entre sus papeles más personales, Azaña llevaba una carta aún sin firmar dirigida al presidente de las Cortes anunciándole su dimisión irrevocable como presidente de la República, solo le faltaba la fecha y la rúbrica.

—¿Y ahora…qué hacemos, Manuel? —preguntó su esposa, «doña Lola» para los amigos, después que el alcalde de Les Illes le entregara a su marido, por orden del gobierno francés, un salvoconducto extendido por el prefecto.

—Nada podemos hacer, esposa mía, salvo desear y esperar que los españoles aprendan a soportarse.

—¿No hay otra solución? —preguntó su mujer secándose las lágrimas con un pañuelo.

—No, no hay nada que yo pueda hacer. La guerra está perdida desde hace meses, Lola —sentenció el dimitido presidente—; pero si por milagro la ganáramos, en el primer barco que saliera de España tendríamos que salir los republicanos, si nos dejaran.

En Le Perthus las cosas no corrían con la misma fría amabilidad, casi litúrgica y propia de una misa de difuntos, que el gobierno francés de Leon Blum había decidido aplicar a tan singulares visitantes. A esas horas, María, sus amigas y miles de personas más se hacinaban ante la cancela mientras soldados senegaleses que servían de apoyo a la gendarmería iban formando corrales de refugiados según entraban en suelo francés para identificarlos, «clasificarles» decían sus oficiales.

—¿Y ahora… qué hacemos, María? —preguntó Vicenta cuando ya separadas de sus amigos del camión, que fueron a parar a otro grupo más vigilado por fusileros, recogieron un papel con su nombre y un sello que las acreditaba como refugiadas con la misma filiación que obraba en su cédula de identidad personal.

—Continuar la lucha, compañera; la República no ha muerto… ni morirá mientras quede vivo el corazón de un republicano leal.

—Ojalá, amiga, ojalá… ¿y el partido?

—El partido estará siempre en nosotras y en nuestros camaradas —respondió muy segura—; está en la sangre de todos los buenos comunistas.

—Que así sea, María —dijo Vicenta con tonillo de broma y juntando las manos para imitar las maneras sacerdotales.

—¿Te burlas? —la respondió suspicaz María que no soportaba bromas sobre el partido de Pasionaria.

—Dios me libre, camarada Millán, es que siempre me has parecido un poco beata para estas cosas.

Las dos mujeres rompieron a reír y se abrazaron.

Sus compañeros varones serían conducidos en camiones a Argelès-sur-Mer, un campo de concentración provisional para refugiados construido sin apenas recursos, apenas un vallado sin abrigo y poco más bajo el cielo encapotado y lluvioso, en la playa de esa localidad, a treinta y cinco kilómetros de la frontera y vigilado por tropas senegalesas y marroquíes. Por esos días malvivían allí, tratados al igual que reses, más de cien mil españoles, con los únicos recursos de un reducido contingente de la Cruz Roja. Ellas, en grupos más pequeños trasladados por ferrocarril en convoyes de mercancías, fueron dispersadas por el centro de Francia.

María y Vicenta fueron separadas en Burdeos.

Nunca volverían a encontrase.

Ya en Burdeos, María supo del fin de la guerra, algo que ella llevaba viviendo desde que cruzó la frontera. Al escuchar la radio el día 27 de marzo conoció que la quinta columna fascista, los infiltrados en Madrid del general Mola, se hacía con el control de la capital de la República que ya estaba rodeada por las tropas del general Franco. El día 28 se rendiría el Consejo de Defensa encabezado por el coronel Casado, un militar anticomunista y traidor al gobierno de Juan Negrín, y el día 1 de abril Radio Nacional de España, la emisora de los sublevados, difundiría el último parte de guerra.

Franco había ganado la guerra civil y se había salido con la suya: quedarse con España.

Casado huía a esas horas en un barco inglés después de que su Consejo hubiese fusilado al coronel Barceló, un comunista que era el jefe del Ejército del Centro y que permaneció leal a Negrín, y que el Ejército del Centro al mando de Cipriano Mera, que ya había salido de España camino de Orán, hubiera iniciado un proceso sumarísimo contra los líderes de la resistencia al golpe, casi todos ellos comunistas. Casado, antes de huir, entregó a Franco cincuenta y dos comunistas encerrados en el penal de San Miguel de los Reyes, entre los que había doce jefes de la batalla de Madrid que serían fusilados por los vencedores. Además de los presos, los comunistas madrileños habían sacrificado en la batalla de Madrid la vida de doscientos hombres, la mayoría de ellos en los enfrentamientos finales disputados en los Nuevos Ministerios.

Uno de ellos, el teniente de milicias Vicente Millán Ruiz, un obrero comunista que ingresó como miliciano voluntario en el Quinto Regimiento en octubre de 1936 y que había perdido a su hijo Cosme Millán Pruneda en la batalla del Ebro, quedó tendido en aquella riña fratricida.

María Millán supo de la muerte de su padre cuatro semanas después, por un compañero del partido que llegó a Burdeos a primeros de mayo tras escapar de España, cruzando los Pirineos de manera clandestina con otros camaradas del partido. Con esa muerte, la última de los de su sangre, María Millán perdió cualquier atadura con la tierra en que nació; ya nada le quedaba en España. Su madre, su hermano y, por último, su padre eran los clavos que ataban a su memoria un recuerdo querido y feliz: su infancia y su vida hasta que comenzó la guerra civil.

Sus amigas y compañeros también habían huido como ella.

Desde ese día comenzaba una nueva vida bien lejos de sus raíces.

Perdida su familia y derrotada como tantos que habían conseguido huir, habían muerto, o estaban en el interior esperando prisión o castigo, solo podía contar en adelante con su fortaleza, sus convicciones y con la esperanza.

Aquellos días en Francia nació de nuevo María Millán, pero era una María Millán muy distinta a la que se paseaba por Madrid en la primavera de 1936.

— 2 —

El Grial

—Demasiada lluvia para un país tan seco.

Las gotas de agua golpeando el techo metálico del coche hacían más ruido dentro del habitáculo que el zumbido del potente motor del vehículo. Desde que Heinrich Himmler había entrado en España por Irún en la mañana del 19 de octubre la lluvia no había cesado de acompañarle. Su periplo por Burgos, Madrid, Toledo y Barcelona siempre estuvo adornado por un palio de nubarrones tan oscuros como el paño gris de sus uniformes.

—Tiene usted razón, *mein* Reichsfhürer —le celebró su ayudante, un joven capitán de las SS que no se separaba de él ni un solo minuto.

—Con tanto aguacero ni siquiera he podido ir de montería —lamentó el jerarca nazi. Himmler se había traído desde Alemania sus escopetas de caza, que mucha era su afición a aquellas carnicerías, y aún las tenía guardadas en sus fundas.

—Tiene usted razón, *mein* Reichsfhürer —repitió el de las runas en el cuello de la guerrera.

Joachim Peiper era un oficial joven adscrito a la secretaria de Himmler que se había convertido en el principal y más cercano de sus adjuntos. Aunque en apariencia estaba a las órdenes de Karl Wolf, un general de las Waffen-SS al cargo de la oficina del Reichsfhürer, con quien tenía su despacho el joven capitán era con el mismo Himmler, el «jefe negro» como le decían sus cercanos. Esa proximidad al patrón le permitía una muy deseada cercanía a otros jefes nazis, y por ello su influencia en el enrevesado mundo de los de la calavera de plata era muy superior a la que le pudiera corresponder por los galones. A todo ello ayudaba que su mujer, Sigur Hinrichsen, una secretaria de la oficina personal de Himmler, fuese muy amiga de Hedwig Potthast, la amante de su jefe que, además, era su secretaria personal.

Los cristales de las ventanillas del Hispano-Suiza que el gobernador civil de Barcelona había puesto a su disposición escurrían a duras penas el agua de un turbión pertinaz que no cesaba desde que salieron de Barcelona después del almuerzo. El abrigo de cuero negro que Peiper vestía sobre su uniforme brillaba como charol por efecto de las gotas de lluvia.

El objetivo de la comitiva era alcanzar Montserrat antes de que les abandonase la luz del día. Allí, en la abadía, le esperaba la comunidad benedictina que ya había sido aleccionada por las autoridades franquistas de su llegada. El poderoso jefe nazi consideraba la visita a ese lugar la verdadera y principal razón de su viaje a España, aunque a ojos del público él hubiese venido aquí para preparar la entrevista de su jefe el Führer con el general Franco y para coordinar las relaciones entre la Gestapo y la organización en España del partido nazi con la Dirección General de Seguridad del gobierno español y la Guardia Civil, cosa que ya sucedía desde 1938, en orden a perseguir enemigos comunes: comunistas, exiliados y resistentes.

—Acércame los papeles, Jochen —así, con el diminutivo coloquial para Joachim, le distinguía su jefe con frecuencia.

El capitán hurgó en una grande y gastada cartera de piel con cerradura de seguridad que custodiaba y sacó de ella un informe encuadernado con papel grueso en cuya portada figuraba el emblema de la Ahnenerbe, un departamento de las SS dirigido por el coronel Wólfram von Sievers y ubicado en el reconstruido castillo de Wewelsburg, que estaba dedicado al estudio de las ciencias ocultas bajo la coartada de atender a los estudios de la Historia Antigua del Espíritu. La runa de la vida envolviendo una espada inscrita en un óvalo orlado, con el nombre de una organización que muy pocos nazis conocían, era la portada del documento. Debajo de ese símbolo había tres palabras caligrafiadas en letra gótica: Montsegur, Monsalvat, Montserrat.

—Aquí los tiene, *mein* Reichsfhürer —ofreció el capitán reservándose el cuidado de la cartera.

Heinrich Himmler se caló otras gafas de alambre que usaba para leer de cerca y se enfrascó en los papeles. Faltaba casi media hora para llegar a destino.

El informe que leía el jefe de la policía nazi llevaba la firma de Otto Rhan, un escritor alemán y exoficial de la SS, y estaba fechado dos semanas antes de su muerte, algo que ocurrió por suicidio hacía poco más de un año, después que el general Wolff, el jefe del Estado Mayor de Himmler, le separara del servicio degradándole y enviándole una temporada al campo de Dachau para que sirviera en la vigilancia de presos. La razón de su descalabro, no en vano había sido requerido al servicio de la orden negra por el mismo Himmler, había sido el fracaso en la búsqueda del Grial, su obsesión personal y a la que arrastró a Himmler y demás cabecillas nazis que oficiaban en el esoterismo. Rhan sostenía que el Grial había estado en manos de los cátaros en el Languedoc, en el castillo de Montsegur, y a eso dedicó su vida, a buscarlo, pero nunca lo encontró pese al apoyo de sus patrones que le dotaron de medios suficientes para las pesquisas. La investigación decía tener fundamento en las alusiones al Grial que Rhan encontraba en el *Parzival* de Wolfram von Eschenbach. El obsesionado Rhan concluía que ese relato escondía las claves para resolver un enigma histórico que trascendía sobre los valores literarios del poema. Asqueado del nazismo después de su paso por Dachau renunció a su adscripción a las SS y pidió retirarse al Languedoc pues a esas alturas deducía que el Grial no era un objeto material, como había postulado hasta entonces ante sus jefes, sino un estado mental, un momento iniciático, una forma inusual de conocimiento, pero no se lo autorizaron. Desencantados con esas conclusiones, sus jefes solo le ofrecían el suicidio como única solución digna ante el nulo resultado de sus anteriores empeños y la reformulación que hacía de sus conclusiones primeras. Ante eso, Rhan huyó de Alemania a principios de marzo de 1939 y se le encontró muerto por congelación, una forma de suicidio ritual cátaro, en la montaña Wilden Kaiser, en los Alpes austriacos. Pese a haber autorizado la eliminación de Otto Rhan, el Reichsfhürer Himmler llevaba esa tarde en su cartera un ejemplar de *Luzifers Hofgesind*, una obra de Rhan que había ordenado distribuir entre todos los altos oficiales de la orden negra donde desarrollaba su tesis obsesiva sobre el catarismo y el Grial, «el objeto de poder por excelencia» al decir de Himmler.

Faltaban poco más de quince minutos para alcanzar el monasterio cuando el jefe de las SS devolvió a su ayudante el informe a fin de que lo guardase en la cartera. Después, sin mediar palabra, buscó en el bolsillo interior de su guerrera y sacó un sobre de papel grueso con el membrete de su oficina. Con el sobre en la mano dirigió la mirada a su ayudante y lo hizo girando la cabeza muy despacio, como si descubriera su presencia en ese instante, sin expresión alguna en la cara, que parecería una máscara si no fuera por el brillo de sus pequeños ojos tras los pequeños lentes de miope. Peiper sabía, en el código no escrito de sus costumbres, que esa mirada del patrón quería decir silencio, secreto y amenaza; ya la conocía de otras ocasiones donde ese preludio gestual había resultado funesto para alguien. El capitán, al sentirse paseado por aquellos ojillos, sintió un escalofrío en el espinazo y supo que debía hacerse invisible, como si no estuviera en el habitáculo del automóvil, que debía esconderse en un silencio pétreo, sin aliento apenas, como si se hubiese convertido en una estatua de piedra que ni siente ni padece pero que, sobre todo, ni oye ni ve, ni conoce ni comprende, hasta que su amo, el profeta de una religión aria que había infectado la cúpula nazi, le reclamase de nuevo a su compañía.

Himmler se enfrascó en aquellos papeles y permaneció en silencio mientras los repasaba. Solo la respiración del jerarca, cada vez más alterada, indicaba que su estado de ánimo estaba en ebullición por causa de aquella lectura. Quince minutos después, el aliento del jefe nazi volvió a la normalidad tras doblar otra vez aquellos documentos y guardarlos en el bolsillo interior de su guerrera.

—¿Falta mucho, Jochen? —preguntó tras mirar la hora que marcaba su reloj, un Lange-Sohne de oro que le había regalado Adolf Hitler.

—Apenas cinco minutos, *mein* Reichsfhürer; hemos pasado Monistrol y ya estamos subiendo al monasterio.

Al poco, como había predicho el oficial, la larga caravana se detenía en la explanada del convento benedictino, bajo el impresionante paisaje calcáreo del macizo de Montserrat. La lluvia acababa de dar una tregua. Eran las tres y media de la tarde.

Con Himmler, y al frente de su amplio séquito de acompañantes, formaba el general de las Waffen-SS Karl Wolf. La comitiva española la encabezaba el general Luis Orgaz, que ejercía de capitán general de Cataluña, y el alcalde de Barcelona Miguel Mateu i Pla, un empresario de probada obediencia franquista y sobrino del cardenal Pla i Deniel, aquel clérigo que amparó la sublevación militar como «una cruzada» y que empleaba el saludo fascista a poco que tuviera ocasión de alzar el brazo. También se habían sumado el gobernador civil, vestido con todos sus arreos falangistas, y los jefes provinciales de la policía y del Movimiento que no se querían perder la foto.

El dirigente alemán se puso al frente de los suyos, y de todos los demás que por allí había, y encabezando una comitiva arreada con uniformes de todo pelaje, de botas lustrosas pisando charcos, y luciendo medallas de colores, que para eso los españoles tenían más afición que los alemanes, se dirigieron con prisas, entre los aplausos de unos cuantos espontáneos, traídos horas antes en camión al efecto por un destacamento de guardias civiles, hacia donde les esperaba una muy escasa representación de la comunidad benedictina, nada más que tres monjes.

Tan pobre recibimiento no gustó a nadie, ni a alemanes ni a españoles, sobre todo a los españoles que no reparaban en fastos con tal de complacer a sus invitados y a todo recurrían, banquetes, desfiles y corridas de toros. Los alemanes, que creían merecerse más respeto, se molestaron cuando supieron que aquellos tres frailes lo eran de a pie y que allí no formaba el jefe de la comunidad. La razón de tal desplante era que el abad titular, Antoni María Marcet, y su coadjutor Aureli María Escarré, se negaron a recibir en persona al enviado de Hitler y, ya que eran conscientes de que no podían rechazar la incómoda visita y dada la penosa situación de la Iglesia alemana, juzgaron conveniente distanciarse lo más posible del jefe de la siniestra organización de la calavera. De atender a tan incómoda visita habían comisionado a un joven monje, Andreu Ripol, porque hablaba alemán a la perfección, ya que lo había aprendido allí mientras estudiaba Teología. Los dos monjes que le acompañaban estaban en ello porque habían pasado toda la guerra civil refugiados en Alemania.

Cuando el monje Ripol, tras saludarse con el jefe nazi de manera civil y como si el jerarca fuese uno más de los parroquianos que acudían a la abadía, le recibía con unas palabras de cortesía se encontró con la interrupción casi inmediata de su discurso.

—¿*Wa iste die Grial?* —«¿dónde está el Grial?», había escupido el nazi con mal tono y a bocajarro, sin respetar que el monje terminara con su parlamento de bienvenida.

—Aquí no se encuentra, señor —respondió Ripol con aplomo y como si le hubieran preguntado por la sangre de san Pancracio.

—¡Pues todo el mundo sabe en Alemania que el Grial se encuentra en Montserrat! —insistió cada vez más exaltado el jerarca alzando la voz y volviendo la mirada hacia los suyos.

Un murmullo de aprobación brotó de los de su uniforme; su jefe siempre tenía razón. Los españoles, sorprendidos por el desplante del monje, le miraban con ojos asesinos y si no fuese porque eso de fusilar curas no se lo permitían sus jefes, al menos de momento, alguno de los de la camisa azul y la boina roja que andaban por allí ya hubieran tirado de pistola, que para eso la llevaban encima.

—Pues se equivocan, señor; lo siento mucho —apostilló Ripol con toda tranquilidad, como la cosa más natural del mundo.

—Usted sabrá lo que dice… fraile —le espetó despectivo y amenazador el jefe nazi que nunca esperó que un simple monje le pudiera objetar sus argumentos.

Tras un silencio que se hizo muy largo y en el que monje Ripol no se bajó de la sonrisa, ni Himmler de su empecinamiento, fue el catalán quien movió ficha.

—¿Quiere usted conocer la abadía, señor? —propuso Ripol en su papel de anfitrión y guía—. ¿Quiere ver a la Moreneta?

Era lo más que estaba autorizado a ofrecer, y sin darle al nazi tiempo a respuesta alguna el monje se encaminó a la nave y toda la comitiva siguió con él, en especial los españoles que estaban deseando entrar en el templo porque empezaba a chispear. Al poco, y en primera fila, Himmler formaba con el gobernador civil, el gobernador militar, el alcalde de Barcelona y su empleado el general Wolf. Detrás, en silencio, iba el monje Ripol acompañado del capitán Peiper, que no le quitaba ojo.

La visita corrió deprisa porque el Reichsfhürer no estaba por otro asunto más que para lo que le bullía en la cabeza al hilo de los papeles que guardaba en el interior de su guerrera. Mientras Ripol deseaba enseñarle la abadía, el líder nazi iba a sus cosas; se le veía ensimismado.

—Al Reichsfhürer no le interesan las estatuas ni las iglesias… solo el lugar, este lugar, su geografía, su sustancia… —sentenció el general Wolf, que pasaba por ser un experto en esoterismo, cuando Ripol ofreció a Himmler besar la estatua de la Virgen de Montserrat, cosa que el jefe alemán rechazó con un gesto de repugnancia.

—Pese a que es negra de color observe usted, Karl, la pureza aria de los rasgos de esta estatua —sentenció el jefe nazi mirando la figura—. Los judíos descienden de Esaú, pero los arios descendemos de Jacob, su hermano gemelo, el hermano bueno, por ello sabemos que Jesús y su linaje eran arios…y no judíos como se empecinan en decir los católicos.

Tras semejante despropósito, que Himmler evacuó sin ningún empacho, fue Wolf quien se encaró con Ripol.

—A su excelencia no le interesan los asuntos del monasterio que usted nos cuenta; viene a ver la naturaleza sublime de la montaña, nada más. Llévenos usted aquí —y el general le enseñó un plano de la abadía que guardaba en el bolsillo de la guerrera.

—No estoy autorizado, señor; esa galería está cerrada y solo el abad tiene las llaves —respondió Ripol tras cerciorarse del lugar que le señalaban.

Wolf se guardó el plano e hizo un gesto al ayudante de su jefe.

El capitán Peiper se acercó al monje y le dijo algo al oído. A la vez, un teniente coronel y un comandante a las órdenes del general Wolf, que hasta entonces habían permanecido en silencio, se dirigieron a los españoles que acompañaban a Himmler en la visita por la basílica.

—Su excelencia el Reichsfhürer desea seguir a solas su visita, señores —explicó el teniente coronel Hartmann en perfecto español. El otro, el comandante Prandt, puso la mano derecha sobre la cartuchera de su Lüger; era un gesto más claro que las palabras.

Falangistas, militares, alcalde y gobernador y todos los que abultaban en la visita dieron un paso para atrás sin rechistar y volvieron a la entrada junto a los dos monjes que acompañaban a Ripol y a los demás alemanes de la comitiva. Solo quedaron en la nave Himmler, Wolf, Peiper y el monje Ripol. Mientras Himmler inspeccionaba la trasera del altar se personaron al grupo dos tenientes de las SS que portaban una bolsa con herramientas y el general de las Waffen-SS Karl Gebhardt, jefe médico de las SS y médico personal de Himmler que le había acompañado en el viaje a España por su interés en Montserrat y que se separó de los demás alemanes de la comitiva y se personó al grupo donde estaba su jefe.

—Vamos allá; que no hemos venido a perder el tiempo con beaterías de frailes —ordenó Himmler sacando pecho, ajustándose las gafas y estirándose la guerrera.

Wolf tomó al monje del brazo y le conminó con un gesto a que guiara al grupo, que se encaminó hacia los sótanos conectados con la abadía. Cuando llegaron al lugar señalado en el plano que había mostrado el general Wolf se encontraron con la cancela metálica que había anticipado el padre Ripol y que estaba aherrojada por un candado que ataba los eslabones de una cadena que unía la hoja de celosía con el marco incrustado en la roca viva. En el suelo, al pie de la cancela, había labrada una estrella de cinco puntas sobre una de las losas calizas del tosco pavimento; adornando la estrella había dos letras, a izquierda y a derecha, una P y una S.

Llegado a ese punto, y con un gesto y sin mediar palabra, Wolf indicó a los dos oficiales lo que tenían que hacer. Los tenientes echaron sus bolsas al suelo y sacaron de ellas un cincel, un martillo de hierro, una cizalla y dos linternas eléctricas. Un minuto después la cancela estaba descerrajada, la cadena y el candado en el suelo de piedra calcárea y ellos se habían retirado un par de pasos atrás franqueando la entrada al Reichsfhürer, su ayudante y los dos generales SS que cada uno portaba una linterna. Los cuatro entraron en la oscura galería que alojaba una escalera hacia una mayor profundidad bajo los haces de las dos lámparas. Ripol se quedó fuera, en el pasillo que llevaba hasta allí abajo, en compañía de los dos oficiales que oficiaban ahora de cancerberos. Eran las cuatro de la tarde del día 23 de octubre de 1940. A esa misma hora comenzaba en Hendaya, en el coche-salón del tren de uso personal del Führer, la entrevista de Francisco Franco con Adolfo Hitler.

Dos horas después, tiempo en que Ripol y los dos oficiales permanecieron en silencio y sin moverse de allí, los cuatro uniformados de la calavera salían de las tripas de la montaña por la prohibida galería. Los dos generales abrían paso a su jefe que iba seguido de su ayudante. Mientras los generales presentaban el mismo impoluto aspecto que a la entrada, tanto Himmler como Peiper presentaban un inusual tono amarillento en la piel que también aparecía perlada de sudor. El Reichsfhürer y su ayudante personal parecían tener la mirada perdida. Fue necesario el sonoro taconazo de los oficiales mientras alzaban el brazo derecho saludando el regreso de su jefe para que Himmler recobrara la atención. Tanto su uniforme como el de Peiper presentaban signos de humedad en los hombros y manchas de barro en las botas de caña.

No fueron necesarios más de quince minutos para que el Reichsfhürer y toda su compañía abandonaran el monasterio. «Le enviaré un ejemplar de *Mein Kampf* para que comprenda la verdad de muchas cosas», le dijo a Ripol cuando se despidió de él ofreciéndole la mano. El monje nunca recibiría la desquiciada biblia nazi.

A la hora en que Himmler salía de Montserrat con destino a Barcelona, las seis de la tarde, Hitler se despedía de Franco en Hendaya. Ninguno de los dos prebostes nazis volvería a España.

Cuando la comitiva motorizada se encaminaba a Barcelona, donde Himmler pensaba asistir a una recepción en el consulado alemán antes de acudir a una cena en el hotel Ritz que le ofrecía el alcalde de Barcelona, el Reichsfhürer permanecía silencioso en la única compañía de su ayudante. El conductor y un escolta iban delante separados del habitáculo principal del Hispano-Suiza por un cristal blindado que garantizaba la privacidad de lo que pudieran decir los viajeros.

—Guarde esto, Peiper —dijo Himmler al cabo de un rato largo, cuando ya estaban a punto de entrar en Barcelona.

El jefe nazi le entregó a su ayudante una ampolla de cristal que sacó de su bolsillo faltriquero. Era una pequeña redoma con cuello esmerilado y tapón de vidrio que contenía un líquido brillante de color azul, iridiscente, como si el fluido temblara con vida propia y absorbiera la poca luz del habitáculo del coche. Peiper la tomó con cuidado, casi reverente, y la introdujo con mimo en una bolsita de paño negro que volvió a colocar en el maletín que custodiaba de su jefe.

—Tenía razón Rhan al final; todo estaba en el *Virolai*. No hay Grial —sentenció Himmler

El jefe nazi se refería a un texto escrito en 1880 por *mossèn* Cinto Verdaguer en forma de himno dedicado a la Virgen de Montserrat donde apuntaba que los espíritus de los habitantes de Cataluña que hubiesen muerto tenían en Montserrat su puerta de acceso a otra dimensión, a otra vida. «Mística font de l'aigua de la vida», dice el poema refiriéndose a una «fuente de vida» que no podía ser otra, al entonces creer y decir de Otto Rhan, que el Grial que se guardaba escondido en Montserrat, el Montsalvat de Wagner, el espacio espiritual de Goethe y el lugar misterioso que Humboldt relató en su ensayo *Montserrat*, todo un referente para el romanticismo alemán.

—Pero hemos encontrado algo más importante —quiso concluir emocionado el jefe nazi señalando su maletín. El temblor de su labio superior indicaba su estado de excitación.

El trayecto de vuelta a Barcelona transcurrió en un absoluto silencio.

Cuando Himmler llegó al consulado alemán lo primero que hizo fue asearse y cambiarse de botas y de uniforme porque el suyo llevaba unas manchas azules en las bocamangas y en la pechera. Así, recompuesto de aspecto, atendió la visita que había organizado el cónsul, el doctor Jeager, para toda la colonia alemana de Barcelona y demás simpatizantes del Reich y terminada esa liturgia se desplazó con los suyos al hotel Ritz, donde estaba alojado con su séquito. Esa noche el Ayuntamiento de Barcelona ofrecía en los salones del hotel un banquete en su honor al que estaba previsto que asistieran más de noventa personas.

A las nueve dio comienzo la cena de un menú tan largo como costoso, servido por mayordomos vestidos «a la Federica» y amenizado por un recital de piano con piezas de Falla, Bretón y Albéniz. En aquel mar de uniformes, correajes y entorchados, al jefe nazi le correspondió presidir el cónclave sentado entre dos falangistas que estaban encantados de flanquearle: Miguel Mateu, el alcalde, y Wenceslao González Oliveró, el gobernador civil de Barcelona que era el responsable de las durísimas depuraciones ideológicas en el mundo laboral y universitario que solían concluir en ejecuciones sumarías. Al evento acudieron el capitán general, Luis Orgaz Yoldi; Buenaventura Sánchez-Cañete, presidente del Audiencia Provincial; José Aybar Pérez, uno de los dirigentes del Servicio de Información Militar y Política, que había urdido la detención del *president* Companys; Luis Reparaz Araujo, jefe de la Policía de Barcelona; Carlos Trías Bertrán, jefe del *Movimiento* en Catalunya y el general Sagardía, jefe de la Policía Armada en las provincias catalanas, entre otros incondicionales devotos de la esvástica. No en vano el visitante era el jefe de la Gestapo, la policía política alemana que tan excelentes relaciones tenía con la española.

Los que no estaban en aquella cena porque ya habían cumplido con su parte y se quedaron en Madrid eran Ramón Serrano Suñer, José Finat Escrivá de Romaní y Eugenio Espinosa de los Monteros, los tres muñidores de la visita de Himmler a España. Serrano Suñer, el cuñado de Franco y promotor principal de la visita del Reichsfhürer, acababa de ser nombrado ministro de Asuntos Exteriores pocos días antes, dejando su anterior empleo de ministro de Gobernación y jefe de la Policía en manos del general Valentín Galarza; Finat Escrivá de Romaní, conde de Mayalde, había ejercido de anfitrión de Himmler porque hablaba alemán muy bien y aún era el director general de Seguridad y por ello el principal responsable de la represión franquista y de la coordinación con la Gestapo a través de la embajada alemana donde tenía excelentes relaciones, y Espinosa de los Monteros era un general pronazi que también hablaba alemán y por eso estaba de embajador de Franco en Berlín. En Madrid se había desarrollado lo principal de la visita; coser los intereses nazis y franquistas en una política de cooperación policial de la que en este viaje ya se tenían consecuencias, porque Paul Winzer, el jefe de la Gestapo en Madrid, había entregado una lista al conde de Mayalde con mil seiscientos nombres de hombre y mujeres, republicanos españoles detenidos en Francia por agentes de la Gestapo y puestos a disposición de la Policía española. Finat correspondió entregando una lista de judíos localizados en España. Por esa colaboración criminal se había devuelto a España al *president* de la Generalitat Lluís Companys, fusilado ya en Montjuïc, o al ministro socialista Julián Zugazagoitia, encerrado en una cárcel madrileña en espera de ser ejecutado junto a las tapias del cementerio de la Almudena por condena de un juzgado militar.

Después de la cena se le antojó al alcalde, ya de madrugada, llevar a sus invitados de visita a la checa de la calle Vallmajor para que vieran por sus ojos «lo que hacían los rojos con nuestros heroicos camaradas». Tan extravagante y macabro recorrido les ocupó una hora y fue la última estación de su viaje por tierras catalanas.

A la mañana siguiente, el Reichsfhürer y los suyos debieran regresar a Alemania en su Focker-Wulf Fw-200-Condor. Antes descubrió que su maletín, el que tan celosamente custodiaba Peiper y que se había quedado en la habitación 101 del hotel Ritz, la que usaba Himmler, había desaparecido mientras el jefe nazi visitaba la checa y nadie se había dado cuenta hasta que iban camino del aeropuerto.

Con el maletín habían desaparecido el informe de la Ahnenerbe, los planos de Montserrat que llevaba Wolf, el misterioso escrito que Himmler subió a Montserrat guardado en su propio uniforme y la redoma de líquido azul que se bajó de la abadía.

Pese al revuelo que se organizó en el séquito, que salpicó a modo a los anfitriones que no sabían dónde meterse ni qué excusa ofrecer, y el disgusto del gran jefe nazi, que se encerró en un mutismo que no anunciaba nada bueno, nadie dio con lo extraviado y la comitiva regresó a Alemania sin noticias del misterioso maletín. Al conde de Mayalde casi se le llevan los demonios. A esas horas el maletín ya estaba en manos de agentes de la inteligencia inglesa que se habían infiltrado entre el personal de servicio del hotel Ritz y viajaba camino de Londres.

—Dichoso viaje —pronunció Himmler cuando su avión remontaba los Pirineos— *Solo he visto iglesias, monasterios y curas. Mal país este con tanto fraile y tanto militar, que son gente siempre de poco fiar cuando se juntan… y aquí están demasiado juntos. ¿Qué opina usted, Wolf? —le preguntó al jefe de su Estado Mayor que iba sentado a su derecha.*

—*Que los falangistas no podrán con ellos, mein* Reichsfhürer. Acabarán todos en misa… o en la cárcel.

— 3 —
Gestapo

Cuartel general de la Gestapo. Lyon.
6 junio de 1944.

—¡No me mires, puta!

La porra de goma cruzó su mejilla provocándole una herida. La mujer, tras apenas recuperarse del golpe, enderezándose y aún de rodillas y esposada con las manos a la espalda, volvió a clavar sus ojos en el del uniforme gris. Tenía la cara amoratada y sangraba por la comisura de los labios.

—¡¡Te he dicho que no me mires!! —repitió el oficial, y otro porrazo aún más furioso recayó en el mismo sitio aumentando la hemorragia y dando con la mujer en el suelo. Desde esa humillada postura apenas atinaba a ver las lustrosas botas negras que calzaba el uniformado, un joven oficial de la RSHA, la Oficina Central de Seguridad del Reich, la antigua Gestapo.

En la habitación, además del alemán, estaban siete personas más: tres franceses de la gendarmería que no parecían muy complacidos con el vergonzoso espectáculo, un sargento de los Grupos Móviles de Reserva, los GMR creados por el gobierno colaboracionista de Vichy, los dos guardias de la milicia que habían subido a la mujer desde los calabozos, que parecían encantados con el asunto y solo atendían las órdenes del alemán, y una mujer rubia, de manos grandes y vestida con un traje sastre de color carmelitano adornado con una pequeña esvástica en la solapa, que esperaba sentada ante una máquina de escribir para lo que el de las botas altas quisiera dictarle.

La mujer esposada, desde el suelo, levantó como pudo la cabeza para fijar su mirada otra vez en la cara desquiciada de su carcelero.

—¡¡¡No me mires!!! —gritó desencajado el torturador con un francés tan gutural y airado que más bien parecía rugido antes que palabra.

Una patada en el estómago de la mujer, una joven que no tendría ni treinta años, morena y esbelta, con una cabellera rizada y una mirada fría que pareciera no alterarse por las sevicias que estaba sufriendo, fue la respuesta del nazi enloquecido a la silenciosa acusación de unos ojos negros que le amenazaban en silencio desde el suelo de tarima de aquella siniestra estancia.

—¡¡Lleváosla de aquí!! —escupió el torturador— ¡Ya nos dirá lo que sabe; ahora tenemos cosas más importantes que hacer!

—Ja… más —respondió la muchacha con un hilo de voz entrecortada.

Otra patada en el costado fue la respuesta del uniformado antes de abandonar aquella sala mal ventilada. Unos minutos antes había recibido una llamada de teléfono reclamando su presencia inmediata en la oficina de su jefe. Él hubiera preferido seguir con el interrogatorio, pero no se atrevió a retrasar el cumplimiento de la orden; podía ser peligroso.

—¡Ya veremos luego, puta roja! —dijo al salir de allí con un portazo.

Así habían terminado ocho horas de interrogatorio ininterrumpido y cruel a Isabelle Moreau, el nombre que rezaba en la cédula que identificaba a la detenida.

Ella y seis compañeros más habían sido descubiertos en una redada organizada por la Milicia, una organización paramilitar creada el año anterior por Joseph Darnard para colaborar con los nazis en su lucha contra la Résistance. La detención había ocurrido en una granja a las afueras de Lyon y por eso dieron con sus huesos en la *École de Santé Militaire*, que era el cuartel general de la Gestapo en la ciudad donde Klaus Barbie, un criminal con el grado de capitán de la SS, ejercía como jefe de la represión que se había ganado entre los resistentes el título de «el carnicero de Lyon» y se ufanaba de haber detenido, torturado y asesinado él mismo a Jean Moulin, el miembro de la Resistencia francesa de más alto rango jamás atrapado por los nazis. En su siniestro palmarés figuraba la muerte de más de cuatro mil judíos, el envío de siete mil más a campos de concentración y la tortura de catorce mil miembros de la Résistance, muchos de ellos refugiados españoles que se habían incorporado a la lucha contra los alemanes tras cruzar la frontera en 1939.

Ahora su ayudante, el teniente Wolfang Kitchner, otro psicópata que reinaba en aquel antro, quería emular a su jefe exprimiendo a los detenidos que le habían traído los de la Milicia por ver si alcanzaba a la dirección de la organización comunista en Lyon a la que hacía responsable de la resistencia local.

Los de la Milicia arrastraron a la detenida hacia los calabozos del sótano de donde la habían sacado. Eran las cuatro de la madrugada del día 6 de junio. Los gendarmes no pudieron evitar una mueca de repugnancia ante la nauseabunda conducta voluntaria de los milicianos, y el sargento de los GMR prefirió mirar para otro lado mientras la mecanógrafa se enfrascaba en levantar en alemán un acta de lo ocurrido. Los alemanes no comprendían cómo cincuenta mil gendarmes, más los diez mil GMR y los quince mil celebrados milicianos franceses de Darnard no podían con los cincuenta mil maquis que campaban por Francia pero no calibraban que muchos de la gendarmería y de los GMR, pese a estar a las órdenes del gobierno colaboracionista de Vichy, no estaban por la labor de perseguir compatriotas y que los achulados milicianos de la boina azul más valían para amedrentar al adversario abatido que para enfrentarse con él, pues preferían participar en fusilamientos sumarios, asesinatos políticos o en capturar judíos o miembros de la Résistance para entregarlos a la Gestapo antes que arriesgarse a combates a pecho descubierto.

La operación de captura se había iniciado la misma madrugada del 1 de junio después que la BBC radiase el primer verso de un poema de Verlaine. «Les sanglots longs des violons de l'automne», decía el mensaje que tanto la Résistance como los servicios de contraespionaje alemanes, fuese la Gestapo o la inteligencia militar alemana, la Abwehr del almirante Canaris, sabían que anunciaba a los resistentes la pronta invasión de Francia por las tropas aliadas. Las milicias de Darnand y las tropas de las SS y la Gestapo comenzaron esa misma noche una *razzia* feroz contra todo aquello que les pudiera resultar sospechoso. Así cayeron, por la denuncia suspicaz de un vecino que simpatizaba con los de Darnand, sobre la granja que tenían vigilada, en donde la Résistance guardaba munición y explosivos para atentar contra las infraestructuras alemanas cuando comenzara la invasión. En la zona de Lyon arrestaron a más de cincuenta resistentes.

Isabelle Moreau y tres de sus compañeros entraron esposados en la jefatura de la Gestapo cerca de las cuatro de la madrugada; dos más habían muerto acribillados al intentar huir cuando los milicianos asaltaron la granja y otro, que quedó malherido al resistirse al arresto, había fallecido en el camión que les trajo a las oficinas de Klaus Barbie. El resistente malherido era Jules Pascal de Benot, un fotógrafo y escritor, compañero sentimental de Isabelle desde que se conocieron en 1942 cuando ella ya había abandonado para siempre su nombre verdadero. Jules falleció en silencio, sereno, asido a la mano de Isabelle y sin quitar la mirada de los ojos de la muchacha, su última visión reconfortante, algo único que quiso guardar como viático para lo que pudiera venir cuando expirase.

Cuando ficharon a los cuatro supervivientes, antes de pasar al interrogatorio, se supo que los tres varones eran comunistas, miembros de los grupos de combate del partido, la antigua Organización Especial (OS) que cambió de nombre para dar vida a las FTP (Francotiradores y Partisanos) a los que se les unió después el MOI, siendo conocidos como FTP-MOI Los alemanes creían que MOI significaba Movimiento Obrero Internacionalista, pero su traducción exacta era Mano de Obra Inmigrada, un órgano creado por el Komintern en la época de entreguerras con la finalidad de proporcionar una estructura de acogida, encuadramiento y lucha para los inmigrantes, trabajadores o refugiados políticos llegados a Francia. El escritor checo Arthur London, antiguo combatiente en la guerra civil española con las Brigadas Internacionales y ahora preso por judío y resistente en el campo de concentración de Mauthausen, era el responsable de esta organización y gozaba de la absoluta confianza del Komintern.

De los tres hombres supervivientes, Louis Bertrand, François Guerin y Leon Fontaine, había ficha en los archivos de la Gestapo, pero la única referencia que encontraron de Isabelle Moreau era la de una mujer de Lyon, viuda de un ferroviario, que había sido bordadora y que falleció de enfermedad pulmonar en 1939 a los setenta y siete años sin antecedentes policiales. Era evidente que la mujer detenida usaba documentación falsificada. Como una persona con identidad simulada era obvio que algo quería esconder, y que en aquellos días todo era sospecha de agentes británicos disimulados en la población, a fin de colaborar con la esperada invasión, la separaron del grupo y la llevaron a una sala pequeña sin ventilación, rezumante de humedad y sin más mueble que una silla de hierro donde permaneció encerrada sin agua ni alimento durante setenta y dos horas en que la bombilla permaneció encendida y ella estuvo llorando sin descanso la muerte de su amado, incluso cuando se le secaron las lágrimas y le faltó el resuello. Solo al tercer día le dieron un poco de agua tibia y un mendrugo de pan seco. La detenida no tenía miedo, pero estaba cargada de dolor y odio por la muerte de su amado y de ahí se alimentaba la fuerza que pretendían quitarle sus carceleros.

Ahora volvía a la misma celda, pero con el cuerpo lacerado por los golpes y el alma endurecida por el odio y la sed de venganza. Lo que la mujer no sabía era que, lo que había motivado la suspensión del interrogatorio que estaba sufriendo, era la emisión por la BBC del segundo verso del poema de Verlaine, *Canción de otoño*. Cuando el locutor pronuncio ante el micrófono: «blessent mon coeur d'une langueur monotone» la resistencia francesa entendió que la invasión del continente comenzaría de manera inmediata, tal vez hubiera comenzado, cosa que también sabrían los alemanes que tenían infiltradas algunas células de resistentes. Pese a ello, los alemanes no se movilizaron hasta las tres de la madrugada del día 6, cuando los primeros paracaidistas aliados ya habían saltado sobre suelo francés.

Lo que había pretendido el ayudante de Klaus Barbie era saber quién era ella, cuál era su identidad y su misión. —¿Quién eres?, ¿para quién trabajas?, ¿eres comunista?, ¿espías para los ingleses?, ¿quién es tu jefe?, ¿cuáles son vuestras órdenes? —eso era lo que más les interesaba—, ¿dónde guardáis la radio?, ¿por dónde sacáis a los rojos españoles?—, (Lyon era el punto de salida de los republicanos españoles para retornar a España y luchar en la guerrilla), fueron las preguntas que una y otra vez, entre golpes e insultos, se habían quedado sin respuesta en el interrogatorio. Ahora ella, a solas en la celda, violentada y exhausta, casi desfallecida, se hacía una sola pregunta: «¿Quién soy yo?» Apenas recordaba su nombre verdadero.

Para sus compañeros no era Isabelle Moreau, eso era solo en la cédula; para ellos era Isabelle Granier, una costurera de Burdeos nacida en Bayona, que militaba en FTP y que había llegado a Lyon amparada por la dirección local del Partido Comunista, pero llegar a eso le había costado más de cuatro años de huidas, argucias y encubrimientos.

Todo había comenzado cuando abandonó España por La Perthus y se separó en Burdeos de su amiga Vicenta Céspedes, su compañera enfermera en la 1ª Brigada Mixta a la que no volvería a ver, y se refugió en la casa de una familia francesa que la acogió en Perpignan, gracias a la ayuda que le prestó la organización local de los comunistas franceses. Allí se instaló con su nombre verdadero, aún era María Millán, y se puso a trabajar en el negocio de lechería de la familia que la albergaba y en una red de ayuda a exiliados españoles, precisamente por la que supo que su padre había muerto en la defensa de Madrid y de la legalidad republicana contra la sublevación profranquista del coronel Casado. Esa muerte rompió el último contacto con su tierra y con su vida pasada; la guerra contra la sublevación de Franco y sus generales le había costado la vida de su madre, después la de su hermano en el Ebro, luego la de muchas amigas y camaradas y ahora la de su padre, su mayor referencia. Se sentía sola, desarraigada, sin más atadura a su pasado que sus recuerdos y sus afectos, poco más. Entonces comprendió que su único patrimonio eran su nombre, sus recuerdos, sus afectos, sus creencias y sus ideas.

Todo comenzó de nuevo para ella otra vez: un nuevo país, diferentes amigos, una inesperada familia que quiso acogerla, los Bruel Robardet, una lengua casi olvidada, unas costumbres inéditas, pero la misma lucha y el mismo empeño. En poco tiempo aprendió los hábitos de quienes la acogieron y perfeccionó el idioma, del que algo sabía por el Ateneo de su barrio y las clases en el instituto Cervantes, y a finales del año 1939 tenía un permiso de residencia con su nombre verdadero, pero esa situación duró poco porque en mayo de 1940 los alemanes invadieron Francia y el gobierno colaboracionista del mariscal Pétain, al que seguían la mayoría de los franceses, que así sacaron a pasear sentimientos tan poco republicanos como la xenofobia, el antisemitismo o el fascismo que consolidaron en 1941 con las leyes raciales y el Comisariado General de los Problemas Judíos, emprendió una política de represión contra los comunistas franceses y todos aquellos exiliados que estuvieran instalados en Francia y tuvieran la misma o parecida afiliación. Ella, vista su ficha de inmigrante y quienes la acogían, que además de comunistas eran judíos, y su actividad descubierta en el Socorro Rojo Internacional, fue detenida por la Sûreté, que la tenía fichada desde que entró en Francia, e ingresada en un campo para mujeres, el de Rieucros, en Lozère, al principio un campo abierto de civiles sin vigilancia militar en 1939, pero que se convirtió un año después en un campo de castigo exclusivamente para mujeres. Allí concentraron a las republicanas españolas que la Sûreté, consideraba peligrosas para la seguridad nacional o para el orden público. En Rieucros, donde había más de seiscientas mujeres presas de veinticinco nacionalidades, encontró su nueva familia. Entre sus nuevas compañeras estaban la anarquista rusa Ida Mett, la comunista alemana Dora Schaul que colaboraba con la resistencia francesa, la periodista Hanka Grothendieck, la española Isabel del Castillo, locutora de Unión Radio y agente del SIM, la periodista Lenka Reinerova, la comunista francesa Angelita Bettini y Teresa Noce, una dirigente obrera italiana, activista y periodista. María Millán aún conservaba su verdadero nombre; aún no tenía nada que esconder. Durante su estancia en el campo trenzó gran amistad con Dora Schaul, con Isabel del Castillo y con otra española, también madrileña de Tetuán, que llegó después que ella, enferma de tuberculosis y que se llamaba Dorotea Campanal, comunista, planchadora y pintora de paisajes, que cuando murió al poco de llegar la dejó una miniatura de la plaza de Cuatro Caminos que había pintado en Rieucros sobre un trozo de papel de estraza y del que nunca se separaría.

De allí escapó en 1941, escondida sobre el techo de lona de un camión de suministros, antes de que los alemanes desmontasen la instalación penal y trasladasen a las presas hacia el campo de Brens, una población del departamento de Tarn. Su huida estuvo organizada por el PCE, donde militaba desde antes de salir de España, porque tras las incertidumbres que trajo la ocupación alemana de Francia y la represión subsiguiente ocurrió que el partido de los comunistas españoles —el partido de José Díaz— se convirtió, tanto en el plano militar como en el político, en el elemento motor de la Résistance en el sur de Francia, ya que el movimiento armado español había nacido, en algunos departamentos como Aude y Ariege, antes incluso que los grupos armados franceses. En la primavera de 1942, el PCE creó una formación militar que llevaba el nombre de la unidad que había contribuido a la protección de Madrid durante la guerra civil, el XIV Cuerpo de Guerrilleros Españoles, y ahí se incorporó ella con el nombre de Amélie Descharnes y adscrita al secretariado político. Allí conoció a Jules y se enamoraron como adolescentes que juegan a una aventura de mayores, sin apreciar el peligro que corrían. Ya había empezado su paso a la clandestinidad, su renacer en la sombra.

En marzo de 1943 hubo de afrontar otra pirueta vital porque la dirección del partido decidió incorporarla a la Résistance francesa, pues bien podía pasar ya por alguien nacida allí, y que oficiara en esos misterios casi religiosos como enlace con la organización española en misiones de propaganda, armas, notificaciones de órdenes y sobre todo servicio de información. Llegó a crear, gracias a Jules que siempre estuvo a su lado, una red de informadores tan tupida que el más pequeño desplazamiento de las tropas enemigas se conocía al poco tiempo por la dirección comunista. En ese destino político llevaba documentación que la señalaba como Lourdes Campoy, nacida en Perpignan y de profesión enfermera.

En la piel de esa enfermera, la única verdad de aquella transitoria filiación, estuvo hasta que hubo de incorporarse a la organización de Lyon, el bastión principal de la Résistance en el sur de Francia, y que se quería reforzar después de la caída de Jean Moulin. Para cumplir con esa nueva orden del partido en la que estuvo acompañada otra vez por Jules Pascal de Benot, su devoto compañero que, cuando estaban a solas la llamaba «ma petite Amélie», recibió la identidad de Isabelle Granier ante sus camaradas de lucha.

Hoy, casi dos años después, se enfrentaba a una muerte casi segura; lo supo cuando recordó cómo sintió en su mano el último latido del corazón de su amado, la última de las muertes que le habían hecho desvestirse, poco a poco, de la vida nacida en su infancia madrileña y adornada por las caricias de sus padres y las risas burlonas de su hermano cuando la asustaba de pequeña, jugando al escondite por las bardas de las casuchas de su barrio y la llamaba por su nombre, por el nombre que casi había olvidado. Esa madrugada de tormento creyó sentir que la mano de Jules venía de ninguna parte a tomar la suya para confortarla en sus últimos latidos.

La inesperada muerte de Jules le había privado de lo poco auténtico que quedaba en ella: el amor, el único sentimiento que era ajeno al interés y del que nunca procuró defensa. El amor era el único mundo de paz en que pudo refugiarse mientras transitaba por una vida intensa, descarnada y peligrosa, sentada sobre la violencia y el engaño, en la que la adrenalina y el disfraz eran los pasaportes que le daban tiempo para llegar a una meta inalcanzable, y tal vez imposible, pero alimentada por la mística de una nueva religión sin dioses que aspiraba al paraíso en la tierra tras una batalla hercúlea que se pretendía épica.

Allí, tirada en el suelo de una mazmorra nauseabunda, con varias costillas rotas, la mandíbula desencajada, la piel de la cara cortada e inflamada por los golpes y, sobre todo, el alma rota por la muerte de su último trozo de vida, de lo último vivo y auténtico que había en ella, apenas lo único, solo le quedaban fuerzas para el odio y la venganza.

Prisionera, sin apenas aliento, traspasado el dolor, comprendió con una claridad prístina que no tenía miedo a morir, que tal vez ya estuviera muriendo, y sintió que entonces no le tenía miedo a nada, ni siquiera al dolor de la tortura ni a la soledad existencial. Advirtió un extraño vacío en su interior, algo luminoso que nunca había percibido, algo que la estaba haciendo renacer. Una fuerza telúrica y extraña, abisal, desconocida y tan poderosa que no cabía en las palabras, se fue haciendo con todo lo que pudiera quedar de ella y en ella, con todo su desmadejado ser, rellenando con una nada, poderosa e infinita, lo que se había escapado de su interior por el camino del dolor y la angustia. A punto de desvanecerse se vio a sí misma ante un espejo por donde pasaron su madre, su padre, su hermano, su querido Jules y después, entre tinieblas, un grupo grande y silencioso de caras severas y macilentas que se sucedían una a otra con rapidez creciente en donde pudo reconocer algunos rostros amigos, algunos gestos íntimos y muchas palabras sabidas y sin letras que escupían sus labios yertos.

Cuando creyó que iba a morir, que ya estaba entrando en la ensoñación que precede al vacío, y que la fantasmagoría de todos los que venían a recogerla en fúnebre comitiva, o a despedirla de su paso por la vida, era la alucinación que produce el deseo de estar con los seres queridos cuando todo se agota, porque su tiempo se agotó en aquel sótano de Lyon, sintió que unas manos la alzaban del suelo y la acomodaban en una parihuela que no pudo ver.

—Dice el teniente que la carguemos en el camión, que se la llevan esta noche con las otras —explicó el sargento de los GMR a dos gendarmes que obraban con cierta piedad, como precoces sepultureros de aquella muchacha ensangrentada que veían exánime.

—Pobrecilla…, podía ser mi hija —lamentó uno de los gendarmes.

Eso no pudo oírlo; María solo creyó sentir que la mano de su madre le acariciaba la frente mientras su compañero y amante, siempre tan dulce, la susurraba sin soltar su mano: «je sui avec toi pour toujours, ma petite Amélie».

Entonces, al oírlo en la boca soñada de su amado Jules, recordó su nombre de sangre, el de sus juegos de infancia, el que había olvidado desde que se sumergió en la lucha en un país que quiso creer suyo, y que ahora volvía para guiarla a no sabía dónde: María Millán Pruneda.

— 4 —
El experimento

Bad-Charlottenbrunn, Der Riese.
1 de abril de 1945.

—¿Está todo preparado, Wilhelm? —preguntó el general Kammler a su ayudante.

—Desde luego, Hans; ya lo he supervisado —le respondió su adjunto para asuntos científicos, el SS-Standartenführer Wilhelm Voss.

Los dos hombres se encontraban en el Laboratorio 7, de los que se construyeron en Der Riese, bajo las montañas del Búho. Habían avisado de su llegada el día anterior y todo estaba dispuesto para lo que se anunciaba como un experimento crucial, al menos para Hans Kammler. El lugar era un espacio abovedado de planta circular con un diámetro de más de cincuenta metros, horadado bajo los cimientos de Hausdorf, a una profundidad de más de cien metros medidos desde la clave de la gruta. Los dos altos oficiales de las SS habían entrado en las instalaciones desde los sótanos del castillo de Książ y habían llegado al laboratorio utilizando un ferrocarril de vía estrecha que recorría los más de treinta kilómetros de túneles que unían las diferentes instalaciones en donde más de seiscientos técnicos superiores experimentaban sobre las Wunderwaffen. El Laboratorio 7 era el más vigilado de todos y en donde se estaba desarrollando una investigación a la que muy pocos podían acceder; lo que allí se cocía era información reservada, incluso para los demás especialistas.

Los dos jerarcas de las SS estaban sobre la plataforma levantada al borde de uno de los laterales de la nave tallada en la roca viva y, a su derecha, formaba un grupo de hombres con batas blancas y botas altas de goma que iban protegidos con unos mandiles negros de cuero reforzado con cintas de plomo. Con ellos estaba un oficial uniformado con los más importantes emblemas de las SS; era el SS-Obergrupenfürer Emil Mazuw, el responsable político del proyecto, un tipo de más de cuarenta años, calvo y corpulento que había ocupado el puesto de gobernador de Pomerania. Tras ellos estaban instalados dos paneles de control accionados por grandes palancas y repletos de indicadores de lectura y marcadores luminosos. Una señal de Kammler hizo acercarse al general Mazuw que, con un gesto de la mano, requirió que le acompañara uno de los civiles, el único del grupo que llevaba la bata blanca sobre un traje con chaleco sin ninguna protección añadida.

—¿Va todo bien, Emil? —le preguntó Hans Kammler utilizando su nombre de pila.

—Todo va bien, Hans —le respondió Mazuw que tenía su misma graduación y le debía su nombramiento como responsable político del experimento.

Kammler se quedó mirando al hombre que cortejaba a su compañero de armas.

—Te presento al doctor Gerlach. Es el director del equipo técnico del proyecto, un excelente especialista y un gran científico —explicó Mazuw para justificar que se le hubiera traído con él.

—Es un placer conocerle, doctor Gerlach —le saludó Kammler.

—A sus órdenes, *mein* Obergrupenfürer —respondió Walter Gerlach con un taconazo. Era la primera vez que veía a Kammler, aunque sabía muy bien quien era aquel hombre; Nube de Polvo le llamaban los suyos por la velocidad con que acometía sus tareas y porque viajaba constantemente de un sitio a otro.

—Nada de tratamientos, Walter; aquí somos todos científicos —le quiso corregir ofreciéndole la mano como saludo.

—Muchas gracias, *herr doktor* —le correspondió el científico tomándosela y obsequiando al poderoso jerarca nazi con su título civil.

Walter Gerlach era un físico formado en la universidad de Tubinga y descubridor de la cuantización del espín en un campo magnético. Desde 1937 era miembro del consejo de supervisión de la Kaiser Wilhelm Gesellschaft (KWG) y en enero de 1944, siendo ya director técnico del Laboratorio 7 y encontrándose al frente del proyecto de La Campana por deseo de Kammler se convirtió en jefe de la sección de física del Reichsforschungsrat, el Consejo de Investigación del Reich, y Bevollmächtigter, plenipotenciario, de física nuclear en sustitución de

Abraham Esau, un prusiano menonita que había ascendido a plenipotenciario de ingeniería de alta frecuencia y a responsable del grupo de trabajo e investigación sobre tecnología de radares.

—¿Se han corregido los defectos, Emil? —Kammler se refería a la experiencia con el anterior prototipo, el Vril-6, que ocasionó la muerte de cinco de los siete técnicos que estaban al lado de la máquina, maniobrándola, cuando entró en funcionamiento el sistema.

Mazuw invitó con un gesto a Gerlach para que respondiese.

—Totalmente, *herr* Kammler —aseguró Gerlach.

—¿Cuál fue la causa?

—Un problema en la inyección de combustible que provocó el colapso en el funcionamiento; la máquina quedó rotando en vacío y eso indujo la explosión.

—El Obergrupenfürer Mazuw nos remitió un informe del doctor Gerlach al respecto —aseguró Voss apoyando el argumento de su compañero físico.

El combustible que ellos llamaban Xerum-525 era un isótopo de mercurio que también contenía otros elementos, como eran los peróxidos de torio y berilio en solución o composición química con la base de mercurio. Cualquier alteración inadecuada en la cuota de presencia de esos isómeros en la mezcla del combustible, concluía el informe, habría ocasionado el bloqueo en el proceso de alimentación y, por ello, el colapso y la posterior deflagración del ingenio.

—¿Está todo preparado? —insistió Kammler llevando la mirada al centro de la sala.

En mitad del espacioso lugar estaba instalado el séptimo de los intentos para conseguir una máquina que pudiera alterar las leyes de la gravedad, el objetivo principal de Kammler y de Gerlach, no así de otros implicados en el proyecto, los más atados al círculo esotérico de la Ahnenerbe y los jerarcas de las SS que formaban en la Orden del Sol Negro. Estos últimos esperaban del experimento algo que se escapaba al sentido común, aunque nadie con formación científica se atrevía a descartar, al menos en público, semejantes sandeces por el riesgo a padecer represalias por parte del poderoso grupo de iluminados que pacían en los desquiciados campos de la Ahnenerbe. El ingenio del que se esperaba el milagro parecía una campana, de así su nombre en clave, que tenía cinco metros de alto y tres de ancho en la base, recubierto de placas de cerámica y en cuyo interior había dos cilindros giratorios que lo harían en respectivos sentidos contrarios, así explicó Gerlach, generando un vórtice para formar una separación de los campos magnéticos. Por esos cilindros contrarrotativos circulaba el Xerum-525 que se almacenaba en depósitos de plomo de un metro de longitud. En aquel momento y en torno al artefacto, manipulándolo, había otros seis especialistas oficiando en un simulacro de danza silenciosa, muy similar al ajetreo de las abejas obreras cuando atienden a la reina de la colmena, para servir al gran aparato gris que exigía de sus cuidados. Esos técnicos vestían unos pesados monos de cuero que se veían reforzados por delante con unos pectorales negros a modo de mandil corto y calzaban botas de goma y guantes largos de lo mismo. Gerlach, que no militaba en el partido nazi, era un especialista acreditado en el campo del comportamiento del mercurio porque había publicado antes de la guerra un importante trabajo de investigación, explicando la singularísima reacción y comportamiento de ese elemento cuando se le sometía a un alto estrés eléctrico y magnético. El físico no tenía más interés que ese en el experimento, la posible alteración del campo gravitatorio; las ridículas palinodias esotéricas de los de la calavera y sus órdenes misteriosas le parecían dislates de descerebrados mitómanos e irresponsables con los que tenía que transigir. Gerlach estaba al corriente de las investigaciones del catedrático Élie Cartan sobre la antigravedad y veía en este experimento una posibilidad de avanzar en las hipótesis del francés sobre la gravedad cuántica que ya se había concretado en la hipótesis Einstein-Cartan que reformulaba los fundamentos de la relatividad general.

En esas cavilaciones andaba el físico cuando se abrió una puerta tras ellos, al final del entarimado, y entró en la gran sala un grupo que venía precedido de dos guardias de seguridad ataviados con uniformes militares de campaña. Eran cinco mujeres que rondarían los cuarenta años, descalzas y vestidas con túnicas blancas hasta los pies, y un hombre bastante mayor que ellas que se adornaba con una capa negra engalanada en los hombros con unas runas bordadas con hilo de plata. «Si éramos pocos… ahora llega el circo» se dijo Gerlach al ver al extravagante grupo que entraba en el laboratorio con mucha parsimonia, ellas delante y el hombre detrás con un báculo de plata. «Solo les falta que suene la obertura de *Los maestros cantores de Núremberg*; parecen valquirias escapadas de una ópera de Wagner… y el de la capa bien podía ser el mago Klingsor dando un paseo», se confesó el físico conteniendo la risa.

Cuando Hans Kammler vio la entrada de las mujeres vestidas de blanco se dirigió a ellas de inmediato.

—María… —le dijo a la que parecía encabezar el grupo a la vez que la tomaba la mano para besársela. La severidad en el gesto del militar había desaparecido en un instante; parecía encantado de ver allí a aquella mujer.

—Hans… —le correspondió ella con una sonrisa.

Los demás callaron sorprendidos ante la súbita amabilidad del jerarca, un hombre que de ordinario gastaba un gesto adusto y apenas sonreía.

—¿Conoces a mis amigas? —le preguntó la dama. Era María Orsic, la gran señora del misterio en el reservado mundo de los cenáculos esotéricos nazis.

—Claro que las recuerdo —concedió él dirigiéndolas una inclinación de cabeza.

—Te las presento —insistió ella—. Traute, Sigrun, Gudrun y Heike —dijo refiriéndose al nombre de pila de cada una.

Las cinco mujeres se habían personado allí con el cabello suelto y largo hasta los pies, pues nunca se lo cortaban porque creían que así absorbían la energía de la tierra, que eso les irrigaba el cerebro y que, además, el cabello operaba como un receptor cósmico para los mensajes telepáticos que recibían de las estrellas, de Aldebarán a su decir. El que parecía pastorear el grupo, Friedrich Krohn, que se presentó a sí mismo como *doktor* Krhon, era en verdad un modesto dentista de Starnberg que ahora trasteaba en la sociedad Vril vendiendo sus fantasías y que antes había enredado en la sociedad Thule, hasta que se cerró en 1933 porque Hitler no comulgada con los dislates esotéricos de Himmler y los suyos, incluyendo en el paquete a su amigo Rudolf Hess. Krhon se atribuía el mérito de haber propuesto al futuro Führer que adoptara la cruz gamada dentro de un círculo blanco como símbolo central de la bandera del partido nazi, cosa que Hitler le reconocía al relatar en *Mein Kampf* que «un dentista de Starnberg también entregó un diseño no malo, que por cierto estuvo bastante cerca del mío, solo tuvo un error, que la esvástica estaba compuesta con ganchos curvos en un disco blanco», aunque exigió que se le añadiera «un fondo rojo para competir con la bandera del partido comunista». Tampoco el dentista se había quebrado mucho la cabeza en el invento porque la sociedad Thule había adoptado mucho antes la cruz gamada como emblema dentro de un círculo con una daga vertical superpuesta. Con esos antecedentes, Krhon, un charlatán enfático y presuntuoso, se veía a sí mismo como un experto en heráldica y simbolismo y, además, como un artista y por eso se hacía valer en Vril.

Cuando terminaron las presentaciones fue Krhon quien quiso sumar su granito de arena, más por hacerse notar que por otra cosa.

—¿Ya está orientada la máquina? —preguntó impostando la voz de manera ridícula, cosa que solía hacer cuando veía público cerca, y alzando los brazos como si aquello fuera un asunto capital.

Voss miró a Kammler, ciertamente avergonzado, y Gerlach prefirió mirar a otro sitio conteniendo la risa.

—Hay que posicionar la maquina hacia una puerta estelar, señores —continuó el dentista sin esperar respuesta; era su momento—. Hay que estar en armonía con la línea del grado 33.33° de la Tierra; únicamente así aprovecharemos una singularidad en el espacio-tiempo y el artefacto se dirigirá directamente hacia Aldebarán.

Kammler, consciente del despropósito y sinsentido que se escondía en la hiperbólica parrafada, dirigió al farsante una mirada asesina, pero Mazuw, familiarizado con los arrebatos de su jefe, salió al quite para evitar daños mayores.

—Ya está hecho, Hans —respondió dirigiéndose hacia su jefe para evitar que Kammler lanzara algún exabrupto—; la señora Orsic nos hizo llegar esas instrucciones.

La aludida no dijo nada; pareciera que ya estaba en Aldebarán con sus amigas. Gerlach sonreía, divertido, y Mazuw no sabía dónde meterse porque María Orsic, en verdad, no había indicado nada de eso y solo un mensaje, que llegó aquella mañana firmado por «herr doctor» y en sobre sellado con lacre, apuntaba esa chocante petición.

La incomprensible pretensión se había resuelto a última hora pintando un círculo en el suelo en torno al dispositivo y señalando con una flecha blanca el punto de los 33.33 grados oeste. Para que simulara que servía para algo, porque la maquina no se había movido ni un centímetro de donde estaba anclada y sujeta con unas cadenas, se trazó con pintura roja una raya en su base a fin de que el extravagante personaje creyera que se le había atendido en tan ridícula y vacua petición.

Cuando pareció que todo estaba listo, el SS-Obergrupenfürer Kammler se calzó unas gafas metálicas de cristal espejado y con protectores laterales de cuero que le cubrían los ojos, media frente y parte de las mejillas y con un gesto indicó que comenzara la prueba. La señal de Kammler hizo que Gerlach regresase a su sitio, al control de paneles donde continuaban sus técnicos a la espera de instrucciones, y que Voss repartiera gafas como aquellas a los que estaban en la tribuna, cosa que todos aceptaron menos María Orsic y sus compañeras que las rechazaron con un gesto, sin dar explicación. Krhon sí se las puso, por si acaso.

Los técnicos de Gerlach comenzaron su tarea activando interruptores de los paneles de control. Los que estaban alrededor del prototipo también se retiraron para protegerse tras un grueso muro de sacos terreros habilitado en una esquina de la sala. En anteriores experimentos había sucedido que aquellas personas que se encontraban dentro de un círculo de treinta metros rodeando la campana habían fallecido después por efectos de la radiación o bien durante el experimento por los efectos de la solidificación de la sangre en el sistema circulatorio y la descomposición de los tejidos orgánicos.

Con todo dispuesto sonó una sirena y unas luminarias rojas comenzaron a encenderse y apagarse a modo de aviso, mientras un zumbido persistente se iba haciendo con la sala; había comenzado la cuenta atrás.

—3, 2, 1… ¡Conecten toda la potencia! —ordenó Gerlach a sus colaboradores.

Uno de ellos bajó la que parecía palanca principal que activaba la experiencia y los anillos comenzaron a girar produciendo un efecto luminoso que convertía el tono gris del mercurio en un brillante color morado. Krhon, al darse cuenta de ello, se refugió tras el general Emil Mazuw que permanecía imperturbable.

El sincopado zumbido proveniente de los cilindros de mercurio fue aumentando de intensidad, y toda la sala comenzó a trepidar. El Vril-7 también vibraba y emitía un sonido metálico que fue creciendo en intensidad hasta hacerse ensordecedor y, de repente, una corona de luz blanca, muy brillante, casi cegadora, bañó cuanto había en la gruta con una violencia tal que pese a las gafas de protección todos, salvo las cinco mujeres, bajaron la vista para no padecer daño en los ojos. Durante casi un minuto más, el resplandor y el zumbido aumentaron de intensidad hasta hacerte insoportables. De repente todo se detuvo, desaparecieron la luz y el ruido, y cuando los presentes levantaron la mirada se encontraron con que el prototipo había desaparecido de la vista, que allí no había nada. Comprobaron, desconcertados, que el Vril-7 se había evaporado y que las cadenas que le sujetaban a la base de hormigón que le retenía unido al suelo parecían haberse deshecho.

Un murmullo se fue haciendo poco a poco con el silencio de los presentes y todos se miraban entre sí, aturdidos. Solo María Orsic y sus compañeras permanecían calladas, serenas, con la mirada perdida como si estuvieran en trance y nada hubiese ocurrido.

—¿Qué ha pasado? —preguntó Kammler al cabo de unos segundos.

Nadie le respondió porque tras su pregunta el sonido silbante y percutiente volvió a adueñarse del espacio abovedado mientras un pequeño punto de luz blanca y deslumbrante se hizo inesperadamente con el lugar que antes ocupaba la campana. Era una manifestación diminuta, aunque intensísima, pero su tamaño fue creciendo poco a poco. A la vez que aumentaba su dimensión espacial crecía el zumbido y la intensidad luminosa hasta el punto de que ni con las gafas podían aguantar el deslumbramiento, salvo las damas. De manera inesperada, un gran destello se hizo con toda la sala, como si la materialización luminosa hubiese explosionado de rebato, y cuando la claridad dejó paso a la visión el Vril-7 había reaparecido y estaba de nuevo sobre la peana de hormigón que antes le sujetaba al suelo de roca viva.

Todos callaban ahora, el laboratorio estaba en silencio; ninguna máquina alteraba la súbita calma que se hizo con la gruta.

Solo Kammler sonrió, aunque no sabía explicarse aún por qué la carcasa de metal del aparato estaba chamuscada y se viera gastada y dañada en varios lugares, como si hubiese envejecido en unos segundos lo que la intemperie hubiera tardado muchos años en provocar.

Gerlach no daba crédito a lo que había presenciado, y Mazuw, por su carácter, permanecía como si allí no hubiera ocurrido nada. Solo Krhon había desaparecido, aunque se le descubrió después escondido debajo de una mesa temblando como un niño asustado por una pesadilla.

—Ha sido un viaje precioso —dijo sonriente María Orsic, como si despertara de un sueño muy agradable. Sus amigas sonrieron también y asintieron con la cabeza.

— 5 —
Huida

Cerca de Opole, Polonia occidental.
18 de abril de 1945.

El suelo temblaba con un ruido sordo y profundo, con un zumbido monótono y obsesivo como el de un colosal enjambre de abejas que pugnase por salir de aquel cielo encapotado y oscuro que impedía la visión de lo cercano.

El martilleo ronco de seis poderosos motores birradiales de catorce cilindros, fabricados por BMW para el Junker Ju-390 con el código 801 de su producción batía el suelo. Esas máquinas, capaces de aportar mil trescientos caballos de potencia cada una, retumbaban en aquel claro del bosque perdido en un punto sin nombre de Polonia occidental, cerca de Opole.

El retumbo penetrante de aquellos potentes ingenios, todavía experimentales, resultaba más amenazador aun al retronar en el silencio de una muda noche de tormenta que se negaba a recibir a la primavera. La nieve todavía cubría un campo de aterrizaje sin más recursos que la pista no balizada y que solo era conocido por algunos pilotos del Kampfgeschwader 200, el secreto escuadrón de combate de la Luftwaffe para operaciones especiales y encubiertas que estaba a las órdenes del capitán Karl Edmund Gartenfeld y que solo reportaba al mariscal Göring, vicecanciller del Reich, y al Führer.

Durante toda la tarde habían llegado al lugar, a los aledaños de la pista, renqueantes camiones militares camuflados, un convoy de cinco vehículos Opel Blitz encapotados con escrúpulo para esconder su contenido y con los emblemas enfangados de la división motorizada Totenkopf, la tercera de las Waffen-SS, estacionada en el frente oriental y ahora en absoluta retirada ante la potente ofensiva de las tropas soviéticas al mando del mariscal Zhúkov que podían llegar a la pista en cualquier momento. Los camiones traían una poderosa escolta armada de las tropas de la calavera a cuyo mando estaba para la ocasión el SS-Gruppenführer Jakob Sporrenberg. La recepción de la misteriosa carga corría por cuenta de dos ayudantes del SS-Oberstgruppenführer Hans Kammler que ordenaban, tras comprobar los albaranes de envío, que las cajas de madera transportadas, marcadas todas con la esvástica, pasaran inmediatamente a la bodega del enorme Ju-390, un bombardero que pesaba en vacío cuarenta toneladas, tenía una envergadura de cincuenta y cinco metros y podía cargar veinticinco toneladas con una autonomía de casi diez mil kilómetros. De esos aparatos, los mayores construidos nunca en Alemania y cuya finalidad era servir al bombardeo de la costa atlántica norteamericana, se habían fabricado solo dos prototipos, el que estaba en pista era el segundo de ellos, y aunque el mando militar había ordenado un año atrás la realización de otras veintiséis unidades más, la realidad del estado militar del Reich, acosado por todas partes y ya en retroceso descontrolado, había aconsejado suspender el programa de su producción.

El convoy motorizado venía de más de doscientos kilómetros al oeste, de una instalación secreta conocida entre los pocos que sabían de su existencia como Der Riese, el gigante, una base experimental ubicada en Bad-Charlottenbrunn, cerca de Ludwigsdorf entre las montañas Owl y el castillo Książ, en la zona de la Baja Silesia polaca. La base había sido construida con la autorización del arquitecto Albert Speer, ministro de Armamento e Industria, bajo la vigilancia armada de las SS y por el esfuerzo de trece mil trabajadores forzados, judíos rusos, húngaros y polacos transferidos desde el campo de prisioneros de Auschwitz, de los que más de cinco mil murieron en las obras. El SS-Gruppenführer Jakob Sporrenberg era el jefe de seguridad de aquellas misteriosas instalaciones y, por lo tanto, responsable del sigilo y buen fin del enigmático transporte. Pese a sus entorchados de general de las SS no tenía inconveniente en despachar con deferencia, incluso con reverencia, ante los ayudantes de Kammler, dos meros oficiales que sabían de la guerra lo que habían leído en los informes clasificados que pasaban por sus manos.

—Ya está todo, señores —dijo Sporrenberg cuando la carga de sus camiones descansaba en la bodega de aquel leviatán del aire que mantenía activos y rugientes sus motores para evitar que las bajas temperaturas, el viento y la lluvia pudieran dañarlos. Las dieciocho enormes palas de las seis hélices batían el aire creando un torbellino contra la ventisca donde la maquina vencía a la naturaleza.

—Todo conforme, mi general. ¡A sus órdenes! —dijo uno de los burócratas repasando con una linterna el memorándum de la carga.

—¡¡*Heil* Hitler!! —gritó el SS-Gruppenführer por seguir el rito de la ceremonia.

—¡*Heil!* —respondieron sin demasiado entusiasmo los ayudantes, y por las mismas se dieron la vuelta con sus papeles, dejando a Sporrenberg con la palabra en la boca. La poderosísima posición de su jefe les permitía desplantes como este, y más en aquellos días en que todos los alemanes que conservaran un ápice de cordura, que no eran muchos, sabían bien que el «Reich de los mil años» apenas iba a durar unas pocas semanas y que muchos iban a perder el cuello.

La operación Overlord, el desembarco por Normandía en verano de 1944 del mayor contingente de tropas y material de guerra jamás movilizado por ingleses, norteamericanos y sus tropas aliadas, sobre todo franceses y polacos, había sido la última cuchillada que iba a condenar de manera irremediable las menguadas posibilidades de que Hitler y los suyos salieran con bien de la ordalía criminal a la que los nazis habían llevado a Alemania, cuando el enloquecido personaje soñó que el Tercer Reich, su *reich*, sería el de los mil años.

La pérdida de la hegemonía militar nazi, su primera y mortal derrota, ocurrió en Stalingrado en enero de 1943, durante la batalla más sangrienta de la historia en que el Ejército Rojo del mariscal Aleksander Vasilevski derrotó en un esfuerzo heroico, titánico y sangriento a las poderosas y equipadas tropas alemanas del 6º Ejército que perdieron entre muertos, heridos y prisioneros más de seiscientos mil efectivos. Incluso su jefe, el *Generalfeldmarschall* Friedrich von Paulus, fue arrestado por los soviéticos —era la primera vez que un mariscal alemán se rendía y era apresado por sus enemigos— que con esta batalla dieron la vuelta a la guerra, y sus tropas comenzaron la marcha y la revancha hacia el territorio alemán. Los rusos, por fin, pensaban los soldados soviéticos y sus dirigentes comunistas, iban a vencer en su «gran guerra patriótica», un término acuñado por el periódico *Pravda* el 23 de junio de 1941, cuando Alemania invadió a la Unión Soviética traicionando el pacto Molotov-Ribbentrop. La batalla de Stalingrado, el desastre de Stalingrado para los alemanes, fue la derrota militar más dura de la Alemania nazi, lo que comportó que los alemanes se desayunasen con un fracaso inesperado que sería preludio de una catástrofe y que la iniciativa militar pasara de la esvástica hitleriana a la hoz y el martillo que enarbolaba el Ejército Rojo. Esa clara hegemonía militar de la URSS fue la razón última que obligó a intervenir en el escenario europeo a los norteamericanos, siempre reticentes, a fin de no quedar fuera de una victoria que los rusos se estaban procurando sin su ayuda y que ya se veía próxima e inevitable. Que el comunismo se adueñara de Europa era para norteamericanos e ingleses algo mucho más grave, más inquietante, que el peligro nazi y de ahí su intervención invasora justo después que las divisiones de Zhúkov armadas con sus «órganos de Stalin» enfilaran hacia el Rin.

Tras recuperar Stalingrado, el Ejército Rojo era imparable. Liberó Minsk el 3 de julio, apresando al grupo alemán de Ejércitos del Norte y desplazándose hacia Lituania para ocupar Vilna con rapidez. A finales de agosto el Ejército Rojo estaba ya a 80 kilómetros de Prusia del Este y, más al sur, había penetrado en Polonia por el río Vístula, mientras las tropas del mariscal Zhúkov liberaban a los Estados bálticos poco antes de que el 23 de agosto, el gobierno pronazi de Rumania que presidia el militar Ion Antonescu fuera derrocado. El 12 de septiembre se rindió Rumania, y los Balcanes se abrieron completamente al Ejército Rojo. Había comenzado el desplome; ya habían caído también Bulgaria y Hungría, los gobiernos aliados de Alemania, y sus jefes habían sido detenidos y fusilados. Para colmo y desgracia del Tercer Reich ocurrió que, el 25 de julio, el Gran Consejo del Fascio acordó limitar el poder de Benito Mussolini, el primer aliado de Hitler y el más potente, de cuya fidelidad no tenía duda, y que el control de las fuerzas armadas italianas pasara a las manos del rey Víctor Manuel III que mandó apresar a Mussolini pese a que el dictador le ofreciera antes su renuncia. Un nuevo gobierno italiano encabezado por el mariscal Pietro Badoglio bajo la corona de Víctor Manuel III, inició conversaciones con los aliados, que ya habían desembarcado en Italia, para salvar Roma de los bombardeos. Alemania rescató a Mussolini de su prisión en el monte Gran Sasso, al norte de Roma, y creó la fantasmagórica República de Saló, un mero títere de los nazis en las orillas del lago Como, lo que la obligó a atender otro frente militar en Italia donde los partisanos comunistas, cada vez más activos y mejor organizados, plantaban cara con éxito a las tropas de la Wehrmacht. En ese momento de derrota en que las fuerzas Aliadas empujaban a las alemanas en las Ardenas haciéndolas retroceder hacia Berlín y los rusos les habían horquillado por el este, lo más peligroso del juego, el sanedrín nazi apostaba por las Wunderwaffen, las armas maravillosas con las que habían soñado Hitler y su camarilla de incondicionales, cada vez más desconectados de la realidad, para dar un vuelco inesperado a la situación militar. Fallado ese envite milagroso había comenzado la desbandada.

Serían las dos de la madrugada cuando un Mercedes-Benz blindado, con los focos matizados para evitar ser localizado desde el aire y escoltado por tres vehículos armados con ametralladoras pesadas, llegó a la explanada. Los dos oficiales ayudantes se cuadraron ante el pasajero principal y único que descendió del automóvil, el SS-Obergruppenführer y general de las Waffen-SS Hans Kammler, el gran jefe nazi de las Wunderwaffen desde que el 27 de marzo de 1945 propio Führer le designara «plenipotenciario para el desarrollo de armamento y aviación», colocándole por encima de Albert Speer y del propio Heinrich Himmler en el enloquecido y cambiante organigrama nazi de aquellos días en que todo se les estaba viniendo abajo.

Tras el saludo geométrico y ritual que se gastaban entre ellos los devotos de aquella sinrazón criminal, de ese aquelarre de adoradores de la esvástica, los adjuntos del general le siguieron hacia una tienda de campaña vigilada por una escuadra de granaderos y que era la única instalación levantada a pie de pista.

—¿Ha llegado Sporrenberg? —preguntó Kammler cuando estuvo dentro con sus dos edecanes

—Sí, mi general —contestó uno de ellos cuadrándose con un taconazo.

—Está en su coche esperándole, mi general —aclaró el otro repitiendo el gesto del talón.

—Decidle que se presente —ordenó sin más explicaciones mientras se quitaba el abrigo de cuero y depositaba con mucha parsimonia sus guantes negros sobre la mesa metálica que amueblaba aquel espacio en compañía de cuatro sillas de tijera. Un quinqué alimentado por keroseno iluminaba apenas ese habitáculo descarnado y precario.

Los dos uniformados, el SS-Standartenführer Dr. Wilhelm Voss, su ayudante científico, ingeniero como él, y el SS-Sturmbannführer Heinz Zeuner, su asistente personal, salieron a cumplir la encomienda del patrón. Fuera, vibraba la ventisca y caía una lluvia fría que hacía temblar la lona encerada de la tienda, una señal de que toda la situación militar era tan precaria como aquella lona. El entorchado general, que lucía en la pechera de su uniforme gris la cruz de hierro de primera clase, la cruz de caballero con espadas al mérito de guerra y la cruz alemana de oro, encendió un cigarrillo que sacó de una pitillera grabada con sus iniciales y el mapa de la región de Pomerania, que era su lugar de nacimiento, e inhaló una calada mientras cerraba los ojos por un instante, como si buscara reposo en ello. Se le veía fatigado, casi exhausto, pero un brillo turbador en la mirada, casi febril, decía a las claras que el estado de tensión que le recorría el cuerpo y el ánimo superaba en él cualquier fatiga; era consciente que se estaba jugando la vida si alguien descubría su secreta maniobra, algo que había comenzado en Lisboa seis meses antes. Tenía que jugar sus cartas con habilidad.

—¡¡*Heil* Hitler!! —gritó estentóreo y envarado Viktor Sporrenberg alzando su brazo derecho cuando entró bajo la lona, escoltado por los edecanes de Kammler.

—*Heil* —respondió cansino el dueño de los secretos científicos más oscuros y terribles del Reich, el verdadero señor del reino de las sombras subterráneas.

—A sus órdenes, mi general —ofreció el jefe de seguridad, que había hecho toda su carrera en la Policía.

—¿Comprende usted lo que tiene que hacer ahora, Viktor? ¿Lo sabe? —preguntó Kammler sin más rodeos mirándole fijamente a los ojos. La severidad de la pregunta cortaba más que el filo de la daga que Sporrenberg llevaba al cinto.

—Perfectamente mi Obergruppenführer —asintió el otro sin reservas. Un sudor frío perlaba su frente.

—¿Le caben dudas? —insistió su jefe sin quitarle la mirada de los ojos.

—Ninguna, señor —se vio en la obligación de confirmar.

—¿Sabe usted que se trata de una orden personal que me ha transmitido el Führer? —quiso remachar Kammler.

—Sin duda, mi general —mintió Sporrenberg que no podía saber si aquello era cierto o no, pero no estaba dispuesto a arriesgarse por ello.

—Recuerde que nuestro honor se llama fidelidad —explicó muy despacio, remarcando cada sílaba, el último SS-Obergruppenführer nombrado por Adolfo Hitler. Se refería al lema de la SS, su juramento, el mismo que el otro llevaba grabado en la hoja de la daga.

—Nunca lo olvido, mi general.

—Tiene usted que cumplir esa orden antes de que amanezca —le emplazó mientras daba otra calada a su cigarrillo antes de arrojarlo al suelo con gesto de fastidio.

—Así lo haré, señor —aceptó el conturbado militar.

—Puede retirarse —ofreció el general para concluir la entrevista y despachar a su subordinado.

—¡¡¡*Heil* Hitler!!! —gritó Sporrenberg, que no las tenía todas consigo.

—¡*Heil* Hitler! —corearon los edecanes por vestir el ritual. Kammler permaneció en silencio, como si el asunto no fuera con él.

Voss y Zeuner acompañaron a Sporrenberg al coche donde le esperaban su conductor, un sargento de escolta y su comandante ayudante. Los colaboradores de Kammler no se separaron del jefe de seguridad de Der Riese hasta que su automóvil se perdió por la pista de tierra batida que llevaba al disimulado campo de aviación.

Ciertamente el enjuto general imponía a su alrededor un círculo de respeto que para muchos era sinónimo de miedo, dado lo imprevisible y airado de sus reacciones cuando no se cumplían los objetivos que acometía. Sus colaboradores sabían de su eficiencia y frialdad para ejecutar las órdenes que recibiera, algo que esperaba en el mismo grado de sus subalternos.

Kammler pasaba por ser un desconocido fuera de los cenáculos más reservados del régimen, pero había ido escalando puestos en el siniestro escalafón de la calavera de plata conforme se incendiaban los peldaños de aquel descenso al averno en que se había convertido la guerra. Así se ganó la confianza de Adolf Hitler y, en aquellas agónicas postrimerías de un régimen que se creyó poderoso, era ya un actor principal, aunque fuese entre las bambalinas de un teatro peligroso y ridículo en el que las traiciones se envolvían en secretos que se paseaban disfrazados de mentiras.

El personaje era un tipo inusual entre los corifeos de Heinrich Himmler; Hans Kammler era un ingeniero civil y arquitecto, culto, educado, con buena formación administrativa y una probada eficacia en la resolución de problemas técnicos. Comenzó su carrera desempeñándose en la administración municipal de la ciudad de Berlín e ingresando en el partido nazi en 1931 hasta que dio el paso a las SS donde se afilió en 1933 con el número 113.619 y el grado de SS-Untersturmführer tatuándose en el antebrazo izquierdo la letra de su grupo sanguíneo. Desde 1940, y con el uniforme de la calavera, trabajó en la Oficina Económica y

Administrativa Principal de las *SS*. Supervisó la Oficina D, la administración del sistema de campos de concentración, y también fue jefe de la Oficina C, la que diseñó y construyó todos los campos de concentración y exterminio. En esta última competencia supervisó la instalación de sistemas de cremación más eficientes en Auschwitz-Birkenau. Tras la sublevación del *ghetto* de Varsovia, Himmler le encargó su demolición y, después, la construcción de las instalaciones para proyectos de armas secretas incluyendo los cohetes V-2 y el avión jet Messerschmitt Me-262. Cuando los aliados destruyeron en 1943 la base secreta de Peenemünde le asignaron el diseño y construcción de nuevas instalaciones subterráneas, Der Riese, donde continuar los experimentos confidenciales sobre misiles y energía nuclear hasta que el 30 de enero de 1944 fue ascendido a SS-Obergruppenführer y general de las Waffen-SS y Himmler convenció a Hitler de poner el Proyecto V-2 bajo el control directo de las SS y, en consecuencia, el 6 de agosto designó a Kammler como su nuevo director. El avispado ingeniero había entrado por fin en el sanedrín de la infamia y apenas nadie le conocía fuera del siniestro círculo, lo cual era una ventaja para él dados los enfrentamientos cainitas y criminales que se traían los de aquella tropa desquiciada de gerifaltes sobresaltados por lo que se les venía encima. Sucedía además que Kammler tenía en su mano los últimos secretos de la potente tecnología nazi, su único objetivo y su baza principal desde que Stalingrado les puso la derrota delante de los discursos enloquecidos de Goebbels, el más fiel al jefe. Kammler había sabido apropiarse de lo más importante del despojo que se avenía ante el desastre militar y político del Tercer Reich, las Wunderwaffen. Esa era su carta para negociar un destino que librase de la horca o el paredón.

En esos soliloquios andaba el lúcido y agotado Obergruppenführer cuando el Standartenführer Voss entró en la tienda de campaña.

—Mi general, ya ha llegado el general Mazuw —su edecán se refería al SS-Obergruppenführer Emil Mazuw, coordinador y responsable directo del proyecto principal y más reservado de los que se cocían en las instalaciones de Bad-Charlottenbrunn.

—Hazle pasar, Voss —Kammler nunca se dirigía a su ayudante por el grado militar sino por el civil de «doctor» pues los dos eran ingenieros de profesión y empleaban el tuteo cuando estaban a solas. Los dos usaban el uniforme de la calavera para el medro en su carrera profesional y aunque participaban sin reservas de la liturgia y principios de la siniestra organización no se habían formado en sus filas y se consideraban más capaces que la mayoría de sus vehementes conmilitones, hombres de muy escasa formación.

El ayudante hizo pasar al jefe del proyecto más importante y secreto que se cocía en las instalaciones bajo su mando.

—A tus órdenes, Hans —le saludó Mazuw prescindiendo de la ceremonia gestual que ya era obligatoria en el Ejército desde que el coronel del Estado Mayor y jefe del Ejército de Reserva Claus von Stauffenberg, un aristócrata prusiano y antifascista, atentó sin éxito contra el Führer en una conspiración militar que implicaba a altos oficiales del Ejército. Aunque ambos gastaban el mismo rango militar en la Wehrmacht, era mayor la posición jerárquica de Kammler en las SS, cosa que reconocía Mazuw sin problemas.

—¿Cómo estás, Emil? —le respondió Kammler ofreciéndole su mano.

—Siempre a tus órdenes, camarada —le insistió su compañero correspondiéndole al saludo civil.

—¿Traes lo que te pedí? —encaró directamente el dueño de la medalla de oro del partido.

—Los tienes a todos en el coche… esperando —respondió Mazuw señalando hacia afuera.

—Vamos a ello que tenemos que terminar cuanto antes; se nos está haciendo tarde —resolvió mientras se enfundaba los guantes y tomaba la gorra con la calavera de plata de encima de la mesa.

Un automóvil BMW de seis cilindros con matrícula civil y habilitado para seis pasajeros esperaba con las luces encendidas cerca de la pista de despegue. A su lado había una furgoneta de escolta con una escuadra de fusileros que también hacía de vehículo de carga. Cuando el coronel ayudante de Mazuw vio que se acercaba su jefe en compañía de Voss y el general Kammler, abrió la puerta del BMW para que salieran los pasajeros: tres hombres y una mujer. Todos vestían de civil con gruesos abrigos de paño, menos ella que lo usaba de astracán.

Kammler se acercó con la mano extendida en señal amable de saludo mientras Mazuw se aprestaba a presentarles:

—La doctora Elisabeth Adler, de la universidad de Königsberg.

Una inclinación de cabeza y un roce de labios sobre el dorso de la mano de la mujer fue el saludo. La doctora Adler era una especialista en matemáticas experimentales que trabajaba en tesis absolutamente vanguardistas.

—El doctor Obert —continuó Mazuw.

—Ya nos conocemos, Jakob —le aclaró a su compañero—. ¿Cómo te encuentras Hermann? —esta vez fue un apretón de manos.

—Muy bien, mi general —agradeció Obert, un científico especializado en cohetes y sin duda el mejor especialista teórico de Alemania sobre problemas y soluciones para un viaje espacial. Presidente desde 1928 de la Sociedad Alemana de Viajes Espaciales y autor de *El camino al viaje espacial*, un texto en el que anticipaba el desarrollo de un motor a propulsión iónica había trabajado en Peenemünde con Wernher von Braun.

—Sin formalismos, doctor, por favor —le reconvino Kammler que ya no parecía el envarado jerarca sino un compañero de laboratorio.

—El doctor Debus —continuó Mazuw señalando al tercer viajero. Un físico interesado en física avanzada siendo su especialidad las descargas eléctricas con trabajos de investigación sobre la separación de los campos magnéticos, medición de alto voltaje y la medición de los parámetros de descarga de alto voltaje.

—Encantado de volver a saludarle, Kurt —le saludó el general con una sonrisa.

—Igualmente, *herr* Kammler —contestó el físico recogiendo el ofrecimiento del general y saltándose el tratamiento militar.

—Y el doctor Brunner… —concluyó el general señalando al último viajero.

—¿Quién no conoce al doctor Erik Brunner? —preguntó Kammler. Y razón tenía porque el físico era un reconocido experto mundial en polarización, especializado en física gravitacional y en el comportamiento del plasma de mercurio en la transmutación de elementos.

Cuando el general le ofreció la mano al físico este le correspondió al cabo de unos segundos, sin apenas fuerza y con la mirada perdida. Brunner tenía un pésimo aspecto, demacrado, sin afeitar, avejentado y tembloroso, parecía estar a mucha distancia de aquel lugar, ensimismado. Nada dijo ante el saludo del militar.

La doctora Adler, al ver el estado de su compañero se acercó a él y le tomó del brazo, como si quisiera sostenerle. A Kammler se le vino la preocupación a la cara al ver el estado de postración del científico, un hombre al que conocía con un natural sociable y de fuerte complexión. No le veía hacía casi un mes y aunque había sabido por Mazuw del incidente sufrido por Brunner, no pensaba que los efectos hubieran sido tan graves.

—Me alegro de tenerles aquí conmigo —les recitó Kammler enfrentándose a ellos.

Mazuw y Voss formaban tras él y los faros del BMW iluminaban la escena que pareciera rodada en una película, pues solo blancos y negros, sombras y luces, sin grises ni mediatintas, se adueñaban de aquella acción tan inusual.

—Sé por el general Mazuw, que les ha explicado con cumplido detalle mi ofrecimiento, que ustedes comprenden todos los extremos de lo que estamos haciendo y advierten que si suben a ese avión conmigo dejarán atrás todo cuanto tienen, cuanto son... y sus vidas actuales. Con ustedes solo viajarán su ciencia y sus recuerdos; no habrá familia ni retorno... ni siquiera conservarán su nombre durante mucho tiempo; tal vez nunca lo recuperen, como no volverán a esta tierra. ¿Están dispuestos?

—Sí —respondió con claridad la doctora Adler; Obert y Debus asintieron con la cabeza. Brunner miraba al suelo.

—Ahora llevarán sus equipajes al avión y luego les ruego que suban y tomen asiento. Sus nombres están puestos con unas tarjetas en los sillones de la cabina de pasajeros —les informó con total serenidad—. Les pido que cuando se acomoden entreguen a la tripulación esas tarjetas y cualquier documento de identificación que lleven consigo. Pronto, cuando lleguemos a nuestro destino, les serán concedidos nuevos pasaportes y cédulas de identidad. ¿Alguna pregunta?

El silencio fue la respuesta.

Mientras los soldados llevaban a la bodega los escasos equipajes personales de los pasajeros, que ya habían sido inspeccionados antes de subir al coche para comprobar que no había nada revelador en ellos que pudiera comprometer el éxito de la maniobra, los cuatro científicos subían por la escalerilla al interior del enorme aeroplano. La tripulación, formada por el comandante de vuelo Sluzalek, el mecánico Rebentrost, el operador de radio Schmitske y los tripulantes Prenschoff, y Most, formaba bajo el ala izquierda como si estuvieran pasando una revista. Todos vestían sus monos negros de vuelo habituales, pero les habían arrancado cualquier insignia que pudiera identificarles.

Diez toneladas de papeles, expedientes, películas y prototipos perfectamente clasificados y embalados, el tesoro de Kammler, dormían en su bodega.

—Ya podemos salir, Hans; está todo dispuesto —propuso Wilhelm Voss a su jefe cuando el general Mazuw y su escolta abandonaron el lugar con sus vehículos. Todos parecían tener prisa en salir de allí.

—Todavía no, Wilhelm; falta alguien —respondió el SS-Obergruppenführer.

—¿Quién?

El doctor Voss no necesitó respuesta: en ese momento una berlina Mercedes-Benz de cuatro plazas, un 260 D, hacía entrada en el improvisado campo de aviación. Kammler se acercó a ella en cuanto se detuvo al lado de la tienda de campaña. Un oficial de las SS que hacía de conductor se bajó para abrir la portezuela del poderoso vehículo. El general Kammler esperó a que el oficial hubiese terminado su tarea y observó a la dama a la que brindó su mano para ayudarla a salir del automóvil. Ella, que aceptó el ofrecimiento con una sonrisa amable, era una mujer esbelta y muy alta envuelta en un manto negro forrado de visón *rasé* que la cubría hasta los pies. Llevaba la cabeza descubierta y el cabello, rubio y muy largo, recogido en una complicada trenza organizada bajo la nuca. Cuando bajó del coche, el general la besó la mano con mucha delicadeza. Ella, satisfecha, no retiró la suya de la del hombre y avanzó a su lado. Por su manera de caminar se la veía una mujer grácil y aunque por su aspecto bien podía parecer en la treintena, su edad era ya cercana a los cincuenta

—¿Qué tal el viaje, María? —le preguntó cuando ya se dirigían hacia la tienda de campaña. Voss les seguía unos pasos detrás y Zeuner les esperaba en la puerta.

—Apresurado, como todas tus cosas, Hans —respondió ella mirándole a los ojos.

—No soy yo el dueño del tiempo, María —pareció que quisiera justificarse.

—Todavía, *mon cher...* tal vez lo seamos muy pronto —resolvió ella con una sonrisa que quería decir muchas cosas en el código que ambos entendían.

La dama de la trenza rubia era María Orsic, la médium que había asistido días antes al experimento del Vril-7. La mujer había nacido en Zagreb, hija de un ingeniero y una bailarina, había estudiado danza clásica y formaba parte desde muy joven de sociedades esotéricas vinculadas al movimiento nazi, como era la sociedad Thule fundada por Rudolf von Sebottendorff, un masón iluminado, y luego dirigida por un nazi militante como era Karl Haushofer que se convirtió en su protector y la introdujo en el sanedrín de los adoradores de Hitler. Ella, en compañía de cuatro amigas más que decían gozar de poderes espirituales similares a los suyos —Traute, Sigrun, Gudrun y Heike, todas como ella con larguísimas cabelleras—, constituyó en Berlín la sociedad Vril, donde había conocido a Hans Kammler por razón de compartir intereses comunes —los vuelos interplanetarios y las fuentes de energía alternativas— hasta el extremo de haber colaborado en los experimentos más secretos de Der Riese. María Orsic era la gran dama del esoterismo nazi y más desde que, mediante las comunicaciones psíquicas que decía mantener con seres más avanzados de otros planetas, de Aldebarán aseguraba ella, marcaba un camino tecnológico sobre naves aeroespaciales que nadie discutía y por el que marchaban los científicos asociados a los proyectos de investigación de las Wunderwaffen.

—A ti te lo debemos, querida; si no fuera por tus revelaciones sobre esa energía maravillosa no hubiéramos encontrado el camino.

El general se refería a un componente similar al mercurio que llamaban Xerum-525 y que usaban como energía motora de sus nuevos artefactos. Los ingenieros de sus instalaciones llamaban Vril a esa energía en homenaje a su impulsora.

—Todavía estaríamos dando palos de ciego tras los misterios antiguos y los papelotes ininteligibles de los de la Ahnenerbe; una tropa de románticos embaucadores —sentenció ella pasando el dedo índice por la mejilla del general.

—Gracias a ti tenemos La Campana —reconoció Kammler. Die Glocke era el nombre del proyecto principal y más misterioso de los que el general gestionaba en el Gigante. Ese programa experimental era el secreto más luminoso y terrible de los que se gestaban en su oculto reino de las sombras.

—Gracias a ellos, Hans. Gracias a ellos, a nuestros amigos invisibles —le corrigió la vidente con un mohín de picardía y señalando hacia el cielo.

El SS-Obergruppenführer tomó otra vez la mano de la dama y la besó con devoción. En ese momento el SS-Standartenführer Voss hizo un gesto mostrando su reloj de pulsera.

—¿Nos permites un momento, cariño? —preguntó Kammler al darse cuenta del gesto de su subordinado. Era evidente que tenían que aligerar la partida; las tropas soviéticas podían llegar en cualquier momento.

—Desde luego que sí —concedió ella—. Os espero mientras fumo un cigarrillo.

Hans Kammler le ofreció uno de los de su pitillera y a continuación abandonó la tienda con su ayudante científico. Los dos hombres se dirigieron en compañía del Sturmbannführer Zeuner hacia otra tienda de campaña vigilada por una escuadra de granaderos. El general y su ayudante entraron en ella y el asistente se quedó fuera esperándoles, aguantando el inclemente aguacero. No habían pasado cinco minutos cuando Kammler y Voss salieron de allí totalmente transformados; se habían quitado sus uniformes y vestían de civil con trajes de buen corte, sombrero y abrigos grises de paño austriaco, como si fueran profesores universitarios. Cada uno portaba una pequeña maleta y Kammler, además, un maletín de piel de cerdo con cerradura de latón.

Los dos hombres se acercaron a la tienda donde les esperaba María Orsic.

—Cuando gustes, querida —ofreció el general tomándola de la mano.

La mujer se cubrió la cabeza con la capota de su abrigo y marchó entre Kammler y Voss hacia el Junker Ju-390 que continuaba estacionado con sus motores rugiendo, como si una brida gigantesca atara a la pista el morro de la aeronave impidiéndola el vuelo. Zeuner, aún de uniforme, les siguió hasta que llegaron a la escalerilla donde les esperaba un miembro de la tripulación.

—Ya sabes lo que tienes que hacer, Zeuner; desmonta todo esto en cuanto hayamos levantado el vuelo. Que no quede rastro de nada… vuélalo si es preciso —ordenó el general de las SS a su ayudante.

Dicho eso, los dos disimulados civiles y la mujer de la estola de visón subieron hacia el gran pájaro de acero en medio de una lluvia fría y tan persistente que pareciera desear que toda aquella potente maquinaria se disolviera en ella como el azúcar en el café. Antes de entrar en el avión, el general se dio la vuelta y se despidió de su asistente con un gesto de la mano. Zeuner se cuadró bajo el aguacero llevándose la palma de la mano derecha a la visera de su gorra de plato.

—¿Qué has hecho con tus caballos? —preguntó María Orsic a su amigo antes de entrar en la carlinga.

—Los he mandado sacrificar, María; nadie se iba a ocupar de ellos a partir de ahora —respondió Kammler lamentándolo. El nazi era muy aficionado a la equitación y sus caballos eran la niña de sus ojos. Tal vez por ello se llevaba en la carga del avión su silla de montar preferida, una Waldhausen que había heredado de su padre.

Eran las tres horas y veinte minutos de la madrugada cuando el transporte, carente de toda insignia e identificación, tan anónimo como pretendían serlo sus ocupantes, despegaba tomando rumbo hacia el oeste.

Tres horas más tarde, el SS-Gruppenführer Jakob Sporrenberg llegaba con los suyos a Bad-Charlottenbrunn y descendía a las grutas que albergaban las instalaciones de la sección 7, donde se trabajaba sobre La Campana. Poco después cumplió las órdenes de su jefe el SS-Obergruppenführer y General de las Waffen-SS Hans Kammler; dispuso la ejecución inmediata de sesenta y dos científicos que por su voluntad o forzados trabajaban en el proyecto Die Glocke. Kammler no quería que nadie de los que conocían esa tecnología sobreviviera para contarlo salvo dos de ellos, los doctores Obert y Debus que a la misma hora que morían sus compañeros en aquellas grutas volaban hacia un destino que desconocían.

— 6 —

Presidio

Campo de concentración de Ravensbrück.
30 de abril de 1945.

Sabía que si dormía ahora, que si se dejaba llevar por la laxitud de una debilidad tan profunda en que respirar era un esfuerzo doloroso y desesperante, no despertaría nunca. El engañoso y dulce abrazo de la muerte rondaba a su alrededor invitándola a dar su último paso, aceptar lo que la agonía ofrecía como inevitable y a la vez tentador, el reposo postrero.

El sufrimiento por sus costillas fracturadas de nuevo, los golpes y patadas recibidos en la cara y en la cabeza hacía ya dos días, cuando la dejaron tirada en un camastro sucio e infecto en el barracón donde llevaba viviendo quince meses, y la recurrente disentería y la anemia fruto de la exigua alimentación, apenas un poco de leche y algo de pan de centeno mojado en agua para poder tragarlo, eran motivos bastantes para encontrar en el sueño la calma suficiente para separarla del sufrimiento que la crucificaba.

—Aguanta, hermana mía; no te duermas, Izabela. Ya falta muy poco —así la animaba Halina Birembaum, una compañera que la cuidaba, una muchacha de diecisiete años que llevaba en la pechera de su uniforme de reclusa la estrella de David amarilla que soportaban todas las mujeres judías; Halina era una niña que escribía poemas y que estaba en los campos desde la destrucción del *ghetto* de Varsovia y la muerte de toda su familia. Izabela también llevaba una escarapela: el triángulo rojo de las presas políticas y, sobrepuesta, la letra F, de Francia.

El tableteo de una ametralladora ligera que ladraba otra vez cerca de las paredes del barracón pareció despertarla un poco del sopor que la arrastraba a un vacío que ella sabía que sería su final.

—Ya están cerca, ya llegan —anticipó la polaca que, enferma de disentería, apenas podía moverse, tal era su delgadez y su debilidad, pero que intentaba ayudar a las compañeras que veía en peor estado, sacando fuerzas de donde no las tenía.

Una sonrisa iluminó apenas el rostro de la desmayada, una resistente francesa de nombre Isabelle Moreau, cuando otros disparos y unos gritos en un idioma que no comprendía pero que le resultaba familiar sonaron ya mucho más cerca, pero la sonrisa no fue bastante para evitar que sus ojos se cerraran.

—¡No te duermas, hermana, no te vayas! —gritó la polaca incorporándose como buenamente pudo hacia su amiga, pero Isabelle no reaccionó a sus palabras. Solo una respiración pausada y muy débil, apenas perceptible, indicaba que aún estaba viva.

Una patada en la puerta del barracón sobrecogió a todas las mujeres que yacían en los camastros, algunas de ellas ya habían fallecido y ni siquiera se les había cubierto la cara, y otras estaban a punto de hacerlo. El terror ante lo que ocurría en aquel lugar había doblado el ánimo de las mujeres que lo padecían, hasta el extremo de quebrar a muchas la cordura y, a casi todas, la esperanza de salir con vida. Aquel alboroto en la puerta podía suponer su muerte.

Otro puntapié derribó la hoja de la tranquera y la silueta de un hombre armado se dibujó contra el fondo del cielo encapotado.

—¡¡Camaradas, sois libres!! —gritó un soldado con el uniforme de infantería del ejército soviético que iba armado de un subfusil con cargador de tambor. Tras él iban cuatro soldados más uniformados de fusileros y con la estrella roja de cinco puntas en el gorro cuartelero.

—¡Camaradas, ha llegado el Ejército Rojo! —dijo una mujer que entró después armada con un pesado revolver Nagant y con los emblemas de capitana de infantería en los hombros de la guerrera. La oficial tendría poco más de treinta años y llevaba el pelo recogido en un moño bajo la gorra *pilotka* adornada con la estrella roja y la hoz con el martillo. En el pecho llevaba la medalla por Mérito de Combate y el pasador de la Medalla a los partisanos de la Guerra Patria de segunda clase.

—¡¡Viva el Ejército Rojo!! —gritaron los soldados mientras otros, también armados, entraban en el barracón buscando si allí hubiera alemanes escondidos. Fuera se escuchaban descargas de fusiles automáticos.

Nadie jaleó el grito. A pesar de la exaltada declaración de sus libertadores ninguna de las presas del barracón dijo nada, bien por exhaustas, bien por desconfianza, seguramente por miedo; apenas se movieron de sus camastros. Por fin había llegado lo que tanto anhelaban y ninguna sabía reaccionar ante ello, tal vez porque se les había metido en la médula de los huesos que la única vía salida de aquella pesadilla, de aquella vesania criminal y recurrente, era mediante un sueño, el de su propia muerte como acto último de liberación. Halina se quedó mirando a la capitana, Inessa Vasiliedna Kosmodemskaya era su nombre, y su único gesto fueron unas lágrimas que le cayeron en silencio por las tiznadas mejillas. Los soldados, impresionados por lo que estaban viendo y por los rimeros de cadáveres hacinados que se habían encontrado tras cruzar las alambradas y cerca de los destartalados barracones, dieron entrada enseguida a una brigada sanitaria que vestía los galones verdes característicos del servicio médico para que fueran recorriendo los camastros a fin de conocer el estado de las presas, tapar a las que hubieran fallecido y prestar auxilio a aquellas otras, casi todas las demás, cuya vida estaba en grave peligro. La capitana, una mujer curtida en la batalla que antes de incorporarse al ejército regular había luchado con los partisanos, al ver el panorama que tenía delante enfundó su pistola y rompió a llorar sobrecogida por la situación.

Era la mañana del 30 de abril de 1945 cuando las tropas soviéticas del 1er Ejército Bielorruso al mando del mariscal Zhúkov, formadas por dos regimientos de fusileros, una brigada de infantería mecanizada y una unidad de la NKVD que funcionaba como servicio secreto y policía política, acababan de liberar el campo de prisioneras de Ravensbrück. Aquel presidio, una instalación nazi a noventa kilómetros al norte de Berlín, había sido abandonado tres días antes por sus guardianes, que preferían entregarse a los americanos antes que a los rusos. El 27 de abril, los oficiales de las SS a las órdenes del comandante del campo, el SS-Sturmbannführer Fritz Suhren, obligaron a 24.500 mujeres supervivientes que aún se podían valer por sus medios a caminar hacia Mecklenburg huyendo del Ejército Rojo en una marchas en que las presas morirían a cada poco y sus cuerpos quedaban en las cunetas, como si la guadaña de la parca segara su mies en aquellas filas renqueantes. Además, y antes, los carceleros destruyeron toda clase de documentación que los incriminara como si pudieran borrar con el fuego del keroseno las palabras de sus culpas como habían hecho desparecer los cuerpos de sus crímenes en el humo de los crematorios. Tras ellos, postradas en los barracones del campo sin ningún cuidado, quedaron dos mil mujeres que presentaban tal debilidad, enfermedad o impedimento para marchar que quedaron abandonadas a su suerte. Eran las testigos de la infamia de un régimen que ya se había descompuesto, que estaba derrotado, y al que solo le faltaba expiar sus culpas y desaparecer bajo el fuego y las balas y el desprecio de la historia.

Ravensbrück era una instalación muy singular en el panorama carcelario y el mapa del exterminio nazi. En aquel campo de concentración, las SS solo se ocupaban de mujeres y de sus hijos pequeños, independientemente de cuál fuera la imputación sobre ellas. Allí, el color del triángulo, Der Winkel, que las marcaba en el pecho indicaba su condición. El violeta se utilizaba para las presas por religión, el rojo servía para las penadas políticas, el verde indicaba las detenidas por delitos comunes, el doble triangulo amarillo marcaba a las judías, el negro identificaba a las reclusas «asociales», las *gemeinschaftsfremde* —categoría que absorbía a las artistas, las aficionadas al *swing* o al *jazz*, las que mantenían relaciones sexuales *impropias*, las lesbianas, las prostitutas, las locas o las *libertarias*—, el azul marcaba a quienes de ellas eran emigrantes o apátridas y el marrón se usó para las mujeres gitanas. Salvo las arias adeptas al régimen de Hitler cualquier otra mujer podía estar allí recluida; había motivos de sobra y colores para todas ellas.

Por nacionalidades, el grupo nacional más grande fueron 40.000 mujeres polacas y 28.000 mujeres judías de varios países: 19.000 rusas, 8000 francesas y 1000 holandesas. La mayoría, más del 80%, eran presas políticas y entre ellas hubo 400 españolas, como las catalanas Carma Bartolí, Coloma Serós, y Neus Català que después diría del campo que «Ravensbrück era tan terrorífico que las víctimas no lloraban por los muertos, sino por los vivos que esperaban nuevos golpes hechos ovillos. Se abrieron zanjas donde se hizo bajar a los niños con un bombón, se llenaron de gasolina y se les prendió fuego, tan cerca del campo que sus madres se volvían locas de dolor al oír sus alaridos». La salubridad del campo era mínima, por no decir inexistente, ocasionando muertes y dejando un saldo de cadáveres víctimas de enfermedades tales como tuberculosis, tifus, disentería o neumonía. A esa cuenta terrible había que añadir que más de trescientas mujeres morían cada día por culpa del hambre, el frío, el exceso de trabajo esclavo en las factorías de Siemens AG, y por supuesto, de las vejaciones perpetradas contra ellas, con lo que evacuar sus cadáveres se convirtió en un problema. A finales de 1944, las SS instalaron por orden del general Kammler una cámara de gas provisional en el campo de concentración, en un barracón al lado del crematorio. Allí, entre finales de enero y abril de 1945, las SS asfixiaron con gas a más de cinco mil prisioneras.

La pluralidad nacional, racial e ideológica tenía su correlato en los oficios de las prisioneras pues por allí habían pasado mujeres como Dina Babbitt, una pintora y escultora checa; Maya Berezovskaya, una artista polaca; Denise Madeleine Bloch, Lilian Rolfe y Violette Szabo, agentes inglesas que colaboraban con la resistencia francesa y que fueron fusiladas; Galina Birenbaum, una judía polaca que era poeta; Genevieve de Gaulle-Antonioz; una francesa portavoz del movimiento de resistencia y sobrina del general; Milena Jasenska, la amante de Franz Kafka; la madre y la hermana mayor de Juliette Greco, la cantante y actriz francesa; María Filomena Dolanskaya, profesora checa; Milena Jesenská, una conocida periodista eslovaca; la monja católica Elise Rivet que fue gaseada o Wanda Yakubovskaya, una polaca directora de cine y socialista que llevaba tatuado en el brazo su número de prisionera: 43513. En total, en los registros del campo, figuraban 132.000 mujeres reclusas, la mayoría obreras, de las cuales habían muerto por ejecución, hambre o malos tratos, casi cien mil.

Dos camilleros sacaron del barracón a Isabelle Moreau en unas parihuelas creyéndola muerta y la dejaron bajo una carpa junto con el cadáver de otras que habían fallecido. Los cuerpos estaban alineados a la espera de un camión que viniera a recogerlos para darles una sepultura decente. Los soldados soviéticos, en su trajín de asistir a las presas que aún podían recibir ayuda sanitaria y alimentos, pasaban por delante de tan macabro y triste espectáculo. Algunos se descubrían, respetuosos y compungidos, pues muchos de ellos habían perdido alguna mujer de su familia en la *razzias* de las Einsatzgruppe, los escuadrones itinerantes de ejecución formados por las SS para la masacre de judíos y comunistas en suelo soviético tras la invasión alemana en junio de 1941. Un espectáculo así no lo habría imaginado Dante para su infierno.

Un primer teniente de fusileros que también llevaba en la guerrera el pasador de la Medalla a los partisanos de la Guerra Patria pasaba por delante del montón de cadáveres cuando algo le llamó la atención.

—¡¡¡María!!! —gritó al encontrarse allí tendido el cuerpo de Isabelle Moreau. Al reconocerla, una imagen querida, un recuerdo antiguo, se le vino a la mente. «No puede ser» se dijo corriendo hacia ella. «No puede ser ella», se repetía con el corazón a punto de saltarle del pecho

—¡¡María!! —gritó otra vez arrodillándose para abrazarla —¡¡María!!… ¡¿Qué te han hecho?!

Al envolver con sus brazos el cuerpo de la muchacha, el oficial de fusileros, un viejo guerrillero con una cicatriz que le cruzaba la frente, notó que la mujer todavía tenía algo de aliento, que aún estaba viva.

—¡¡Sanitario!! —gritó sin dejar el abrazo, como si con ello pudiera darle vida a la desfallecida prisionera, como si así la rescatara de la muerte—. ¡Esta mujer aún respira!

—¡¡Sanitario!! —volvió a gritar una y otra vez hasta que dos enfermeros del batallón de su regimiento de fusileros se acercaron corriendo.

—¡A tus órdenes, camarada teniente! —dijo el que parecía el jefe, un sargento mayor que llevaba a la espalda el botiquín de campaña.

—¡¡Esta mujer vive, camaradas!! ¡¡Sacadla de aquí y llevadla con los otros enfermos, por favor; es una compañera del partido!!

Los enfermeros se pusieron a ello y enseguida la muchacha estaba en un improvisado hospital de campaña que los sanitarios del regimiento de fusileros que mandaba el coronel Sémenov estaban levantando en ese momento en una zona anexa a la residencia de los oficiales SS que habían abandonado el campo y que a esas horas ya estaban arrestados por otro potente destacamento de fusileros y artilleros del Ejército Rojo que avanzaba hacia Berlín.

Entre los detenidos no solo había tropas carceleras de las SS sino también aquellas mujeres, las Oberaufseherin, que obraban como supervisoras de las presas practicando contra ellas una crueldad mayor aun que la de los vigilantes masculinos. Emma Zimmer; Johanna Langefeld, Greta Boesel o Anna Klein-Plaubel eran vigilantes a las órdenes de María Mandel, conocida por la Bestia y de Dorothea Binz, la «guardiana de la barbarie» como la llamaban las reclusas y que pronto ascendió a Oberaufseherin sustituyendo a la Bestia. Esta mujer, de aspecto aniñado y dulce pero la más cruel de todas las carceleras, había rondado por el campo con un látigo en la mano y acompañada de un pastor alemán adornado en el lomo con las runas de las SS y entrenado para atacar a la menor señal de su dueña. Cualquier cosa que pudiera molestar a esta criminal era motivo bastante para atizar golpes en la cabeza de una presa hasta causarle la muerte, u ordenar su fusilamiento o entresacar de las penadas a las que iban a ser gaseadas instantes después.

Cuando corrió por el campo la noticia de que las guardianas estaban en manos de los rusos, cosa que la sección del NKVD supo inmediatamente por un mensaje de radio, muchas presas rompieron a aplaudir con sus pocas fuerzas y a llorar de alegría, pues la rabia y el odio eran alimento que les había ayudado a mantenerse vivas en aquel infierno. En uno de los corros donde las presas iban recibiendo atención de las soldados soviéticas que se encargaban de ellas, estaban Halina Birembaum, a la que ya las enfermeras rusas estaban suministrando suero, alimento líquido y medicación, y Dagmar Hajkova, una superviviente checa que era judía y estudiante de Historia. La camaradería entre mujeres y su común militancia antifascista las hermanaba a pesar de las diferencias de lengua y creencias.

—Hace tres semanas que Dorothea observó a una mujer, una polaca, de la que pensaba que no trabajaba lo suficiente —estaba contando Dagmar, que hablaba ruso perfectamente, a sus liberadoras refiriéndose a la Oberaufseherin Dorothea Binz—. Se le acercó y la abofeteó hasta tirarla al suelo, después cogió un hacha y empezó a lacerar a la prisionera hasta que su cuerpo sin vida no era más que una masa sangrienta. Cuando terminó, Dorothea limpió sus botas brillantes con un trozo seco de la falda del cadáver, se montó en su bicicleta y pedaleó sin prisa de vuelta a Ravensbrück como si no hubiera pasado nada. Yo lo vi.

Las militares del Ejército Rojo no daban crédito a semejante brutalidad. Una muchacha muy joven que había perdido a sus padres en un pogromo de su pueblo ucraniano rompió a llorar en silencio; aún recordaba la imagen de su casa ardiendo con sus padres dentro, gritando desesperados, mientras los soldados de uno de los «destacamentos de la muerte» del SS-Obersturmbannführer Joachim Peiper, el protegido de Himmler, la golpeaban en el suelo con las culatas de sus fusiles. Consiguió escapar en un descuido y con quince años se unió a la resistencia partisana para luchar contra las tropas nazis cuyo método represivo más utilizado era incendiar las aldeas rusas con sus habitantes dentro de las casas.

—Pronto la justicia del pueblo pondrá a esta perra fascista delante de la cuerda de la que colgarán sus culpas hasta que se le rompa el cuello— sentenció poniéndose de pie Irina Sergeevna, una joven teniente del NKVD que también llevaba el distintivo de haber luchado con los partisanos del coronel Medvédev y que ejercía como comisaria política adjunta en uno de los batallones de fusileros donde casi la cuarta parte de los efectivos eran mujeres voluntarias. Las demás jalearon la profecía.

—A mí me tuvieron en el búnker tres días sin comer después de haber recibido quince latigazos por haber garabateado un pequeño poema en un papel —contó después la rusa Zina Kudrjawzewa como si necesitase vomitar sus fantasmas interiores, sus terrores.

Se acababa de abrir la caja de Pandora de unos recuerdos que infectaban y amedrentaban el alma de todas ellas y que comenzaban a salir poco a poco, a trompicones, de aquellas bocas selladas por el dolor y la vergüenza en la confianza de que la luz de la palabra acabaría con aquella ponzoña en la que habían malvivido.

—Yo vi cómo una mujer alemana que era comunista estaba tumbada semidesnuda, aparentemente inconsciente, llena de sangre desde los tobillos hasta la cintura —quiso contar en esa espontanea terapia Germaine Tillion Binz, una antropóloga francesa que fue detenida por colaborar con la Résistance—. La Binz la miraba sonriente, y sin mediar palabra, la pisoteó en sus ensangrentadas piernas y empezó a mecerse a sí misma, equilibrando su peso desde los dedos de los pies hasta los tacones…así hasta que la alemana murió.

—Era una mala bestia —quiso apostillar Bárbara Reimann, miembro del Partido Comunista de Alemania que había sido arrestada por la Gestapo en 1943 y que era una de las presas más fuertes—. Tenías que mantenerte lejos de ella porque era peligrosa… muy peligrosa. Se excitaba sexualmente apaleando prisioneras.

Y así, confesión tras confesión, pesadilla tras pesadilla, tormento tras tormento, transcurrieron casi tres horas durante las que la teniente Sergeevna no paró de tomar notas en un cuaderno con tapas negras de las fechas, nombres, y circunstancias que oía de boca de aquellas mujeres; con eso prepararía un informe para sus superiores del servicio de información militar. «Estas serán las piedras con las que lapidar a esas criminales cuando las pongamos ante un tribunal del pueblo» se decía mientras reseñaba todo, página a página, con una letra menuda y muy ordenada.

Por los relatos de las presas conoció cómo funcionaba aquel peculiar campo de mujeres. Por ellas supo que las reclusas habían de pasar un ritual humillante a su llegada para convertirse en prisioneras, Al ingresar en Ravensbrück descendían al último peldaño de su cautiverio; eran empujadas a una condición miserable donde perdían cualquier derecho y donde su vida quedaba sujeta a la patibularia arbitrariedad de sus carceleras.

El primer paso de ese descenso al infierno pasaba por arrastrarlas a un barracón donde las desnudaban y les rapaban el pelo de todo el cuerpo —«a mí me arrancaron el cabello con unas tenazas», explicaba una holandesa que era comunista— antes de enviarlas a unas duchas donde las desinfectaban aunque, primero, las guardianas seleccionaban a las que consideraban más atractivas siempre y cuando no fueran judías ni gitanas; habían de ser alemanas o al menos arias y estar presas por delitos comunes. A esas mujeres marcadas con el triángulo negro y así escogidas se les ofrecía la oportunidad de servir como esclavas sexuales, prostitución o muerte era el dilema, en uno de los diez prostíbulos que las SS tenían en diferentes campos de concentración para el servicio de los presos varones de mejor categoría carcelaria, generalmente colaboradores de los guardias SS, y que fueran de raza aria porque a los judíos les estaba prohibido el acceso. La añagaza era prometer a estas mujeres que serían bien tratadas y que tendrían la libertad tras seis meses de servicio en aquellos lupanares, cosa siempre falsa porque las que sobrevivían a las infecciones, al hambre, al agotamiento —prestaban un mínimo de treinta servicios sexuales cada día con una duración máxima de quince minutos cada uno— y a los malos tratos, eran fusiladas o gaseadas sin más explicaciones. Cada uno de esos diez burdeles, meros barracones de madera, contaban con veinte míseros habitáculos custodiados por una *encargada que llevaba las cuentas,* donde los hombres a los que se les permitía accedían mediante un sistema de tickets que pronto fueron materia de contrabando entre los presos. Esas desgraciadas, en total se habían reclutado más de treinta mil mujeres, eran víctimas de una forma especial de esclavitud dentro de la esclavitud, obligadas a la esterilización o al aborto por medios primitivos con resultado de muerte. Ninguna de ellas alcanzó jamás la libertad.

Cuando aquella noche la teniente Sergeevna redactó el informe de todas las atrocidades relatadas por las prisioneras tenía el cuerpo desencajado por lo que había escrito. Ella, que había luchado con los partisanos, uno de los servicios más duros que podía prestar un soldado, que había combatido en tropas regulares, que se había enfrentado a la muerte muchas veces, cuerpo a cuerpo, con cuchillo y pistola, con riesgo para su vida y que había demostrado valor en todo ello, incluso había presenciado con espanto las atroces represalias de las tropas nazis contra los campesinos de su patria, nunca habría imaginado la política criminal sistematizada, industrial y miserable que estaba descubriendo en los campos que iban liberando ante el retroceso alemán.

Al día siguiente hubo de reportar con su jefa, la capitana Kosmodemskaya, porque los adjuntos al comisariado político habían recibido instrucción de evaluar las actividades de Ravensbrück. El destacamento del NKVD se había instalado en las oficinas del jefe del campo, y allí la capitana, que gastaba la condición de comisaria política como indicaba la estrella roja en la bocamanga, ocupaba el despacho del huido Fritz Suhren, un importante oficial de las SS-Totenkopfverbände, la unidad responsable de los campos de concentración. Lo que la capitana no sabía en ese momento es que Suhren ya estaba preso, pero de las tropas norteamericanas. El nazi había escapado del campo con su coche Mercedes y una rehén, una presa de calidad, Odette Sansom, una espía inglesa del Servicio de Operaciones Especiales que usaba el de *Lise* como nombre en código, que él creía sobrina de Winston Churchill, y que pensaba que podía salvarle de la horca si se entregaba con ella a los norteamericanos, siempre más comprensivos con los nazis que los rusos, y acreditaba el buen trato dado a su prisionera, que ya había sido torturada por sus compañeros de la Gestapo en París. La cosa no le salió bien a Suhren porque ni Odette Sansom era sobrina del jefe inglés ni los norteamericanos le quisieron suelto.

Cuando la teniente Sergeevna entró en el despacho de su jefa, la capitana ya había leído el informe que estaba en su mesa desde las siete de la mañana. Una dactilógrafa se ocupaba ante la máquina de escribir. Las tres mujeres llevaban en su uniforme de campaña las hombreras azules del servicio de Inteligencia.

—Muy interesante, camarada —dijo la capitana para abrir la entrevista señalando la carpeta que estaba sobre su escritorio.

—Muchas gracias, camarada capitana —respondió Irina con una sonrisa.

—¿Sabes quién es Isabelle Moreau? —abordó directamente.

Irina Sergeevna no esperaba que su jefa fuera por ahí; el caso de la francesa apenas eran dos líneas de su informe.

—Una resistente francesa que estaba aquí hace casi un año —respondió Irina sin imaginar por donde quería ir su jefa—. Según sus compañeras la trajeron con otras presas francesas desde Compiegne; parece que la detuvieron los de la Gestapo en una redada en Lyon.

Inessa Vasiliedna Kosmodemskaya escuchó lo que le decía y tomó nota de ello en un cuaderno.

—¿Qué pinta Manuel Castillejos en todo eso? —preguntó al cabo de un rato.

—¿Quién es Manuel Castillejos?

—Es un oficial de fusileros que combate con nosotros, un primer teniente muy condecorado y con una excelente hoja de servicios —dijo ella sacando de otra carpeta el historial militar del referido—. Es un comunista español que sirve en el regimiento de fusileros.

—No lo sé, camarada capitana; ni siquiera le conozco.

—¿Sabes si conoce a Isabelle Moreau? —insistió ella en su indagatoria.

—No lo sé —«si ni siquiera sé quién es ese teniente cómo voy a saber a quién conoce» se dijo a sí misma sorprendida por la pregunta.

—Pues fue él quien la reconoció cuando todos la creían muerta y gracias a él esta pobre mujer vive todavía.

—Ha sido una gran suerte, camarada —respondió Sergeevna por decir algo. Se estaba empezando a sentir incómoda por las preguntas de su jefa.

—Sí que lo ha sido, Irina. Sí que lo ha sido…

En ese momento un golpe en la puerta pidiendo permiso para entrar interrumpió el parlamento de la oficial responsable de la información política.

—Pase —concedió la capitana.

Un soldado con los galones de cabo y las hombreras azules entró en el despacho del que habían arrancado todos los símbolos y emblemas nazis que le adornaban. Ahora solo una gran bandera roja ocupaba la estancia junto al emblema de la NKVD, una espada dorada bajo la hoz y el martillo inscrita en un ovalo orlado en rojo.

—Espera fuera el teniente Castillejos, camarada capitana —anunció el soldado cuadrándose ante su jefa.

—Hazle pasar, Iván —la capitana había requerido antes de la visita de su ayudante que el oficial español se presentara a despacho.

La teniente Sergeevna, que nada de eso se imaginaba, se levantó dispuesta a retirarse.

—No te levantes, Irina —la interrumpió la jefa con un gesto—. Quédate; quiero que escuches lo que nos tenga que decir nuestro camarada español.

Mientras el cabo atendía a sus órdenes ella volvió a poner encima de la mesa la hoja de servicio del teniente de fusileros.

Manuel Castillejos González, Manolín, había nacido en Madrid, en el barrio de Tetuán de las Victorias en 1901. Era mecánico de profesión, así rezaba su ficha, y se afilió a la UGT en 1920 y al Partido Comunista de España en 1932. Al comenzar la guerra civil se unió a las milicias populares y después al Quinto Regimiento para ingresar en la estructura del Ejército Popular de la República, donde llegaría a ser oficial adjunto al jefe de Estado Mayor de la 3ª División, a las órdenes del comandante de milicias Manuel Tagüeña, un joven matemático afiliado al PCE. En 1939 se había exiliado en la Unión Soviética junto a otros militares españoles republicanos y comunistas que permanecieron leales al gobierno presidido por el doctor Juan Negrín. Cuando llegó a Moscú estudió en la escuela de ingenieros de Kostromá y trabajó en una fábrica de Kírov hasta que ingresó en la Academia Frunze del Ejército Rojo donde su antiguo superior, Manuel Tagüeña, y otros jefes comunistas españoles como Enrique Líster, Juan Modesto o Pedro Merino formaban a los militares españoles para que se encuadraran en las unidades del Ejército regular de la URSS, cosa que Castillejos hizo en la Brigada Motorizada Independiente de Designación Especial (OMSOBON), a las órdenes del coronel Orlov, y dentro de ella se alistó en la única unidad combatiente específicamente española que existía en el Ejército Rojo: la 4ª Compañía del 1er Regimiento Motorizado de Fusileros. mandada por el capitán comisario Pelegrín Pérez Galarza, donde estaban ciento veinticinco soldados, entre ellos seis mujeres, cuya misión era defender la Plaza Roja y el Kremlin desde septiembre de 1941 hasta febrero de 1942, cuando las tropas alemanas se acercaban a la capital moscovita. Allí obtuvo sus galones de sargento mayor y un nuevo destino con su compañero José Gros, cuyo nombre guerrillero era «Antonio el catalán» porque había nacido en Manresa. Esta vez fue en las unidades guerrilleras a las órdenes del coronel Medvédev, en una unidad secreta tras las líneas alemanas, «los Vencedores» se decían, cuya responsable de reconocimiento e información era África de las Heras, una guerrillera española comunista y miembro del NKVD cuyo nombre de guerra era Patria y con la que entabló una buena amistad. Los hombres y mujeres de Medvédev abatieron dos mil soldados y once generales alemanes, y formaron diez nuevas unidades guerrilleras en el oeste de Ucrania. Allí obtuvo sus estrellas de teniente primero y un nuevo destino en el regimiento de fusileros en el que estaba encuadrado actualmente. Todo eso, incluso su amistad con José Gros,

Manuel Tagüeña y África de las Heras, constaba en el expediente militar y político que había redactado el NKVD.

Un taconazo presentó al oficial español. Manuel Castillejos era un hombre de tez curtida, complexión fuerte y estatura mediana, que tenía el pelo negro y crespo y marcaba su rostro con una cicatriz en la frente que no perjudicaba su gesto amable. En la pechera de su casaca de lana verde oliva colgaban el pasador de la Medalla a los partisanos, la medalla del Valor, la Orden de la Estrella Roja y la Orden de la Guerra Patria de 1.ª y 2.ª clase. Todo un brillante reconocimiento a sus méritos militares y fidelidad al Partido Comunistas de la URSS.

—A tus órdenes, camarada capitana —saludó el español llevándose a la frente el puño cerrado.

—Me alegro de conocerte, camarada Castillejos —le correspondió la oficial del NKVD levantándose de la mesa y tendiéndole la mano—; tengo unas excelentes referencias de tu trabajo y de tu lealtad al Partido.

La teniente Sergeevna se levantó al ver que lo hacía su jefa y se cuadró ante el visitante pues tenía una superior graduación militar. El español correspondió a la mano tendida de la capitana y después saludó a la teniente de igual manera.

—Basta de formalidades, camaradas —dijo Inessa Vasiliedna ofreciendo asiento a los dos mientras sacaba una botella de vodka de un aparador tras su mesa de despacho—. ¿Hace un trago?

Sin esperar respuesta sirvió tres vasos de licor que puso sobre la mesa.

—¡Por la victoria final sobre el fascismo! —brindó.

—¡¡Por la victoria!! —corearon Castillejos y Sergeevna alzando sus vasos y dando cuenta de su contenido en un solo trago. Los tres vasos volvieron a la mesa al unísono, con un golpe seco.

Roto el hielo de las presentaciones y caldeados por el vodka, la capitana Kosmodemskaya abordó el asunto que había traído allí al madrileño.

—Permíteme, camarada, que te haga algunas preguntas para completar el informe de la teniente Sergeevna al respecto de las mujeres liberadas de este campo.

—Estoy a tus órdenes —ofreció el español.

—Bien… empecemos —decidió la capitana abriendo el informe de su ayudante. —¿Desde cuándo conoces a Isabelle Moreau? —ese era el nombre con que figuraba en los archivos del campo la mujer que el reconoció el día anterior.

—No conozco a esa mujer, camarada —respondió él con aplomo; ese nombre no le sonaba de nada.

—¿Y a Isabelle Granier?

—Tampoco sé quién es esta otra —volvió a responder con la misma seguridad.

—¿Y a Amélie Descharnes?

—Tampoco, camarada; es la primera vez que oigo esos nombres —el oficial de fusileros estaba diciendo la verdad, pero cada vez estaba más sorprendido por el cariz del interrogatorio. Conocía de sobra que el NKVD no daba puntada sin hilo y que ante los de las hombreras azules no cabían equivocaciones.

Lo que no sabía el de fusileros es que la muchacha que él reconoció, la que figuraba como Isabelle Moreau, también había usado con anterioridad los nombres de Isabelle Grenier, Amélie Descharnes y Lourdes Campoy. Esa información la había conseguido la teniente Irina Sergeevna de Halina Birembaum, la presa que la cuidaba y con la que la misteriosa mujer había alcanzado cierta confianza durante su cautiverio. Por ella supo la teniente que su casi difunta amiga era una resistente francesa que había sido arrestada por la Gestapo en Lyon usando ese nombre, pero que con anterioridad había usado esos otros en distintas misiones que la habían encomendado. También sabía de ella que era comunista, que a veces, con las fiebres, llamaba a un tal Jules, pero nada más.

—Entonces… ¿quién es la mujer que reconociste en el barracón 12 y que separaste de las otras para que la dieran cuidados médicos? —la capitana, mujer con experiencia en interrogatorios, creyó que por ahí no iba a sacar nada del español que, por otra parte, parecía sincero, y decidió sacar su última carta.

—Ah… ¿es eso? Esa muchacha es María Millán —dijo aliviado Manuel Castillejos.

—¿Y quién es María Millán? —repreguntó Kosmodemskaya con los ojos como platos—. ¿La conoces, camarada?

—Mucho, mi capitana —respondió con una sonrisa.

—¿Quién es?

—Una española que es hija de un buen amigo mío.

—¿Española?

—Si, del barrio de Tetuán, en Madrid. Su padre y yo éramos vecinos. La conozco desde que nació.

—¿Y qué hacía aquí?

—Lo mismo me dije al verla, camarada capitana. No me lo imagino.

—¿Qué sabes de ella?

—Es una buena chica, pero no sé nada de ella desde que salí de España. Era miembro de las Juventudes Socialistas Unificadas desde muy joven, creo que trabajaba en una imprenta y perdió a su madre, María Pruneda, que era una mujer guapísima y una buena comunista, en un bombardeo de los fascistas sobre Madrid al principio de nuestra guerra.

—¿Desde entonces no has sabido qué fue de ella?

—Creo que abandonó España, pero no estoy seguro. La última noticia que tuve de su padre, de mi amigo Vicente Millán, me llegó por el coronel Tagüeña cuando estuve en Frunze.

—¿Cuál es?

—Que mi amigo, el pobre Vicente, había muerto en la defensa de Madrid fusilado por los traidores del coronel Casado, un franquista escondido en nuestro ejército que traicionó al gobierno de Negrín y entregó a muchos de nuestros camaradas a las tropas de Franco. Su padre fue oficial del Quinto Regimiento a las órdenes de Enrique Líster.

La teniente Sergeevna tomaba nota de todo lo que iba escuchando. Al oír el nombre de Líster levantó la vista de su cuaderno; Enrique Líster era general del Ejército Rojo.

—¿Algo más de... María Millán? —preguntó Inessa Vasiliedna Kosmodemskaya que ya se daba por contenta con la indagatoria.

—Sí, camarada capitana. De pequeña le encantaban las manzanas confitadas y las novelas de Julio Verne; era una niña muy despierta y muy alegre.

Con eso terminó la entrevista y cuando la jefa del NKVD se quedó a solas escribió a pie del informe de su ayudante: «Isabelle Moreau, resistente en Francia, exiliada española. Es comunista y su verdadero nombre es María Millán Pruneda».

En la portada del informe escribió: «Pasar a Jefatura. Urgente».

Después se sirvió otra copa de vodka, encendió un cigarrillo, un Belomor, y se dispuso a redactar unas notas para completar ante sus superiores lo que ya tenía entre las manos; su olfato como agente de inteligencia le decía que no debía pasar la oportunidad que les daba esta muchacha.

— 7 —

Camuflaje

Hotel do Império. Lisboa.
4 de agosto de 1945.

—Señor Hedingger, tiene una visita.

El conserje del hotel do Império, un edificio recién construido en la calle Rodrigues Sampaio de Lisboa, avisaba al huésped del apartamento 16 que alguien reclamaba su presencia en recepción.

—¿Quién es el caballero? —Hedingger miró la esfera de su reloj, un pequeño Piaget de oro que marcaba las 10,27; esperaba una visita para las 10,30.

—Es el señor don José Juan de Lázaro —aclaró el conserje— ¿Le hago subir?

—No, Arístides —ordenó el huésped sonriendo al escuchar el nombre de su visitante—. Acompáñele al bar y dígale que bajaré en un momento.

El bar del Imperio era un característico lugar de reunión para los hombres de negocios en Lisboa. «Wolframio de día y fornicación de noche», era una frase que definía la vida lisboeta desde que comenzó la II Guerra Mundial, cuando la ciudad era territorio de espías, diplomáticos, especuladores y aventureros que encontraron en la canallesca capital del doctor Salazar un lugar donde traficar con cualquier cosa que pudiera tener precio: libertad de judíos que escapaban del fascismo, paz para los demócratas en busca de otra vida o refugio para reyes destronados que se escondían a las orillas del Tajo para disfrutar sus malnacidas fortunas. Ahora desde el 8 de mayo de 1945 las cosas habían cambiado y por los cenáculos lisboetas deambulaban nazis camuflados dispuestos a pagar lo que se les pidiese por dar el gran salto a Hispanoamérica dejándose aquí sus nombres y su pasado criminal. Ahora no compraban wolframio; ahora querían comprar sus vidas.

—Muchas gracias, señor.

—Gracias a usted, Arístides.

Tras colgar el teléfono se vistió la chaqueta que colgaba en un galán de noche. El hotel era uno de los mejores de la capital portuguesa, tanto que fue inaugurado en octubre de 1944 con la presencia del jefe del Estado, un títere en manos del doctor Salazar, el funesto presidente de Gobierno. Era el primer establecimiento que ofrecía a sus huéspedes espaciosos apartamentos equipados con vestíbulo, salón, dormitorio y cuarto de baño en vez de meras habitaciones para solo pernoctar. Esos apartamentos incluían teléfono directo, escribanía con máquina de escribir y demás comodidades modernas para que los clientes pudieran trabajar en ellas y mantener reuniones por sus asuntos con la mayor privacidad, algo muy necesario en la Lisboa de aquellos momentos.

—Puntual como un ferrocarril suizo. Detestable… pero eficaz —dijo mientras introducía un pañuelo blanco de batista en el bolsillo pechero de la prenda.

—¿Así es el personaje? —preguntó su compañera de dormitorio, María Orsic, que a esas horas aún llevaba su pelo suelto, una melena larga y rubia que le llegaba a los tobillos. Ella, desnuda, se levantó de la cama tomando una bata de seda para cubrirse.

—Así… y peor, querida, pero nos podemos fiar —dijo él sin dejar de observarla—. No te preocupes.

—¿Estás seguro, Hans? —insistió la dama.

—Es de toda confianza porque no tiene principios ni convicciones, solo intereses… y eso nos es muy útil —sentenció Hans Kammler, que tal era el verdadero nombre del señor Hedingger.

—¿Por qué?

—Porque ha sido un esclavo de Joseph Goebbels, ya sabes… y ahora tiene que recolocarse.

—Como todos… —apostilló ella que se había sentado ante el tocador para recogerse la melena en su característica y complicada trenza. Él le había recomendado cortarse el cabello y teñírselo para poder disimular mejor su aspecto, pero ella no estaba dispuesta.

—Sí, querida, como todos nosotros. Por eso estamos aquí —reconoció él mientras la besaba en el cuello.

Otro beso en los labios sirvió de despedida.

—No te fíes de él; algo me dice que ese hombre nos dará problemas —advirtió María Orsic, que daba mucha importancia a sus premoniciones, antes de que su amante saliera del apartamento.

Él no se volvió ni quiso contestarla, pero palpó su chaqueta donde escondía una pistola Sauer-38H de la que no se había separado nunca desde que comenzó la guerra y que por su pequeño tamaño pasaba inadvertida bajo cualquier ropa.

A las 10,30 en punto, el falso señor Hedingger, la cobertura que rezaba en su pasaporte de la Cruz Roja obtenido en Tramín de las autoridades de Tirol del Sur para esconder su verdadera identidad, cosa que hizo antes de abandonar Alemania a fin de crear una pista falsa que permitiera suponer su salida por los Alpes italianos, entraba en el bar del hotel. Antes había cambiado unas pocas palabras con el conserje, Allí, sentado ante un café en una mesa retirada de las cristaleras a la calle, le esperaba un hombre que al verle acercarse se puso en pie como si le hubiera reconocido.

—¿Señor Hedingger?

—Peter Hedingger, encantado —confirmó Hans Kammler— ¿Señor de Lázaro?

—José Juan de Lázaro, para servirle. Un placer —confirmó el visitante ofreciéndole su mano e inclinando levemente la cabeza.

Un apretón de manos antecedió a que ambos se hicieran con la mesa.

El atento visitante, un tipo peinado hacia atrás, con el pelo engominado y entradas pronunciadas, era un hombre de piel oscura y ojos negros que gastaba un pequeño bigote muy recortado, como el que usaba el actor Adolphe Menjou, y se adornaba con un monóculo innecesario en el ojo derecho. Era una persona de aspecto inquietante, embutido en un traje oscuro y muy ceñido, impropio de aquel día caluroso, adornado con corbata y pañuelo a juego y calzado con botines negros de charol, todo ello excesivo a esa hora de la mañana. Su verdadero nombre era Joseph Hans Lazar, un diplomático que había sido el responsable de prensa de la embajada nazi en España hasta la rendición de Alemania. Desde que abandonó la embajada había convertido su casa en Madrid, un palacete alquilado en el paseo de la Castellana, en su cuartel general y aunque allí seguía usando su nombre se había provisto de documentación española y portuguesa con diferentes identidades para seguir con su nueva actividad: colaborar en el establecimiento de una red de huida para jerarcas nazis. Que él mismo hubiera sido un protegido del poderoso ministro alemán de Propaganda, unido a su principal posición cerca del gobierno del general Franco, le hacía idóneo para ese empeño.

—Mis amigos me han explicado que me ponga a su entera disposición, *herr* Hedingger —ofreció Lazar que sabía perfectamente que su interlocutor era el SS-Oberstgruppenführer Hans Kammler.

—Así me lo han participado mis camaradas, señor Lázaro —le correspondió Kammler para hacerle ver que él tampoco estaba desnudo de apoyos.

—Lo sé, *mein herr*; ellos me han trasladado su encargo —aceptó Lazar refiriéndose a Carlos Fuldner, un argentino de nacionalidad alemana que se había afiliado a las SS en 1932 y que había luchado en el frente ruso con la División Azul española hasta 1944 en que fue ascendido al grado de Hauptsturmführer y trasladado a Madrid en marzo de 1945. A la capital de España llegó como agente especial del Sicherheitsdienst (SD) para trabajar en la creación de rutas de escape ante los arrestos que estaban lloviendo sobre los de la calavera de plata. Este personaje, que no parecía alemán y cuya cobertura ahora era trabajar en Madrid para el conglomerado de empresas alemanas creadas por el partido nazi después de la victoria de Franco era quien recibía de sus jefes en Berlín la relación de oficiales que debían ser protegidos en su huida. La instrucción para atender a Hans Kammler le había llegado directamente de Martin Bormann, el secretario de Hitler, y con tan alto padrino aplicó sus mejores habilidades. En sus órdenes se incluía requerir los servicios de Lazar que veía en ello una oportunidad de mantener su posición en la organización clandestina que se estaba creando. Desgraciadamente para todos ellos a esas alturas del mes de agosto ya se habían suicidado Hitler, Goebbels, Himmler, Bormann, Bouhler, el jefe de la cancillería de Hitler, y tantos otros jerarcas implicados en los crímenes del nazismo, por eso tenían que organizarse y deponer viejas rencillas si querían sobrevivir al nubarrón de un futuro en donde tendrían que elegir, como ya estaban aprendiendo, entre la horca, el veneno o el disparo en la sien.

—¿Sabe usted que ahora solo necesito los papeles de la dama y un pequeño avión para su servicio?

—Así me lo han hecho saber, *mein herr*. Está todo dispuesto a la espera de sus órdenes.

Dicho eso, Lazar acercó a Kammler un ejemplar del *Diário de Lisboa* doblado en cuatro que tenía sobre la mesa. El general nazi tomó el periódico y sintió que dentro llevaba algo guardado. Con disimulo sacó el sobre que metió en un bolsillo de su chaqueta y le devolvió el periódico a Lazar. Tras ello hizo un leve gesto con la mano derecha que ya tenía convenido con el conserje.

—Muchas gracias, señor Lázaro —dijo el general nazi.

Según decía eso se acercó a la mesa un botones del hotel. El muchacho estaba obedeciendo lo que le ordenó el conserje cuando apreció la señal que enviaba su cliente.

—Señor Hedingger, tiene usted una llamada en el locutorio —recitó el de los botones dorados.

—La estaba esperando —dijo como si lo hubiera olvidado— ¿Me disculpa, Lázaro?

—Desde luego, señor. Por mí no se preocupe; le espero.

—Será un momento —y el disimulado general se fue tras el conserje hacia la cabina que obraba como locutorio, al lado de la recepción, pero esquinada respecto al bar.

Entró en la cabina y tras comprobar que nadie le miraba sacó el sobre de su bolsillo y miró su contenido: un pasaporte español, otro como salvoconducto de la Cruz Roja y un documento que acreditaba la titularidad al portador, quien fuera este y con una clave de identidad numérica de diez cifras, de una cuenta bancaria en libras esterlinas depositada en las oficinas en Tánger de la Société Générale de Banque. Los dos pasaportes eran para María Orsic que figuraba en ellos como María Elena Kruger, en el español donde aparecía como viuda de Hermann Kruger, y María Orloska, nacida en Viena, en el de la Cruz Roja. Satisfecho con los documentos los guardó otra vez en su chaqueta, salió de la cabina y volvió hacia donde le esperaba Lazar.

—¿Va todo bien? —preguntó Lazar con su mejor sonrisa que supuso que la llamada no era cierta y que el general había ido a comprobar los documentos.

—Perfectamente, camarada —le respondió Kammler mirándole a los ojos y recurriendo al tratamiento que ninguno de los dos deseaba emplear pero que al SS-Oberstgruppenführer le servía para amedrentar a su visita. El general se reservaba una baza más para controlar a Lazar si fuera necesario: sabía que era judío y que eso le permitiría, llegado el momento, volver contra él sus amistades ahora que había desaparecido su protector y que el régimen se iba por las alcantarillas de la historia pero que aún quedaban fanáticos emboscados dispuestos a tirar de pistola contra los hijos de Abraham.

—Me alegro mucho. ¿Necesita algo más de mí?

—De momento no, pero pronto le avisaré para que termine su servicio.

—Siempre a sus órdenes, señor.

—¿Me permite una pregunta? —inquirió Kammler tras un rato de silencio que a Lazar se le hizo una eternidad.

—Las que usted precise, *mein herr* —ese ofrecimiento lo hizo con la boca pequeña porque rompió a sudar ante lo que podía ser un interrogatorio que se volviese contra él; ahora no estaba en España y aunque el gobierno de Salazar colaboraba sin tapujos con el de Franco no ofrecía una cobertura incondicional a gente como Joseph Hans Lazar.

—¿Cómo ha conseguido los pasaportes?

El engominado periodista no se esperaba esa pregunta y se pensó por un instante la respuesta; sabía que un error le podía resultar fatal dado quien tenía enfrente.

—El pasaporte español me lo ha pasado uno de mis colaboradores de la Iglesia española —carraspeó Lazar—... un buen cura que es amigo de nuestra causa.

Decía una media verdad, si bien era cierto que de una sacristía era de donde habían salido los papeles. Al olor del incienso nacían certificados de nacimiento, bautismo y buena conducta, que luego permitían fabricar el pasaporte en una oficina de la policía donde le quedaban colaboradores, que por precio y convicción seguían ayudando a los de la esvástica confeccionando certificados del registro que expedían otra vez dando razón de que las «hordas rojas» habían destruido los libros cuando quemaron juzgados e iglesias. El falso cura al frente de semejante pandemónium era un tal Pedro Ricardo del Olmo, un tipo revestido del hábito carmelita. Su verdadero nombre era Walter Kutschmann y su historia era tan turbia como su actual tarea. El falso carmelita, que había establecido en Vigo su cuartel general con el permiso y cobertura del arzobispo de Santiago de Compostela, Tomás Muñiz Pablos que era Consejero Nacional del Movimiento y Procurador en Cortes por designación directa del general Franco, había vestido los galones de Untersturmführer y fue oficial a cargo de un grupo de exterminio de las SS que operó en Drohobycz. El del hábito pardo, que antes había gastado camisa del mismo color, había ordenado entonces la ejecución de treinta y seis profesores en Lwów y la de mil quinientos intelectuales polacos en la región de Lviv en 1942 hasta que le trasladaron a París en 1944 a las órdenes del oficial de inteligencia de las SS Hans Günther von Dincklage. Como fuera que después del desembarco de los aliados en Normandía las cosas cambiaron para los suyos decidió escaparse de la quema, pues no era valor lo que le sobraba, y desertó a finales de 1944 para esconderse en Vigo bajo la protección del entonces poderoso agregado de prensa de la embajada nazi en Madrid. Que pudiera pasar por español se debía a que formó parte en 1936 de la Legión Cóndor y se desempeñó después como Tercer Secretario del Consulado Alemán en Cádiz hasta que comenzó la Guerra Mundial. Desde entonces dependía de Lazar y ayudaba a que funcionara «la ruta de las ratas», el camino orquestado desde el Vaticano que pasaba por España de convento en convento para que criminales nazis huyeran a Argentina donde Perón los acogía sin preguntar nada de su pasado.

—¿Un cura amigo?

—Camarada —confesó Lazar, que no quería pisar más charcos que los imprescindibles.

—¿Y el otro?

—El otro me lo ha conseguido el nuncio de la Santa Sede en Madrid, su Eminencia Reverendísima Don Gaetano Cicognani, tirando de sus contactos en Roma —explicó Lazar queriendo ocultar cuales eran esos contactos; tenía que darle un punto de misterio al asunto.

—Comprendo —le respondió Kammler.

Cicognani había sido nuncio en Viena hasta que Hitler incorporó Austria al Reich y el cardenal se vino a España como embajador pontificio cuando el Vaticano reconoció al gobierno de Franco en mayo de 1938. Los *contactos* a los que hacía referencia Lazar eran de sobra conocidos por Kammler porque ya los había utilizado él mismo cuando se escapó de Alemania. Tanto él, además del que había obtenido antes en Tirol y que ahora usaba, como los demás viajeros del Junker llevaban salvoconductos de la Comisión de Refugiados de la Cruz Roja que le había proporcionado, a través del hermano diplomático de su colaborador Werner Von Braun, un obispo austriaco, Alois Hudal, que había escrito un panfleto, *Los fundamentos del nacional-socialismo*, donde abogaba por el compromiso entre nazis y católicos, y dirigía en Roma el Pontificio Instituto Teutónico Santa María dell'Anima, su cuartel general para organizar la evacuación de jerarcas nazis antes de que les prendieran las tropas aliadas.

—Tiene usted muy buenas relaciones con los curas —comentó Kammler que era un anticlerical convencido y que, por su origen luterano, detestaba a los católicos, como buena parte de la jerarquía nazi, en especial los miembros de las SS.

—Sí, no lo puedo negar; hay que tener amigos hasta en el infierno —reconoció ufano el periodista.

Y en eso decía verdad, porque desde su puesto de jefe de prensa y propaganda de la embajada nazi consiguió controlar doscientas hojas parroquiales, con tirada de hasta ciento cincuenta mil ejemplares, que él pagaba con dinero negro de la legación, aunque explicaba a clérigos y obispos que los gastos los cubrían empresas alemanas como Mercedes, Merk o Siemens. Para sostener ese enjuague gastaba más de doscientas mil pesetas al mes, lo que le permitía tener en nómina a buena parte del clero que desde los pulpitos jaleaban las victorias alemanas. Para su plan de propaganda nazi contaba además con ayudantes en Correos y con una legión de falangistas por casi todas las capitales de provincia que repartían sus panfletos. Su manejo del dinero de la embajada hizo que Paul Winzer, el representante de la Gestapo en Madrid, no se fiara de él, y que los agentes de las SS le denunciaran varias veces por corrupción, pero siempre caía de pie gracias a Goebbels. Curas, obispos, periodistas, burócratas del Movimiento y falangistas pronazis eran sus tropas de a pie para extender el credo de la esvástica por España, aunque esta no era su única actividad, porque también gustaba de enfangarse en cualquier negocio que le reportara beneficio, por ejemplo las antigüedades. Para ese medro se había asociado con la mujer de *herr* Horcher, el dueño del restaurante berlinés preferido de Albert Speer que se trajo la marca a Madrid cuando los bombardeos aliados le volaron el de Berlín, y que era el epicentro de sus reuniones y lugar de cenáculo para cuanto nazi pisaba España. Tan bien le resultó el asunto que decían de él que controlaba el mercado madrileño de arte y antigüedades; había terminado la guerra civil y muchas familias se desprendían de sus piezas de valor a precios irrisorios para poder sobrevivir.

—Es usted un hombre muy piadoso —insistió Kammler con sorna.

—Eso dicen —respondió Lazar eludiendo aclaraciones.

Lo que el general no sabía era que el estrafalario personaje que tenía delante era un tipo de extrañas costumbres y que alguna de ellas, como disponer en su dormitorio de la avenida del Generalísimo 43 de una capilla decorada con dos hileras formadas por doce tallas de santos y un altar donde estaba el lecho marital que compartía con la baronesa rumana Elena Petrino Borkowska, indicaba que su cerebro y sus inclinaciones no iban por sendas muy razonables. Esa mezcla de religiosidad, lujo y sexo en el mismo sitio no presagiaba nada bueno.

—¿Hace otro café? —ofreció Kammler que había acabado con el suyo.

—Preferiría un té, señor Hedingger.

—Peter, llámeme Peter.

Un gesto del general hizo que el camarero se acercara a reponer el servicio.

—¿Un cigarrillo? —ofreció Kammler sacando su pitillera de plata.

—No fumo, Peter, muchas gracias —rechazó el diplomático con un gesto de repugnancia.

—No es usted un hombre de vicios pequeños, José Juan.

No sabía Kammler que Lazar era un adicto a la cocaína y la morfina a las que se había enganchado desde que las consumió para calmar el dolor de una herida de bala recibida durante la Primera Guerra Mundial.

—Eso procuro; intento evitarlos —mintió el diplomático.

—Yo, sin embargo, prefiero un vicio cómodo a una virtud fatigosa. —le aclaró Kammler tras encender su cigarrillo.

El camarero sirvió la comanda y se retiró de inmediato. Lazar miró su reloj.

—¿Tiene prisa?

—No, claro que no —mintió el diplomático que se sentía cada vez más incómodo ante Kammler.

—Me quedan dos preguntas.

—Usted dirá.

—El avión… ¿está disponible?

—Está en el aeropuerto de Portela. Es un Havilland DH.90 que pilotará un oficial de la Luftwaffe que trabaja ahora en Lisboa como piloto de vuelos comerciales; suele llevar a gente adinerada a cazar a África.

—¿Otro de sus protegidos? —a Kammler no le gustaba tirar de antiguos conmilitones.

—Otro camarada… mi general —respondió Lazar atreviéndose a usar el empleo militar de su cliente.

—¿Cuándo podrá viajar la dama?

—Mañana, si a usted le parece bien. El vuelo puede despegar a las 8,00; así lo tengo convenido con mis amigos del aeropuerto. El destino declarado es Tánger... por razones de turismo. Al llegar allí la estará esperando un periodista alemán...

—No se preocupe por eso, Lázaro. Allí estarán dos de mis hombres con las oportunas instrucciones —Kammler se había preocupado de montar su propia red para no tenerla infectada por presencia de terceros de su propia cofradía.

—Como usted disponga —bien sabía Lazar que el general SS tenía sus propias agarraderas dentro del gobierno del general Franco y que a él solo le quedaba cumplir las órdenes que había recibido en Madrid hacía casi un mes del conde de Mayalde.

A Lazar le había llegado hacia una semana a su casa de Madrid un requerimiento de José Finat Escrivá de Romaní, el conde de Mayalde, que había sido director general de Seguridad en el ministerio de Ramón Serrano Suñer, y uno de los más fieles partidarios de la colaboración con los nazis. En su despacho particular, pues el conde parecía retirado de la política desde su cese y se dedicaba a sus negocios, sus fincas y su ganadería, le explicó que tenía una encomienda que venía de Roma y que estaba avalada por el cardenal arzobispo de Madrid monseñor Leopoldo Eijo y Garay a instancias del obispo Montini, de la Secretaría de Estado, que estaba al corriente de las gestiones del obispo Alois Hudal cerca de los nazis que abandonaban el barco. «Se trata de facilitar documentación española de calidad a una dama principal, alemana y buena amiga nuestra y de ustedes, a la que no creo que usted conozca —aclaró para que Lazar entendiera que no debía preguntar nada— que necesitará su ayuda para atender lo que le detallo en estas instrucciones». Dicho eso le explicó que la dama iría acompañada de «un caballero muy principal al que usted atenderá como se merece». El conde de Mayalde, que había sido embajador en Berlín, conocía a Kammler perfectamente y sabía que el de las SS picaba muy alto. Por sus contactos con la Dirección General de Seguridad supo de él cuando llegó a España por Barcelona en el misterioso Junker 390 sin matrícula que se quedó enigmáticamente abandonado en el aeropuerto del Prat vacío de carga, tripulación y viajeros. Días después mantuvo con Kammler un encuentro discreto en una de sus fincas donde el alemán y María Orsic permanecieron cubiertos y protegidos hasta que pasaron a Portugal sin control de frontera; de eso se había encargado el conde que aún tiraba de muchos hilos en la policía y en los servicios de información de Falange. Así había sido el encargo que le cayó a Lazar en las espaldas. «Para financiar todo esto tire usted de sus amigos alemanes que andan por aquí... ya sabe. No creo que haga falta darle nombres», concluyó Finat antes de despedirle. Se refería al entramado de empresas alemanas montadas en España por los nazis desde el comienzo de la Guerra Civil y que aún dirigían a través de testaferros españoles para evitar la incautación.

—Bien... La señora viajará mañana —dispuso Kammler—. Yo mismo la llevaré al aeropuerto.

—¿No necesita nada más?

—Solo que esté usted allí a las 7,30.

—Allí le esperaré, señor Hedingger —respondió obediente.

—Ha sido un placer, señor Lázaro —le agradeció el militar tendiéndole la mano para despedirse.

—Igualmente, *mein herr* —le correspondió el diplomático metido a espía.

Ya estaban para marchar cada uno por su lado: Lazar a la calle y Kammler a su apartamento, cuando el general abrió de nuevo la conversación.

—Por cierto... —dijo con una sonrisa.

—Dígame —le ofreció servil el del monóculo que no esperaba más requerimientos.

—Me gusta su nombre.

—¿Y eso? —era un registro que no se esperaba.

—Porque Lázaro resucitó... y eso siempre es una buena señal.

Y cada uno marchó por su lado mientras Kammler, ya de espaldas, alzaba su mano derecha en señal de despedida. Nunca volvería a ver a Joseph Hans Lazar, que pronto pasaría también a la clandestinidad.

Pero Kammler no subió a su apartamento; se acercó al conserje, comprobó que Lazar ya había salido del local y escribió una nota en papel timbrado del hotel.

—Súbaselo a la señora, por favor —le encomendó a Arístides tras enfundar la misiva en un sobre del establecimiento donde escribió «María» por toda seña. Una H servía de remite y un billete de diez dólares agradecía el servicio. «Volveré después de comer, querida. Ve preparando tus cosas», decía la nota.

El falso Hedingger marchó del hotel utilizando unas gafas de sol para su disimulo, lo que unido al bigote que se había dejado y a los casi diez kilos que había adelgazado desde que abandonó su uniforme en Opole le separaban mucho del aspecto que tenía cuando colaboraba con Heinrich Himmler en la cúpula nazi. Cuando llegó a Barcelona, poco antes de la derrota final del régimen que le había encumbrado, había cambiado su aspecto y sus hábitos haciéndose a unas prácticas de clandestinidad a las que se acostumbró con facilidad. Él, que como todos sus compañeros había buscado en el rutilante uniforme entorchado en galardones procurarse una distinción, una terrible singularidad bajo la calavera de plata, intentaba ahora confundirse con el paisaje adoptando el camuflaje de un vulgar hombre de negocios de los muchos que trasteaban por Lisboa a la busca de oportunidades. Cuando cruzó la avenida da Liberdade, el remedo lisboeta de los Campos Elíseos, nadie diría que era el mismo hombre que había ordenado apenas dos meses atrás que las V-1 y V-2 a su mando arrasaran Londres o Amberes, ciudad donde solo en una semana había provocado mil setecientos treinta y seis muertos y más de mil quinientos heridos.

El destino del paseante era la Rua do Salitre, una calle secundaria cerca del Largo do Rato, donde tenía una cita para la que le faltaba media hora, así que Kammler se despistó en el cercano jardín botánico para hacer tiempo, aliviarse del calor pegajoso de la mañana y, sobre todo, perderse en un deambular errático por las sombras de aquellos caminos de tierra a fin de comprobar que nadie le seguía. En ese merodeo refrescante quiso recapitular cómo había aparecido en Lisboa en compañía de María Orsic después de su llegada a España. De pasar a Portugal se había encargado el conde de Mayalde que organizó con sus camaradas falangistas que desaparecieran de los registros de la aeronáutica española la llegada del Junker 390. La salida de Alemania de los técnicos asociados a las Wunderwaffen ya estaba pactada antes con los ejércitos aliados en una operación más amplia que se llevaba cociendo desde finales de 1944 pero Kammler había decidido desmarcarse de esa ruta y de los compromisos subsiguientes y seguir su camino él solo en compañía de su amiga y amante. El nazi buscaba la clandestinidad dentro de una operación clandestina, un doble juego al que ya estaba acostumbrado y que, de momento, le estaba dando un buen resultado.

El operativo que le había permitido bajarse en marcha del tren que corría desbocado hacia la catástrofe militar había comenzado en diciembre de 1944 cuando su principal colaborador en los programas de cohetería, un joven ingeniero nazi afiliado también a las SS, Werner von Braun, conectó con el gobierno de los Estados Unidos a través de los contactos de su hermano diplomático, Sigmund von Braun, con el embajador alemán en el Vaticano, el barón Ernst von Weizsäcker. Este diplomático abogaba por una paz separada de sus jefes con los aliados dada sus profundas convicciones anticomunistas y dado que uno de sus hijos, Carl Friedrich, trabajaba a las órdenes de Kammler en sus programas secretos de balística militar, estaba en el sitio oportuno para intentarlo. La colaboración de los von Weizsäcker, a petición de los von Braun, con las autoridades pontificias permitió que la embajada alemana en Lisboa que dirigía Oswald von Hoyningen-Huene, poco simpatizante de los nazis y con excelentes relaciones con la comunidad judía lisboeta, sirviera como lugar de encuentro para las negociaciones secretas entre el gobierno norteamericano y los emisarios de Hans Kammler bajo la mediación de monseñor Pietro Ciriaci, un descreído burócrata del servicio exterior que se desempeñaba como nuncio del Vaticano ante el gobierno portugués. Aquellas negociaciones en diciembre de 1944 exigieron que se presentara en Lisboa, para ratificarlas en nombre del gobierno de Washington, Richard Porter, un comisionado de la General Electric, la poderosa compañía industrial norteamericana fundada por Thomas Alva Edison y J.P. Morgan. No en vano un mes antes, a principios de noviembre, el gobierno de Franklin D. Roosevelt había suscrito un contrato secreto con la GE para que esta se encargara del desarrollo en EEUU de la cohetería alemana que aún estaba al cuidado del SS-Oberstgruppenführer Kammler. La muerte inesperada de Roosevelt en abril de 1945 no había impedido que su sucesor, Harry Truman, continuara con lo que su servicio de inteligencia exterior, la OSS que dirigía William Donovan, llamaba Proyecto Hermes. Para todo ello había sido necesario que Kammler desobedeciera el decreto de 19 de marzo de 1945, el decreto Nerón, en que Hitler ordenaba la destrucción absoluta de las Wunderwaffen y de toda su tecnología para que no cayeran en manos de sus enemigos.

Su paseo terminó ante un edificio de tres plantas y fachada estrecha, enfoscado en gris y gamuza y adornado con cerrajería modernista pintada de blanco en sus balcones. En el portal, unas jambas de piedra enmarcaban la robusta hoja de madera pintada en verde que impedía la vista de cuanto ocurriese dentro. A la derecha había una placa de latón con timbres a cada vivienda, una por planta. Kammler pulsó el que correspondía al primero de los pisos. Un clic abriendo el pestillo le franqueó el paso al zaguán que estaba iluminado por el acceso a un patio interior ajardinado que refrescaba el lugar filtrando la luz de la calle. Allí prescindió de sus gafas de sol y subió hasta donde le esperaban. En la puerta de la vivienda, otro letrero de latón rezaba su destino: Lisboeta de Comercio Atlántico S.A.. Una llamada al timbre reclamó el acceso al domicilio y. unos segundos después se abrió la puerta de aquella oficina. Era evidente que le estaban esperando pues él ya había anticipado el día anterior su visita y una voz al otro lado del teléfono le había indicado la hora de la cita.

—¿El padre Morlion? —preguntó Kammler a la mujer que le abrió la puerta—. Soy Peter Hedingger.

—Pase, por favor, señor Hedingger; le está esperando —ofreció la mujer, una portuguesa que hablaba inglés perfectamente.

El alemán siguió a la mujer tras cruzar el vestíbulo donde colgaba un mapa de Lisboa, una bandera portuguesa y otra panameña junto a fotografías de diferentes barcos mercantes, por un pasillo amplio desnudo de todo adorno hacia una sala cuya puerta estaba formada por cuarterones de cristal esmerilado que no permitían ver a su través.

La mujer abrió la estancia y sin mediar palabra ni gesto le ofreció el paso a la visita. Kammler entró en la habitación. Allí se encontró con un individuo alto, calvo y rollizo que aparentaba cuarenta años, vestía el hábito de dominico y gastaba unas grandes gafas de pasta negra.

—Querido amigo: estaba deseando conocerle —celebró el fraile acercándose a él con los brazos abiertos y una sonrisa de oreja a oreja.

Al alemán, poco dado a esas efusiones, no le quedó más remedio que corresponder al abrazo.

—Para mí también es un placer, reverendo padre —concedió muy circunspecto el SS-Oberstgruppenführer.

—Félix, lámame Félix; sin protocolos.

—Como gustes, Félix —accedió el disimulado nazi ciertamente incómodo con el tuteo.

—¿Hace un café? —propuso el dominico que vestía para la ocasión el hábito de verano, todo blanco. El fraile solo usaba ropaje de su oficio en actos públicos y como su tarea era de todo menos publica, y más en esa ocasión, al alemán le sorprendió encontrarle de tal guisa.

—Nunca digo que no a eso —agradeció Kammler.

El dominico agitó una campanilla que reposaba en su escritorio y le ofreció asiento a su visitante. La sala era espaciosa y estaba decorada con gusto pese a la frialdad de ser una oficina y que nada en ella reflejara la condición religiosa de quien pareciera el dueño de todo aquello; ni siquiera el tradicional crucifijo que adorna las estancias de los clérigos estaba presente en el *atrezzo*. Los dos hombres se sentaron en sendos sillones cerca del balcón que estaba protegido por unos visillos blancos para evitar la solanera. Un ventilador en el techo ayudaba a combatir el agobiante calor de aquella mañana de agosto.

—¿Un cigarrillo, señor Hedingger? —ofreció el fraile tirando de una pitillera de ébano y plata que estaba sobre la mesita entre los sillones.

—Gracias, Félix —aceptó el alemán tomando uno, un cigarrillo egipcio del gusto del dominico.

Justo en ese momento se presentó la mujer para servir los cafés y una jarra de agua helada que dispuso en silencio sobre la mesita.

—¿Necesita algo más, fray Félix? —preguntó dirigiéndose a su jefe. Estaba erguida como un palo y dejaba claro la autoridad del sacerdote.

—Nada más, hija mía. Puedes retirarte, Zeita —indicó el del hábito blanco.

Los dos hombres bebieron el café en silencio. Kammler no le quitaba ojo a Morlion, que no paraba de sonreír en silencio mientras daba cuenta del suyo.

Félix Morlion, un tipo singular y atrabiliario, era un belga que se había educado como ateo hasta que a los veintiún años se convirtió al catolicismo fundamentalista y se ordenó como fraile dominico tras estudiar Filosofía y Teología en la universidad de Lovaina. En Bélgica había sido militante del COPAC, el Centro de Propaganda Anticomunista fundado por el vizconde Terlinden, que se incorporó a los CAUR, Comités de Acción para la Universalidad de Roma, atándose así con el fascismo italiano. COPAC también colaboró con otra asociación belga, SEPES, la Sociedad de Estudios Políticos, Económicos y Sociales, un servicio de propaganda e inteligencia anticomunista fundado en 1925 que durante los años treinta auxilió al gobierno alemán. Las actividades de COPAC estaban directamente vinculadas a las de SEPES y era el propio fraile Morlion, sin duda un tipo de acción, quien dirigía las «brigadas de choque», comparables a los italianos *fascio de combatimento*. En 1932, por su militancia anticomunista, fundó con permiso de sus superiores la Unión Internacional Pro Deo creando así el primer servicio de información específicamente pontificio. Cuando los nazis invadieron Bélgica, el material recolectado por los dos grupos condujo al arresto de muchos comunistas locales y refugiados alemanes que habían encontrado abrigo en Amberes. Morlion se expatrió entonces con ayuda de un oficial de la Gestapo y se instaló en Inglaterra, donde siguió dirigiendo el centro Pro Deo, su principal ocupación. El director de la OSS, William *Wild Bill* Donovan, que era un devoto católico, hizo un pacto con el dominico metido a activista para fusionar sus aparatos de inteligencia, Pro Deo y la OSS. En julio de 1944, para agradecer el maridaje de su gente con la inteligencia militar norteamericana, el papa Pío XII condecoró a William Donovan con la Gran Cruz de la Orden de San Silvestre, una recompensa que se otorgaba solo a «quienes por sus destacadas acciones... defendieron la Iglesia». Antes, en 1941, cuando los nazis tomaron el control de Europa occidental, Donovan había ayudado a Morlion trasladando sus operaciones de propaganda de Lisboa a Nueva York donde siguió trabajando para los norteamericanos en técnicas de guerra psicológica hasta 1944. Ahora, en agosto de 1945, Morlion había vuelto a Europa porque pretendía fundar y dirigir en Roma, con el apoyo del papa Pio XII, una fantasmal Universidad Internacional de Estudios Sociales para seguir con sus enredos anticomunistas, el gran peligro que oteaban sus amigos americanos para Europa después de la guerra. Las oficinas de Lisboeta de Comercio Atlántico, donde ahora se encontraban Kammler y Morlion, era la tapadera de la antigua sede de Pro Deo en la capital portuguesa.

—Tengo unas excelentes referencias tuyas, amigo Hedingger —dijo el fraile para abrir la conversación.

—Aún me quedan buenos amigos, fray Félix —tanto el obispo Alois Hudal como el ingeniero Richard Porter estaban al cabo de la entrevista.

—Tengo instrucciones de ayudarte en lo que necesites —confesó Morlion.

—Diles a tus amigos que yo he cumplido ya mi parte del trato y que ahora les toca a ellos servir nuestro acuerdo.

—¿*Paperclip*?

—Sí... *paperclip* —dijo Kammler con un gesto torvo que no le pasó desapercibido al dominico.

Los dos se referían al nombre en clave del pacto secreto entre la OSS, Pro Deo y él mismo, que suscribieron en su nombre Wernher von Braun y el comandante de inteligencia von Poblet, cuando les comunicó a los norteamericanos que en el campo de concentración de Nordhausen había centenares de cohetes V-1 y V-2 en proceso de montaje. Los científicos nazis entregarían esa tecnología a cambio de su libertad y un escape sin antecedentes políticos a Estados Unidos. Como las tropas americanas se hallaban cerca, se hicieron con todo el material: fases de cohetes, componentes, motores, combustible, explosivos, maquinaria y herramientas, además de catorce toneladas de documentos, antes de que llegaran allí las tropas soviéticas que encontraron el lugar vacío de todo ello. Más de quinientos científicos alemanes desaparecieron cuando un tren montado al efecto, «el tren de la venganza» le llamaron, les sacó de Nordhausen para llevarlos a Oberammergau, un pueblo alpino en Baviera que fue el punto de entrega donde les esperaban Ed Hall y Richard Porter, de la General Electric, para reconocerles y ofrecerles asilo en Estados Unidos de parte de su gobierno.

—¿Qué necesitas?

—Poca cosa; solo quiero que transmitas un mensaje a tus jefes.

—Tu dirás... —ofreció Morlion con el mismo tono que usaba en confesión.

—Yo he cumplido mi parte; Von Braun ha entregado a tus amigos el material convenido...

—Bien... sigue —le interrumpió el dominico como si estuviera escuchando los pecados de un penitente.

—Solo quiero que les digas que voy a desaparecer, cosa que haré por mis medios.

—¿No necesitas nuestra ayuda? —ofreció Morlion. Se refería a la red de evasión montada desde el Vaticano por Alois Hudal mediante la Commissione Pontificia d'Assistenza, la Organización de Refugiados del Vaticano, y los pasaportes del CIRC, el Comité Internacional de la Cruz Roja. Buena parte del trabajo que se realizaba en esa oficina de Lisboa y otras menos disimuladas era organizar la fuga de jerarcas nazis que querían huir a Argentina.

—No, no la necesito. Hemos llegado juntos hasta aquí y ahora nos toca seguir caminos separados —sentenció el SS-Oberstgruppenführer.

—¿Algo más, amigo Hans? —preguntó el fraile como si fuera a dar el perdón de un momento a otro.

—Sí, Félix.

—Tú dirás... —ofreció Merlion que no esperaba la salida de Kammler en ese registro. Un sudor repentino perló la frente del dominico.

—Sé cómo funcionan estas cosas, así que diles que me queda una carta guardada que ellos desearían tener.

—¿Una carta? —la sorpresa del fraile estaba en esas palabras.

—Sí, una carta, algo que me permitirá tener abierta la partida; será mi comodín y la garantía de que no revolverán nada; es mi pasaporte —explicó el nazi con toda serenidad, recalcando cada silaba.

—¿A qué te refieres? —preguntó revolviéndose en el hábito; no esperaba esa salida en el alemán.

—Die Glocke —dijo Kammler mirando a los ojos al orondo Merlion que ya había roto a sudar pese al ventilador del techo.

—¿La Campana? —preguntó el fraile sin saber a qué hacía referencia.

—Sí, La Campana. Ellos están al corriente de qué se trata y saben que solo yo tengo la llave que puede abrir ese tesoro que, evidentemente, ya está a buen recaudo. Vamos a respetarnos unos a otros y todo irá bien… y esa campana no tañerá donde no quieren tus amigos. ¿Com-pren-di-do?… mejor está en silencio que repicando.

—Claro que sí —reconoció el dominico sin imaginar siquiera a qué se refería el militar; «¿una campana?», se preguntaba el dominico. Merlion estaba ahora, más asustado que sorprendido, demasiado asustado; acababa de ver en los ojos de su invitado la frialdad cruel que había guiado su carrera criminal.

Merlion se quedó callado; no sabía ni a qué se refería su invitado ni por dónde seguir con la entrevista.

—Ha sido un placer, Félix —dijo Kammler después de mirarle fijamente por un rato y dando así por terminada la entrevista. Se levantó y le ofreció la mano al fraile. Merlion creyó verle con el uniforme de las SS.

—Lo mismo digo, Hans —correspondió tembloroso el dominico.

—No hace falta que me acompañes; conozco la salida —se despidió el militar.

Cuando llegó al vestíbulo se encontró con la mujer, que estaba esperándole.

—Que pase buen día, señorita Zeita —se despidió sin esperar respuesta.

Cinco minutos después tomaba un taxi camino del barrio de Alfama donde había quedado a almorzar. Dos hombres que rondarían los cuarenta años y que por el porte parecían militares, pese a las ropas civiles que usaban para la ocasión, le estaban esperando en un modesto restaurante popular de uno de los barrios más tradicionales de Lisboa. Hora y media duró el almuerzo, cuyo plato principal fue *bacalao dourada* acompañado por una botella de vino *rosé*, y en la que los hombres atendieron en respetuoso silencio las indicaciones que les iba dando Kammler. Solo alguna pregunta había interrumpido el relato de quien a todas luces parecía el jefe. Un postre de huevo y unas copas de calvados sellaron la reunión, y un sobre que Kammler sacó de su chaqueta cambió de mano. Cuando Kammler pagó la cuenta y se levantó para irse del local, sus dos invitados permanecieron en pie, casi en posición de firmes, hasta que su jefe abandonó la casa de comidas. Uno de ellos, Karl Müller, era un joven teniente de las fuerzas especiales y el otro, Gustav Schulz, era un oficial administrativo que había trabajado a sus órdenes. Ambos habían escapado de Alemania con la documentación del CIRC que les proporcionó su jefe. Ambos actuaban como sus guardaespaldas cuando Kammler se lo requería. Se habían aposentado en España y Kammler les había requerido ahora en Lisboa.

La tarde la pasó con María Orsic en las carreras de caballos del hipódromo de Campo Grande y después en el hotel do Império ayudándola en su equipaje y atendiendo alguna llamada de teléfono. Una de ellas era del conserje quien le requería en recepción; uno de los comensales de mediodía quería entregarle un sobre en mano, cosa que ocurrió sin mediar palabra y solo una inclinación de cabeza del mensajero al hacer el traspaso fue todo el protocolo del fugaz encuentro.

Aquella noche cenaron en el castillo de San Jorge. Él vestía de smoking con la chaqueta blanca y ella un espléndido vestido largo y escotado de satén negro. Desde la mesa, al lado de una gran cristalera, se contemplaba la desembocadura del Tajo en el Atlántico orlada por las luces encendidas de una ciudad que se extendía a sus pies. Aquella noche moriría allí María Bauer, una bailarina de ballet, católica y de Hamburgo, casada con Hans Hedingger, como rezaban sus falsos salvoconductos tiroleses obtenidos a través de la Cruz Roja y que les habían servido para cruzar España y nacería María Elena Kruger, como indicaba el pasaporte español donde aparecía como viuda de Hermann Kruger, un comerciante alemán asentado en España que había fallecido en accidente de automóvil en 1942. Kammler mataría esa noche a *herr* Hedingger y renacería como Hans Meinhof, un ingeniero agrónomo, nacido en Bonn, conforme constaba en un pasaporte español que había comprado en Lisboa a un colaborador suyo, un capitán falangista legionario en la División Azul, que trabajaba en la embajada española a las órdenes de Nicolás Franco, el todopoderoso hermano del Caudillo de

España, que había creído venderle una nueva identidad a un simple comandante de las SS que había combatido en Rusia y huía de la quema.

El agua del Tajo se iba a llevar esas ropas rutilantes y aquellos nombres fingidos para renacer otra vez desnudos en otra piel, con otro oficio y otros nombres. Tal vez con otra vida, pero atada siempre por viejos y escalofriantes secretos. Para dos personas cuyas referencias de infancia era de llanuras y montes, de nieves y lluvias, encontrarse con el clima apacible de una noche luminosa y dulce donde las estrellas se doblaban en el agua de la desembocadura del gran río ibérico, era viajar a un mundo sensorial nuevo y desconocido, amable y sensual, una nueva tierra nunca prometida pero ahora anhelada.

Aquella noche sería la última que vivirían juntos, al menos eso pensaban ambos en aquel momento; se habían encontrado para despedirse. Aquella noche que comenzó con una botella de *champagne* en las alturas, cuando jugaron a no tener más pasado que sus palabras, sus miradas y sus silencios, y terminó en un mar de caricias de agua y sueño entre las sábanas desordenadas por una pasión irrefrenable a la búsqueda de un futuro posible y solitario que buscaban escondido y misterioso en los pliegues de la piel del otro, sería su última noche.

«Mi próxima cicatriz tendrá tu nombre, María», dijo Hans Kammler cuando ella se acurrucó sobre su pecho mientras el amanecer burlaba los visillos de aquella habitación de paso en el hotel do Império.

— 8 —

NKVD

Plaza de la Lubianka, Moscú.
15 de enero de 1947.

—¿Crees que ya está preparada?

—Sin duda; lo he comprobado y respondo por ella —reconoció Caridad Mercader.

—¿Será capaz de cumplir con su misión? —insistió el hombre dirigiéndose a la tercera persona que asistía a la reunión.

—Está perfectamente entrenada, camarada director adjunto —aseguró África de las Heras terciando en la conversación.

Desde el despacho de Nahum Isaákovich Eitingon, en la segunda planta del cuartel general de la NKVD en Moscú, en la plaza Lubianka, se contemplaba una ciudad muda, sin apenas tráfico salvo algún que otro Zis-110 de cualquier jerarca del partido, cubierta por un manto de nieve sucia y arrumbada en las aceras. El cielo, también encapotado, se confundía con los bordes de los edificios que configuraban la plaza. Era el paisaje de una ciudad silenciosa en una sociedad hermética que aún había de restañar las heridas por la Gran Guerra Patriótica que les había costado veinticinco millones de muertos a manos de los ejércitos alemanes.

El despacho, una sala grande con techos altos de escayola y cuatro huecos a la calle tenía el piso y las paredes forrados de madera. Una gran estufa de hierro fundido caldeaba la habitación tal vez en exceso, lo que empañaba los cristales de las ventanas. Tras la mesa del importante jefe de la seguridad se cumplía el ritual de los consabidos retratos que adornaban cualquier oficina soviética. Marx, Engels, Lenin y Stalin presidían la ilustrada exposición; debajo aun colgaban dos más, el del enjuto Félix Dzerzhinski, el comunista polaco que a las órdenes de Lenin estableció la Cheka, Comisión Extraordinaria de Toda Rusia de Combate a la Contrarrevolución y el Sabotaje, la primera policía secreta bolchevique a la que Lenin había confiado la misión de «ser el vigía, la severidad y el terror al servicio del proletariado», y la del obeso y apacible Sergei Kruglov, un comunista bien instruido que formaba parte del Politburó y al que Stalin había designado recientemente para sustituir a Laurenti Beria al frente del NKVD.

—¿Estás segura, Caridad? —insistió Eitingon apelándola por su nombre de pila.

Era evidente que ambos tenían una relación personal que les permitía prescindir del tratamiento. El director adjunto responsable de la Sección C del NKVD vestía para la ocasión su uniforme diario de teniente coronel del NKVD, guerrera caqui —la popular *gymnastiorka*— y pantalón azul de montar con botas altas de cuero negro, adornado con las insignias de la Orden de Lenin, de la de la Bandera Roja y la medalla Orden de la Guerra Paria de 1ª clase, las condecoraciones más importantes que podía otorgar Unión Soviética.

—Estoy segura, Nahum —respondió la española con firmeza.

Caridad Mercader era una mujer alta y esbelta que rondaría los cincuenta años, con el pelo blanco peinado en una melena corta. De facciones duras, respiraba distinción tanto en el gesto como en el atavío, un pantalón de franela de talle alto, zapatos de medio tacón y una blusa blanca bajo una chaquetilla corta diseñada por Christian Dior la temporada anterior. Caridad era una aristócrata dentro del estalinismo; una burguesa educada por las monjas, amazona, políglota, consumidora de caviar y de dos paquetes diarios de tabaco americano, que nunca prescindía de sus pendientes de perlas y un pequeño reloj Cartier de oro en su muñeca izquierda.

—No quiero fracasos, Caridad —remachó Eitingon.

—No fracasará, Nahum; te lo garantizo. No te decepcionará —insistió Caridad Mercader mientras sacaba un cigarrillo de su pitillera.

La relación entre Caridad Mercader y Nahum Eitingon venía de antiguo, desde los comienzos de la guerra civil española cuando Eitingon la reclutó para la NKVD en 1937, pero la vida de Caridad Mercader ya tenía muchas páginas escritas cuando se conocieron en Barcelona. Caridad Mercader, cuyo nombre de pila era Eustacia María Caridad del Río Hernández, usaba como propio el apellido de su marido, un industrial catalán de nombre Pablo Mercader, del que se había separado a partir de que ella, hastiada de las imposiciones sexuales de su esposo, se introdujera en los círculos anarquistas catalanes, colaborando incluso en atentados contra los negocios de la familia de su marido. La desgracia económica de los Mercader fue la gota que colmó el vaso del distanciamiento familiar, y la relación de Caridad con Louis Delrieu, un piloto francés de militancia comunista que trabajaba en la compañía aérea Latécoère, fue el detonante de la ruptura del matrimonio, lo que unido a su afición a los opiáceos la supondría el ingreso en 1923 a instancias de los Mercader en el manicomio de la Nueva Belén en Sant Gervasi, cosa que prefirieron antes que permitir su ingreso en prisión dada su implicación directa con el activismo libertario. Del manicomio escapó gracias a la ayuda de sus amigos anarquistas y de allí, con sus cinco hijos, rompió con los Mercader y se fue a Francia para vivir en Dax con su amante, del que también se separó en 1928. Un intento de suicidio de Caridad hizo que Pablo Mercader viajara a Toulouse y recogiera a tres de sus hijos para llevarlos a Barcelona con su familia y que con la madre solo quedaran Jorge y Ramón, el preferido de Caridad, que ya estaban estudiando en la Escuela de Hostelería. Cuando se recuperó de la crisis, Caridad Mercader marchó a Paris y se afilió al Partido Socialista francés de la mano de Marceau Pivet, hasta que en 1930 dio el salto al Partido Comunista y tomó sus primeros contactos con el NKVD a través de un agregado cultural de la embajada soviética en Paris. Durante ese tiempo fue amante de Maurice Thorez, el secretario general del PCF. También su hijo Ramón ingresaría con ella en el Partido Comunista.

—Espero que sea así, Caridad, porque el partido tiene puesta muchas esperanzas en esa mujer; le espera una tarea importante —insistió una vez más el alto oficial de la NKVD, un tipo corpulento de facciones fuertes.

—Ya hemos pasado por eso, Nahum —contestó ella con una sonrisa cómplice mientras encendía el cigarrillo con un pequeño encendedor de oro.

Los dos se referían al atentado que le costó la vida a Trotski en ciudad de México en 1940. Una operación diseñada por orden de Stalin en la que Ramón Mercader, un agente del NKVD educado para esa tarea, había sido el brazo ejecutor bajo la dirección ejecutiva de Eitingon y el auxilio de Caridad Mercader. La operación la había diseñado por orden de Stalin el agente Pavel Sudoplatov, un viejo *chekista* a las órdenes de Laurenti Beria que era el responsable de «operaciones especiales», un eufemismo para los actos de chantaje, asesinato y sabotaje. Ramón había conseguido introducirse en el círculo más íntimo de Trotski gracias a sus amoríos con la norteamericana Sylvia Ageloff, la secretaria del jefe comunista en el exilio, y a la excelente cobertura de los servicios soviéticos en todo el operativo. El día del atentado, Eitingon y Caridad Mercader esperaban en un coche, estacionado cerca de la casa de Trotski en Coyoacán, la salida de Ramón Mercader para sacarle de allí cuanto antes, pero el asesino fue reducido por los guardaespaldas de Trotski que acudieron en su ayuda al escuchar sus gritos, ya que el jefe comunista tardaría aun diez horas en morir. Eitingon y Caridad, al ver que Ramón Mercader no salía de la casa y que la escolta armada de Trotski se desplegaba alrededor de ella, huyeron de allí y del país pasando a Cuba antes de regresar a la Unión Soviética. Stalin recompensó a Eitingon y a Caridad Mercader con la Orden de Lenin, a Iosif Grigulévich, otro agente de la NKVD que había intentado un atentado anterior contando con la ayuda del pintor Siqueiros y que fracasó estrepitosamente, con la Orden de la Bandera Roja, y Ramón Mercader, el autor material del crimen, fue nombrado Héroe de la Unión Soviética, la más alta distinción que podía recibir un comunista.

África de las Heras, cuyo nombre clandestino en los informes que preparaba ahora para sus jefes era Patria, asintió con la cabeza. Era su manera de indicar que ella también había participado en esa operación, aunque desde la retaguardia y de manera clandestina porque lo hizo con la función de radiotelegrafista para mantener informado a Moscú del curso del operativo. Ella, que estuvo en la misión por mandato de Eitingon y que por entonces usaba el nombre de María de la Sierra, también escapó inmediatamente de México en un carguero de bandera soviética. Su colaboración le había supuesto el ascenso al grado de segundo teniente en la NKVD.

—Creo que podemos hablar con sinceridad, amigas; nos conocemos de sobra para no tener reservas entre nosotros —dijo Eitingon después de accionar ostensiblemente un pequeño dispositivo oculto bajo el tablero de su escritorio que desconectó el equipo de grabación que registraba cuanto se decía en aquella habitación.

África asintió con la cabeza y Caridad sonrió satisfecha. El anfitrión se acercó a un samovar muy sencillo y sirvió tres tazas de té antes de escanciar tres vasos de vodka para acompañar la infusión. Él mismo sirvió a sus invitadas.

—¿Te acuerdas cuando te llamabas Kotov? —preguntó Caridad al comprender por el gesto de su amigo que ya podían hablar con libertad.

—Si... cuando tu nombre de pila era Caritat y solo hablabas catalán —respondió Eitingon con ironía.

—Y nos amábamos —reconoció ella que nunca había escondido sus relaciones más íntimas con quien la introdujera en el mundo del espionaje soviético.

—Fue una época preciosa... y muy dura —recordó él con nostalgia.

—Éramos jóvenes, teníamos muchas ilusiones... y un mundo nuevo por construir —apostilló ella con cierta acidez en sus palabras.

—En ello estamos todavía; es nuestra misión —quiso terciar África que nunca perdía oportunidad de acreditar su fidelidad al partido.

—¿Estás segura? —objetó Caridad, cuya posición cerca de la nomenclatura le permitía algo que por carácter le era propio, cuestionar todo a su alrededor; de hecho, tenía frecuentes enfrentamientos con Dolores Ibárruri, la jefa del Partido Comunista español desde que había muerto José Díaz.

África de las Heras no quiso responder; siempre se había sentido subordinada a la catalana y no era cuestión de polémicas y menos allí, en un momento en que las purgas estaban diezmando al partido. La intransigencia estalinista tenía en el objetivo a muchos comunistas que habían luchado en la guerra de España y más desde que Orlov había desertado a los Estados Unidos poco antes del asesinato de Trotski.

—La fidelidad a nuestros ideales comunistas bajo la dirección del camarada Stalin es el mejor pasaporte a la revolución proletaria —quiso concluir Eitingon para evitar que la conversación se saliese del cauce que él pretendía para aquella entrevista.

—Si se trata de eso, tengo que decirte que María es la viajera perfecta —dijo Caridad con un punto de ironía.

—¿Tú lo ves así? —preguntó el de la NKVD a África de las Heras.

—Sin duda, camarada Eitingon —ratificó la aludida.

África de las Heras rondaría los cuarenta años y en poco se parecía a Caridad Mercader, aunque también fuese una mujer atractiva y de porte distinguido, pese a que vistiera de manera mucho más sencilla, como una mujer rusa que trabajara en alguna oficina pública. Pese a esa diferencia de atavío también era una mujer de orígenes burgueses nacida en Ceuta con familia de militares, pero su trayectoria vital y política no había tenido los bandazos de su compañera; porque ella, desde muy joven, había militado en el Partido Comunista y toda su vida había estado a la disposición del ideario de Lenin. Casó a los diecinueve años con Francisco Javier Arbat, un teniente de la Legión, pero la pareja se rompió pronto y ella se fue Madrid tras la proclamación de la Segunda República donde entró el contacto con el Partido Socialista Obrero Español y la Unión General de Trabajadores, por su relación afectiva con Luis Pérez García-Lago, un destacado dirigente de la federación de banca del sindicato, y por su amistad con Amaro del Rosal, un histórico militante del PSOE y de la UGT. En 1934, bajo la bandera socialista, tomó parte en la insurrección asturiana de octubre actuando como enlace entre los distintos grupos alzados. La sublevación militar de 1936 la sorprendió en Barcelona donde se inscribió, como muchos otros socialistas, en el Partido Socialista Unificado de Cataluña y en las Juventudes Socialistas Unificadas para integrarse en el Comité Central de Milicias Antifascistas donde dio sus primeros pasos como *chekista*. Allí fue donde conoció y trenzó una buena amistad con Caridad y Ramón Mercader y a su través fue captada para el espionaje soviético en la primavera de 1937 por Eitingon, entonces responsable adjunto en España del comisario del Pueblo para Asuntos Internos. Una vez entrenada como radiotelegrafista fue enviada a México a realizar labores de investigación y vigilancia sobre León Trotski hasta que regresó a España poco antes del fin de la Guerra Civil. Tras la derrota republicana cruzó la frontera francesa y tras un período de internamiento en un campo de refugiados, embarcó con otros exiliados con destino a México de nuevo, donde residía cuando Ramón Mercader asesinó al jefe de la Cuarta Internacional. Unos meses más tarde viajó por primera vez a la Unión Soviética, donde le sorprendió la ofensiva del Ejército alemán contra la URSS. África de las Heras, tras formarse como enfermera y perfeccionar sus habilidades como radiotelegrafista, «violinista» en el argot de los servicios, fue adscrita a petición propia a una unidad militar de voluntarios españoles y posteriormente, en 1942, fue lanzada en paracaídas sobre territorio ucraniano bajo dominio alemán armada con una pistola Tokarev T-33, un cuchillo de combate, dos granadas de mano y la orden de suicidarse si era detenida. Perteneció al grupo guerrillero conocido como Los Vencedores, en el que ejerció como guerrillera y operadora de radio para interceptar las comunicaciones y enviar mensajes erróneos a los alemanes. Tras dos años combatiendo en la guerrilla, donde se ganó las estrellas de capitana combatiendo junto a Manuel Castillejos González, regresó a Moscú en 1944 para recibir instrucción como agente operativa de inteligencia.

—¿Has supervisado su expediente, África?

—Más que eso, camarada; la he entrenado yo misma.

—Lo sé… y me alegro de ello —reconoció Eitingon que había sido quien, precisamente, había dispuesto que así fuera.

—Este es mi informe, camarada Eitingon —dijo África de las Heras entregando a su jefe una carpeta que llevaba guardada en el bolso. Ese gesto era innecesario pues el de la NKVD tenía conocimiento de ello desde que lo redactó días atrás y lo entregó a la jefatura de la sección de agentes extranjeros. La carpeta tenía en portada un nombre: «María Sliva», «María Ciruela» en ruso. Un nombre que se le había ocurrido a la Kosmodemskaya porque, al decir de la instructora, la candidata era fuerte como un árbol y llena de flores rojas como las del ciruelo «y la revolución soviética», apostillaba la rusa, aunque África decía que era porque su segundo apellido español era Pruneda.

El teniente coronel de la NKVD tomó el informe y lo abrió para revisarlo.

—Veo que has cumplido tu tarea, camarada Patria —dijo Eitingon al cabo de un rato en que todos permanecieron en silencio.

La historia que se contenía en aquellos folios mecanografiados bajo el membrete de la NKVD había comenzado en mayo de 1945, cuando la capitana Kosmodemskaya reportó a sus superiores la liberación en Ravensbrück de una resistente francesa, Isabelle Moreau, cuyo auténtico nombre era María Millán Pruneda y su verdadera nacionalidad la española. La primera parte del expediente contaba su relación de amistad familiar con el teniente primero Manuel Castillejos y el origen madrileño de la muchacha. Después venía el informe médico del hospital de campaña que la atendió en urgencias y luego su historial médico en el hospital San Antonius en Karlshorst que había ocupado el NKVD cerca de Berlín donde fue atendida hasta que se la envió para recuperación a una residencia en Crimea para excombatientes de la que salió con el alta médica en octubre de 1945. Para entonces ya estaba tomada la decisión de incorporarla a los servicios de espionaje de la inteligencia militar soviética. Para eso obraban dos informes más: el de la dirección en Moscú del Partido Comunista español, que detallaba el historial político de su padre y el suyo propio en el PSUC, y el del Partido Comunista francés que enumeraba sus servicios en la resistencia como Isabelle Grenier, Lourdes Campoy y Amélie Descharnes hasta su detención en Lyon bajo la identidad de Isabelle Moreau. El siguiente documento era el informe suscrito por el coronel Matevyenko, director del campo de entrenamiento de la NKVD para agentes de inteligencia en Baturin, una instalación secreta al suroeste de Novgorod-Seversky en Ucrania. Se aportaban también informes de idoneidad del mayor Artemyev, instructor de espionaje y matemáticas, del teniente mayor Lavinov, instructor de combate, del teniente Merkulov, instructor de topografía, y del capitán Ryábovy, instructor político del centro. De ese campo salió escalafonada en octubre de 1946 con el número dos de su promoción y el rango militar de sargento. El siguiente documento del expediente era un informe suscrito por Caridad Mercader cuando la entrevistó en Moscú, en las instalaciones de Byoko destinadas a «instrucción en tareas especiales», por encargo del comité central del PCE en noviembre de ese año y trazó su evaluación psicológica recomendándola para el trabajo como agente clandestina. Caridad vivía en Paris desde noviembre de 1945 con pasaporte cubano y domicilio en un piso de la calle Rennequin, 25, cerca del Arco de Triunfo, pensionada por el gobierno soviético, pero seguía colaborando con el NKVD en la evaluación de agentes del servicio que hubieran de infiltrarse en España. El siguiente paso de su trayectoria era de la mano de África de las Heras que, aunque también vivía en Paris desde 1946 proveniente de Berlín con el alias de María Luisa de las Heras, haciéndose pasar por una refugiada del régimen franquista que había establecido un taller de modista con notable penetración en los círculos políticos parisinos, fue requerida para que se presentara en Moscú. Que la requirieran para esa tarea era consecuencia de su historial político, por su condición de española, porque había sido adiestrada también por la capitana Kosmodemskaya para su lucha como partisana en 1943, y, sobre todo, por ser una instructora especial de tan singular alumna en las instalaciones de Chernovsky en Besaarabia, durante un curso de seis semanas de entrenamiento en el uso de armas, defensa personal, utilización de tintas secretas y técnicas de espionaje bajo la dirección del coronel Petrov. El informe de África decía que la española tenía una gran habilidad en la lucha cuerpo a cuerpo «en especial en el manejo del cuchillo NR-40», un arma de origen finlandés fabricada en Zlatoust que usaban los comandos especiales de las unidades guerrilleras y los agentes de campo de la NKVD. La salida del cuartel de entrenamiento se había producido en enero de 1947.

—Veo que ha sido una alumna excelente, camarada.

—Tiene madera, camarada teniente coronel; la alumna no solo tiene una excelente preparación política sino, sobre todo, y eso es lo importante, una determinación incuestionable que le permite no arredrarse ante el peligro. Su serenidad es pasmosa y su resistencia al sufrimiento es excepcional. Será una agente extraordinaria porque era un diamante en bruto.

Caridad Mercader asintió con la cabeza.

—El partido la ha tallado sacando lo mejor de ella y es una gran comunista —se vio en la obligación de apostillar Caridad Mercader antes de dar una última calada a su cigarrillo americano.

—Pronto estará con nosotros —concluyó Eitingon dando por terminada la reunión. Con un gesto explícito indicó que volvía a conectar la grabadora.

—Camaradas, ha sido un placer recibiros en este despacho que siempre será vuestra casa. Ahora podéis volver a París a seguir con vuestra misión; desde este momento la camarada María Sliva queda a las órdenes de la Sección C. Habéis terminado este servicio tan especial para el partido del camarada Lenin.

Esa adscripción sorprendió a las dos mujeres pues la Sección C no tenía cometidos en las tareas clandestinas de los agentes infiltrados en España ni tampoco la nueva agente les parecía percha bastante para «un servicio tan especial para el partido». Solo Eitingon sabía cómo iba a seguir el juego y porqué un asunto como ese, en apariencia tan sencillo, había llegado a sus manos.

Cuando el teniente coronel se quedó solo en su despacho tras despedir a las dos mujeres con un beso en la mejilla pidió una conferencia desde su teléfono:

—Póngame con la escuela Engels, en Saratovo; quiero hablar con el mayor Chorny —ordenó a su ayudante, el capitán Popov. Eitingon sabía que esa conversación sería grabada. La escuela Engels era una instalación del NKVD a las orillas del Volga, en Saratovo, donde la parte principal del temario era la educación política de los alumnos y el aprendizaje de lenguas. María Sliva estaba cursando perfeccionamiento del ruso y nociones básicas de alemán e inglés lo que unido al francés y al español nativo la ponía en condición excelente para moverse por cualquier parte.

Cuando el jefe de la Sección C tuvo al mayor Chorny al otro lado de la línea solo le dio una instrucción:

—Necesito que la camarada Sliva se presente en las oficinas centrales en el plazo máximo de un mes, camarada director. Procure que se complete su instrucción en ese plazo.

El día señalado tenía límite en el mes de febrero de 1947.

Que el asunto de María Sliva hubiese llegado a la mesa del jefe de la Sección C, el departamento encargado de obtener datos de inteligencia que permitiesen la construcción de un arma nuclear soviética, había sido una casualidad. El asunto se había pergeñado en otro departamento de la inteligencia soviética, el GRU, el servicio de información militar, quien les había puesto sobre la pista de un asunto muy extraño que enseguida requirió el interés de los hombres de Sergei Kruglov: el asesinato de un grupo de sesenta científicos alemanes que trabajaban en las instalaciones secretas para la construcción de las Wunderwaffen en Ludwikowice a manos de un comando de las SS a las órdenes del Gruppenführer Jakob Sporrenberg pocas horas antes de que las tropas rusas llegaran a esas instalaciones. El oficial autor del crimen había sido detenido en su huida por tropas inglesas, pero uno de los científicos que aún conservaba la vida pese a encontrarse malherido puso a los rusos al corriente de lo que había pasado allí horas antes. «Se han llevado la campana; se la han llevado. Nos han matado por eso», fue cuanto pudo decir antes de morir el único especialista que había sobrevivido a la extraña ejecución, un ingeniero experto en combustibles. Que los nazis se ejecutaran entre ellos en puertas a ser capturados por las tropas soviéticas era algo tan extraño que hizo sospechar a la sección de inteligencia militar del regimiento de infantería mecanizada que ocupó las instalaciones subterráneas donde se había producido la masacre que algo muy escuro se había cocido en aquellos túneles pocas horas antes de llegar ellos.

El asunto no hubiera pasado de ahí, un informe más del GRU sobre algo extravagante ocurrido en los días desquiciados del final de la guerra, si no hubiera sido por el interrogatorio posterior a Sporrenberg cuando fue apresado por los ingleses y trasladado a un centro de investigación en Oslo, donde le reclamaban por crímenes de guerra en Noruega. Vista la importancia de lo que Sporrenberg confesó a los noruegos en los interrogatorios a los que le sometieron, el alemán fue remitido de inmediato a Londres, al centro de interrogatorios del MI-19 en Kensington, a la Unidad de Investigación de Crímenes de Guerra que dirigía el coronel Alexander Scotland, donde se quiso depurar también su participación criminal en Polonia y en la Unión Soviética. Del contenido de aquellos interrogatorios tuvo conocimiento el NKVD, que tenía ya infiltrados en los servicios británicos, y por esas declaraciones supieron que Sporrenberg conocía al detalle el proyecto de la misteriosa Campana, que en la jerga nazi era conocido también como *der bienenstock*, la colmena, por el zumbido que emitía al funcionar, o *kronos*, «tiempo», o *lanterntrager*, «portador de luz», teniendo también referencias escritas de esa tecnología como *zeitgatter*, «puerta del tiempo». Los rusos, al saber por Kim Philby, uno de sus mejores agentes, infiltrado en la inteligencia británica, que ocupaba un cargo importante en el MI-6, lo que se cocía en boca del nazi reclamaron su entrega inmediata al gobierno polaco, cosa a la que los ingleses accedieron en octubre de 1946 sin reparar en otra cosa que en sus crímenes de guerra en el este de Europa. Solo los rusos calibraban en ese momento la importancia de lo que se podía cocer tras la evanescente Campana.

Cuando Sporrenberg llegó a Varsovia los funcionarios del Comité de Seguridad Pública polaca pusieron inmediatamente al detenido en manos del NKVD soviético siguiendo instrucciones expresas del primer ministro Cyrankiewicz, un decidido partidario de la URSS que venía de la lucha partisana y de los campos de concentración nazis, que ya estaba sobre aviso. Los hombres enviados por Beria exprimieron bien al SS-Gruppenführer que ya había evacuado en Londres lo que sabía, que no era poco, de las Wunderwaffen. Los interrogadores soviéticos estaban interesados en ello y no en los crímenes del detenido que se los dejarían purgar a sus amigos polacos. Energía nuclear, bombas atómicas, enriquecimiento de uranio, agua pesada, bombarderos de alcance transoceánico, cohetería de misiles y motores gravitacionales era el listado de sus conocimientos que más interesaban a los soviéticos. En cuanto los oficiales de inteligencia remitieron sus primeros informes a Moscú el asunto pasó a la Sección C de Eitingon cuyo cometido principal era rastrear lo que supieran los nazis de la fabricación de una bomba atómica. Desde ese momento, Eitingon se puso al frente de las investigaciones y en especial de un asunto que le sonó a fantasía: los motores antigravitacionales de los que Sporrenberg hablaba con admiración como el mayor logro de la tecnología nazi. «Eso nos habría permitido ganar la guerra y todo se lo debemos al general Hans Kammler» argumentaba el nazi con un punto de euforia suicida dada su situación. Por la información que tenía el servicio secreto soviético y por la confesión de Sporrenberg, los hombres del NKVD ya sabían que Kammler, su jefe y una pieza fundamental del organigrama de la SS, había desaparecido sin que nadie supiera de su paradero y que su adjunto von Braun había cerrado, a la vez, un acuerdo con el gobierno norteamericano garantizándose la libertad a cambio de la tecnología de cohetes.

Cuando el NKVD creyó haber exprimido del todo lo que el nazi guardaba en su desquiciado cerebro decidió entregarle otra vez a los polacos para su juicio por criminal de guerra donde fue condenado a muerte. La ejecución de Sporrenberg convenía a los polacos por venganza y a los soviéticos por interés, pues su muerte les permitía apropiarse para siempre de lo que sabía, algo tan importante como darle la vuelta a la física clásica.

Desde ese momento Eitingon decidió rastrear aquella pista que le llevaba necesariamente a la localización de Kammler y lo que con él había desaparecido, la misteriosa «campana». Todas las señales apuntaban hacia España como lugar de refugio del nazi desaparecido.

Fue ese día cuando el destino de María Sliva, por decisión del jefe de la Sección C, quedó unido a la peripecia vital del nazi fugitivo.

— 9 —
Asuntos de familia

Banca Ziegler&Ziegler y restaurante Kronenhalle, Múnich.
10 de julio de 1947.

—Estos son los documentos que ha de firmar, señor Tobler.

El director de la oficina principal de la banca Ziegler&Ziegler en Zúrich, un banco privado en que la totalidad de su capital pertenecía a una familia alemana asentada en Zúrich desde 1876 y ya nacionalizada suiza, ofreció a su cliente una carpeta abierta conteniendo una serie de documentos membretados con el sello del banco. El emblema de la casa de crédito era un grifo, un ser mitológico mitad león y mitad águila que según la leyenda asiria quedaba unido de por vida a su jinete permitiéndole el control absoluto de los cuatro elementos. Se comentaba en el ambiente bancario que los Ziegler habían elegido bien el símbolo de su negocio porque decían de sí mismos que ellos eran a la vez fuego, aire, tierra y agua, «es decir que no tienen principios y que todo les vale» traducía uno de sus competidores en el mercado del dinero.

Hans Tobler se acercó la carpeta y comenzó a leer los más de veinte folios del expediente. El burócrata bancario, un tipo menudo y calvo vestido con el tradicional terno de franela gris que se gastaban los de su oficio, permaneció en silencio al otro lado de la mesa. Si no fuera por el leve parpadeo tras las gafas de pasta negra era tal su inmovilidad que pareciera que el oficial bancario había muerto hacía rato.

—¿Está todo conforme a sus instrucciones, señor Tobler? —preguntó cuando pareció volver a la vida tras que su cliente terminara con la inspección del papel escrito.

—Perfecto, señor Schmid. Todo correcto… como siempre.

—Muchas gracias, señor Tobler. Es un placer para esta casa satisfacer a sus muy respetables clientes —quiso explicar lo que nadie le había preguntado—. ¿Puedo decirle al notario que pase a recoger las firmas?; yo actuaré como apoderado del banco.

—Me parece muy bien, Schmid —le respondió Tobler apeándole del tratamiento.

Cuando Tobler se quedó a solas en la estancia, tan severa, lujosa e impersonal como todas las que alojaban al dinero de cualquier procedencia y titular, con tal de que los dueños del negocio sacaran buena tajada de la custodia, reparó en el techo que cubría la sala capitular de aquel santuario del negocio bancario: un artesonado de madera, afiligranado y detallista que dibujaba escenas campestres y simulaba paisajes montañosos. Semejante abarrote encontraba causa en una moda entre algunos arquitectos suizos que practicaban el Heitmatstill, una reacción al estilo moderno, a la industrialización y la urbanización que preconizaban compañeros suyos como Le Corbusier, a los que denostaban por izquierdistas, cuando ellos pretendían volver al gusto tradicional y campesino con el lema Belleza y Patria, a fin de lo cual cargaban a sus edificios, de aspecto clásico a pesar de todo, con abundantes trabajos de madera tallada, hierro forjado y piedra labrada pensando que eso era muy patriótico y muy popular. Tal era el caso del edificio que albergaba en su planta principal a la Banca Ziegler&Ziegler, en St. Peterstrasse casi esquina con Bahnhofstrasse, la principal calle de Zúrich, un inmueble gris y vulgar de cinco alturas con ventanas cuadradas y aspecto clásico al que algún seguidor de la «arquitectura patriótica» había endosado un portal de aspecto renacentista tardío y dislocado para albergar una celosía enrejada como cancela que bien podía venir de un desvencijado castillo alpino. Resultaba curioso que un banco como aquel no tuviera sede en un edificio exclusivo en una calle principal y prefiriese una planta en un edificio más modesto y en una calle menos concurrida. El viejo Ziegler, el abuelo de los actuales dueños, decía de eso que «el dinero no hay que enseñarlo ni gastarlo sino guardarlo».

No pasaron más de tres minutos para que Schmid volviese acompañado por el notario y una señorita secretaria que cargaba una gran carpeta. Tobler apagó el cigarrillo que había encendido al quedarse a solas. Sin mediar palabra, solo un gesto, el burócrata bancario señaló la mesa de reuniones que marcaba el centro de la sala indicando que tomaran asiento. Tobler y el notario se cruzaron una inclinación de cabeza por todo saludo.

El bancario explicó en pocas palabras al notario el motivo por el que se le requería en el banco; se trataba de protocolizar una escritura de compraventa de unas acciones que una compañía alemana tenía, correspondiendo a un treinta por ciento del capital total, en una compañía industrial española. Dicho eso, Schmid explicó que el banco actuaba como representante legal del vendedor a fin de lo cual entregó al notario la escritura de poderes que le facultaba para ello y el acuerdo protocolizado de la junta general de la compañía española consintiendo en esa transmisión y en la representación. Cuando Schmid concluyó su escaso parlamento identificando a Hans Tobler, que le mostró su pasaporte del que el notario tomó razón como ciudadano suizo, soltero, ingeniero de minas de profesión y con domicilio en Bazenheid en el cantón de St. Gallen, a poco más de sesenta kilómetros de allí, como el comprador de esas acciones y que lo hacía en nombre propio. El notario, tras devolverle su pasaporte, comenzó con el relato de los antecedentes de la operación mercantil.

—Se transmite un paquete de treinta mil acciones de la Compañía Minera del Alto Aragón S.A., de la setenta mil uno a la cien mil, que actualmente son propiedad de la mercantil Minas Industriales S.A., representada en este acto por Ziegler&Ziegler... —decía el notario con voz cansina y como si diera la hora.

Lo que el fedatario publicó no relató, aunque lo supiese y bien, fue que la sociedad vendedora había formado parte de un conglomerado empresarial con sede en Madrid, en la calle del General Mola n° 23, organizado para canalizar las inversiones nazis en España desde el comienzo de la guerra. La derrota alemana forzó al gobierno español en 1945 a poner bajo control de las autoridades francesas, inglesas y norteamericanas el patrimonio y los activos de ese entramado, pero la maraña era tan tupida por vía de sociedades interpuestas y gracias a la colaboración interesada de Demetrio Carceller, un falangista aragonés partidario de los nazis que se desempeñaba como ministro de Industria y que había permitido el contrabando de wolframio con el gobierno alemán pese a que Franco decidiera prohibir ese negocio a finales de la II Guerra Mundial por presión de los aliados, que consiguieron disimular bastante de ese patrimonio a través de testaferros españoles vinculados a Carceller. En el selecto ramillete de abogados y testaferros figuraban el conde de Mayalde, el conde de Argillo, Federico Caruncho o Ramón Serrano Suñer, el cuñado de Franco, ya fuera del gobierno y dedicado a los negocios desde su despacho de abogado, aunque conservando sus cargos de procurador en las Cortes franquistas y de consejero nacional del Movimiento. Fue un intermediario de ese circuito venal quien le había puesto sobre la pista del paquete de acciones de la Compañía Minera del Alto Aragón del que deseaban desprenderse. Como el vendedor tenía prisa, y el intermediario quería cobrar la comisión cuanto antes, el precio fue barato y el acuerdo se cerró en Madrid sin dificultades. Lo que no podían sospechar era que el comprador era un hombre de su propio circuito de implicados en el régimen nazi.

—La titularidad de ese paquete accionarial comporta la presencia de *herr* Tobler en el consejo de Administración en su condición de vocal, tal y como certifica el acuerdo que me exhiben de la Junta General de accionistas celebrada en Zaragoza —siguió relatando el notario exhibiendo el mencionado documento que nadie quiso consultar.

—¿Están ustedes de acuerdo? —preguntó el notario cuando terminó de explicar la escritura.

—Por nuestra parte no hay nada que objetar, amigo Frankeiner —declaró Schmid al notario habitual en su casa.

—Por mi parte tampoco —asintió Tobler mientras abría su pluma estilográfica para firmar el documento público.

—Señorita Uta… facilite al señor Tobler el cheque que hemos preparado de su cuenta.

La empleada, cuyo nombre de pila significaba «la afortunada en la batalla», le pasó al comprador un cheque bancario por el importe pactado que se cobraría contra su cuenta personal en aquella oficina.

—Muchas gracias, señorita —dijo Tobler tomando el cheque. Observó que el grifo de la marca campaba en el ángulo superior izquierdo, incluso creyó ver que la imagen le miraba con una sonrisa cruel.

—Tenga usted, señor Schmid —dijo el ingeniero ofreciéndole el cheque que, curiosamente, llevaba la firma del burócrata bancario. El comprador no pudo evitar una sonrisa. «Mientras el dinero no salga de su casa les da igual lo que se haga con él; son unos hipócritas con apariencia respetable», pensó.

—Muchas gracias, señor Tobler.

—¿Desean ustedes que conste en la escritura alguna manifestación más? —ofreció el notario para terminar el ritual.

—No por nuestra parte —aclaró el señor Schmidt que no estaba dispuesto a gastar un minuto más de su tiempo en aquello.

—Tampoco por la mía —precisó Tobler que también quería salir de allí cuanto antes.

—En tres días tendrán ustedes copia protocolizada de la escritura —les informó Frankeimer levantándose de su silla— ¿Quiere usted que se la haga llegar a su domicilio, señor Tobler?

—No; pasaré a recogerla aquí. No se preocupe, señor notario —declinó el ingeniero ya puesto de pie.

El notario no esperó un minuto más y se despidió de todos ellos tras recoger sus papeles. La señorita Uta salió tras él al ver que su jefe se lo indicaba con un gesto.

—¿Desea usted alguna cosa más, señor Tobler? —preguntó obsequioso el director de la oficina.

—Sí, señor Schmid. ¿Ha preparado las cuentas que le indiqué? —requirió el cliente.

—Aquí las tengo —dijo señalando otra carpeta de pastas satinadas donde el grifo volvía a hacer acto de presencia sobre el acróstico Z&Z. BP.

Los dos hombres se trasladaron a una esquina de la sala donde esperaba el pequeño escritorio que usaba Schmid para sus papeles. Uno frente al otro, la carpeta cambió de manos.

—He preparado las tres cuentas que usted me ordenó. Ahora solo tiene que indicarme el importe de las transferencias que desea efectuar desde la suya.

—Reparta de esta manera el saldo disponible después de esta transacción —dijo refiriéndose a la compra de las acciones españolas— y cancele mi cuenta —explicó Tobler pasándole una nota manuscrita con tres cantidades cuya suma alcanzaba los diez millones de libras esterlinas.

—Así se hará, *herr* Tobler —asintió Schmidt.

Durante unos minutos el bancario estuvo rellenando formularios delante de su cliente para cumplimentar sus instrucciones. Tobler aprovechó para encender un cigarrillo y recordar cómo había llegado allí desde que marchó de Portugal en septiembre de 1945 y se instaló en España con el pasaporte que le acreditaba como Hans Meinhof, un ingeniero de nacionalidad española y origen alemán. Ese pasaporte venia de un circuito muy alejado del que había usado cuando escapó de Alemania y tampoco procedía del derredor de sus amigos españoles del círculo de los falangistas de Serrano Suñer, sus primeros valedores cuando aterrizó en Barcelona. Kammler había decidido desvanecerse ante todos, fueran los suyos o los otros, y prescindir de vínculos que permitieran rastrear su pista; de sobra sabía que en el mundo de los servicios secretos la información era una mercancía que solo estaba sometida a precio y que las lealtades desaparecen cuando las convicciones se sustituyen por intereses. Cuando entró en Portugal y se hizo pasar por Hans Hedingger trazó la última huella por la que podían rastrearle. Kammler quiso desaparecer incluso ante sus conmilitones y organizó que un antiguo oficial a sus órdenes huyera a Paraguay utilizando su última falsa identidad; con él se iba su huella portuguesa. Cuando volvió a España con el pasaporte que compró en Lisboa rehuyó contactar con la red de evasión que habían montado en Madrid Otto Skorzeny con Clarita Stauffer para evacuar hacia Argentina a otros que como él habían huido del desplome nazi. El general nazi optó por instalarse en Madrid donde consiguió pasar desapercibido gracias a un empleo de circunstancias como representante comercial de una casa alemana de componentes eléctricos que desconocía la verdadera identidad de su colaborador en Madrid y de ahí dar el salto a Suiza donde volvió a cambiar de piel gracias a la colaboración que le prestó un corredor de bolsa italosuizo, un tirolés de nombre Franco Beloni que conocía muy bien las sentinas del turbio sistema bancario helvético. Kammler había trabajado con Beloni utilizando una identidad simulada cuando desvió a Zúrich parte de los fondos que los nazis estaban sacando de Alemania, precisamente una parte de los que estaban afectos a los programas de investigación de las Wunderwaffen. Para ese oficial bancario, su cliente alemán nunca había sido el poderoso SS-Oberstgruppenführer Hans Kammler, del que oyó hablar, pero nunca conoció, sino un oficial a sus órdenes para aquella tarea de depositar oro nazi y divisas en sus bancos, el coronel de Intendencia Peter Meyer con cuyo fingido nombre se paseó Kammler por Zúrich en varias ocasiones cuando desvió a su interés parte del dinero de sus jefes. Había sido Beloni quien le consiguió un auténtico pasaporte suizo, el que ahora utilizaba como Hans Tobler, a cambio de una jugosa comisión por sus servicios; todo era cuestión de precio y habilidad para moverse por las complicadas administraciones cantonales. No fue una casualidad que Beloni apareciera muerto por suicidio mediante arma de fuego en su domicilio una semana después de entregar la documentación a su cliente.

—Ya puede firmar, *herr* Tobler; ya está todo dispuesto —le ofreció el bancario cuando concluyó de rellenar los formularios.

El falso Tobler, con mucha parsimonia, fue firmando todos los documentos. Acababa de desaparecer la cuenta a su nombre que abrió en Z&Z gracias a las gestiones del difunto Beloni y acababan de nacer tres cuentas opacas, una de ellas, la más importante, se identificaba con la clave CJID-4IPL-G062-O34G, una cuenta numerada que se reservaba para su uso propio y respondía a la Ley de Bancos de 1934 aprobada por el parlamento suizo garantizando la opacidad y secreto de sus titulares. Las otras dos iban a corresponder una a su mujer, la VIJ5-51FI-57C8-3JOV, y la otra a María Orsic, la JQGS-7E32-HRE2-N756.

—Ya está todo operativo, *herr* Tobler. Para disponer de esas cuentas solo requeriremos que usted o las personas en que usted delegue su titularidad se acrediten mediante las claves que le facilito.

Al decir eso le entregó tres pequeños sobres cada uno de los cuales contenía el número cifrado de cada cuenta, cuatro bloques de cuatro cifras y letras cada uno, y una pequeña llave numerada.

—Cada sobre contiene también una llave labrada con el número de la cuenta que permite acceder a respectivas cajas fuertes asociadas —terminó de explicar Schmid.

Esta indicación hacía a que en las instrucciones dictadas por el cliente cada cuenta disponía, además, de un depósito en oro asociado.

—Muchas gracias, *herr* Schmid —dijo Tobler dando por concluida la reunión.

—A usted siempre, caballero —quiso concluir el cortés oficial bancario.

Tres minutos después Hans Tobler, con el pasaporte suizo en el bolsillo interior de su chaqueta, pisaba la acera de la St. Peterstrasse y respiraba aliviado; acababa de romper el último hilo que podía unirle con Hans Kammler porque para esas fechas ya había aparecido muerto en Paraguay en un asalto domiciliario con apariencia de robo un tal Hans Hedingger del que las autoridades policiales paraguayas creyeron que era un refugiado nazi con documentación falsificada. Otro hilo se había roto un mes antes cuando el Consejo de Control Aliado había requerido al gobierno del general Franco para que les entregara a los incursos en una lista de ciento cuatro agentes nazis que tenían localizados y aún operaban en España.

Esa mañana había amanecido despejada y el día se ofrecía templado y luminoso por lo que Hans Kammler decidió acudir andando a su cita siguiente. En su reloj daban las doce treinta y aún disponía de media hora para llegar, así que decidió acudir caminando.

De camino a la Bellevueplatz pasó por delante de un inmueble que señalaba en el portal el acróstico BIS, Bank for International Settlements o Banco de Pagos Internacionales que también era conocido como «el banco de los bancos centrales», y no pudo evitar una sonrisa; bien conocía él lo que se escondía tras esas siglas cuya sede central estaba en Basilea. El poderoso instituto, apenas conocido fuera del circuito bancario más selecto, se había fundado en 1930 por acuerdo del gobernador del Banco de Inglaterra, Montagu Norman, y de su homónimo alemán, el nazi Hjalmar Schacht que sería el último ministro de Finanzas de Adolf Hitler. Esa peculiar organización bancaria había servido para lavar el oro que los nazis saquearon en Europa. Durante esa época ocupaba la presidencia el norteamericano Thomas H. McKittrick, un amigo de la familia de Allen Dulles que era el jefe de la inteligencia americana en Suiza, que después sería nombrado director de la Agencia Central de Inteligencia, y en el consejo del Banco estaban el ministro de Economía alemán Walther Funk, un oficial de las SS llamado Oswald Pohl, Herman Schmitz, consejero de IG Farben y el barón Von Schröder, el propietario del J. H. Stein Bank, en el que se depositaban los fondos de la Gestapo y otros recursos del Estado alemán que en otro banco no se habrían aceptado nunca. A punto de terminar la guerra, los norteamericanos, a propuesta del gobierno noruego, solicitaron la disolución del banco tras probarse su implicación con el gobierno nazi pero la inesperada muerte de Roosevelt cercenó esa intención y Truman, un conservador que le sucedió en la presidencia y que prefería entenderse con los nazis antes que con los comunistas, y siempre de acuerdo para ello con los ingleses, decidió sostener el banco mientras miraba para otro lado.

Kammler, perfecto conocedor de los entresijos del régimen de Hitler, bien sabía que no solo en el mundo financiero se había dado la colaboración norteamericana con sus jefes sino también en el mundo industrial. La Ford también sacó buen partido de la mano de obra esclava, instalando fábricas en Renania porque su dueño, Henry Ford, era un ferviente militante antisemita que culpaba a los judíos de cuanta desgracia hubiera sucedido en Alemania, cosa que Hitler agradeció otorgándole al empresario la Gran Cruz alemana del Águila, la condecoración más alta que un extranjero podía recibir del régimen nazi. También le tocó ese vergonzoso premio a Thomas Watson, el fundador de IBM, por su aporte en el diseño para automatizar el exterminio de los judíos mediante un mecanismo preciso de cruzamiento de datos en registros municipales, religiosos y gubernamentales de toda Alemania y luego de toda Europa. En esa colaboración con los nazis, y bien lo sabía él porque había sido con su departamento en las SS donde habían hocicado esas empresas, habían estado también Standar Oil of New Jersey, Chase Manhattan Bank, Texas Company, International Telephone and Telegraph Corporation, Sterling Products y otras tantas que ahora miraban para otro lado sin renunciar a sacar partido del despojo judío como si desconocieran lo que había pasado. También la banca suiza había estado a esas prácticas de provecho con la desgracia ajena, porque muchos bancos hicieron el negocio de su vida destruyendo toda la documentación relacionada con la procedencia de los depósitos de oro, joyas y efectivo, hechos por judíos para huir del expolio nazi, con el fin de desmentir la existencia de esas cuentas a las personas que volvían a exigir su dinero. A los reclamantes se les pedía un certificado de defunción del titular sabiendo que en los campos de exterminio o en los pelotones de ejecución no se andaban con esas formalidades. Aunque algunos de los pocos supervivientes que fueron a pedir su dinero y llevaban los números de las cuentas apuntados en un simple papel se les explicaba en las respetables oficinas bancarias suizas que esas cuentas no existían. «Lo siento» era toda la explicación que recibían.

En esas cavilaciones llegó a su destino en la Bellevueplatz, cerca de la orilla del lago, una plaza que debía su nombre al antiguo Grandhotel Bellevue construido en su lado norte. Allí estaba el Kronenhalle, uno de los restaurantes más antiguos y famosos de la ciudad, el lugar de su cita. Aún faltaban diez minutos para la hora pactada, pero decidió entrar y esperar en el bar del restaurante.

El local estaba decorado con paneles de madera oscura barnizada, como el techo, y donde la madera no cubría las paredes lo hacía una pintura verde en esmalte satinado donde colgaban algunos grabados de Marc Chagall, Georges Braque y Joan Miró enmarcados con gusto. La barra corría paralela a una fila de sillones chéster tapizados en cuero verde y sobre ella dos grandes lámparas de bronce diseñadas por Diego Giacometti sostenían cada una cuatro globos de cristal blanco para iluminar la estancia con una luz blanda que daba cierta intimidad a una pieza que transpiraba el gusto inglés de sus dueños. El barman saludó a su cliente, y Kammler pidió una ginebra con hielo antes de encender un cigarrillo; le quedaban cinco minutos para la una del mediodía.

El negocio abrió en 1924 cuando Hulda y Gottlieb Zumsteg rescataron el antiguo Hôtel de la Couronne situado en el nº4 de Rämistrasse para transformarle en restaurante. Pronto se convirtió el Kronenhalle en el lugar de citas de la burguesía de la ciudad y el punto de encuentro por donde recalaban artistas como Coco Chanel, Pablo Picasso, Marc Chagall, Alberto Giacometti, James Joyce, Richard Strauss o Friedrich Dürrenmatt.

A la hora en punto de la cita entró en el bar una mujer que bien podría tener cuarenta años, alta, de pelo negro en media melena peinado con raya sobre el lado izquierdo y dejando caer un flequillo en onda sobre el lado derecho de la frente. Llevaba unas gafas de sol que se quitó al entrar en el local y por su mirada se apreciaba a una mujer cansada a la que sus labios pintados con carmín rojo *tangee* daban un rictus de severidad. Vestía con una falda recta hasta la rodilla y una chaquetilla de manga corta de color burdeos y botonadura negra con cuello de solapa sobre una blusa *beige* que se adornaba con un pañuelo de seda ceñido al cuello y un pequeño broche de oro con pedrería sobre la solapa. La mujer guardó sus gafas en el bolso, observó el local y sin detener el paso se dirigió hacia donde la esperaba Hans Kammler.

Solo una mirada que se cruzaron sirvió de saludo, después una respetuosa inclinación de cabeza del jerarca nazi cerró el protocolo y con un gesto de la mano y una sonrisa le indicó a la mujer el camino hacia el comedor. Ella no movió un músculo de la cara. Cuando caminaban juntos hacia la sala fue él quien habló por primera vez:

—Me alegro mucho de verte, Jutta —dijo en un susurro que pasó desapercibido a cualquiera que estuviera atento al encuentro. Ella no dijo nada.

Cuando entraron en la sala, el *maître* les dirigió a la mesa que ya había reservado Kammler por teléfono a nombre de *herr doktor* Hans Schäfer. El nazi se anticipó al camarero y fue él quien desplazó la silla que ocuparía su invitada. Al sentarse, él puso su mano sobre el hombro de ella apretándoselo levemente en un gesto de cariño. Kammler notó un estremecimiento en la mujer.

—Estás muy guapa, Jutta —dijo él, después que el *maître* se retirara y un camarero les trajera la carta.

—Tú tampoco estás mal, Hanns, pero has cambiado mucho.

—Gajes del oficio, Jutta —reconoció Kammler que había perdido peso desde la última vez que se vieron y ahora gastaba un bigote con perilla y unas gafas de alambre y cristales redondos que le daban un aire retraído y profesoral muy alejado de su porte orgulloso cuando vestía el uniforme.

—Ya no llevas el anillo de boda —observó ella que sí conservaba el suyo.

—Tampoco llevo el de plata de las SS; ahora soy soltero, he vuelto a ser protestante… y creo que liberal —quiso bromear él.

El *maître* se acercó a tomar la demanda

—¿Han decidido los señores? —preguntó amablemente

—Elige tú, Hans; ya sabes mis gustos —ofreció ella con una media sonrisa. Era la primera vez que su cara se endulzaba desde que había pisado el Kronenhalle.

Kammler observó la carta y enseguida resolvió el almuerzo:

—Como entrante unos *Blinis au saumon fumé*… y de plato principal *Carré d'agneau à la provençale*.

—Excelente elección *herr doktor*. ¿Para beber? ¿Quiere que avise al *sommelier*?

—No hará falta. Traiga media botella de Saint-Saphorin de La Redoute, para los *blinis* y una botella de Château Paveil de Luze para el cordero.

—Un excelente burdeos, *doktor* Schäfer —concluyó el jefe de sala dando por concluida la visita para tomar el encargo.

La pareja permaneció en silencio después que el encargado se retirara. Los comensales habían ocupado mesa en la sala Chagall del restaurante, un comedor decorado con una *boiserie* y techo blanco de escayola donde colgaban obras del pintor bielorruso nacionalizado francés que había colaborado con la revolución soviética y que ahora residía en los Estados Unidos después de que los nazis confiscaran su obra.

—¿Ahora eres el doctor Schäfer?

—Es mi nombre para esta semana, Jutta; es lo que tiene mi vida ahora, que cada poco he de cambiar de piel, de nombre y de historia. Me toca ser un profesor de Física casi jubilado —mintió con aplomo para no dejar pista de su verdadera identidad.

—Yo sigo siendo tu esposa y la madre de tus hijos. Eso no cambiará nunca —protestó ella.

—Recuerda que tu marido murió hace dos años. Hoy eres mi viuda —le recordó aquel hombre tan parecido a su marido que estaba sentado delante de ella.

La mujer era Jutta Carla Anna Horn, nacida en Naumburg en 1908, con la que Hans Kammler había casado el 14 de junio de 1930 y con la que había tenido seis hijos, dos varones y cuatro niñas. Ella seguía usando su apellido de casada y se paseaba por Berlín como Jutta Kammler. Ahora, con cuarenta años y un marido en paradero desconocido, pretendía olvidar su pasado como miembro activo del Nationalsozialistische Volkswohlfahrt (NSV) —Bienestar Social Nacionalsocialista—, de la NS-Studentenbund —la Liga Nacionalsocialista de Estudiantes Alemanes—, del partido nazi NSPD, y del Nationalsozialistischer Bund Deutscher Technik (NSBDT) —la Asociación de Técnicos Alemanes Nacionalsocialistas—, entre otras adscripciones al frondoso y gregario universo hitleriano. Ella, una devota seguidora del Führer, como otros ocho millones de mujeres afiliadas al aparato nazi, sabía muy bien que su marido había escapado en los últimos días de la guerra porque así se lo había explicado él mismo días antes de la huida. Lo aprobaba e inmediatamente hizo lo que él le pidió en aquella última vez que estuvieron juntos: que instase cuanto antes ante un tribunal civil la declaración legal de su fallecimiento. Jutta, cumpliendo sus instrucciones, solicitó el 9 de julio de 1945, apenas dos meses después de la rendición alemana, que se le declarara muerto a partir del 9 de mayo de 1945 alegando que se había suicidado cerca de Praga y proporcionando para ello la declaración jurada del SS-Oberscharführer Kurt Preuk, un conductor de su marido, según la cual Preuk había visto personalmente el cadáver de Hans Kammler y había estado presente en su entierro el 9 de mayo de 1945. Lo mismo declaró Heinz Zeuner, uno de sus ordenanzas, en aquel expediente que se abrió ante el Tribunal de Primera Instancia de Berlin-Charlottenburg con el nº 14.II 344/48.

Un camarero se acercó para servir los *blinis* mientras otro escanciaba las copas de vino blanco.

—¿Cómo saliste de Alemania, Hans? —preguntó ella al cabo de un rato en que el matrimonio permaneció en silencio degustando el plato de salmón ahumado que era tan del gusto de Jutta.

—Como pude, Jutta… por mi cuenta —eludió él que no quería soltar pistas.

—¿Te han ayudado los camaradas? —insistió ella para ver si podía tirar del hilo.

—Desde luego, sobre todo al principio —reconoció Kammler sin pretender pasar de ahí. Respondió lo que ella deseaba oír.

—¿Y María? —se atrevió a preguntar al cabo de un rato.

—¿Qué María? —Kammler sabía perfectamente a quien se refería su esposa, pero no quería seguir por ahí.

—Ya sabes. No es necesario que a mí me mientas; siempre he sabido lo tuyo con ella.

Para las mujeres de los jefes nazis, educadas en el ideario de un partido que las reservaba un papel resumido en las tres K: *kinder, kirche, küche* —niños, iglesia, cocina—, la fidelidad no era un valor que debieran ni pudieran exigir a sus maridos. Hitler había dicho que los derechos de las mujeres en el Tercer Reich consistirían en que toda mujer encontraría marido, solo eso, y el ministro de Propaganda, Joseph Goebbels, declamaba que «la mujer tiene el deber de ser hermosa y traer hijos al mundo, y esto no es tan vulgar y anticuado como a veces se cree. La hembra del pájaro se embellece para su compañero e incuba sus huevos para él. A cambio, el macho protege el nido de los invasores». De hecho, las grandes damas del nazismo lo eran por su condición de esposas de los jerarcas como Carin Göring, Magda Goebbels, Gerda Bormann, Margaret Himmler o Lyna Heydrich porque las mujeres tenían prohibido ocupar cargos en la dirección del partido nazi.

—Salió conmigo; su vida corría peligro —lo primero era cierto, no así lo segundo; María Orsic no era un peligro para nadie ni estaba comprometida en crímenes de guerra.

—Todos corríamos peligro aquellos días —protestó Jutta Kammler que vivió cómo se deshacía el pedestal en que había vivido su familia.

—Unos más que otros —la quiso corregir de inmediato el jerarca nazi.

Jutta Kammler se calló; no quería discutir con su marido, y menos en aquel restaurante suizo.

—¿Sigues con ella? —pregunto con voz temblorosa al cabo de un rato; temía la respuesta.

—No; nos separamos al poco de salir y no la he vuelto a ver —en eso decía verdad porque desde que María Orsic voló a Tánger no se habían vuelto a ver, aunque Kammler sabía muy bien por dónde andaban sus pasos.

—¿Vas a volver con ella? —insistió.

—No; eso ya terminó —declaró contundente, aunque callara «para mi desgracia» y no explicara que el recuerdo de aquella mujer le atenazaba el corazón todos los días. Hubiera sido verter dolor en Jutta de manera innecesaria.

La pareja permaneció en silencio mientras un camarero retiraba el servicio del primer plato y otro disponía el del segundo mientras un tercero servía el *carré d'agneau,* el plato principal que era una de las especialidades culinarias de Jutta Kammler.

—Lo preparas tú mucho mejor —reconoció el disimulado general nazi al probarlo.

—Muchas gracias —Jutta volvió a sonreír. Era evidente que seguía enamorada de su marido pese al gesto adusto con el que se presentó a la entrevista.

El almuerzo siguió con una conversación que hilvanaba recuerdos amables de su vida en común referidos con una discreción que impedía que cualquiera que pudiera escucharla alcanzara a inferir la verdadera condición de los comensales.

—¿Sigues montando a caballo, Hans? —preguntó ella recordando una afición que compartían.

—No puedo, Jutta. Llevo una vida errante y no podría cuidar de mis caballos; sabes que no monto en los que no haya criado.

Y en esos recuerdos y otros parecidos siguieron un buen rato.

Cuando terminaron el plato y los camareros retiraron el servicio volvió el *maître* para preguntar por el postre, acercándoles una carta con todos ellos.

—*Tarte au crème aigre et ses glacé* con salsa de frambuesas y dos copas de *château Raymond-Lafon* —encargó el falso doctor Schäfer tras revisarla.

—Un exquisito Sauterne —apuntó el *maître* refiriéndose al vino dulce que había elegido su cliente para el postre.

Antes de que llegara el camarero con la encomienda, Kammler sacó un pequeño sobre del bolsillo de su chaqueta y lo puso sobre la mesa cubriéndole con su mano.

—Quiero que tomes esto y lo guardes, Jutta —dijo él acercando la mano hacia su mujer cubriendo el pequeño sobre en el desplazamiento.

El sobre contenía el número de la cuenta numerada, la VIJ5-51FI-57C8-4JOV, y la llave de la pequeña caja fuerte asociada que quería poner a disposición de su familia para garantizarles el bienestar que deseaba para su mujer y sus seis hijos. También estaba escrito con tinta el nombre del banco, su dirección en Zúrich y el nombre del señor Schmid como oficial bancario de contacto.

Ella puso su mano sobre la de su marido y recogió el sobre discretamente para guardarlo de inmediato. Ese leve contacto de las manos lo quiso aprovechar Jutta para acariciar a su marido.

—¿Qué es? —preguntó Jutta Kammler cuando el sobre ya estaba en su bolso.

Un gesto de su marido pidió silencio porque vio que se acercaba por la espalda de su mujer uno de los empleados para servir la tarta de crema agria y las copas de vino dulce para acompañar.

Cuando el camarero terminó con su tarea, él tomó la copa de vino y se la ofreció a su mujer para un brindis

—Por ti y por los niños, Jutta, por mi familia —declaró el nazi con poco más que un susurro. Quien estuviera atento a sus gestos no podría apreciar en ellos otra cosa que cortesía; aquel almuerzo no daba pistas de ser una cita romántica, tal era lo circunspecto de sus gestos.

—Por todos nosotros, Hans —se sumó ella con una sonrisa que le vino a la cara cuando oyó nombrar a sus hijos.

Mientras daban cuenta de la tarta él explicó lo que había en el sobre y por qué lo había dispuesto así. Eso emocionó a Jutta Kammler a la que se le nublaron los ojos. También reveló cómo debía proceder para utilizar ese saldo con seguridad y le insistió en la prudencia con la que debía de obrar ante el Z&Z Bank. «No te fíes de nadie, Jutta», la recomendó. «Es un dinero que tienes de tu familia» insistió en relatar como coartada. Jutta era una mujer inteligente y comprendió perfectamente las instrucciones de su marido. «Y recuerda que yo morí por un disparo en la sien hace dos años —quiso insistir otra vez—. Que eso no se te olvide nunca».

Que Hans Kammler hubiese muerto no era todavía cosa probada ni aceptada, aunque un tribunal de Berlín anduviese en ello. Que el expediente se estuviese tramitando en un juzgado de primera instancia a fin de que su viuda cobrase la pensión que le correspondiera no quería decir que las autoridades de ocupación no estuviesen tras su pista. El cuartel general de 12º ejército norteamericano ordenó a su servicio de información el 21 de mayo de 1945 que confeccionara un inventario exhaustivo de todo el personal alemán que había colaborado en el diseño y fabricación de misiles. De resultas de esa investigación nació la apertura de un expediente personal sobre Hans Friedrich Karl Franz Kammler al hilo de que le creían vivo y escondido en Múnich porque el Counterintelligence Corps (CIC) del ejército norteamericano había señalado que se le había localizado en Oberjoch poco antes de la llegada de las tropas aliadas. En julio de 1945 el Subcomité de Objetivos Combinados de Inteligencia (CIOS) de Londres ordenó su búsqueda de nuevo, y el 12º ejército les reportó que el 8 de abril el SS-Oberstgruppenführer Hans Kammler estaba en la región de Harz. Visto eso, el nombre de Hans Kammler apareció en el mes de agosto de aquel año en la Lista 13 de la ONU para los criminales de guerra nazis. Para ese momento, el físico Samuel Goudsmit, doctorado en Leiden y escapado a Estados Unidos en 1927, que se desempeñaba como jefe científico de la Misión Alsos, para recuperar especialistas alemanes en tecnología nuclear y que colaboraba con la inteligencia militar desde el comienzo de la guerra, ya disponía de los planos originales de los principales proyectos de Kammler. A mediados de julio de 1945, el jefe de la oficina del CIC de Gmunden, el comandante Morrisson, dio una vuelta más al tornillo que pretendía segar el cuello de Kammler cuando entrevistó a un oficial de las SS sobre la cuestión de un depósito bancario en sede suiza afecto a cuenta numerada que habilitaba los recursos necesarios para la construcción de aviones y misiles. Al decir de esa declaración, Hans Kammler había detraído aquella cuenta del control de sus jefes de las SS y la había puesto bajo el suyo propio y el de dos personas más que, a decir del informante, ya habían muerto, uno suicidado y el otro en acto de guerra. En abril de 1946, un nuevo informe del CIC incluía a Kammler entre los oficiales de las SS que habían escapado de Alemania e insistía en la especial importancia de localizar y detener al SS-Oberstgruppenführer Kammler.

El fugado general era consciente de que iban a por él y que no podía cometer ningún error en el complicado proceso de clandestinidad que comenzó cuando abandonó Alemania en el Ju-390.

El camarero retiró el servicio y el falso *herr doktor* pidió unos cafés para terminar el almuerzo «y una botella de Perrier, por favor» reclamó porque sabía que esa agua carbónica era del gusto de su esposa.

—Gracias por acordarte —dijo ella con un punto de ternura.

—Gracias a ti por haber venido, querida.

Antes de que llegaran los cafés a la mesa ella sacó un papel pequeño de su bolso y repitió ahora la maniobra que antes había utilizado su marido para pasar las claves de la cuenta bancaria. Él puso su mano sobre la suya y al retirarla ella quedó bajo la palma de la suya un papel que por el tacto parecía satinado. Al guardarla en el bolsillo de la chaqueta pudo ver durante un instante que era una fotografía reciente de sus seis hijos en torno a su madre.

—Para que no olvides nunca a tu familia, Hans —dijo ella a punto de llorar.

—Por vosotros es por quienes no he querido morir, querida; siempre estaré cerca de mis hijos y de ti, Jutta, aunque no lo percibáis.

—Tus hijos te quieren…

—No permitiré nunca que vean a su padre colgado de una cuerda —la interrumpió él con dureza—. Explícales quien fue su padre… y lo que hizo por Alemania.

—Siempre te amaré, cariño mío —dijo ella mientras dos lágrimas le caían por las mejillas— y te esperaré toda la vida, Hans.

Cuando se despidieron en la puerta del Kronenhalle con un apretón de manos, como simples amigos Jutta Carla Anna Horn sabía que nunca volvería a ver a su marido.

Un repentino trueno anunciando una tormenta de verano fue la música de su adiós.

— 10 —

La corte del zar rojo

Kuntsevo, a las afueras de Moscú.
10 de diciembre de 1947.

El coche, una pesada limusina negra, derrapó levemente al tomar una curva a la izquierda para enfilar hacia su destino. Era una mañana muy fría pero despejada y aunque el sol de Moscú alumbraba, el bosque de abedules que bordeaba camino no había conseguido deshacer el hielo que convertía la pista de grava y asfalto en un espejo.

—Más cuidado, Iván —reclamó el pasajero.

—Disculpe, camarada ministro; hoy no van muy bien los frenos del coche —se quiso justificar el conductor, un sargento del parque de automóviles adscrito al servicio del MGB, el Ministerio de la Seguridad del Estado.

El deteriorado automóvil, un veterano sedán ZIS-101 que llevaba nueve años de servicio era un modelo de siete plazas con una caja de cambios automática de tres velocidades que remedaba un modelo de la casa Packard y que era del gusto de su dueño, pese a que no se fabricara desde 1941 y fuera cada vez más difícil encontrar repuestos que le permitieran seguir rodando, pero ese modelo era el preferido de Viktor Abakúmov que no estaba dispuesto a cambiarlo por uno de los tres nuevos ZIS-111 que le habían entregado recientemente para su servicio.

—Yo me encargo de repararlo, camarada ministro —ofreció un coronel con las insignias del NKVD que actuaba como su ayudante y le acompañaba en el asiento trasero.

—No te preocupes, Vladimir; Iván se apaña muy bien con esta vieja mula rusa —resolvió el poderoso ministro de la Seguridad del Estado.

Iván Petrov sonrió por el cumplido. Llevaba diez años al servicio de su jefe, antes como ordenanza y ahora como conductor, que siempre le reclamaba para su servicio, aunque cambiase de destino.

Viktor Abakúmov, miembro del Soviet Supremo de la Unión Soviética y ministro de la Seguridad del Estado, se arrellanó en su asiento y se arrebujó en el abrigo de su uniforme de coronel-general del Ejército porque tampoco funcionaba la calefacción del coche, cosa que el coronel Vladimir Smirnov no se atrevió a mencionar. Abakúmov era un miembro conspicuo de la NKVD donde entró como simple recadero, pero fue ascendiendo por el escalafón hasta que, en 1943, fue nombrado jefe de la SMERSH, la contrainteligencia soviética, y después, en 1946 ministro del gobierno de la URSS, cuando el Politburó decidió que los que ocuparan ese empleo dejaran de nominarse «comisarios del pueblo».

El flamante ministro de la Seguridad del Estado era un hombre alto, bien parecido, pero ligeramente grueso, de cabello castaño oscuro y cara cuadrada con la frente alta, los ojos marrones, nariz prominente y la boca grande con labios gruesos, al que sus hombres consideraban amable y atento pero que, desde que se hizo cargo del contraespionaje le cambió el carácter a más reservado, más duro y dispuesto a cualquier crueldad en aras del servicio. Su llegada a ese ministerio tenía su origen en que el 29 de diciembre de 1945, Stalin movió a su antojo y de manera imprevista las fichas del siempre misterioso servicio de seguridad. Decidió que Kruglov reemplazaría a Laurenti Beria como comisario del Pueblo de Asuntos Internos de la Unión Soviética, la NKVD, teniendo bajo su mando el control de la policía regular de la URSS, las Tropas Internas paramilitares, el funcionamiento del sistema penitenciario y la guardia de fronteras, y en 1946, cuando dispuso que el gobierno soviético pasara al sistema ministerial abordó una reforma sustancial del aparato de seguridad. El NKVD se convirtió en el Ministerio del Interior soviético (MVD), con Kruglov al frente como ministro del Interior, y dispuso que el Comisariado del Pueblo para la Seguridad del Estado, el NKGB, se transformara en el Ministerio de Seguridad del Estado soviético (MGB), para lo que nombró a Viktor Abakúmov desplazando a Vsevolod Merkulov, un protegido de Beria. A Laurenti Beria le colocó como viceprimer ministro y le permitió el control nominal sobre el MVD y el MGB, pese a que ahora estaban dirigidos por dos hombres a los que no controlaba el georgiano, algo muy propio de

Stalin para cortarle las alas a su antiguo sicario. Beria, un mariscal de la URSS que lucía la Orden de Lenin, y al que los militares despreciaban por haberse ganado los entorchados sin haber pisado la carrera de las armas, un «mariscal político» le decían, pese a ello no había sido relegado del todo del círculo de Stalin, que le quería cerca para atarle en corto, porque le nombró responsable del programa nuclear soviético, el Comité Especial para la Creación de Armas Nucleares, a la vez que le encargaba que, como viejo *chekista,* supervisara la creación de las policías secretas en los países de Europa del Este.

Eran las diez menos cuarto de la mañana cuando el coche llegó a la *dacha* moscovita de Iosif Stalin, una granja cerca de Kuntsevo a las afueras de Moscú, instalada en el centro de un frondoso bosque de abedules. Para llegar al edificio principal, «la vieja *dacha*», los visitantes habían tenido que cruzar un doble vallado de todo el recinto, protegido por artillería antiaérea camuflada y una tropa de seguridad de trescientos efectivos de las fuerzas especiales de la MVD. Viktor Abakúmov ya conocía de otras visitas, a las que había acudido acompañando a Beria, el recinto blindado y solitario donde gustaba residir el gran jefe comunista desde que había terminado la guerra. Por eso sabía que allí había plantaciones de manzanos y limoneros, un jardín de rosas, y un huerto de sandías que Stalin cuidaba él mismo y un campo para jugar al *gorodki,* una especie de juego de bolos al que era aficionado y muy popular en Rusia desde que el zar Pedro I se envició con él. En una ocasión Stalin se empeñó en regalarle a Abakúmov una de las sandías de su cosecha, cosa que a Beria no le hizo ni pizca de gracia. «Celos en la cumbre» pensó entonces, porque a su jefe cualquier atención de Stalin que no pasara por él le encendía las suspicacias.

Cuando el coche llegó a la explanada delante de la *dacha* le sorprendió a Abakúmov encontrarse allí un ZIS negro, más moderno y lustroso que el suyo, estacionado en el lugar reservado para ello, a la izquierda de la entrada, pasado el estanque que adornaba aquella especie de plaza formada en un claro del bosque. Fuera del automóvil estaba el chofer fumando un cigarro. Lo que le turbó al nuevo ministro era que su jefe le hubiera requerido para «tratar asuntos de tu competencia» y no le hubiera avisado de más asistentes a la reunión, aunque tampoco podía estar seguro de ello porque a veces el patrón, que nunca daba explicaciones, sostenía entrevistas en dos salas distintas para despachar asuntos diferentes.

—Entérate de quién es ese —le ordenó al conductor antes de bajarse del coche. Su ayudante marchó con él hacia la entrada, mientras el conductor dirigía su destartalado vehículo hacia donde estacionaba el otro, al lado de un furgón militar al servicio de la guardia.

—¿Sabes algo de esto, Vladimir? —la pregunta no era retórica pues, mejor que muchos, sabía él que Stalin solía puentear con frecuencia a sus colaboradores más cercanos si comenzaba a desconfiar de ellos. Así había sido con Beria que contribuyó a la caída de su jefe, Guénrij Yagoda, y con él mismo, que no había sido ajeno a la remoción de Beria. Un sudor frío le perló la frente al pensar que a él le pudiera pasar igual.

—Nadie me ha dicho nada, camarada ministro —reconoció su ayudante sin faltar a la verdad. También él sabía que si su jefe caía en desgracia él iría tras él. Así eran las cosas en la corte del zar rojo.

La fachada verde, de un tono oscuro, espeso e intenso, de aquel edificio horizontal de dos plantas y aire neoclásico, parecía mirarlos desde las muchas ventanas rectangulares de madera barnizada que componían la fachada. Una especie de templete sostenido por dos pares de columnas dóricas incrustado en un retranqueo de la planta baja obraba como entrada a aquel santuario del poder absoluto. Aunque Iosif Stalin, secretario general del Partido Bolchevique y *vozhd* —caudillo— de la Unión Soviética, tenía despacho oficial cerca del mausoleo de Lenin y de la Plaza Roja, en el segundo piso del palacio Amarillo, la antigua sede del Senado, y domiciliara su vivienda particular en el Palacio Poteshny del Kremlin, residía de hecho en la finca Kuntsevo desde que terminó la Gran Guerra Patria.

La guardia militar de puerta, seis soldados al mando de un joven teniente de las tropas especiales, iba armada con los nuevos fusiles de asalto AK-47, diseñados por el ingeniero militar Mijaíl Kaláshnikov, y cuando la visita se acercó a la entrada se cuadró ante los invitados. Una vez dentro de la *dacha*, en un gran vestíbulo iluminado con luz natural y desnudo de todo mueble, salvo unos armarios gabaneros, les recibió un mayor de la extinta NKVD que portaba la Orden de Lenin en la pechera de su uniforme y que atendía a la seguridad de la vivienda. Dos suboficiales y un capitán le servían de séquito. Los visitantes dejaron sus abrigos en manos de los suboficiales y el mayor Krotkin, tal era el apellido del cancerbero, se dirigió al ministro.

—El camarada primer secretario me ha indicado que le acompañe al comedor pequeño, camarada ministro; la reunión, que será en su despacho particular, comenzará en veinte minutos —le indicó cuadrándose ante él con un taconazo.

Abakúmov asintió con la cabeza. No dijo nada y se estiró la guerrera.

—A usted, camarada coronel, le acompañará el capitán Semionov a la sala de ayudantes —le indicó después a Smirnov, que correspondió con una sencilla inclinación de cabeza. Antes de separarse el ayudante del ministro le pasó a su jefe la cartera de cuero que llevaba desde que salieron de Moscú.

Abakúmov se dispuso a seguir al mayor chambelán por el pasillo que llevaba al comedor pequeño. A la izquierda del generoso vestíbulo se abría una puerta al estudio personal de Stalin y al frente otra puerta al gran comedor mientras que a la derecha salía un pasillo largo y estrecho por el que marcharon los dos. La sorpresa del ministro al pasar por delante de una galería acristalada que protegía una terraza fue ver allí por un instante a un hombre de espaldas, sentado en una mecedora y con las ventabas abiertas a pesar del frio, vestido con un abrigo de piel de oveja, calzado con unos gruesos borceguíes y tocado con un sombrero de piel con orejeras. El hombre estaba alimentando a los pájaros que le entraban por la cristalera abierta. A su lado, un gramófono reproducía el *Concierto para piano nº 23 en la mayor*, de Mozart interpretado por Mariya Yúdina, del cual había una única copia en vinilo, tal vez la edición más exclusiva de la historia de la música. Nunca hubiera imaginado que aquel hombre al que no vio la cara era Iosif Stalin entregado a una de sus aficiones más impensables bajo el amparo musical de su pianista preferida, una concertista judía enfrentada con el sistema soviético e incomprensiblemente respetada por el dictador.

Veinte pasos más allá, el mayor Krotkin le abrió la puerta para que pasara al comedor pequeño que usaban más como sala de visitas que para banquetes. Abakúmov lo hizo despidiéndose del edecán con una sonrisa protocolaria. Cuál no sería su asombro, y su alivio, al encontrarse allí, sentados en un sofá, a Sergei Kruglov acompañado por Nahum Isaákovich Eitingon. La sorpresa fue mutua.

Kruglov se levantó para saludar a su compañero ministro y lo mismo hizo Eitingon. Tras un efusivo abrazo, que era sincero pues los dos habían compartido servicio en la seguridad del Estado y se tenían aprecio, y los dos habían llegado a la vez y casi de la mano al Consejo de Ministros en aquella operación que puso a Beria más lejos del aparato de seguridad, Kruglov se vio en la obligación de presentar a su acompañante.

—¿Conoces al camarada Eitingon, amigo Viktor?

—¿Quién no conoce al camarada Eitingon en este oficio? ¿Cómo estás, Nahum Isaákovich? —dijo tendiéndole la mano.

—Muy bien, camarada ministro. Siempre a tus órdenes —le contestó con una sonrisa y correspondiéndole al saludo.

Conscientes los tres de que la habitación estaba pinchada con micrófonos se limitaron a saludarse cordialmente y esperar que Kruglov le explicara qué hacía allí. Al fin y al cabo, su condición de ministro le permitía esa postura, aunque en el complejo aparato de seguridad soviético nada era como parecía y nadie podía estar seguro de nada y menos de las fidelidades prometidas. No sería la primera vez que una reunión como esa, terminaba en el sótano de la Lubianka y alguien con un disparo en la frente.

Abakúmov conocía perfectamente a Kruglov, incluso mantenía una buena relación personal con él, pero le extrañó verle allí aunque más le llamó la atención encontrar con él a un simple teniente coronel, pese a que le conociera, pues Eitingon estaba al frente de la Sección C de la vieja NKVD gracias a que le había puesto allí Beria y, por lo que veía, había sobrevivido a la reforma y ahora estaba bajo las órdenes de Kruglov, con lo que quedaba fuera de la línea jerárquica de su jurisdicción en el ministerio, pero en el proceloso mundo soviético de las operaciones de inteligencia, y él era ahora el ministro de la Seguridad, el cruce entre los distintos servicios y su mutua vigilancia era lo más común; todos espiaban a todos.

Como en algo había que ocupar el tiempo y Abakúmov no quería entrar en intimidades recurrió a algo muy común ente militares, la afición al futbol que era el deporte nacional. Los tres se enfrascaron en comentar los últimos fichajes como forma de ocupar la espera a que el jefe de todas las Rusias les requiriera en su despacho.

—¿Qué tal va el Spartak este año? —preguntó Abakúmov para llevar la conversación a algo banal para matar la espera.

—Ganaremos la liga —sentenció Kruglov muy convencido.

—¿Como el año pasado? —el año anterior el Spartak de Moscú se había adjudicado la copa, tras vencer en la final al Dinamo de Tbilisi.

—Igual —profetizó Kruglov. No era puntada sin hilo esa confesión de fidelidad al Spartak de Moscú, porque la política del PCUS invadía de manera agobiante cualquier actividad pública o privada de los ciudadanos de la URSS.

El Spartak era un equipo construido por el esfuerzo de los hermanos Stárostin que habían sido arrestados y condenados en 1942 a diez años en el gulag a causa de su viejo enfrentamiento deportivo con Laurenti Beria, aunque la excusa eran las manidas «actividades antisoviéticas». El siniestro jefe de la Policía y del NKVD había sido futbolista en su juventud, cuando jugaba en el Dinamo y fue derrotado varias veces por los de Stárostin, de ahí le venía el odio al Spartak FC. A causa de ello, Beria ordenó la repetición de la semifinal de Copa de 1939 entre el Spartak FC y el Dinamo de Tiflis, un partido que habían ganado los moscovitas, que no cedieron ante la intimidación, y que volvieron a ganar ratificando su título copero. Toda una hazaña por aquel entonces, dada la importancia política del enemigo. Desde entonces Beria era presidente del Dinamo de Moscú. Tal vez por eso el Spartak era el equipo del pueblo y el Dinamo el club de los servicios de seguridad dirigidos por el rencoroso jefe de la policía. La rivalidad Dinamo-Spartak se convirtió en piedra de toque del deporte soviético y una manera más de alinearse ante la situación política. Ni siquiera el futbol escapaba al control de los servicios.

—¿Y tú qué opinas, camarada Eitingon? —preguntó Abakúmov intentando meterle en la conversación. Al hacerlo reparó que llevaba en la pechera de su uniforme la Orden de Lenin, de la de la Bandera Roja y la medalla Orden de la Guerra Paria de 1ª clase, un palmarés demasiado brillante para un simple teniente coronel.

—Yo soy del Spartak, camarada ministro. Un incondicional de los hermanos Stárostin —reconoció él, a quien no le importaba el futbol, pero queriendo dar a entender que estaba en la misma onda que sus jefes. «Dinamo contra Spartak, me recuerda a mencheviques contra bolcheviques» se pensó Eitingon sin poder reprimir una sonrisa.

En esos andurriales y circunloquios banales andaban cuando entró en la sala sin anunciarse el mayor que les había recibido. Era evidente que aquellos eran sus dominios y que su menor rango lo compensaba con la proximidad al jefe de todos los jefes, al «hombre de acero» que vino de Georgia para hacerse con el poder de todas las Rusias.

—Camaradas Abakúmov, Kruglov y Eitingon, les espera el camarada primer secretario del Partido. Pueden acompañarme, por favor —pronunció el edecán. «Que nos reclame Stalin puede ser buena cosa... o mala cosa; nunca se sabe» se dijo Abakúmov para su coleto, procurando no mostrar la desazón que le corría por el cuerpo. El carácter impredecible de Iosif Stalin, su macabro sentido del humor y su gusto por el melodrama, casi siempre de final sangriento, hacía que todos sus colaboradores directos temieran aquellas frecuentes salidas de lo ordinario.

Los tres hombres salieron de la sala detrás del cancerbero. Unos pocos pasos les separaban del gabinete particular del zar rojo. Volvieron por sus pasos y la izquierda, al final del pasillo que organizaba la distribución de la planta baja, estaba la puerta del gabinete particular donde solía recibir sus visitas más íntimas. A Abakúmov le llamó la atención que ya no estuviese en la galería el hombre que daba de comer a los pájaros. Dos guardias protegían la entrada del despacho y el mayor Krotkin picó la puerta haciendo un gesto para que pasaran los invitados. Uno de los guardianes abrió la hoja sin esperar señal de dentro.

Al entrar, los invitados se encontraron de frente, al fondo de la sala e iluminado en contraluz a su espalda por la fría luz invernal de la mañana, con el poderoso secretario general del PCUS, un hombre fuerte de más de sesenta años, pero de mediana estatura, con la cara picada de viruelas y el pelo gris y corto peinado hacia atrás que no podía negar su origen caucasiano. Vestía una guerrera militar de color gris claro abotonada hasta el cuello sin ningún distintivo y unos pantalones del mismo color metidos en unas botas altas de cuero flexible, muy populares donde había nacido. Pese a que esbozaba una sonrisa bajo el mostacho que cuidaba con el mayor esmero, pues lo consideraba su rasgo de distinción para diferenciarse de la imagen de Lenin o Marx, los otros jefes comunistas con los que compartía tríptico, el gesto de su cara y en especial la mirada quitaba toda cordialidad al encuentro.

—Camaradas… pasad, por favor —pronunció por toda bienvenida sin moverse de donde estaba. Llevaba la mano izquierda a la espalda.

—Camarada secretario general… —correspondió Abakúmov estirándose ante su jefe.

—Camarada secretario general… —coreó Kruglov.

—Camarada secretario general… —concluyó Eitingon, pues en el severo protocolo soviético a él le correspondía ser el último.

Stalin les señaló con un gesto de su mano derecha una mesa redonda con cuatro sillas que marcaba el centro de la sala, una habitación espaciosa pintada de blanco y con un zócalo de madera, con vistas al jardín a través de dos grandes ventanales, donde por todo mobiliario había un escritorio de guerra con un sillón, una lámpara de escritorio y una radio que le había regalado Winston Churchill, un diván tapizado en cuero gris en donde era frecuente que pasara la noche arropado con una manta militar, y una chimenea de leña que caldeaba de sobra el ambiente. Ellos se acercaron a la gran alfombra, un trabajo de la región caucasiana de Karabaj, que marcaba el lugar de la mesa, pero no se atrevieron a pisarla hasta que el dueño de sus destinos entró en aquel reducido recinto visual, el íntimo tabernáculo del sanctasanctórum del poder comunista.

Cuando Stalin ocupó su silla, ellos lo hicieron de inmediato.

—¿Sabéis por qué os he mandado venir?

Los tres callaron y Stalin les paseó con la mirada. Al dictador le encantaba manifestarse con parsimonia sabiendo el efecto que eso producía en sus colaboradores.

—Porque quiero que me expliquéis esto —se respondió despacio Stalin mirando al techo y empujando al centro de la mesa una carpeta con el membrete de la Sección C.

Si Abakúmov tenía ya la mosca tras la oreja desde que llegó, cuando vio que el motivo de la convocatoria era un asunto que estaba fuera de su jurisdicción, su instinto le terminó de alertar de que algo podía terminar mal. «Si es un asunto de Kruglov, ¿qué pinto yo aquí?» se dijo cada vez más preocupado.

—¿Sabes algo de esto, Viktor? —le preguntó el jefe, señalando la carpeta.

—No sé de qué se trata, camarada Stalin —reconoció el ministro de la Seguridad del Estado cada vez más agobiado.

—¿No sabes nada de la Campana? —la pregunta le supo a recriminación.

—No; no sé a qué campana te refieres, camarada primer secretario —confesó él sin saber si eso le podía costar caro.

—Pues es mejor así; ahora te vas a enterar de todo —le dijo Stalin mirándole a los ojos—. Explícanos el asunto, Sergei.

Sergei Kruglov, por su condición de ministro del Interior soviético (MVD), y por lo tanto responsable de la Sección C del disuelto NKVD, tomó la carpeta en sus manos. Era él quien había puesto el asunto en manos de su jefe.

—Es una materia de una importancia extrema, camaradas, y creo que afecta también a la seguridad del Estado —eso ultimo lo dijo mirando a su compañero de gabinete.

—Por eso te he mandado venir, Viktor, porque vais a tener que colaborar los dos departamentos —sentenció Stalin para tranquilizarle. Abakúmov respiró aliviado. «Este hijo de puta me podía haber avisado», se dijo el de la Seguridad del Estado refiriéndose a su compañero en el Consejo de Ministros.

—El asunto me llegó de la mano del teniente coronel Eitingon... —reconoció Kruglov.

—Entonces... que lo explique él —le interrumpió Stalin con un gesto de su mano izquierda, la que solía llevar enguantada con mucha frecuencia—; los compañeros que han servido a la patria en la guerra de España son especialmente queridos en esta casa.

Un gesto del dictador invitó al teniente coronel. Stalin se refería a ellos como «los compañeros españoles» por cómo habían hecho bascular hacia las posiciones comunistas la estrategia de la II República Española. La Guerra Civil en España fue un laboratorio para depurar a los seguidores de Trotski, el gran enemigo de Stalin, que fueron tan perseguidos por los fascistas como por sus compañeros comunistas, y eso se había debido a gente como Eitingon.

—Gracias, camarada Stalin —respondió Eitingon.

—Camaradas... Gracias a las informaciones recabadas por mi departamento entre los científicos alemanes que trabajaban en los proyectos secretos de Hitler hemos descubierto que uno de ellos, la Campana le dicen, aún no está localizado.

—¿Y es importante que los nazis construyeran campanas, Eitingon? —preguntó Abakúmov que ya había recuperado el resuello.

—Deja al teniente coronel que se explique, por favor —le recriminó Kruglov que sabía el final de la historia

—Gracias, camarada ministro.

Un gesto de Stalin animó a Eitingon. Abakúmov supo por ello que no debía interrumpir más.

—La confesión a las puertas de la muerte de un científico nos puso sobre la pista —y el responsable de la Sección C relató cómo las tropas rusas habían encontrado en Der Riese, en las grutas de Bad-Charlottenbrunn, a sesenta científicos alemanes asesinados por las tropas que mandaba el SS-Gruppenführer Jakob Sporrenberg y uno de ellos, en agonía, fue quien les habló de la misteriosa campana.

—Pero eso no es todo —continuó Eitingon—, porque científicos nazis que trabajan para nosotros en el proyecto de mi departamento, la energía nuclear, también corroboran la existencia de ese proyecto, «el principal de las Wunderwaffen» apuntan, que parece ser un ingenioso mecanismo que permite manipular el tiempo y el espacio a través de unos motores antigravitatorios que operan con campos electromagnéticos, alimentados mediante un novedosa forma de energía.

—¿Nuclear? —le interrumpió Stalin que estaba obsesionado con que la URSS consiguiera fabricar cuanto antes una bomba atómica. El programa de investigación técnica estaba bajo la dirección de Igor Kurchátov que ya había conseguido en 1946 poner en funcionamiento el primer reactor nuclear soviético con el que obtener el plutonio necesario para una bomba nuclear como la que los norteamericanos habían lanzado sobre Hiroshima.

—No, camarada Stalin; parece que el combustible necesario es una sustancia parecida al mercurio que ellos llamaban Xerum-525. Según nuestros informes también precisan como componentes a añadir los peróxidos de torio y berilio.

—Continúa...

—Por nuestros agentes en Berlín sabemos que el proyecto lo pilotaba personalmente el general Kammler.

—¿Dónde está ese nazi ahora? —le interrumpió otra vez Stalin, aunque antes de la reunión ya se había procurado información suficiente sobre el pasado del SS-Oberstgruppenführer Hans Kammler.

—Desapareció...

—Nadie desaparece, Eitingon —pontificó Stalin—; o está muerto o está escondido.

«O está preso» pensó Abakúmov que tenía en el gulag, un acrónimo para denominar a la Dirección general de Campos de Trabajo, a miles de ciudadanos soviéticos que, sin más, habían desaparecido.

—Unas fuentes le señalan muerto y otras le tienen por huido, pero nadie ha localizado su cadáver —precisó Eitingon.

—Entonces ha huido —concluyó el primer secretario del Partido.

—Es lo más probable, camarada Stalin.

—¿Qué más sabéis de la dichosa campana? —insistió Stalin.

—Solo hemos localizado a las afueras de la ciudad de Ludwikowice, en Polonia, una extraña estructura circular, conocida como «trampilla de vuelo» o «el anillo de pruebas», que tiene treinta metros de diámetro, siete de altura y diez columnas que la sostienen. Parece que era un lugar para experimentar el ingenio en su fase de pruebas. Poco más sabemos, camarada, salvo que, en mi opinión, fue el mismo Kammler quien se encargó de hacerla desaparecer con toda la información científica de soporte.

—¿Desapareció con él?

—Eso parece.

—Si le encontramos a él encontraremos la dichosa campana —sentenció el dueño de la *dacha*.

—Sin duda, camarada, Stalin —aplaudió Kruglov queriéndose apuntar al relato de su subordinado.

—¿Tú qué opinas? —le preguntó a Abakúmov.

—No sabía nada, pero pondré a mi departamento detrás de la pista del tal Kammler.

En la URSS hubo, después del fin de la guerra, más de dos millones y medio de soldados alemanes de toda graduación repartidos en trescientos campos y aunque algunos ya habían muerto y otros habían sido enviados a Alemania a finales de 1947 aún quedaban en presidio un millón ochocientos mil en campos de concentración vigilados por el NKVD que ahora estaban bajo el control de Abakúmov.

—Me parece bien —aplaudió Stalin—. Pesca en ese barreño que acabaras atrapando algún pez; alguien tiene que saber algo si les preguntas como tú sabes —explicó con una sonrisa cruel en la cara.

—No te preocupes, camarada; sé cómo hay que hacerlo —aclaró el ministro de la Seguridad del Estado que ya tenía experiencia en ello tras su paso por la jefatura del SMERSH, organismo atento al contraespionaje que debía su nombre a la abreviatura de SMERT SHPIÓNAM, o «muerte a los espías».

—¿Y tú, Kruglov? —le preguntó al ministro del Interior.

—Si tú lo permites, camarada primer secretario, tengo un plan para perseguir a Kammler hasta el infierno.

—Te escucho…

—Creemos que no ha muerto, porque hemos obtenido cinco versiones diferentes de su muerte y ninguna cuadra. Es nuestra opinión que escapó de Alemania, y más si se llevó la Campana con él, y solo puede estar en tres sitios: en algún monasterio católico disfrazado de fraile, pero no le pega ni por su carácter ni por el equipaje que puede llevar; en España, donde recalaron muchos criminales de guerra gracias a la cobertura que les dio Franco; o en Latinoamérica, donde llegaban por una vía de escape que montaron desde España.

—La línea de las ratas —apuntó Abakúmov, que tenía agentes tras esa pista.

—Efectivamente, la línea de las ratas, algo que montaron con ayuda del Vaticano —apostilló Kruglov.

—Entonces...

—Prefiero que lo explique el teniente coronel Eitingon que ha diseñado el plan con mi aprobación, pendiente de que tú le des el visto bueno... desde luego —ofreció Kruglov.

—He seleccionado dos agentes, dos mujeres españolas de probada fidelidad al Partido y a la Unión Soviética y con experiencia en la lucha clandestina, para que persigan a este criminal en Latinoamérica y en España. Una, la camarada Patria establecerá su estación en Uruguay para crear una red que rastree toda Latinoamérica, y la otra la camarada Sliva para que entre en la España de Franco.

Dicho eso sacó de su cartera sendos expedientes de las dos mujeres. Kruglov se los acercó a Stalin. El primer secretario tomó los dosieres y durante unos minutos repasó con cuidado los expedientes.

—Impresionante el historial de la camarada Patria y sorprendente la peripecia vital de la camarada Sliva; parece como si el destino nos la tuviera preparada —aprobó Stalin.

—A la camarada Sliva la hemos entrenado nosotros —apuntó Kruglov para colgarse el mérito—. Es una agente muy peculiar y parece idónea para la misión; nadie fuera de nosotros la conoce. Está fuera de todo circuito.

—¿Respondes por ella?

—Desde luego que sí, camarada Stalin —se vio en la obligación de contestar Kruglov.

—Dispongo que los dos departamentos colaboréis en todo lo que sea necesario y que le deis máxima prioridad a este operativo; no quiero que los *yankees* se nos adelanten —concluyó Stalin que se daba perfecta cuenta de la importancia de tener en sus manos una tecnología antigravitatoria.

—Como tú ordenes, camarada Stalin —aceptó Abakúmov.

—Así lo haremos —aceptó también Kruglov.

Eitingon nada dijo porque para eso estaban sus jefes, aunque una mirada de Stalin le agradeció el trabajo.

Dicho eso, el gran jefe comunista se levantó de la mesa y los demás hicieron lo mismo. Se acercó a su escritorio y pulsó uno de los tres timbres que había sobre él, el de color verde. Al instante entró en el gabinete su ayudante de casa, un empleado de la *dacha*, un georgiano de su mismo pueblo, que atendía a las reclamaciones domésticas del jefe.

—Boris, trae una botella de *chacha* y unos vasos para estos amigos —aunque Stalin había reducido su consumo de alcohol, desde que su médico se lo prohibió tras las tremendas borracheras de 1944 y 1945, no había perdido el hábito por el vodka georgiano, aunque hubiese moderado la ingesta.

Kruglov y Abakúmov estaban contentos; veían al patrón de buen humor y todo había salido bien. El ministro de la Seguridad del Estado le ofreció un cigarrillo a su compañero de gabinete cuando vio que Stalin cargaba su pipa.

—Por cierto… tú llevas ahora lo de los campos de prisioneros, ¿verdad? —le preguntó a Abakúmov.

—Sí, camarada Stalin —al de la Seguridad del Estado se le quebró la voz; cuando creyó ver el cielo despejado otra nube negra se le ponía sobre la cabeza.

—Quiero que sueltes a los Stárostin —le escopetó a las claras.

—Pero… —le quiso objetar Abakúmov—; los hermanos Stárostin estaban en el gulag por «actividad criminal», incluso les acusaron los de Beria de preparar un atentado contra ti, camarada Stalin.

—Los quiero libres inmediatamente, Viktor. No me discutas.

—Por favor, camarada Stalin —el agobiado ministro no sabía dónde meterse; resistirse a una orden del patrón podía ser una pena de muerte— Mañana están en la calle.

—Los necesita mi hijo… ya te contaré.

A Nikolái Petróvich Stárostin, que seguía preso, le llamó un día Vasily Stalin, el hijo preferido del patrón. El retoño, un alcohólico desde la adolescencia, había sido general con solo dieciocho años durante la Gran Guerra Patria y ahora estaba a cargo de la defensa aérea de Moscú. Muy aficionado al futbol estaba montando el equipo de la fuerza aérea y para eso le había pedido a su padre y a los Stárostin que le facilitaran profesionales y unas buenas instalaciones para su equipo porque el joven general no soportaba a Beria y quería acabar con la primacía del Dinamo, cosa que a su padre le pareció muy bien.

En eso llegó el mayordomo con las bebidas. Fue Stalin quien sirvió los vasos como tenía por costumbre. Tras hacerlo levantó el suyo muy ceremonioso y los demás le imitaron al instante.

—Camaradas… quiero brindar por algo muy importante.

Todos estaban atentos a lo que pudiera salir por aquella boca.

—¡¡Por el Spartak!!! —exclamó tras un rato de silencio que a los convocados les tuvo en vilo.

—¡¡¡Por el Spartak!!! —corearon todos, más aliviados.

Abakúmov no daba crédito a lo que estaba viendo.

«Soy un oficial de la seguridad del Estado y soy judío. Vista esta locura, hay garantía de que voy a terminar mis días en prisión…», pensó Eitingon al ver el estrambote con el que había concluido aquella sesión con el jefe.

— 11 —

Adiestramiento

Khimki, a las afueras de Moscú.
4 de abril de 1948.

Los últimos tres meses habían sido muy duros para María Millán. El rigor y disciplina de su instrucción desde que nació como María Sliva para el servicio de inteligencia soviético, «camarada Sliva» para sus antiguos preceptores, la había tensado como una cuerda de violín.

Desde que salió del hospital de Karlshorst y aceptó trabajar como agente para el NKVD ingresando en el partido comunista soviético, su preparación física la había dotado de una fortaleza inusual en una mujer de frágil apariencia. Se había instruido en defensa personal, en la lucha con el cuchillo finlandés, en el arte marcial ruso, el Systema, en que se formaban las unidades especiales del Ejército Rojo y en técnicas de supervivencia en condiciones extremas sometida al hambre, la fatiga y el sueño. Su preparación militar había comportado el aprendizaje del uso de armas de fuego cortas y largas, de explosivos, de camuflaje urbano y, sobre todo, de cómo emplear sus manos como la mejor arma mortal, que podría utilizar para defensa y ataque. En la academia especial para agentes de campo había sido formada en radiotelegrafía, empleo de tinta simpática, técnicas de cifrado, natación, cura de heridas, paracaidismo y resistencia a interrogatorios bajo el efecto del pentotal sódico. De las instalaciones en Baturin, al suroeste de la ciudad ucraniana de Novgorod-Seversky salió con excelentes calificaciones y el rango militar de sargento de la NKVD y un pasaporte soviético con su nueva identidad. A partir de ahí comenzó para ella un itinerario por los centros secretos de la NKVD destinados a agentes extranjeros que debían operar en el exterior para completar su

147

formación en idiomas, aparte del español, el francés y el ruso ya había aprendido alemán y tenía conocimientos básicos de inglés y para su instrucción política, cosa que hizo en la Academia Frunze de Moscú tras el visto bueno de Caridad Mercader. De allí salió con la estrella de teniente auxiliar y bajo la dirección de la camarada Patria comenzó el penúltimo grado de su instrucción, en este caso la política, en un centro a las afuera de Leningrado para cuadros del PCUS. Pero todo eso cambió a partir de enero de 1947, cuando Eitingon la requirió en su despacho de la Lubianka. Ya habían pasado tres meses desde aquella cita inesperada

—¿Estás decidida? —le preguntó entonces el viejo espía recién ascendido a coronel tras su visita a la *dacha* de Kuntsevo.

—Lo estoy, camarada coronel.

—¿Eres consciente de que trabajarás sola, sin ningún apoyo y que nuestros camaradas españoles nunca sabrán de tu existencia?

—Lo soy, camarada coronel.

—¿Has calibrado bien a lo que te vas a enfrentar, María?

—No tengo la menor duda, camarada.

La mujer que aquella mañana de enero se había sentado enfrente del jefe de la Sección C en poco se parecía a la muchacha asustada que escapó de España en 1939 o aquella otra, moribunda, que fue rescatada en 1945 del campo de concentración de Ravensbrück. Si Eitingon la hubiera conocido entonces le hubiera costado reconocerla ahora, porque si bien el aspecto físico de la mujer apenas había cambiado, salvo en una mayor musculación, era en su mirada donde se podía apreciar que eran dos mujeres distintas. La joven de ojos oscuros y acuosos de entonces tenía ahora una mirada seca y firme que trasladaba una determinación que incluso a Eitingon, un hombre muy curtido en las operaciones más duras del espionaje soviético, impresionaba. En aquellos ojos no había sentimientos ni historias, nada más que decisión y odio, el instinto que había animado toda su instrucción y las únicas pasiones que albergaba su corazón.

—Es mi obligación explicarte, María, que aún te falta la parte más importante de tu adiestramiento: conocer cuanto sabemos de tu objetivo y ponerte al corriente de lo que pretendemos que obtengas.

—Estoy preparada para ello, camarada.

—Para esta fase última tendrás una monitora especial… muy especial —señaló el coronel con un punto de misterio.

—No espero menos del Partido si es tan importante la misión, camarada coronel —respondió ella con total convencimiento. El ruso que hablaba era perfecto, sin acento.

Ese día, María Sliva vestía su flamante uniforme de teniente auxiliar de las fuerzas de seguridad. Estaba orgullosa de sus emblemas azules. Eitingon se la quedó mirando en silencio, como si estuviese valorándola otra vez; admiraba la entereza de la mujer. Al cabo de un instante durante el que María le sostuvo la mirada sin parpadear levantó el teléfono de su mesa que le conectaba con su ayudante:

—Capitán… haga pasar ya la visita.

Eitingon aprovechó para encender un cigarrillo rubio americano.

—¿Quieres uno, camarada?

—No, gracias… no fumo, mi coronel —respondió ella rechazando el cigarrillo.

—Yo debía de dejarlo; ya no tengo edad para vicios —reconoció Eitingon.

En eso, dos golpes en la puerta anunciaron la visita.

—Pase —permitió el coronel poniéndose de pie. Lo mismo hizo María Millán.

El ayudante no pasó al despacho, quien lo hizo fue una mujer uniformada con los galones de comandante de las fuerzas especiales.

—¿Os conocéis? —preguntó Eitingon— No creo que haga falta presentaros.

En un instante, la cara de asombro de María dejó paso a una gran sonrisa. Eitingon pudo ver por primera vez la emoción de la alegría en los ojos de su nueva agente, la evidencia de que aquella mujer que parecía de hielo albergaba sentimientos. Las dos mujeres corrieron a abrazarse. Quien había entrado en el despacho era Inessa Vasiliedna Kosmodemskaya, la oficial del NKVD que propuso su captación para el servicio y que condujo sus primeros pasos por los campos de entrenamiento. Millán la consideraba su madrina y su única amiga desde que se quedó en tierra rusa.

—Discúlpenos, mi coronel —se excusó la Kosmodemskaya por haberse saltado el severo protocolo castrense. Desde que gobierno de la URSS se había convertido en ministerial, la cortesía militar se había acomodado a una mayor formalidad marcial.

—Por favor… —le contestó Eitingon disculpándolas e invitando a las dos para que tomaran asiento al otro lado de su mesa.

—Quiero pedirte algo, Inessa Vasiliedna —planteó el coronel a las claras.

—Estoy a las órdenes del Partido, camarada coronel —respondió la capitana con firmeza.

—Nuestra amiga Sliva va a abordar una importante misión y necesito tu ayuda…

—Sabes, camarada, que María Sliva es como una hermana para mí y si el Partido requiere de mi auxilio para con ella, doble satisfacción tendré en cumplir lo que se me ordene por bien de la gran patria soviética.

—Necesito que actúes como mi delegada en la antigua academia de Khimki para supervisar la última fase de su programa de instrucción.

—¿Pero, no está cerrada la academia? —preguntó la capitana.

—Para ella no; será la única alumna. He ordenado que se habiliten parte de sus instalaciones para atender a la instrucción de Sliva. Sus profesores no sabrán de su identidad, bastará «camarada Ivanova», y solo tú estarás al corriente de quién es ella. Quiero que me reportes a mi ex-clu-si-va-men-te —remarcó cada sílaba para indicar su importancia— los progresos en el plan de estudios que hemos preparado para ella.

Al decir eso le entregó una carpeta sin membrete con el referido programa.

—¿Cuándo empezamos, mi coronel?

—Mañana mismo. Ya he avisado a tus superiores de que has sido requerida por mi jefatura para un proyecto esencial afecto a la seguridad del Estado, el propio ministro ha firmado la orden necesaria.

Los tres permanecieron en silencio; sabían de la importancia de lo que se estaba cociendo entre aquellas cuatro paredes.

—Te lo voy a preguntar por última vez, María —repitió Eitingon dirigiéndose a la joven teniente—. ¿Aceptas la misión que te encomienda el gobierno de la Unión Soviética?

—Es mi patria y a ella me debo, mi coronel —respondió ella sin mover un músculo de la cara.

—Así sea —sentenció el jefe de la Sección C, dando por terminada la entrevista.

Las dos mujeres se levantaron para cuadrarse ante su jefe antes de salir del despacho.

—Aquí tienes tus instrucciones, María —le dijo Eitingon ofreciéndole un sobre lacrado que estaba encima de su mesa.

La española lo tomó en silencio y saludó a su jefe con un taconazo. Cinco minutos después las dos mujeres estaban en la calle. Aquella noche de invierno crudo cenarían en el apartamento que el ministerio había puesto a disposición de la capitana Kosmodemskaya, que había sido reclamada de su destino en Leningrado, su tierra natal, mientras durara su nueva misión.

A la mañana siguiente comenzaría la tarea, pero esa noche, hasta bien entrada la madrugada, aquel piso del partido sería el escenario de su historia, de sus confidencias y sus recuerdos, de su tiempo juntas cuando la Kosmodemskaya tuteló a su pupila con un interés que iba más allá de lo profesional que exigía el servicio, y de un cariño que fue creciendo incubándose en la capitana un amor inconfeso que, hasta aquella madrugada, no encontró su camino ni tampoco sus palabras. Aquella noche, desnudas de sus uniformes y sus creencias, pero envueltas en cariño y anhelo, dos mujeres endurecidas por la vida se regalaron dulzura y afecto. El sexo fue para ellas el sacramento radiante de su complicidad amorosa y para María Sliva, además, el reencuentro feliz con unos sentimientos y unas sensaciones que ya creía olvidados. Incluso los nombres cambiaron esa noche; María e Inessa nacieron al amor como *ciruelita* y *mi paloma* en un lenguaje secreto en que se bautizaron aquella madrugada.

Aquella noche de ternura, tras comprobar que el domicilio no estaba *pinchado*, no solo compartieron su amor, sus confidencias y sus misterios, sino que también trenzaron la custodia cómplice de un dulce y feliz secreto que nunca podrían descubrir porque el sexo en la URSS de Iosif Stalin ya no era el de la Rusia revolucionaria que asaltó el Palacio de Invierno, cuando los bolcheviques legalizaron la homosexualidad y tantas cosas más que habían estado prohibidas por los zares y la Iglesia ortodoxa rusa. Gracias a personas como Alexandra Kollontai, la autora de *Las relaciones sexuales y la lucha de clases*, elegida Comisaria del Pueblo de la Asistencia Pública en el gobierno revolucionario de Grigori Batkis, el director del Instituto de Higiene Social de Moscú que proclamó «la absoluta no injerencia del Estado y de la sociedad en los asuntos sexuales, con tal de que nadie salga perjudicado y se respeten los derechos de todos» o de Nikolái Aleksandrovich Semashko, Comisario de la Salud, la URSS estaba en la vanguardia de los derechos sexuales de los ciudadanos, pero la llegada de Stalin acabó con todo ese aire de libertad cuando en marzo de 1934 el nuevo secretario general del PCUS estableció que la homosexualidad era un delito y la llevó al código penal. Desde entonces desaparecieron de la vida pública la música de Tchaikovski, el cine de Sergei Eisenstein y la poesía de Mijaíl Kuzmín, Lidia Zinovieva-Annibal o Vladimir Mayakovski, el vocero de la insurrección, quien explicó que «la revolución nunca será roja si antes no es rosa» y que terminó suicidándose de un disparo en el corazón en su casa de Moscú.

A la mañana siguiente, muy temprano, las dos mujeres marcharon en un recortado Moskvitchh-401 que conducía la comandante, hacia Khimki, una pequeña ciudad a las orillas de la capital de la URSS construida al borde del canal de Moscú y sobre la línea del ferrocarril Moscú-Leningrado. Desde que había terminado la guerra la ciudad era sede de varios centros de investigación al servicio del complejo militar e industrial soviético, en especial lo que hacía al diseño y la fabricación de motores de cohete de combustible líquido o al desarrollo de programas para el guiado de misiles de la defensa aérea. La llegada de esos laboratorios hizo que el centro de instrucción del NKVD se clausurase y lo trasladaran al moscovita barrio de Pushkino. Cuando las dos mujeres llegaron a destino dos guardias uniformados custodiando la cancela indicaban que se había vuelto a abrir las instalaciones para ellas y los instructores que se necesitaran en el adiestramiento final de «la camarada Ivanova», usando su nombre en clave ante Eitingon. María Millán puso su mano de piel morena sobre la de Inessa Vasiliedna, tan blanca como la nieve, cuando la comandante la llevó hacia el pomo de la palanca de cambios para reducir la marcha antes de entrar en el recinto. «Sé fuerte, *ciruelita*, todo saldrá bien» aventuró Inessa Vasiliedna. «Gracias, *paloma mía*, siempre pensaré en ti. No te defraudaré», prometió María Millán.

Tres meses duraría la instrucción de la camarada Ivanova en aquel edificio abandonado. Lo que nunca imaginaría Eitingon es que la especialísima recluta no solo se debía a la URSS, como suponía sin error, sino también a Inessa Vasiliedna Kosmodemskaya, la mujer que la ayudó a salir de la muerte.

Durante esos meses, África de las Heras también ocuparía una casilla diferente en aquel juego de ajedrez que había trazado Eitingon desde Moscú. María Luisa de las Heras de Darbat, la conocida modista parisina que servía de tapadera a la camarada Patria, se había casado en París, siempre siguiendo instrucciones de Moscú, con Felisberto

Hernández, un poeta y pianista uruguayo, anticomunista hasta los tué-
tanos, que ya llevaba dos divorcios y dos hijas a sus espaldas y con el
que se marchó a Montevideo para establecerse allí a fin de armar una
red de espionaje al servicio de la URSS. Patria recurrió en Montevideo
a su coartada más usada, la misma que empleó en París, fundando un
taller de alta costura y además un negocio de antigüedades. Esa cobertura le permitió acceder sin dificultades a la alta sociedad uruguaya
donde había una potente presencia alemana, justo la puerta necesaria
para cazar sus presas. Esa era su misión, rastrear a los nazis fugados a
Latinoamérica, en especial a Hans Kammler, y Uruguay era una base
excelente para ello. El marido nunca imaginaría el secreto que guardaba su flamante esposa española.

Durante la instrucción que recibiría, María aprendería técnicas que
aún no conocía. Se instruyó en fotografía con microfilm utilizando una
cámara Minox-Riga, un instrumento de acero inoxidable fabricado en
Letonia que usaba película de alta sensibilidad en formato de 8x11 mm,
que cabía en la palma de la mano y que disponía de enrollador automá-
tico, de un dial rápido que alcanzaba la milésima de segundo y de un
visor con corrección de paralaje. Una pequeña maravilla que pasaba
desapercibida. Aprendió también a revelar los negativos y a positivar-
los. Además, fue instruida en el uso de venenos y en cómo fabricarlos
con productos de fácil acceso y en técnicas de neutralización de objetivos operando sobre puntos vitales del cuerpo de su enemigo sin más
arma que sus propias manos. Otro instructor la explicó y aleccionó en
el uso de memoria operativa, la facultad de retener información visual
y auditiva procesándola de manera instintiva a fin de controlar y retener en la mente el escenario de su acción. No hizo falta iniciarla en
el sufrimiento, ni en el dolor, ni el control emocional porque María
Sliva podía señalar ese camino a cualquiera de sus instructores; los
interrogatorios de la Gestapo, su estancia en Ravensbrück y el propio
entrenamiento con las tropas especiales del NKVD la habían convertido en una candidata idónea para soportar las situaciones extremas; ni
siquiera el pentotal quebraba su fortaleza. Perfeccionó la técnica de la
radiotelegrafía en onda corta y aprendió a construir una emisora utilizando como base un simple receptor de radio. Un funcionario de los
archivos de la Lubianka le puso en antecedentes de todo lo que sabían
de Hans Kammler, su principal objetivo, a fin de lo cual le explicaron
su historial civil y militar, su familia, sus colaboradores más cercanos,

gustos y aficiones, fotografías de él que pudieron rescatar cuando las tropas rusas se hicieron en Berlín con parte de los registros centrales de las SS, y todas las versiones elaboradas sobre su muerte fingida. Para que evaluara la peligrosidad e importancia del sujeto pusieron en su conocimiento que en febrero de 1945, Kammler fue incluido en la lista de diez líderes de alto rango de las SS que debían ser asesinados por el Ejecutivo de Operaciones Especiales británico (SOE) como parte de la operación Foxley, donde también se incluían como objetivos Walter Schellenberg, el jefe de información y contraespionaje alemán; Heinrich Müller, conocido como «Gestapo Müller»; Otto Ohlendorf, el jefe de los Einsatzgruppe D para el exterminio de judíos en el frente oriental; Gottlob Berger, el responsable de las Waffen-SS; Hans Jüttner, el jefe de la Oficina Principal de las SS; Oswald Pohl, el responsable de los campos de exterminio y colaborador de Hans Kammler; Richard Glücks, el responsable de la Oficina Central de Administración y Economía de las SS; Hermann Fegelein, el cuñado de Eva Braun y ayudante de Heinrich Himmler, y Alfred Wünnenberg, jefe de la 4ª Division SS Polizei responsable de la ejecución de miles de soldados soviéticos. Kammler encabezaba esa lista con lo peor de los que vestían la frente con la siniestra calavera de plata.

Cuando ya terminó esa parte de su adiestramiento comenzó otra que por inesperada la sorprendió más que las anteriores. Eso ocurrió cuando la maquilladora de los bailarines del Bolshoi, Irina Dulova, la enseñara a disimular su apariencia personal mediante tintes, peinados y afeites de forma que pudiera adoptar tantos aspectos distintos como la conviniesen para eludir que pudieran reconocerla. Después, la jefa de costura del ballet, la camarada Maya Melik, la paseó por la *Revista de la Mujer Nacional Sindicalista*, *Siluetas*, *Semana* o *Luna y Sol*, revistas españolas de moda y costura para las mujeres de la España franquista, que habían conseguido a través de la delegación rumana en Madrid y números del *Vogue* parisino; tenía que familiarizarse con los usos y modas de las mujeres españolas y también de las francesas por si tenía que recurrir a esas modas en algún momento de su misión. Esa parte de la instrucción, si bien le generaba rechazo todos los hábitos y modas burguesas, no dejó de asombrarla y en el fondo divertirla por lo que suponía de frivolidad en medio de aquella instrucción tan severa. «Si me viera mi madre… parezco una princesa, una ciruelita de cuento», decía cuando iba maquillada, con una peluca rubia, y vestida a la moda de Paris con zapato de tacón alto y medias de seda, mientras una bailarina la enseñaba a desfilar por la pasarela. Además, durante una semana tuvo charlas diarias con una exiliada española que había huido del maquis asturiano y que la puso al corriente con todo detalle de lo que había pasado en España desde que ella salió de allí y todas las noches escuchaba *el parte* de Radio Nacional de España para estar al corriente de la propaganda que el gobierno de Franco explicaba a sus súbditos.

Pero la parte principal de su instrucción se había construido sobre un informe elaborado por el departamento de Eitingon gracias a los resultados del interrogatorio a un físico alemán internado en uno de los trescientos campos de concentración construidos por la NKVD para alojar prisioneros de guerra. El prisionero se llamaba Max Stuber y se encontraba confinado desde mayo de 1945 en el campo de Yelábuga, una localidad rusa mil kilómetros al este de Moscú, a las orillas del rio Kama, en Tartaristán, donde estaba construido un castillo que se conocía como *Şaytan qalası*, el castillo de Satán, del que los presos tomaron el nombre para colocárselo también al lugar de su presidio, «el campo de Satán», en referencia a Iosif Stalin.

Stuber había sido detenido por las tropas rusas muy cerca de la frontera checa en compañía de otros soldados alemanes que desertaron cuando vieron que el final de la guerra y su derrota estaba delante de ellos. Ese grupo de fugitivos desarmados, hambrientos y vestidos con raídos uniformes de infantería de la Wehrmacht, donde no había ningún oficial, no despertaron especiales sospechas y como tantos otros que huían del combate terminaron presos del Ejército Rojo, clasificados y distribuidos en campos. Cuando Stuber llegó a Yelábuga lo primero que pasó fue un interrogatorio por los hombres del NKVD para tomarle filiación y antecedentes. Por ese interrogatorio se supo que Stuber era un mecánico, que era reservista y que había sido alistado al final de la guerra por el ejército sacándole de la fábrica de armamento donde trabajaba. Presentó su documentación y declaró haber desertado de un regimiento de fusileros y que se había unido a otros fugitivos a fin de llegar a su casa en Hannover donde le esperaban su mujer y sus dos hijos Y la cosa se hubiera quedado así, en la vulgar historia de un mero prisionero de guerra sin ningún interés para sus captores, si no hubiera sido porque al cabo de dieciocho meses de presidio y harto de sufrir los rigores, el hambre y el frio del «campo de Satán», donde además había contraído una disentería y padecía una úlcera de estómago, confesara a sus guardianes una historia que hizo saltar las alarmas de la inteligencia militar del campo.

Resultó que Max Stuber se llamaba en realidad Klaus Schulte y que era un físico especializado en partículas elementales; que la documentación de su anterior identidad y el uniforme que vestía los había obtenido del cadáver de un soldado, sin duda desertor, que se encontró en una cuneta cuando huía de las instalaciones subterráneas para el desarrollo de los programas secretos de armamento que se habían construido en torno al castillo de Książ, lo que los nazis llamaban Der Riese, explicó. Reconoció haber huido de allí a mediados de marzo de 1945 y que, desde entonces, se había escondido en los bosques cercanos, malviviendo, porque las tropas de las SS que vigilaban las instalaciones se ocupaban más de salvar su pellejo que de perseguir huidos; en los cuarteles de la esvástica se mascaba la derrota. Al final, exhaustos, él y otros desertores como él, fueron arrestados a mediados de abril por las tropas rusas en un bosque a cincuenta kilómetros al norte de Wolfsberg. Pero lo que resultó sorprendente para los oficiales del NKVD fue que el preso propusiera mejorar su régimen carcelario, incluso solicitó que se le liberara y se le permitiera volver a Múnich donde realmente estaba su familia, si daba cuenta del proyecto secreto en donde había estado trabajando para la gente de Kammler. *Die Glocke*, «la Campana», decía que era su nombre en clave. Lo primero que hicieron los interrogadores de la seguridad militar, que en principio no le prometieron nada que supusiera salir de Yelábuga, pero sí mejorar su situación en el campo porque le retiraron de los barracones y le llevaron a un edificio de la jefatura donde le aposentaron para interrogarle, fue reconstruir el historial de Klaus Schulte, cosa a la que él colaboró sin reservas desvelando su verdadera identidad con todo detalle. Por su declaración supieron que se había licenciado en la universidad de Berlín en 1930. Mientras, Max Planck, Premio Nobel de Física en 1918 por su trabajo de investigación sobre la mecánica cuántica, dirigía la Sociedad Alemana de Física y la Kaiser-Wilhelm-Gesellschaft zur Förderung der Wissenschaften (KWG) después de alcanzar un acuerdo con los nazis que se podía resumir en «Si acatamos las leyes —decía Planck—, ustedes nos dejarán en paz», gracias a lo que el científico consiguió que le financiaran la KWG. Schulte, tras un periodo de prácticas de laboratorio en la universidad de Múnich, entró a trabajar en 1935 en el KWG, después de afiliarse al partido nazi, gracias a la recomendación de Max von Laue, un discípulo de Planck especializado en los rayos X, que había sido su profesor en Berlín y que también gozaba del Premio Nobel de Física por sus descubrimientos de la difracción de los rayos X a través de cristales. En 1941, tras adherirse a la orden de la calavera, fue requerido por la Unidad C de la Oficina Principal de la Administración Económica de las SS, que había recibido todas las competencias para la producción y el uso de las Wunderwaffen, a fin de incorporarse a esos proyectos secretos junto con otros quinientos científicos seleccionados cuidadosamente. Así había acabado Schulte en las instalaciones de Der Riese, donde quedó adscrito al equipo que dirigía el físico Walther Gerlach, miembro del consejo de KWG y jefe de la sección de física del Consejo de Investigación del Reich.

Sin embargo, lo que era verdaderamente sustantivo de su declaración era el detalle con el que explicaba su participación y la naturaleza del misterioso proyecto. «En una ocasión, dos meses antes de escaparme de allí, hubo un accidente en una de las pruebas del artefacto y como consecuencia de ello murieron cinco de mis compañeros de los siete que estábamos en los controles aquel día; solo quedamos vivos el ingeniero responsable de suministrar el combustible y yo. Aquello terminó por decidirme», explicó para justificar su deserción. Después, para responder a sus interrogadores que pretendían saber de qué se trataba la misión de aquel ingenio, aclaró que «estaban construyendo una máquina voladora; unas máquinas, a las que llamaban Vril —añadió—, que tendrían la propiedad de entrar y salir de diferentes dimensiones dentro de un universo en parte físico y en parte abstracto». Ante tan extraña e increíble explicación los oficiales del GRU le quisieron apretar las tuercas al prisionero, que reconoció que «todo venía del SS-Obergruppenführer Hans Kammler, que dirigía el proyecto personalmente». Lo que no sabía Schulte era que las órdenes venían de mucho más arriba.

Schulte desconocía que en diciembre de 1943, en la localidad costera de Kohlberg, se había celebrado una reunión a que asistieron María Orsic y su amiga Sigrun, de la sociedad Vril, pero a la que también asistieron el Führer, Heinrich Himmler, el Dr. W. Schumann, Hans Kammler y Kunke, igualmente miembro de Vril Gesellschaft, para trazar las bases del Proyecto Aldebarán, un intento animado por las dos visionarias para acceder a Aldebarán, la estrella más brillante de la constelación de Tauro, porque así se lo decían a la médium los seres de aquella estrella mediante mensajes a través de escritura automática. María Orsic aportó unos documentos dictados por su misteriosa fuente en donde se explicaba cómo construir la nave que les permitiera desplazarse en el tiempo y en el espacio, «una nave que superaba las leyes de la gravedad» explicaba el Dr. Schumann a sus jefes. Kammler comenzó a desarrollar el proyecto en las instalaciones de Der Riese y después varios fracasos, uno de ellos fue aquel en que fallecieron los compañeros de Schulte, consiguieron que el nuevo prototipo, el Vril-6, pues era el sexto que intentaban poner en marcha, respondiera como tenían previsto. El aparato que explosionó, el Vril-5 al decir de Schulte, estaba construido con un metal pesado revestido con una capa de cerámica y tenía forma de una campana que medía cinco metros de alto por tres de diámetro y que en su parte central tenía dos anillos que giraban en dirección contraria por los que circulaba un líquido radioactivo de color plateado similar al mercurio, al parecer el combustible necesario. Al extraño líquido contenido en dos depósitos cilíndricos conexos le llamaban Xerum-525 y se volvía de un color morado brillante al girar los anillos. Eso era cuanto sabía Schulte, que desconocía que el experimento con el Vril-6, pocas semanas después de su fuga, había tenido éxito.

Aquella información, clasificada como secreta en cuanto llegó a la oficina de Eitingon, era la que tenía que conocer María Sliva para emprender su misión; era la pieza que faltaba en el rompecabezas. La persona designada por Eitingon para instruir en esa materia a María Sliva, la «camarada Ivanova», había sido el barón Manfred von Ardene, un aristócrata ingeniero de profesión con más de seiscientas patentes en su palmarés que, en 1945, cuando los soviéticos entraron en Berlín colgó en la fachada de su casa un cartel en ruso diciendo, ¡*Dobro pojalovat!*, «Bienvenidos»; el barón estaba dispuesto a colaborar con las nuevas autoridades sin ninguna reserva. Ante oferta tan inusual, proviniendo de alguien de su condición que había colaborado con el régimen nazi, recibió la visita del coronel-general Makhnjov de la NKVD, acompañado por los físicos rusos Isaak Kikóin, Lev Artsimóvich, Gueorgui Fliórov, y Vladímir Migulin, que confirmaron tras varios días de entrevista que ese hombre les podía ser de mucha utilidad en el programa nuclear soviético y se lo presentaron a Laurenti Beria, el último responsable de ello, que decidió incorporarle al proyecto soviético de armas nucleares y le nombró jefe del Instituto A, el Instituto de Física-Técnica en Sujumi. En 1947, tal era su lealtad con los nuevos jefes, había recibido la Orden de Stalin al trabajo tras ingresar en el PCUS. Eitingon entendía que el barón Manfred von Ardene era un hombre de toda confianza y el más capacitado para explicar a la nueva espía lo que se traían entre manos.

El 4 de abril de 1948 se dio por terminada la instrucción de aquella agente operativa tan especial, la «camarada Ivanova» para sus instructores, María Sliva para el coronel Eitingon y los pocos más que sabían de su existencia y María, simplemente eso, para la comandante Kosmodemskaya.

— 12 —
Regreso

Hotel Florida, Gran Vía, Madrid.
1 de mayo de 1948.

María Millán llegó a Madrid en un tren desde París.

Su viaje había comenzado en Moscú cuando ocupó plaza en el vuelo de Aeroflot a Berlín y desde allí viajara en un tren hacia la capital francesa pocos días antes de que los rusos abandonaran el Consejo de Control Aliado y habilitaran el bloqueo de la antigua capital alemana. Llegó a la vieja capital del Reich con la identidad de María Sliva, ciudadana soviética, radiotelegrafista con el grado de teniente auxiliar de Infantería, que se desplazaba para incorporarse a una oficina de la Administración Militar Soviética (SVAG) que después la habría de remitir a las instalaciones del IX Cuerpo de Fusileros de la Guardia porque su documentación la emplazaba en la plana mayor de la División n° 301. La nueva radiotelegrafista nunca se presentó en su destino, cosa que solventó la oficina de Eitingon enviando un mensaje a la plana mayor anulando la misión «por razones del servicio», y así desapareció en Berlín pasando de inmediato a la zona francesa donde recurrió a otro pasaporte que le habían fabricado en Moscú. Ahora su identidad sería la de una enfermera nacida en París, Marie Blanchard, que se había desempeñado como auxiliar de clínica en un hospital militar francés y que obtuvo permiso de viaje una vez concluido su voluntariado. Con esa condición y una sola maleta, donde escondía su inseparable cuchillo finlandés de combate, Marie Blanchard había llegado a París en un trayecto que le ocupó dos días.

A partir de aquel momento perdería la protección de Eitingon y tendría que valerse por sus únicos medios y por el contacto que le facilitó

África de las Heras para moverse por París, la sola dirección de su taller de costura en el 82 de la *rue* Lauriston donde *mademoiselle* Grignon, la nueva encargada tras su marcha a Montevideo, podría socorrerla en caso de necesidad. A tal fin Marie Blanchard llevaba una carta manuscrita de su amiga recomendándola. «Úsala solo en caso de necesidad extrema», le aclaró al entregársela. Era su único contacto en París porque África de las Heras durante su presencia en la capital francesa como María Luis de las Heras de Arbat nunca tuvo relación alguna con miembros del PCE, ni con los exiliados españoles que vivían en la ciudad, a los que siempre rehuyó para no comprometer su cobertura.

María Millán no necesitó de aquella recomendación y tras varios días, durante los que se alojó en un discreto hotel cercano a la Gare de l´Est, se ocupó en proveerse de ropa francesa y hacerse un equipaje que pudiera corresponder con su oficio de enfermera que viajaba a España para ofrecer sus servicios en el hospital de San Luis de los Franceses. Un hospital que había restaurado la embajada francesa en Madrid tras los daños provocados por la guerra civil española.

La tarde del viernes 30 de mayo de 1948, tras quemar la carta ya innecesaria de la camarada Patria, María Millán había subido al tren que la conduciría a Madrid desde la estación de Montparnasse con parada en Irún para el cruce de frontera. Con ella iba su equipaje de señorita en viaje de trabajo, su documentación francesa, su vieja documentación española como María Millán que le habían facilitado en Moscú, reconstruyéndola con la necesaria pátina de vejez y deterioro, porque la suya desapareció al poco de cruzar la frontera en 1939 y, escondida en su ropa interior, portaba una pequeña pistola MAB-D de las que usaba la Gendarmería francesa. La había conseguido reduciendo a un agente al que desarmó una noche en un callejón de Montmartre sin que él pudiera defenderse; un golpe exacto en la base del cráneo le hizo caer, desvanecido y sin más daño, dispuesto para el despojo. A la mañana siguiente, 1 de mayo, una pesada locomotora de vapor de la serie 151 estacionaba en Madrid, en la Estación del Norte o del Príncipe Pio, arrastrando el convoy de viajeros.

Aquella noche, antes de llegar a la frontera con España, había repasado el plan que había diseñado Eitingon para ella antes de salir para Berlín; sería su hoja de ruta. El objetivo era localizar a Kammler y, con él, la misteriosa campana o, al menos, los documentos necesarios para explicar su naturaleza. Que viajara a España era consecuencia de lo que había ocurrido a partir del final de la guerra mundial, que el régimen de Franco, que había suscrito en secreto el Pacto del Eje durante su entrevista en Hendaya con Hitler, seguía colaborando con los nazis que aún brujuleaban de una parte a otra para salvar el pellejo. Franco les estaba dando acogida. «Los grandes jefes o se han suicidado o están en la cárcel... o les hemos colgado en 1946 —decía el jefe del Departamento C, refiriéndose a los juicios de Núremberg contra veinticuatro jefes nazis—; pero casi ninguno de ellos ha conseguido huir, salvo Kammler, Bormann y algún otro... que acabaran cayendo porque los judíos de Simon Wiesenthal los tienen en caza y captura. A muchos de los de menor rango les hemos cazado nosotros y si no los americanos y, lo mismo, están colgados o presos, pero no se debe olvidar que el partido nazi tenía ocho millones de afiliados, la Liga de Mujeres Nacionalsocialistas otros dos millones y que las SS encuadraban a otro millón y medio aparte de las tropas de las Waffen SS que superan el millón. En total más de doce millones de alemanes con la esvástica en el cerebro... más los simpatizantes. Demasiados para pasarlos a todos por el potro». Lo que había sucedido fue que la mayoría de ellos se habían disimulado en el paisaje e incluso habían salido absueltos de la ligera depuración que se emprendió contra ellos. Tan débil fue esa purga que bastantes nazis encontraron acomodo en el tejido empresarial o incluso en la nueva administración alemana, infestada por las tramas de viejas complicidades inconfesables. «En España tenemos localizados —insistía Eitingon, que conservaba sus contactos con los hombres y mujeres del interior afiliados al PCE— a Leon Degrelle, el jefe nazi belga; a Gerhard Bremer, un asesino de prisioneros de guerra que anda por Alicante dedicado a la hostelería; y entre otros muchos me han informado que acaba de aparecer por allí el más peligroso de todos, Otto Skorzeny, un coronel de las SS responsable de operaciones especiales y experto en sabotaje y espionaje que liberó a Mussolini y ahora se pasea por Madrid a cara descubierta organizando una red de escape hacia Sudamérica para sus amigos, en complicidad con una falangista española de familia alemana que se llama Clarita Stauffer, que es quien les facilita la documentación precisa». Ese análisis había sido el que determinó que la camarada Patria aterrizara en Montevideo y que la camarada Sliva viajara a Madrid. El objetivo de María Millán era husmear en la podrida charca de los nazis en España para encontrar un cabo que le permitiera llegar al ovillo que envolvía a Kammler y, en caso de conseguirlo, proceder conforme a la instrucción recibida; tenía completa libertad para las acciones que estimara oportunas. En esas cavilaciones llegó a Irún.

El paso de frontera se había efectuado sin incidentes. Cuando el revisor y la pareja de guardias civiles picaron a la puerta del compartimiento de la señorita Blanchard, se encontraron con una mujer joven que se desperezaba del sueño mientras buscaba su pasaporte en un bolso de mano que volcó sobre la cama, desperdigando en el cobertor lápices de labios, un tarro de maquillaje, rímel para los ojos, varios pañuelos, un cepillo del pelo, un monedero muy gastado, un rosario de cuentas negras y varias estampas de vírgenes y santos, para buscar entre ese revuelto el dichoso pasaporte. Fuera por el efecto balsámico de las estampas y el rosario, fuera por la cara de agobio de la somnolienta muchacha o fuera porque el espectáculo de una rubia en camisón complació a los del tricornio, el caso es que todo terminó con un «disculpe, señorita; son las normas» que pronunció el que parecía el jefe de los dos cuando le devolvió el pasaporte con el sello de entrada en España. «Buenas noches, caballeros» agradeció ella con un encantador acento francés y una sonrisa ingenua mientras se cubría púdicamente con el embozo del cobertor. Si los guardias civiles hubieran registrado la almohada habrían encontrado el cuchillo de combate, siempre cerca de la mano, y si le hubieran abierto la maleta hubieran acertado bajo el forro con su documentación española falsificada en Moscú, una cámara Minox, dos ampollas de tiopentato de sodio, el *suero de la verdad*, y dos cápsulas de cianuro. La pequeña pistola francesa estaba disimulada en el doble fondo de una caja de zapatos junto a un grueso fajo de billetes en moneda española. Tampoco repararon en que la muchacha llevaba adornada la muñeca izquierda con una pulsera de alambre que no era otra cosa que una cuerda de piano de acero disimulada como bisutería y que bien servía para estrangular como había aprendido en su entrenamiento.

Esa noche, o lo que quedaba de ella, durmió como se duerme en campaña, atenta a cualquier señal, en tensión, porque ya estaba en territorio hostil, en tierra enemiga pese a que los campos que esa noche atravesaba el tren que la acercaba a su misión eran los del país de su lengua y sus recuerdos. Una mezcla de curiosidad, nostalgia, deseo de venganza, ansiedad y determinación arañaba un sueño tan ligero que cualquier traqueteo inusual, cualquier ruido en el pasillo de su vagón, la llevaba a la vigilia. A la altura de Segovia decidió levantarse del camastro y preparase para la llegada. Desayunó un café con leche en el bar-restaurante del convoy mientras el camarero no le quitaba ojo; no era costumbre que una mujer joven viajara sola. «Es extranjera —se dijo como justificándose cuando apreció que la pasajera tenía acento francés— y las francesas... ya se sabe».

Cuando María Millán, metida en la piel de Marie Blanchard, pisó el andén de la estación sintió un escalofrío; volvía a suelo español, la primera vez desde 1939 cuando cruzó La Perthus hacia un destino que nunca hubiera imaginado. El eco de sus zapatos taconeando aquellas baldosas de cemento, camino de lo que aún desconocía, era la liturgia sonora de un nuevo bautismo, una vuelta a la vida, un regreso a su futuro interrumpido por la vesania criminal del fascismo. Habían pasado nueve años desde entonces y varias vidas por su piel. Derrotada, exiliada, resistente, prisionera, enferma y torturada habían sido las condiciones en que vivió su peculiar viacrucis, hasta que fue recatada otra vez para la vida cuando estaba a punto de morir en Ravensbrück. Cuando la llevaron al hospital era una mujer sola; había perdido a su madre primero, a su hermano después, el siguiente fue su padre y por último le quitaron al hombre del que se había enamorado. En el camino también quedaron amigas y camaradas muertos en el frente, en los bombardeos o ante el pelotón de ejecución o presos en cárceles infames. De sus compañeras de juego cuando era niña, de sus amigas de juventud en el barrio de Tetuán cuando iban juntas a la ermita de San Antonio de la Florida para buscar novio, de sus camaradas de lucha en las JSU, de sus compañeros en el Cervantes, no había vuelto a saber nada y solo un odio sanguíneo, telúrico y esencial, que reclamaba a gritos la venganza contra aquellos que la segaron sangre, amistades y amores, la dio fuerza para recuperarse en la URSS mientras se construía un futuro personal abocado al servicio exclusivo y devoto, casi sacerdotal, de sus convicciones y de su venganza, como una novicia que entrega a su dios la virginidad y la vida para luchar contra los diablos. El espíritu que animaba ahora los actos de María Millán era un *egregor* construido desde su deseo primordial de venganza, su nueva sustancia espiritual, coadyuvado por la voluntad y el esfuerzo de todos aquellos que la habían instruido desde una inteligencia colectiva y conformado desde la disciplina y el conocimiento, con las habilidades necesarias para el ejercicio de la némesis vengadora, la misión justiciera que ahora daba sentido exclusivo a su vida.

El taconeo de sus zapatos resonaba bajo la bóveda de acero de la estación mientras que, con su maleta en la mano izquierda, un bolso en el hombro derecho y en la penumbra de aquellos andenes, de aquel espacio alargado y claustral, se dirigía hacia la salida señalada por un resplandor deslumbrante que le señalaba el lugar por donde vería la primera luz de su nuevo nacimiento. Al entrar por fin en el vestíbulo de la estación se encontró con algo imprevisto, un control de viajeros que había establecido un retén de la Policía Nacional, aquellos hombres de gris con porra y pistola que, por todas partes, daban testimonio y presencia de quién mandaba en España. Sin descomponer el gesto se acercó a ellos con su bolso en bandolera y su mejor sonrisa. Uno de los uniformados, con los tres galones rojos de cabo en la bocamanga, la saludó llevándose la mano a la visera de su gorra de plato con la badana roja mientras otro de ellos se ponía a su espalda armado con un subfusil.

—¿De dónde viene, señorita? —inquirió el galonado. Era una pregunta estúpida porque todos los viajeros bajaban del tren de Paris que no tenía otra parada que Irún.

—De París —respondió ella con una sonrisa.

—Documentación, por favor —solicitó el policía con gesto de que le hubiera sentado mal el desayuno.

María Millán le mostró el pasaporte francés donde ella figuraba como Marie Blanchard. Cuando lo sacó del bolso acarició su cuchillo de combate. La pequeña pistola francesa la llevaba disimulada bajo el vestido; se sentía ya en territorio enemigo pese a estar muy cerca de la ermita de San Antonio, donde, cuando siendo mocita, admiró embelesada los frescos de Francisco de Goya. En una hoja del pasaporte iba estampado el visado concedido por la oficina consular española en París, una perfecta reproducción del departamento de falsificaciones de la Lubianka, y a su lado el sello de entrada que le puso el guardia civil en Irún. El policía observó el documento como si tuviera que aprendérselo de memoria.

—¿Tiene familia en Madrid? —continuó con la mirada pegada al pasparte.

—No, pero sí algunos amigos franceses, el doctor Brouillard, el director del hospital de San Luis de los Franceses.

—¿Motivo del viaje? —dijo continuando con el interrogatorio.

—Trabajo; voy a trabajar en ese hospital —mintió ella con toda tranquilidad y sin dar gesto de que el sudor agrio en el uniforme desgastado del policía le atufaba la nariz.

—¿Tiene dónde alojarse?

—Sí, desde luego; una chica sola no puede arriesgarse a la aventura. Pienso alojarme en el hotel Florida hasta que alquile un piso pequeño —al decir eso le entregó un telegrama en que la dirección del hotel le confirmaba la reserva para día 1 de mayo. Se lo habían remitido a su nombre y a la dirección en el hotel de Montmartre en que estuvo alojada; había pedido confirmación tras hacer una reserva mediante conferencia telefónica.

—No tiene que preocuparse, señorita, porque España, ahora, es un país seguro —quiso explicar el agente tras observar la reserva. «Tan seguro como un cementerio» pensó ella.

Dicho eso le devolvió el pasaporte saludándola otra vez con la mano en la gorra. Con un gesto indicó a sus compañeros que la dejaran pasar.

—Muchas gracias, agente —respondió ella con su mejor sonrisa mientras volvía a guardar el documento en su bolso. Cuando los tuvo a su espalda respiró profundamente para aliviarse del olor a sudor rancio de aquella tropa malencarada.

Al salir a la calle, un recuerdo muy antiguo y muy querido le vino a la cabeza al deslumbrarle en los ojos la luz del día. Sus pupilas se empaparon de ese azul cobalto límpido y transparente, tan característico, que aquella mañana de primavera clara de nubes adornaba la ciudad. Ese color, pensaba ella, era «lo mejor de Madrid»; no lo había encontrado en ningún otro lugar. Decidió tomar un taxi porque era lo más apropiado para una *señorita bien*, se dijo ella misma en su papel de francesa moderna, y cargada con la maleta y su bolso y lamentando el ligero abrigo que llevaba puesto, que le sobraba en un día de primavera que bien parecía verano, se acercó a la parada donde varios vehículos negros con la característica línea roja en el costado esperaban clientes. Le correspondió un Citroën 11CV Ligero que llevaba un conductor que por el acento parecía gallego, pero antes de subirse, mientras el taxista cargaba la maleta, observó el potente despliegue policial que rodeaba la plaza y los alrededores porque pese a ser sábado apenas había nadie en las aceras. Al comprobar el vacío de las calles no pudo evitar el recuerdo de algo muy diferente que ocurrió en aquel mismo lugar el miércoles día 15 de abril de 1931 cuando por la noche llegaron a la capital, a la misma estación en que estaba ahora, los miembros del Gobierno Provisional emigrados en Francia. Una multitud jubilosa, ella estaba allí con sus padres y otros compañeros del partido, recibía a Indalecio Prieto, Marcelino Domingo, Nicolau D'Olwer y Diego

Martínez Barrio, para acompañarlos a la sede de la Presidencia donde estaba reunido el Consejo de Ministros. Horas antes, la reina Victoria Eugenia y sus hijos, escoltados por el general Sanjurjo como nuevo director de la Guardia Civil, abandonaron el Palacio Real por la puerta de los jardines que da a la cuesta de San Vicente rumbo a El Escorial. Pretendían tomar allí el tren de Hendaya que los llevaría a Francia para reunirse con Alfonso XIII que se había ido él solo antes, la noche del 14 de abril, cuando vio que el pueblo se había echado a la calle proclamando en paz la II República Española.

María Millán miró a su alrededor lamentando lo que veía el día de hoy. Donde antes vivió el júbilo de una ilusión ahora contemplaba el silencio del miedo. Nada dijo y pronto comenzó la carrera hacia el hotel Florida, un establecimiento que le había recomendado Eitingon porque lo recordaba de cuando estuvo en Madrid. «Es un hotel al que van periodistas extranjeros y en donde pasarás desapercibida», le explicó con indudable nostalgia. Allí se habían alojado, mientras el del NKVD trasteaba por Madrid, gente como Mijaíl Kottsov, el corresponsal de *Pravda*, Ernest Hemingway o John Dos Passos, que lo inmortalizó en plena Guerra Civil con su artículo «Habitación con baño en el hotel Florida». El establecimiento, un soberbio edificio del arquitecto Antonio Palacios que había sido reconstruido después de la guerra porque quedó muy dañado por la artillería franquista que tiraba desde el cerro de Garabitas, estaba en el lado este de la plaza de Callao. Cuando el taxi subía desde la plaza de España por Gran Vía, que ahora se llamaba avenida de José Antonio Primo de Rivera, y a la altura del cine Capitol, el taxista detuvo el vehículo. La razón era que varios coches de la Policía Armada habían cortado el tráfico en Gran Vía mientras los *grises*, pues de ese color era el uniforme de la policía del régimen, estaban persiguiendo una pequeña algarada de jóvenes que habían lanzado panfletos en la plaza de Callao manifestándose por el Primero de Mayo, la fiesta obrera y sindical por excelencia. En la España de Franco se celebraba en otra fecha lo que ellos decían «exaltación del trabajo», y lo hacían el 18 de julio, en un doblete ridículo con la efeméride de cuando se sublevaron en el 1936. De esa revisión no se salvaba ni san José Obrero, que debía ser el único con tal ocupación porque en la España de Franco no había obreros ya que ahora eran «productores»; al propio san José Obrero le rebautizaron con san José Artesano. A pesar de eso, las organizaciones sindicales, ahora clandestinas, organizaban actos de protesta el Primero de Mayo y el año anterior consiguieron parar Vizcaya reclamando contra la carestía de la vida y los bajos salarios. Este año de 1948 la policía no estaba dispuesta a permitir que pasara eso otra vez y menos en Madrid.

—¡¡Rojos de mierda!! —exclamó el conductor, que debía ser miembro de Falange pues llevaba un pequeño *cangrejo* de chapa, que era como la gente normal llamaba al yugo y las flechas de los de Franco, en la solapa de su uniforme azul.

—¿Qué pasa, señor? —preguntó ella fingiendo una zozobra que no sentía.

—Nada, señorita —sentenció el falangista metido a conductor y que además era confidente de la policía como muchos de sus compañeros de oficio—. No se preocupe; aquí no pasa nada. Cuatro niñatos comunistas, a los que había que pegar dos tiros a cada uno, que han salido a manifestarse contra el Caudillo… ¡Desagradecidos!

—¿Comunistas? —preguntó ella como si se refiriera a marcianos; no era cuestión de salirse de su papel.

—Rojos, señorita. Putos rojos… que de todo lo malo hay en esa gentuza.

En la terminología franquista, y bien lo sabía María Millán, ser *rojo* era entrar en un cajón de sastre donde la propaganda fascista incluía a demócratas, liberales, masones, artistas, intelectuales, sindicalistas, republicanos, anarquistas, socialistas, comunistas y demócratas de toda condición.

En diez minutos quedó despejada la plaza y solo algunos panfletos en las aceras que ya estaban recogiendo una cuadrilla de barrenderos del ayuntamiento recordaban que allí había pasado algo. Los pocos manifestantes, casi todos estudiantes, huyeron por las callejas perpendiculares a la avenida perseguidos por los *grises* porra en mano y por agentes de paisano de la Brigada Político Social que mostraban sus pistolas sin ningún recato y disparaban al aire de vez en cuando, sobre todo para amedrentar al público y, de paso, dar salida a la testosterona con la que alimentaban el cerebro. Algunos de los que habían *saltado* serían detenidos y conducidos a la lúgubre Dirección General de Seguridad en la Puerta del Sol. El taxista, más contento al ver la escabechina, encendió el motor de su Citroën, «el pato» decía la gente de ese modelo, y se dirigió a la entrada del hotel. «Dos tiros les daba yo…», mascullaba a cada poco. Con diez pesetas y las gracias el gallego se fue con su taxi a otra parte y María Millán entró en el vestíbulo del Florida. Allí, tras identificarse, mostrar su reserva y que el ujier rellenara la ficha que esa noche iría a parar a la comisaría de la calle Leganitos, la asignaron la habitación 109. María no sabía que aquella era la que siempre usaba Hemingway cuando se alojaba en ese hotel.

Era casi mediodía cuando se aposentó, deshizo su equipaje y se duchó con agua fría para despejarse. Revisó la habitación de arriba abajo, en especial el teléfono y la radio, para comprobar que no existían allí dispositivos de escucha y tras cerciorarse que no los había se cambió de ropa para salir a la calle; le hacía ilusión recorrer la Gran Vía otra vez como cuando venía al cine algunos domingos con sus amigas del barrio de Tetuán. Un traje camisero estampado con falda hasta media pierna y de vuelo amplio, una rebeca sobre los hombros y zapatos de medio tacón fue el atavío elegido para el paseo mañanero.

Nada más salir por la acera de los pares en dirección a la Red de San Luis estaba delante de la taquilla del cine Avenida donde recordaba haber ido con sus amigas algún domingo por la tarde, pagando una entrada de peseta; como cuando fueron a ver *Una chica de provincias*, donde actuaban Janet Gaynor y Robert Taylor, o paseando por sus aceras para tomar una horchata en la terraza de alguna cafetería para hablar de novios, casi siempre imaginarios. Recordaba perfectamente aquellas fachadas, reconstruidas tras la guerra, y se alegraba de ello porque la evocaban una época muy feliz de su vida, hasta que comenzó la sublevación militar. No se hacía aún al nombre nuevo de la calle, porque la Gran Vía había cambiado muchas veces, a caballo de la situación política de la capital. Los dos primeros tramos, desde la calle Alcalá hasta la Red de Sal Luis y desde ahí a la plaza de Callao, transformaron su nombre al comienzo de la guerra para conocerse como avenida de la CNT, antes de la batalla de Madrid, cuando las tropas sublevadas estaban en la Ciudad Universitaria, pero el segundo tramo se pasó a llamar avenida de Rusia en junio de 1937 y al tercero, el que iba de Callao a la plaza de España, le vino el nombre de avenida de México, aunque los madrileños prefirieran el de avenida de los Obuses, mientras que la avenida de Rusia se rebautizaba como avenida de la Unión Soviética, pero al final de la Guerra Civil todo el paseo pasó a llamarse «de José Antonio», en homenaje al fundador de Falange, pese a que, para casi todos los madrileños, seguía siendo la Gran Vía, como siempre, y también para María Millán.

Cruzó a la acera de los impares y se encontró con dos operarios municipales que, brocha en mano, tapaban una pintada que había efectuado antes alguno de los manifestantes. Bajo los brochazos censores aún se apreciaba la palabra maldita: «Libertad», siete letras cuya escritura bien podían costarle la cárcel a su autor. La siempre tranquila *madeimoselle* Blanchard no pudo evitar que se le endureciera el gesto porque en lo efímero de aquel grito sobre la pared se recogía el calvario de sus compañeros comunistas del interior después de la guerra. Se le vinieron a la mente otras cuatro palabras: represión, clandestinidad, exilio y guerrilla, cuatro voces que cubrían nueve años de lucha en las peores circunstancias y que habían terminado en fracaso cuando de nada sirvió en 1944 que los guerrilleros republicanos encuadrados en el partido comunista intentaran la invasión por el valle de Arán. En ese momento, cuatro años después de aquella incursión estéril y tan mal organizada, los pocos resistentes que aún se escondían en sierras y bosques de España abandonaban la lucha armada buscando el exilio cuanto antes para salvar la vida. El PCE estaba en su peor momento organizativo pese a los enormes esfuerzos por sostener su débil estructura en el interior y eso bien lo sabía María Millán, que no podía menos que sentir pena por sus compañeros.

Con esos sentimientos contradictorios de recuerdos amables de su pasado y realidades funestas de su presente María Millán decidió volver al hotel; eran las dos de la tarde y no era cuestión de que una señorita, y menos con pinta de extranjera, almorzara sola en alguna casa de comidas o en alguna cafetería y menos aún un sábado en que las muchachas de bien comían en casa de sus padres o de sus maridos, como rezaban las costumbres que se iban imponiendo por la Sección Femenina de Falange, el más eficaz aparato establecido por los vencedores para doblegar a las mujeres españolas, tras los aires de libertad y emancipación que vinieron con la II República para ventilar el cerrado mundo femenino, siempre doblegado al servicio de los hombres. No dejó de llamar su atención que todos los vestidos de las pocas mujeres con las que se cruzó eran de color gris o pardo, de tonos apagados y macilentos, como el de los trajes masculinos; pareciera que Madrid se había quedado sin color y que solo el estampado luminoso y claro de su traje daba algo de luminosidad a la calle. El caso fue que compró la prensa madrileña en un kiosco de la Red de San Luis, regresó al hotel y antes de subir a su habitación buscó sitio en el comedor, siempre de cara a la puerta; allí no llamaría la atención que una turista francesa almorzara sola, no era la única. Pidió sopa de pescado y una *omelette roulée aux fines herbes*, una vulgar tortilla francesa sazonada con cebollino, perejil y estragón, que al *maître* de la sala le parecía más postinera de lo que realmente era, pero un hotel como el Florida podía permitirse esa extravagancia. Desde la victoria de Franco ni las cosas de comer se llamaban como antes. La ensaladilla rusa se decía ahora ensaladilla nacional, y los filetes rusos eran filetes imperiales o filetes Bismarck, como si el canciller alemán tuviera que ver con el invento. Hasta el color rojo se decía ahora como encarnado, se volvieron a ver por las calles a los hombres con sombrero porque una sombrerería de la calle Montera se anunciaba proclamando que «los rojos no usaban sombrero», y el noticiario de la radio se conocía por «el parte» en recuerdo a los partes de guerra que voceaba cada noche el actor Fernando Fernández de Córdoba desde la emisora en Burgos de Radio Nacional de España. A ese abstruso neolenguaje en el que a los obreros se les decía productores y a las autoridades jerarquías, ya venía acostumbrada María Millán desde Moscú por sus lecturas allí de prensa y revistas españolas.

La tarde la pasaría en la habitación escuchando la radio y leyendo los periódicos para ponerse al día de lo que ocurría en España. El *ABC* daba en portada que los municipios de Carabanchel Alto y Carabanchel Alto se unían al municipio de Madrid, un antojo del conde de Santa María de Babío, el entonces alcalde de la capital. María Millán no pudo evitar una sonrisa al ver que el periódico de los monárquicos eligiera esa noticia para su portada el Primero de Mayo.

La disimulada francesa no sabría hasta mucho después que ese mismo día había sido detenido en el metro por la policía José Tomás Planas, el Peque, el responsable guerrillero del PCE en la zona Centro y uno de los dirigentes nacionales de las JSU, y que, a partir de ahí, cuando entró en el edificio de la Dirección General de Seguridad, toda la organización comunista en la capital estaba en peligro. Tardaría tiempo en conocer lo que pasó en verdad en aquellos sótanos de la Puerta del Sol; solo entonces comprendería la importancia de seguir al pie de la letra la recomendación de África de las Heras y de Eitingon para que se mantuviera desconocida para la organización comunista del interior. «No te acerques nunca a ellos; tú no existes para el partido español» fue la última recomendación del viejo espía, que sabía mucho más de lo que decía.

— 13 —
Ocultamiento

Barrio de La Ventilla, Madrid.
20 de junio de 1948.

María Millán, la señorita Blanchard, abandonó el hotel Florida justo a la semana de llegar, como marcaba su reserva, y durante esos siete días recorrió Madrid de cabo a rabo para familiarizarse con la nueva geografía que se estaba construyendo en la capital tras la devastación ocasionada por los bombardeos. Madrid aún era una ciudad lacerada por la Guerra Civil y ahora tocaba reparar todo aquel daño innecesario, cuyo único objetivo había sido desmoralizar a los madrileños que se resistían a las tropas fascistas y castigar con saña los barrios obreros. Durante una semana tenía que planear su hibernación como enfermera francesa y procurarse el paso a la clandestinidad. Para esa tarea se ocupó de recorrer su antiguo barrio con la intención de buscar un piso pequeño que pudiera alquilar en alguna finca modesta que no tuviera portero y que el casero no fuera demasiado escrupuloso con los papeles. A fin de esa indagación, disimulaba su aspecto al salir del hotel y para ello cubría su cabello con un pañuelo y usaba unas gafas de sol recurriendo solo al *rouge* para pintarse los labios. Los zapatos de tacón que calzaba al salir del Florida pronto desaparecían en su bolso para utilizar unos planos más vulgares y dar empleo a una modesta rebeca como las de tantas madrileñas de clase humilde. Esa transformación la hacía en los aseos de SEPU, unos almacenes franceses muy concurridos por las mañanas que estaban enfrente de su hotel. Allí entraba una elegante joven francesa y salía una humilde muchacha madrileña que hubiera ido a curiosear en los almacenes de la Sociedad Española de Precios Únicos, un negocio que habían fundado en 1934 unos judíos suizos, los Goetschel.

El jueves ocurrió que María Millán, ahora como María García y sin mostrar documentación, aunque sabía por Moscú que sobre ella no había causa pendiente en España y que incluso la policía la creía muerta después de cruzar la frontera, encontró por fin, tras varias indagaciones sin resultado, un pequeño piso en alquiler en la primera planta de una discreta casa de vecinos de La Ventilla, una barriada descuidada y poblada por viejos vecinos de siempre que habían sobrevivido y por gente de aluvión, que estaba ocupando un descampado sin urbanizar a espaldas de la casa de su familia. Había recorrido los aledaños de Bravo Murillo atenta a los carteles de alquiler y fue descartando muchos de ellos por no reunir las condiciones que buscaba: casas modestas y sin portero, pisos pequeños con aseo propio, en calles sin tráfico y de fácil escape en caso de necesidad. Al final encontró lo que quería en la calle de la Hierbabuena, en un pequeño edificio de dos plantas que había sobrevivido a los bombardeos y que era parejo a otro igual en la acera de enfrente, donde solo había dos viviendas, una por planta, y en que la fachada trasera daba a un patio por el que accedía a un descampado al que no se podía llegar desde la calle, cosa que la interesó mucho porque le ofrecía la posibilidad de salir con prisas sin usar el portal. La casera, una mujer entrada en la cuarentena que no tenía hijos y se llamaba Cesárea, era la viuda de un carpintero que había muerto en la guerra sirviendo en el ejército de la República, pese a no tener una adscripción política propia. Cesárea Torrijos, por eso, no tenía paga de viuda y se ganaba la vida alquilando el piso que le quedó de su marido, ya que los mutilados de la zona nacional se llamaban «caballeros mutilados» y tenían paga especial, o les caía un estanco o una administración de loterías, y los del bando republicano eran «jodidos cojos rojos» y nada les quedaba salvo algunos años en prisión para depurarlos no se sabía de qué. Cesárea vivía en el bajo de la finca en la casa de su hermana mayor, también viuda de un albañil que murió en un accidente de obra y que tenía un hijo que se dedicaba a recoger chatarra como otros del barrio que oficiaban en *la busca*. Con la paga de viuda de su hermana, la renta por el alquiler del bajo y lo que sacaba su sobrino por la chatarra vivían los tres en el piso de arriba. A Cesárea Torrijos no le importó que su inquilina no le diera muchas explicaciones y tampoco se le ocurrió pedirla que firmara un contrato porque la nueva inquilina le pagó tres meses por adelantado y uno de fianza y tampoco le pidió recibo. Según explicó María Millán, que para su casera era simplemente María

García, había venido a Madrid desde un pueblo de Ávila a buscarse la vida como empleada de lo que fuera porque allí «me ha dejado mi novio y pronto me traeré conmigo a mi hija, que me la cuidan mis padres en el pueblo». Fuera porque se cayeron bien, fuera por necesidad, o fuera por la solidaridad instintiva entre los humildes, el caso fue que seiscientas pesetas cambiaron de bolsillo y un apretón de manos cerró el trato. «La casa tiene algunos muebles, María, y los puedes usar... porque eran nuestros», ofreció Cesárea con pena recordando al marido que los había fabricado en su taller cuando se casaron en 1929. «Muchas gracias, amiga», dijo María cuando las dos mujeres se abrazaron emocionadas.

El viernes a mediodía, María García se presentó en su nueva casa de la calle Hierbabuena con su maleta por todo equipaje, aunque el lujoso modelo de Louis Vuitton con el que llegó al hotel Florida se había quedado en una tienda de viejo que encontró en la calle de San Cayetano, a cambio de otra mucho más modesta de cartón piedra y veinte duros que pasaron a su monedero. Para su sorpresa, Cesárea Torrijos había limpiado el piso, le había hecho la cama y le había dejado dos latas de sardinas, un pan de harina de almorta, un cuartillo de leche y una alcuza con algo de aceite en la fresquera que había en la cocina. «Te he puesto una manta, unas sábanas y te he dejado algo para que te apañes hasta que puedas hacer la compra» le explicó la casera. Comenzaba la siguiente fase de su misión.

La decisión de instalarse en proximidad a su antiguo barrio la tenía tomada desde que salió de Moscú. Sabía perfectamente que no iría a trabajar al hospital de San Luis de los Franceses, una mera pantalla, y que su documentación como enfermera ya había cumplido la misión, ayudarla a pasar la frontera y abrirse paso por Madrid los primeros días. Sin embargo, esa cobertura como señorita francesa le quedaba latente y disponible para una emergencia, tal vez para salir del país si fuera necesario, porque en la España que estaba conociendo una mujer sola y además extranjera levantaría todo tipo de suspicacias si su coartada no estaba perfectamente construida, y la suya no lo estaba más que por unos días.

Su intención era disolverse en el paisaje madrileño, sumergirse en el más estricto anonimato y utilizar su condición española para ello. María Millán se sentía cómoda en esa piel; era la suya, la de verdad, la que la envolvió muchos años hasta que tuvo que abandonar España. Madrid era en aquel momento una ciudad en repoblación y en reconstrucción donde acudía gente humilde de provincias, sobre todo andaluces, manchegos y extremeños, para buscarse la vida como peones en los tajos de las obras, en la poca industria que estaba activa, en el comercio, en el servicio doméstico o procurándose algún dinero en empleos marginales como la trapería, la reventa de chatarra o la busca en la basura de lo que pudiera ser de provecho antes de que se la llevaran los del ayuntamiento. Los más afortunados, los que venían con oficio, se colocaban como camareros, pintores, carpinteros o mecánicos y formaban en la aristocracia de aquel proletariado naciente. Para toda esa población de aluvión que llenaba ya las pensiones y los domicilios de familiares no había alojamiento bastante y por eso en los alrededores del núcleo urbano, en inhóspitos parajes descampados que para nada servían, salvo para cercar el lugar de los que tenían techo, brotaron como setas poblados chabolistas para acogerles. Sus moradores eran gente que no tenían más cualificación que la de trabajar en el campo como braceros y la esperanza de una nueva vida allí, lejos de su vieja miseria. El Pozo del Tío Raimundo, el Cerro del Tío Pío, el Puente de los Tres Ojos, La Celsa, Los Focos, el Pozo del Huevo, el Rancho del Cordobés, el Alto de San Isidro o Pan Bendito eran el lugar de esos nuevos suburbios de chabolas precarias, apenas un cuarto de tableros y hojalata, nacidas por la noche, espurias e inexistentes, dibujados con calles sin nombre que ocupaban los descampados al borde de Tetuán, Ventas, Vallecas, Usera, Puente de Toledo y carretera de Extremadura. En esos parajes sin orden ni borde, nacidos de la necesidad y alimentados por el agobio, se acogían más de trescientas mil personas desarraigadas que miraban a Madrid de lejos con ganas de dar el salto a la ciudad, a un techo y un trabajo dignos, su meta. Bien podía pasar ella por una más.

El barrio de La Ventilla, el que eligió María Millán para instalarse, un abalorio más en aquel collar de la miseria, era un reducto consolidado solo en parte, donde payos y gitanos convivían sobreviviendo gracias a las artes de la economía suburbial, del cambalache, del trajín de la chatarra y de la busca. Para esa decisión que podía parecer inadecuada habían influido tres circunstancias que determinaron a María Millán. La primera, que allí no hubiera censo municipal y que la policía del ayuntamiento no tuviera vigilancia en la zona porque solo los *grises* entraban allí de vez en cuando para cazar algún delito común relacionado con la propiedad y que casi siempre recaía sobre espaldas quinquis o gitanas. La segunda, no menos importante, era que en ese ambiente de pobreza y precariedad se facilitaba una solidaridad de clase, instintiva y atávica, sin razonamientos ni pretextos, que unía a los vecinos en una cadena fraternal, porque para muchos que llegaban allí habiendo dejado atrás lo poco que tenían, aquella era su nueva familia, el lugar inesperado para unas nuevas raíces, y eso podía ayudarla. La tercera, sin duda la más importante, era que solo allí podía reencontrarse con lo que tuvo en su adolescencia, solo allí tropezaría con caras que pudiera conocer porque en Ventilla aún permanecían familias que fueron vecinas suyas antes de abandonar Madrid. Si quería encontrar un hilo para llegar a sus objetivos necesitaba cautela, complicidades y, sobre todo, contactos para reemprender unas relaciones que se truncaron en plena Guerra Civil. Nunca, durante la fase de su última instrucción, comprendió la razón por la que el partido la enviaba sola, sin apenas cobertura, desconectada de la organización, a una misión tan importante y fue Eitingon quien le dio la clave: «Tienes que pasar desapercibida, estar lejos de la organización y camuflarte como puedas en la realidad que te vas encontrar; para eso te hemos preparado y te puedo decir, camarada, que hoy, para nosotros, eres más importante que toda la estructura del PCE, porque tu misión es aún más importante que la suya», aunque se callara otra razón más que María Millán descubriría sola más adelante confirmando los consejos de Eitingon.

Durante la primera semana en la casa de Hierbabuena salía por la mañana «a buscar trabajo», le decía a su casera, y regresaba a media tarde después de haberse pateado el sector de la ciudad que se había asignado para memorizarlo, pulsar a los vecinos que paraban por allí y fijarse en los comercios y en la gente que entraba y salía de ellos; toda información la consideraba necesaria. A mediodía tomaba un bocadillo, una cerveza y un café en cualquier bar donde acudieran trabajadores y aguzaba el oído para pillar lo que las noticias de la radio y la prensa no contaban. Esa retención de la información visual y auditiva era parte de su entrenamiento. El viernes regresó a su casa y le contó a su amiga Cesárea que por fin había encontrado trabajo como «criada para servir en una casa bien de Argüelles». La casera se lo creyó, le dio la enhorabuena y esa noche la invitó a cenar donde su hermana. Comieron las tres solas porque el sobrino de Cesárea, Julián, había ido a recoger picón, un carbón vegetal de ramas de encina para quemar en los braseros, con un carro y otro amigo hasta el Soto de Viñuelas, donde los dueños les dejaban podar las ramas secas, y no pensaban volver hasta el domingo por la tarde. Esa noche, para celebrar el empleo de la nueva vecina, cenaron un guiso de patatas con pimiento y bacalao que había preparado Basilisa, la hermana de Cesárea, que tenía muy buena mano para los fogones porque de joven había trabajado de guisandera en una casa de comidas por la glorieta de San Bernardo. María Millán ya tenía coartada para salir todos los días desde primera hora hasta entrada la tarde. Una botella de tinto de Valdepeñas, «de la tierra» aplaudía Basilisa, sirvió para que las mujeres se abrieran a confidencias. María Millán abundó en su historia y dijo estar muy contenta con su empleo porque así «pronto me traeré a mi hija». Las tres brindaron por eso.

Desde ese día comenzaba la siguiente etapa de su plan. Ahora tocaba buscar pistas que le permitieran acercarse al cerrado círculo de nazis disimulados en Madrid o a su entorno cómplice; sabía que encontrarlas, aunque no fueran inmediatas, era solo cuestión de tiempo, rigor y paciencia. Sabía de sobra que por aquellos andurriales nunca se escondería gente tan peculiar como la que perseguía, pero también estaba segura de que en sus pesquisas ocurriría como con las cerezas, que una trae a la otra; solo tenía que perseverar. Con la tenacidad y precisión que le habían enseñado en la academia Frunze siguió con su rutina indagatoria, barrio a barrio, calle a calle, objetivo a objetivo. Repasaba la prensa en los quioscos y escuchaba la radio por la noche para empaparse de lo que la quisieran contar y así se iba haciendo con la situación. En algún momento creyó, incluso, que había vuelto a su barrio como lo que fingía ser y eso también se lo debía su instrucción; tal era ya su identificación con el papel que interpretaba. Su ropa elegante dormía en la maleta y se había hecho ya con un vestuario acorde a su fingida condición: dos sencillas batas camiseras para paseo, varias alpargatas y un par de zapatos planos para ir al trabajo, alguna rebeca de punto, un par de faldas y tres blusas para ordinario. No había vuelto a usar maquillaje y guardaba escondido tras el armario el *nécessaire* con el tinte y demás aderezos para cambiar de aspecto cuando lo precisara. En una visita al Rastro un domingo por la mañana se procuró, en un puesto al aire libre de la plaza del Campillo, unas fotos viejas de una niña chica a la que pensaba enseñar como si fuera su hija y otra de quienes serían sus padres en el relato que había construido y también un monedero viejo donde guardarlas con algunas pesetas, la calderilla y algún billete pequeño. De su novio, si fuera el caso, diría que no tenía fotos porque las había hecho trizas cuando «el muy canalla se marchó a Barcelona cuando me dejó embarazada». Lo que sí colocó en la pared de su dormitorio, clavada con una chincheta cerca de la cabecera de la cama, fue la miniatura de la plaza de Cuatro Caminos dibujada en papel de estraza que le había regalado Dorotea Campanal antes de morir en Rieucros.

La labor de rastreo le permitió reconocer las caras de algunos antiguos vecinos, gente mayor que se quedó allí porque no pudo escaparse y que llevaba la mirada baja de los derrotados que buscan en el silencio y en el disimulo un precario salvavidas. Sin embargo, también se cruzó con otros, más jóvenes y los menos, que por lo que pudo percibir no estaban a disgusto con la nueva situación; la habían aceptado e incluso colaboraban de buen grado y por interés con los nuevos amos, como el taxista que la llevó al hotel Florida. Al hilo de eso recordó las clases de marxismo en Moscú y en especial unas frases del *Manifiesto comunista* que venían al pelo de lo que pudo apreciar en gente sin principios y sin instrucción que aplaudían lo que les había caído encima. «El lumpenproletariado, ese producto pasivo de la putrefacción de las capas más bajas de la vieja sociedad, puede a veces ser arrastrado al movimiento por una revolución proletaria; sin embargo, en virtud de todas sus condiciones de vida está más bien dispuesto a venderse a la reacción para servir a sus maniobras» recordaba que decían Marx y Engels en aquel catecismo que ella se había aprendido de memoria. Allí, en La Ventilla, pudo comprobarlo porque algunos que había aplaudido la llegada de la República y decían, puño en alto y pañuelo rojo al cuello, apoyar al Frente Popular para sacar medro de lo que fue nuevo, ahora vestían la camisa azul y llevaban el cangrejo en sus raídas solapas. Eran desclasados, gente fuera del proletariado, escoria sin conciencia de clase, que se nutría del contrabando, los hurtos y las trapisondas, incluso de la mendicidad, que para todo había, y que esperaban que el régimen de Franco, lo nuevo de lo más viejo, les pagara sus servicios. Se le vino a la mente, al ver que gente como esa se arrastraba servil y contenta ante los nuevos amos, que eran los de siempre y unos cuantos más que se habían uniformado de azul, una frase de su padre para ellos: «es más tonto que un obrero de derechas».

También aprendió que había oficios en Madrid de los que no se podía fiar: taxistas, porteros y serenos; muchos de ellos eran confidentes de la Policía gracias a una cultura de la delación que habían impuesto los vencedores. Por Madrid campaba ahora el exilio interior, el silencio temeroso, una forma de vida para muchos españoles que solo pretendían sobrevivir. Por eso también había elegido La Ventilla, un barrio de supervivientes donde no había serenos ni porteros, que se reservaban para calles y barrios de más postín, y porque en aquellos descampados y andurriales rara vez entraba un taxi. El periódico *Ya* de esos días explicaba a sus lectores, gente siempre de derechas y devota, que «el suburbio de Madrid es un hedor, una mezcla de hojalata, de solares con sórdidas chozas. Sus habitantes son obreros, gente pobre. *Es una ciudad sin techo, un sumidero de miseria, hasta una vara de suciedad en el suelo, ratas, tifus, tuberculosis, promiscuidad*».

Un mañana de domingo cuando fue al mercadillo de la calle de Príncipe de Viana, un sitio de trapicheo de chatarra y objetos inverosímiles a los que sacar un provecho después de haberlos rescatado de la basura, buscó la casa donde vivió con sus padres y la encontró entre solares yermos llenos de escombros y maleza. Aquel edificio de ladrillo en cuya segunda planta transcurrió su infancia había aguantado los bombardeos de los Junkers Ju-52 de la Legión Cóndor en diciembre de 1936 cuando los obuses cayeron también sobre el mercado de *las fuencarraleras* ocasionando cincuenta muertos y trescientos heridos y, para su desgracia, el fallecimiento de su madre. Al enfrentarse a las ventanas de la casa en la calle Navas no pudo evitar las lágrimas recordando que aquella muerte tan injusta había sido el último peldaño de su toma de conciencia y la razón de su odio a los criminales que la dejaron huérfana.

A espaldas de allí, en Bravo Murillo, la calle que conoció de niña como la «carretera mala de Francia», y entre las de Ceuta y del Marqués de Viana, se encontró con un gran solar que recordaba muy bien; era la huella de la vieja plaza de toros de Tetuán, también conocida como de las Victorias. Su padre, muy aficionado a las artes de la muleta, la explicó que allí había tomado la alternativa Manolete el 1 de mayo de 1935. «Yo fui a verle torear después de la manifestación del sindicato», abundaba orgulloso, porque su padre nunca faltaba a la convocatoria de la UGT en ese día tan principal del movimiento obrero. Ella, que no gustaba de los toros, aprovechó esa tarde para ir al cine Tetuán con sus amigas; aún recordaba el disgusto que se llevó su padre en agosto de 1936 cuando una explosión destruyó la plaza. La razón había sido que el coso se utilizó desde que dio comienzo la guerra como almacén de objetos requisados y luego como polvorín, que fue lo que provocó el accidente. María Millán aún recordaba el retumbo de la explosión cuando volvía del local de las Juventudes Socialistas un día de mucho calor.

En aquellos periplos por lo que fue su barrio y aledaños, además de registrar cuanto veía y memorizar caras, unas conocidas y otras no, se reencontró consigo misma, con unos recuerdos que creyó perder para siempre en Ravensbrück, pero ya no era aquella muchacha asustada que huyó a Francia en un camión y sin nada atrás; ahora era una mujer decidida, segura, fuerte, que se iba empapando de aquello que una vez fue su identidad y sin que por ello mermara la decisión que la había vuelto a colocar en aquel escenario físico. Ver en lo que se había convertido su barrio y lo que pasaba en España por culpa de un gobierno que cultivaba el terror y que había convertido el territorio en prisión, la confirmó en la decisión que tomó para ingresar en el NKVD, en su compromiso. El aparato jurídico de la represión sentaba sus reales sobre la legislación militar y la Ley de Responsabilidades Políticas de 1939, la Ley de Represión de la Masonería y el Comunismo y la Causa General de 1940, la Ley de Seguridad del Estado de 1941, el Código Penal franquista de 1945 y la Ley de Represión del Bandidaje y Terrorismo de 1947, una panoplia de instrumentos represivos para convertir en ejecuciones lo que ni siquiera serían delitos en un país decente. Todo eso lo había sabido en Khimki, durante las clases sobre la situación política española, pero lo estaba viviendo ahora por sus propios ojos y sufriéndolo a su alrededor. Vio por sus ojos cómo el régimen de Franco se cebaba con las mujeres, tal vez las más perjudicadas por la victoria de los sublevados después de haber conseguido grandes avances en la igualdad con los hombres y en sus derechos durante la II República. Ahora, lamentaba María Millán, las mujeres españolas se encontraban frente a un nacionalcatolicismo feroz y ultramontano pastoreado por curas y falangistas que las llevaba al inicio del camino que comenzó el 14 de abril de 1931; ahora tocaban más misas y menos libros. «Las mujeres nunca descubren nada; les falta el talento creador reservado por Dios para inteligencias varoniles» proclamaba un lema de Falange para dejar las cosas claras. Las mujeres debían ser ahora, en la España imperial, esposas sumisas y madres obedientes bajo la tutela del hombre, fuere su marido o su padre. «Arregla tu casa. Debe lucir impecable» rezaba un cartel de la Sección Femenina pegado en una tapia de Bravo Murillo en que una mujer joven arrodillada y sonriente fregaba el suelo de su casa. Para más agravio, las prisiones se llenaron de mujeres cuyo único delito era el de ser madres o esposas de presos o de exiliados, o de haber tenido afiliación política republicana. Bien lo sabía ella que pudo enterarse en el tiempo que llevaba en La Ventilla de cómo algunas amigas suyas del barrio, Adelina Martínez que estudió con ella en el Cervantes, Lucia Cervera que era de su misma calle o Concepción Rodríguez con la que riñó por un novio de adolescencia, todas por su mera afiliación en partidos republicanos, u otras, como María Campos que se casó con un ferroviario de la UGT, Luisa Pérez que tenía un hijo en el PCE, Dolores Conde que era viuda de un maestro de escuela del partido de Azaña o Blanca Palencia que tuvo una hija con un sargento del V Regimiento, ellas por su parentesco, estaban cumpliendo condena todavía en la cárcel de Las Ventas. De algunas que conocía por la militancia, como Martina Barroso que era una modista de veintidós años, o Carmen Barrero que era una vecina suya y tenía veinte años, ya sabía que habían sido fusiladas por pertenecer a las JSU. Eran dos de las Trece Rosas asesinadas contra las tapias del cementerio de la Almudena en agosto de 1939 por orden del gobernador militar de la plaza, el general Eugenio Espinosa de los Monteros. Aquella ejecución sin argumentos, una miserable venganza, había tenido una amplia repercusión internacional y María Millán, para su dolor, supo de ella cuando ya se encontraba exiliada en Francia.

Con Adelina Martínez fue alumna del colegio Cervantes, un edificio de arquitectura neomudéjar como tantos en Madrid levantado sobre un solar de la calle Santa Engracia con vuelta a Raimundo Fernández Villaverde, donde oficiaba como director Ángel Llorca, un pedagogo republicano de ideas progresistas que implantó en su colegio las pautas formativas de la Institución Libre de Enseñanza. Ese centro, que fue vital en su educación y del que guardaba los mejores recuerdos de su adolescencia, recogió en la enseñanza pública a niños y niñas de los barrios populares al norte de Cuatro Caminos que normalmente estaban excluidos de la escolarización; ese era el empeño de Ángel Llorca y su equipo docente. En aquel centro escolar se les educaba a los niños y las niñas por igual y de otra manera a como se hacía en los colegios regentados por religiosos y, además, de manera gratuita. Aprendían francés y por eso a María Millán le costó poco integrase en Francia cuando pasó al exilio, estudiaban con apuntes, practicaban deportes, incluyendo natación en la propia piscina del colegio, asistían a proyecciones cinematográficas a las que podían acudir con sus familias, se educaban en talleres de encuadernación, imprenta, dibujo y mecanografía, y disponían de comedor gratuito y vacaciones formativas en las Colonias Escolares que Llorca consiguió establecer en Valencia. Todo iba bien hasta que los nacionales entraron en Madrid y cesaron a Llorca y a su equipo de profesores, que fueron detenidos y sometidos a expedientes de depuración, para hacerse con el colegio a fin volver a los sistemas tradicionales y lo primero que decidieron fue separar a los niños de las niñas, cosa que exigían los curas para empezar a hablar, y dar la dirección a dos hermanos falangistas. A Concha Ruiz-Elena le tocó dirigir el colegio, el colegio de niñas, y a Vicente Ruiz-Elena el de niños. La revista falangista *Consigna* explicaba que «el niño mirará al mundo, la niña mirará al hogar». Lo de la depuración de maestros ya lo había anunciado un tal Contreras en un periódico sevillano cuando escribió que: «No es justo que se degüelle al rebaño y se salven los pastores. Ni un minuto más pueden seguir impunes los masones, los políticos, los periodistas, los maestros, los catedráticos, los publicistas, la escuela, la cátedra, la prensa, la revista, el libro y la tribuna, que fueron la premisa y la causa de las conclusiones y efectos que lamentamos». Demasiado enemigo para lidiar por las buenas porque más de sesenta mil maestros y profesores, la totalidad de la plantilla, fueron sometidos a depuración. Quince mil de ellos fueron separados de las aulas y tres mil fueron ejecutados

Aún recordaba que fue, con sus compañeros del Cervantes, a celebrar el Primero de Mayo de 1931 a la Casa de Campo, porque fue ese día cuando, por decisión del Gobierno Provisional en la persona de su ministro de Hacienda, Indalecio Prieto, se abrió por primera vez al uso público un recinto que hasta entonces había sido patrimonio, y de uso exclusivo, de la familia real española, la misma que había abandonado en silencio el país el 15 de abril, el siguiente a proclamarse la II República.

Aquella mañana del 20 de junio de 1948, cuando María Millán tomó el tranvía en la glorieta de Cuatro Caminos, la línea 178, la que llegaba hasta el pueblo de Fuencarral, tenía intención de bajarse en Estrecho y caminar hasta su casa. Alternaba esa línea con las de los números 8 y 10 para no generar una costumbre que permitiera localizarla, como tampoco se apeaba nunca en la misma parada; era ese alguno de sus hábitos de clandestinidad. Tras pagar cincuenta céntimos al revisor se quedó de pie cerca de la puerta, otra de sus costumbres, y todo hubiera ido como siempre si al llegar a la esquina de la calle Azucenas con la de Bravo Murillo no hubiera visto cruzar la calle a una cara conocida, un rostro que reconoció enseguida. Era Ramón Botillas, un compañero suyo del Cervantes y también vecino de cerca de la casa de sus padres, con el que tuvo un coqueteo cuando los dos habían cumplido dieciséis años. Le llamó la atención lo trajeado que iba, tanto que su lustroso atavío de chaqueta cruzada y corbata no pegaba con el lugar. Le reconoció de inmediato pese a que llevara sombrero porque apenas había cambiado en los más de diez años que llevaba sin verle y conservaba la misma expresión risueña que tanto gustaba a las chicas de la clase.

El caso fue que decidió bajarse en la parada que allí mismo tenía el tranvía cuando comprobó que él ya había cruzado Bravo Murillo para entrar en Azucenas y le siguió a una distancia prudente. Antes se puso en la cabeza un pañuelo que ataba al cuello y se cubrió los ojos con unas viejas gafas de sol que se guardaba en el bolso. Al tacto comprobó que llevaba el cuchillo de combate; no sabía cómo podía terminar aquello.

María Millán siguió a Ramón Botillas desde la acera de los impares mientras él avanzaba por la de los pares cincuenta metros por delante. La calle, a esas horas, estaba bastante concurrida y no era fácil que Ramón reparara en el seguimiento. Su sorpresa fue en aumento cuando comprobó que el del sombrero se paraba ante el número 28, la que había sido Casa del Pueblo de Tetuán y que ella había localizado en sus inspecciones con pena de ver en qué se había convertido. El edificio aparecía engalanado con la bandera de Falange y guardada la puerta por dos afiliados de pelo engominado y vestidos con todos los teatrales arreos de su uniforme —correaje negro, botas altas, pistola al cinto y su característica camisa azul— que parecían figurines de opereta. Mayor sorpresa aun fue, para ella, ver cómo los vigilantes se cuadraban a su entrada y alzaban el brazo con el saludo fascista y que Ramón Botillas les correspondiese con lo mismo, aunque con menos energía; se veía que su compañero de colegio era un tipo respetado en aquel sitio.

María Millán no detuvo el paso y continúo por su acera sin que nadie reparara en ella. Nunca hubiera imaginado que Ramón entrara en semejante lugar.

— 14 —

El transmisor

Comercios de Madrid y calle de Hierbabuena en La Ventilla.
16, 17 y 18 de julio de 1948.

—Buenos días —saludó María Millán al encargado del mostrador.
La agente, ataviada de modesta empleada doméstica, a fin de lo cual calzaba al hombro un capacho de esparto por el que asomaban verduras, como si viniera de hacer la compra, entró en una tienda de componentes electrónicos que se llamaba Eco Radio y que estaba en el 26 de la calle Silva, una bocacalle de Gran Vía cercana a la plaza de Callao.

—Buenos días, señorita —le correspondió el empleado, que vestía un guardapolvos azul sobre la camisa blanca.

—Me han hecho un encargo mis señoritos —dijo ella aparentando timidez y mirando con fingido asombro los anaqueles del establecimiento.

—Usted dirá…

—¿Aquí venden válvulas? —preguntó ella como si pidiera la luna.

—Desde luego que sí, señorita… y más cosas. ¿Cuántas quiere? —el mozo parecía divertido.

—Me han dicho que pida ocho válvulas —explicó muy deprisa, como si la costara pronunciar la esdrújula.

—A ver si las tenemos —le indicó el mozo, divertido por el azoramiento de la muchacha—. ¿De qué tipo?

La clienta se quedó callada y buscó un papel en el capacho.

—Me han dicho que compre tres válvulas 6-V-6…, una válvula 815…, otra 818…, una 80 y una… 6-SJ-7 —dijo leyendo el encargo con dificultad como si recitara una letanía de misa, como si le costara entenderlo. La nota correspondía a un trozo de cuartilla cuadriculado donde, con una letra picuda y femenina, aparecía la relación del encargo, siete válvulas. La había escrito ella misma con la caligrafía que le habían enseñado en el colegio.

—Déjame, muchacha; yo te lo miro —ofreció el dependiente al darse cuenta de las dificultades de su cliente.

María Millán fingió un suspiro de alivio para que el mozo empatizara con ella. Con una sonrisa tímida le ofreció el papel.

—Tiene una letra muy bonita tu señora —celebró el dependiente tras leerse lo que allí rezaba.

—Es que toca el piano y es muy leída... y el señorito más... si usted supiera; se pasa el día entre libros de cosas raras —quiso explicar ella como si no comprendiera de lo que hablaba.

—Esto debe ser para montar un transmisor —dijo el mozo cuanto comprobó de qué se trataba.

—Le he oído al señor que es para hacer una radio... pero no me haga mucho caso —apuntó ella como si quisiera corregirle.

—Es lo mismo, muchacha.

—Es que el señor es militar y le gustan mucho esas cosas —explicó ella. Un militar siempre era una garantía en un país que estaba lleno de uniformes y no convenía levantar sorpresas.

—Voy a ver si las tengo —ofreció él retirándose a la trastienda.

María Millán se quedó sola en el comercio. Era la una y media, casi la hora de cerrar, y no había nadie; había esperado fuera hasta que saliera el anterior cliente, un caballero que llevaba un paquete del tamaño de una caja de zapatos. Durante tres días había vigilado el establecimiento y sabía que, a esa hora, quince minutos antes de cerrar para el almuerzo, ya no pasaban clientes.

Al rato regresó el mozo con el encargo, las siete válvulas que detallaba la cuartilla.

—¡Date prisa, Braulio, que tenemos que cerrar! —escuchó María que reclamaba la voz de quien podía ser el dueño o el encargado que urgía a su empleado desde la trastienda.

—¿Te las envuelvo? —preguntó el muchacho.

—No sé si estas cosas se envuelven —reconoció ella que no pensaba apearse del papel de ingenua empleada doméstica.

—Mejor te las envuelvo, no se te vayan a manchar las cajitas —ofreció Braulio al ver el capacho con las verduras.

—Muchas gracias, señor.

—Braulio, llámame Braulio; yo también soy un mandado —apuntó él con simpatía hacia la muchacha porque María Millán, que ya había cumplido treinta años, bien pareciera que tenía veintipocos; llevaba el pelo recogido en una coleta y parecía mucho más joven.

El mozo se puso a envolver el pedido en un papel que parecía de estraza y que llevaba el sello de la tienda, una antena inscrita en un círculo donde estaban dibujadas las tres primeras letras del nombre del establecimiento: ECO y debajo, como en una orla, la palabra radio.

—¿Cuánto te debo, Braulio? —preguntó cuando él terminó de hacer el pequeño paquete.

—Son ciento cincuenta y seis pesetas —dijo él tras hacer la cuenta con un lápiz en una libreta en la que apuntaba lo que había vendido.

—¿Quieres una nota?

—Claro… tengo que llevársela a los señoritos —dijo ella como si eso fuera muy importante.

Mientras María sacaba del bolsillo de su bata el monedero y preparaba el dinero, él fue preparando la nota y al final le puso un sello de la tienda. Sobre el mostrador quedaron un billete de cien pesetas, dos de veinticinco, uno de cinco y una moneda de peseta, una *rubia*.

—¿Así queda mejor, ¿verdad? —le dijo ofreciéndole la nota de compra sellada y el envuelto con su compra.

—Claro que sí… muchas gracias.

—Las que tú tienes… —y se paró ahí esperando que ella le dijera su nombre.

—Mari Cruz, Mari Cruz González —contestó ella como si le diera vergüenza.

—¿Trabajas por aquí? —insistió Braulio.

—Qué va; mis señoritos viven en la calle Serrano. Hoy he venido por aquí para hacer el mandado —mintió ella mientras guardaba el *convoluto* en el capacho.

—Toma… llévate una tarjeta de la tienda; aquí viene el teléfono. Si alguna vez quieres ir al cine o a dar una vuelta llámame, por favor.

—Muchas gracias, Braulio, no lo olvidaré —dijo ella tomando la tarjeta y bajando la cabeza como ruborizándose. El número de teléfono era el 21 29 41.

—Adiós, Mari Cruz —se despidió él cuando María Millán salía por la puerta.

Ella se dio la vuelta y se despidió con la mirada y una sonrisa.

Esa tarde, a primera hora, visitaría otra tienda de componentes eléctricos que había localizado en el número 5 de la calle General Pardiñas donde también se vendían materiales radioeléctricos. Establecimientos Castilla se llamaba el comercio y usando la misma cobertura de empleada doméstica que cumplía un encargo de sus jefes salió de allí con varios condensadores de distinta capacidad, tres transformadores de diferentes tensiones y ciento veinte pesetas menos en su monedero.

Al día siguiente por la mañana, que era sábado, después de comprar alguna verdura para llenar el capacho y vestir bien el papel, acudió a Radio Electra, otro establecimiento de la misma especialidad que estaba en el número 2 de la calle Hortaleza, y se hizo con varias resistencias, unos fusibles y aisladores pasantes. Ya tenía casi todos los materiales que precisaba. Los restantes, un soldador, un polímetro, cable eléctrico, una bobina de estaño y un *jack* de manipulación telegráfica los consiguió el siguiente domingo, el 18 de julio, en la Ribera de Curtidores, en el Rastro, en un puesto callejero de viejo que liquidaba material eléctrico. Allí se procuró también un receptor Askar de cuatro válvulas, el 431-A, de segunda mano y muy deteriorado por fuera que estaba tirado sobre una manta en la acera entre otros cachivaches en liquidación que esperaban una segunda o tercera oportunidad. Solo le faltaba una placa de aluminio, pero esa la consiguió en cuanto volvió a su casa aquel domingo y dejó las cosas guardadas bajo el fregadero; se acercó al mercadillo de Príncipe de Viana y allí compró lo que le faltaba, una placa de 25x 15 cm a un hojalatero que tenía varias. Recordó que a ese día en que las derechas celebraban la efeméride de la sublevación armada contra la República le cargaban, de paso, la celebración de la fiesta del trabajo. Franco había suprimido la conmemoración del Primero de Mayo, y ese día apenas vio por Madrid más que a unos cuantos coches, y esos por el centro, con banderas de falange y nacionales, que había vuelto a ser la monárquica de los Borbón, que iban de un lado a otro tocando el claxon mientras sus pasajeros alzaban el brazo por la ventanilla con el saludo fascista y gritaban vítores a Franco y al ejército. Se fijó en que eran muy pocos los madrileños que correspondían al saludo y que los más bajaban la cabeza mirando para otro sitio. Por su barrio no se encontró con nadie de esa algarabía; no había publico allí para esos trajines. No pudo evitar la comparanza entre las multitudinarias manifestaciones del Primero de Mayo que vivió cuando joven, con familias completas en la calle escuchando los discursos de los jefes sindicales y viviendo una fiesta popular, con esta ridícula y triste manifestación de fuerza que aderezaban los falangistas amedrentando al personal que se tragaba en silencio la humillación y el miedo. Sin embargo, donde el gobierno de Franco echaba el resto ese día era reuniendo a los suyos, con sus medallas y sus uniformes de todos los colores, en el segoviano palacio de La Granja donde el pequeño dictador se exhibía poderoso y seguro ante jerarcas nacionales y diplomáticos extranjeros que acudían a cumplimentarle en los jardines que usaron los Borbones para su solaz. Una especie de opereta con ribetes de astracanada que luego el No-Do repartiría entre los españoles para enseñarles un mundo de sonrisas y lustrosos personajes que se palmeaban las espaldas celebrando con sus enjoyadas mujeres aquel encuentro entre canciones, bailes y canapés, como si toda aquella panoplia de fastos fuera la fiesta de Cenicienta.

La tarde de aquel domingo, después de almorzar, comenzaría la fabricación de la emisora. Pensaba utilizar el receptor Askar para alojar en su interior el resto de los componentes y conseguir así que pasara desapercibida una emisora que emitiera en la banda de 40 metros con una potencia de 75 vatios. Solo una conexión en la parte de atrás, cerca del cable de alimentación, para el pulsador telegráfico podría delatar el doble uso de aquel aparato de desvencijado aspecto que tampoco llamaría la atención de sus vecinas; al fin y al cabo, solo sería una vieja radio comprada de ocasión.

A María Millán no dejó de sorprenderle la facilidad con la que se había hecho con todos los materiales necesarios para fabricar un radiotransmisor telegráfico que emitiera en onda corta, pese a que en España estaba prohibida la radioafición desde 1936 aunque diez años después algunos aficionados emitían otra vez con equipos artesanales en los espectros de longitud de onda disponibles. A ella no le había resultado difícil hacerse en los kioscos con revistas de radioaficionados que le permitieron conocer la nomenclatura que se usaba en el comercio para los materiales necesarios. Con lo que había aprendido en Chernovsky, María Millán estaba perfectamente capacitada para construir un emisor en onda corta que la conectara con Moscú en la frecuencia que le habían indicado en Khimki y cuyos mensajes serían conocidos solo por Eitingon. Las comunicaciones, le explicaron, debían estar encriptadas y transmitidas en lenguaje Morse.

De madrugada ya había conseguido conectar todos los componentes y cuál no sería su sorpresa al comprobar que las válvulas llevaban pegado al cristal un sello dentado de aduanas para «productos de perfumería», pues por tal ramo fiscal tenían los de hacienda a los componentes electrónicos sin calibrar su importancia y su cometido. Hizo que la válvula 6-V-6, cuyo circuito tanque de rejilla respondía en la banda de 40 metros, funcionara como dobladora para conseguir una onda de 20 metros en el circuito de placa. Después la acopló a otra válvula 6-V-6 que trabajara también como dobladora, y así consiguió una longitud de onda de 10 metros. Para dotar de potencia al transmisor utilizó la válvula 815 y alimentó el circuito mediante dos secciones: una de 500 voltios, que se consiguió mediante la válvula rectificadora 816, y otra de 250 voltios, empleándose para ello la válvula 80. Para la sección de audio emplearía la válvula 6-SJ-7 como amplificadora y otra 6-V-6 como moduladora. La noche estaba en su momento más oscuro, el que precede al amanecer, cuando ella había terminado su trabajo y todo estaba en su sitio. La última tarea fue instalar la antena necesaria, cosa que resolvió mediante un cable eléctrico común que extendió por las aristas de la pared con el techo envolviendo el cuarto de su dormitorio de forma y manera que pareciera un cable más de la instalación eléctrica.

Recogió todo lo que sobraba, lo metió en una bolsa de papel que escondió detrás de la taza del inodoro, limpió cualquier resto que pudiera indicar en lo que había estado trabajando, puso la radio sobre el aparador de su dormitorio, la conectó a la red comprobando que recibía señal de Radio España de Madrid en los 954 KHz de onda media, y hecho eso se metió en la cama para descansar unas horas. Ya era lunes y tenía que volver al *trabajo*.

Esas pocas horas de reposo las pasó en el recuerdo soñado de Inessa Vasiliedna Kosmodemskaya, su amiga, su maestra, su enamorada; la añoraba. Sintió otra vez en su piel, como si Inessa Vasiliedna Kosmodemskaya estuviera tendida a su lado entre las mismas sábanas, las caricias de su amante rusa y escuchó de nuevo, arrobada en aquella austera habitación de un barrio obrero madrileño, las palabras trémulas de su última noche juntas en Moscú, después de la última fase de su instrucción y antes de volar para Berlín.

Tenía el cuerpo embargado por una sensación difusa y agradable según se despertaba, poco a poco, del sueño de madrugada. Aún no hacía calor y la molicie la llevaba a prolongar cuanto pudiera su permanencia entre las sábanas, porque no pensaba levantarse todavía; quería descansar después de aquella madrugada de trabajo silencioso y secreto.

El súbito recuerdo de su enamorada la arreboló la piel, como recuperándola otra vez para esa sensación que la recorría toda, y sin pensarlo más se arrebujó como una niña chica llevándose la mano derecha a las ingles. ¿De dónde le venía ese placer que la recorría el cuerpo como la caricia infinita de su amante, como si Inessa se escondiera en las sábanas de su cama?, se pensaba a medias y sin abrir los ojos, apenas lúcida. Una ola de calor la subía por el cuerpo de forma parecida, si bien mucho más profunda, a lo que pudo sentir cuando un hombre la acariciaba en el lecho y, sin embargo, allí estaba sola con su dejadez. Sin saber con certeza a donde atender en ese duermevela de estío cruzó las piernas y apretó su mano entre ellas apreciando que esa sensación no aflojaba, y que cada vez la embargaba más, como si fuera rehén de ella misma. Sus manos, prisioneras, hurgaban buscando la llave que la soltara de ese calabozo sin carcelero mientras su respiración entrecortada corría hacía el final del pasillo de sus instintos. Al cabo de unos momentos, que María no supo medir el tiempo, fue recuperando el aliento mientras los latidos del corazón se ajustaban con el fuelle de sus pulmones y buscaba una calma profunda que la fuera serenando. Cuando abrió los ojos, muy despacio, no pudo ver su propia sonrisa, pero su mirada se encontró con sus ropas de casa sobre una silla cerca de la ventana. Como fuera que la persiana de librillo estaba bajada para salvar el cuarto del calor de agosto, apenas había luz que alumbrara la estancia y solo una penumbra azulada, la que en Madrid se gasta el sol cuando comienza su andar de la mañana, untaba la habitación confundiendo las pocas cosas que allí había. Solo las sábanas blancas brillaban en esa naciente aurora estival envolviendo los deseos de su tapada y figurando una cordillera voluptuosa de formas de carne y silencio tembloroso en que solo la pulsación de la dueña llamaba a la vida.

La agradable sensación que tuvo cuando su pie se deslizó por la sábana y sus dedos desnudos rozaron la tela fresca, la llevó a desperezarse y a juguetear restregando su piel sobre la tela, poco a poco, retozando con el tobillo y deslizando el talón sobre la pista blanca de sus juegos, que parecieran de niña que se esconde bajo la sábana para que nadie la vea. En estos retozos arqueó las rodillas y al hacerlo una leve sensación de placer hizo que las doblara sobre su vientre liso. Concentró su atención en la parte que rodeaba el ombligo y la acarició, consiguiendo que la piel se le afrutara, respondiendo a sus caricias. El roce de la pulsera de acero, ese aro frío y metálico que era seña de su oficio clandestino y señalaba la muerte del enemigo, contrastaba con el envés cálido de sus dedos y esa diferencia iba aumentando su delicia, por eso se retorció levemente hacia el lado izquierdo, apoyando su cadera en el embozo, para resaltar más su vientre y concentrarse mejor en él mientras su mano, otra vez, buscaba el centro de sus placeres, pero de repente la retiró. Un ruido leve, como un crujido, algo que venía de cerca de la ventana, la había sobresaltado sacándola de esa nueva expedición solitaria bajo las cumbres cubiertas de sus formas de mujer.

Un golpe de viento de estío, de esos que anuncian las tormentas de verano, había hecho que uno de los visillos diera en levantarse, inflado como una vela, hasta dar con su bajo en la cómoda sobre la que había puesto la radio fabricada horas antes. El ruido venía de esa agitación imprevista. Cuando María vio el origen de su alarma respiró profundamente, aliviada, y se arrebujó otra vez bajo las telas de su cama, dispuesta a continuar con las exploraciones de su carne apenas despierta.

Se dio la vuelta, otra vez, y sin perderse en sitio distinto al que antes buscaba notó que una nueva turgencia emanaba de su sexo y por ello abrió las piernas, como buscando aire para ese grito de su más íntima presencia, y como fuera que desde el cerebro oía esa voz silenciosa que la llamaba, la voz de Inessa Vasiliedna, hizo que sus dedos entraran en el bosque rizado de sus ardores. Allí, a solas en su humilde habitación, sin más compañía en la mente que la de su querida Inessa, y desnuda bajo las sábanas frescas, la dueña de sus deseos se entretuvo en recorrer despacio cuanto pliegue fue preciso desvelar para alcanzar la esencia de su delirio, poco a poco, hasta que una sacudida de placer corrió por su columna vertebral y sucedió que su vientre, sus pechos, toda su piel desnuda tomaron vida propia y se despertaron, antes aún que su consciencia, sintiendo un calor que la hacía acariciarse toda. Primero fue un seno marcado por una leve cicatriz fruto de la tortura en Lyon, en mimos concéntricos que seguían un orden instintivo y cadencioso, lo que hizo que el pezón levantara con una turgencia prominente y desafiante. Luego otro, y después, recurriendo como ayuda inteligente a un pliegue del embozo, inició con su otra mano un movimiento pausado que paseó sobre la pequeña protuberancia emergente habida entre los labios carnales de su sexo. Y así, con una mano en los senos y la otra en el pubis, cerró un triángulo de placeres en que la piel caliente y la tela fresca templaban sus ardores en un ritmo casi musical y creciente al hilo de una respiración que volvía a entrecortarse.

Sintió entonces parecido, que no lo mismo, a lo que pasaba por su cuerpo cuando su amante francés, su difunto y querido Jules, lanceaba con empeño de hombre enamorado lo que él creía el centro de sus motivos de mujer para ser feliz, pero no era igual; esto era más profundo, más esencial, sin duda más verdadero. Poco a poco, conforme la tensión iba anudando de prisión sus sentidos, su mano derecha bajó a la compañía de su izquierda dejando para el aire tibio de la estancia la desnudez de sus pechos y se unió a su hermana para traficar juntas el placer preciso para el sitio por donde viene la vida antes de que nada nazca. Con cuidado, sin prisa, entrambas dos abrieron para sí lo que los muslos cerraban, de forma y manera que, dejando caer a un lado la pierna izquierda, la flor entreabierta de sus deseos quedara expuesta sin pudores a la incursión manual de quien sabía que allí tenía que oficiar si quería reducir la tensión que la tenía en vilo. Mientras, el aire de tormenta aventaba los visillos del reducido dormitorio procurando un celaje blanco que se iba nublando y que no cesaba en moverse despacio y sin orden, y sus manos procuraban con primor que esa turgencia saliera de su escondite para ofrecerse, entregada y recelosa, a la solicitud de quien sabía en ella el centro primordial de sus palpitaciones, cada vez más cercanas a las de un corazón desbocado por el esfuerzo inmóvil de la carrera contra el deseo. El placer era cada vez más intenso y María Millán, desasosegada, retenía el movimiento de sus dedos para alargar más esa sensación de montaña que no termina de alcanzarse nunca. Comenzó entonces una danza brevísima y sincopada que no cesaba de empezar cada vez que terminaba. Una fuga infinita y turbadora en que el placer dislocaba la identidad hasta el punto de sumir a la dueña en una identidad colectiva de mujer, en donde las glorias del tiempo y el secreto se preterían solas ante el esplendor del instinto satisfecho. La agente dejó de serlo allí mismo para ser mujer, solo eso, pero tanto cuanto ella quiso en ese tomar incansable que solo a la mujer le es permitido por los dioses.

El tiempo paró de correr, y el silenció dejó de oírse, para que solo su corazón latiente y el aliento creador de una boca entreabierta, que exhalaba vida, fueran los inquilinos únicos de la oscurecida estancia donde también se había aposentado aquella madrugada Inessa Vasiliedna. Durante un hálito de vida, tan largo como ella quiso sentir, allí no hubo agente en misión secreta, sino solo mujer feliz y confiada en su fuerza, hasta que los espasmos de su aventura le corrieron por la columna vertebral haciendo que se arqueara, como intentando recogerse sobre sí misma en una postura que concentraba todo su ser en un punto, que era centro de su mundo por esos instantes. Cuando abrió las piernas, cuando creyó que no podía más y su identidad se encontraba muy lejana de su cuerpo, su columna se distendió sobre la cama, como un látigo que vuelve de su viaje, y la frotación cesó y la sábana cayó sobre su sexo y este, húmedo por el precio de su viaje, le dejó un olor de mixtura blanca que preñó ligeramente las yemas de sus dedos.

El trueno de un relámpago retumbó en la habitación, a la vez que una expiración profunda reencontraba a María consigo misma bajo la sonrisa amorosa de su amada Inessa. Pareciera como si la naturaleza explosionara en la mañana de estío y de tormenta, y en su cuerpo desmadejado sucediera por tanto que la tensión acumulada en la atmósfera por el calor de verano que llama a la borrasca fuera el correlato en el aire de todo de lo que había pasado en las entrañas de la que ahora yacía oscurecida por un desvanecimiento transitorio. Para María Millán sucedió que la sensación de placer, unida a la humedad sobrevenida en la calle y el olor salado del viaje que le había quedado pegado a su cuerpo, la transportaron lejos de esa habitación, a un lugar espiritual solo visitado en muy pocas ocasiones; solo con Jules Pascal de Benot y con Inessa Vasiliedna Kosmodemskaya, sus únicos amores. Era esa sensación inexplicable de tener vida porque se pierde a raudales mientras se gana y otra vaharada de goce la recorrió entera, como tarde llega el trueno después del rayo, y María recogió las piernas sobre su vientre para prolongarla, sin conseguirlo del todo. Al rato todo fue desapareciendo con lentitud, y la somnolencia la adormiló en un sueño ligero.

No supo cuánto tiempo hubo pasado desde aquello cuando escuchó la voz de un chatarrero que clamaba en la calle por su oficio que la despertó del todo. Comenzaba otra semana de trabajo en Madrid.

María Millán se levantó confortada, serena y, sobre todo, sabiéndose acompañada por su amante porque el amor había supuesto para María abrir el candado de sus sentimientos a la gozosa compañía de quien sabía que la quería, su deseada y añorada Inessa. Aquella mañana borrascosa de verano no se sintió sola; sabía que su amor ruso estaba con ella, que no la olvidaba como ella tampoco podía prescindir de su presencia íntima en lo más profundo de su ser secreto y auténtico.

María Millán para su infancia, María García para sus vecinas, María Sliva para sus jefes de Moscú, *ciruelita* para Inessa, y tantos otros nombres que la habían vestido antes, solo María para ella misma, se duchó de sus recuerdos, se uniformó con su tarea y salió a la calle reconfortada; ya no se sentía tan sola como cuando cruzó la frontera.

Continuaba su misión.

— 15 —
Ramón Botillas

Barrio de La Ventilla, Tetuán, Madrid.
29 y 30 de julio de 1948.

Durante varios días María Millán alternó una discreta vigilancia a la sede de Falange en su barrio, donde había visto entrar a Ramón Botillas, con otra guardia sobre el piso de la calle Miosotis, una paralela a Azucenas donde recordaba que Ramón vivía con su familia cuando eran muchachos. Enfrente de la sede falangista había un bar donde era fácil encontrarse con los uniformados de azul y por eso rehuyó sentar allí sus reales. Prefirió estacionarse en la esquina de Bravo Murillo con Azucenas, desde donde podía otear la entrada a la sede local del Movimiento pues fue ahí donde vio que su antiguo amigo cruzaba la calle. En ese lugar era más fácil disimularse por el mucho tráfico peatonal en las aceras, porque había una parada de tres líneas de tranvías y dos de autobuses donde siempre había gente esperando alguno de ellos y porque estaba cerca la boca de metro de Tetuán donde terminaba la línea 1 y por cuyo vomitorio era constante la salida de viajeros. Además, para mejor cobertura, en la acera de los pares de Bravo Murillo, cerca de la esquina, había una frutería y una tienda de ultramarinos y en la de los impares una mercería y una carnicería, todas ellas con sus toldos extendidos desde la mañana para proteger a los clientes del calor mañanero de estío, lo cual ayudaba a disimularse entre los paseantes y las amas de casa que iban de toldo en toldo haciendo la compra.

Al cabo de varios días vigilando de cerca la sede de Falange y sin perder ojo tampoco a la casa de la calle Miosotis, un jueves casi al mediodía vio desde la esquina de Azucenas que Ramón Botillas pasaba conduciendo un 11-ligero de la Citroën que giró a la izquierda para embocar la calle donde estaban los falangistas. María Millán no se equivocó al pensar que iba otra vez a la sede local de los devotos de José Antonio. Apostando por eso, María, aliviada porque su espera acechante daba frutos, se detuvo a comprar unas medias en la mercería para no seguir al vehículo y al poco volvió a la calle solapada tras sus gafas de sol y dispuesta a cruzar delante del mástil de la bandera rojinegra donde ondeaba el cangrejo. Vio que el coche de Ramón, como había presumido, estaba aparcado en la acera delante del portal por donde ella entraba cuando aquello era la Casa del Pueblo e iba desde muy niña para aprender las primeras letras en la escuela popular. Ahora, los obreros con memoria no se atrevían a cruzar por delante de lo que fue suyo y rehuían incluso la calle; más de uno había recibido allí una paliza cuando una escuadra de falangistas se había presentado en su casa entrada la noche para llevárselo al cuartelillo a fin de interrogarle y suerte había si volvía a casa con la cara amoratada y una noche en blanco y no terminaba en los sótanos de la Dirección General de Seguridad.

María Millán pasó al lado del coche, retuvo la matrícula, se fijó en que la tapicería de los asientos traseros estaba prácticamente nueva y la de los delanteros bastante gastada, en especial la del conductor, y continuó hacia la esquina del siguiente cruce. Uno de los falangistas silbó cuando la vio pasar a su altura por la acera de enfrente.

—Guapa… ¿Dónde vas tan solita? —la dijo cuando estuvo a su altura.

María no contestó y apretó el paso. Antes, por instinto, metió la mano en su bolso y empuñó su cuchillo de combate; no estaba dispuesta a una detención.

—¿A qué hora abren esas piernas, señorita? —voceó soez el de la camisa azul al ver que la muchacha pasaba de largo ajena a su requiebro. El fino bigotillo tan de moda entre los de su ganadería temblaba al vocear el exabrupto.

María, al pensar en las tropelías cometidas por los que vestían ese uniforme, rumió parar, darse la vuelta y degollarle allí mismo para que se desangrara como un cerdo, pero se contuvo. No sería la primera vez que le seccionaba la tráquea y las venas del cuello a un enemigo; ya lo había hecho en la resistencia francesa a un oficial de la Gestapo que había torturado hasta la muerte a dos de sus compañeros, pero ahora se traía otra cosa entre manos y no era cuestión de poner en peligro la misión por colocar en su sitio a un niñato con ínfulas de achulado criminal en una película barata.

Protegida por la sombra del toldo de una carnicería que expendía carne de caballo y casquería en la esquina oeste de Azucenas con Fray Junípero Serra podía contemplar la salida de la sede falangista y el coche de su antiguo amigo sin que nadie reparara en ella mientras compraba muy caro un filete deslucido de carne de caballo que le quiso vender el mozo, porque María no tenía cartilla de racionamiento. No llegó a veinte minutos el tiempo que tuvo que esperar para que Ramón Botillas saliera a la calle para montar en su coche entre los saludos brazo en alto del hombre del bigotillo y su compañero de guardia, que, entre los dos, bien gastaban un frasco de brillantina. El 11-ligero enfiló Azucenas y giró a la derecha para tomar Fray Junípero Serra pasando a pocos metros de donde ella se refugiaba de la vista y del calor bajo el toldo de la casquería. María Millán pudo reconocerle al volante del automóvil ya que llevaba la ventanilla abierta y se había quitado el sombrero. Era él, sin duda, aunque ese día vestía bajo la chaqueta de hilo la camisa azul con la corbata negra. María se aprestó a seguirle por la acera, pero el coche ganó distancia. No obstante, pudo apercibir que el automóvil giraba a la derecha en la calle Miosotis. «Irá a casa de su familia», dedujo ella mientras apretaba el paso. Cinco minutos después se encontró de nuevo con el Citroën estacionado delante de la casa de su familia. «A lo mejor vive todavía con su madre», pensó ella, pero al fijarse en la hora que era, casi las dos del mediodía, reconsideró esa hipótesis pensando que tal vez solo hubiera ido a almorzar con ellos. No consideró que fuera prudente rondar por cerca del portal de una calle con muy poco comercio, que además estaba cerrando, y a unas horas de canícula en las que apenas circulaba nadie, con lo que dio por concluido el seguimiento. De aquella mañana sacó dos conclusiones importantes: la indudable vinculación de su antiguo amigo con el nuevo régimen y que aún mantenía ataduras con el barrio de su infancia, y una tercera más, que necesitaría una bicicleta para el seguimiento de Botillas si seguía empleando su coche para desplazarse. Ese domingo se hizo con una bicicleta de segunda mano en el Rastro, una BH para señoritas, pues no estaba bien visto que las mujeres usaran pantalones para utilizar bicicletas masculinas, y por eso los hermanos Beistegui las fabricaban para ellas en Éibar, con un sillín más ancho y más corto, un manillar más estrecho, un cuadro más pequeño y de barra baja para que no se enredara la falda —había que preservar el pudor de las mujeres españolas—, una suspensión más blanda y menor potencia.

El lunes 30, que hizo un calor de justicia y Madrid se fue a una temperatura propia del Sahara, se dedicó a rastrear el domicilio donde había parado Ramón a la hora del almuerzo y consiguió saber que en aquella dirección vivían su madre y su hermana pequeña, que tenía solo dieciséis años, y que el padre, jardinero municipal, había muerto de cáncer de pulmón en 1942. «Les va muy bien porque el hijo es muy importante; ahora manda mucho y está en el ayuntamiento», explicaba una vecina que quiso pegar la hebra con ella una mañana cuando preguntó en una frutería a la encargada, una andaluza muy locuaz, dónde vivía ahora doña Pascuala Vieja, de la que decía que era una amiga de su madre a la que no veía desde después de la guerra porque la quería saludar de su parte ahora que había llegado a Madrid desde su pueblo «para ponerme a servir», declaraba con cara de agobio. María Millán recordaba bien el nombre y apellido de la madre, ya que a Ramón le gastaban bromas en el colegio haciendo plural el apellido de su madre, «Botillas Viejas» le decían al pobre muchacho. La andaluza le empezó a explicar el *Gotha* de la calle y una vecina de la misma finca se apuntó al detalle de aquel cotilleo tan madrileño.

Con ese cuadro de la situación más o menos claro intentó averiguar qué se traía Ramón con los del cuartel de Falange, aunque ya sabía que «ahora era un señor muy importante». El asunto lo resolvió visitando el martes 31 de julio la Junta de Distrito del ayuntamiento donde supo, a poco que preguntó a un conserje lleno de galones en la bocamanga como si fuera un almirante y sudores en la frente, que «don Ramón es vocal-vecino de este distrito».

Tetuán era un distrito que pertenecía al término municipal de Chamartín de la Rosa pero que se había incorporado a Madrid, dado su continuidad con el arrabal de Cuatro Caminos, por un decreto de noviembre de 1947. Con esa incorporación hubo que dotar de plantilla a las juntas locales a la espera de la designación de nuevos representantes municipales extraídos de los que llamaban: tercio familiar, tercio sindical y tercio de corporaciones; a la manera clásica del corporativismo fascista. Ramón Botillas, que era falangista y estaba afiliado al sindicato nacional del Transporte porque se dedicaba al trapicheo alquilando camiones y realquilándoselos a otros o a lo que hiciera falta y le diera ganancias, encontró su oportunidad en aquel momento y su jefe en el distrito de Falange le nombró, ya que era jefe de centuria y militaba en la Guardia de Franco, para el cargo de vocal-vecino, una especie de concejales de segunda que solo tenían jurisdicción, y muy escasa, en un distrito en representación de su sindicato. Era un paso más en su carrera ascendente dentro de la nueva administración. El cargo no era muy brillante, pero le permitía medrar y terciar en más asuntos, por turbios que fueran, sabiendo que tenía el pasaporte a la impunidad en su uniforme falangista, con tres flechas blancas sobre el cangrejo en el bolsillo pechero de la guerrera como jefe de centuria y otra chapa con los colores de Falange detrás de dos espadas cruzadas sobre el yugo y las flechas que le marcaban como miembro de la 1ª centuria de la Guardia de Franco en Madrid, la aristocracia fascista junto a los «camisas viejas».

Poco más pudo saber antes de que comenzara agosto, un mes en que Madrid se paraba con el cierre de comercios por vacaciones y porque la administración también entraba en un letargo canicular del que no se despejaría hasta septiembre.

El primer día de agosto se quedó en casa.

—¿No vas al trabajo hoy, María? ¿Estás mala? —preguntó la casera cuando se la encontró en el portal pasadas las diez de la mañana.

—No, no me pasa nada, Cesárea. Es que los señoritos se han ido de vacaciones y me han dicho que vuelva en septiembre.

—¿No te pagan en agosto?

—No, pero me han dado una propina por el 18 de julio, doscientas pesetas —aclaró la fingida doméstica con cara de contento.

—¿Y dónde se han ido… si es que se puede saber?

—Me han dicho que se iban a Villajoyosa, a un chalet que se ha comprado don Matías —ese era el nombre que le había adjudicado a su imaginario patrón. Úrsula era el inventado para su mujer, «la señora», y Laurita y Matías el de los niños del matrimonio, «los señoritos».

—Unos tanto… y otros tan poco —lamentó Cesárea Torrijos.

—Buenos días, vecina —saludó Basilisa que salía de casa para hacer la compra. En la mano llevaba su cartilla de racionamiento.

—Buenos días, Basilisa —respondió la inquilina.

—¿Te vienes a hacer la compra conmigo? —preguntó la hermana de su casera.

María no contestó; se quedó callada y rehuyó la mirada de las dos hermanas.

—¿No te vas con mi hermana? ¿No tienes que hacer la compra? Toca hoy —insistió Cesárea.

María seguía callada y se trenzaba los dedos de las manos.

—¿Te pasa algo, vecina? —insistió Basilisa al ver el mutismo agobiado de la inquilina.

—Es que yo... no tengo cartilla —reconoció la abrumada María García, muy en su papel de joven desvalida.

—Pero muchacha... —se extrañó Basilisa.

—Ni papeles —terminó de confesar la cuitada que estaba bordando el teatro.

—¿Y eso? —que la nueva inquilina no tuviera cartilla podía ser normal en una persona desplazada, pero que no tuviera documentación era asunto muy distinto y daba qué pensar a Basilisa.

—Es que me escapé del pueblo sin papeles, que me los guardaba mi padre desde que nació la niña, y menos mal que me pude llevar mis ahorrillos.

Esa confesión la hizo mientras se le saltaban las lágrimas. Cesárea Torrijos la abrazó apenada; María García era en ese momento la viva imagen del desamparo.

—Esto hay que arreglarlo, hermana —sentenció Basilisa, que era más echada para adelante que Cesárea, dirigiéndose a su hermana.

Y sin esperar respuesta tomó del brazo a María Millán y la llevó hasta su casa. Cesárea las siguió tan apenada como María.

—Por nosotras no te preocupes, vecina; estás entre amigas —fue lo primero que dijo la mayor de las dos hermanas cuando la pequeña cerró la puerta tras ellas.

Atendiendo a un gesto de Basilisa la inquilina y su casera se sentaron en torno a la mesa que hacía de comedor.

—Esto hay que tratarlo con una copa de anís; que eso ayuda a pensar mejor —dijo la dueña del piso sacando una botella de la alacena, sentándose con ellas y sirviendo tres vasitos del anisado.

María Millán estaba admirada de la solidaridad espontánea de aquellas mujeres. Se recordaba de cuando ella vivió por allí cerca antes de la guerra, una época en que la vecindad de los humildes destilaba protección, y celebró para sus adentros que esos valores no hubieran desaparecido todavía.

—Por nuestra vecina María —brindó Basilisa levantando su vasito.

—Por ella —añadió Cesárea.

—Por vosotras, amigas —agradeció María. Casi se le escapó de la boca la palabra «camaradas»; estaba emocionada.

—¿Y cómo es que no tienes papeles, María? —preguntó la hermana mayor tomándola de la mano.

—Porque me los quitó mi padre cuando me quedé embarazada; no quería que me fuera del pueblo. Aguanté hasta que nació mi hija y cuando ya no necesitaba que la amamantara me escapé con cuatro cosas; no quería vivir toda la vida allí como una desgraciada. En cuanto pueda me traeré a mi hija.

María Millán no tenía que inventarse ese papel porque conocía perfectamente cuál era la situación de las mujeres españolas antes del advenimiento de la II República. Ahora, tras ese breve paréntesis en que el artículo 25 de la Constitución republicana proclamaba que «no podrán ser fundamento de privilegio jurídico, la naturaleza, la filiación, el sexo, la clase social, la riqueza, las ideas políticas ni las creencias religiosas», las cosas habían vuelto a como estaban antes e incluso peor, como pudo apreciar desde que había regresado a su tierra. La victoria de los sublevados suprimió la escuela mixta, derogó la ley del matrimonio civil y la ley de divorcio con efectos retroactivos, penalizó el aborto, el adulterio y el concubinato, prohibió el trabajo nocturno a mujeres, *liberó* a la mujer casada «del taller y de la fábrica» y les prohibió el ejercicio de profesiones liberales y otros empleos públicos como abogados del Estado, registradores de la propiedad, cuerpo diplomático, jueces o magistrados, y todo ello adobado por una política de concesión de primas por maternidad y subsidios familiares, siempre abonables al *jefe de la familia*; porque la familia, decían los exegetas del régimen era «el destino natural de la mujer» que ahora perdía por ley la patria potestad de sus hijos para entregársela a su padre. Por si fuera poco se retrasó la mayoría de edad de las mujeres hasta los veinticinco años y si esto era así para toda España, peor situación tenían las mujeres de núcleos rurales donde el control sobre ellas pasaba por las parroquias y en donde el peso de una tradición de siglos la ataba de nuevo al silencio como había proclamado Pilar Primo de Rivera cuando dijo que «todos los días debíamos dar gracias a Dios por habernos privado a la mayoría de las mujeres del don de la palabra, porque si lo tuviéramos quién sabe si caeríamos en la vanidad de exhibirlo en las plazas».

—¿De verdad te llamas María… María García?

—Me llamo María, eso es verdad, pero lo de García es mentira; mis apellidos son Cifuentes Sanmillán —improvisó ella—; no quiero que mi familia me localice ni que pase vergüenza, porque cuando me escapé dieron parte a la Guardia Civil de mi pueblo y me imagino que me andarán buscando.

Las tres mujeres permanecieron en silencio. María Millán miraba al tablero de la mesa sin atreverse a levantar los ojos, Cesárea Torrijos se enjuagaba las lágrimas con un pañuelo porque estaba más compungida que la propia María, y Basilisa Torrijos tamboreaba con los dedos sobre el mantel de hule en signo de que estaba reconcentrada en sus pensamientos.

—¿No tienes ningún papel? —preguntó la mayor de las Torrijos al cabo de un rato.

—No, Basilisa —mintió María, que tenía escondidos debajo de una baldosa del aseo su pasaporte francés y su documentación española.

—Pues eso hay que arreglarlo ya mismo —sentenció Basilisa.

—¿Cómo? —preguntó Cesárea.

—Yo sé cómo hacerlo, hermana; todavía me queda alguna puerta donde puedo llamar. No os preocupéis.

—No quiero que te arriesgues por mí, amiga —protestó la desvalida inquilina.

—Hoy por ti y mañana por mí; ¿no es así? —la respondió Basilisa como si cantara las verdades del barquero.

«Así debía ser» pensó María mientras se le saltaban las lágrimas, esta vez sin fingimiento. Reacciones como esa la confirmaban en su misión, en su compromiso con los más desfavorecidos, en su venganza, tal vez en su sacrificio.

—Te lo agradezco, de verdad; no sé qué sería de mí sin vosotras.

—¿Qué vas a hacer Basi? —insistió Cesárea que era más pusilánime que su hermana.

—No seas pesada, Cesárea; ya sabes a lo que me dedico… y ahí se conoce a mucha gente y se mercan muchos favores —respondió ella misteriosa.

—Y mucho golfo —apostilló la pequeña.

—De eso se trata, hermanita. Ya sabes que Dios escribe derecho con renglones torcidos.

—Ya, pero…

—Ni pero, ni leches. Yo sé lo que tengo que hacer… y punto.

Y así las cosas la viuda del albañil recogió otra vez su capacho y se aprestó a salir a la calle.

—De la compra de hoy no te preocupes, vecina; que de eso me encargo yo hasta que te consiga la cartilla y los papeles.

—Pero yo tengo dinero... —protestó ella sacando del bolsillo su monedero.

—Guárdalo que buena falta te hará para tu hija. Por cierto... ¿cómo se llama?

—Inés —respondió de inmediato María recordando el nombre de pila de su amada y castellanizándolo.

—Bonito nombre... la que es casta y pura —explicó Basilisa que era muy leída según decía su hermana.

—Y no como su madre —se quiso lamentar María muy en su papel de mujer abandonada.

—Mira, niña: las mujeres no tenemos un contador entre las piernas por mucho que se empeñen algunos hombres, ni nadie nos puede decir el qué hacer con nuestro cuerpo... salvo el amor o las ganas, que son los que mandan. Una vez, durante la guerra, leí en un libro que me trajo una amiga del barrio que en la sociedad que vendría las relaciones sexuales serán más sanas, más libres, serán entre iguales y basadas en el amor y harán más felices a todos, mujeres u hombres. ¿Tú querías al padre de tu hijo?

—Con toda el alma, Basilisa —respondió María dándose cuenta de que aquellas palabras las había escrito Aleksándra Kolontái, una revolucionaria rusa de la primera hora, de la que la había hablado su amada Inessa.

—Entonces no tienes culpa de nada, hija mía... bueno, de nada más que vivir en estos tiempos de mierda donde a las mujeres nos quieren usar como a un trapo de cocina.

—No digas esas cosas, hermana —la riño Cesárea, y no porque no estuviera de acuerdo con la mayor sino porque el miedo lo llevaba calado en los huesos y había aprendido a callarse sus verdaderos sentimientos. Al fin y al cabo, ella era la viuda de un *rojo* y tenía que andarse con pies de plomo.

—Bueno... vámonos que hay tarea, y aquí no hacemos nada de palique —concluyó Basilisa saliendo por la puerta.

Una semana después, María Millán en sus papeles escondidos, María García para sus señoritos y los pocos vecinos que sabían de ella, María Cifuentes para sus caseras, tenía documentación y cartilla a nombre de María García Fernández porque Basilisa, no sin razón, pensó que con el nombre de María García Fernández —solo tuvo que añadir un segundo apellido tan común como el primero— había muchas mujeres por Madrid, que algunos ya la conocían así, que su inquilina ya estaba acostumbrada a usar ese nombre, que no era cuestión de dar pistas a la Guardia Civil si andaban buscando a María Cifuentes y que mejor era dejar las cosas como estaban.

—Aquí tienes una cédula y una cartilla, María —le entregó una tarde Basilisa a su amiga cuando se presentó en su casa en compañía de su hermana— y no me preguntes más, por favor.

—Muchas gracias, Basi. Te lo agradezco en el alma, amiga —confesó la inquilina que lo decía con sinceridad.

Dos documentos cambiaron de mano en el cuarto de estar de aquel piso y un abrazo sincero fue su precio.

María se los quedó mirando. La cédula de identificación era muy distinta a la que ella guardaba escondida y que copiaba aquella con la que se marchó de España. La que ahora la entregaban no llevaba fotografía y eso era por la escasez para disponer de manera sencilla de material fotográfico para retratar a todos los ciudadanos. Solo los carnets de Falange, los de los funcionarios públicos y los de los órganos del Estado, policía, militares y cuerpos de la Administración, disponían de foto para el usuario. Los retratos y las fotografías familiares eran un lujo al alcance de pocos.

La cédula personal, una pequeña cartulina de color vainilla que consiguió Basilisa para ella, estaba fechada en el año 1944 y figuraba expedida por la Diputación Provincial de Madrid a través del ayuntamiento de Chamartín de la Rosa el 30 de diciembre. Llevaba el número 19.053, serie A-02, a nombre de María García Fernández, natural de Pozanco, provincia de Ávila, nacida el 20 de febrero de 1918, de profesión «sus labores», de estado civil «viuda» y domiciliada en la calle Molina nº 34. La clase del documento era la 3-13 y la tarifa de la tasa a pagar era de seis reales. En el ángulo superior derecho de la modesta cartulina había un timbre de color rojo, ornamentado con el águila imperial en una esquina y el año de su emisión en el lateral derecho, numerado con el 514.427 que se completaba con su número personal, el 19.053, el precio de la tasa, 1,5 pesetas, y un sello de la Diputación Provincial de Madrid. Un garabato que hacía por su firma y otro por la del recaudador, un tal Jesús Infante, completaban el documento.

La cartilla de racionamiento era un pequeño cuaderno con tapas de cartón que llevaba los datos de identificación en la contraportada interior de la primera página porque eran cartillas individuales que estaban selladas, seriadas y numeradas por la Delegación Provincial de Abastos cuando se entregaban. La que consiguió Basilisa para María era de las de 3ª clase, pues hasta en esto del hambre había categorías; las de 1ª eran para personas acomodadas, las de 2ª para clases medias y las de 3ª para personas humildes. Además de esa discriminación había otra por edad y sexo. Los hombres adultos accedían al 100% de los alimentos consignados, las mujeres y las personas mayores de sesenta años solo al 80% de la ración de un varón, y a los menores de catorce años les correspondía solo el 60%. Respondía su existencia a un extremo desabastecimiento que apenas permitía alimentar a todos los españoles, en especial a los de condición humilde. Tal era la lamentable situación del país y por eso se recurría a la técnica del racionamiento para conseguir la distribución más o menos ordenada de productos de primera necesidad de lo cual se hacía cargo la Comisaría General de Abastos, que cada semana anunciaban en la prensa el porcentaje, la cantidad y precio de los alimentos que se adjudicaban. Ese especial régimen de distribución y comercio había comenzado en 1939 pero se reguló con carácter definitivo mediante un decreto del 6 de abril de 1943 dictado por el ministro Demetrio Carceller, que lo era de Industria y Comercio, dada la escasez y carestía de los productos más básicos para la subsistencia. Desde ese día, el número de racionados en España era de 27.071.978 personas y cada uno conocía a qué establecimiento tenía que dirigirse para obtener su alimento y era imposible adquirir de forma legal cualquier otro que no estuviera intervenido por el racionamiento; para eso estaba el mercado negro, el estraperlo le decían los españoles, donde regían precios abusivos que muy pocos podían pagar y que beneficiaban a los especuladores, demasiados, que encontraban fortuna en ello. La cartilla que se le entregó a María, con el número 385.493 de la serie M-2, tenía tres hojas con veinticuatro cupones cada una, correspondientes al aceite, al azúcar y a las legumbres y el arroz, y otras seis más hojas destinadas para varios, con veinticuatro cupones cada una. Las dos últimas hojas, en cartón como la portada, estaban reservadas para la carne, las grasas y los ultramarinos.

—¿Qué vas a hacer este mes? —la preguntó la conseguidora antes de dar por terminada la visita.

—No tengo nada hasta que vuelvan los señores. Pensaba buscarme alguna casa para fregar la escalera si no tienen portero —respondió María; era un plan plausible.

—¿Seguro? —insistió Basilisa.

—Seguro.

—¿Quieres trabajar conmigo este mes? Te ganarás unos duros que buena falta te hacen.

—Basi... no metas en eso a la muchacha —protestó una asustada Cesárea.

—¿En qué? —preguntó desafiante la mayor. Era evidente que, en aquello lo que fuera, las dos hermanas no estaban de acuerdo.

—Pues ya sabes... en eso.

—Iré contigo a lo que digas, Basilisa; te lo debo. Y no tienes que pagarme nada; bastante habéis hecho por mí —dijo María mostrándoles la cartilla y la cédula.

Para María, aquella era una oferta tentadora por cuanto no era demasiado difícil colegir que, a lo que se refiriera Basilisa y que tanto asustaba a Cesárea era algo, sin duda, ilegal y eso, sin reserva alguna, era cosa que la convenía conocer por cuanto saber de lo que estaba en las cloacas del régimen franquista era un asunto útil para su misión. Acostumbrada a moverse en la clandestinidad de la resistencia francesa le sobraba habilidad para hacerlo ahora, que continuaba en la clandestinidad, cualquiera que fuese el enredo en que andaba metida la hermana de su casera.

Además, en agosto poco había que hacer en Madrid y ya había descubierto algo más sobre Ramón Botillas. Aparte de su condición política había rastreado su pista personal y ya sabía de él que estaba casado, que tenía dos hijos, que vivía en un piso del barrio de Salamanca, en la esquina de Lagasca con General Oraá, y que paraba por una empresa de transportes que había en la calle de Méndez Álvaro, en una nave grande que se veía recién construida.

Su dirección particular la encontró sin mucha dificultad, por la guía de teléfonos, y el resto lo hizo pedaleando en la bicicleta y cotilleando con la portera de su casa. Con la excusa de que buscaba una escalera para limpiar en agosto se presentó en la finca y pegó la hebra con la portera, una extremeña que se llamaba Rufina, que a poco le explicó quiénes eran los vecinos de casa tan principal, «toda gente de orden» aclaraba orgullosa. Al cuarto de hora sabía que allí dormían un secretario de juzgado, un médico de niños, el dueño de un taller de coches, el propietario de unos ultramarinos, un militar jubilado, un empleado de la Telefónica «y un señor del sindicato que se llama don Ramón, que es muy guapo y tiene una señora preciosa, muy fina ella, doña Bárbara». Un poco más de charla le dio a saber que «don Ramón se ha ido de vacaciones con su familia», que estaban en Torremolinos y que no volverían hasta primeros de septiembre «como todos los años». De su pretendido trabajo como limpiadora solo sacó que «no nos hace falta que nos ayudes en la escalera, muchacha, porque mañana viene mi sobrina a sustituirme; mi marido y yo nos vamos al pueblo».

Con eso tenía bastante de momento. Su objetivo para agosto, hasta que volviera Ramón, era husmear lo que pudiera por la empresa de transportes en donde paraba su antiguo amigo y que descubrió por casualidad cuando en la visita que hizo a la portería llegó un cartero con un sobre grande para «entregar al señor Botillas, en el segundo C» que recogió la portera para dárselo cuando volviese de las vacaciones. María se fijó en el membrete del sobre, Transportes Internacionales Dávila rezaba el envoltorio bajo el emblema de la empresa, un camión circunscrito en un globo terráqueo.

Durante el mes, María acompañó a Basilisa Torrijos en su negocio: el estraperlo. Una actividad especulativa que se extendía por todos los niveles de la sociedad española y que encontraba en la propia administración de la Dirección General de Abastos con sus cómplices principales. Si un kilo de azúcar costaba 1,90 pesetas a precio de tasa, en el mercado negro costaba 20, y el aceite de la cartilla se pagaba a 3,75 el litro, pero a 30 de estraperlo. Semejante sobreprecio enriquecía a quienes acumulaban en sus almacenes la producción que no se anotaba en los libros de Abastos y de ellos pendían tramas que comerciaban al detalle en cualquier punto del país. Tras los grandes tiburones del negocio, gente con ataduras en la administración, pululaban pececillos como Basilisa y sus amigas que se quedaban con parte menor de la tajada a cambio de extender la clientela. Café, tabaco, jabón, embutidos y aceite eran las *especialidades* de la cuadrilla de Basilisa que operaba por todo Tetuán. Que la venta de todo tipo de productos por fuera del circuito oficial se llamara estraperlo traía origen en un juego de azar que acabó en 1935 con la carrera política de Alejandro Lerroux por cuanto autorizó a sus amigos, Daniel Strauss y Joachim Perlowitz, un juego de salón que bautizaron como Straperlo y que consistía en una especie de ruleta de trece casillas que según el informe del subsecretario que autorizó el juguete «es una máquina parecida a una ruleta, cuya bola cae en un número, pasa por un pivote y no hay más que hacer una suma determinada con aquel por donde ha pasado la bola y en ese número cae automáticamente». Lo que se callaba el comprado funcionario era que quien manejaba el artilugio podía hacer que la bola cayera donde le diera la gana, mediante un mecanismo de relojería que se operaba con un botón eléctrico. Cuando la policía intervino en la estafa en el casino de San Sebastián fue tal el escándalo, que implicaba al propio Lerroux y a algún familiar más, que el partido Radical saltó por los aires y su jefe con él. Desde entonces se llamaba estraperlo a todo comercio ilegal de bienes supeditados a impuesto o tasa de Estado, lo que también se decía «mercado negro».

Durante el mes de agosto, María Millán conocería muy bien los entresijos en Madrid de todo ello, yendo de la mano de Basilisa. Así supo que sus papeles venían de ese circuito donde funcionarios, municipales o de abastos, y estraperlistas mercaban los mismos intereses que llevaban a lucrativas complicidades. En ese bazar se vendían y compraban cupones, cartillas, documentaciones, permisos de tránsito e importación, elusión de inspecciones, avisos y demás catálogos de irregularidades necesarias para sostener un negocio que interesaba a mucha gente. Por esos vericuetos reservados conoció que en el mercado negro las cosas llevaban muy arriba, hasta el mismo Consejo de Ministros, «el ministerio» decían los veteranos en ello, y que esa infección que recorría toda la sociedad española, unos lucrándose y otros pagando, le podía venir bien para ir de un sitio a otro de manera discreta porque la sangre que alimentaba toda aquella corrupción era la complicidad, la información y el silencio.

Como anécdota que se le quedaría grabada estaba lo que le ocurrió el día 15, la fiesta de la Virgen de Agosto, cuando Basilisa la pidió que fingiera un embarazo bajo la bata añadiéndose a la cintura unas bolsas de café, ocho kilos fueron, para que el alijo pasara desapercibido si los policías municipales las paraban antes de la entrega porque ese día esperaban que hubiera mucha vigilancia en las calles. Ella se haría pasar por su madre y así acudirían a entregar su mercancía a la sacristía de la iglesia de San Ildefonso donde el sacristán les pagaría por ella y después lo repartiría entre su selecto grupo de parroquianos. Acostumbrada a responder ante los imprevistos con la preparación recibida en las instalaciones de la NKVD o sus experiencias con la resistencia francesa la cosa le pareció un juego de niños chicos y a ello acudió tan contenta, pero sin olvidar nunca su cuchillo de combate.

Así eran las cosas en Madrid en aquel verano de 1948.

— 16 —

Martirio de la Pasión

Restaurante Lardhy, Hotel Palace, Madrid.
Septiembre, 1948.

—¿Cree que podremos sostener esa producción durante los próximos cinco años? ¿Está usted seguro?

—Sin duda, señor Tobler.

—Llámeme Hans, Íñigo —le indicó Hans Kammler desde detrás de su mesa. La costumbre de tutearse con sus colaboradores más cercanos le venía de los usos entre altos oficiales de la SS.

—Como prefiera... Hans —aceptó Íñigo Arruti Garay, el nuevo director operativo de las excavaciones en Ojos Negros, las mejores instalaciones de la Compañía Minera del Alto Aragón. Arruti, un guipuzcoano de madre aragonesa, era, además, director general de la empresa.

—¿Los nuevos equipos funcionan como esperábamos? —insistió Hans Tobler.

Dos nuevas excavadoras frontales alimentadas por gasoil complementaban a las viejas máquinas que trabajaban a cielo abierto desde 1921.

—Perfectamente, Hans; las nuevas excavadoras han doblado la producción. Le he traído un reporte de actividad de los últimos dos meses. Se lo he preparado en francés.

—Ha sido una excelente idea adquirir los equipos, Íñigo —quiso celebrar Kammler.

—Sin su apoyo no creo que el consejo de administración hubiera autorizado esa inversión, Hans.

—Sin el plan estratégico que usted presentó no creo que esta empresa fuera viable en unos pocos años; estaba a punto del cierre.

Kammler estaba acostumbrado a racionalizar procesos, aunque fueran criminales, y bien sabía que, sin una infraestructura adecuada, como él mismo se responsabilizó de construir en los campos de exterminio, o en Der Riese, no era posible cumplir objetivos. «Este muchacho hubiera sido un excelente colaborador mío» pensaba al ver la capacidad de iniciativa del joven ingeniero de treinta y dos años.

—Muchas gracias, Hans.

Los dos hombres conversaban en francés porque Hans Kammler aún no se hacía bien con el español y sin embargo Arruti era bilingüe desde sus primeras letras. Que Kammler pasara por ser un ingeniero suizo le permitía acudir sin problemas a la lengua de Molière.

Hans Tobler recogió el expediente que le ofrecía su colaborador, un ingeniero de minas muy capacitado que había entrado en la compañía el año anterior como director de la empresa y responsable de producción con apenas treinta y dos años. A Arruti se le debía la renovación de la maquinaria de superficie y la reforma de los servicios de mantenimiento. Las explotaciones mineras estaban situadas entre los términos municipales de Setiles, en Guadalajara, y Ojos Negros, en la comarca del Jiloca en Teruel, y solo habían podido ponerse de nuevo en explotación en 1941 por los graves daños que sufrieron las instalaciones de la empresa en la provincia de Teruel durante la Guerra Civil.

Durante un par de minutos, Kammler repasó el informe de Arruti que detallaba mina a mina la producción con la nueva maquinaria.

—Ha hecho usted un trabajo excelente, Íñigo —concluyó Kammler muy satisfecho.

—Es mi obligación, Hans.

—Quedan ya muy pocas personas con firmes principios dispuestas a aceptar un compromiso —lamentó el nazi recordando su pasado reciente; no tenía ninguna conciencia de culpa por sus actos cuando vistió con orgullo el uniforme de la calavera de plata.

Íñigo Arruti calló, un leve rubor por el halago le iluminó las mejillas, pero nunca hubiera imaginado la verdadera condición de Tobler porque, de saberlo, la reacción hubiera sido otra.

Arruti, pese a ser un hombre hecho a la situación, algo inevitable dada su posición en la empresa, no simpatizaba con aquella tropa de cafres uniformados que pululaba por España; incluso cuidaba su amistad con la familia Riquelme, antiguos propietarios del principal paquete de acciones de la minera, caídos en desgracia tras la Guerra

Civil dada su adscripción republicana, y expropiados de ellas por la aplicación de la Ley de Responsabilidades Políticas. Las acciones que fueron de la familia Riquelme terminaron casi regaladas en manos de una familia aragonesa, antiguos socios minoritarios, que tenía vínculos de sangre, negocios y trapicheos con un ministro falangista y habían aplaudido sin recato la sublevación militar vistiendo la camisa azul. El ingeniero visitaba con frecuencia al viejo Ramón Riquelme Aranás, un devoto partidario que fue de don Manuel Azaña, en su casa del destierro, en Toulouse, desde donde el expatriado ayudaba con sus recursos a las organizaciones de exiliados republicanos y al sostenimiento de un hospital para atender a los guerrilleros que aún luchaban en los montes asturianos y buscaban en Toulouse una base de acogida. Lo que no sabía el ingeniero era que un sobrino de su amigo proscrito, el joven Julián Riquelme Navarro, también expatriado, aunque ya en EEUU, formaba parte del servicio de inteligencia militar norteamericano, la OSS, que había ingresado en los marines conservando su nacionalidad española y que tras recibir por su valentía en la batalla de Guadalcanal el Purple Heart y la Silver Croos Star, le habían destinado a Argentina con la misión de cazar nazis. La camarada Sliva y la camarada Patria no eran los únicos agentes repartidos por el mundo con esa misión profiláctica, aunque no todos persiguieran los mismos objetivos.

—¿Necesita usted alguna información más para el próximo consejo, Hans?

—No, Íñigo; es suficiente. Muchas gracias —agradeció Kammler.

El motivo por el que el flamante nuevo consejero de la empresa necesitaba los datos de explotación y, sobre todo, su proyección a un horizonte de cinco años, era porque había convencido a sus compañeros del Consejo sobre la conveniencia de reanudar las exportaciones como antes de la Guerra Civil y abrir nuevas líneas de negocio internacional. Kammler, que ya tenía propiedad de un significativo porcentaje de acciones sobre el total del capital desembolsado, había planteado al poco de incorporarse a la Compañía Minera que sería provechoso aumentar la producción para sostener unos ingresos en divisas que eran inestimables en un momento en que la economía española tenía cerrados casi todos los mercados. Pensaba que la captación de moneda extranjera le daba una posición ventajosa en las negociaciones que su empresa mantenía con los Ministerios de Industria, Comercio y Hacienda. Su formación como ingeniero civil, su facilidad para los idiomas y su flamante pasaporte suizo le permitían encargarse de patrocinar esa política de expansión que ya había planteado en un memorándum que presentó al Consejo. Su idea era abrir en el próximo año agencias de la Compañía en Glasgow, Paris, y Trieste, en una primera fase; después, en una segunda, planteaba establecer delegación en Rotterdam y dar el salto a Estados Unidos donde proponía una agencia primera en Philadelphia y, más tarde, en Nueva York.

El Consejo había delegado en él esa tarea, algo que le convenía porque así no estaba atado a un despacho de manera permanente y le obligaba a continuos viajes al extranjero con la perfecta cobertura de su condición de consejero de la Compañía Minera del Alto Aragón S.A. Los mercados de París, Londres, Zúrich, Rotterdam y Nueva York eran plazas de su interés para la discreta administración de sus intereses particulares y para el desarrollo del plan que había trazado cuando abandonó Zúrich.

Los dos hombres dieron por terminada su entrevista. Kammler acompañó a la puerta de su despacho al ingeniero.

—Buenos días, señor Tobler —se despidió Arruti tendiéndole la mano. El ingeniero había percibido algo en el suizo que le echaba para atrás en la intimidad amable que el otro le ofrecía

—Hans, amigo Íñigo, solo Hans —le recordó Kammler con una sonrisa.

—Disculpe, Hans —corrigió Arruti de inmediato.

Un apretón de manos selló la despedida.

Cuando Hans Kammler se quedó solo en su despacho volvió hacia su escritorio, encendió un cigarrillo y marcó un número de teléfono.

—Buenos días, Martirio.

—Buenos días, Hans —una voz de mujer adormilada contestó al otro lado de la línea

—¿No te habré despertado?

—Claro que no, querido; llevaba ya un rato trasteando en mis cosas —mintió ella lo mejor que pudo; apenas llevaba durmiendo cuatro horas.

—¿Tienes comprometida la comida?

—Para ti siempre estoy disponible, amor mío —respondió la tal Martirio despertando el tono de su voz.

—¿Te recojo a la una y media?

—Claro que sí, Hans. ¿Dónde me vas a llevar? —ofreció zalamera.

—Es una sorpresa, Martirio.

—¿Me pongo guapa?

—Tú siempre estás guapa.

—Un beso, Hans.

—Hasta luego, Martirio.

Mientras la mujer se desperezaba en la cama de su dormitorio y miraba el reloj para darse cuenta que faltaba solo una hora para la cita, Hans Kammler levantaba otra vez el teléfono, esta vez uno interior de color blanco que le conectaba con su secretaria.

—Señorita Bermúdez...

—Dígame, señor Tobler.

—Reserve mesa a mi nombre para dos personas en Lhardy.

—¿A qué hora?

—A las dos en punto... ¡qué se le va a hacer! —a Hans Kammler le costaba acostumbrarse a los horarios de comida españoles. Que se almorzara a las dos de la tarde y que la cena fuera a las diez de la noche le resultaba una costumbre propia de bárbaros.

—¿En el salón principal?

—Sí, como siempre. Muchas gracias.

—A usted, señor Tobler.

Tras las dos llamadas, Hans Kammler se enfrascó en los informes que le había facilitado Íñigo Arruti.

Un timbrazo del teléfono blanco le sacó de sus cálculos. Era la una y veinte de la tarde; se le había pasado casi toda la mañana entre los papeles de su colaborador.

—Dígame, señorita Bermúdez...

—Disculpe, señor Tobler. Su conductor le espera abajo; es la hora.

—Muchas gracias —Kammler lo confirmó con su reloj.

A la una y media en punto, llegaba al portal de la casa de Martirio el coche de Kammler, un lujoso Hudson Commodore que el alemán le había comprado a un importador judío nacido en Tánger y que, gracias a sus buenos contactos con la administración de aduanas, traía automóviles americanos para toreros y empresarios que pudieran pagárselos. La gente sencilla les llamaba los *haiga* porque los toreros y los nuevos ricos encargaban en la tienda el vehículo «más grande que *haiga*».

Kammler se bajó del automóvil y esperó en el portal del nº3 de la calle de la Farmacia, muy cerca de la esquina con Fuencarral, una finca de cuatro pisos con cuatro balcones a la calle en cada uno y con la fachada enfoscada en mortero de color albero, como tantas otras de la zona. Cinco minutos después bajó a la calle la esperada dama.

La mujer llevaba la melena rizada y suelta hasta media espalda y vestía un traje de gasa con motivos estampados y falda de mucho vuelo que la ceñía el talle remarcando unas caderas firmes y un pecho potente que señalaba sobradamente el canalillo gracias a un escote en uve que se adornaba en el vértice con una flor hecha en gasa del mismo estampado que el traje. Semejante preciosidad calzaba unos zapatos de tacón alto, tipo carrete, con florón de seda en la pala, rematado por un botón circular de piezas de *strass*. Por toda joya llevaba unos grandes aros de oro como pendientes, que brillaban sobre su piel aceitunada. Resultaba evidente que la mujer, guapísima, era andaluza.

Hans Kammler se acercó a ella y la besó en la mano antes de tomarla del brazo y acercarse al coche para abrir la portezuela y ofrecer el paso a la dama.

—Perdona el retraso, Hans… y muchas gracias por venir a recogerme; no tenías que haberte molestado —dijo la señorita.

—Solo han sido diez minutos —disculpó Kammler a regañadientes; tampoco se acostumbraba a la española costumbre, tan extendida, de la impuntualidad.

—¿Qué tal la función de anoche? —preguntó él cuando el coche enfiló hacia el restaurante.

—Muy bien, Hans. Estuvo el teatro lleno, *una pila gente*, como siempre.

La dama se refería al teatro Martín donde se representaba *Cinco minutos nada menos*, una opereta cómica en dos actos, con música de Jacinto Guerrero y libreto de José Muñoz Román, que además era el empresario y dueño del teatro, y que llevaba en cartel desde enero de 1944; era la pieza de revista con más éxito de Madrid. Hans Kammler, muy a su pesar porque lo suyo era la ópera alemana, había acudido a una representación invitado por el dueño del chalet que había alquilado en Madrid, el conde de Alabarí que era un noctámbulo desocupado y mujeriego que vivía de sus rentas, y que resultó ser amigo del empresario. Tras terminar el espectáculo, el crápula quiso seguir la noche en Villa Rosa en compañía de tres de las bailarinas del coro. Así había conocido Hans Kammler a la racial corista, «vicetiple» explicaba ella. De eso ya había pasado un mes. Dos ramos de flores con tarjeta y una pulserita de oro le habían abierto las puertas para llegar a la muchacha, que estaba encantada con el galanteo.

Hasta el restaurante no paró de contarle cada uno de sus números en la revista, que eran seis. «Donde quedo mejor es en *La Montijo y sus dragones*; llevo una capa corta muy bonita y un gorrito… y como soy la más alta» insistía ella con mucho detalle de aquel pasodoble. Estaba contando ya los pasos de *Una mirada de mujer*, un foxtrot muy movido que cerraba el espectáculo, cuando el Hudson llegó a la carrera de San Jerónimo. El portero de Lhardy les abrió la portezuela.

—Pasa a recogernos a las cuatro, Karl —le dijo a su conductor, un tipo fornido y silencioso que llevaba el pelo cortado a la manera militar.

La pareja subió al primer piso por una estrecha escalera alfombrada que dejaba a su izquierda la tienda en planta baja que en origen había sido una pastelería, cuando Emilio Lhardy fundó el negocio en 1839, y ahora era una tienda que despachaba los productos típicos de la casa, pasteles, fiambres, quesos y consomé. Al entrar en el salón principal, el que daba a la carrera de San Jerónimo y llamaban el salón isabelino, la vicetiple no pudo evitar un murmullo de admiración: «qué sitio tan bonito… y qué fino» dijo con los ojos abiertos como platos.

—¿Le acompaño a su mesa, señor Tobler?

—Gracias, Abel. Siempre tan atento.

El *maître* les ofreció una mesa cerca del primer balcón a la calle. Dos sillas estilo Carlos IV tapizadas en terciopelo rojo les estaban esperando. En aquel salón, que había sido testigo de la política de Corte y sus secretos desde el reinado de Isabel II, se usaba cubertería de plata. La leyenda decía que, en el salón japonés, detrás del isabelino, Isabel II se había dejado olvidado su corsé tras un encuentro amoroso y gastronómico con uno de sus numerosos amantes que era andaluz de Antequera y ministro.

El encargado del salón les ofreció la carta del establecimiento y se retiró haciendo un gesto a un camarero para que continuara el servicio.

—¿Van a tomar algo los señores hasta que elijan? —preguntó el camarero con su mejor sonrisa.

—Traiga, de momento, una botella de Taittinger de 1945. Que esté muy frío, por favor.

—Espere un momento, caballero; voy a preguntar si nos queda esa añada —dijo el mozo muy apurado. La escasez era tal que seguramente no les quedara en bodega el capricho del cliente.

Y marchó hacia el bar a preguntar por la extraña comanda. El caballero tomó de la mano a su bella invitada dirigiéndose a ella.

—Es un *champagne* excelente. Lo fabrica la familia de un amigo mío que era alcalde de París.

Kammler mentía en eso como un bellaco; Pierre Taittinger no había sido alcalde de París, sino solamente consejero municipal, algo parecido a los concejales españoles. La relación entre ellos venía de que el afamado señor había fundado en 1924 Les Jeunesses Patriotes, un movimiento de extrema derecha que venía de l´Action Francaise y que en 1935 se había reconstruido como Parti National et Social. En esa condición ocupó el cargo de presidente del Consejo Municipal de Paris hasta agosto 1944, de esa época conocía a Hans Kammler, colaborando con los nazis hasta que entraron en la capital francesa las tropas Aliadas. De manera sorprendente había sobrevivido a la purga de colaboracionistas. Pese a aquellas turbias amistades el *champagne* producido en la casa fundada en 1734 por Jacques Fourneux, y que había comprado la familia Taittinger en 1932, era el mejor *champagne* francés que se elaboraba desde la mansión de los condes de Champagne, que disponía de unas magníficas cavas subterráneas construidas en el siglo IV por los monjes benedictinos de la abadía de Saint Nicaise.

—¿Un cigarrillo? —ofreció Kammler a su amiga mostrándola una pitillera de oro.

—Gracias, Hans —dijo ella tomando uno—. ¿Son egipcios? Son los que más me gustan.

Una corista respetable creía que era de buen tono para su oficio fumar cigarrillos, preferiblemente egipcios, y pintarse las uñas de rojo intenso. Para eso empleaba un tono *russian red* de Max Factor, un judío polaco cuyo verdadero nombre era Maximiliano Faktorowicz y que se había hecho famoso desde Hollywood maquillando a estrellas como Gloria Swanson, Mary Pickford, Pola Negri, o Jean Harlow.

—Sí, Martirio —dijo él mientras le encendía uno con un mechero también de oro—. Son Matossian, los más suaves.

Y cuando Hans Kammler guardó el encendedor en el bolsillo de su chaqueta llegó el mozo de mesas.

—Tenemos este, señor. ¿Le vale?

El camarero le ofrecía una botella de Codorniú de 1945. Al menos estaba fría.

—Psss…, está bien —el falso Tobler no parecía muy convencido, pero hizo un gesto invitando al mozo a descorcharla.

Los Codorniú estaban en el oficio desde 1551 pero desde cuando Ana, la *pubilla* de los Codorniú, se casó con Miquel Raventós en 1659 el apellido del marido pasó a administrar la marca para siempre, y fue Josep Raventós i Fatjó quien, en 1872, volvió de un viaje a la Champagne francesa decidido a fabricar un espumoso como el de aquellas tierras. Desde entonces se dedicaban exclusivamente al cava y no les iba mal.

Kammler hizo un gesto de aprobación con la cabeza y el camarero sirvió la copa de la dama y la suya.

—No me extraña que le guste, señor. El dueño guarda una caja para cuando vienen clientes como usted... de confianza —era verdad que Hans Tobler era un habitual del restaurante, pero el cava venía del estraperlo, de ahí lo de la confianza.

Cuando se retiró el mozo, Kammler ofreció brindar a su amiga.

—Por ti, cielo —dijo alzando su copa.

—Por nosotros, Hans... y por la función.

Cuando la bella probó el cava no pudo evitar un gesto de desagrado.

—Es como la sidra, pero más amargo, como si estuviera *chumío* —explicó para justificar el gesto remilgoso.

—¿No te gusta? —preguntó Kammler que no comprendió aquello de *chumío*, expresión local granadina para lo que está en mal estado.

—Sí, cielo mío, es que no lo había probado nunca —confesó Martirio.

En eso llegó el *maître*.

—¿Han decidido ya los señores?

—Sí, para mi tráigame una *vichyssoise* y un lenguado *meunière*.

Martirio todavía andaba enfrascada con la carta.

—¿La señora? —requirió Abel

—¿Aquí dan cocido? —preguntó la intrépida vicetiple señalando con el dedo el lugar de la carta en que se mencionaba. No sabía que junto con los callos a la madrileña era una de las especialidades de la casa.

—Pues sí, señora, con tres vuelcos.

—¿No te parece un poco indigesto, cielo? —quiso objetar Kammler.

—Que va... si yo me como las piedras y me sientan bien —la verdad era que la muchacha llevaba un hambre tan importante como su atrevimiento.

El camarero, imperturbable, se fue a por la comanda.

—¿Cómo entraste en el teatro? —preguntó Kammler que sentía cierta curiosidad por la historia pasada de su amiga, parte por curiosidad y parte por prevención.

—Es una historia muy larga, cariño.

—Tenemos tiempo —ofreció él.

—El caso es que yo soy de *Graná... del mismo Graná* —declaró la bella como si fuera una declaración de principios.

Estaba claro que la vicetiple iba a empezar por el principio. Para Kammler, Granada era un lugar tan remoto como Tombuctú.

—El caso es que siendo niña me llevaron al colegio de María del Santísimo Rosario, en el barrio de San Cecilio, que era gratis para niñas pobres y lo había fundado el padre Manjón que en gloria de Dios esté —dijo persignándose muy pía— y, como yo no paraba de cantar y bailar en casa, a mi madre se la ocurrió llevarme a la zambra de Paca la del Esparto para que aprendiera flamenco, que según ella se me daba muy bien. Allí estuve dos años y aprendí los tres bailes básicos de la zambra que son la *albolá*, la *cachucha* y la *mosca*, y también me enseñaron en el *petaco*, el *merengado* y el tango gitano, que se bailaban en el Sacromonte cuando había fiestas. ¿Pero sabes qué pasó?

—Pues no... —Kammler estaba fascinado.

—Resultó que era demasiado alta y decían que no valía para bailaora, que era muy desgarbada —dijo poniendo carita de pena—. Y, además que, como era rubia...

—¿Qué tú eres rubia? —y además no salía de su asombro.

—¿No te habías dado cuenta, Hans? —dijo ella poniendo cara de doncella inocente— Pues se nota mucho, aunque lo lleve arregladito.

—Vale, vale... Sigue —el alemán se había cortado más que la muchacha—. ¿Entonces tampoco te llamarás Martirio de la Pasión?

—¡Claro que no! Pero... ¿a que es bonito?

—Pues sí —otorgó el desconcertado Kammler.

—Yo, de verdad, me llamo Angustias Fernández Requejo. Pero mi nombre artístico es más mono... ¿a que sí? —dijo ella orgullosa—. Me lo puso mi primer representante, que...

—Sigue, sigue, no entres en detalles —«que es peor», concluyó Kammler para sus adentros.

—A lo que iba, que me *esfarató* —repescó la artista—. El caso es que dejé el flamenco, dejé el colegio y como ya era mocita y parecía que tenía más años que los que había cumplido... y gracia no me faltaba, me metí de corista y me puse de función en una revista que daban en el Cervantes, el que está en la calle Ganivet. Se llamaba *Lo que enseñan las señoras* y era muy bonita.

—Me imagino… —concedió Kammler que no tenía ningún interés en que Martirio le explicara el argumento.

En eso llegaron la *vichyssoise* y la sopa del cocido y Martirio cesó en su parlamento; tenía algo más importante en qué ocuparse.

—Este es el primer vuelco, señora —explicó el *maître* refiriéndose a la sopa con fideos; después vendría el segundo, le explicó, «los garbanzos con las verduras, y por último el tercero, las carnes con el tocino, el chorizo y el tuétano de los huesos de caña».

—¡Qué rico!… ¡qué bien huele! —fue cuanto dijo antes de atacar la sopa. Kammler no pudo evitar una sonrisa ante la ingenuidad casi infantil de su acompañante.

A las cuatro en punto salían del tradicional restaurante. Martirio de la Pasión con el hambre saciado y Hans Kammler empapado con la historia doméstica de la ciudad de Boabdil y las aventuras trajinantes de su amiga.

—Vamos a ir paseando, Karl —le indicó a su conductor cuanto se disponía para abrir la portezuela del coche. Una inclinación de cabeza fue su respuesta—. Recógeme a las siete en la puerta del Palace.

Kammler se refería al hotel Palace, uno de los más lujosos de Madrid, a pocos metros más abajo siguiendo por la carrera de San Jerónimo. Un afrancesado hotel de postín en cuyos salones se cocían los enredos de la política del Régimen y sus negocios asociados; no en vano estaba enfrente de lo que antes fue Parlamento y que ahora era un ridículo remedo de lo que significó entonces. La soberanía popular había salido por la puerta, cuando por la ventaba entraron los facciosos en 1939.

Con ese paseo en que se oteaba al fondo el mejor Madrid, entre la Castellana y el parque del Buen Retiro, Kammler esperaba que bajara a mejor sitio el cocido que su acompañante llevaba entre pecho y espalda.

No le hizo falta rellenar impreso alguno cuando se acercó a recepción; el conserje del Palace le conocía bien de otras ocasiones. Solo un billete que cambió de mano al recibir la llave fue su identificación que, de otra parte, era conocida de sobra. Si algo le gustaba de su nuevo país era lo fácil que resultaba saltarse en él los controles administrativos, e incluso policiales, si se disponía de dinero suficiente, ciertas relaciones y no se pisaba la única raya prohibida: la actividad política.

La soberbia figura de Martirio, con su andar cadencioso y embutida en aquel traje ceñido y luminoso, era un imán que atraía la admiración cargada de deseo en la mirada lúbrica de algunos hombres que estaban en el vestíbulo del hotel, cociendo sus enjuagues o a la espera de unas citas más o menos confesables. Uno de ellos, un petimetre engominado, con fino bigotillo, vestido con un terno propio de una película de gánsteres y adornado con el cangrejo en la solapa, guiñó el ojo a Hans Kammler en señal de complicidad.

Aquella tarde y durante tres horas, el alemán se desnudaría de nombre y traje; solo sería Hans, un hombre amando, como otras veces ya había sido y aún serían, a una muchacha bellísima, a una criatura con la piel de aceituna, los ojos de mar y el alma de seda, nacida de un natural mestizaje de estirpes y culturas que se pasearon por el sur de España durante siglos. Un amor carnal que desmontaba entre besos y caricias, bien a pesar suyo, el mito de sus creencias raciales más arraigadas. Martirio de la Pasión era la alquimia perfecta de cristianos, musulmanes y judíos, de castellanos y magrebíes, de siglos de tolerancia y convivencia que fanáticos de la cruz o de la esvástica habían intentado sin éxito diluir de manera criminal con la Inquisición o las cámaras de gas, aunque ahora en España no se perseguían razas, que ya se había hecho antes; ahora se perseguían ideas y talantes.

— 17 —
Cacería

La Ventilla y Café Comercial, Madrid.
Octubre, 1948.

Eran las cuatro de la tarde y María llevaba apostada casi dos horas delante del portal de la finca donde vivía la madre de su antiguo amigo. De vez en cuando daba una vuelta a la manzana para disimular la espera y vigilar el pequeño Citroën estacionado en la calle Miosotis. Le había seguido desde los primeros días de septiembre y ya tenía bastante controlada la rutina de Ramón Botillas, por eso sabía que todos los martes almorzaba en casa de su madre después de acudir a la sede de Falange en la calle Azucenas, que todos los domingos iba a misa con su mujer y sus hijos a la parroquia de la Concepción en la calle Goya, que los miércoles por la mañana la pasaba entera en la sede de la Junta de distrito de Tetuán y que los jueves por la tarde, a eso de las cinco, visitaba la sede de Transportes Internacionales Dávila donde permanecía hasta pasadas las ocho y siempre salía con un paquete en las manos. También registró que los miércoles, después de almorzar en casa con su familia, se veía con una *amiga especial* en un pisito discreto de la calle Francisco Santos, cerca de la plaza de toros de Las Ventas, y que algunas noches, aunque eso sin rutina, iba con sus amigos a Villa Rosa o a Chicote, un tablao flamenco y un bar de copas muy de moda para solaz ahora de estraperlistas y noctámbulos que seguían los pasos de Miguel Primo de Rivera o del mismísimo Alfonso XIII, dos impenitentes mujeriegos ya retirados de la vida, acudiendo con mayor o menor disimulo al espectáculo flamenco. El resto de la actividad de Botillas era un continuo trajín de *ires y veníres* dedicándose a lo principal de su negocio, el estraperlo de altura y el comercio irregular del combustible y del transporte de mercancías. Gracias a su bicicleta y la necesaria paciencia había localizado una interesante relación de oficinas, almacenes disimulados y personajes, a cuál más turbio, que conformaban el escenario de su negocio en el teatro de una ciudad empobrecida y asustada que en muchas cosas parecía un nuevo patio de monipodio.

Cuando vio que Ramón Botillas salía del portal camino de su coche, aceleró el paso en dirección contraria, dirigiéndose hacia él con la intención de cruzarse en la acera antes de que su objetivo alcanzase el vehículo. María vestía ese día con una falda de paño y una rebeca de lana gris sobre una blusa de color malva. Por todo adorno lucía unos diminutos pendientes de plata y una cinta en el pelo recogiéndoselo en una pequeña coleta, pero escondía bajo la falda su pistola francesa del 7,65; no sabía cómo podía terminar aquella descubierta. Mientras se aproximaba a Ramón aparentaba estar hurgando en su bolso como si rebuscase algo que la permitiría fingir que iba distraída y chocarse con él de manera casual.

La cosa sucedió como deseaba y de repente se dio de bruces con su antiguo amigo mientras sacaba del bolso un monedero muy gastado.

—Huy... perdón —se disculpó fingiendo un azoramiento que no sentía y con la vista todavía en la acera.

—No es nada, señorita —respondió él con una sonrisa.

En eso, María Millán levantó la mirada hacia la cara del hombre. El gesto de la joven cambió de repente, como si hubiera visto una aparición; tenía los ojos abiertos como platos. Era una escena que había ensayado varias veces ante el espejo de su baño.

—Ramón... —dijo ella, más como exclamación de sorpresa que como nombre.

—Si, así me llamo, ¿Me conoce usted, señorita? —le respondió sorprendido el falangista.

—Tú eres... Ramón, Ramón Botillas, ¿verdad? —insistió María Millán fingiendo asombro.

—Sí, soy Ramón Botillas... para servirla —el pequeño jerarca se creía popular en su barrio, y que una joven de buena planta le reconociera activaba su instinto de cazador.

—¿No me reconoces, Ramón? —preguntó ella tras unos segundos de silencio. Parecía emocionada.

El falangista, que ese día de octubre vestía la camisa azul y la corbata negra bajo un traje gris marengo, se la quedó mirando en silencio como si revisara el archivo de su memoria visual. Buscaba esa foto entre sus recuerdos.

—Soy María... ¿No me recuerdas? María Millán, tu compañera de instituto en el Cervantes —le facilitó ella para ayudarle.

—¡María! —revivió él; era la última persona que hubiera imaginado encontrarse.

La cara se le iluminó con una sonrisa; en un instante se le vinieron a la mente los años de juventud, las risas en las aulas y cuando él intentó un coqueteo con la muchacha. Habían pasado diez años desde que se vieron por última vez en Madrid, antes de que Ramón se escapara de la ciudad para unirse a los sublevados.

La mujer sonrió al saberse reconocida. Comenzaba su tarea más delicada.

—Estás guapísima, María —dijo él haciendo gesto para abrazarla.

Ella aceptó el abrazo y dos besos en las mejillas para celebrar aquel encuentro casual que María Millán había planificado hasta el más mínimo detalle. Ramón sintió un íntimo cosquilleo cuando los labios de su amiga le besaron en la mejilla.

—No has cambiado nada, mujer; estás guapísima... como siempre —dijo en cuanto se separaron. El falangista la miraba de arriba abajo como quien calibra una presa.

—Para nada... son los ojos con los que me miras, Ramón. Estoy muy estropeada... y ya soy mayor —dijo ella bajando la mirada, fingiendo un pudor extremo. Esa parte también la tenía ensayada.

—Qué va, María; estás estupenda. Tan guapa como siempre.

—No es verdad... pero me gusta que me lo digas —declaró María ruborizándose, algo que controlaba muy bien porque en su instrucción le explicaron que las personas que se ruborizan parecen generosas, más fiables y menos desafiantes ante la autoridad.

—¿Dónde vas ahora? —preguntó él tomándola del brazo.

—Iba para casa; acabo de salir de trabajar.

—¿Te apetece un café? ¿Tienes tiempo? Tenemos muchas cosas de qué hablar... tantos años.

Ramón Botillas acababa de dar el paso que María Millán esperaba. Ahora le tocaba a ella seguir el juego que tenía previsto.

—La verdad es que sí que me apetece; no pensé que volviera a verte. Ha sido una casualidad preciosa.

María sonrió al decirlo, pero lo que para Ramón significaba que la mujer se alegraba de verle, y eso le regalaba el orgullo de hombre, para ella indicaba que Ramón había entrado en la red que le tenía preparada. A los dos, cada uno por sus razones, les valía la situación y, cada uno a su modo, se complacían por el encuentro.

—Vamos al coche —dijo sacando las llaves del bolsillo del pantalón.

—¿Tienes coche? —preguntó ella con admiración; sabía que el halago y la modestia eran caminos seguros para allanar cualquier desconfianza— Te irán muy bien las cosas, ¿verdad?

—Pues sí; no me puedo quejar —reconoció orgulloso.

—Cómo me alegro —apuntó María dando un paso más en la simulación.

Esa apostilla era un anzuelo para que Ramón Botillas se pavoneara. María ya había empezado con su tarea, y sabía hacerlo bien. Ramón era su objetivo y una vía excelente para llegar a donde ella pretendía; la España del general Franco era un refugio perfecto para los nazis alemanes que usaban la península para esconderse o, los más comprometidos con los crímenes de guerra, para dar el salto a Sudamérica donde gente como el general argentino Juan Domingo Perón les recibían con los brazos abiertos y sin preguntar por lo que ya sabía. Los falangistas, los más pronazis de los franquistas, eran sin duda, así se lo había explicado su instructor político en Frunze, la mejor vía para enlazar con el turbio piélago madrileño de los de la esvástica, y Ramón Botillas era falangista.

—¿Dónde te apetece ir? —preguntó él cuando se sentaron en el vehículo. Para Botillas era importante deslumbrar a su vieja amiga, y tener un coche en aquel Madrid del hambre era una evidente señal de poderío.

—Donde tú quieras, Ramón —ofreció en el papel obediente que se esperaba de ella.

—¿Te apetece el Café Comercial? —ofreció el emperejilado falangista después de mirar su reloj de oro para saber de qué tiempo disponía. A las siete de la tarde estaba citado con un empresario del transporte al que le había prometido una licencia de importación para dos camiones.

Quería ir a un café de toda la vida. Al gran Café Comercial, un local con las paredes decoradas por pinturas de Antonio Serrano y un aire bohemio que estaba en la esquina de Fuencarral con la glorieta de Bilbao, que tenía delante una terraza de verano y una boca de metro que daba acceso a las líneas 1 y 4 como bien conocía María Millán.

—Mucho… una vez entramos a tomar chocolate cuando estábamos en el instituto… ¿te acuerdas? Fuimos con Pili y con Andrés… y luego nos invitasteis al cine.

María sabía perfectamente qué resortes tocar para que el inconsciente de Ramón fuera por los pasos que ella iba a marcar en adelante; eso lo había aprendido bien en su instrucción rusa, gracias a las enseñanzas de Caridad Mercader al respecto de cómo influir en la voluntad de un hombre, fuera por seducción o por evocación. Aquel día al que había hecho mención, un domingo de junio de 1932, salieron juntas su amiga Pilar y ella con Ramón y Andrés como si fueran dos parejas de novios; jugaban a eso, como juegan los niños a fingirse mayores. En el cine, Ramón la tomó de la mano con apuro; era parte del ritual. Hoy, dieciséis años después, ella reconducía el casual encuentro actual a aquel preciso momento pasado donde se sabía fuerte, pues el muchacho la requebraba, nervioso, para una relación más íntima que nunca llegó a ser; solo un par de besos temblorosos y alguna caricia furtiva fueron el alimento de aquel romance nonato. Hoy, ese muchacho que se había vuelto hombre, se enfrentaba a una situación similar: un chocolate en el Comercial, compartido entonces por dos adolescentes sinceros y ahora por dos personas adultas con mucho que callarse y con una historia a sus espaldas que nunca hubieran imaginado en aquellos días de paz y sueños.

Eran las cuatro y media cuando aparcaban el coche en la glorieta de Bilbao y entraban en el Comercial, que a esas horas se iba llenando de clientes que acudían a sus tertulias o a tomar un café de puchero para pasar la tarde. Ninguno de ellos reparó en un hombre corpulento y atildado, calzado con zapatos sin calcetines, que estaba sentado al lado de un ventanal, repasando con un lápiz unos folios para corregirlos y descargar de ellos ciertas escenas que no le pasaba la censura con la que llevaba peleando dos años para conseguir el permiso de publicación que le negaba un cura censor, un tal Andrés de Lucas, aduciendo que la novela «atacaba el dogma y la moral». Ese hombre era Camilo José Cela repuliendo una vez más *La colmena*, una novela que retrataba el Madrid miserable de la posguerra y que no le permitían publicar, pese a las recomendaciones del escritor falangista Leopoldo Panero, el censor civil que le apadrinaba.

La pareja se sentó a espaldas del escritor, y un camarero se acercó a tomar la comanda.

—¿Te apetece un café con leche? —ofreció Botillas.

—Prefiero un chocolate... como entonces —quiso corregir ella con toda la intención.

—Sean dos chocolates calentitos, mozo —pidió el falangista, casi emocionado porque su amiga retrotrajese el recuerdo a aquel día tan lejano.

Los dos permanecieron un rato en silencio hasta que volvió el camarero con los chocolates. María fingía un azoramiento estudiado, casi virginal, y él estaba removido porque se le agolpaban los recuerdos. Se enfrentaba a una situación que nunca hubiera esperado, tener enfrente otra vez a su primer amor de juventud, un platónico cariño de adolescente que naufragó en el tiempo de las cosas pero que se le quedó prendido en la nostalgia.

Cuando se retiró el camarero los dos quedaron en silencio, mirándose a los ojos, Ramón buscando allí su pasado, María escudriñando el futuro. Fue Ramón quien abrió el fuego de una conversación que no imaginaba a dónde podía llevarle.

—¿Qué ha sido de ti, María? Creí que te habías ido —Ramón se refería al exilio como si hablara de un viaje; quería quitarle hierro al asunto. Sabía perfectamente de las devociones políticas de su amiga y no quería hurgar en eso. Cuando terminó la Guerra Civil y él regresó a la capital con las tropas franquistas y la camisa azul puesta la buscó por el barrio y nadie supo dar razón de ella. «Se ha ido... ya sabes» o «se habrá muerto» fue cuanto pudo sacar.

—Me escapé por la frontera poco antes de que terminara la guerra; ya estaba todo perdido para nosotros y sabes que aquí no me podía quedar; era demasiado peligroso —quiso explicar María—. Salí por Cataluña y tras dar mil vueltas terminé en Perpignan con otras amigas que cruzaron conmigo.

—¿Por qué no te quedaste? Tú no habías hecho nada... eres una buena persona y no tenías nada que temer —mintió Ramón para quitarle hierro al asunto—. Yo te podía haber ayudado —eso lo decía sinceramente.

—Porque tenía miedo, Ramón, y porque me quedé sola. Aquí murieron mis padres y mi hermano, ¿te acuerdas de él? —Cosme Millán había sido uno de sus compañeros de clase y compartieron su afición por el futbol— y por eso tuve que salir de España, ya sabes, y después me quedé en Francia trabajando en una fábrica.

—¿Por qué has vuelto? ¿No tenías allí a nadie?

—No, estaba sola. Mi novio murió durante la guerra.

—¿Tenías un novio? ¿Era militar? —a Botillas le sorprendió eso.

—Si, se llamaba Jules y era fotógrafo… un buen hombre y muy cariñoso, pero no estaba en el ejército —en eso no mentía—. Cuando murió, que se mató con un coche, ya nada me ataba a Francia; su familia nunca me aceptó por ser una refugiada.

Se calló su militancia en el PCE, su detención en Lyon, el campo de concentración y todo lo que vino después. Esa parte no estaba en el guion y le tocaba interpretar el papel de mujer desvalida.

—Lo siento de veras, María —lamentó.

Los dos callaron y Ramón quiso matar el silencio sacando su paquete de cigarrillos.

—¿Quieres uno? ¿Fumas? —preguntó ofreciéndole de una cajetilla de rubio americano.

—Gracias, Ramón —aceptó ella aun sabiendo que no estaba bien visto que una señorita fumara—. Me acostumbré en Francia… pero ahora apenas fumo.

—Estos son muy suaves.

María tomó el cigarrillo y cuando Ramón se ofreció a encenderle ella procuró que sus manos se rozaran por un instante.

—¿Te acuerdas cuando nos fumábamos un cigarrillo a escondidas al salir del colegio? Entonces te gustaba que te llamara Moncho —María pensaba seguir trabajando sobre los recuerdos de Ramón; era una manera de desmontar cualquier desconfianza que pudiera albergar y de llevarle a un terreno en que no se sintiera protegido.

—Perfectamente… pero entonces fumábamos picadura, Marita —asintió Ramón Botillas con una sonrisa al recordar aquello y cómo llamaba a su amiga por entonces. Ella no cejaba de jugar con los recuerdos

—Hoy te van mejor las cosas; has progresado mucho —ahora le tocaba regalarle el oído.

—¡Qué va!… solo hago lo que puedo —quiso despistar él.

El mozo se acercó a la mesa al ver que sus parroquianos habían acabado con sus tazas de chocolate.

—¿Les apetece alguna cosa más? —ofreció el empleado.

—Le agradecería un vaso de agua fresquita —pidió ella.

—Tráigame un coñac, por favor —ordenó él.

—El agua es para el chocolate como las caricias al amor, Ramón. Deben ir juntos; lo escuché una vez en Francia —dijo ella cuando se marchó el camarero.

Esa frase se le clavó a Botillas en las entretelas.

Cuando el mozo volvió con lo suyo fue Ramón quien reabrió la conversación.

—¿Te puedo preguntar una cosa?

—Todas las que tú quieras… —respondió ella como ofreciéndose en esas palabras.

—Es un poco delicado —se quiso justificar el falangista.

—Nunca he tenido secretos para ti, Ramón —mintió ella con todo aplomo, incluso se ruborizó.

—¿A qué te dedicas ahora?

—Trabajo como asistenta en casa de unos señores… es algo provisional hasta que encuentre algo mejor… y también me ayudo con unas vecinas para pasar cosas de estraperlo.

—Como tanta gente —reconoció Botillas— ¿Y has dejado…

—¿La política? —le interrumpió ella para hacérselo más fácil.

—Bueno… sí; a eso me refería —reconoció él un poco cortado.

—Ya no tengo nada que ver; dejé el partido cuando salí de España. Ni siquiera los camaradas me ayudaron entonces.

—¿Ves? De los rojos no te puedes fiar.

Ella fingió un mohín de desagrado, como si estuviera desencantada.

—Todo aquello es agua pasada; ni siquiera saben que he vuelto —quiso corroborar ella.

—¿Tienes papeles?

—No tengo papeles… los perdí cuando crucé la frontera. Solo tenía un permiso francés como refugiada… y estaba caducado. Mi novio me iba a tramitar la nacionalidad francesa cuando nos casáramos… pero pasó lo que pasó… y aquí estoy. Ahora digo que me llamo María García; mis amigas del estraperlo me han conseguido, vete a saber cómo, unos que así lo dicen. Hasta tengo cartilla de racionamiento.

Ramón Botillas sonrió al escucharlo. «Si no fuera por el estraperlo…» pensó divertido.

—¿Y cómo entraste? —quiso continuar con el interrogatorio.

—Le pagué a un conductor francés para que me pasara escondida en la carga de su camión. Subí en Perpignan, me cruzó la frontera metida en un cargamento de madera que tenía que venir a Madrid… y cuando llegué me fui al barrio a buscarme la vida. No podía hacer otra cosa… sin familia, sin papeles, con un poco dinero ahorrado y una pequeña maleta por todo equipaje ¿qué otra cosa podía hacer?

—Eres muy valiente…

—Pero he tenido la suerte de encontrarte, Ramón —y ahora fue ella quien le interrumpió y le tomó de la mano. Esa frase, cargada de intención, era un torpedo bajo la línea de flotación del hombre.

—Y yo, María… y yo —respondió él. La frase le había emocionado, de lo cual María se dio perfecta cuenta.

La actuación de María Millán estaba dando resultado y pensó que era momento de parar con las confidencias. Él había mordido el anzuelo, de eso se trataba en aquella primera cita, y ahora tocaba soltar sedal.

—Me tengo que ir, Ramón —explicó María señalando un reloj que había en la pared. Marcaba las seis de la tarde.

—¿Tienes prisa?

—Tengo cosas que hacer… tengo que pasar unos kilos de café —dijo ella con una sonrisa pícara.

—¿Te llevo?

—No hace falta; cojo el metro aquí mismo y termino en un rato —explicó María.

—¿Tienes teléfono?

—Cómo voy a tener teléfono, Ramón, si casi no tengo nombre.

—¿Cómo te puedo ver?

—Ven por mi casa cuando quieras. Vivo de alquiler en un piso pequeño de la calle Hierbabuena. ¿Tienes un papel?

Botillas sacó de su chaqueta una pequeña agenda de tapas negras de hule donde apuntaba todos sus chanchullos y una pluma Parker que había adquirido de contrabando precisamente en el Café Comercial. María Millán le escribió la dirección completa y puso debajo su nombre.

—Pregunta por María García si no estoy en casa; nada más que tú sabes mi verdadero nombre —explicó bajando la voz para cuidar el misterio—. Para mis vecinas soy María García Fernández aunque les dije que me llamaba María Cifuentes Sanmillán y que era de un pueblecito de Ávila… pero que debían de callárselo.

—¿Por qué?

—Ya te contaré otro día, Ramón; que ahora no llego —apuntó ella misteriosa; se trataba de anudar la curiosidad en el magín de su antiguo amigo.

—Has hecho bien —reconoció Botillas cada vez más ilusionado por saber de los secretos de su amiga. Lo que no suponía era que María Millán, cual nueva Scheherezade, iba a extender el relato en los tiempos de su conveniencia.

Que Botillas aplaudiera esa simulación explicaba que había mordido bien el anzuelo. María Millán estaba satisfecha de aquel primer acto.

Un beso en la mejilla a iniciativa de la mujer, un beso suave y lento que rozó la comisura de los labios del hombre, fue la guinda de aquel pastel que a Botillas se le ofrecía tan dulce. Tras ese beso, María desapareció en la boca del metro.

La agente de Eitingon había conseguido su primer objetivo: enlazar con alguien que pudiera confiar en ella y le sirviera como guía en el turbio mundo franquista a fin de bucear en el piélago de los refugiados nazis en España.

Conectar con un falangista que hubiera conocido en la infancia, que estuviera bien instalado en la situación y que, en principio, confiase en ella, era una baza que María tenía que aprovechar y más aún si el personaje en cuestión ofrecía un costado débil, su carácter mujeriego y la antigua historia inacabada que les pudo unir años atrás. Para eso recordaba las instrucciones de su amiga África de las Heras, una verdadera especialista en el arte de la seducción.

La historia que empezaba aquel día de octubre para Ramón Botillas pintaba de manera muy distinta. Mientras conducía hacia su casa iba nervioso, rumiando lo que había ocurrido, y le costaba deslindar dos sensaciones contradictorias que peleaban en su cabeza para buscar cuál iba delante. De una parte, como alguien acostumbrado a usar su posición para procurarse un cierto éxito efímero como amante de ocasión, aprovechando que su planta no era mala, que tenía dinero y que podía comerciar con casi toda clase de favores, coleccionaba un plantel de conquistas carnales que satisfacían una libido tan voraz como la suya. De otra, al darse de cara con María Millán, su viejo amor de adolescente, el tiempo se volvía hacia atrás como si el dios Chronos quisiera darle otra oportunidad, como si reenganchara de repente con lo que soñó que pudo ser y no fue, como si volviera a ser Moncho, aquel joven que se buscaba la vida en un barrio proletario en compañía de otros jóvenes, sin más interés que la amistad. Su instinto de cazador y su pulsión de enamorado convergían ahora, contra toda lógica, en la persona de una mujer que creyó perdida para siempre: María Millán, su amiga Marita. Aquella mujer radiante, que desapareció por culpa de la España negra que él había ayudado a construir y en la que se había procurado sitio, le volvía de nuevo a los ojos, como si saliera de una nube de humo y pólvora que arrasó todo lo que ella quiso hacer suyo y por los suyos, reencarnada en una mujer apocada, temerosa, pero tan bella y dulce como cuando paseaban por las orillas del rio Manzanares cogidos de la mano.

Aquella noche, mientras Ramón Botillas hacía el amor con su mujer en su casa pequeñoburguesa del barrio de Salamanca pensando que estaba en el lecho con María Millán, la agente de Eitingon preparaba un texto cifrado para reportar a Moscú su hallazgo. Era el tercer mensaje a Moscú desde que vivía en La Ventilla. Por fin podía dar una buena noticia.

Usando la técnica Ottendorf, el cifrado por código extraído de un libro conocido solo por el emisor y el receptor, la clave, la agente disfrazaría la comunicación a sus jefes. María utilizaba para esa función de inteligencia un viejo ejemplar de *Cuento de invierno*, una obrita del maestro de escuela alicantino Rafael Pérez Pérez, un escritor muy popular de novela rosa que había publicado más de cien títulos y era muy conocido entre las clases humildes. El ejemplar que usaba María Millán para cifrar su mensaje y que la acompañaba desde que dio comenzó su aventura española se lo habían facilitado en Moscú y era una edición de 1933 impresa en Barcelona por la editorial Juventud. Eitingon tenía otro igual en un cajón de su mesa de despacho.

La agente del NKVD terminaría el encriptado de su información a las once la noche. Lo telegrafió en código Morse a las doce en punto, una de las horas convenidas.

A esa hora, con todo Madrid durmiendo y mientras Ramón Botillas boqueaba exhausto por el asalto amoroso que sorprendió a su mujer por lo fogoso del empeño, María Millán se masturbaba dulcemente en la cama recordando a su amada Inessa Vasiliedna.

— 18 —

Tortura

Dirección General de Seguridad. Madrid.
4 de noviembre de 1948.

—Entonces... ¿no tiene nada?

—¿Cómo que no? —respondió con cara de espanto—. Esta señorita tiene un historial para ponerla mañana delante de las tapias del cementerio.

—¿Y eso?

—Esta mujer es peor que las Trece Rosas, aquellas hijas de puta comunistas que dieron tanta lata después de la guerra —sentenció concluyendo.

El funcionario de la Jefatura Superior de Policía de Madrid que estaba adscrito a la Brigada Político Social se refería a las trece jóvenes ejecutadas, nueve de ellas eran menores de edad, en las tapias del cementerio de la Almudena el 5 de agosto de 1939 lo que motivó una campaña internacional en su ayuda que promovió desde París una hija de madame Curie, la científica polaca doblemente premiada con el Nobel.

—Pero... ¿la estáis buscando? —inquirió Botillas cada vez más preocupado porque obrara una ficha sobre su amiga.

—No, por ahora no; aquí pone que se fue de España con las demás ratas y que no se sabe nada de esta puta roja. Me imagino que estará zorreando con los suyos por ahí, seguramente en Francia, y viviendo de la sopa boba que para eso se llevaron los rojos el oro del Banco de España... para vivir como reyes... y eso que eran republicanos.

El malhablado burócrata policial repasaba unos papeles extraídos de un archivador que estaba marcado con las iniciales CG, la «Causa general instruida por el Ministerio Fiscal sobre la dominación roja en

España», algo que se le había ocurrido a Eduardo Aunós, el ministro de Justicia en 1940, para censar, perseguir y depurar a cuantos no hubieran colaborado con la sublevación militar. La Causa General, que estaba dirigida desde 1944 por el fiscal extremeño Romualdo Hernández Serrano, un tipo que cuando interrogó a un encausado y le preguntó por su profesión, el cuitado le respondió «castrador, para servirle», se nutría de los informes de la Policía, la Guardia Civil, los párrocos, los delatores de toda laya y de los servicios de información del Ejército y de Falange Española. El funcionario de la DGS, el subinspector Lupiáñez, además de faenar en las turbias aguas de la Brigada también se despachaba en los servicios de Falange y de ahí le venía la relación con Botillas, que compartía con él esa condición delatora y algún que otro trapicheo estraperlista.

—Me vas a decir a mí… —concedió Botillas para bailarle el agua. Ahora tocaba lucir el azul.

—Oye, Ramón… ¿por qué te interesas por esta golfa? ¿Está aquí? ¿Acaso la has visto?

A Ramón Botillas se le hizo un nudo en la garganta. Esa era una pregunta que ni quería ni podía responder y decidió andar por el asunto como quien cruza un campo de minas.

—Qué va… es que es mi madre era muy amiga de la suya —improvisó como pudo quitándole importancia—, y el otro día me preguntó si yo sabía algo de la hija de María Pruneda porque la muchacha le caía muy bien, cosas de la edad.

—Qué raro… ¿no te parece?

—Que va… Ahora a mi madre está mayor y se le vienen los recuerdos a la cabeza y no sabe el tiempo que vive, la pobre —intentó justificar Botillas, cuya madre estaba perfectamente de la cabeza—. Fíjate que yo creí que la hija de María también había muerto, pero mi madre se ha empeñado en verla; dice que quiere regalarle unas rosquillas que hace.

—La mía se murió sin reconocernos —confesó el policía—; ya había perdido la cabeza y a veces se creía que era una niña.

—Ya lo siento. Pasan estas cosas.

El burócrata volvió a sus papeles y recogió una ficha de la carpeta.

—Lo último que sabemos de ella es que se fue de Madrid en la primavera del 38 —explicó releyendo en voz alta lo que tenía entre las manos—; nos lo contó una vecina vuestra, de tu barrio, que estaba más cabreada que una mona porque también se le escapó el marido.

—¿Con ella... con María? —preguntó Ramón sorprendido.

—Qué va... aquí dice que el pajarito de marras, un tal Cristino Feito, se fugó con una amiga de su mujer aprovechando la situación, una tal Marifé Escalona... que a lo mejor la conoces porque también era de vuestro barrio...

—Pues no —mintió Botillas que conocía al interfecto de su época del Cervantes.

—Si es que estos rojos de Tetuán... —quiso despotricar el funcionario—. Desde entonces, la abandonada, que coqueteó durante la guerra con los del Frente Popular, por eso de que dos que duermen en el mismo colchón se hacen de la misma condición, se ha pasado a Falange y no para de contarnos cosas de los amigos de su marido. Ha sido una mina.

—Entonces... ¿qué le digo a mi madre de María Millán? —quiso concluir Botillas que no estaba para más chismes y quería escaparse cuanto antes del asunto que le había llevado a aquella destartalada oficina de la Brigada.

—Dile que ha muerto; es lo mejor para todos. Tu madre rezará por ella y con eso se entretiene, nosotros cerramos la ficha... y tú te comes las rosquillas. ¿Te parece?

—Me parece bien, Lupiáñez. Muchas gracias, camarada.

Que el del archivo cerrara el expediente de María Millán Pruneda era, visto lo visto, lo mejor que podía pasar. A Botillas le habían quedado claro dos cosas: que nadie perseguía ahora a María y que si su amiga quería sobrevivir en Madrid tendría que mantener el disimulo que la amparaba.

—De gracias nada, Ramón; todavía me debes dos cartones de rubio americano... y ahora ya son tres. Así que ya sabes...

—Te los traigo el miércoles —ofreció el solicitante para apaciguar al policía.

—No se te olvide, Botillas, porque solo te acuerdas de santa Bárbara cuando truena.

—Y lo dices tú... que no das puntada sin hilo —se despidió Botillas ofreciéndole la mano.

Cuando el falangista enamorado salió de la Dirección General de Seguridad era casi la una del mediodía, justo la hora a la que había quedado en Casa Labra, un bar a pocos metros de allí que era famoso por sus tapas de bacalao y donde la tradición decía que se había fundado el PSOE, con un estraperlista de más fuste que le había prometido una importante partida de aceite de oliva para que la distribuyera entre sus habituales. Al salir del edificio se cruzó con un tipo bajito, con entradas prominentes y unas gafas con montura de pasta negra, «a lo Truman» se decía, que entraba con prisas y en quien no reparó.

Después de ajustar el trato con su socio de lance y comprometerse con él a poner en Jaén tres camiones para la recogida del género y traerlo a Madrid se marchó a su casa; era miércoles y solía comer con su familia. Ese día había paella ilustrada con unas gambas, calamares y mejillones que había llevado a su casa un pescadero del barrio que le debía buena parte de su abastecimiento irregular y dos cartillas de racionamiento para sus sobrinas que trabajaban con él en la pescadería pese a no estar empadronadas. Cuando se despidió de su mujer, excusando que esa tarde tenía «una reunión muy importante del partido... con los de la Guardia de Franco» y que llegaría justo para cenar, «a las nueve y media», se fue al pisito de la calle Francisco Santos donde le esperaba como era costumbre Dolores Montaña, la viuda sin hijos de un alférez provisional que aumentaba su pensión con lo que recibía por sus favores al falangista. Botillas le había conseguido un piso de los que había construido la Obra Sindical del Hogar y que algunos se reservaban para favores de «autoridades y jerarquías del Movimiento». Alguna joya de poco valor de vez en cuando y paquetes de alimentos eran, junto al piso de tres dormitorios, el precio de sus cariños.

De camino al picadero, Ramón Botillas no paraba de repetirse la conversación con su amigo policía. Algo quería hacer por María Millán en lo que respecta a su situación en España, pero comprendió que con su vieja y verdadera identidad nada podría hacer; si la muchacha afloraba con esa condición en un sitio que estuviera expuesta corría el riesgo de que antes o después la larga mano de la Brigada Político Social diera con ella. Si quería ayudarla, y en verdad lo deseaba, no le quedaba otra opción que dar por buena su cobertura, comprobar cómo la había obtenido, por si hubiera que cambiarla, y en todo caso legalizársela a través de un amigo suyo, también falangista, que estaba destinado en la comisaría de La Latina y que le debía bastantes favores.

Con esos pensamientos en el magín llegó a casa de Dolores que, como siempre, le esperaba con el café preparado y una copa de coñac del paquete que le había llevado a final de mes, como el falangista tenía por costumbre. Aquella tarde, como todas las que allí pasaba, hicieron el amor entre cretonas floreadas, alfombras de Crevillente y unos muebles que Botillas sacó del almacén de unos clientes valencianos que se los dejaron por bien poco después que él les arreglara una inspección de Abastos. Y aunque todo corrió como siempre entre ellos, con el rito silencioso y compulsivo de los que poco desean contarse, le volvió a ocurrir lo mismo que cuando hizo el amor con su mujer el día que se reencontró con María. «¿Estás bien, Ramón?; te noto raro» preguntó Dolores después de que el falangista demostrara en la coyunda una pasión distinta, más intensa, que la que normalmente se gastaba con Dolores. A la mujer le sorprendió mucho que permaneciera en silencio con los ojos cerrados durante toda la faena amatoria, sobre todo porque Ramón Botillas era un tipo de profusa cháchara en esos lances y aprovechaba cualquier ocasión para pavonearse entre vacuas confidencias de relumbrón que le hacían sentirse importante. Como Dolores no recibiera respuesta, y con ese sentido tan especial para ventear nubarrones que tienen las que no son dueñas del anillo de quien comparte su lecho, la mujer dio por bueno el silencio y decidió implicarse en otro lance carnal donde tomó la iniciativa aplicando todas sus habilidades, que no era pocas, para que su hombre volviera al mundo de aquellas paredes empapeladas con rayitas, a su mundo. Dolores Montaña lo consiguió tras señalar con maestría por dónde Ramón debiera sacar a paseo sus instintos sexuales más escondidos; que bien le conocía.

Aquella noche, cuando llegó a su casa de la calle Lagasca, estaba confundido, turbado, y apenas habló durante la cena que escasamente probó; la imagen de María Millán no se le iba de la cabeza. «No es nada… son cosas del partido», respondió a su mujer cuando esta le preguntó si le pasaba algo, tan sorprendida como Dolores por sus repentinos silencios. Después, apenas concilió el sueño y la noche transcurrió entre sobresaltos, fingiendo que dormía.

En la Dirección General de Seguridad, sin embargo, las cosas no ocurrían esa noche en el silencio que reinaba en casa de Botillas. Mientras el falangista iba de sobresalto en vigilia, en los calabozos al uso de la Brigada Político Social, en los sótanos de la DGS, el hombre pequeño de grandes entradas en la frente y gafas de pasta negra que al mediodía se cruzó con Botillas en la puerta del siniestro caserón se disponía a oficiar la faceta más cruel de su oficio: la de interrogador y torturador, para él la más gustosa y la que le había servido para encumbrarse en aquel funesto escalafón. Aquel hombrecillo de poco porte y deslucida apariencia era Roberto Conesa, el principal artífice de una infiltración en la organización interior de PCE que tenía diezmado al partido de Dolores Ibárruri por la policía franquista desde hacía años, desde que terminó la Guerra Civil.

En uno de los insanos calabozos de la Puerta del Sol, Roberto Conesa interrogaba de madrugada a dos estudiantes que habían sido apresados esa tarde al entrar en la boca del metro, tras salir de una chocolatería que había en la calle de San Bernardo. Los detenidos, una muchacha menuda de melena rubia clara con el pelo lacio y un joven moreno con el pelo rizado, eran estudiantes universitarios. Cuando entraron en el establecimiento, ella llevaba un bolso muy grande en bandolera y una carpeta azul. Él cargaba con una pequeña mochila y llevaba un par de libros y un cuaderno de apuntes bajo el brazo. Pidieron dos chocolates y se sentaron al lado de un hombre que asemejaba un pensionista desocupado leyendo la prensa.

A los dos jóvenes les sirvieron enseguida, parecían conocidos de la casa. Cuando se retiró el camarero, la muchacha sacó unos papeles mecanografiados de su carpeta azul y se los enseñó a su compañero. Entre los dos fueron revisando lo que parecía una lista. El jubilado no les quitaba ojo, aunque no entendía nada de lo que decían, entre otras razones porque hablaban muy bajo, como si no quisieran ser oídos. Ella, al rato, guardó en su carpeta el folio mecanografiado. Al hacerlo, llevada por los nervios, tiró su taza de chocolate sobre el mármol de su mesita. El camarero se acercó a limpiarla y aprovechó para susurrarles algo. Lo que les dijo era el lugar y hora de la cita posterior a la que deberían de acudir para encontrarse con un responsable del partido a fin de recibir instrucciones. Los estudiantes habían acudido a lo que en el argot de la clandestinidad se conocía como «cita previa». La chocolatería era un lugar habitual para militantes o simpatizantes comunistas, que Conesa tenía perfectamente controlada gracias a su amistad con la dueña, que le servía de confidente pues colaboraba con la organización clandestina del partido en Madrid. Esa chocolatería era un anzuelo excelente para que el policía echara sus redes, ya que sus dueños pasaban por afines al partido. Para Roberto Conesa aquello era como pescar en un barreño y sabía sacar juego de esa ventaja.

Habían pasado poco más de quince minutos, tiempo que aprovechó el disimulado jubilado, un hombre de Conesa, para acabar con la consumición y terminar con el plúmbeo ejemplar de la prensa del

240

Movimiento que se traía entre las manos. El muchacho, al rato, dejó unas monedas sobre el velador y se levantó tomando del brazo a la muchacha, que había recogido su bolso. Se encaminaron hacia la puerta mientras el camarero retiraba el dinero y limpiaba la mesa.

Cuando la pareja salió de allí, ya había abandonado el local el policía de la Social y, según los dos jóvenes pisaron la calle, dos hombres con gabardina y sombrero que tendrían cerca de cuarenta años y procuraban pasar desapercibidos les siguieron acera arriba. Antes de que entraran en el metro, ya en la glorieta de San Bernardo, un coche negro frenó en seco a su lado entrando en la acera. Dos policías uniformados salieron del coche y se apostaron delante de ellos cerrándoles el paso. Detrás, uno de los de la secreta se acercó a ellos sacando una pistola de la gabardina y sin mediar palabra encañonó al estudiante. El otro, sin la menor emoción, se arrimó a la pareja, que no podía moverse de allí por el bloqueo de los uniformados, y se les quedó mirando, en silencio.

—Manuel Arjona Calahorra, ¿verdad? —preguntó al muchacho.

No esperó respuesta; la sabía. Luego miró a la chica como si ella no existiera.

—Y tú eres Carmen López Mosquera, ¿no? —preguntó a la muchacha que se quedó pálida como la cera.

Ninguno de ellos contestó. El oficial de policía política sacó su placa y se la mostró a la pareja.

—Vamos —ordenó a los estudiantes. Hubo un momento de duda. El segundo policía también sacó su arma. Ni siquiera les apuntó.

Los dos jóvenes se entregaron cabizbajos. Ella lloraba en silencio. En ese momento llegó una camioneta de color gris y tres policías más bajaron de ella. Se llevaron a los detenidos a empujones y les hicieron subir al furgón. Ella había continuado llorando mientras les ponían las esposas. A las seis te la tarde todo había terminado.

Ahora, a las tres de la madrugada, tras ficharles, humillarles y tenerles encerrados en calabozos separados sin darles de beber y sin permitirles el acceso a los urinarios, comenzaba la tarea de Conesa que para la ocasión se cambiaba de gafas y utilizaba unas de cristales ahumados, pese a estar el despacho en una penumbra solo alterada por un foco contra la cara de los detenidos. Para el policía, un tipo turbio y nocturno, sinuoso y embaucador, acostumbrado a la clandestinidad y al engaño, alumno aventajado de sus maestros de la Gestapo, aquellos momentos en que podía sacar a pasear lo peor de sí mismo eran parte del premio por su vesania. En aquellos sótanos húmedos y oscuros oficiaba como señor de la cueva y dueño de los tormentos, cual nuevo Lucifer.

Su carrera como confidente e infiltrado había comenzado desde el final mismo de la Guerra Civil, cuando aún conservaba la afiliación a las Juventudes Socialistas que adquirió cuando trabajaba de mozo de almacén en un comercio de la calle General Lacy. Ingresó como agente provisional de la Brigada Político Social el 25 de agosto de 1939, adscrito a la comisaría del distrito madrileño de Palacio con el número de placa 2486. Durante ocho años nadie descubrió su doble juego y por su mano traicionera fueron cayendo, uno tras otro, los núcleos de jóvenes militantes antifranquistas que intentaron plantar cara a la dictadura desde la clandestinidad. La más importante de sus canalladas fue la detención de setenta y siete jóvenes socialistas de los que setenta y cinco fueron fusilados tras consejo de guerra sumarísimo, entre ellos estaban las Trece Rosas y el resto eran hombres entre los que se encontraba un joven de solo catorce años.

El siniestro Conesa también se introdujo, colaborando con la Gestapo, en el maquis republicano que operaba desde el sur de Francia donde apenas consiguió resultados porque casi le cazan en Toulouse. Después, otra vez en España, consiguió controlar el aparato de propaganda del PC en Madrid aportando él la multicopista que editaba un falso *Mundo Obrero*, gracias a que contaba con la confianza del responsable del aparato de propaganda, José Satué, un tipo ingenuo al que por indicación de Conesa seguía la policía deteniendo a todos sus contactos. Después se ganó la confianza y posterior colaboración del Peque y el Rubio, Luis González Sánchez y Tomás Planas, dos de los miembros de la *troika* que Santiago Carrillo había enviado al interior para dirigir la organización comunista tras los fusilamientos de Isidoro Diéguez, Agustín Zoroa y Ramón Vida, el anterior grupo de dirección. Conesa tenía a ambos en nómina, con lo que el policía se garantizaba la información más exacta sobre la cúpula comunista en Paris. Entre octubre de 1946 y enero de 1947, gracias al trabajo de infiltración de Roberto Conesa, hubo más de dos mil detenidos y, de resultas de ello se dictaron cuarenta y seis penas de muerte. La organización comunista en el interior quedó deshecha y apenas sobrevivieron grupos pequeños y aislados formados por militantes sin experiencia.

La dirección en Paris no calibró la infiltración hasta 1948, cuando Roberto Conesa se quitó la careta, pero el NKVD que estaba al cabo de la calle de lo que se cocía en el Buró Político del PCE, siempre fue consciente de que los reiterados fracasos de sus compañeros españoles en el interior tenían causa en la infiltración policial en sus filas y en traidores y delatores con el carnet de la hoz y el martillo, de ahí que Eitingon fuera taxativo en sus instrucciones a María Sliva antes de abandonar Moscú. «Mantente alejada de la organización de los camaradas españoles tanto en Francia como en España —ordenó sospechando que ambas organizaciones estaban infectadas—; te va la vida en ello».

Buena prueba de aquello la tenían los dos jóvenes que esa noche se enfrentaban al aparato represivo del franquismo más duro; nunca sabrían que aquella chocolatería era el cebo que los había llevado a las garras de Roberto Conesa y sus sicarios de la Político Social.

—Vais a cantar la palinodia bendita a hostias vivas, niñatos de mierda... hijos de puta —les escupió Conesa escondido tras sus lentes oscuras y masticando una crispada sonrisa de desprecio, donde se escondían también el odio y probablemente el miedo. Solo con la violencia física por mano interpuesta y con la procacidad en el verbo por propia boca, su principal característica en los interrogatorios, su firma canalla y ramplona, alcanzaba la estimulación necesaria para desempeñarse con soltura como cancerbero jefe de aquellas amargas y húmedas mazmorras empapadas de sudor, sangre, odio y miedo.

La traición ya no le movía la conciencia porque de eso nada le quedaba en las entretelas del sitio que alguna vez pudo ocupar su alma. Sin embargo, el miedo no le abandonaba nunca. Para Roberto Conesa toda su vida se reducía a un juego de mentiras, traiciones, torturas y muerte y eso, en el fondo, le asustaba, le asustaba mucho, porque el recuerdo de sus víctimas le esperaba airado cada noche cerca de la almohada de su cama, en la casa que compartía en la calle Narváez con la hija de quien fue su jefe en el almacén de ultramarinos donde ganó su primer sueldo.

Conesa apenas dormía de noche, y no porque la conciencia le repicara el discernimiento sino porque el miedo a que sus víctimas volviesen a por él desde la muerte o el presidio le atormentaba con un pavor del que se escondía en la noche disimulándose con las sombras. Por eso, cuando se enfrentaba a sus prisioneros en aquellos diabólicos interrogatorios nocturnos escondía su cara tras gafas oscuras y ocultaba su encogida figura en la penumbra tenebrosa de un despacho casi a oscuras para que sus víctimas, o eso creía él, no le viesen, no le mirasen, no le reconociesen. Solo su voz aflautada y procaz, a veces sardónica y siempre cruel, era el único testimonio de su presencia.

—Os voy a joder bien… parejita —recitó como el introito ya sabido de una sacrílega ceremonia donde la tortura era el único sacramento.

Unas lágrimas amargas cayeron por las mejillas de la muchacha hasta mezclarse con la saliva ensangrentada de sus labios tumefactos. El estudiante apretó los puños esposados a su espalda y cerró los ojos para recibir otra bofetada que le reventó el tímpano.

Roberto Conesa se quitó la chaqueta y encendió un cigarrillo mientras uno de sus sayones emprendía la única tarea que sabía hacer. Comenzaba la tortura.

— 19 —
Un paso más

San Lorenzo de El Escorial, Madrid.
Noviembre y diciembre de 1948.

—Has tenido una visita esta mañana, María.

—¿Yo?

—Si, María, un señorito con muy buena pinta que venía en coche —así se explicaba Cesárea cuando la abordó al verla entrar en el portal.

Que un caballero joven y bien trajeado anduviera por aquellos andurriales y, además, en automóvil propio era toda una noticia para el pequeño vecindario.

—¿Preguntaba por mí? ¿Iba solo? —si Cesárea conociera bien los registros gestuales de María hubiera apreciado que una leve contracción en la comisura de los labios, casi imperceptible, indicaba su puesta en tensión.

—Sí que venía solo —aclaró Cesárea—. Preguntaba por ti, por María García.

—¿Qué hizo? —sondeó María, escueta.

—Primero llamó a tu puerta y como no estabas se dio la vuelta para marcharse. Cuando bajó al portal y se iba por donde había venido, se cruzó con mi hermana, que salía a la compra… y la preguntó por ti, por si te conocía.

—¿Y qué dijo Basi? —María Millán estaba inquieta pese a que no dejara apreciar evidencia de ello.

—Que estabas trabajando, que vendrías a media tarde, pero que si quería dejarte algún recado que ella te lo podía dar.

—¿Qué coche llevaba? —inquirió otra vez María; su entrenamiento le llevaba a controlar de manera instintiva cualquier detalle.

—Me contó Basi que uno negro pequeñito, un *pato* de esos, un coche muy cuco —le aclaró Cesárea.

—¿Os dijo cómo se llamaba? —insistió María que en ese momento estaba comportándose como un agente en misión. María Sliva acababa de encarnarse otra vez en aquella muchacha de frágil apariencia que parecía agobiada por la visita.

—Si; dejó una tarjeta para ti —Cesárea sacó algo del bolsillo del delantal.

«Ramón Botillas Galón. Empresario» rezaba la cartulina que le ofreció su vecina. Debajo del nombre figuraba un número de teléfono escrito a mano. María sonrió satisfecha; Ramón había mordido el anzuelo.

—Por la cara que pones veo que le conoces —quiso deducir Cesárea.

—Sí que le conozco; era un amigo de la infancia.

—¿De Ávila?

—No, de aquí; mis padres vivieron en el barrio de Tetuán hasta el año 30 y luego se fueron al pueblo otra vez. Mi padre trabajó como albañil en las obras de la Ciudad Universitaria y madre de costurera a domicilio. Cuando cerraron la empresa por la crisis se volvieron a Pozanco.

—Parece majo… —sentenció Cesárea con una sonrisa cómplice.

—Es un buen chico —respondió María correspondiendo con otra a la sonrisa de su vecina.

—Parecías preocupada cuando te lo he dicho… Ahora se te ve más contenta.

—Es que me he temido que fuera alguien enviado por mis padres; sé que me andan buscando. Ya lo sabes —mintió fingiendo un suspiro de alivio.

—¿Cómo sabía dónde vives? —tanto Cesárea como Basilisa eran muy dadas a entrar en la vida de otros, al igual que no cerraban las suyas a quien consideraban amiga. La vecindad de los humildes era una forma de familiaridad solidaria y en aquel mundo pequeño de la calle Hierbabuena todos eran parte de lo mismo, porque compartir una realidad tan dura era un excelente ejercicio de fraternidad.

—Porque se lo he dicho yo —reconoció ruborizándose.

—¿Y eso?

—Me le encontré el otro día por casualidad… cerca de Cuatro Caminos, tomamos un café y le di mi dirección —terminó de descubrir.

—¿Te gusta? —escopetó Cesárea a las claras. La viuda era muy novelera y le perdían las historias de enamorados. En la visita del elegante caballero creyó encontrar un hilo para llegar al ovillo de sus imaginaciones.

—No sé... no se trata de eso —respondió María fingiendo que deseaba esquivar la pregunta. Ahora tocaba el papel de tímida muchacha enamoradiza.

—¿Tú crees? Te has puesto colorada.

Cesárea no pensaba soltar presa y quería apretar el bocado. Como era muy peliculera le encantaba pensar que su amiga abandonada por un canalla pudiera encontrar un buen hombre que la amase y cuidara de su hija. Había leído una historia parecida en una novela de Corín Tellado y estaba dispuesta a vivirla en las carnes de su vecina.

—Es que me he agobiado un poco, Cesárea; creí que me habían encontrado —insistió María Millán mientras la camarada Sliva volvía a esconderse en su interior.

—Ese señor tan elegante espera que le llames, te ha dejado su número de teléfono.

—¿Eso te ha dicho... que le llame? —María lo preguntó poniendo cara de ingenua y voz de contenta. Estaba bordando el papel.

—No, claro que no, pero me lo imagino; para eso te ha escrito su número... no seas tonta —dedujo Cesárea que se había aprendido el número de memoria.

—¿Tú crees?

—¿Que si creo que eres tonta o que ese pimpollo está esperando que le llames? —respondió Cesárea con picardía y guiñando un ojo.

Las dos mujeres rompieron a reír y se abrazaron en el portal.

Eso ocurrió la mañana de un martes, el día 16 de noviembre, y el teléfono que había anotado era el de su despacho en la sede municipal del distrito.

María decidió dar su siguiente paso: aceptar el ofrecimiento.

Respondió el día siguiente, que era miércoles, con una llamada desde un teléfono público que había en un bar cerca de su casa. Botillas estaba en su oficina, cosa que sabía María Millán, porque era cuando acudía a la Junta de Distrito, y ese día ni comió con su familia ni visitó por la tarde a Dolores Montaña en su pisito con cortinas de cretona. Con su mujer, Bárbara García del Monte se disculpó de la ausencia diciendo que almorzaría con «unos camaradas del distrito» y con Dolores se justificó diciendo que esa tarde tenía «una reunión de negocios muy importante». Cuando invitó a María a comer juntos, ella aceptó enseguida explicando que podía, ya que no había ido al trabajo «porque tengo un mal día», dijo misteriosa aludiendo elípticamente a su ciclo menstrual. Botillas la recogió en su casa a eso de la una y media, cosa que no se perdieron Cesárea y Basilisa porque estaban atentas al ruido del automóvil, y se fueron a almorzar a un discreto merendero que había en la Casa de Campo. María se había puesto muy guapa, incluso se aplicó un poco de maquillaje y lápiz de labios; era consciente que tenía que seducir a su amigo mostrándose como una mujer diferente, más atractiva que la que había conocido hasta ahora, y ella sabía muy bien cómo fomentar ese deseo. Por la tarde pasearon por la orilla del lago con las manos entrelazadas y tomaron un café en una terraza junto al embarcadero desgranando sus recuerdos y lo que había sido de sus vidas desde que se separaron. Con aquellas vistas de invierno sobre el perfil de Madrid, los ojos presos en la mirada del otro, y una tensión sexual creciente que María no dudó en alimentar llegó el primer beso apasionado.

Apenas tres semanas después las cosas ya eran muy distintas entre ellos. Aunque Ramón seguía visitando a Dolores y procuraba que su mujer no apreciara nada nuevo en él, no era menos cierto que en su magín ya no había sitio más que para María, su Marita, su vecina vuelta desde el misterio. Las vecinas de María *García*, que no se perdían nada del romance, ya se habían acostumbrado al Citroën en la acera sobre las seis de la tarde un día sí y otro no y que la luz de María no se encendiera algunas noches hasta bien entrada la madrugada.

Lo primero que la propuso Ramón a la semana siguiente del almuerzo en la Casa de Campo, cuando ya sabía de la vida que decía llevar su amiga, fue que dejara de trabajar de asistenta. «Yo te puedo ayudar, no te preocupes» ofreció el enamorado falangista, pensando que aquello sería bien recibido, pero ella se negó en rotundo; «yo no soy ni seré una mantenida, Ramón» rechazó de plano María, muy en su papel de no hacerle fácil la tarea de conquista. La joven no estaba dispuesta a jugar desde una posición tan débil como la de Dolores Montaña. Su estrategia iba por otro lado; lo que para Ramón era una aventura sexual para María era una misión política.

Ramón y María ya habían cenado y almorzado juntos, paseado juntos, incluso habían ido juntos a ver una revista, se habían besado, se tomaban de la mano y se abrazaban con pasión cuando podían, siempre a solas porque en el paisaje de aquel Madrid casi todo se pintaba de escándalo, pero María había sabido mantener viva la tensión sexual de su amigo sin pasar de donde *una señorita decente* no debía pasar. Para eso recordaba las explicaciones de África de las Heras, una artista en el arte de la seducción.

En ese juego de tira y afloja, Ramón decidió jugar una carta grande: estar juntos un fin de semana. María vio ahí su oportunidad para dar un paso más, y más importante, en su estrategia para que su amigo fuese llave de muchas puertas, y aceptó la invitación alentando las esperanzas de su enamorado, cosa que Ramón temió que no sucediese. El fascista embelesado se encargaría de todo, ofreció espléndido por lo que ya se imaginaba, la primera noche de amor con su deseada Marita. Botillas comenzó a construir una coartada explicando a su mujer que tendría que acudir a una reunión de mandos locales de Falange que se iba a celebrar el fin de semana en un albergue de la sierra madrileña que tenía el Frente de Juventudes, la organización juvenil de Falange, a fin de aleccionar a los alevines del movimiento joseantoniano. «Es algo muy importante para mi carrera porque irán jerarquías nacionales» explicó en casa. Con esa excusa, que su mujer se tragó sin preguntar, muy en su papel de la esposa sumisa y complaciente que le correspondía a un jefecillo fascista, cogió la maleta, metió sus arreos de azul, su pistola, la boina roja y la chapa de jerarca, que ese era el atavío necesario para el disimulo, y se metió en el coche a eso de las once de la mañana del sábado para ir a recoger a María a la calle Hierbabuena. María explicó a sus amigas que «su novio» le invitaba a pasar un fin de semana en la sierra. «Qué suerte tienes, vecina» aplaudieron las dos hermanas que empujaban a María sin disimulo para que cayera en los brazos de su amante.

Su destino aparente era el Alberge Juvenil Francisco Franco, un vivero de jóvenes falangistas, que el Frente de Juventudes tenía en Navacerrada, pero el Citroën se dirigió a San Lorenzo de El Escorial para que la pareja tomara alojamiento en el hotel Miranda&Suizo. Ese hospedaje era el más antiguo de la villa y en 1868, no siendo más que una modesta fonda, sirvió de posada a Isabel II el 29 de septiembre cuando, destronada, hubo de pasar noche allí camino del destierro, porque no se la permitió alojarse en sus habitaciones en el monasterio de Escorial. El gobierno provisional presidido por uno de sus antiguos amantes, el general Serrano, «el general bonito», no se lo consintió y al día siguiente salía de España por San Sebastián para acogerse a la protección de Napoleón III. Ellos llegaron al hotel a la hora del almuerzo.

El camarada Botillas no necesitó rellenar la ficha de ingreso en el establecimiento hotelero por dos razones: porque mostró por toda documentación su carnet de la Guardia de Franco, un pasaporte indiscutible para la impunidad administrativa, y porque ya era conocido en el hotel serrano por sus frecuentes visitas con diversas señoritas acompañantes. «Es un sitio muy bonito en el que he estado en alguna ocasión… por mi trabajo» explicó a María camino del hotel.

Tras tomar habitación salieron del hotel y almorzaron en una fonda cercana a la gran explanada del palacio, detrás de las Casas de Oficios que proyectó Juan de Herrera.

Durante la comida, Ramón desplegó lo que él consideraba su mejor dote para seducir a una mujer: darse importancia. Y para ese necio pavoneo nada mejor que la habilidad de María que, con la mayor ingenuidad aparente, caras de sorpresa y expresiones de admiración incluidas, hacía que el discurso del fatuo amante fuera por el carril que ella deseaba. La única parte de la actividad de su amigo que a María le interesaba conocer mejor, y eso pensaba dejarlo resuelto en el fin de semana, era lo que pudiera hacer cerca de la empresa de transportes; de sus andanzas por Madrid, de sus trapicheos y enredos, era muy fácil imaginar la sustancia, pero lo que pudiera hacer con los de TID le interesaba especialmente. María había vigilado la sede de la compañía y apreció las importantes medidas de seguridad que se gastaban allí, la permanente centinela exterior que ella supo burlar sin mucho esfuerzo y el frecuente tráfico de camiones de matrícula extranjera, alemanes, franceses y portugueses de manera principal, que entraban en sus hangares. Rondó otras instalaciones de empresas de parecido cometido y comprobó que ese flujo de matrículas foráneas solo se daba en los transportes Dávila, algo inusual dado que las fronteras españolas estaban prácticamente cerradas para el comercio exterior por dos razones: la política de autarquía económica de los gobiernos de Franco y el bloqueo comercial de las democracias europeas. Todo indicaba a María Sliva que tras aquella fachada de la calle Méndez Álvaro se cocía algo cuyo olor no se quería que saliese de esas paredes grises de ladrillo enfoscado.

La comida corrió entre el pavoneo del falangista y las aparentadas miradas de asombro de su fingida enamorada. Unos caracoles para picar antes de tomar una sopa de ajo y dar paso a unos solomillos de ternera del Guadarrama a la brasa, fue el condumio por donde pasear sus confidencias. De allí salieron casi a las cinco.

Lo que quedaba de tarde la pasaron visitando el monasterio de El Escorial donde Botillas quiso lucirse explicando a su manera, siempre atrabiliaria y confusa, quién era Felipe II, la creación del Imperio español y todo ello según escuchó una vez de fray Justo Pérez de Urbel, el capellán de la Sección Femenina, que lo relató a su manera en una ocasión que el falangista se tragó su homilía en una misa de campaña que se celebró en la explanada del monasterio, en ocasión de una visita que hizo Franco y que cubrieron los de su guardia falangista. Ramón no era un hombre culto, pero sí que tenía buena memoria y una desquiciada imaginación y entre lo que se acordaba y lo que se le ocurrió no paró de hablar durante toda la visita. María, harta de tanto dislate, asentía fingiendo admiración cuando se lo permitía el cuerpo y callaba cuando se le hacía muy cuesta arriba asentir a las patochadas de su cicerone. «Desde Felipe II, solo su Excelencia el Caudillo, el glorioso Generalísimo, ha podido encabezar la cristiandad», dijo al salir del edificio. «Gracias a Dios», apostilló María, a punto de que se le soltase la risa.

Cuando ya se encaminaban hacia el casco del pueblo, cruzando la explanada, Ramón Botillas se dio la vuelta de repente encarándose con la soberbia fachada de Juan de Herrera. Allí se quedó como arrobado contemplando la fábrica de granito y de repente se cuadró y alzó el brazo derecho en el saludo fascista.

—¡¡¡Viva Franco!!! ¡¡¡Viva el Caudillo de España!!! —gritó a voz en cuello. El eco repitió el grito varias veces.

Un pequeño grupo de paseantes que rondaban cerca, al ver el espectáculo del enfebrecido falangista, corearon el desbarre y levantaron tímidamente el brazo. No querían problemas y no estaba el horno para bollos; el *ABC* de ese día contaba de la ejecución de tres penas de muerte por terrorismo, según sentencia de un juzgado militar en Consejo de Guerra.

María no daba crédito a lo que estaba viendo, pero, para su fortuna, un relámpago cruzó el aire de repente y un trueno, al rato, avisó de una descarga de lluvia que convirtió el paraje en un remedo serrano del diluvio universal. Todos los paseantes, y Ramón Botillas el primero, corrieron a resguardarse donde pudieran, que no era cerca, porque al arquitecto de Felipe II se le olvidó poner unas marquesinas para la lluvia por aquellos pagos tan descarnados. «Esto es lo que pasa por decir estupideces» concluyó María ciertamente divertida mientras corría de la mano de su Ramón hacia el hotel en la calle Floridablanca, que era lo que les pillaba más cerca.

Como ya había anochecido, hacía frío y no paraba de llover, Ramón decidió que ya estaba bien de paseos, de cultura y de historia, y propuso a María sentarse en el bar para tomar un café a fin de hacer tiempo hasta la hora de cenar. María, cómo no, aplaudió la idea y le dio un beso en la mejilla. «Tengo ganas de subir a la habitación» le susurró al oído mientras le besaba. Esa frase le hizo salir del charco de agua para imaginarse subiendo a los cielos. «Yo también, querida» respondió emocionado. «La tengo en el bote» pensó el falangista que para algunas cosas era muy simple.

Hasta que abrieron el restaurante, Ramón Botillas quiso desplegar sus plumas para seducir a su conquista y no se le ocurrió otra cosa que contar lo que hizo en la guerra cuando se pasó al bando sublevado, escapándose de Madrid pocos meses antes de la batalla del Ebro. Como se le acabó el café pidió un coñac y explicó que estuvo en Gandesa como voluntario en una bandera de Falange a las órdenes del general Yagüe, un africanista metido en Falange que había sido responsable de los crímenes en la campaña de Extremadura, cuatro mil republicanos fusilados, cosa que justificó diciendo a un periodista norteamericano que «por supuesto que los matamos. ¿Qué esperaba usted, que iba a llevar cuatro mil prisioneros rojos conmigo, teniendo mi columna que avanzar contra reloj? ¿O que iba a soltarlos en la retaguardia y dejar que Badajoz fuera roja otra vez?». Cuando María escuchó que Ramón había combatido en Gandesa se le hizo un nudo en el estómago; allí había sido donde murió su hermano luchando contra los sublevados. El fatuo personajillo que tenía delante bien podría ser el asesino de su hermano Cosme. María Sliva se interpuso de inmediato entre el instinto criminal de María Millán y el cuello de Ramón Botillas. La agente soviética tenía que controlar la situación y evitar que la misión se fuera al traste por una venganza; «habrá tiempo para todo» la dijo a la dueña de sus carnes desde el fondo de su cerebro militante.

Eran las nueve de la noche cuando pasaron al comedor. María Sliva hacia lo posible por sujetar a María Millán que lamentaba no haberse traído la pistola.

Una cena ligera, una sopa de menudillos y tortilla con bonito en escabeche, fue el condumio para alimentar la noche. Ramón pidió una botella de Rioja. Al final de la cena, antes de pasar a unos canutillos de crema, fue Botillas quien sacó el asunto que alertaría las antenas de María Sliva.

—Y ahora estoy mediando una operación muy importante —dijo con tono misterioso mientras encendía un cigarrillo.

—¿Importante?

—Sí, muy importante. Es algo que me han encomendado los jefes de manera muy reservada... ya sabes —Ramón se refería a las jerarquías falangistas, sus dioses en la tierra.

—¿Un trabajo político...? —María Millán y María García se retiraron de inmediato para dejar su sitio a la agente del NKVD.

—No solo; también es un asunto de dinero; le puedo sacar un buen pico —sentenció goloso el falangista metido al estraperlo.

Cuando les sirvieron el café, y a Ramón una copa de coñac, la conversación se había separado de aquel asunto pese al interés de María y ahora andaba por otros derroteros más frívolos; Ramón Botillas había vuelto a la carga con el relato de sus muchas relaciones con «gente muy importante».

A la tercera copa de coñac, después de haberse bebido él solo la botella de Rioja, Ramón ya no contenía la lengua y su pavoneo estaba en lo más alto. Ahora le daba por explicar que a él, «cuando estuve en la quinta columna madrileña», se le debía buena parte del éxito de los sublevados y para justificarlo relataba aventuras incomprensibles y dislocadas que casi le convertían en un héroe. María, que le hubiera estrangulado allí mismo y no paraba de acariciar la cuerda de piano que llevaba de pulsera, al ver el estado calamitoso de su amigo decidió volver a la carga para sonsacarle por el misterioso negocio que había señalado antes de entregarse a Baco. Una misión política, un secreto, jerarquías fascistas y pingües beneficios económicos eran los ingredientes de un pastel que el instinto y el entrenamiento de María Sliva le decían que debía catar.

Pese a dos intentos en volver al asunto Ramón se cerraba en banda y María decidió cambiar el escenario; lo que no conseguía en el comedor tal vez, estaba segura, lo conseguiría en el dormitorio.

María animó a su amigo a levantarse de la mesa, cosa que le resultó difícil pues el grado de alcoholemia de su compañero de aventura le dificultaba la movilidad, y como pudo se lo llevó hacia la habitación donde habían dejado el poco equipaje que los acompañaba.

Un beso tras cerrar la puerta fue el inicio de la ceremonia amatoria que María Sliva estaba dispuesta a celebrar a fin de saber de ese misterioso asunto. El aliento a alcohol de su *partenaire* era tan intenso como las ganas que tenía ella de pasarle por el cuello la cuerda de piano; el recuerdo de su hermano muerto no se le iba de la cabeza. «Paciencia, María; estamos trabajando» le recordaba la Sliva mientras Ramón la manoseaba con torpeza.

María decidió pasar al baño para desnudarse, pero no se quitó de la muñeca la cuerda de piano «por si acaso» pidió María Millán a su alter ego. Así entró en el dormitorio y se fue derecha a la cama tras abrazar a su amante y besarle en la boca. Botillas no se creía lo que estaba viendo; que María tomase la iniciativa no entraba en sus planes.

—¿Me vas a contar ahora ese negocio tan importante? —preguntó susurrante desde el lecho.

A Ramón, que ahora no estaba para parlamentos, pero sí estaba deslumbrado por la espléndida desnudez de su amiga, el asunto de marras le quedaba tan lejano como el Cerro de los Ángeles.

—Es largo de contar, María, y estoy cansado —mintió él haciéndose de rogar.

—Ven conmigo, Ramón, y me lo cuentas —le dijo ella ofreciéndole el lecho—, que verás cómo te repones enseguida.

En un instante cayó al suelo la franela de la chaqueta, la corbata y tras ella la camisa, que a Botillas le costó desabrochar; los pantalones, muy arrugados por la lluvia, cayeron para despojarse del calzoncillo y los calcetines. Y al poco el falangista estaba tan desnudo como ella. María, ya segura de que su amigo había mordido el anzuelo, le hizo sitio en la cama y le invitó a entrar tomándole de una virilidad inhiesta que iba por delante de él, como bayoneta de fusil. Ese atrevimiento desconcertó al falangista, acostumbrado a tomar siempre la iniciativa en estos lances.

—Cuéntame lo que te dijeron tus jefes —le espetó sin soltarle el miembro en cuanto Ramón se introdujo en las sábanas.

—¿No hay otro momento?

—Me has dejado con la curiosidad… y sabes que no puedo reprimir la impaciencia.

—Ni yo tampoco —adujo el falangista tomándola entre sus brazos.

—Entonces seré yo quien espere —otorgó la bella, que sabía de sobra cómo ganarse al jactancioso enamorado.

Y María Sliva, que esa era ella ahora, comenzó a acariciar a su amante, que ya se encontraba tumbado de espaldas en el lecho, mientras se incorporaba sobre él. Ramón se dejaba hacer y, poco a poco, iba perdiendo la conciencia exacta de lo que pasaba. La disimulada agente no dejaba de aproximar su rostro al sexo erguido de su amante mientras jugaba con él en sus manos y Botillas esperaba, tenso, a que ese dulce suplicio pasara a mayores, cosa que encontró final en cuanto la punta de su virilidad expuesta se escondió en la boca de su amada.

Ramón no dejaba de arquear sus caderas, queriendo apurar las caricias que le ofrecían la lengua y los labios de su amante, y ya no pensaba en otra cosa que en procurar que esos momentos fueran eternos. María, que sabía perfectamente cómo administrarse con su hombre, sorbía y oprimía el que en ese momento era el principal argumento de su amigo y no recataba caricias, y a ellas añadía pequeños roces de sus dientes, lo que hacía las delicias de su amado. Ensimismado en su propio mundo Ramón Botillas no veía que la otra mano de María acariciaba su propio sexo, imaginando estar en compañía de Inessa Vasiliedna.

—No seas tan brusco, Ramón —dijo ella levantando la cabeza—. Si sigues con esos movimientos no vas a aguantar mucho— que era precisamente lo que ella quería.

Él no la contestó, y por toda respuesta llevó de nuevo la boca de su amiga al lugar de su silencio, indicándola sin palabras que continuara con la faena que tanto le complacía. La sujetó la nuca con firmeza y a pesar de los suspiros de María, que pasaba apuros para respirar, consumó el acto en un paroxismo de resuellos y cerrando las piernas sobre la cabeza de su amada, como si deseara que toda ella permaneciera allí quieta para siempre, dejando que su simiente saliera veloz mientras él se desmadejaba en un suspiro profundo.

María se escabulló de la postura a la que la sometía su amante y antes de que Ramón pudiera hacer nada comenzó a apretar sus testículos con su mano derecha, mientras que el dedo pulgar de la mano izquierda presionaba su escroto.

—¡Goza, Ramón! … ¡o aprieto más! —fue todo cuanto le dijo al verle exhausto.

Ramón Botillas, desconcertado y dolorido, estiró las piernas y ella dejó que sus órganos, ya laxos, terminaran por aliviarse del todo. La camarada Sliva, entonces, reptó sobre su vientre y, rápidamente, se sentó a horcajadas sobre él.

—Cuéntame ahora lo de ese asunto tan misterioso —le dijo con una sonrisa que le desarmó mientras le reducía desde arriba.

Él hizo un movimiento para girarla y dominar la situación y María, que no estaba dispuesta a ello, le cosquilleó en los pies y Botillas no tuvo más remedio que quedarse en la postura sometida mientras acariciaba, por todo recurso, los pezones de su dueña, que aprovechaba la postura para restregar su sexo sobre el vientre del postrado caballero. Ese cierto sometimiento sexual era, en el fondo, muy del gusto del falangista pues María sabía bien que ciertos hombres dominantes que hacen gala de su poder en casi todo momento, necesitan perderlo en la cama para aceptar parte del sufrimiento que provocan y compensar así una libido enferma que reclama el tormento como una cierra forma de redención. Eso se lo había explicado con mucho detalle Caridad Mercader cuando la confesó que, según su experiencia «el hombre que hace sufrir a otros y se enorgullece de ello goza sufriendo en privado para compensar su ansiedad y reclama el dolor, aunque no lo reconozca».

Botillas, encantado con esa práctica amatoria que nunca hubiera imaginado que le complaciera, estaba inerme ante el poder de su compañera de lecho.

—Si es una tontería, María… —quiso explicar Ramón.

—Nada de lo que a ti te importe es para mí una tontería, Ramón —apuntó ella con dulzura casi infantil para que su amante se sintiera seguro.

—Pues te diré… pero tienes que ser discreta.

—¿A quién se lo puedo contar yo, cielo mío? Recuerda que soy una pobre mujer sola que se esconde de casi todo —declaró ella confesándose de lo que Ramón deseaba escuchar.

Así, María Sliva, consiguió el relato de aquel hombre.

Al decir de Botillas el asunto pasaba por la empresa de transportes internacionales con la que colaboraba. Explicó que uno de sus jefes del partido que había servido en la División Azul, «una jerarquía muy importante que tiene la Palma de Plata y es camisa vieja» aclaró con respeto, estaba en contacto con unos comerciantes franceses que deseaban trasladar a España cierta mercancía que escondían en un lugar secreto cercano a la frontera española a fin de reexpedirlo con falsas licencias de exportación hacia Argentina «donde unos camaradas alemanes las están esperando». Ramón jugaba un papel en aquel asunto porque a él le correspondía conseguir, gracias a ciertos compañeros del ministerio que también formaban en la Guardia de Franco, las dichosas licencias para que sus amigos de Transportes Dávila se encargaran de mover la mercancía con toda garantía. «Otros camaradas se encargarán de que no se inspeccione la carga cuando entre por Irún», terminó de adornar.

—Es un asunto de mucho dinero y cogeré un buen pellizco —dijo para concluir jadeante el bravo estraperlista azul.

—Espero que sea así, porque te lo mereces, Ramón; eres muy generoso —mintió ella para regalarle el oído.

—No te he dicho que llevo meses trabajando en este asunto —insistió para darse importancia—. Hay que mover las cosas en el ministerio con mucha discreción, en secreto, porque este es un asunto del partido, no del gobierno…

—Me lo imagino, Ramón —le reconoció ella sin dejar de moverse e incitándole a la confidencia.

—Hay gente que ya se ha olvidado de lo mucho que nos ayudaron nuestros amigos alemanes y ahora quieren mirar para otro lado… como si no se acordaran. Las cosas están cambiando.

—¿Y quiénes son esos desdichados? —dijo ella cesando en sus movimientos y currando el papel de amante devota que pensaba lo mismo que el dueño de sus amores. Justo lo que deseaba Botillas.

—Personas muy cercanas a nosotros y en las que pensé que se podía confiar.

—¿Quiénes? —por la voz que le salió a María de la garganta se creyó el falangista que también ella estaba indignada. María estaba bordando su papel de amante entregada.

—Los meapilas de Acción Católica, los traidores que vienen de Gil Robles… y algunos generales monárquicos.

—Pero si… —a la mujer no le resultaban nuevas esas disensiones. De la geometría política de los vencedores estaba bien informada por su adiestramiento en la academia Frunce. Un sector del franquismo, el menos comprometido con los nazis, basculaba hacia los aliados para buscarse un favor que necesitaban en el nuevo orden de las cosas en el mundo tras la caída de Alemania, Japón e Italia.

—Sí, María, sorprendente. Esa tropa intenta conseguir el favor del Caudillo y orillarnos a los verdaderos falangistas.

—No lo conseguirán; sois más fuertes vosotros… y os movéis mejor —mintió ella con todo aplomo.

—En la postura en que me tienes —bromeó Botillas—, no podré dar ni un solo paso.

—Lo siento, cielo mío, te libero del dominio de mis piernas —aparentó bromear ella también, mientras aflojaba la presión sobre su amante.

María movió sus piernas y con parsimonia las llevó a un lado para descabalgar a su amante, pero Ramón Botillas no la dejo continuar y su brazo se dirigió con rapidez hacia el sexo de ella.

—¿No estás cansado, Ramón? —le dijo ella, que no estaba por la labor de más amores.

—No, me has devuelto todas las ganas. Esta es nuestra noche y apenas está empezando.

—Claro que sí —mintió ella porque eso era lo que tocaba.

Ramón se acercó al cuello de María y la mujer se dejó hacer entreabriendo su boca, porque esperaba un beso, pero Ramón desvió su movimiento con rapidez y la mordió, de pronto, bajo el lóbulo de su oreja, sin que ella pudiera zafarse.

—¿Te gusta?

Ella le respondió con un beso de circunstancias, aunque le apetecía estamparle una bofetada, y así aceptó un nuevo lance sexual que su compañero, al que cedió la iniciativa, remató como pudo y malamente porque el alcohol se estaba cobrando su precio. Al poco, el desfondado falangista roncaba en sus brazos. María Milán se miró la muñeca y acarició la cuerda de piano, después midió el cuello de Ramón. María Sliva se dio cuenta de ello y le hizo un gesto para que se apaciguara. «Mañana será otro día, compañera» le dijo en un susurro.

Las dos se durmieron abrazadas dando la espalda al dueño del Citroën.

— 20 —
Hípica

Hipódromo de La Zarzuela.
13 de marzo de 1949.

Aquel domingo de primavera, mientras María y Ramón paseaban otra vez por la sierra madrileña un amor más falso que un billete de madera, Hans Kammler se preparaba para asistir en el hipódromo de la Zarzuela al *turf*, una carrera de caballos en la que se admitían apuestas; era su entretenimiento preferido, tal vez el único, desde que se había instalado en España.

Cuando llegó a Madrid con su pasaporte suizo y su paquete de acciones de la Compañía Minera en el bolsillo se había alojado provisionalmente en el hotel Palace hasta que alquiló una casa en un lugar retirado, poco urbanizado, casi sin vecinos y que tuviera un fácil acceso y varias rutas de escape en caso de necesidad. Al final dio con lo que buscaba, una villa pequeña con jardín a las orillas de la carretera de La Coruña, al final de la cuesta de las Perdices, en una colonia de Aravaca que le permitía acceder tanto por la carretera de Castilla como por la de La Coruña o incluso tenía una salida directa hacia la carretera de Extremadura, según le conviniese. La casa estaba en un alto y desde su planta superior se alcanzaba a ver a cualquiera que se acercase. Además, y eso le hizo decidirse por aquel domicilio, estaba enfrente del recién reconstruido hipódromo de la Zarzuela. Su casero, el marqués de Alabarí, le había introducido en el mundo de la hípica madrileña dada la amistad familiar del viejo aristócrata con el conde de Villapadierna, el principal promotor particular en España de las carreras de caballos y de las pruebas automovilísticas.

Aquella mañana había quedado con el marqués en un bar de Aravaca, Los Mosca, en la calle de la Osa Mayor, que era un celebrado sitio de citas de los aficionados a la hípica, dada su proximidad al hipódromo. Por allí pasaban jinetes, aficionados, mozos de cuadra y gente de ese mundo peculiar y exclusivo. La intención del de Alabarí era tomar unas copas y cotillear sobre las carreras de ese día para ver si podía conducir su apuesta a buen resultado. Si citó a Kammler era por dos razones y la principal era que le había pedido a su inquilino que le adelantara tres meses de renta para cubrir una deuda que arrastraba con un prestamista que le dejó dinero para jugárselo en el *turf* y apostar el resto ese domingo; la segunda, era de índole social «así te presento a mi pariente, Pepe Villapadierna, que es un tipo que te conviene conocer, tiene la mejor cuadra de España, mejor incluso que la yeguada militar» explicó el de Alabarí refiriéndose a José María Padierna de Villapadierna, III conde de Villapadierna, cuyo parentesco con él era tan lejano como la isla de Zanzíbar lo era de la Puerta del Sol.

Después de tomar un par de vermuts y escuchar de un mozo de cuadra que apostaran a Ivanhoe, un caballo de tres años de la yeguada militar, un sobre con cuatro mil quinientas pesetas cambió de mano y el reconfortado casero y su inquilino marcharon al hipódromo. Pronto se iba a correr el Gran Premio de Madrid. «Yo creo que va a ganar Tico-Tico de la cuadra de mi pariente» se atrevió a profetizar el de Alabarí cuando iban en el coche; «me lo ha dicho un mozo de la cuadra que se huele todo lo que pasa», quiso explicar el casero mientras se sacudía un lingotazo de ginebra de una petaca que escondía en la chaqueta del traje. «Yo apostaría por Málaga», dijo muy serio Kammler refiriéndose a un caballo de la yeguada de Ussía al que seguía con interés. «No tienes ni puta idea» concluyó el marqués, tan fino como siempre, guardando la petaca y limpiándose los labios con el dorso de la mano.

Cuando entraron en el recinto se mostraba esplendorosa la que los críticos tenían por la última obra maestra de la arquitectura del tiempo de la República, un trabajo de los arquitectos Arniches y Domínguez en colaboración con el ingeniero Torroja, dentro de un racionalismo madrileño muy refinado. Pese a ello, los arquitectos fueron depurados por el franquismo y les privaron del título para el ejercicio de su profesión. Martín Domínguez se exiliaría en Cuba y Carlos Arniches optó por el ostracismo interior mientras el ingeniero Eduardo Torroja se incorporaría a la universidad sin problemas con el régimen de los facciosos, tanto que incluso Franco acabaría nombrándole marqués. Las soberbias cubiertas voladas en marquesina sobre las tribunas se dibujaban etéreas bajo las crestas nevadas de la sierra del Guadarrama.

Allí, en la explanada, Kammler advirtió un tumulto y que unos cuantos periodistas con sus cámaras fotográficas atendían lo que parecía el motivo del barullo. Por instinto dio dos pasos atrás y se encaminó hacia otro lugar donde apenas había gente. El de Alabarí, sin embargo, acudió al alboroto dando codazos para hacerse un hueco en primera fila.

Al rato volvió corriendo buscando a Kammler y parecía más contento que unas castañuelas.

—¿A que no sabes quién está ahí? —preguntó sudoroso y tan excitado como si hubiera visto a Franco, su máximo referente en importancia después de Manolete.

—Pues no...

—Mi pariente —le aclaró el marqués como si revelara un secreto de Estado—. Está Pepe Villapadierna —era costumbre entre los que se decían nobles acudir al nombre de pila y usar el título como apellido en el uso coloquial.

—¿Y eso es para tanto?

—Pues sí —reconoció el marqués que consideraba al conde, con el que apenas tenía trato, la quintaesencia de la importancia—, pero... ¿a que no sabes quién le acompaña?

—¿Cómo voy a saberlo?

—Está con Rita Hayworth. La auténtica Rita Hayworth en persona... en carne mortal.

—¿Seguro? —eso no le gustó nada a Kammler porque una actriz tan celebrada y tan cerca de él era como un panal de miel para las moscas, suponiendo que los fotógrafos llevaran alas. Una fotografía suya en un periódico, aunque fuera de refilón, era lo peor que le podía pasar.

—Como que ahora es de día, amigo Tobler; me la ha presentado Pepe —volvió a mentir el marqués.

—Me alegro por ti, Carlos; es una mujer muy guapa.

—¿Quieres que te la presente? —ofreció sin pensar que era un imposible porque la bella no se había enterado ni por asomo que por su alrededor rondaba el decrépito marqués. Villapadierna tampoco.

—Pues no, querido marqués; yo soy muy poco sociable —se disculpó— y de aquí solo me interesan los caballos.

—Pues... tú te lo pierdes —respondió el de Alabarí, Carlos María Demetrio Julián Suárez de Laguna y Pérez-Castrojera en la partida de bautismo, Carlos Mari para sus amigos y el documento de identidad, Demetrio para su difunto padre, que también se llamaba así en recuerdo del megalomártir de Tesalónica, y el Juli para sus compañeros de farra.

Sin más palabras, el aristócrata se volvió hacia el montón intentando salir en alguna foto del *ABC* cerca de la glamurosa pareja. Hans Kammler se puso unas gafas de sol que siempre llevaba encima y se encaminó hacia las tribunas. Desde allí pudo ver a la pareja y al corro que se agitaba a su alrededor.

En verdad, José María Padierna, al que unos llamaban el Chanquete y otros don Pepe, era todo un personaje del papel *couché*. A sus andanzas deportivas como piloto de automóviles y criador de caballos unía su fama como *playboy* pues, aunque enviudó de Pepita Antón, la hermana del banderillero Guillermo Martí, de la cuadrilla de Antonio Bienvenida, se le sabían amores con Hellé Nice, «la reina Bugatti» que fue la primera mujer que compitió en automovilismo con esa marca y cuya carrera se truncó cuando fue denunciada en Paris por colaborar con la Gestapo. También tuvo amoríos con Perlita Greco, una conocida *vedette* argentina que había sido amante de Carlos Gardel, y con la cantante francesa Fernanda Montel, una rubia guapísima que se daba un aire a Jean Harlow, y ahora flirteaba con Rita Hayworth. Habitual de la revista *Hola* se decía de él que había dilapidado tres herencias en sostener sus aficiones a los coches, los caballos y las juergas, y aunque era un franquista convencido, no en vano la Unión General de Trabajadores de Transportes ocupó su palacio de la calle Goya, tuvo ciertos encontronazos con el régimen que le expropió alguno de sus bienes. Por ello se quedó sin el valle de Cuelgamuros, para que Franco se construyera su cenotafio, o sin el palacio familiar en la calle Goya que terminó expropiado otra vez, ahora para instituto de enseñanza media, el Beatriz Galindo, porque así se le antojó al ministro de Educación, Ibáñez Martin, que no le soportaba. También fue detenido por la policía para que se aclarase la muerte en su hotel de una conocida *miss* de la época y por usar uniformes militares de un grado que no le correspondía porque solo era teniente, asunto del que le sacó su cuñado que era el general Izquierdo. La leyenda que le adornaba explicaba que su primer coche de competición, un Bugatti T35, lo compró distrayéndole joyas a su madre, heredera de los marqueses de Linares. Por esos días se rumoreaba que también estaba en amores de viudo con Alicia Klein y

García de Araoz, una gran jugadora y campeona de golf, viuda del hijo del marqués de Jura Real, que era hija de Felipe Klein, un empresario alsaciano.

Hans Kammler se quedó en el hipódromo para seguir las dos primeras carreras, en la segunda ganó Málaga, y pronto se despistó hacia su casa para huir de los fotógrafos tomando un taxi de los que allí paraban y dejando solo a su casero que seguía de moscón a la celebrada pareja. Kammler, que no rehuía mostrarse en público en sitios discretos, huía de los eventos sociales como de la peste porque sabía que una fotografía publicada en que apareciera su imagen le podía hacer más daño que el sol de mediodía a los vampiros. La tarde la pasaría haciendo unas llamadas de teléfono y en la piscina, tomando el sol y dedicado a la natación, una afición que comenzó a cultivar desde que se había instalado en Aravaca. Aquella noche cenaría con Martirio de la Pasión en la taberna de Antonio Sánchez, un viejo local que abrió en 1768 en la calle Mesón de Paredes y que ofrecía una excelente tortilla de San Isidro. Martirio no tenía función esa noche y le encantaba la carta de la taberna. Después se quedarían a dormir en el hotel Palace. Al día siguiente tenía previsto partir a Zúrich para resolver asuntos pendientes con la banca Ziegler&Ziegler al respecto de sus dividendos en la compañía minera; después viajaría a Londres a fin de visitar la delegación inglesa de su compañía y surtirse de ropa *bespoke* en Savile Road.

Esa misma tarde, cuando regresaban a Madrid, María Millán quiso implicar a Ramón Botillas en la siguiente fase de su plan. Ya habían pasado tres meses desde aquella noche en El Escorial y entendió que había llegado el momento. Oído lo que escuchó entonces respecto al importante negocio de su amigo y al hilo de los reiterados ofrecimientos de Ramón para ayudarla, la madrileña decidió dar un paso más. La noche que había pasado con él tenía su precio, y las siguientes también, y María estaba dispuesta a cóbraselo ya; no quería perder más tiempo.

—¿Realmente quieres ayudarme, Ramón? —preguntó María cuando el Citroën de su amigo bajaba hacia Madrid.

—Sabes que sí; te lo he ofrecido muchas veces —reconoció él.

—Lo sé, Ramón, pero no estoy dispuesta a ser una mantenida, ya te lo he dicho —«como haces con Dolores Montaña», pero eso se lo calló.

—Entonces… ¿qué puedo hacer por ti?

María tardó unos segundos en responder, queriendo parecer que le costaba hacerlo, que le daba vergüenza.

—Buscarme un empleo… y así dejar de limpiar casas de señoritos y de aguantar niños que no son los míos —dijo por fin, como quitándose un peso de encima.

—¿Un empleo?

—Sí, un empleo decente, Ramón… y no esa mierda que tengo.

A Ramón le sorprendió lo crudo de la respuesta.

—¿Qué te gustaría?

—Hablo francés, sé escribir a máquina y tomar dictados en taquigrafía, puedo atender un teléfono y soy muy ordenada para los papeles. ¿No crees que valga para estar en una oficina?

—Claro que sí…

—Además, soy fiel —apuntó ella llenando la palabra del sentido que Ramón esperaba.

—Y muy guapa —quiso apostillar el falangista.

—Eso lo dices tú, cielo mío —sugirió ella mientras, pudorosa, bajaba la cabeza.

Ramón se quedó callado, pensativo, dándole vueltas a la cabeza

—Además, así tendría más tiempo para ti —encaró zalamera poniendo su mano en el muslo derecho de su amigo y acariciándolo.

—Eso es verdad… —reconoció Botillas que ya empezaba a empaparse en la propuesta. Llevaba ya casi cinco meses tras los pasos de María y lo que comenzó como una conquista ocasional se había convertido en una pasión que le consumía. Apenas podía resistirse a los deseos de su amada cuya presencia era como un fuego que le abrasaba por encima de todo raciocinio.

—Aparte de que podría acompañarte cuando tú quisieras y no tendrías que ocultarte para salir a escondidas con una criada, ¿no crees? —apostilló ella sabiendo el efecto que tendrían sus palabras.

—Pero tú no eres una criada, María —respondió él como ofendido.

—Tú lo sabes, Ramón. En el fondo, aunque no quieras verlo, soy una mujer sola que tiene que andar escondiéndose y viviendo a salto de mata… que cualquier día me detienen por el estraperlo.

—¿Todavía andas en eso? —aquello le había preocupado al falangista; después de la visita a su amigo policía sabía que María no estaba segura y que un arresto por algo menor podía ser la punta del hilo que llevara al nudo del ovillo de su verdadera identidad—. Tendrías que tener más cuidado en tu situación.

—¿Crees que con lo que me pagan en la casa en la que sirvo me da para comer y pagar el alquiler? Si no fuera por mis vecinas no llegaría a fin de mes.

—Tienes que tener mucho cuidado, María; cualquier día te pillan los guindillas y podemos tener un lío —se refería a los policías municipales porque los primeros que hubo en Madrid llevaban un sable envainado en una trincha y lo de guindilla fue un apodo que se acuñó por la forma alargada que tenía esa vaina y su color rojo, al igual que una guindilla.

Que Ramón Botillas recurriera a la primera persona del plural animó a María para seguir con su descubierta.

—Por eso te lo pido, porque no quiero comprometerte. Yo puedo seguir como estoy, pero no quiero que te arriesgues por mi culpa; te lo pido por nosotros —insistió María.

Ese fue el argumento definitivo para Ramón, y María sabía que iba a ser efectivo.

—Además... tú tienes muchas relaciones y seguro que algún amigo tuyo puede darme un empleo... ¿verdad? Sabes que nunca te haré quedar mal —remachó para atar mejor su discurso.

—Déjame que haga algunas gestiones —prometió Ramón Botillas cuando su Citroën bajaba hacia Madrid por la carretera de La Coruña y enfilaba la cuesta de las Perdices.

—Muchas gracias, cielo mío. No te arrepentirás —dijo ella acariciándole la bragueta del pantalón cuando pasaban por delante del hipódromo de La Zarzuela. María no sabía, ni se podía imaginar, que a pocos metros a su derecha estaba la villa donde se escondía Hans Kammler.

Aquella noche, después de quedarse sola en su casa de la calle Hierbabuena, María Millán telegrafió a Moscú. Reportó su aventura con Ramón Botillas —el «príncipe azul» en clave—, el asunto de aquel «importante negocio» de su amigo y, sobre todo, pidió informes sobre la empresa de T. I. Dávila, señalando que se dedicaban al transporte internacional de mercancías. María confiaba en que la estación parisina del NKVD pudiera rastrear esa pista; algo le decía que había que tirar de ese cabo.

Una semana después, Ramón la invitó a cenar. «Ponte guapa» le dijo cuando María le llamó por teléfono a su oficina del ayuntamiento como tenía por costumbre todos los miércoles por la mañana. «¿Dónde me vas a llevar?» preguntó ella con la antena levantada. «Vamos a ir el viernes, si puedes, a cenar a un sitio muy elegante donde acude gente muy importante, cariño» le respondió él en plan misterioso. «No sé si estaré a tu nivel —mintió ella para regalarle el oído—; no tengo ropa adecuada y no sé si sabré desenvolverme en un sitio tan fino», volvió a mentir con descaro la agente soviética recordando su instrucción en el Bolshoi. «Pásate por Flora Villareal y te compras lo que quieras; yo iré luego a pagar la factura. No te preocupes». «Muchas gracias, Ramón. Me compraré algo bonito... espero que te guste», aceptó María porque le picaba la curiosidad. «Las que tú tienes, Marita. Te recogeré en tu casa el viernes a las nueve, ¿te parece? Un beso muy fuerte» se despidió él tan contento. Flora Villareal, la hija de un ferroviario, era una de las modistas más acreditadas de Madrid que tenía abierto un taller de costura en el nº 9 del paseo del Generalísimo por donde pasaban todas las damas del Régimen que aún podían lucir algo bonito; le había hecho el traje de novia a la duquesa de Alba. Esa misma tarde, María Millán, en su carnet de María García, pisaba la tienda de la diseñadora, cuya dirección encontró en una guía de teléfonos, y hacía gasto. Salió con un traje sastre que habían confeccionado para la hija de los marqueses de Sástago y que al final no le había gustado a la niña y como se quedó en el probador y era de su talla se lo vendieron con un descuento importante. A Ramón no le pareció caro.

Después, por la noche y en la soledad de su comedor y a la hora convenida, recibió mensaje de Moscú respondiendo al suyo. La oficina de Eitingon, la Sección C del NKVD, le reportaba que tras requerir información de otros departamentos del servicio de inteligencia sabían que la citada empresa había servido de tapadera al tráfico de mercancías desde París y Berlín a España y desde ahí a Latinoamérica. Los servicios soviéticos estaban al corriente de que se trataba de bienes expoliados a los judíos que los nazis querían sacar de su territorio desde que la guerra dio la vuelta y el régimen de Hitler vio el final cerca. Marchantes que colaboraban con los nazis del Einsatzstab Reichsleiter que dirigía Alfred Rosenberg, como Julius Böhler, Cornelius Gurlitt, Walter Hofer o Julius Scheidwimmer, se habían hecho mediante expolio con las colecciones privadas de familias que profesaban la religión de Abraham para ponerlas en manos de gente como el mariscal Göring y otros jerarcas y de museos oficiales. Desde antes del final de la guerra habían decidido que esas obras debían desaparecer con ellos, cosa que hicieron disimulando su existencia en lugares secretos. Y para esa tarea de despiste contaban con Transportes Internacionales Dávila. La informaron también que el tal Dávila, Antonio Dávila Peralta por más datos, era un mero testaferro y que el dueño real del negocio era Klaus Berger, un empresario alemán que ahora residía en Villajoyosa con negocios de hostelería y que había salido de Alemania antes del final de la guerra, dejando allí su uniforme de las SS. Resultaba evidente que en aquella empresa había mucho que ocultar. En el mismo reporte le comunicaban que la NKVD sospechaba que Kammler, su objetivo principal, había salido de Alemania en la madrugada del día 19 de abril de 1945 tal y como habían obtenido de la confesión de SS-Gruppenführer Jakob Sporrenberg. «A partir de ahí se le pierde la pista» concluía la comunicación encriptada.

— 21 —

Nido de ratas

Restaurante Horcher, Madrid.
11 de abril de 1949.

—Estás espectacular, Marita.

—Tus ojos, Ramón, que te hacen ver lo que no hay.

El reflejo en su piel de las paredes enteladas en seda roja le daba un brillo especial a la figura de María García.

—¿No te has fijado cómo te miraban al entrar?

—Qué va...

—Sé lo que me digo, Marita; eres la más guapa de las mujeres que están cenando aquí... y de las más guapas de todo Madrid.

—Exageras, Ramón; además... solo estamos aquí esa mujer y yo, y la verdad es que... esa señora...

En esos requiebros andaba Ramón Botillas cuando se acercó el *maître*. En aquel momento solo había cuatro mesas ocupadas en el restaurante. En una, cenaba una pareja mayor que parecía matrimonio antiguo porque no se hablaban y apenas se dirigían la mirada, que la tenían atada a sus respectivos platos y a sus secretas cavilaciones silenciosas; en otra, había dos caballeros mayores que parecían enfrascados en algo que les interesaba mucho y en la tercera había un tipo bajito de pelo rizado acompañado por otro más espigado y calvo con gafas de montura de alambre y un tercero que bien podía no estar allí, porque permanecía en silencio mirando su copa de vino mientras el bajito le enseñaba con vehemencia un periódico al de gafas. Pareciera que los tres esperaban a otro comensal porque el *maître* se había retirado de aquella mesa sin tomar la comanda y había cuatro servicios dispuestos. Aún era pronto para el horario de cena, que en Madrid era más cerca de las diez que de las nueve.

—Buenas noches, don Ramón. Buenas noches, señora. Me alegro mucho de verlos por aquí —saludó obsequioso enfundado en su impecable smoking de trabajo— ¿Qué les apetece para cenar?

Mientras el jefe de sala oficiaba su tarea, un mozo de comedor se acercó a la mesa para poner un cojín bajo los pies de la invitada. María estuvo a punto de rechazar esa delicadeza; le parecía humillante y ridículo. «Una costumbre servil y estrafalaria, propia de una sociedad degenerada y clasista», pensó indignada mientras sonreía como si le pareciese la cosa más natural del mundo; no quería dar el cante en aquel brete. Por eso, contuvo el gesto y agradeció el detalle con una sonrisa al muchacho, al que no le quedaba más remedio que pasar por ese aro.

—Algo ligero, Tomás. Elige tú, por favor —indicó sin resolver el falangista.

—¿Les apetece un consomé para empezar y les preparamos luego unas perdices como las ponemos nosotros, don Ramón?

—Me parece muy bien, Tomás. Las perdices son una especialidad de la casa —le quiso explicar a María, muy en su papel de hombre de mundo—; verás cómo las cocinan.

Cuando se retiró el *maître* se acercó el *sommelier* para ofrecer sus vinos. El asunto se zanjó enseguida con una botella de la reserva de un tinto riojano, el Marqués de Murrieta, que les ofreció el especialista.

El restaurante que había elegido Ramón Botillas para cenar, Horcher, en la calle Alfonso XII y enfrente del parque de El Retiro, era ya un clásico en Madrid pese a estar abierto hacía solo cinco años. La razón era que el local era sitio de reunión de jerarcas franquistas partidarios del Eje, de empresarios de la situación y de exiliados alemanes que se habían refugiado en España al amparo del gobierno del pequeño Generalísimo. El lujoso restaurante solo había prescindido, y eso solo cuando terminó la II Guerra Mundial, del retrato del mariscal Göring dedicado con su firma que presidía el local. Salvo ese detalle, todo seguía igual: mantelería de hilo, cristal de Bohemia, cubiertos de plata de ley, *maîtres d'hôtel como jefes de sala,* paredes enteladas y vitrinas con porcelana de Nynphenburg. Todo muy al gusto de los aristócratas alemanes y sus amigos nazis que frecuentaron la central del restaurante en Berlín hasta que la bombardearon los aliados sin dejar piedra sobre piedra, y Otto Horcher se trajo sus cacerolas a Madrid y compró nuevos fogones.

María asistía a ese espectáculo de lujo y refinamiento en mitad de una ciudad asolada por el hambre con una mezcla de fascinación e ira.

El lujo del local le recordaba al del restaurante Yar, en los bajos del hotel Sovetski, donde estuvo en una ocasión con su amada Inessa Vasiliedna cuando el coronel Eitingon las invitó a almorzar a fin de despedirse de ella, días antes de que abandonara Moscú para empezar su misión. El público que acudía a aquel restaurante de Moscú ya no eran los aristócratas zaristas ni la alta burguesía moscovita sino una mezcolanza de jerarcas del partido comunista, intelectuales, artistas y obreros que visitaban el restaurante como un premio a su trabajo. El curtido jefe de espías había apostado sin dudarlo por María Sliva, de ahí ese agasajo que se salía de lo oficial; la muchacha le recordaba sus tiempos pasados en la Barcelona republicana, y en cierta medida apadrinaba su carrera en los servicios de inteligencia. Inessa Vasiliedna Kosmodemskaya asistió al almuerzo orgullosa por el excelente predicamento de su amiga y secreta amante, relación esa última que Eitingon ya sabía pero que estaba dispuesto a callársela y pasar de puntillas por ella. Tampoco sabía la instructora que Eitingon había establecido un canal reservado para comunicarse con María Millán por fuera del circuito telegráfico oficial controlado desde su departamento y, seguro que también, por los hombres de Beria. Eitingon, que tenía un excelente trato con los comunistas españoles que habían servido a sus órdenes en la Guerra Civil, explicó en secreto a la Sliva que si en algún telegrama de respuesta desde su departamento se incluía al final en el texto cifrado un número de tres dígitos como 322 quería decir que conectara su receptor con la frecuencia en que emitía Radio España Independiente, La Pirenaica, el 3er día siguiente a la recepción del código y a las 22 horas; el locutor radiaría un mensaje que solo ella entendería. En aquella comida, donde Eitingon polemizó con Inessa Vasiliedna Kosmodemskaya sobre dónde se hacía mejor la sopa *rassólnik*, la de pepinillos, patatas, cebollas, tomate y pollo, si en Leningrado como aseguraba Inessa o en Moscú como defendía Eitingon, se celebró también que la Kosmodemskaya ascendía a coronel del servicio de inteligencia, el recién creado MGB, y dejaba el departamento de Eitingon para pasar a las órdenes de Andréi Aleksándrovich Zhdánov, el jefe político del grupo de Leningrado, que había apadrinado siempre a Kosmodemskaya en los servicios de inteligencia. Zhdánov, además de consuegro de Stalin porque su hijo Yuri se había casado con Svetlana Alíluyeva, era el responsable del Kominform, un órgano diseñado poco antes para coordinar los partidos comunistas de Europa en sustitución de la disuelta Komintern, la internacional de partidos comunistas que Stalin había liquidado en 1947 durante una reunión de dirigentes que se celebró en Polonia, en Szklarska Poreba. En la nueva organización política que Moscú alumbraba para garantizarse la hegemonía en el mundo comunista formaban los partidos hermanos de Polonia, Checoslovaquia, Hungría, Yugoslavia, Bulgaria y Rumanía, y a ella se sumaron los poderosos partidos comunistas de Francia e Italia, cosa que no se les permitió al Partido del Trabajo de Albania, ni al Partido Socialista Unificado de Alemania. El PCE tampoco entró en el escogido sanedrín estalinista y su única participación política en las tareas del Kominform se limitó a enviar tres militantes, ninguno de ellos miembros del Comité Central, para traducir al castellano los textos de las resoluciones.

En esos recuerdos andaba María, reviviendo las imágenes del restaurante Yar y la alegría que sintió cuando Inessa alcanzó el grado de coronel, mientras todo ello se mezclaba con las sensaciones que le venían de aquellas paredes enteladas y la cháchara obsequiosa de su acompañante. En eso llegó el camarero con la afamada sopa, consomé Lender le decía a un caldo que, para ganar sustancia, requería el sacrificio de un solomillo prensado aderezado con crema, yema de huevo, oloroso de Jerez, sal y pimienta tal y como explicó muy ufano el *maître* rememorando a la actriz francesa Marcelle Lender, una modelo de Toulouse-Lautrec que no había consumido en vida, esa era su leyenda, nada que no fuera líquido.

—Don Víctor siempre lo pide —remató el jefe de sala señalando al orondo personaje del pelo rizado que no paraba de hablar en la mesa del fondo.

—¿Don Víctor? —preguntó Botillas sin saber a quién se refería.

—Sí, don Ramón. Ese señor es don Víctor de la Serna, el director de *La Tarde* —quiso explicar Tomás Cienfuegos reservándose que el periodista había sido un falangista ultramontano, de los que seguían a Hedilla, y que pronto reculó de la ortodoxia para servir a Franco sin reservas, tanto que el más general de todos los generales le premió con la dirección del *Informaciones*, un diario pronazi que hundía en sus portadas más barcos ingleses que toda la armada alemana. Si por su periódico fuera, los nazis no habían perdido la guerra; de hecho, se contaba un chiste sobre él en el que Hitler respondiendo a una pregunta sobre la marcha del conflicto explicaba que «no va tan bien como dice Víctor de la Serna, pero vamos, vamos». Cuando el periodista se quedó solo con la esvástica en la mano, Franco le aparcó en un sitio más discreto, pero él se enrocó en Horcher, con sus amigos alemanes disimulados en Madrid para seguir jaleándose en sus imaginarias victorias.

A María Millán casi se le saltan las costuras por la indignación que la recorría el espinazo al ver semejante dispendio en un país en que dos tercios de la población pasaban un hambre feroz. María Sliva le pidió al oído que conservara la calma y volviera al papel de María García, «que de eso se trata ahora, camarada».

—Tengo algo muy importante que decirte, María…

—¿A eso se debe esta cena tan especial?

—No; esta cena se debe a ti, Marita, solo a ti. Lo que quiero contarte es algo que vamos a celebrar con un brindis.

—¿Y se puede saber qué es eso? —preguntó ella alzando la copa de tinto.

—Que te he encontrado un trabajo decente, Marita, que ya no tendrás que limpiar casas de nadie. Solo la tuya —desveló él correspondiendo al gesto de su invitada.

Cuando María Millán iba a saltar, preguntando indignada qué tenía de indecente el trabajo doméstico, María Sliva volvió a intervenir pidiéndola calma.

—¿De verdad?

—Te lo juro, Marita; te he buscado un puesto de secretaria en las oficinas de Transportes Internacionales Dávila.

—¿Los conoces? —preguntó ella poniendo los ojos como platos y expresando una sorpresa tan lejana de ella como el Aconcagua.

—Son buenos amigos, Marita. Me deben algún favor y…

—Te lo has cobrado, ¿verdad?

—Algo así, cielo mío.

—No sabes cómo te lo agradezco, Ramón —dijo ella emocionada y esta vez no mentía; entrar en TID era su verdadero objetivo y lo había conseguido. Su misión iba progresando.

—Por nosotros, Marita —brindó de nuevo el ufano falangista.

—Por ti, Ramón, mi caballero blanco, mi protector —rezongó ella, zalamera, fingiendo cierta vergüenza.

—Solo tu amigo —quiso desdramatizar él.

—¿Solo mi amigo? —María estaba dispuesta a echar el resto aquella noche.

—Yo soy para ti lo que tú quieras, María. Siempre tuyo… —dijo él poniéndose trascendente, algo que se le daba fatal.

Con estos arrumacos de palabras, miradas y silencios clamorosos e insinuantes acabaron con el consomé. Mientras un camarero les retiraba el servicio y otro preparaba ya las perdices, dos parejas entraron en el restaurante. Las mujeres pasaron primero. Una de ellas, la más elegante y muy enjoyada no cumpliría ya los cincuenta y la otra, mucho más joven y vestida de manera muy sencilla, suplía con una insultante belleza natural las esmeraldas y afeites de su compañera.

—Señora baronesa… —saludó el *maître* recibiendo a las mujeres con una inclinación de cabeza—. Es un honor tenerla aquí; nos obsequia muy pocas veces con su presencia.

—Es que mi marido está muy ocupado para salir a cenar por ahí; preferimos recibir en casa.

—Señora… —saludó también a la dama joven, a la que veía por primera vez.

—Señorita —corrigió la bella, muy circunspecta.

En esas cortesías andaba el del smoking negro cuando entraron los acompañantes de las damas, dos individuos cincuentones que venían de aparcar el coche. Uno de ellos, muy atildado, con monóculo y botines de charol, y el otro engominado hasta las pestañas, orondo y vestido con bastante mal gusto; usaba un traje cruzado en que la chaqueta le quedaba estrecha, cortos los pantalones y el estrambote era una corbata muy chillona que no pegaba nada.

—Señor Lazar, un placer —obsequió al del monóculo—. Señor Cordón, qué bien que nos visita otra vez. Sean ustedes bienvenidos a su casa.

Cuando se recompusieron las parejas, el *maître* las encarriló a una mesa redonda cercana a la esquina del local. Josef Hans Lazar iba acompañado por su esposa, la baronesa rumana Elena Petrino Borkowska, y el otro individuo, un alto jerarca de la Comisaría General de Abastecimientos y Transportes que atendía a la razón de Atilano Cordón Mendieta y era camisa vieja de Falange Española, iba acompañado por una mujer mucho más joven que él que, a todas luces, no rezaba en su libro de familia. Después del ceremonial de los cojines, que a la Borkowska le parecía lo más natural, y a la joven señorita una cursi extravagancia propia de ricos ociosos, el jefe de sala les tomó la comanda y las dos parejas se pusieron a lo suyo, que era nada salvo banalidades aunque fuera bastante evidente que la conversación la llevaban los hombres y la iniciativa el de la corbata floreada, y que las mujeres iban a sus cosas aunque gastaban el tiempo en escucharles con cara de hastío, que en el caso de la baronesa se adornaba con cierto desagrado por considerar una vulgaridad lo que ocupaba a su marido con el del traje estrecho, y en el caso de la joven era solo mero aburrimiento.

—¿Has visto a ese hombre, Marita?

—¿A quién?

—Al de la corbata de flores, el que va con la muchacha joven.

—No me he fijado —mintió ella, que tenía ya perfectamente localizados a todos los que pisaban el restaurante—. ¿Le conoces?

—Desde luego; es uno de los jefes de la comisaría.

—¿Es policía?

—No —dijo él sonriendo por la confusión de María—, de la Comisaría de Abastecimientos y Transportes. Toda la mercancía que se mueve en España pasa por sus manos. He tenido algún asunto con él, es un viejo camarada; es de los nuestros, un verdadero franquista.

—¿Y el otro?

—¿El del monóculo?

—A ese no le conozco, pero por la pinta me da que debe ser alemán; su mujer tampoco parece española.

En eso andaban cuando dos camareros se acercaron a la mesa para servir las afamadas perdices con el ritual que justificaba su precio, lo que ganaba un albañil durante una semana. El artífice de la exquisitez les mostró la perdiz, que era roja y que ya venía asada de cocina, y una fuente donde llegaba preparada una salsa española de vino tinto a la que añadió crema y redujo al fuego un poco antes de verter una copa de brandy y otra de oporto dulce para reducirla otra vez. Mientras uno andaba en esos mejunjes, el otro camarero trinchaba la perdiz deshuesándola para apartar la pechuga y los muslos de los huesos y contramuslos. Ya separado lo principal de lo accesorio el camarero de los cuchillos introdujo en una prensa las partes que no iban a ir al plato y las estrujó a modo para verter en la salsa reducida el caldo de la sustancia que se unió al mejunje para reducirse más aun durante cinco minutos de ceremonia antes de pasarlo por el tamiz. Solo faltaba emplatar la maravilla culinaria y así se hizo con toda parsimonia, vertiendo la milagrosa salsa sobre las piezas deshuesadas de muslos y pechuga y acompañándolo todo con una guarnición de lombarda fermentada en vino tinto, puré de patata, confitura de arándanos y puré de manzana.

—*Voilà*... —ofreció el camarero, orgulloso de su oficio—. Espero que sea de su gusto.

—Muchas gracias, sin duda que sí —reconoció Ramón Botillas.

—Verás cómo te encanta —ofreció Ramón a su compañera mientras el sumiller rellenaba las copas de vino.

María Millán estuvo a punto de rechazar el plato por tres razones, la primera era que no le gustaba la caza, la segunda porque lo consideró una inmoralidad propia de una sociedad decadente, «tanta gente obrera empleada en satisfacer el paladar de esta tropa de impresentables» pensó, y la tercera, la más importante, porque estaba harta de aguantar ese teatro mientras sus compañeros de la resistencia guerrillera se jugaban el tipo en los montes asturianos como sabía por Radio España Independiente, pero María Sliva salió al quite y la recordó porqué estaba allí, «por bien del Partido y por tu misión, camarada. No te despistes». «Vale, me rindo», concedió María Millán, y se dispuso a probar la exquisitez.

Cuando los platos estaban demediados y María hacía lo que podía con la perdiz, Ramón cambió la conversación, que dejó las ternuras para pasar a los intereses.

—Tendré que saludar al camarada Cordón —dijo muy serio como si fuese algo importante—. ¿Te parece que tomemos una copa con ellos después de cenar?

—Lo que tú digas, cielo —aceptó la agente, aunque le interesaba más husmear al del monóculo; el otro le parecía uno más de los zafios falangistas que sacaban provecho a la situación explotando sus entorchados azules.

—Es que tengo con él algunos asuntos pendientes que pasan por su firma, Marita. Ya te puedes imaginar.

—Claro… tus negocios. Por mí no te preocupes; estoy encantada de conocer a tus amigos —mintió María concediendo con una sonrisa seductora que se le clavó a Ramón en las entretelas. «Trapacerías de azules» pensó para sus adentros.

Cuando terminaron con el plato principal, el falangista llamó al camarero y le pidió recado de escribir; quería enviar una nota a la mesa de Crescencio Cordón. Un tarjetón con el emblema del restaurante llegó a su mesa en un pispás. Botillas escribió algo con su estilográfica, le dijo algo al camarero en voz baja, y de inmediato estaba el recado en la mesa de Cordón y sus acompañantes, mientras otro camarero les acercaba una botella de *champagne* francés, un Veuve Clicqot como obsequio que acompañaba la misiva. Eso lo había aprendido Ramón

Botillas viendo una película de gánsteres donde el protagonista hacia lo mismo para ganarse la confianza de un concejal de Chicago. Cuando el de Abastos leyó la nota pidió permiso a sus acompañantes y se levantó de la mesa para dirigirse a la de Botillas. El del monóculo le siguió con la mirada como si el asunto no fuera con él.

—Querido, Ramón, no tenías que mandarnos nada —dijo ofreciéndole la mano cuando llegó a su mesa—. Por cierto... ¿quién es esta señorita tan guapa?

—Una buena y querida amiga, Crescencio. La señorita María García —presentó el falangista tras levantarse. María permaneció sentada como era el protocolo de las damas finas, no levantarse ante saludo de varón.

—Mucho gusto, señorita.

María respondió con un leve gesto de cabeza y una sonrisa de circunstancias. El personajillo ya le resultaba desagradable y, además, la terrible colonia que gastaba, esencia de pachuli con toques de canela y anís, echaba para atrás.

—¿Os apetece tomar una copa después de la cena? —propuso Botillas—. Podemos ir a Chicote.

—Por mí encantado, Ramón, porque los Lazar se irán a su casa en cuanto tomemos el café; a la baronesa no le gusta tomar postre ni trasnochar. En cuanto quieran irse nos despedimos de ellos y nos volvemos a vuestra mesa.

—Eso está hecho, Crescencio.

—Hasta ahora, Ramón. Señorita... un placer.

Cuando volvieron a quedar a solas, para satisfacción de María a quien el aroma del falangista le recordaba el perfume que usaba en Ravensbrück una de las guardianas del campo, el camarero les retiró el servicio y preparó la mesa para el postre, el tradicional Baumkuchen, el pastel de árbol típico de la Sajonia alemana que era especialidad de la casa. El bizcocho lo presentaban cortado en lonchas finas con helado de vainilla y chocolate caliente por encima.

—Esto es una exquisitez —celebró Botillas atacando su plato cuando se retiró el camarero.

—Pero debe de engordar un montón —quiso objetar María a quien le perdía el dulce.

Y como el dulce llama al dulce, Ramón Botillas volvió a sus ternuras envolviendo a María en el almíbar de sus palabras amorosas, cosa que a ella le parecía más empalagoso que dulce, pues el falangista quiso requebrar a su amada con versos de Bécquer que a María le parecían cursis y bastante ripiosos. En esos trajines andaban cuando la mesa de la baronesa dio el ágape por concluido, el del monóculo dejó una propina y ordenó que la factura se la cargaran en su cuenta y los cuatro se encaminaron a la puerta escoltados por el jefe de sala.

Al pasar por delante de la mesa de Botillas, un guiño de complicidad decía que Cordón y su acompañante volverían enseguida al restaurante. La joven que iba con Crescencio Cordón sonrió a la pareja cuando los tuvo a su izquierda. La baronesa, sin embargo, marchaba enhiesta, soberbia y distante como el Titanic hacia el iceberg. Su marido, cual mascarón de proa, encabezaba la comitiva, envarado como un chopo y ajeno a cualquier cosa que pudiera salpicarle.

Cinco minutos después, lo que tardaron en despedirse de Lazar y su mujer, Cordón y su acompañante estaban de nuevo en Horcher. Ya en la mesa de Botillas se hicieron las presentaciones; por eso supo María que la acompañante del de la corbata chillona y la fétida colonia se llamaba Martirio de la Pasión.

—Yo soy artista, vicetiple en una revista que ponen en el teatro Martín. Es una función muy bonita —quiso declarar la muchacha, que tenía un deje granadino en el acento que no quería disimular.

—Lleva ya cinco años en cartel, pero ella solo está en el coro desde hace dos —explicó Crescencio Cordón—. Desde entonces somos muy buenos amigos.

—A ti siempre te ha gustado la revista, camarada —apuntó Botillas con evidente doble intención.

—¡Qué se le va a hacer! —concedió el de Abastos con una risotada.

María se dio cuenta de que aquella muchacha tenía una condición parecida a la suya con Ramón, aunque se fijó que el tal Crescencio no llevaba anillo de casado, pero sí una esclava de oro en la muñeca derecha, cosa que le llamó la atención, pues no era un adorno muy común entre hombres.

—¿Quién era el del monóculo? —preguntó Botillas cuando el camarero les sirvió unas copas de Jägermeister, un licor de hierbas que provenía de la región de Sajonia con el que se brindaba al terminar una cacería y que, dado su contenido en alcohol, se decía de él que era «el claro comienzo de un final oscuro».

—¿No le conoces?

—Pues no… —reconoció Botillas.

—Es Josef Lazar, ¿no te suena? —Cordón lo dijo como quien menciona al papa de Roma.

—Pues no... ¿por qué me había de sonar?

—Era el agregado de prensa de la embajada alemana cuando en Berlín mandaban los nuestros. Era el hombre de Goebbels en España. Ahora se dedica a sus negocios.

—Que son los tuyos, ¿verdad? —apostilló Botillas.

—Algo de eso hay; Lazar es un tipo que controla muy bien a los alemanes que paran por aquí.

—¿Qué te traes con él?

—Eso no es cosa tuya, Ramón —le cortó el de Abastos que estaba muy por encima de Botillas en la escalera de los de Falange que se habían incrustado para su provecho en la administración del Estado.

Ante ese desplante, Botillas decidió cambiar el rumbo de la charla; no quería incomodar a Cordón porque de su firma dependía una partida de gasolina que él iba a despistar en el mercado negro y buena parte de sus negocios de aceite en Jaén.

—Terminamos la copa y nos vamos a Chicote, ¿os parece?

—A mí me parece bien —dijo Martirio.

—A mí también —corroboró María.

—Pues no se hable más —sentenció Cordón.

Mientras Botillas hacía un gesto al camarero pidiéndole la cuenta, alguien entró en el restaurante. Era un hombre alto y de complexión atlética con el pelo entrecano y rizado que vestía un traje de *tweed* y con una característica singular en el rostro, además de un pequeño bigote muy recortado, que le hacía inconfundible. Su cara estaba marcada por una gran cicatriz que le corría por la mejilla izquierda desde el lóbulo de la oreja hasta la comisura de la boca de donde nacía otra que bajaba hacia el mentón.

El personaje entró con prisas, parecía que llegaba tarde a su cita, y se encaminó hacia la mesa donde le esperaban Víctor de la Serna y los otros dos comensales que entretenían el retraso con una botella de Jerez.

—¡¡Otto!! —gritó el director del periódico levantándose y abriéndole los brazos—. Nos tenías preocupados.

—Disculpadme, camaradas; vengo de una cita importante —dijo con una sonrisa pícara que daba a entender otra cosa muy distinta a negocios o trabajo.

María Millán, que acababa de levantarse de la mesa para abandonar el local, no daba crédito a lo que acababa de ver. Un gesto de sorpresa en los ojos y que se le contrajeran las comisuras de los labios indicaba su alteración.

—¿Te pasa algo, Marita? —preguntó Ramón tomándola del brazo.

—No, nada, cariño. Será la perdiz que me haya sentado mal; no estoy acostumbrada a tanta delicadeza —mintió para justificar esa momentánea pérdida de control que se le había traslucido en el rostro.

—¿Quieres que te lleve a casa? —ofreció su acompañante.

—No, por favor; en cuanto me dé el aire se me pasa. Me apetece mucho conocer Chicote; se habla mucho de ese sitio.

Cuando estuvieron en la calle, Martirio, que se había dado perfecta cuenta de la reacción de su compañera de mesa, la tomó del brazo.

—Dejadnos solas a las chicas, que hablamos de nuestras cosas, y vosotros ir delante arreglando el mundo, que está muy *esfarataó* —pidió la granadina con el desparpajo de su tierra.

Durante unos minutos las dos mujeres caminaron en silencio tomadas del brazo mientras bajaban la calle de Alcalá tras dejar atrás la de Alfonso XII. María Millán seguía rumiando lo que había visto, algo que no hubiera creído si se lo cuentan. Se acababa de cruzar en el restaurante con aquel que muchos servicios de información habían considerado «el hombre más peligroso de Europa», el coronel de las Waffen-SS Otto Skorzeny, el jefe del comando que había liberado por encargo personal de Hitler a Benito Mussolini de su encierro en un hotel de los Apeninos donde estaba retenido por los hombres del general Badoglio, tras destituirle de sus cargos por orden del rey Víctor Manuel III.

Ese hombre, ingeniero y militar experto en operaciones especiales, estaba en la relación de nazis que le habían mostrado en Moscú como los más importantes y peligrosos de la nomenclatura hitleriana. La última noticia que le dieron de él en su instrucción en la Frunze era que después de juzgarle en Núremberg por crímenes de guerra y ser declarado inocente por presión de los ingleses fue internado en un campo de desnazificación del que escapó con la ayuda de antiguos oficiales de las SS. Desde entonces se le daba por desaparecido, seguramente en Latinoamérica como tantos otros nazis que habían huido de Alemania, pero nadie le hacía en España. Que María Millán se hubiera cruzado con él en Horcher abría nuevas pistas a su misión porque, como le explicaba su instructor político, «el azar es la providencia de los aventureros» y, bien lo sabía ella, su misión era una aventura brillante y peligrosa.

—¿Te sientes mejor, María?

—Sí, mucho mejor, Martirio, muchas gracias. No estoy acostumbrada a estas delicadezas y algo me habrá sentado mal, no te preocupes.

—A mí también me pasaba al principio —le quiso contar Martirio de la Pasión.

—¿El qué?

—Que cuando me sacaban a comer por ahí siempre me sentaba mal algo. Me quedaba *esfaratá*.

—¿Tienes el estómago estropeado?

—Qué va... lo que tenía era hambre y muchas ganas de quitármelo. Me comía todo lo que me echaran, una *pechá*, y luego... pues pasaba lo que pasaba.

María calibró con eso que Martirio había tenido necesidad y que tal vez la siguiera teniendo. Su oficio de corista no debía de dar para mucho.

—¿Crescencio es tu novio? —se atrevió a preguntar.

—¿Novio?... ¡qué va! Crescencio es un amigo. Yo le ayudo y él me ayuda. Yo no soy de novios; soy de amigos... tengo varios.

Martirio estaba confesándose con toda sinceridad con María. A la madrileña le sorprendía la claridad de la granadina.

—¿Y en qué ayudas tú a Crescencio? —la verdad, María estaba intrigada.

—No vayas a pensar que me acuesto con él —se quiso justificar la vicetiple.

—Es tu derecho y tu libertad, amiga, y yo no soy quién para criticarlo.

—No va por ahí, María. ¿No te has dado cuenta?

—¿De qué?

Y Martirio respondió con un gesto; se llevó la yema del dedo índice de la mano derecha a la comisura derecha de sus labios. Algo que revelaba la condición homosexual encubierta del de Abastos.

—Crescencio es de la cáscara amarga, María —dijo explicando el gesto por si María no lo hubiera entendido—. Yo le sirvo de tapadera si tiene que ir a algún sitio bien acompañado, y el pobre va tan contento luciéndome, que es lo que le interesa. También entre los falangistas hay mariquitas, como en todas partes, pero ellos no lo reconocen porque dicen que son muy machos. Yo le arreglo el papel, y él me ayuda en mis necesidades, cariño. Es un negocio.

—¡Qué simples son los hombres! —sentenció María.

—Por cierto… yo no me llamo Martirio de la Pasión. —quiso confesar la de la revista—. Mi verdadero nombre es Angustias… Angustias Fernández Requejo, de la misma *Graná*.

—Pues yo sí que me llamo María, María García… de Tetuán de la Victoria, pero es porque todavía estoy empezando. Ya me irás enseñando…

—Cuenta con ello, compañera. Se nos ocurrirá un nombre bonito, una *mihilla* más mono.

Las dos se echaron a reír y siguieron hacia Chicote paseando el palmito.

Detrás, Botillas y Cordón urdían encantados algún trapicheo poco confesable que les llenara los bolsillos. Y así llegaron al bar de moda de la noche madrileña.

Antes de despedirse, cerca de las dos de la madrugada y antes de salir de Chicote, Martirio le pasó a María un posavasos del bar donde había escrito un número de teléfono. «Es el de la pensión donde vivo —explicó en un aparte—. Llámame cuando puedas y nos vamos a tomar unos churros, que tenemos mucha tela que cortar».

Aquella noche, después que Ramón Botillas la dejara en su casa, María Millán reportaría a Moscú que había encontrado a Otto Skorzeny en Madrid. «Espero instrucciones» eran las últimas palabras del reporte. Después le costó conciliar el sueño; ver a ese hombre, lo que significaba, le había hecho revivir su estancia en Ravensbrück.

— 22 —

Teatro de marionetas

Kremlin, Moscú.
4 de mayo de 1949.

El jefe ruso estaba en su despacho del segundo piso del palacio Pothesny, llamado en el Kremlin el palacio Amarillo, un edificio de planta triangular construido en el siglo XVII que había servido como sede del Senado en época de los zares, y en el que recibía en muy contadas ocasiones; para eso tenía la *dacha* de Kuntsevo donde se sentía más cómodo. Las rojas paredes enteladas de aquella oficina, un lugar destartalado y sin gusto que decía a las claras su falta de uso, teñían de ese tono la piel del dictador soviético. Parecía ocupado en repasar un papel viejo con un texto escrito al que, de vez en cuando, hacía alguna corrección.

—¡Basta que yo mueva un dedo para que Tito desaparezca para siempre! —sentenció Stalin amenazador, como si hablara para las paredes.

Llevaban años jugando al gato y al ratón, pero Stalin perdió la paciencia cuando el mariscal Tito, el jefe comunista yugoslavo, secretario del poderoso Partido Comunista y primer ministro de la República Federal Socialista de Yugoslavia, se escapó definitivamente de la ratonera estalinista.

En tan solo tres años, desde que terminó la Segunda Guerra Mundial, Yugoslavia había pasado de ser el «primer satélite de la URSS», el más cercano aliado de los intereses del PCUS, y el mariscal Tito el más fiel depositario de la confianza de Iósif Stalin, a que el partido comunista de Belgrado fuera «un nido de actitudes antisoviéticas, desviacionistas y reaccionarias» y el mariscal, simplemente, «un traidor vendido a los servicios de inteligencia ingleses». Del blanco al negro, sin paliativos, como parecían las cosas al antojo de Iósif Vissariónovich Dzhugashvili, el zar rojo, dentro de los luminosos muros del Kremlin.

La crisis en las relaciones entre los dos jefes comunistas y sus respectivos partidos estuvo teñida de sangre y conspiraciones, donde jugaron un papel principal los servicios de inteligencia, tanto el NKVD estalinista administrado por la gente de Beria como el UDBA —Administración de Seguridad del Estado— y la OZNA —Servicio de Inteligencia— que dirigía el serbio Alexander Rankovic desde su puesto de ministro del Interior, y aunque no se llegó a un enfrentamiento militar, que a punto estuvo, el *titoismo* como eufemismo de herejía, y el *estalinismo* como sinónimo de dictadura, fueron perchas argumentales donde colgar, por las dos partes, venganzas, purgas y persecuciones que todos pretendían justificar «por el bien del socialismo y fidelidad al movimiento obrero».

Las razones había que buscarlas en la II Gran Guerra, la que en Rusia se tenía por la Gran Guerra Patria, donde sucedió que Yugoslavia junto con la Albania de Henver Hoxha, fueron los únicos países que se liberaron del yugo nazi gracias a la lucha de sus respectivos movimientos guerrilleros, el Ejército de Liberación Popular de Yugoslavia que, finalizada la guerra se rebautizó como Jugoslovenska Armija a las órdenes de Josip Broz, el mariscal Tito, y los partisanos albaneses del Consejo Antifascista de Liberación Nacional, a las órdenes de Henver Hoxha, presidente del gobierno, y Koçi Xoxe, ministro del Interior. Que las tropas del Ejército Rojo no hubieran intervenido en la liberación de las repúblicas balcánicas, como había ocurrido en los demás países de la órbita soviética, permitió que Tito exigiera a su aliado de Moscú un trato de respeto que no encajaba con los planes de Stalin para la hegemonía de la URSS y el seguidismo de sus satélites. Tito sostenía que la guerra había sido justa, «pero ahora queremos una conclusión justa. Nuestro objetivo es que todo el mundo sea señor en su propia casa» y aseguró que los yugoslavos «no volverían a depender jamás de nadie, independientemente de lo que se haya escrito o dicho». El dictador soviético no estaba dispuesto a aceptar lo que le parecía una bravata de su antiguo aliado.

—Pero él no cree que eso pueda ser; se considera seguro en su feudo, camarada secretario general —apostilló Gueorgui Málenkov, que había acudido al Kremlin por requerimiento urgente de su jefe.

Málenkov estaba frente a él, asintiendo con la cabeza y sentado en la primera de una fila de sillas dispuestas en perpendicular a la pequeña mesa que usaba Stalin. Era uno de sus más devotos colaboradores, tanto que tenía el rango de teniente general del Ejército Rojo, pese a que causó baja en 1921 tras dos años de servicio y que solo vestía el uniforme para las fotos y los actos oficiales. También era miembro del Politburó y vicepresidente del Consejo de la URSS desde 1946. Su carrera en la cúspide comunista había comenzado cuando Stalin le nombró su secretario personal en 1925 y alcanzó la cima cuando, después de la guerra, se integró junto con Viacheslav Mólotov y Laurenti Beria en el triunvirato más incondicional a las órdenes de Stalin, su gabinete secreto, el aparato más criminal de su gobierno. Antes ya se había encargado con Beria de purgar el PCUS de todos los aliados de Nikolái Yezhov, jefe que fue de la NKVD al que llamaban «el enano sangriento» porque solo media metro y medio, y que murió fusilado el mismo día de su juicio, el 4 de enero de 1940, en Sujànovka, una prisión especial del NKVD reservada a «los enemigos del pueblo especialmente peligrosos». Stalin tenía un talento natural para rodearse de criminales que se eliminaban entre ellos cuando el jefe movía una ceja. Yagoda y Yezhov, jefes de la policía secreta, los mariscales Tujachevski, Blücher y Yegorov, y también Trotski, Zinoviev, Bujarin, Kámenev, Smirnov, Rýkov, Kretinski, Sokólnikov, Tomski, Rudzutaks, todos ellos viejos bolcheviques compañeros de Lenin de primera hora habían entregado su cuello a la cuchilla del georgiano. Guénrij Yagoda, un criminal estalinista hasta la médula, confesaba a Alexander Orlov, el antiguo jefe de Eitingon en España, poco antes de su ejecución que «de Stalin no merezco nada más que gratitud por mi leal servicio, de Dios merezco el más severo castigo por haber violado sus mandamientos miles de veces. Ahora mira donde estoy y juzga si existe un Dios o no...». El propio Lenin, a pocos meses de su muerte, el 4 de enero de 1923, y cuando vio las tropelías de Stalin tras ocupar su puesto de secretario general del PCUS escribía que «el comportamiento de Stalin es demasiado rudo y brutal, y esta falta se convierte en insostenible en la oficina del secretario general. Propongo a los camaradas encontrar una manera de remover de su cargo al camarada Stalin y proponer otro hombre que difiera de Stalin, principalmente que sea más paciente, más leal, atento y respetuoso de sus camaradas, menos caprichoso...».

—Ese es su error; nadie está seguro, Gueorgui —le corrigió el jefe comunista sin levantar la mirada del papel que parecía ocuparle toda su atención.

—Y él debiera de saberlo, camarada Stalin —asintió Málenkov bailándole el agua a su jefe. Bien recordaba que pocos meses antes, el viceministro de la Seguridad del Estado, el general del KGB Yevgeny Pitovránov, había preparado un plan, dislocado y fantasioso, para asesinar a Tito mediante los servicios de un agente encubierto —Iósif Grigúlevich— cuyo nombre en clave era Max y usaba pasaporte costarricense. Eso lo sabía Málenkov no por boca de Stalin, sino porque su nieta estaba casada con el viceministro.

Stalin seguía a lo suyo con aquel folio ajado.

—Tito no se da cuenta, Gueorgui, porque le pierde la ambición —dijo al cabo de un rato, como si lo que oía de su colaborador careciera de importancia—. Recuerda cuando se quiso quedar con un trozo de Italia y toda Bulgaria. Estoy seguro que eso lo tenía pactado con los ingleses.

—También lo ha tanteado con Albania —apuntó Málenkov con toda malicia.

Aquello sí era cierto; Tito había intentado después de la guerra anexionarse la región de Carintia en Austria y la zona de la Venecia Julia en Italia, al igual que diseñó una federación con Bulgaria, algo que también complacía a Dimitrov, el jefe comunista búlgaro, para convertirla en la séptima república yugoslava. El mariscal pretendía la gran federación eslava del Adriático, cosa que a Moscú no le interesaba porque esa nueva potencia balcánica le podría cerrar la salida al mar caliente, algo que beneficiaría a los aliados occidentales. Eso ya lo había planteado Tito en mayo de 1945 después de una visita a Moscú, cosa que a Stalin no le hizo ninguna gracia, convencido como estaba que su victoria contra los nazis le convertía en el capitán indiscutible del movimiento comunista mundial.

—Y allí hemos tenido que pararle los pies —recordó Stalin con el mismo desinterés que si hablara del tiempo que hacía en Moscú.

—Hemos hecho lo que se debía hacer —jaleó Málenkov para apuntarse al envite.

Stalin siguió a lo suyo como si Málenkov no estuviese allí. Continuaba enfrascado en su papel, un texto manuscrito que repasaba subrayando algunas palabras con un lápiz de mina roja.

Tito había ayudado militarmente a Enver Hoxha en su lucha contra los nazis y por ello el joven partido comunista albanés había estado en manos de los hombres de Tito. El gobierno de Hoxha seguía las directrices yugoslavas que además les suponía una importante ayuda económica. Albania se había comportado de hecho como un país satélite de Yugoslavia hasta que, en el segundo pleno de la Kominform celebrado en Bucarest, porque Stalin sacó la sede de Belgrado para marcar distancias, Stalin decidió intervenir expulsando a Yugoslavia de la Kominform, la *última* y reciente maniobra del jefe ruso. Sus servicios ya llevaban trabajando meses en el partido albanés desestabilizando a la minoría partidaria de las tesis de Tito y consiguiendo que Hoxha replegara velas y sacrificara a su número dos, Koçi Xoxe, el más proyugoslavo de sus colaboradores, que en esos días estaba ya en presidio, en Tirana, esperando la horca.

Stalin dobló el papel que se trajinaba, lo apartó a un lado de la mesa y se quedó mirando a los ojos de Málenkov.

—*¿Andréi se ha portado en Bucarest conforme a lo que se le pidió?* —preguntó al cabo de unos segundos que, al untuoso Málenkov, un tipo obeso de facciones blandas y achinadas que gastaba un ridículo y grasiento tupé, se le hicieron eternos.

Stalin se refería a Andréi Zhdánov, uno de los comisionados para acudir al segundo pleno del Kominform. El secretario del PCUS, como era su costumbre, había mandado dos delegados principales al evento, el otro era, precisamente, Málenkov.

—Con dificultades, camarada; le costaba dar el paso porque en el fondo simpatizaba con los argumentos de los partidarios del mariscal Tito.

—*¿Tenía apoyos dentro de nuestra delegación?* —eso era lo que le interesaba saber a Stalin.

—El grupo de Leningrado siempre apoya a Zhdánov —respondió Málenkov escurriendo el bulto y llevando el agua a su molino—, incluso algunos agentes del MGB que le son cercanos, gente que viene del NKVD de Leningrado, estaban de acuerdo en contemporizar con Tito.

La posición de Zhdánov era mucho más tibia que la de Málenkov, totalmente entregado a los dictados de su jefe. El presidente de la Kominform era decidido partidario de contemporizar con el mariscal y tampoco veía tan claro que las tesis de su consuegro fueran las más apropiadas en aquel momento, por el riesgo rupturista que comportaban. Zhdánov era un defensor acérrimo de mantener unidos como fuera a todos los países socialistas para establecer un frente cohesionado ante los EEUU, que abogaba por una alianza militar y económica de todos los países de la Europa occidental contra la creciente influencia comunista, porque el norteamericano veía en la URSS al nuevo enemigo. En la primera sesión del Kominform, celebrada el año anterior, el 22 de septiembre de 1947 y a la que no asistió Tito porque delegó su representación en Milovan Djilas —amigo personal suyo, abogado y miembro del Politburó— y en Edvard Kardelj —ministro de Asuntos Exteriores, miembro de la Academia Serbia de Ciencias y Artes y un economista partidario de la autogestión obrera, algo que espeluznaba a los soviéticos—. Málenkov, siguiendo las directrices y las expresas instrucciones de su patrón, y bajo la presidencia de Zhdánov, presentó un informe explicando que la Segunda Guerra Mundial había sido la consecuencia de la «crisis general» del capitalismo, y que la misión de la Unión Soviética era la de «socavar el imperialismo» y «garantizar una paz democrática». Málenkov apostaba por un largo enfrentamiento con Estados Unidos y porque la URSS estuviese preparada para apoyar a «sus aliados verdaderamente leales», y para ello «debemos tomar medidas terminantes» para llevar a cabo una cooperación más estrecha». Concluyó instando a los partidos comunistas occidentales a que dejasen de priorizar sus actividades parlamentarias y activasen una militancia más notoria. Al día siguiente, desde la presidencia, Zhdánov habló de otra manera, más inteligente; habló de «dos campos»: el del imperialismo, liderado por Estados Unidos, y el del socialismo, liderado por la Unión Soviética, que Zhdánov denominaba como «fuerzas pacíficas». Zhdánov, mucho más prudente y menos sectario que Málenkov, habló de una «nueva democracia» contra «las fuerzas defensoras de la libertad antiimperialistas de todos los países» y denunció al plan Marshall como instrumento del imperialismo americano. La tesis entonces formulada, la doctrina Zhdánov, se oponía a la doctrina Truman, de modo que la creación de la Kominform se hizo en respuesta al Plan Marshall y a la doctrina Truman. Ahora, en la segunda sesión, el 17 de mayo de 1948, donde ya no acudió ninguna representación de Yugoslavia, las cosas habían ocurrido siguiendo la misma plantilla: contra la prudencia de Zhdánov, la vehemencia sectaria de Málenkov. Consecuencia: la expulsión de Yugoslavia y la estalinización de Albania.

—Me lo imaginaba —concedió Stalin mientras se servía un vaso de vodka de una botella que guardaba en un cajón del escritorio. A Málenkov no le ofreció compartir el trago—. El bueno de Andréi es un hombre de la cultura y se mueve mal en estas aguas; es lo que tienen los intelectuales, que enseguida se despistan.

Pese a las aparentes buenas palabras del jefe comunista algo se estaba cociendo en su cerebro que no presagiaba nada bueno para su consuegro. La razón era que Stalin y su lacayo Málenkov entendían el Kominform como un instrumento más de la política exterior soviética y, sin embargo, Zhdánov y sus partidarios, el poderoso grupo comunista de Leningrado, la entendían como una plataforma común de todos los países socialistas donde podían coexistir distintos modelos económicos, como abogaban los yugoslavos. Pero no eran solo esas razones las que llevaban al dictador a construir nubes negras sobre la cabeza de Zhdánov; las razones que hacían al equilibrio entre facciones dentro del misterioso e incomprensible mundo del Politburó y el Comité Central del Partido Comunista determinaban siempre la conducta del dueño de los destinos de todos sus miembros, marionetas cuyos hilos siempre estaban en las manos del georgiano.

—Además, Andréi bebe demasiado y a veces se le olvidan las cosas —fingió lamentar Stalin, mientras se servía otro vaso de vodka georgiano—. Ya le he dicho que debe cuidar su hígado. Svetlana también se lo dice siempre que le ve.

La notoriedad en el sanedrín comunista de Zhdánov, un tipo más cultivado que la media de los que pacían en el Comité Central, nacía en Leningrado cuando el PCUS le encargó organizar su defensa y resistencia contra la ofensiva del ejército alemán, cosa que resolvió bien, y a partir de ahí comenzó su ascenso en la cúpula comunista. Después del XVII congreso del partido, Zhdánov fue elegido secretario del Comité Central, aunque como miembro suplente, y después del XVIII congreso fue designado miembro del Buró Político del Comité Central. Desde entonces, simultaneaba esa condición con la de presidente del Soviet de la Unión, lo cual le posicionaba bien para la sucesión de su consuegro, algo que se iba cociendo ya en la mente de todos ellos, dada la deteriorada salud del jefe que recurría a las sales de litio para tratarse. Para esa maniobra, contaba con la ayuda del poderoso grupo de Leningrado, pero Málenkov y Beria decidieron dificultar su camino hacia la Secretaría General. A tal fin, gracias a la traición de Georgy Aleksandrov, uno de sus colaboradores más cercanos que le había sustituido como jefe del Departamento de Propaganda y Agitación del Comité Central, se fueron a Stalin con la especie de que dos revistas culturales del partido que se editaban allí, *Zvezda* y *Leningrado*, contravenían los principios artísticos del realismo socialista, postulando posturas artísticas formalistas y decadentes propias del arte burgués. A esa campaña de agitación iniciada en 1946 la llamaron Zhdanovshchina, «los tiempos perniciosos de Zhdánov», y el acosado consuegro de Stalin tuvo que recular ante la encerrona de Beria y Málenkov y dejar en la estacada a alguno de sus amigos de la cultura, la poetisa Anna Ajmátova y el escritor Mijaíl Zóschenco que fueron expulsados de la Unión de Escritores Soviéticos, y también fueron criticados los músicos Dmitri Shostakóvih, Segéi Prokofiev y Aram Jachaturián. Ahora Málenkov, con el permiso de Stalin, daba una vuelta más a la tuerca cargando contra Zhdánov al acusarle de tibieza en el cumplimiento de las instrucciones del gran patrón comunista, algo con lo que ya contaba Stalin que había inducido toda la maniobra.

—¿Tienes algo más que contarme, Gueorgui?

—Nada más, camarada secretario general —reconoció Málenkov temiendo que se le quedara algo en el tintero.

—Pues te puedes retirar, que tengo mucho que hacer —dijo muy serio volviendo a desplegar el papel que le ocupaba.

Cuando Málenkov salió del despacho de Stalin no sabía aún que acababa de poner el último clavo en la tapa del féretro de Zhdánov. Días después, Stalin destituiría a su consuegro de todos los cargos que ocupaba en el aparato comunista y nombraría a Málenkov como sustituto. El 11 de agosto, la URSS rompería relaciones diplomáticas con Yugoslavia por «desviacionista y enemigo jurado de la Unión Soviética» y días después, tras un ataque cardiaco, un furgón militar habilitado como ambulancia llevaría a Zhdánov a un hospital cercano a Moscú donde quedó ingresado. El 31 de agosto moriría de insuficiencia cardiaca con solo cincuenta y dos años. «Es una pena, pero nunca se cuidó» fue cuanto dijo Stalin cuando le trasladaron la noticia.

Málenkov nunca conocería el texto con el que se entretuvo Stalin durante su entrevista en el Kremlin:

Por esta tierra, como un fantasma
vagaba de puerta en puerta.
En sus manos, un laúd que tañía dulcemente.
En sus melodías soñadoras
como un rayo de sol,
se sentía la pura verdad y el amor divino.
La voz hizo latir los corazones

de muchos,
corazones que se habían petrificado.
Iluminó las mentes de muchos,
mentes que habían sido arrojadas
a la oscuridad.
Pero en vez de gloria, donde el arpa tañía,
la muchedumbre le servía al paria
un vaso lleno de veneno…
Y le decían: Bebe esto, maldito seas,
¡que este es tu destino!
¡No queremos tu verdad, ni tus sonidos divinos!

Así rezaba el misterioso papel. Toda una declaración de principios que había salido de la mano del dictador cuando era muy joven, se iniciaba en el activismo tras salir del seminario de Tiflis, y firmaba como Soselo sus primeros escarceos literarios. Nadie, salvo él, conocía de su existencia, y lo repasaba continuamente.

— 23 —

Verbena azul

Parador Nacional de Gredos, Ávila.
Mayo de 1949.

—¿Quiere que le ordene el archivo, don Tomás? Está muy descuidado.

—Buena falta nos hace, María; hay tanto trabajo en la agencia con los albaranes y las facturas que apenas damos abasto para organizar el registro y el fichero general, el histórico. Tenemos los papeles manga por hombro.

María Millán, con la fingida identidad de María García, llevaba ya tres semanas trabajando en las oficinas de la sede madrileña de Transportes Internacionales Dávila. La recomendación de Ramón Botillas le había conseguido una plaza en la oficina de administración, en la central de Madrid, con un sueldo de setecientas cincuenta pesetas al mes, más dos pagas extraordinarias. «Ese novio que tienes es una bicoca, María», le dijo Basilisa Torrijos cuando se lo contó. «Ya quisiera yo uno así para mí, aunque tenga que partírmelo a ratos con su mujer», soñó Cesárea, que era muy peliculera, al enterarse. El nuevo empleo de María era como una lotería para ellas porque con el adelanto que le pasó Ramón había llenado la despensa de sus vecinas y amigas, su única relación sincera, dentro de lo que le era permitido, desde que estaba en Madrid. También había regalado a cada una un par de zapatos con suela de cuero.

—¿Le parece bien que me ponga con ello?

—Me parece muy bien, pero... ¿tienes tiempo?

—No se preocupe, don Tomás; no voy a descuidar mi trabajo —María tenía que ordenar las facturas y preparar la contabilidad para que don Tomás la asentara en los libros; esa era su tarea—. Me voy a quedar dos horas todos los días cuando termine lo mío y lo voy ordenando todo.

—Pero la oficina la cerramos a las siete, María.

—Yo me puedo quedar hasta las nueve… —le interrumpió ella—, y en dos semanas se lo dejo todo en su sitio. Solo necesito cajas de cartón y archivadores.

—¿No te importa hacer esas horas extra, María? ¿No te esperan en casa?

—¡Qué va! Si con llegar a casa a las nueve y media me da tiempo a hacer la cena y poner la casa en orden. Yo vivo sola, don Tomás; no tengo marido que me riña ni hijos que cuidar.

María utilizaba la línea 1 del metro para trasladarse de la estación de Tetuán a la de Atocha y desde ahí acudir caminando hasta la calle de Méndez Álvaro. En poco más de media hora iba desde la calle Hierbabuena hasta la oficina. La bicicleta solo la usaba para los otros desplazamientos que no afectaran a su trabajo.

—No sé si te podremos pagar esas horas, María; tenemos muchos morosos ahora.

—Ni quiero cobrarlas, don Tomás; bastante han hecho ustedes por mi dándome este empleo y se lo debo a la empresa. Es lo menos…

—Eres un cielo, María. Ojalá todos los trabajadores fueran como tú —Tomás Granero, que estaba cerca de la jubilación, había sido maestro de escuela por oposición y miembro de la UGT antes de la guerra y después se había salvado de milagro dado que su cuñado era camisa vieja y le sacó del lío de la depuración que, aunque le impidieron volver a la docencia pudo colocarse de contable, y no había conseguido eliminar de su vocabulario la palabra «trabajadores», que en el nuevo Estado franquista eran «productores».

—No me ponga colorada, don Tomás… por favor —agradeció María.

Tomás Granero le caía bien y esa sensación era mutua, como casi siempre sucede con las simpatías, porque el jefe de oficina, en cuanto la vio llegar, tan tímida como ella quiso fingir para la situación, decidió prohijarla en el trabajo. El contable, por esa experiencia que da la edad y sus propias peripecias, intuía que la muchacha, en cierta medida, también tenía una historia que esconder, como tantos más en aquel Madrid de miedos y silencios donde el pasado casi siempre era una amenaza.

—Lo dicho, niña… al tajo, que hoy tenemos muchas facturas —concluyó el jefe de la oficina volviendo a lo suyo.

Desde que María se había incorporado a la empresa se dio perfecta cuenta de que no todo lo que pasaba en aquellas naves era transparente;

había transportes que no se reseñaban en el histórico, facturas por servicios que no se emitían, albaranes de carga que desaparecían hacia la oficina de dirección y un chorreo de visitas que venían a despachar asuntos con la gerencia. Allí, en las oficinas del altillo, el sanctasanctórum de la empresa donde estaba el despacho de Gumersindo Dávila y su secretario, un tipo malencarado del que pronto supo que era un alemán que había servido en la Legión Cóndor y que siempre iba armado, pasaban individuos con maletines que salían sin ellos de las oficinas, al revés que su novio que cada semana arramplaba un paquete de aquella oficina. En una ocasión se fijó en que visitaba el local un tal señor Berger, del que ella ya tenía completa referencia por los informes de Moscú. Le sorprendió las medidas de seguridad que se gastaba aquel hombre.

En poco más de una semana se había hecho con la geografía del paisaje, la condición del paisanaje y, en especial, con el servicio de seguridad que protegía las instalaciones, lo más extraño del sitio porque siempre había dos personas armadas vigilando las entradas y otro más, el que podía pasar por jefecillo, brujuleando por todas partes. Por la noche siempre quedaba un retén de guardia de dos individuos, que bien parecían barateros escapados de alguna taberna de los arrabales del Madrid canalla en tiempos de Fernando VII, que se hacían con las llaves del negocio e iban armados con sendas escopetas de caza.

Durante esos primeros días se dedicó a rastrear, al terminar la tarea en Transportes Dávila, las entradas y salidas de Horcher para ver si localizaba otra vez a Otto Skorzeny, cosa que no fue difícil porque el nazi tenía en aquel restaurante su cuartel general en Madrid y porque por su aspecto físico era imposible que pasara desapercibido; medía casi dos metros y pesaba cien kilos. Una noche le siguió hasta un edificio en la calle Montera donde, sabría después, tenía su domicilio y oficina en un piso alquilado con la tapadera de otro nombre, el de Rolf Steinbauer, «granjero de piedra», su alias desde que llegó a Madrid con la protección de Víctor de la Serna que le tuvo alojado en su casa de Alfonso XII hasta que le buscó residencia propia. Lo que no sabía María es que el nazi tenía un sueldo de seis mil pesetas al mes —diez veces el salario medio en España— que le pagaba el jefe de SOFINDUS que seguía actuando con su antigua estructura empresarial, aunque ahora en proceso de adaptación a los nuevos intereses mercantiles alemanes ante el gobierno del general Franco. De todo ello tenía al corriente a la oficina de Eitingon en Moscú, que reportó de inmediato al MGB dada su importancia. Los fines de semana estableció un operativo de vigilancia sobre el citado domicilio y pudo telegrafiar a Moscú que por aquella dirección solían pasar con frecuencia ciudadanos alemanes, cosa que pudo sonsacar a la portera de la finca con la excusa de que buscaba trabajo como asistenta y comprobar después. Lo que todavía no sabía María era que el falso señor Steinbauer estaba organizando con otros camaradas de las SS una red para que los exiliados nazis dieran el salto desde España a Latinoamérica, algo de lo que los ingleses sospechaban por su estación en Madrid y que estaban indagando. Se decía que los nazis se reunían en Horcher y que los agentes ingleses lo hacían en Embassy, una excelente pastelería y restaurante que estaba en el paseo de la Castellana, al lado de la embajada inglesa, y que abrió al público en el año 31 la irlandesa Margarita Kearny Taylor que colaboraba activamente con el MI6 británico.

Aquel fin de semana, cuando ya estaba enfangada con poner orden en el archivo de la empresa, tuvo una escapada con Ramón Botillas al parador nacional de Gredos. La excusa en esta ocasión era una reunión allí, explicó Botillas en su casa, de «camaradas del transporte, que tenemos que organizar las elecciones dentro del sindicato». La coartada era cierta porque todavía coleaban dentro de los sindicatos verticales franquistas, y en especial en el del transporte, algunos seguidores del notario vallisoletano Gerardo Salvador Merino, un jefe falangista atado a los nazis que gritaba «¡¡Abajo la burguesía!!», y al que hubo de separar de su jefatura en la Central Nacional Sindicalista para soltar lastre de un pasado tan próximo que era imposible disimular. Además, para más inri, pretendía que *sus sindicatos* no estuvieran bajo la larga mano del Movimiento. Desde que los nazis habían perdido la guerra solo los azules más recalcitrantes hablaban de Falange, porque la nueva delegación Nacional de Propaganda prefería calentarse la boca con lo del Movimiento Nacional e indicaba a sus afiliados que «la derrota del Eje se viese como el triunfo del régimen, porque España se había mantenido alejada de la guerra y siempre estuvo preocupada por la paz». Levantarle un pasado como masón al notario metido a sindicalista fue lo que permitió quitárselo de en medio y deportarle confinado a las islas Baleares, aunque el general Saliquet pidió que se le fusilara. Ahora tocaba depurar a sus seguidores, y Botillas, que andaba en asuntos de ese sindicato por sus chanchullos con camiones de la ceca a la meca, se quería prestar a ello, aunque ese fin de semana cambiara las soflamas y el azul mahón por las flores y una cena romántica con María García, su Marita.

Ramón se presentó a recogerla en su casa el sábado después de comer, como habían convenido porque María terminaba la jornada a mediodía. La sorpresa era que *el príncipe azul* no acudía con su Citroën de siempre; en esta ocasión conducía un reluciente Lancia Aprilia, un bonito coche de color crema que olía a nuevo.

—¿Y ese coche? —preguntó María, que le esperaba en el portal, cuando vio que aparcaba a su lado.

—Se lo he comprado a un amigo que lo ha traído de Italia. Es una maravilla; lleva suspensión independiente en cada rueda y frenos de disco. Es un bólido de andar por casa —explicó muy contento por su nuevo juguete mientras se bajaba del automóvil.

Se dieron un beso y Ramón tomó la mano de María para acercarla a ver su juguete. Las hermanas Torrijos espiaban la escena desde detrás de los visillos. «Si encima es guapo», suspiraba Cesárea. «Un fascista es lo que es, hermana, un desclasado de mierda y un traidor. No te confundas; si yo te contara…» corregía Basilisa.

—Te habrá costado un ojo de la cara… —dijo ella por adular el ego de su amigo.

La verdad es que coches como aquel había pocos en Madrid.

—Qué va; prácticamente me lo ha regalado; le he arreglado unos papeles en el ministerio para que se pueda traer sus cosas de allí sin que los de aduanas miren demasiado… y todos contentos —celebró el falangista mientras abría la portezuela del acompañante para que entrara María.

Y con la euforia de ir sentado en una *brava macchina* salieron los dos por la carretera de Extremadura hacia Gredos porque Botillas pensaba pasarse un rato por el cónclave falangista; era cosa de cuidar la coartada. «Tú me esperas dando una vuelta por los jardines hasta que yo pase a recogerte por la habitación para ir a cenar. Verás que vistas tan bonitas hay de la sierra». Para enfilar la carretera de Extremadura hubieron de cruzar el barrio de Aluche, que debía su nombre al río Luche que daba sus aguas allí al Manzanares, que aún presentaba la huella de los bombardeos de la Guerra Civil, pues la artillería franquista había derribado más de la mitad de los edificios de la zona y aún parecía una región devastada donde poco a poco se iban asentando chabolas.

Que los falangistas recurrieran para sus cosas al parador nacional de Gredos, un edificio de 1928 que fue el primero de la red nacional, les venía de tradición. En el Alto del Risquillo, en el municipio abulense de Navarredonda, José Antonio Primo de Rivera y los suyos habían acordado en febrero de 1934 la unificación de Falange Española con las Juntas de Ofensiva Nacional Sindicalistas de Onésimo Redondo y Ramiro Ledesma Ramos, dos protofascistas castellanos que abogaban por la violencia explícita como modo de acción política. Después, en junio de 1935, se reunió allí el Consejo Político del Partido Unificado para acordar una insurrección armada contra el Gobierno, un golpe de Estado donde Jose Antonio Primo de Rivera se autonombraría jefe de un gobierno republicano con los generales Franco y Mola como ministros de Defensa y Gobernación y donde Serrano Suñer, cuñado de Franco, lo sería de Justicia. Pero ese asunto no prosperó como anhelaba el jefe falangista, que murió fusilado por los republicanos cuando Franco y Mola decidieron sublevarse por su cuenta y a los de José Antonio no les quedó más remedio que sumarse al lío sin rechistar y tragando con que lo de que la República pasaba a mejor vida.

—¿No te preocupa que tus amigos te vean conmigo? —preguntó María cuando estaban cerca del parador de Gredos.

—Entre camaradas no hay traiciones, Marita —declaró eufórico el falangista y algo de razón llevaba; las convicciones machistas imperantes entre los de la camisa azul convertían en algo natural la infidelidad masculina, «cosa de hombres» decían para justificarse, y no era raro que las amantes acompañaran a los jerarcas fascistas a reuniones sociales, tales como cacerías o actos del partido donde no aparecieran militares o curas, mucho más beatos. Un silencio cómplice entre los machos de la manada, «hoy por ti mañana por mí», cubría aquellos escarceos carnales en una España hipócrita y mojigata donde la mujer tenía que resignarse a su preterido papel de madre y ama de casa.

—Pues me alegro…, más tranquilos —mintió ella sin que se la notara el embuste.

Después de tomar habitación y cambiarse la camisa blanca por la azul de su uniforme, Ramón se fue con sus camaradas y María aprovechó para darse una vuelta por los jardines del parador. Allí se encontró con otras jóvenes como ella que paseaban sus esperas con toda naturalidad, y algunas hasta con parsimonia, mientras sus *amigos* cabildeaban esparramados por los salones entre copas de licor y cigarrillos lo que al día siguiente darían por suyo a propuesta de los mandos, las jerarquías, los sicofantes de aquella deslucida comedia enjalbegada de sangre. Se trataba de hacer una lista de «traidores hedillistas» que debían de salir del sindicato. Los avenidos al franquismo, devotos de una litúrgica religión sin dioses ni historia, carente de héroes y cuajada de infamias, no solo depuraban a rojos, demócratas, masones y demás especímenes de lo que su propaganda encuadraba en la antiespaña sino que, a esas alturas del cuplé, también se depuraban entre ellos. Ese era el fundamento de cualquier dictadura, la sinrazón como última categoría, la venalidad como lubricante del sistema y la muerte o la prisión como castigo.

Ser la amante de un jerarca era todo un estatus en la España negra de aquellos años, algo usual en el teatro de vanidades y espurias oportunidades en que se había convertido la vida política del franquismo, y María pudo apreciar en las otras mujeres que por allí paseaban que aquello era algo perfectamente asumido, tanto por ellas como por los demás.

—Ven con nosotras, muchacha —la invitó una de ellas, que parecía encabezar el grupito que había ocupado una solana porticada sobre los jardines, apoderándose de unos sillones de mimbre. Todas eran mujeres jóvenes y guapas y se las veía vestidas para la ocasión como si acudieran a una fiesta.

—¿Cómo te llamas? —le preguntó una de ellas cuando se acercó. Por los grandes aretes de oro en las orejas, la piel morena, y la melena negra y rizada bien podía pasar por andaluza

—María, … María García.

—De los García de toda la vida, ¿verdad? —bromeó otra. Una gallega sonriente con el pelo teñido de rubio y peinado a la moda con un «arriba España», un elevado tupé sobre la frente que se conseguía con un relleno de algodón bajo el pelo a modo de rulo que se apelmazaba con laca para evitar el derrumbe de tan artificioso aderezo capilar que era la última moda entre las damiselas.

—Sí, claro, de los García de mi pueblo… que son de Ávila —mintió María para seguir la broma.

—Nosotras somos *las otras* —dijo con retintín una muchacha morena y pizpireta, que corregía su pequeña estatura con una grandes cuñas de corcho en el talón de las sandalias, las topolino se decían.

—Yo también soy *la otra*, amigas mías —reconoció María.

—¿El tuyo es de Madrid? —preguntó la de los topolinos que parecía la más desenvuelta—. El mío es de Sevilla.

—Pues el mío de Barcelona —aclaró la del «arriba España».

—El mío es de Valencia —quiso explicar la que parecía mayor de todas; no bajaría de los cuarenta años, pero tenía un atractivo indudable y un porte señorial muy distinto al de sus compañeras. Vestía un modelo en gris oscuro de Cristóbal Balenciaga. A María la cayó muy bien solo con verla. Los ojos de aquella mujer, Trinidad Balmes, parecían esconder una historia distinta a las de las demás mujeres.

—Yo vengo de Madrid —aclaró María.

—Bienvenida al club, compañera —la invitó la gallega ofreciéndola un sillón al lado del suyo.

Todas rompieron a reír, menos la señora de Valencia que la sonrió con ternura. María la correspondió de la misma manera.

Por lo que María pudo darse cuenta, allí se habían convocado falangistas de toda España y por lo que le había referido Ramón en el viaje el objetivo de aquel conclave era degollar a los que aún se atrevían a cuestionar el liderazgo de Franco, los denostados hedillistas, los seguidores de un mecánico de automóviles santanderino que había sucedido a José Antonio Primo de Rivera en la jefatura nacional de Falange tras la detención y fusilamiento del jefe. Manuel Hedilla se opuso al decreto de Unificación que disolvía a los falangistas en una amalgama insípida con carlistas y conservadores de toda laya, a lo que Franco reaccionó destituyéndole y arrestándole junto a seiscientos amigos que opinaban lo mismo. Después le condenaría a cadena perpetua por *rojo* y aun subió la pena condenándole a muerte, pero las presiones del embajador nazi en España y las del general Yagüe, el más falangista de los generales, le salvaron del fusilamiento y terminó en la cárcel de Las Palmas de Gran Canaria de la que había salido en el 47 con el compromiso de no volver a abrir la boca. Pese a su silencio, Franco seguía pensando que lo mejor hubiera sido fusilarle, y los franquistas complacían al patrón purgando en Falange a los pocos que seguían recordando a Hedilla. De eso se trataba la reunión de Gredos, de urdir una purga que allanara la gestión de los franquistas en los sindicatos verticales, último refugio de los resistentes. Algo parecido había ocurrido en la Alemania nazi en la Noche de los Cuchillos Largos, cuando la gente del uniforme negro de Himmler pasó por las armas a los del uniforme pardo de Röhm, «unos radicales» decían de ellos, para allanar el camino de Hitler a la cancillería. Cosa parecida había hecho Stalin con los trotskistas, «unos traidores contrarrevolucionarios». En todas partes cocían habas.

Cuando todas estuvieron sentadas en la solana, un camarero se acercó al grupo de mujeres

—¿Desean tomar algo las señoras? ¿Les apetece un chocolate con picatostes?—ofreció muy en su papel. Ante sus ojos habían pasado muchas escenas similares; por ese hotel, entre cacerías, escapadas y reuniones, solían recalar bastantes damas sin anillo que para la ocasión siempre eran «señoras de». La discreción era un atributo del establecimiento y, junto con la caza, su principal reclamo. Todas aceptaron la oferta menos la que venía de Valencia que prefirió un té rojo.

La tarde empezaba a refrescar, y cuando ya estaban conversando sus confidencias, porque algunas ya se conocían de ocasiones similares, un bramido gutural cortó el aire. El sonido venía de los montes cercanos. A María le llamó la atención; nunca lo había escuchado.

—Es la berrea del ciervo —explicó la andaluza—. Es el grito de los machos encelados que quieren cubrir a las hembras del rebaño. El más fuerte se las queda.

—¿A todas? —preguntó la de Barcelona.

—Se queda con el harén. Todas para él —terminó de explicar la andaluza—. Pasa mucho...

—Y tanto; nosotras somos del harén de la Falange —bromeó la gallega que tenía muy asumido su papel de concubina.

Todas rompieron a reír ante la ocurrencia.

—Pero la Falange no tiene cuernos —quiso objetar la de los topolinos.

—Eso te crees tú, bonita —la corrigió la gallega.

En esto llegó el camarero con los chocolates y todas callaron; no era prudente bromear según con qué cosas.

—¿Tú sabes que este es un hotel de cuernos? —le preguntó a María la gallega, que se llamaba Casilda Corredera, cuando se retiró el de la chaquetilla blanca.

—¿Te refieres a los ciervos y a las cacerías? —todos los salones del parador estaban decorados con cabezas de venado y había cuernos por todas partes. María creyó que su compañera aludía a eso.

—Yo creo que lo dice por nosotras —quiso corregir otra, una muchacha de Zaragoza que se llamaba Pilar Azuel y era la amante del delegado provincial de Propaganda y jefe local del sindicato, un joven falangista de familia monárquica que se buscaba la vida por los centros del nuevo poder político y tenía los pies bien puestos en el mundo del estraperlo, porque había heredado de su familia una flota de camiones. Este individuo, Frutos Bascuñán, era socio habitual de Ramón Botillas en sus enjuagues.

—No; me refiero a los falangistas. Al jefe... al mismísimo José Antonio —aclaró bajando la voz.

—Cuéntanos... —pidió María, intrigada por la confidencia.

—Yo lo sé porque me lo ha contado mi novio que dice que lo vio —anticipó Casilda para dar más veracidad a su relato.

—Estamos en ascuas... dispara ya —reclamó ansiosa la andaluza, que se llamaba Carmela y le encantaban los cotilleos.

—¿Sabéis que José Antonio murió soltero? —preguntó Casilda.

—Pues no —confesó Carmela, que de los falangistas solo sabía lo que le contaba su novio y lo que veía por la calle.

—Cuando le fusilaron los rojos tenía treinta y tres años, la edad de Cristo, era abogado, hablaba idiomas, era marqués de Estella, y rico, alto, de buena planta, guapo y muy divertido dicen los que le conocieron y, encima, de Jerez de la Frontera. ¿Creéis normal que solo se le conociera una novia... y ningún lío fuera de casa? —preguntó la gallega.

—Tal y como lo cuentas no parece creíble, y más siendo hijo de su padre, que era muy golfo y muy putero —aportó una de las muchachas que aún no había dicho esta boca es mía. María sabría después que era catalana y se llamaba Carmen, Carmeta para sus íntimos. Su novio, un tal Aurelio Pastrana, era el subjefe provincial del Movimiento de Tarragona y uno de los jefes del sindicato del Transporte que antes de la guerra había sido conductor de tranvías en Barcelona.

—¿Y todo eso qué tiene que ver con los cuernos? —preguntó otra de las presentes, una chica de un pueblo de Valladolid que se llamaba Ana Cifuentes y que había ido al hotel acompañando al jefe provincial del sindicato, un tipo malencarado que, además era camisa vieja. Por Críspulo Lupiáñez atendía la joya, que era gordo como un tonel y en Valladolid le temían más que a una vara verde por su afición a *pasear* republicanos durante la Guerra Civil. Decían de él que «tenía más muertos en las cunetas que duros en el banco».

—Tiene que ver, y mucho, con los cuernos... y con este hotel —dijo Casilda un poco ofendida.

—Te escuchamos... —invitó María que quería saber el final de la historia.

—La cosa sucedió aquí, en este hotel, la noche del 15 de junio de 1935 —comenzó Casilda, cual nueva Sherezade, dispuesta a encandilar a sus oyentes—. Ese día, José Antonio había convocado una reunión de la Junta Política del partido en el parador.

Y así comenzó la gallega con una historia que explicaba que el motivo de la reunión era valorar la posibilidad de una sublevación contra el gobierno tras la decisión de este de cerrar el *Arriba*, el órgano de difusión de Falange Española. El cónclave estaba convocado para el día 16, pero la mañana del día anterior ya andaban por allí esperando al jefe, Rafael Sánchez Mazas, Raimundo Fernández-Cuesta, Sancho Dávila, Julio Ruiz de Alda, Manuel Valdés Larrañaga, José Manuel Aizpurúa Azqueta y otros más del sanedrín azul. José Antonio llegó casi de noche en su coche acompañado de su amigo Luis Aguilar; venían de Badajoz donde el jefe falangista había actuado de abogado defensor de unos camaradas de allí, juzgados por tirotearse en la calle con un grupo de obreros sindicalistas.

—¿Y dónde están los cuernos, si eran todos hombres? —protestó Carmela porque la historia se le hacía larga

—No interrumpas; que me callo —amenazó la gallega.

—Perdona, bonita —se excusó Carmela.

—La cosa pasó esa noche, cuando José Antonio bajó a cenar al restaurante con sus amigotes… y se encontró con *ella* —dijo Casilda con retintín— cenado en una mesa con un señor.

—¿Pero… quién era *ella*? —insistió Carmela.

—Ni te lo imaginas, niña. Su novia de siempre, una duquesita muy rica, que le dio el cambiazo por un señor de posibles. que además era conde de algo.

—¿Y qué hacían aquí, perdidos de la mano de Dios? —preguntó la de Valladolid.

—Celebrar la noche de bodas; se habían casado esa mañana en Madrid y viajaban hacia Estoril para la luna de miel. Esa noche se estrenaba ella.

—¡Tócate los cojones! ¡Vaya papelón! —declaró la de los topolinos.

—¿José Antonio no lo sabía? —preguntó Carmen que tenía el alma en vilo.

—Lo descubrió en el comedor, cuando se acercó a saludarles, y se quedó de piedra —remató Casilda.

—Pobrecito… y encima le fusilan. Un mártir. —lamentó Ana, que era muy sentida para estas cosas.

—¿Y qué hizo José Antonio? —repreguntó Carmen.

—¿Pues qué iba a hacer?... joderse —explicó Casilda expeditiva—. Me dice mi novio que según se cuenta se pasó el día siguiente pegando tiros por el campo y urdiendo la sublevación contra los rojos. Me cuenta que no paraba de decir que, de paso, había que expropiar todos los bancos.

—¿Y eso por qué? —esta vez era Ana Cifuentes la que quería más detalles.

—Porque la familia del marido de su novia eran banqueros... y muy ricos. Algo tenía que hacer para vengarse.

La historia era bastante veraz. *Ella* era Pilar Azlor de Aragón y Guillamas, una muchacha rubia, delgada, colérica e inteligente que era duquesa de Luna e hija del duque Villahermosa, un furibundo monárquico que hacía responsable al padre de José Antonio de que el Borbón hubiera tenido que salir por pies, y por eso no quería tener cerca a ningún Primo de Rivera. El noviazgo de los dos jóvenes había sido tormentoso, plagado de rupturas y reconciliaciones porque el falangista estaba colado por la duquesita, y cortejaba a la damita a escondidas del viejo duque que acabó imponiendo su criterio; no habría boda. *Él* se llamaba Mariano de Urzáiz y Silva Salazar y Carvajal, XII conde del Puerto, que era oficial de marina y maestrante de la Real Orden de Caballería de Zaragoza, aunque se dedicaba a sus negocios y era tan monárquico y radical como su suegro. Este era el segundo fracaso amoroso del joven marqués de Estella cuya primera novia, Cristina de Arteaga que era hija de los duques del Infantado y una mujer cultísima e inteligente, le dejó plantado para meterse a monja en un convento de la Orden Jerónima.

—O sea... que José Antonio durmió aquí mientras su novia de siempre consumaba el matrimonio en otra habitación —quiso concluir la vallisoletana que era muy redicha.

—Consumar el matrimonio... pero qué cursi eres, Ana —se burló la gallega—. Di, mejor, que se puso a follar con su marido al lado de su antiguo novio. ¿Entiendes ahora lo del hotel de cuernos? Al pobre José Antonio le dio esa noche un ataque de cuernos.

—¿Entonces no lo decías por nosotras?

—También, hija... también, que pareces tonta —rubricó Casilda—. ¿Qué hacemos aquí nosotras?

Todas se echaron a reír. Ya era casi de noche y dejaron la solana para volver a sus habitaciones; tocaba ponerse en faena. De todo aquello, María no reportaría nada a Moscú.

La cena fue cosa digna de ver. En el comedor ocuparon mesa para dos todos aquellos que iban en compañía femenina como si allí solo cenaran parejas respetables, que de hecho las había ajenas al aquelarre falangista. El resto de los convocados, los que no la llevaban, cenaron en cofradía campamental en otra sala que había habilitado la dirección con una sola mesa grande donde todos los azules confraternizaban alternando brindis patrióticos, mucho alcohol y, al final, borrachos como cubas, canciones de lo suyo mientras golpeaban con los puños el tablero de la mesa en una cadencia militar que les recordaba sus tiempos militares. Los emparejados desaparecieron pronto a sus habitaciones, tenían algo pendiente, y los otros se quedaron allí hasta casi acabar con el coñac de la bodega mientras subían a montañas nevadas, lloraban al camarada perdido o ponían flechas sobre los haces, cosas de la garbancera liturgia cantoral de tan ruidosa cofradía. Ramón y María fueron de los primeros en escaparse de allí, hartos de la escandalera que estaban montando los solitarios, y deseoso Ramón de catar lo único que le interesaba de aquel viaje, la piel y el aliento de su querida Marita.

Aquella noche, María se llevó una sorpresa; se encontró con algo que no había imaginado nunca, con un Ramón tan escondido en sí mismo que ella no podía imaginar.

Tras cerrar la puerta tras ellos y cuando María supuso que tocaban los primeros arrumacos amatorios tras despojarse Ramón de su ropa, cosa que hizo en silencio y con mucho cuidado, se encontró con que su amante sacó de la maleta unas esposas, unas disciplinas de cuero y una pequeña porra de goma, algo que a María casi la echó para tras al acordarse de su detención por la Gestapo en Lyon y del campo de Ravensbrück. «Son unos juguetes que te he traído, cielo mío» quiso explicar ante tan extraño presente. María, que controló bien su repulsión, no estaba dispuesta a aceptar la violencia carnal que intuía e instintivamente llevó la mano derecha a la pulsera de acero con la que adornaba su muñeca izquierda. En caso de necesidad, si Ramón procediera contra ella, no dudaría en emplearla y aplicar la cuerda de piano al cuello de su amante, pero su sorpresa fue mayúscula cuando Ramón, desnudo como un niño, le ofreció sus muñecas invirtiendo la situación que ella esperaba.

—Pónmelas, cariño; hoy te voy a enseñar un juego nuevo.

Ella le esposó en silencio, sorprendida por la escena y siguiéndole la corriente; todavía no calibraba cuál era la hoja de ruta que llevaba

Ramón. Él, después, se arrodilló ante ella y se inclinó a cuatro patas como un perrillo sobre la tarima del dormitorio. Por única vestimenta llevaba la corbata al cuello, como si fuera el collar y la cadena de un perro. De pie, enfrente de él, se situó ella desnuda de toda su ropa, salvo de los zaparos como le pidió su amante, y ataviada por única vestimenta con la camisa falangista de Ramón abierta de abajo arriba. Así lo quería el falangista.

—Soy tuyo, Marita —exclamó muy nervioso. Ramón, después, le pidió que se atase a la cintura su cinturón de uniforme, cuya hebilla llevaba el cangrejo, de manera que la placa con el yugo y las flechas coincidía justo con el lugar de sus vergüenzas más secretas.

Botillas levantó la cabeza desde el suelo y señaló con la vista el pequeño látigo de colas que reposaba sobre la cama.

—Me he portado muy mal, Marita, y merezco un castigo —suplicó el humillado con voz temblorosa por el deseo.

María no daba crédito a lo que estaba viendo, aunque María Mercader ya le había explicado de esa afición sexual en algunos hombres, y aceptó el envite. Esa situación de poder sobre su amigo merecía la pena jugarse; después le sabría sacar partido. Minutos después las disciplinas habían castigado el dorso de Ramón, y María, cada vez más turbada por la escena, sintió un súbito calor que la subía hacia la cabeza y no quiso evitar que su mano izquierda acariciara el montículo donde reposaba el emblema falangista.

—Por favor, Marita, poséeme ya. ¡Te lo pido! —reclamó Ramón a gritos mientras señala con la mirada la pequeña porra de hule.

María, ya encarnada en su papel, «en toda mujer hay una esclava y una dueña, pero en todos los hombres, si lo sabes jugar, encontrarás siempre un esclavo» le explicó una vez la madre del asesino de Trotski, sonreía mientras Ramón no se atrevía siquiera a levantar la mirada del suelo. Cerca de ella estaba su vestido, tirado de cualquier manera; no así la ropa de Botillas, perfectamente dispuesta sobre el galán de noche de la habitación. Una sonrisa voluptuosa que ni ella misma se imaginaba se le dibujó en la boca; ahora comprendía lo que le explicó en Moscú Caridad Mercader, una mujer que había recorrido casi todos los caminos del sexo. La melena oscura, caída en desorden sobre la frente a modo de flequillo, contrastaba dramáticamente con su tez sonrosada y la blancura de sus dientes, lo que propiciaba un rasgo de crueldad en la cara, algo inusual en ella que controlaba perfectamente el gesto de sus facciones.

—Todavía no, Ramón, no te lo mereces. Te has portado muy mal y todavía tienes que sufrir un poco más.

María, plenamente incorporada a su papel de *maîtresse*, tomó la porra y la lamió de manera libidinosa paseando lentamente su lengua por el turgente cilindro de hule que tanto daño guardaría en su historia de tortura y castigo.

—Por favor, por favor...

Botillas rompió a sollozar como un niño y un fortísimo latigazo se clavó sobre los lomos del falangista, del hombre de éxito capaz de humillar a muchos y en cuya vida reinaba la esencial complicidad con un régimen criminal. Ese hombre poderoso a su manera, satisfecho de sí mismo, modelo de peón franquista y padre religioso de familia se mostraba ahora incapaz de retener la orina, humillado como estaba ante una mujer sin más poder que su propia persona. Otro azote más fuerte aún que el anterior golpeó los genitales del falangista humillado y un grito ahogado salió de su garganta. María ya había aprendido el camino; algo en su interior la guiaba.

—¡Cállate! Eres un esclavo rebelde y protestón. Así solo recibirás de mí el castigo que te mereces. ¡Limpia con tu sucia lengua el suelo que has manchado de manera tan miserable!

María, que no se lo esperaba, se complacía en el castigo y ahora se paseaba ufana alrededor del humillado empujando con su pie calzado la cabeza de Ramón contra el suelo. Botillas daba lametones sobre la alfombra donde se empapaban sus orines.

—Mira ahora lo que hago ahora con tu deseo...

La agente, transformada esa noche en un personaje del divino marqués, dejó de chupar la porra y simulando que la pieza tuviera vida propia la fue paseando por su cuello, después por el canalillo de sus pechos para estar un rato holgando en los pezones antes de acariciar el ombligo y por fin introducírsela, poco a poco, por el lugar que marcaban el yugo y las flechas. Así hasta que el brillo negro del castigo desapareció en su intimidad y solo el fulgor del acero de su letal pulsera marcaba la entrada a tan recóndito escondite. Su cuerpo, ya sin la camisa y humedecido de sudor, brillaba en tintes dorados a la luz templada de la lámpara de la mesilla mientras ella, cada vez más complacida y excitada, se retorcía como una sierpe. Ramón bramaba en sordo, como un mugido ronco, y de su boca caía una baba espesa que era incapaz de controlar. El juego duró unos minutos en los que el falangista miraba arrobado a su amante mientras se frotaba sus vergüenzas contra la alfombra y ella se contorsionaba con los ojos cerrados gozando de la intrusión de tan frío y turbio caballero servidor. Cuando María llegó al máximo gozo abrió los ojos y justo entonces Ramón vertió en el suelo su licor seminal, excitado como estaba por la visión de su dueña y por sus propios tocamientos contra la urdimbre de la alfombra.

—¡Eres un canalla, te has aliviado por tu cuenta... y eso merece un castigo especial, Ramón! —exclamó ella dejando el juguete en la mesita de noche.

—Sí, me he portado mal, castígame con lo que quieras —respondió Ramón con voz compungida y entrecortada.

—Date la vuelta y tiéndete sobre el suelo —María se acercó al humillado falangista y le puso los pies cerca de su cara, uno a cada lado de la cabeza—. ¡Lame, perro!

—Sí, por favor...

Ramón obedeció sin rechistar; lo estaba deseando. Al poco, María comenzó a acariciarse otra vez por donde había paseado el negro juguete y así estuvo un buen rato hasta que, de pronto, comenzó a orinarse sobre Ramón, justo sobre su cabeza. Botillas, recibiendo el orín en su cara, temblaba como un animal incapaz de controlar sus pulsiones más primarias.

—Gracias, Marita... —dijo Ramón tiritando de excitación mientras continuaba besando los tobillos de su amante, por donde aún resbalaba el orín que tanto le arrobaba.

—¡Para ya, bastardo!... ahora viene tu premio —anunció ella tomando otra vez de la mesilla el siniestro juguete de hule que tanto daño habría procurado en las manos del humillado.

A continuación, se plantó en medio de la habitación y ordenó a su amante que se pusiera de rodillas frente a ella. La cabeza del falangista quedó a la altura del sexo de María que ahora había volteado el emblema del yugo y las flechas sobre sus nalgas para que no le golpeara las narices. Ramón comenzó a relamer la pradera por donde antes lució el símbolo de sus creencias políticas. Mientras Botillas continuaba con sus lametones, María Millán, arrebatada de gozo y perfectamente metida en su papel, acercó el juguete a la cabeza del postrado y comenzó a restregárselo por la cabellera. En eso estaba cuando volvió a ordenarle que se pusiera a cuatro patas, a lo que Ramón se aprestó con gusto presumiendo, sin duda, lo que se le venía encima por angosta vía.

María se irguió tras él y comenzó a introducirse ella misma por su sexo recién lamido el singular juguete, cosa que hizo facilidad, pues muy lubricada estaba de tanto lametón. Ramón temblaba a la espera de tan fuerte embestida como ya se adivinaba que ocurriría cuando la bella terminara su holganza. Y así sucedió, porque la dueña de la situación sacó el juguete de sus partes propias y sin mediar más que un gesto introdujo el falo de hule hasta la raíz de su empuñadura entre las dos medias lunas de las posaderas de su postrado amante mientras una sonrisa perversa la iluminaba la cara con una mueca de victoria y él se derramaba una vez más entre convulsiones de gozo. Y, así, todo concluyó de repente, como se apaga un rayo antes que llegue el trueno.

Ramón Botillas recompuso su dignidad descompuesta según concluyó el postrer lance de la trasera agresión y sin mediar palabra se levantó, se quitó la corbata manchada de babas y se dirigió al retrete. Se oía cómo el falangista limpiaba en la ducha las inmundicias de su cuerpo y al poco volvió al dormitorio y no parecía el mismo. Había adobado su compostura de siempre y volvía a ser el hombre jovial y decidido que siempre aparentaba; era como si el tiempo retrocediese al momento en que la pareja entró en el dormitorio.

Botillas volvió a la habitación vestido con un pijama de rayas y el gesto recompuesto, como si nada hubiera ocurrido minutos antes. María no daba crédito a lo que veía entre aquellas cuatro paredes. El reconstruido falangista se acercó a la cómoda y se sirvió una copa de coñac. Había otra en la mesilla de la cama, junto a la lámpara, donde la había llevado María tras llenarla ella misma. María le esperaba tumbada en el lecho, únicamente ataviada con su pulsera de acero y unos pequeños pendientes de oro que le había regalado su amante. Botillas se sentó de espaldas sin mediar palabra y con la copa entre las manos. María Millán se encogió como un ovillo y luego se desperezó para acercarse a él abrazándole suavemente, como una gata. Lo que antes era humillación y violencia ahora eran dulzuras y zalamerías. Parecían personas distintas. A la vez que abrazaba a su amante comenzó a mordisquearle la oreja mientras le susurraba algo en voz baja. Al poco, Ramón se levantó y se fue en silencio a sentarse a un sillón cercano a la ventana. María se levantó de la cama y acudió a acurrucarse en las piernas de su amante poniendo la cabeza sobre su regazo.

—Cariño —le dijo con voz pausada; no parecía la ama poderosa que antes le había sometido—. Siempre podrás contar conmigo para lo que quieras; soy tu esclava y por eso te sirvo como deseas, amor mío.

María Millán había aprendido esa noche lo que le quiso explicar Caridad Mercader y que entonces solo le pareció un cuento de burguesa degenerada y extravagante. Ahora entendía el sexo como un instrumento de poder, la tesis de Caridad que también compartía África de las Heras, donde la dominación y sumisión eran las dos caras de la misma moneda: el deseo.

—Te lo agradezco, Marita —dijo él acariciando la cabeza de su amante.

María comprendió que ese agradecimiento era la llave que abriría todas las cerraduras que aherrojaban el carácter de Ramón Botillas, primero su amigo por el recuerdo, después su protector y amante por conveniencia, ahora su esclavo por complicidad. Después, los dos durmieron como lo hacen los matrimonios antiguos, aquellos en que los años han convertido el sexo en un recuerdo de lo que los llevó a estar juntos.

Al día siguiente, de vuelta a Madrid, que lo hicieron por la carretera de La Coruña después de que el falangista ocupara la mañana serrana en la reunión con sus conmilitones para concluir dando a luz una lista de depurados, no hablaron de la noche pasada. María comprendió que ese silencio afianzaba su relación con Ramón; que, el falangista, desde aquel momento, estaba atada a ella por un secreto que, incluso, lo era entre ellos mismos.

—Te tengo que traer un domingo a las carreras de caballos —dijo Ramón Botillas al pasar por delante del hipódromo de la Zarzuela, cuando estaban a las puertas de Madrid.

—No he ido nunca —confesó ella.

—No te preocupes; no hace falta saber de caballos. Aquí se viene a que te vean.

—Lo que tú digas, cielo mío —respondió ella acariciándole la nuca.

Aquella noche, en la soledad de su casa de La Ventilla, reportó a Moscú el cónclave de falangistas, el resto se lo calló.

— 24 —
El pacto

Freemasons Hall y Hotel Savoy, Londres.
1 de junio de 1949.

—Estamos dispuestos a ofrecerle inmunidad, señor Hedingger.

—Ya lo sé, me la ofrecieron también hace cuatro años.

—¿Acaso no le interesa ahora?

—¿A quién le quieren ustedes ofrecer la inmunidad, señor Angleton? —repreguntó eludiendo la respuesta.

—A usted, *herr* Hedingger.

—Hedingger no tiene cuentas pendientes con nadie; ustedes lo saben. Por lo tanto... yo tampoco.

—Entonces... ¿qué es lo que desea?

—Solamente un acuerdo. Un simple pacto entre caballeros.

James Angleton se le quedó mirando y encendió un cigarrillo. Su tez parecía más oscura por el brillo de la llama de su encendedor.

—¿En qué términos? —preguntó tras exhalar una bocanada de humo.

—¿Les interesa lo que les he enviado? —Kammler le respondió con una pregunta.

—Desde luego —reconoció el del cigarrillo.

—¿Les importa el resto de la documentación?

—Claro que sí. Por eso estamos aquí, *herr*... Hedingger —Angleton tardó en nominarle; sabía muy bien la verdadera identidad de quien se sentaba enfrente.

—El asunto, entonces, es muy sencillo...

—Le escucho... —ofreció el americano.

—Yo les entrego la tecnología que buscan y ustedes me olvidan para siempre.

Angleton se le quedó mirando en silencio, como si calibrara la proposición.

—Parece razonable —aceptó al cabo de unos segundos.

—*Do ut des* —remató el alemán, que para la ocasión vestía un impecable traje negro con corbata del mismo color y camisa blanca.

Esta reunión en la sede londinense de la Gran Logia Unida de Inglaterra, un soberbio edificio en el 60 de Great Queen Street, era la conclusión del primer movimiento de una partida que Hans Kammler estaba jugando con la inteligencia militar de los Estados Unidos y que se estaba preparando desde dos meses antes.

Todo comenzó cuando Kammler envió un sobre a la Nunciatura Apostólica de Lisboa, al 18 de la Avenida Luis Bívar, para la atención del nuncio, el arzobispo Pietro Ciriaci. El sobre llevaba el remite de Hans Hedingger, sin dirección de referencia, y el matasellos de una estafeta en un barrio de las afueras de Oporto. Dentro, una carta al nuncio presentando un sobre menor y bastante grueso y en la que se le pedía al diplomático que se lo hiciese llegar al «Rev. Félix Morlion». El texto al embajador pontificio, escrito en inglés, no aclaraba el contenido del *convoluto* adjunto; solo detallaba que la respuesta, en caso de haberla, debería remitirse en forma de anuncio para insertar en las páginas de *O Comercio do Porto*, el diario más antiguo de Portugal. «Se vende finca de 20 hectáreas de regadío en Junqueira, Oporto. Interesados llamar»; ese era el texto que proponía el alemán para indicar que la otra parte quería seguir con el envite. El anuncio debía concluir con un número de teléfono al que el señor Hedingger respondería para marcar el siguiente paso de la negociación.

Cuando el nuncio recibió el sobre lo remitió inmediatamente por valija diplomática a Roma, a la Secretaría de Estado, donde monseñor Doménico Tardini, pese a no ser cardenal ni siquiera obispo, ocupaba el área de asuntos exteriores de la Secretaría tras el fallecimiento de su titular, el cardenal arzobispo Luigi Maglione. Monseñor Tardini, al ver lo que tenía entre manos, requirió de urgencia en su despacho a Félix Morlion que ahora residía en Roma porque dirigía la Universidad Internacional de Asuntos Sociales, una institución propagandística que fundó gracias al apoyo de Pio XII tras haber fusionado con la recién constituida Agencia Central de Inteligencia norteamericana la organización Pro Deo, el servicio de inteligencia, adoctrinamiento y propaganda del Vaticano.

Morlion era, *de facto*, el hombre de la CIA en Roma aunque los norteamericanos tuvieran su propia estación al cuidado de James Angleton, un colaborador directo de William J. Donovan, el padre de la inteligencia militar norteamericana por fundar la OSS, que había sido distinguido con la Gran Cruz de la Orden de San Silvestre pese a no ser católico y haber organizado una operación clandestina para el asesinato del general Patton, sin duda el mejor jefe militar norteamericano, pues George Patton, un feroz anticomunista de verbo fácil y gatillo suelto, estaba decidido a continuar la guerra aunque ahora contra Stalin. El jefe del III Ejército no estaba por la entente con los soviéticos con que se cerró el conflicto, como postulaba el ya difunto Roosevelt, partidario de contemporizar con Stalin, y tampoco con el reparto de aéreas de influencia en Europa. «Primero Hitler, después Stalin» abogaba el general de las cuatro estrellas disconforme con los acuerdos de Yalta.

Cuando Morlion recibió el sobre lo puso en conocimiento de Angleton, que dio traslado del asunto a sus jefes en Langley. Los papeles del misterioso señor Hedingger terminaron en las manos del almirante Roscoe Hillenkoetter, el jefe de la CIA que había nombrado Truman recién llegado a la presidencia para quitarse de en medio a Donovan aparcándole en la presidencia del Comité Americano de Europa Unida, con Allen Dulles como vicepresidente que también hacía doblete en la CIA como adjunto a Hillenkoetter. Para valorar el contenido de la documentación enviada por Hedingger-Kammler, el jefe de la CIA recurrió al concurso de Reinhard Gehlen, un antiguo general del ejército alemán responsable ante Hitler del espionaje antisoviético, que se había pasado a los norteamericanos en mayo del 45 garantizando su inmunidad a cambio de entregar a la OSS su red de espionaje y cuanta información obraba en su poder sobre la URSS. Su traslado a EEUU se hizo en el marco de la operación Paperclip, pero los norteamericanos le devolvieron a Alemania en 1946 para dirigir la Organización de Desarrollo Industrial del Sur de Alemania, una tapadera para montar los ojos y los oídos de la CIA en Alemania, a fin de lo cual reclutó con permiso de sus jefes a trescientos cincuenta exagentes de la inteligencia nazi con rango de oficial y casi cuatro mil agentes de campo. Su anticomunismo visceral le había supuesto, pese a no ser católico, que la Soberana Orden Militar de Malta le concediera la Gran Cruz al Mérito, como también la habían recibido Donovan y Angleton. Norteamericanos, nazis y pontificios seguían trenzados en un piélago de difusas organizaciones de espionaje controladas en última instancia por la CIA y financiadas por el Banco Internacional de Pagos.

La naturaleza de los documentos enviados por Hedingger, empezando por el formato, sorprendió a todos los que tuvieron oportunidad de revisarlos; las copias fotostáticas aportadas por el alemán correspondían a un memorándum enviado por el SS-Obergrupenfürer Hans Kammler al Reichsfhürer Heinrich Himmler con fecha de enero de 1945. En esos folios le ponía al corriente de los últimos experimentos con Die Glocke, detallando la naturaleza del combustible empleado para ello, el Xerum-525, y los excelentes resultados al respecto del desplazamiento de la campana en el tiempo y el espacio gracias al desarrollo de las teorías antigravitatorias formuladas por sus colaboradores. Añadía unos dibujos técnicos que apuntaban las características geométricas de la misteriosa campana, sin entrar en detalles de su mecanismo operativo.

También fue requerido al respecto un informe de Wernher von Braun, ya instalado con su equipo de científicos nazis en Fort Bliss donde trabajaban para el ejército de los Estados Unidos en el desarrollo de misiles balísticos, perfeccionando las capacidades de la V-2 que habían diseñado en Peenemünde por encargo de Hans Kammler. Von Braun dictaminó la veracidad de dichos experimentos, aunque reconoció a sus jefes que no estaba al corriente de esa tecnología pero que le constaba que «el general Kammler llevaba ese proyecto personalmente y en el máximo secreto».

En los archivos de la OSS obraba un informe sobre cómo los ingleses, un agente del MI infiltrado entre los empleados del hotel Ritz de Barcelona, habían sustraído el maletín personal de Himmler cuando se alojó allí durante una visita oficial a Barcelona en la que antes exigió ir al monasterio de Montserrat y donde, de su puño y letra, había unas confusas referencias a la naturaleza del «combustible milagroso que daría fuerza al Vril» que, a su decir, le fue revelado misteriosamente en los sótanos del citado monasterio. Una pequeña ampolla con ese misterioso combustible, «de color azul cobalto y consistencia oleaginosa» rezaba el documento, desapareció con el maletín. Los ingleses no hacían mención en su informe de qué había sido de esa ampolla.

El general Gehlen aportó que se había perdido todo rastro de Kammler días antes del fin de la guerra pero que, sabía por su red que el SS huido se había llevado con él todo el conocimiento del citado experimento y que había ordenado destruir cualquier prueba material de su existencia. Por él se sabía que Kammler había huido en un Junker desde Opole.

Félix Morlion aseguró que el general nazi seguía vivo y concluyó que el misterioso *herr* Hedingger era en verdad el general Hans Kammler, «un viejo conocido de Lisboa», como explicó al relatar su entrevista con él en la sede portuguesa de Pro Deo.

En Langley disponían también de la declaración de SS-Gruppenführer Jakob Sporrenberg en Londres a los servicios ingleses, antes de ser deportado a Polonia donde estaba a espera de juicio por crímenes de guerra. En esa declaración, Sporrenberg se reconocía culpable de haber ejecutado por orden de Kammler a todos los científicos que habían colaborado en el proyecto.

Dulles y Angleton informaron de que no habían localizado nunca al nazi en ninguna red de fuga y que «por nuestra estación en España podemos asegurar que allí no se encuentra». Con todos esos mimbres el almirante Hillenkoetter resolvió que había que continuar las conversaciones con Kammler y encomendó a Angleton que se encargara de ello. «No podemos permitir que esa tecnología caiga en manos de los soviéticos y nadie nos asegura que Kammler no esté negociando a dos bandas», concluyó el jefe del espionaje exterior de los Estados Unidos.

—¿Por qué nos quiere entregar a nosotros la Campana, *herr* Hedingger? —preguntó Angleton a Kammler, a quien le aceptaba el uso del nombre supuesto.

—Porque son ustedes el mal menor, señor Angleton —respondió el nazi con aplomo.

—¿Por qué lo dice?

—Porque ustedes se equivocaron al confiar en Stalin, aunque si no hubiera sido por el Ejército Rojo no estaríamos sentados aquí; nosotros hubiéramos ganado la guerra, pero ahora ustedes son los que pueden perderla.

—¿La teoría del enemigo común?

—Efectivamente. Ya lo dijo Hitler... y también su general Patton, pero no quisieron escuchar a nadie y ahora se enfrentan a una Unión Soviética mucho más poderosa que antes; son los dueños de media Europa y controlan a los partidos comunistas de las democracias occidentales. Un chasquido de los dedos de Stalin y puede arder Europa Occidental, no les quepa duda. Yo de ustedes estaría inquieto.

—¿Eso le preocupa a usted?

—La verdad es que no, a mí me da bastante igual; yo ya he terminado mi papel en esta comedia y ahora les toca a ustedes inventarse un guion si quieren seguir en el escenario. Yo ya hice mutis… y el mundo es muy grande.

—¿No tiene usted principios? ¿No le quedan ideales?

—Esa es una pregunta impertinente, señor Angleton. Yo tengo mis principios, aunque las circunstancias me han sido hostiles y mis ideales han quedado a mejor tiempo, un tiempo que yo no veré… pero son ustedes los que carecen de ellos.

—¿Nosotros?

—Sí, desde luego; si los tuvieran no estarían hablando conmigo. ¿No hicieron una guerra por cuestión de principios?

—Desde luego…

—No se confunda, James, o no mienta; no le hace falta —le interrumpió Kammler—. Ustedes vinieron a la guerra por intereses… No pisaron Europa hasta que comprendieron que, si no lo hacían en ese momento, con el continente ocupado por la Wehrmacht, y Gran Bretaña a punto de caer, serían los rusos los que se quedarían con ella… por eso estamos hablando ahora usted y yo aquí.

—Curioso lugar —comentó Angleton que estaba cada vez más incómodo en la conversación con el nazi— ¿Por qué razón lo ha elegido para la entrevista?

—La casa de los seguidores del Supremo Arquitecto, amigo James. No olvide que yo soy arquitecto e ingeniero…

—¿Es por eso? —le interrumpió el americano.

—Desde luego que no, pero ya lo comprenderá. El lugar me lo propuso un buen amigo que tiene excelentes relaciones con ustedes. Creo que ha sido una buena idea.

Se refería a sir Oswald Mosley, el fundador de la Unión Británica de Fascistas que, tras pasarse la guerra recluido en una casa cercana a la prisión de Holloway por sus simpatías con el gobierno de Hitler, había vuelto a la vida pública británica encabezando el Movimiento por la Unión, un pequeño partido filofascista que abogaba por una sola nación europea, algo propio del ideario hitleriano. La relación de Kammler con Mosley venía a través de su amistad con Diana Mitford, amante de Mosley y después su esposa, con la que se casó el jefe fascista inglés en Berlín llevando de testigos a Goebbels y Hitler. Buena parte de la aristocracia inglesa formaba entre los grandes oficiales de la Gran Logia Unida o estaban emparentados con ellos y los Mosley no eran una excepción.

—La masonería es un lugar de encuentro... —apuntó Angleton por sumarse al argumento.

—Ustedes los católicos... y nosotros... —dijo Kammler sin aclarar a quien se refería— condenamos todo esto —hizo un gesto con la mano señalando la sala que les albergaba, el despacho del gran secretario de la Gran Logia Unida de Inglaterra— Creo más bien que esa aparente intransigencia es solo una actitud retórica, porque la masonería es, en el fondo, una puerta de entrada a un mundo de mitos, ritos y símbolos que de una u otra manera todos respetamos. Un lugar por el que se entra a otro ámbito, mucho más reservado y complejo.

—Ritos, mitos y símbolos... me gusta —reconoció Angleton.

—¿Quiénes si no los católicos, los soviéticos y nosotros antes conservábamos eso como la piedra angular de nuestros sistemas? —preguntó Kammler sin esperar respuesta—. El brazo alto, un jefe supremo y la Gran Alemania o, visto de otra manera, «Ein Volk, Ein Reich, Ein Führer», dijimos los alemanes; el puño cerrado, la bandera roja y la patria proletaria dicen los comunistas; un papa, una cruz y una iglesia universal reclaman los católicos. ¿No ve que todo es lo mismo? Gestionar las emociones del pueblo a través de un liderazgo fuerte e indiscutible que cabalgue sobre mitos, símbolos y ritos.

En eso no iba errado Kammler; el gnosticismo y el maniqueísmo eran piezas fundamentales del pensamiento nazi y en cierta medida la Ahnenerbe era, en el orbe de la esvástica, el crisol de esos discursos, más rituales y simbólicos que racionales, pero no era esa la razón por la que se encontraban allí.

—Yo trabajo en ese mundo —reconoció James J. Angleton, un tipo singular cuyos orígenes le hacían hijo de una madre católica y rica mejicana que le dio el segundo nombre de pila, Jesús, que él disimulaba con solo una inicial tras el que deseó su padre, James.

Hijo de familia acomodada había vivido con su familia en Europa, donde aprendió italiano y alemán y el oficio de su padre que, bajo la cobertura de ser comisionado para Italia del National Cash Register, era un miembro encubierto de la OSS, donde alcanzaría el rango de teniente coronel. James Jesús, al final de la guerra, ya era jefe de la división de contrainteligencia de la OSS para Italia, a lo que unía sus relaciones con el servicio secreto vaticano de Félix Morlion y su servicio en el ejército, hasta que en 1948 se incorporó a la CIA. Obsesionado con el *peligro comunista* creía que la NKVD había montado una estrategia operativa para engañar a sus aliados occidentales y aplicó todos sus esfuerzos a dos objetivos: integrar en sus servicios a los agentes de la inteligencia nazi y denunciar cuanta conspiración criptocomunista creía ver debajo de las alfombras que pisaba, que no era pocas porque, más que un agente de campo, Angleton era un consultor. La paradoja ocasionada por su paranoia fue que Angleton tenía como tarea controlar a su amigo Kim Philby, un oficial del MI6 que en verdad era el jefe de los cinco de Cambridge, cinco espías británicos reclutados por la URSS mientras estudiaban en el Trinity College la prestigiosa universidad inglesa. El feroz enemigo de los comunistas, y esa era la paradoja, compartía su información con la inteligencia inglesa a través de Kim Philby, cosa que llegaba a Moscú de manera inmediata.

—Yo no —rechazó Kammler con cierta repugnancia; él nunca había tenido tratos con el espionaje alemán. Consideraba que era un servicio muy lejano a su formación; su trabajo era ejecutar, no especular, y así se había ganado sus entorchados.

—Volvamos a la Campana… —propuso Angleton, cada vez más incómodo ante el cinismo de su interlocutor.

—¿Les interesa? —interrumpió Kammler—. No creo que deba explicarle la trascendencia del asunto.

—Desde luego, pero mis jefes quieren más información.

—Es lógico… dígales que la tendrán.

—¿Cuándo?

—En su momento, James. Ahora toca resolver otros asuntos.

—Usted dirá, señor Hedingger —ofreció Angleton.

Durante unos instantes, Kammler se quedó en silencio mirando fijamente a los ojos de su interlocutor, un hombre enjuto de pronunciadas entradas y tez morena que gastaba unas grandes gafas de pasta.

—Estas son mis condiciones, pero no lo abra ahora, no es necesario… ni oportuno —respondió Kammler sacando del bolsillo interior de su chaqueta un sobre cerrado y ofreciéndoselo al americano.

—¿Entonces? —preguntó el agente de la CIA tomando la carta.

—Si aceptan lo que les indico procederemos de igual manera que hemos hecho para organizar esta entrevista. Las instrucciones para el operativo también están en el sobre. Solo tienen que seguirlas.

En ese momento sonó un timbre sobre la vacía mesa de trabajo del gran secretario de la GLU, sir Thomas Pendletton, que había sido quien acompañó a Angleton a su despacho donde ya esperaba Kammler. Tras presentarles desapareció de inmediato. Tres timbrazos parecían una señal que solo Kammler comprendió, aunque al americano no le pasó desapercibida.

Dicho eso, Kammler se levantó del sillón que ocupaba y tomó un pequeño maletín negro que reposaba a su lado; daba por terminada la entrevista. Ya de pie le ofreció la mano al norteamericano, cosa que Angleton aceptó de inmediato.

—Una pregunta… —dijo el agente de la CIA cuando Kammler ya se dirigía hacia la puerta.

—Diga usted —aceptó Kammler a punto de abandonar la sala.

—¿Qué garantía tenemos de que no está negociando a la vez con los bolcheviques?

—Ninguna, amigo James, ninguna —le respondió Kammler antes de salir y cerrar la puerta tras él.

Angleton, que tenía un dispositivo de agentes operativos fuera de la sede a efectos de seguir al alemán, salió tras de él para marcarle hasta la puerta, pero lo que se encontró fue con un tropel de individuos todos vestidos igual, con traje negro, como Hans Kammler. Eran masones que salían de la gran tenida anual de la GLU que se celebraba en el salón de ceremonias de la sede, el templo en el lenguaje de los Hijos de la Viuda, un espacio con capacidad para más de mil personas que estaba evacuando en ese momento a todos los allí congregados. Por los pasillos en la planta baja de la sede se dirigían a la salida centenares de hombres vestidos de negro y charlando en corrillos que llevaban un maletín en la mano para guardar sus mandiles de ceremonia y demás arreos rituales. Kammler se había disimulado perfectamente entre ellos; esa era la razón de la convocatoria en sitio tan peregrino, que tenía una perfecta ruta de escape en aquella circunstancia tan singular. Nada más que una vez al año se reunían tantos masones como aquel día en Great Queen Street, una soberbia arquitectura victoriana para acoger lo que era parte esencial de la historia inglesa de los últimos doscientos años. Era imposible seguirle disimulado entre aquella marea humana que se encaminaba en su mayor parte a la estación de metro de Covent Garden donde Kammler se escabulló sin que ninguno de los hombres de Angleton pudiera rastrearle. Después de dar varias vueltas por distintos trayectos de la red, de Covent Garden a Kings Cross para cambiar de línea hasta Finsbury Park y volver a transbordar en Moorgate hacia Liverpool Street volvió cerca del punto de partida, se apeó en la estación de Picadilly después de transbordar en Oxford Circus, casi una hora después, seguro ya de que nadie le había seguido. De ahí se iría caminando al hotel Ritz donde llevaba tres días alojado con su pasaporte suizo. Eran las siete y media de la tarde.

Después de ducharse y cambiar el traje negro por uno azul cruzado de raya diplomática hizo una llamada de teléfono y salió del hotel para dirigirse hacia su próxima cita. Tenía una cena en el Simpson's, un tradicional restaurante inglés famoso por su *roast beef*, alojado en los bajos del hotel Savoy y muy cerca de la sede de la GLU donde había celebrado la reunión con Angleton. Como aún le quedaba tiempo bastante y el anochecer era apacible decidió ir caminando desde el 150 de Picadilly hasta la sede del Savoy en el Strand.

Desde luego que Kammler no estaba negociando con los soviéticos, pero saber eso era una baza que no estaba dispuesto a regalarles a los americanos. Su estrategia y más desde que el gobierno de los EEUU había acogido a muchos de sus conmilitones en la calavera, en especial a la cofradía de Von Braun, era facilitarles la tecnología antigravitacional que había conseguido desarrollar con Die Glocke, pero eso tenía un precio y no era solo económico. Kammler era consciente del potencial militar de semejante ingenio y no tanto en el campo de los conflictos armados sino como instrumento de prevalencia tecnológica en un enfrentamiento cada vez más fuerte entre bloques. La capacidad de *su* campana para desplazarse en el espacio y en el tiempo otorgaba a quien la controlase una indudable primacía en casi todos los campos del conocimiento. Esa era su baza.

Si bien compartía con los bolcheviques el totalitarismo estatista, en eso nazis y comunistas eran muy similares y sus regímenes compartían las características de unas dictaduras totalitarias, se diferenciaba de ellos en algo esencial, la preponderancia aria que solo encontraba después de la guerra en los EEUU, aunque el *lobby* judío fuera importante en la economía americana. Pero la razón de fondo que le había llevado a iniciar esa negociación tenía un nombre y una circunstancia. El nombre era el de Simon Wiesenthal, el director del Centro de Documentación Judía radicado en la ciudad austriaca de Linz, un judío que había sobrevivido al campo de concentración de Mauthausen y que decidió dedicar el resto de su vida a cazar nazis y acusarlos de sus crímenes. La circunstancia, algo que él nunca imaginó que ocurriera, era aún más dañina para su seguridad: el establecimiento en territorio palestino del Estado de Israel el 14 de mayo de 1948. Con ese nuevo país no solo nacía un santuario para los hijos de Abraham, sino que, y esa era su preocupación, aparecía por mandato de David Ben-Gurion, el primer ministro del nuevo Estado judío, el Mossad, el Instituto de Inteligencia y Operaciones Especiales de Israel, cuyo objetivo era el mismo que el de Wiesenthal, pero con muchos más medios y arrogándose la propia jurisdicción penal para juzgar los crímenes nazis. Los aliados habían efectuado en los juicios de Núremberg una purga más simbólica que eficaz porque enseguida, aunque por distintas razones, decidieron aflojar las indagaciones y acabar con la depuración de los estamentos inferiores en la jerarquía de la esvástica. Muertos por suicidio Hitler, Himmler, Göring y Goebbels y ejecutados por horca Kaltembrunner, Von Ribbentrop, Rosenberg, Jodl, Keitel, Sauckel, Seyss-Inquart y Streicher, los aliados decidieron dar por cerrado ese capítulo tras conseguir la propaganda necesaria. El antisemitismo soviético e inglés, el evidente colaboracionismo de gran parte de la administración francesa y los acuerdos bajo la mesa de norteamericanos con espías y científicos nazis aconsejaban no hurgar más en aquel pozo de veneno.

Sabedor de todo eso, pensaba de camino al Savoy, tenía que mejorar su inmunidad. España era un país cómodo para él, pero Kammler no se imaginaba a sí mismo residiendo de por vida en un lugar tan atrasado, tan cerrado, donde sus antiguos camaradas andaban sueltos gracias a la complicidad franquista, lo cual era un riesgo para él dado que los ingleses estaban tras los pasos de sus camaradas de la calavera de plata, y los curas marcaban la conducta de los españoles en las parroquias, las nuevas sedes del franquismo. Tenía dinero y recursos para establecerse donde quisiera, pero los judíos habían decidido vengarse y por eso, pronto o tarde, acabarían dando con él en España como había pasado con el SS-Standartenführer Adolf Eichmann meses antes en Altensalzkoth, un pueblecito en la Baja Sajonia, aunque el nazi responsable de la sección IVB4 de la Gestapo tuvo suerte al escaparse de la gente de Wiesenthal y dar el salto a Argentina. Kammler sabía que un acuerdo con los norteamericanos le protegería; ellos no tendrían interés en buscarle si les entregaba lo que deseaban. Estados Unidos era un país muy grande, con demasiadas migraciones nacionales presentes, donde alemanes, polacos, irlandeses, italianos, y tantos otros que cruzaron el Atlántico para reconstruir su vida, habían sentado sus reales, como sus camaradas de Peenemünde y de Der Riese. Él quería hacer lo mismo; «siempre me ha gustado California, el *jazz* y los coches americanos» se dijo sonriendo cuando llegó a la puerta del Simpson's-in-the-Strand, en los bajos del Savoy.

Cuando entró en el vestíbulo del restaurante, decorado en tonos verdes y con techos de bóveda en color crema, dejó el sombrero en el guardarropa y miró el reloj. Faltaba un minuto para su cita. Esperó en el *hall* hasta que, justo a en punto de las nueve, su invitada descendió por la escalera que unía el restaurante con el hotel. Era María Orsic. Pareciera que no habían pasado cuatro años desde la última vez que estuvieron juntos. María, que vestía un traje largo de color negro y muy escotado y que solo se adornaba con unos pequeños pendientes de perlas, le ofreció la mano, tan cuidadas como siempre y con las uñas esmaltadas en un rojo muy intenso, y Hans sonrió y se la besó en silencio con una inclinación de cabeza, como si se hubieran visto el día anterior.

—Me sorprendió tu llamada, Hans —dijo ella cuando se sentaron en la mesa que les ofreció el *maître* y que había reservado Kammler dos días antes.

Un camarero les sirvió unas copas de *champagne*.

—Más me sorprendió a mí que la aceptaras, María —reconoció el nazi ofreciéndola un brindis sin palabras.

—Ha pasado mucho tiempo desde Lisboa —dijo María Orsic aceptando. La mujer conservaba su melena, pero esa noche la llevaba recogida en una trenza aderezada como un moño bajo la nuca.

Los dos permanecieron en silencio y atados por la mirada mientras acababan con el aperitivo.

—Siempre he vivido en el recuerdo de aquel último minuto, María —confesó tomándola de la mano.

—Yo nunca te he olvidado, Hans —reconoció ella con la mirada nublada por unas lágrimas que contuvo.

En eso llegó el *maître* y Kammler despachó la comanda en un momento.

—Traiga *roast-beef* para dos —solicitó el nazi rechazando la carta que le ofrecía.

—Excelente elección, señor; es nuestra especialidad —aplaudió el camarero.

—Y una botella de Carménère, por favor —pidió Kammler que era muy aficionado a los vinos franceses. El Carménère era un vino de la región del Medoc en Burdeos característico por su color rojo carmesí que acompañaba muy bien a los asados.

—Perfecto, señor —dijo el camarero antes de retirarse.

El comedor del Simpson's estaba decorado a la manera inglesa tradicional, paredes empaneladas de madera, techos de escayola artesonada y lacada en ocre claro y grandes lámparas de araña en el techo. Las mesas adornadas con mantelería blanca sobre tapetes rojos hasta el suelo hacían juego con las sillas también tapizadas en rojo.

—¿Te has acostumbrado a Tánger, María?

—Demasiado calor, pero me encanta, aunque al principio me costó acostumbrarme; estaba deslumbrada. Es una ciudad sorprendente; nunca imaginé que algo así, tan cosmopolita y contradictorio, estuviese en Marruecos, tan cerca y tan lejos, tan parecido y tan distinto a lo que conocía hasta entonces. Me he enamorado del sol de Marruecos, parece un sueño.

—Tánger es un sueño que se extiende del pasado al futuro donde nada es lo que parece —recitó Kammler usando palabras de Burroughs.

—Tardé algún tiempo en comprenderlo —reconoció María Orsic.

—¿Cómo fue tu llegada? —la pregunta era de mera cortesía porque Kammler siempre había estado al corriente de todos los pasos de María Orsic.

—Me alojé al principio en el hotel El Muniria y luego alquilé una casita en La Corniche, con vistas hacia el mar. Desde entonces soy una hija del sol y del agua.

—¿Y las estrellas? ¿Ya no eres su hija?

—Acuérdate de lo que pasó en el último viaje —se refería a su experiencia en Bad-Charlottenbrunn—. Cuando llegué a mi destino... allí no había nadie.

—¿Sabes algo de las otras damas? —Kammler preguntaba por Traute, Sigrun, Gudrun y Heike, las otras damas del Vril seguidoras de María Orsic.

—Traute y Gudrun murieron poco después de aquella experiencia, apenas dos días después del experimento; el Vril les hizo mucho daño... y se consumieron en silencio. No estaban preparadas todavía para el Gran Viaje.

—¿Y Sigrun y Heike?

—Sigrun se despidió de mi antes de que tú y yo voláramos a España y nunca volví a saber de ella… y con Heike he mantenido contacto por teléfono desde Tánger; sabía dónde localizarla si tenía que esconderse. Salió de Alemania como pudo y ahora vive en Suiza con un compositor. No sé nada de ella desde hace dos años.

En eso llegaron dos camareros para servir el asado. María y Hans lo tomaron en silencio.

—¿Te has enamorado? —preguntó Kammler al cabo de un rato.

La pregunta no desconcertó a María; la estaba esperando.

—Vivo enamorada desde que te conocí… y desde que te fuiste has vivido en mi interior todas las horas de mis días. Me he sentido más cerca de ti que nunca.

Los ojos verdes de María Orsic se clavaron en los de su antiguo amante.

—Yo tampoco he podido olvidarte, María —confesó el alemán, emocionado por las palabras de su enamorada.

—¿Por eso me has llamado? —Kammler había hecho llegar a María Orsic un mensaje a través de Gustav Schütz, uno de sus dos hombres de confianza, las dos únicas presencias de su pasado que aún conservaba en su vida, al que Kammler encargó en Lisboa que estuviera disponible en Sevilla, donde se asentó como administrativo en una empresa alemana y se casó con una cordobesa, para encargarse de las misiones que Kammler le encomendara y atender a María Orsic en la distancia sin que ella reparara en ese control. A él le había correspondido viajar a Tánger y darle a María el recado de que Hans Kammler la esperaba en Londres, en el hotel Savoy, en la fecha y hora que indicaba. La cita, explicó Schütz, sería en el Simpson's. «El jefe la necesita, señora», concluyó el mensajero.

—Sí, María, por eso… y por más cosas.

—Tú dirás, amor mío… Te escucho.

Los ojos de María le miraron con cariño y una sonrisa iluminó su rostro. Eso hizo que él se sintiera desnudo y escrutado hasta lo más profundo de su ser.

—¿Quieres escaparte conmigo? —le ofreció Kammler, emocionado. Ese *amor mío* en boca de su amada le había removido las entrañas.

—Ya nos hemos escapado una vez, Hans. ¿Acaso debemos huir otra vez? ¿Corres peligro? ¿Me lo dices por eso?

—Sí, corremos peligro, María… No es algo inmediato, pero puede ocurrir… y no estoy dispuesto a perderte otra vez. Esta vez lo haremos juntos. Nos iremos cogidos de la mano y así nos ganaremos para siempre.

—Siempre he sido tuya, Hans, ¿Cómo no lo voy a ser ahora? ¿Qué quieres que haga? —ofreció María tomándole de la mano sobre el mantel de la mesa.

—Nada, solo escucharme… pero eso mejor después, arriba en tu habitación —aclaró Kammler mirando a su alrededor. Hasta entonces habían mantenido la conversación en inglés para no levantar sospechas en el comedor.

Un gesto de Kammler pidió que les retiraran el servicio. Después encargó para postre dos *rum baba*, una de las especialidades de la casa, aunque era una receta francesa; se trataba de unos pequeños pasteles de harina de trigo empapados en un jarabe de ron, agua y azúcar que se servían acompañados de grosellas y crema batida.

Después que el camarero se retirara tras servir los pastelillos, Kammler sacó del bolsillo interior de la chaqueta un estuche de piel alargado y brillante, con el rojo característico de una famosa joyería francesa y los cantos fileteados en pan de oro, que puso delante de María.

—Encontré en París unas lágrimas de tus ojos y las secuestré para tu muñeca, María —dijo ofreciéndola el lujoso envoltorio.

—Siempre has sido un adulador incorregible, Hans —bromeó ella tomando el estuche. Al abrirlo se encontró dentro una pulsera de esmeraldas montadas en engastes de oro en la central parisina de Cartier.

—¿Te gustan?

—Son preciosas —dijo la Orsic sacándolas del estuche— ¿Me ayudas?

Kammler se la colocó en la muñeca izquierda. Un camarero no quitaba ojo a la escena y le hizo un gesto pícaro al compañero que les había servido los postres. Nadie se podría imaginar lo que en verdad se cocía en aquella mesa bajo la apariencia de una cita romántica de dos personas maduras, algo a lo que ya estaban acostumbrados los del restaurante.

—No te hacen favor, María; ninguna se acerca al color de tus ojos.

—Zalamero… —bromeó la gran dama del Vril.

Tras un café y una copa de calvados, que los dos aprovecharon para sus ternuras y recuerdos, Kammler solicitó la cuenta.

Cuando salieron del restaurante hacia el *lobby* del Savoy, con las miradas de los camareros pegadas a la espalda, eran casi las diez y media de la noche. Parecían una pareja de recién casados.

Aquella noche, tras explicarle a María Orsic la situación, tal y como él la evaluaba, y la decisión que había tomado respecto a la Campana, cosa que ella compartió de pleno, se amaron hasta el amanecer como lo hicieron en Lisboa la última noche que compartieron a la orilla del Atlántico.

— 25 —

Ulpiano Montes

Málaga.
13 a 19 de junio de 1949.

Por fin le había localizado.

Le resultó muy sencillo; tenía una fotografía de su rostro que copió con su Minox de la ficha personal que se guardaba en Transportes Dávila, y dos direcciones postales donde encontrarle. Había tomado nota de ambas, la del domicilio personal y la que correspondía a su oficina en Málaga, de cuya delegación era jefe desde 1946 según rezaba su historial en la empresa. Su vivienda estaba en la tercera planta de un inmueble de relumbrón en la calle Compás de la Victoria, muy cerca de la iglesia de la Victoria, en el centro de la ciudad, en el barrio del Cristo de la Epidemia. Las oficinas y naves de su empresa estaban sobre la N-340 en dirección al puerto de Málaga tras pasar el gran hotel Miramar, en una zona de almacén y carga.

María García había pedido permiso en el trabajo para faltar una semana por razones familiares, «mi madre se ha puesto muy mala en el pueblo» se excusó como argumento. Don Tomás se lo dio sin ningún reparo y María tomó un tren a Málaga con las dos direcciones guardas en el bolsillo. A Ramón no le dijo lo mismo, aunque le puso al corriente de la excusa dada ante su jefe porque en la empresa creían tener empleada a María García y no a María Millán; esa dualidad era un secreto solo compartido con Ramón. A su amante le explicó que se iba a Barcelona porque quería encontrarse con una amiga de antes, que volvió con ella a España y que trabajaba de camarera en un bar del barrio de Gracia. «Ten cuidado con esas relaciones, María —le recomendó Botillas—, que todavía quedan papeles de todos vosotros». «No te preocupes, Ramón;

327

Carmeta está más quemada que yo y no quiere saber nada de política. Me ha escrito para decirme que se casa con un taxista de Hospitalet que es de Falange —cosa que hilvanó con su mejor hilo— y que me invita a pasar unos días con ella antes de la boda». Mencionar que el del taxi era de los de José Antonio le pareció a Ramón toda una garantía.

Al día siguiente de pisar la plaza ya tenía identificado al personaje, un individuo que hacía honor a un dicho malagueño que se aplicaba a los que allí vivían y habían vivido; se les decía gente de «chupa y tira», es decir que preferían aparentar antes que comer, pues muchos eran funcionarios de escaso sueldo y bastantes ínfulas. El sujeto, Ulpiano Montes García, era un individuo de aspecto gris y recortado, de estatura mediana y enjuto que usaba sombrero y que, siempre que le observó desde la distancia, usaba trajes cruzados. En tres días sabía de él tanto como lo poco que había que saber, pues era un tipo sencillo de conductas regulares, bastante apocado y que a las mismas horas hacía siempre las mismas cosas. Comprobó que vivía solo, su ficha en la empresa decía que era soltero, y solo una asistenta pisaba su casa después que él saliera hacia el trabajo parando a desayunar en un bar en la bajera de su casa. Después iba al polígono andando y entraba en las oficinas del almacén al punto de la nueve de la mañana. Solía almorzar solo en un comedor cercano donde acudían otros oficinistas como él y después, cuando salía a las siete del trabajo, volvía a su casa y ahí empezaba para sorpresa de María Millán la doble vida de su objetivo. A eso de las diez sacaba de un garaje cercano al bar del desayuno un pequeño automóvil italiano, un Fiat 500 biplaza, un topolino de color burdeos, y se escopetaba en dirección a la carretera de Granada. Y eso lo hacía todas las noches, descubriría más adelante. La primera noche no pudo seguirle, pero al comprobar el segundo día que Ulpiano repetía la escapada en la misma dirección se preparó para que la tercera no se le fuera de la vista y para eso concertó, con la encargada de la pensión en que se alojaba con el nombre que constaba en una cartilla de racionamiento que se había procurado ella misma, que le buscara un taxi que pudiera darle servicio a partir de las nueve y media de la noche. Para esa petición, ciertamente extraña, ella adujo que era «una recién llegada y que estaba buscando trabajo en Málaga». A buen entendedor no hizo falta explicarle mucho más. A las diez menos cuarto de la noche el taxista estaba esperando a su cliente, Isabel Font para la ocasión, a la puerta de la pensión Bocanegra, en la plaza de las Flores, al lado de la calle Larios.

A las diez de la noche el taxi de María seguía al topolino de Ulpiano Montes hacia la carretera nacional en dirección a Almería. El cochecito italiano paró a las afueras de la ciudad, en un lugar conocido por Los Baños del Carmen, en la playa de El Pedregalejo. El pequeño bólido aparcó delante de un chalet de tres pisos levantado a las puertas del balneario, enfrente de un restaurante, en cuya fachada un cartel iluminado le señalaba como El Edén. Varios coches americanos, un par de Citroën como el de Ramón y algún que otro Fiat aparcaban delante; demasiado coche para esas horas un día entre semana. María, desde el taxi, esperó a que Ulpiano entrase en el local y durante un buen rato esperó en el coche para ver el paisanaje que allí entraba: caballeros trajeados que solían acceder en grupo y mujeres peripuestas que entraban solas. Un continuo ir y venir de taxis allegaba al local a aquellas damas de la noche con sus pinturas de guerra en la cara, la mirada descarada para esconder su timidez o su vergüenza, y muy ceñidas en su ropa, que caminaban con más o menos garbo sobre tacones que solo usaban como instrumento de trabajo. A veces salía de allí, emparejado entre risas y arrumacos, algún caballero en compañía de una de aquellas mujeres. La prostitución, que tal era la industria del chalet, aunque se disimulara de *alterne*, era el motor de aquel tráfico. El *alterne*, una actividad a las puertas de la prostitución, exigía a las mujeres admitidas por la empresa del local estimular a los clientes para que consumieran en el establecimiento a cambio de una comisión de la factura y después, si procedía, se emplearan en el viejo comercio de la carne. La prostitución había vuelto a ser legal en la España de Franco; el gobierno de los vencedores derogó en 1941 la legislación republicana que la prohibía y las cosas volvían a ser como antes, como siempre, en una España que hacía bandera de la hipocresía.

Visto lo visto, María Millán ya sabía la naturaleza de las andanzas de Ulpiano y decidió volver a la pensión sin bajarse del taxi. Ya sabía lo que tenía que hacer.

—¿Quiere usted trabajar aquí, señorita? —le preguntó el taxista al arrancar el coche de vuelta a la pensión.

—No lo sé todavía, pero algo tengo que hacer —respondió ella sorprendida por el descaro del conductor.

—¿Lleva usted mucho tiempo en Málaga? —insistió el hombre en su interrogatorio. María Millán se puso en alerta pues sabía que muchos taxistas eran confidentes de la policía.

—Llegué hace unos días… y tengo que buscarme algo.

—Es un buen local, señorita; tratan muy bien a las chicas.

Esa declaración era toda una invitación.

—¿Conoce usted a los dueños? —preguntó ella tras un rato de silencio como si se lo estuviera pensando y le costara dar el paso.

—Los dueños no vienen nunca por aquí; son gente muy principal que tienen varios negocios como este, pero conozco al encargado, al que da la cara.

El rumor decía que los dueños del asunto eran varios personajillos principales de Málaga. El taxista le explicó que se decía que en el asunto estaban un inspector de policía, un jerarca local del Movimiento y un canónigo de la catedral. De regentar el negocio se ocupaba un matrimonio mayor, ella una *madame* retirada que se encargaba de las chicas, y él un contrabandista venido a más que hacía sus pinitos trayendo grifa de Marruecos.

—Yo soy muy amigo de Crescencio —concluyó el taxista refiriéndose al apoderado al frente del negocio—. Es muy buena gente —apostilló para darle más enjundia al relato.

—¿Y yo… podría trabajar aquí? —preguntó pudorosa María, para que el otro creyera que había mordido el anzuelo.

—Es usted una señorita con muy buena presencia… y se la ve educada —aduló el del coche para ganarse la presa. María se imaginó, y no se equivocaba, que el conductor era parte del negocio y que sacaba comisión de lo que hiciera para el tal Crescencio.

—¿Qué tendría que hacer?

—Nada, ¿señorita…?

—Isabel, Isabel Font, de Tarragona —le interrumpió ella, ofreciéndole su nombre.

—Aquí nadie usa su nombre, Isabel; los dueños no preguntan esas cosas. ¿Cómo quiere llamarse para el trabajo?

María se lo quedó pensando.

—Iris —respondió al cabo de unos segundos—… ¿está bien?

—Muy bien, señorita Iris; ha elegido usted un nombre muy bonito.

—Y ahora que ya tengo nombre… ¿qué debo de hacer?

—Usted nada, señorita Iris. ¿Cuándo quiere empezar?

—Mañana mismo… si es posible —respondió apremiada. Solo tenía una semana en Málaga y ya había gastado tres días.

—Desde luego; solo tengo que hablar con mi amigo mañana y si quiere usted puede empezar por la noche.

—Se lo agradecería…

—Julián —le interrumpió ahora el taxista—. Soy Julián Cabaña.

—Muchas gracias, Julián.

—Las que usted tiene, señorita Iris —respondió él guiñándole un ojo.

En esa conversación fue donde Julián le explicó los secretos del alterne «No es necesario pasar de ahí; los dueños ganan bastante con las copas. Lo demás es cosa de usted y solo tiene que pagar la habitación si sube con algún… amigo». Cuando el conductor terminó con su manual de instrucciones, el taxi había vuelto a la pensión de la plaza de las Flores. Apenas eran las once de la noche.

—Yo avisaré por teléfono a doña Carmen —que era la dueña de la pensión— y ella le dará el recado a usted, señorita. La recogeré, si todo va bien, mañana a las nueve y media.

—¿Me dice cuánto le debo? —preguntó María Millán cuando ya se bajaba del coche.

—Hoy no me debe nada, señorita Iris. Ya me pagará usted cuando cobre.

Era evidente que el taxista estaba en ese mercado tan irregular y que esa no era la primera vez que mediaba un asunto similar. Un apretón de manos selló la despedida.

A la hora del almuerzo doña Carmen avisó a María; le dijo que «Crescencio vendrá a recogerte esta noche y me ha pedido que te pongas guapa».

La cosa corrió como estaba prevista y María Millán entró a las nueve y media en El Edén de la mano del taxista a fin de presentársela a los jefes del negocio. La encargada, que se hacía llamar *madame* Mimí, llevó la voz cantante de aquella extraña entrevista de trabajo y le explicó que por cada copa que hiciera consumir a los parroquianos se llevaría el cuarenta por ciento, que por cada descorche de una botella de champán la cuota subía al cincuenta y que para ello «ya sabes lo que hay que hacer, niña». El marido no dijo nada en toda la entrevista, pero no la quitaba ojo de encima y solo cuando su mujer dio el plácet a la nueva, él se vio en la obligación de concluir el catecismo. «Si quieres pasar a mayores con algún cliente, eso es cosa tuya si os vais a otro sitio, pero si usáis alguna de las habitaciones de arriba tienes que pagar diez duros por una hora. ¿Estás de acuerdo?». María asintió con un gesto. «El taxi para volver a casa te lo pone la empresa y te costará cinco duros la carrera ¿Te parece bien?». Otro gesto de María indicó su aceptación tras conocer la parte del pastel que se llevaba Crescencio.

—Estás en tu casa, Iris —ofreció la *madame* cuyo verdadero nombre era Virtudes Gracia, aunque lo de Mimí le venía de cuando trabajó antes de la guerra en un burdel de Ceuta al que acudían los legionarios de la Extranjera. Ella creía que ese nombre le daba más tono.

Eran las diez de la noche cuando la nueva pupila, vestida para la ocasión con algo de ropa que la prestó doña Carmen y los zapatos que había traído de Madrid, hacia su debut en la sala grande de El Edén donde estaba la barra que hacía de bar y atendían dos camareros con chaquetillas blancas. El local, débilmente iluminado, olía a tabaco y a licor, y apoyadas en la barra había más de una docena de mujeres esperando compañía porque todavía era pronto para su negocio.

—Con las que estamos tenemos bastante, rica —le dijo una de ellas, al pasar por su lado. Era una mujer muy pintada que no cumpliría ya los cincuenta y que se apretaba con una faja para disimular sus muchas flacideces.

—No la hagas caso; siempre está de mala leche, pero en el fondo es como una madre —le dijo otra que se acercó para rescatarla y llevársela hacia donde ella paraba.

Al fondo de la sala, sonaba un piano vertical atendido por un músico calvo y mayor con gafas de cristales gruesos que tocaba por las mañanas en la banda municipal. Para su trabajo de por la noche vestía un deslucido smoking que debía tener tantos años como él. Temas de los maestros Quintero, León y Quiroga eran su principal repertorio. En ese momento tocaba la melodía de una copla, *La Lirio*, un tema que había hecho famoso Conchita Piquer, aunque cuando se había tomado dos copas sus dedos viajaban al *jazz* y versionaba a Thelonius Monk, al que él llamaba Melodius Thonk en prueba de adoración. Su *Round Midnight* era para él un poderoso evangelio que le anunciaba que había música tras la mediocridad del panorama cultural español, donde el *jazz* se escondía en las madrugadas.

—Me llamo Bárbara —explicó la muchacha, una malagueña muy pizpireta a la que se la veía ducha en aquel ambiente.

—Y yo Iris —respondió María.

Las dos se besaron en la mejilla, se quedaron mirando y rompieron a reír.

—Yo de verdad, me llamo Petrita —aclaró la malagueña.

—Y yo Isabel, pero me puedes llamar Isa —reconoció la recién llegada.

—Aquí nadie es quien dice; hay que parecer modernas. Es una orden de Mimí, que a veces dice que es francesa.

—Es lo que hay. Gajes del oficio —reconoció María.

—¿Llevas mucho en el alterne?

—¡Qué va! Acabo de empezar; hoy es mi primera noche.

—Pues… que tengas suerte —deseó Petrita con una sonrisa afectuosa.

—¿Qué tal es este sitio?

—Está bien; hay buenos clientes, nos protege la policía y si pasa algo y algún moscón se pone pesado y nos molesta se encargan esos dos —explicó señalando a los camareros, dos tipos corpulentos con cara de póker.

—Me alegro —dijo la falsa Isabel por decir algo mientras ojeaba el local con disimulo a la espera de que llegara Ulpiano Montes. Debía estar a punto porque ya eran las diez y cuarto de la noche.

—Llevas un traje muy bonito…

—¿Te gusta?

—Me encanta; te sienta muy bien.

—Es un trapo que me he cosido yo misma —mintió María, que vestía un traje muy escotado de Asunción Bastida que le había prestado la dueña de la pensión y que lo tenía en su armario por cuenta de una corista en tournée que no pudo pagar su estancia. «Nunca me lo he puesto, niña, porque no quepo dentro» había reconocido la posadera al entregárselo.

—Tienes muy buenas manos —la malagueña no pensaba dejar la conversación con su nueva compañera— ¿Quieres una copa?, las nuestras son gratis si no estamos acompañadas. Mimí nos regala dos por noche.

—Si yo no bebo…

—Ni yo tampoco —reconoció la joven.

—¿Entonces?

—Fíjate —dijo Petrita llamando con un gesto a uno de los camareros— Paquito, sírvenos dos wiskis especiales, por favor.

El mozo volvió enseguida con dos vasos largos con el licor inglés y dos piedras de hielo cada uno.

—Pruébalo —ordenó la joven acercándose el suyo a los labios.

María hizo lo mismo y aunque estaba acostumbrada al vodka convenía simular su impericia con los destilados.

—¿A que está bueno? —preguntó la inductora—. Es té con hielo y mucho azúcar. Te quita el sueño, te alimenta y parece lo que no es. Así puedes aguantar lo que te echen. Tú pide siempre «un whisky especial»; ellos ya saben. Además, estas copas no cuentan para nosotras en las dos que nos regalan, pero a los clientes se las cobran como si fueran de verdad y eso que ganamos todos.

—Ingenioso —reconoció María Millán apurando su trago.

En eso entró Ulpiano en el local vestido con el mismo traje cruzado de la noche anterior. María vio cómo se dirigía a la barra y le saludaba uno de los camareros.

—¿Conoces a ese tipo? Parece un policía, se le ve tan serio…

—Sí; le he atendido alguna vez… es muy putero… y un poco rarito, pero no es de la poli. Creo que tiene negocios y viene aquí casi todas las noches.

—¿Peligroso?

—¡Qué va!, que es muy cortado. ¿Quieres que te lo presente?

—Por alguno tengo que empezar, Bárbara. Si haces el favor… —dijo María fingiendo fastidio— Recuerda que me llamo Iris —bromeó la madrileña.

—Eso está hecho… Seguro que te le quedas; solo tienes que darle conversación porque es muy paradito, el pobre.

Diez minutos después, tras las presentaciones de Petrita, Iris estaba a solas con Ulpiano. Bárbara se había ido a atender a un cliente suyo seguro y habitual, un viudo que era asentador de pescado y que acudía a El Edén con la frecuencia de dos veces por semana. La nueva *demi-mondaine* abrió fuego para envolver a su presa cuando vio que su compañero de barra sacaba su paquete de cigarrillos y le ofrecía uno. Ella, que no fumaba, aceptó la oferta y cuando Ulpiano se ofreció a encenderle el emboquillado ella envolvió con sus dos manos las de su cliente como si quisiera proteger con ellas la llama del mechero. Esa inesperada caricia y que María aspirara la primera bocanada sin dejar de mirarle a los ojos mientras que sus labios pintados se recogían en torno a la boquilla, electrizó al burócrata del transporte.

Tras dos copas de whisky especial, que para el transportista fueron tres de coñac, la falsa Iris ya había calado al personaje: un tipo tímido, mediocre y acomplejado que esperaba del alterne un ligero aplauso para que sobreviviera su autoestima a todas luces inflada sin fundamento. La prostitución era una vía de acceso a una terapia reconfortante para su ego, gracias al saber hacer y estar de aquellas mujeres, las chicas del alterne, que con su amor de circunstancias reconfortaban un espíritu dañado.

Cuando su cliente, ya seducido por una María que insinuó ante él todos sus encantos, la propuso subir a una de las habitaciones, después de casi media hora de charla en la barra en que María siempre le tuvo tomado la mano acariciándosela, María objetó la propuesta.

—No es que no me apetezca, Ulpiano; me caes muy bien y me apetece estar contigo —se quiso excusar ella.

—¿Entonces?

—Es que soy nueva aquí y no quiero que en mi primer día piensen los jefes que soy una chica fácil… demasiado fácil.

Y eso lo dijo con una sonrisa encantadora que terminó de desarmar al deseoso. En el poco rato que llevaba con él ya le había hecho una radiografía de por dónde iban sus deseos; Ulpiano Montes García, un solitario que se recocía en unos silencios tan largos como sus miradas recorriéndola de abajo a arriba y que ella sabía esquivar con tanto arte como torpeza ponía él en el empeño, era una presa fácil para la experimentada agente.

—¿No conoces algún sitio cerca de aquí… que sea discreto? —insistió ella tomando el timón de la cita.

Ulpiano no contestó; simplemente apuró su coñac y apagó el cigarrillo en el cenicero.

—Claro que sí, Iris. Sé de un sitio que te gustará —explicó muy decidido mientas dejaba en la barra dos billetes de cien pesetas—. Vámonos.

Ulpiano Montes y su acompañante salieron del local y montados en el topolino se dirigieron a una pensión a poco más de un kilómetro, construida al borde de la carretera y con balcones al mar donde el transportista era conocido de sobra porque alquilaba con frecuencia una habitación allí para pasar el rato, y si era fin de semana la noche entera, con alguna de sus amantes ocasionales. Si María no quería usar El Edén para su plan, y ello por prudencia y seguridad dado lo que llevaba en la cabeza, él tampoco quería acudir al hospedaje de Crescencio y Mimí, de hecho casi nunca lo hacía, por una razón bien distinta: una cierta discreción. Tras tomar la llave y siendo poco más de las once y media de la noche, la pareja se encerraba en una habitación en el primer piso.

No tardó demasiado Ulpiano en acudir al ritual que le había llevado allí; enseguida reclamó lo que creía suyo y lo hizo a su manera, sacando doscientas pesetas de su cartera que depositó en la mesilla de noche sin decir palabra. María miró el dinero, los dos billetes solitarios al lado de un cenicero de cristal mellado, torció el gesto sin que el otro reparara y pasó al baño para desnudarse mientras, quien se creía dueño de sus favores, dejaba su ropa escrupulosamente ordenada en un galán de noche que hacía las veces de mudo testigo de madera, observador de lances sin nombres y sin palabras, que daba crónica secreta de las miserias humanas, de historias de explotación y abandono, que impregnaban aquellas cuatro paredes. «Cuántas mujeres habrán sufrido aquí humillación sin más excusa que su necesidad» se dijo María recordando unas palabras de Alejandra Kollontai cuando explicaba que la hipócrita moral de la sociedad burguesa fomenta la prostitución mientras cubre con desprecio a cualquier mujer que se vea forzada a tomar ese camino. Aquella noche, María Millán, convertida en María Sliva, estaba dispuesta a transitar esa senda a cambio de obtener una información vital para su misión. Aquella noche, desnuda de todo salvo de sus ideales en el corazón y su cuerda de piano en la muñeca, María Sliva iba a ejercer de némesis reparadora, de hija de la noche y guardiana de la expiación de tanta injusticia contra las mujeres más desfavorecidas, perpetrada en habitaciones tan sombrías como aquella, que olían a sudor rancio y angustia.

La danza amatoria, contratada por unas horas, permitió que el instinto insatisfecho del solitario transportista bailara al son de su apetito, mientras María asistía a ella como si no estuviera allí, como si su presencia en el lecho fuera una representación imaginada donde jugar sus bazas de mujer para controlar a un varón deseoso y malcontento. Tenía instrucción de sobra para encandilar al putero y serenidad bastante para fingir lo que se esperaba de ella; su experiencia de dolor, abandono y sufrimiento, incluso su instrucción en la URSS, coadyuvaban a que este lance supusiera para ella una forma de catarsis, un descenso al averno a fin de encontrar la luz que le llevara a su objetivo. Con esas armas, con esa intención y con los consejos de Caridad Mercader y África de las Heras, llevó a su amante a cimas de placer que el transportista nunca hubiera imaginado. María tomó a aquel hombre de la mano y le hizo conocer el jardín secreto de las huríes que premiaban la entrega en sacrificio.

—Eres una amante excelente, Iris —reconoció Ulpiano cuando, extenuado por un placer percutiente que María sabía extender hasta donde quisiera, se abandonó sobre el lecho, tras cobrarse el placer que creía haber pagado.

—Desde pequeña fui una niña muy rara —dijo ella sin apenas mover los labios.

Apenas la luz de una lámpara capuchina en la mesilla iluminaba, aunque poco, aquella habitación tan destartalada como impersonal. Su reloj de pulsera, la única prenda que vestía junto con su inseparable pulsera de acero, marcaba las dos y cuarto de la madrugada.

«Todas las habitaciones de hotel son iguales; solo cambia el precio», pensó incorporándose de la cama mientras miraba a su alrededor como si todo lo que veía le quedara muy lejos. Papel pintado en las paredes, viejo como el edificio y con algunas esquinas ya levantadas, un techo de escayola deslucido por el humo de tantos cigarrillos que se habían consumido allí durante años, pesados muebles de falsa caoba barnizados en un oscuro severo y frailuno, una colcha que alguna vez tuvo el lustre de nueva y un par de alfombrillas a pie de cama tan simuladas en su apariencia como desacertadas en su dibujo, eran lo principal del pobre atrezo de aquella estancia en un modesto hotel provinciano.

—Yo no te veo rara… —apuntó su compañero de cama creyendo que eso era un elogio y que debía de decirlo en aquel momento.

—Porque ya no soy una niña —contestó interrumpiéndole sin darse la vuelta mientras tomaba un cigarrillo de un paquete mediado de rubio americano que había sobre un aparador que pretendía hacer las veces del tocador. Por el espejo pudo ver que su circunstancial amante se incorporaba sobre las almohadas para observarla sin recato, entornando los ojos como deslumbrado por su espléndida figura; pareciera muy satisfecho por encontrarse allí en compañía de una mujer tan espectacular. Ella encendió el cigarrillo mientras cruzaba en el deslustrado azogue su mirada con la del hombre y después, sin contestarle, desnuda y descalza, erguida y altiva, salió a la terraza de la habitación. María era una mujer esbelta y fuerte, de piel morena y ojos negros que llevaba el pelo, bruno y crespo, suelto sobre los hombros, cubriéndole el cuello.

La terraza, poco mayor que un balcón y que tenía fundida la bombilla que debiera iluminarla, daba al paseo marítimo de aquella pequeña población costera y, a esas horas en que la noche sin luna era más negra porque enseguida apuntaría el alba, apenas se sabría del mar si no fuese por las farolas que le alumbraban como unos hilillos temblorosos, el ruido de las olas al descargar suaves en la orilla y el aroma salobre que todo lo impregnaba.

María Millán, que para su cliente solo era Iris, una cabaretera recién llegada, pero que le estaba prestando el cuerpo a María Sliva, se inclinó sobre el peto, apoyando los codos en la albardilla y dio una calada al cigarrillo mirando hacia el horizonte, hacia el sur. Un viento ligero y templado que venía de África se llevó el humo hacia el interior de la habitación y le acarició la piel, cosa que agradeció para limpiarse del olor a moho de una estancia donde llevaba ya más de tres horas encerrada. El viento, al peinarle la melena con sus dedos de aire húmedo, descubrió una cicatriz blanquecina tras la oreja derecha que ella procuraba disimular con un poco de maquillaje. Estaba tranquila, muy serena, como si de desdoblara de sí misma y se fuera al viento para contemplarse desde fuera de su cuerpo, como si no se reconociese, viendo como minúsculas partículas blancas de salitre se formaban sobre su piel desnuda y el cabello se retiraba de su frente mecido por la corriente de aire. Esa percepción de estar fuera de sí, esa forma de alucinación luminosa, era una sensación placentera incluso y ya recurrente desde hacía diez años, cuando todo empezó otra vez para ella y aprendió a controlar sus emociones, sus silencios y su apariencia, cuando aprendió a construirse cada mañana.

Se encontraba en ese particular estado de ataraxia tan gustoso y tan íntimo cuando sintió una caricia en su espalda y que los brazos del hombre la tomaban de los suyos mientras sus labios la besaban en el hombro, junto a la base del cuello. Esas sensaciones no esperadas ni deseadas la devolvieron en parte al estado de vigilia, sin por ello despedirse del distanciamiento que le era tan agradable; María Sliva volvió a encarnarse en Iris y María Millán se retiró por un momento. Permaneció inmóvil y con la mirada fija en un horizonte que aún no se dibujaba cuando sintió que la virilidad inhiesta del hombre rondaba inquieta entre las medias lunas de sus nalgas.

—¿Te gusta así? —preguntó Ulpiano con la voz entrecortada por el deseo y un acento en la palabra que colocaba lejos su lugar de nacimiento.

María no le respondió.

No lo esperaba, al menos en ese momento que se había reservado para ella misma, pero decidió permanecer inmóvil, distante, dueña de su quietud ausente pero dispuesta a reaccionar cuando lo decidiera; no quería anticipar ni modificar el curso de las cosas. Esperaría; solo ella sabía el guion de aquella historia. Percibió como algo muy lejano, incluso incómodo por inoportuno, los gemidos y las afanosas maniobras del hombre procurándose placer egoísta en sus entrañas. Durante esos minutos de silencio, que ella no quiso medir ni sentir, que ni siquiera vivió, estuvo reclinada en su mundo interior y secreto, tan lejano de esa habitación de hotel, de aquella playa mediterránea y de los irregulares espasmos de quien tras ella pretendía un placer ansioso. Su mundo secreto era su única realidad, su único refugio, su sacramento, la única verdad que conservaba junto con los recuerdos tan felices de su infancia, de su familia ya desaparecida, de Jules, de Inessa. Cuando sintió que todo había terminado para el torpe e impaciente dueño de sus molestias y que el vaho jadeante de su aliento garduño maculando la piel de su cuello recuperaba el resuello, escuchó de nuevo su voz y ella se aprestó diligente, pero sin ninguna señal que lo indicase, a lo que correspondía.

—¿Te ha gustado? —era la pregunta clásica e impertinente de un macho orgulloso en una situación así, tan cercana a la violación.

María no le respondió tampoco ahora, pero aquellas palabras la hicieron encarnarse nuevamente en su tarea, en lo que la había llevado allí.

—¿Estás bien? —repreguntó él, insistiendo, sorprendido por su silencio; se tenía por un buen amante y le gustaba que sus compañeras de lance se lo celebrasen.

—Yo sí... —contestó al cabo de un rato en que permaneció inmóvil.

Tras decir eso ella se dio la vuelta despacio y le miró muy fijamente. Toda su musculatura se fue tensando poco a poco, de manera inapreciable para cualquiera que pudiera estar observando. Sus párpados se entornaron levemente, inspiró, esbozó una sonrisa y pasó su brazo izquierdo por los hombros de su acompañante sujetándole con fuerza el cuello y la base del cráneo; pareciera que iba a besarle con pasión. Él, orgulloso y satisfecho, también sonrió a la espera de su premio.

—Pero tú no..., canalla —terminó de aclarar ella.

Entre la primera y última sílaba de aquella revelación, y con una velocidad y potencia inesperada, el cuerpo de la mujer reaccionó como liberado por un resorte y ocurrió que el puño de María golpeó con fuerza la sien derecha del transportista con la violencia suficiente para provocarle una leve conmoción cerebral por traumatismo parietal que le hizo perder el conocimiento al instante. Era un golpe que exigía rapidez, precisión y el justo empleo de fuerza, algo que había aprendido bien en su instrucción de técnicas de combate a mano desnuda.

El cuerpo cayó al suelo desmadejado y en su cara conservaba una sonrisa estúpida y satisfecha que no le dio tiempo a cambiar, la propia de un macho que creía haber dominado a su hembra, pero en los ojos, abiertos como platos, se había quedado dibujada la sorpresa que pudo sentir cuando se vio enfrente del puño que se dirigía a su cabeza.

María Millán, convertida ahora en María Sliva, arrastró el cuerpo al interior de la habitación y sacó del bolso un pañuelo de seda con el que maniatar por la espalda a Ulpiano Montes mientras seguía inconsciente y lo mismo hizo inmovilizándole las piernas mediante el nudo de una toalla del baño en sus tobillos. Después le arrastró hasta apoyar su espalda en el lateral de la cama y le ciñó al cuello la cuerda de piano mientras ella se sentaba en la cama a sus espaldas sujetando con las manos el mortal instrumento. Hecho eso esperó a que su amante de lance recuperara el conocimiento, cosa a la que ella ayudó vertiendo sobre su cabeza un vaso de agua fría.

—¿Eres Ulpiano Montes García? —preguntó ella cuando apreció que movía la cabeza y recuperaba el conocimiento.

El putero sorprendido, y más al verse en aquella situación postrada, quiso reaccionar con un grito que se le cortó en la garganta cuando el cable de acero se apretó sobre su cuello.

—No grites o te degüello aquí mismo, Ulpiano.

El transportista escuchaba aquella voz pausada y serena, ciertamente fría, cuyo aliento recibía en la nuca y sintió miedo, mucho miedo. No podía ver a su opresora, pero sí notaba el calor de sus piernas aprisionándole los costados. Esa técnica era también parte del aprendizaje de María Sliva, pues ella misma se había sometido a varios interrogatorios en aquella situación cuando la entrenaron en la URSS para evaluar su resistencia.

—¿Vas a colaborar? ¿Vas a contestar a lo que te pregunte? Asiente con la cabeza si estás de acuerdo.

Esas preguntas las hizo sin aflojar la presión de la cuerda de acero sobre el cuello de su presa. Un gesto con la cabeza asintiendo fue la respuesta. María percibió que Ulpiano, desquiciado, desconcertado y vestido solo con su miedo, había comenzado a orinarse manchando la alfombra donde asentaba sus posaderas.

—Escucha con atención…; voy a aflojar un poco el cable para que puedas hablar y respirar. Si gritas o intentas zafarte te seccionaré en un instante las arterias del cuello y morirás desangrado como un cerdo y en asfixia. ¿Lo has entendido?

—Sí, Iris —balbuceó un aterrado Ulpiano, que no se imaginaba qué podía querer aquella mujer; desde luego no era robarle, cosa que ya podría haber hecho.

—¿Estuviste en el aeropuerto de Barcelona la madrugada del 19 de abril de 1945?

—No me acuerdo...

Un tirón del cable sobre su carótida le suspendió en la respuesta. El miedo atenazó a Ulpiano Montes; apenas podía respirar.

—¿Estuviste en el aeropuerto de Barcelona la madrugada del 19 de abril de 1945? —repitió María Sliva

Un gesto afirmativo con la cabeza fue la respuesta. Nunca hubiera imaginado que aquel fuera el interés de su captora.

—¿Quién te envió?

Como Ulpiano Montes no respondiera, un tirón del cable le hizo sentir el peligro que corría.

—Me envió la empresa, mis jefes, el señor Berger y el señor Dávila —dicho eso, el cable aflojó su tensión.

—¿Para qué?

—Tenía que hacer un transporte —respondió de inmediato.

—¿De qué?

—Nunca lo he sabido; a mí me dijeron que tenía que recoger la carga de un avión. Solo me explicaron eso.

María volvió a tensar un poco la cuerda de piano para que el cautivo se diera cuenta de que una mentira le podría ser mortal.

—¿Quiénes iban en ese avión?

—No lo sé; a mí me estaban esperando al pie del avión dos hombres que llevaban monos de vuelo y otro que vestía de civil.

—¿Españoles?

—No..., creo que los del mono no eran españoles; hablaban alemán con el otro hombre, que era quien me daba las órdenes.

—¿Llevaba alguna insignia el avión?

Una aspiración profunda pareció retrasar la respuesta. María volvió a aflojar la cuerda de piano.

—No, ninguna. Solo puedo decir que era enorme; nunca había visto uno tan grande, tenía cuatro motores en cada ala y estaba pintado como si fuera de camuflaje.

—¿De dónde venía?

—No lo sé, pero me imagino que de algún lugar de Alemania; era un Junker.

—¿Cómo sabes tú que era un Junker?

—Porque me lo dijo el español, que parecía que entendía de esas cosas.

—¿Sabes quién era?

—No, ni lo pregunté, pero por la pinta parecía policía. Me fijé que llevaba una pistola debajo de la chaqueta y el yugo y las flechas en la solapa.

—¿Qué recogiste de allí?

—Era mucha carga. Los jefes me dijeron que llevara seis camiones, pero si hubiera sabido lo que pesaba aquello hubiera llevado dos más.

—¿Cuánta carga?

—Cincuenta cajones grandes de madera.

—¿Algún distintivo en las cajas?

—Solo una R mayúscula en todas ellas, la esvástica... y un número detrás.

—¿Cuál era el destino de la carga?

—El albarán que me dio la empresa decía que había que entregarlo en Zaragoza.

Eso ya lo sabía María porque en la ficha que había de ese servicio en la oficina de Madrid y que motivó la vigilancia sobre Ulpiano Montes se especificaba aquel destino, pero no se detallaba cuál era la dirección exacta del punto de entrega.

—¿En qué lugar?

—No lo entregamos en Zaragoza; mis órdenes eran desviarnos a otro destino —reconoció Ulpiano que deseaba salir de aquello lo mejor parado posible y comprendía que solo diciendo la verdad tenía alguna oportunidad.

Esa respuesta, que María no esperaba, aumentó el interés de la oficial del NKVD. Que los dueños de Transportes Dávila no quisieran registrar el lugar de la descarga era señal de que la misteriosa mercancía tenía que ser protegida. «Querrían esconderla» pensó al escucharlo de boca del que parecía tener todos los datos del encubrimiento.

—¿A dónde?

—A un lugar muy apartado... a un castillo en ruinas.

—¿Quién decidió el lugar?

—Mis jefes me dijeron que eso me lo explicarían los que nos acompañaron.

—¿Quién?

—El que hablaba español.

—Explícame eso… y no te dejes nada en el tintero. Lugar, trayecto, fecha, hora… todo lo que recuerdes.

En el deseo de que terminara cuanto antes aquella pesadilla, Ulpiano Montes explicó que el convoy se dirigió hacia Tarragona pasado El Vendrell, huyendo de un camino directo a Zaragoza, y que cinco horas después, tras atravesar Calanda, llegaron al municipio turolense de Peracense y desde ahí al castillo, una derruida y abandonada edificación militar asentada sobre una prolongación rocosa rodena, muy escarpada, que se ofrecía en la terminación sur de Sierra Menera, junto al cerro de San Ginés.

—¿Os acompañaba alguien de los que viajaron en el Junker?

—Durante todo el viaje nos siguió un coche con tres personas —fue cuanto pudo explicar.

—¿Quiénes eran?

—No lo sé —un apretón en el cuello fue la respuesta de María.

—¿Seguro?

—No lo sé —insistió él—. Parecían extranjeros, creo que alemanes. Uno de ellos hablaba español y era el que nos daba instrucciones que recibía de otro que parecía el jefe, un tipo muy alto que vestía de civil.

—¿Y luego?

—Me indicaron que dejara la carga a los pies del castillo de Peracense en las ruinas de la ermita de la Villeta donde había una gruta que podía esconderla. Es una zona despoblada que nadie visita… y eso es lo que hicimos. Después tapiamos con rocas a hueso aquella oquedad y los del coche desaparecieron; se fueron por donde habían venido.

—Los que os acompañaban en el coche… ¿se quedaron allí?

—No, se fueron inmediatamente por donde habíamos llegado.

—¿Y vosotros os fuisteis de vacío a Zaragoza?… No me lo creo.

—No, claro que no —respondió Ulpiano cuando le faltó el aire.

—¿Entonces? —otro apretón de la cuerda de piano pretendía refrescarle la memoria.

—Fuimos a unas instalaciones mineras cercanas, a Ojos Negros, para recoger material de desecho, chatarra de maquinaria minera que no estaba en uso de puro vieja, para llevarla a fundir a Zaragoza. La entregamos en la fundición Averly diciendo que el material venía del puerto de Barcelona. Es lo que decía el albarán de entrega.

—¿Y eso es todo?

—Eso es todo, Iris; te lo juro.

—¿No se te olvida nada?

—Nada… Te doy mi palabra.

María aflojó la cuerda que rodeaba el cuello del transportista.

—Está bien, Ulpiano. Has cumplido y te has portado bien.

El pobre hombre, que no podía comprender el interés de la cabaretera en aquel viaje respiró aliviado, y más cuando ella se bajó de la cama para quitarle el lazo mortal que le dificultaba la respiración.

Una vez que le liberó del fino collar de acero se arrodilló desnuda delante de él y se le quedó mirando sin ninguna expresión en el rostro. Él seguía maniatado y con la espalda apoyada en el borde de la cama.

—¿Estás bien? —ahora fue ella la que hizo esa pregunta.

—Sí, creo que si —respondió Ulpiano.

Fueron sus últimas palabras, porque María, con la palma abierta de su mano derecha y sin que él lo esperara, le golpeó con fuerza la nariz, de abajo a arriba y con precisión quirúrgica le hundió en el cerebro el hueso esfenoide, ocasionándole una muerte inmediata.

María se alejó del cadáver como si nada hubiera ocurrido y nadie estuviera con ella en aquella habitación oscura y volvió a su posición anterior, acodada sobre la balaustrada, sintiendo el aire y el salitre sobre su piel desnuda y con la mirada expectante fija en un punto del horizonte que la luz no había dibujado aún. Y así permaneció, serena y curiosa, como si ella misma fuera parte del paisaje, hasta que una incipiente claridad anunció poco a poco el amanecer y, enseguida, un rayo de luz solar dibujó por fin el horizonte, donde agua del mar y el aire de los cielos se dieron la mano para expulsar las tinieblas de aquella noche sin luna ni firmamento. Eran las siete en punto de la mañana en su pequeño reloj de pulsera cuando volvió a entrar en la habitación y movió el cadáver desnudo y sentado de Ulpiano Montes García para depositarle en el suelo, boca abajo, como si se hubiera golpeado al tropezarse con la desgastada alfombra que colocó arrugada debajo de su pie derecho. Después hizo la cama para que pareciera que no se había usado.

Antes de salir de allí, cosa que hizo sin que nadie reparara en ello porque se descolgó por la terraza apoyándose en unas entrecalles de la fachada enfoscada y aprovechando que aún no había nadie por la calle, devolvió las doscientas pesetas a la billetera del muerto.

«Ya lo siento, Ulpiano —María Sliva había cedido su cuerpo a María Millán—. Estuviste en el sitio inapropiado y supiste lo que no debía saberse. Has muerto en una guerra sin límites ni uniformes. Paz a ti», dijo para despedirse de su víctima.

Horas después, tras pasar por la pensión, María volvía a Madrid en autobús.

Tenía lo que había venido a buscar.

— 26 —

Investigación y confidencias

Hotel Solymar y restaurante El Comunista. Málaga y Madrid.
20 de junio de 1949.

—¿Y me dice usted que allí no había nadie?

—No, señor comisario —respondió el conserje al que no le llegaba la camisa al cuello.

Llevaba ya más de tres horas en comisaría y no paraban de repetirle las mismas preguntas una y otra vez, y ya era la tercera, desde que le metieron allí entre dos guardias de la policía armada y un subinspector de la Secreta al poco de descubrirse el cadáver.

—¿Quién encontró el cuerpo?

—Fue la limpiadora —volvió a explicar—. Eran ya las diez y creyó que don Ulpiano ya había salido y por eso entró a hacer la habitación.

El cadáver de Ulpiano Montes García, administrativo de profesión, había aparecido desnudo en la cama de la habitación 14 de la pensión Solymar cuando fueron a limpiar la estancia. Según el forense, que acudió al levantamiento del cadáver por orden del juez, podía haber fallecido por un accidente fortuito. A decir del galeno bien podía haberse escurrido por el rocío que humedecía el piso de la terraza cuando salió a fumarse un cigarro, encontró una colilla en el suelo de la balconada, y resbalarse al trastabillar con la alfombra dando con sus huesos en el suelo procurándose, y esa era la desgracia, un fuerte impacto con la nariz en el suelo que le causara la muerte, «que la nariz es un sitio muy delicado y ese golpe es muy malo… y este señor la tenía muy grande» abundaba el forense. Un hilo de sangre saliendo de su nariz apuntaba esa hipótesis. El forense no les dio importancia a las señales en el cuello y las muñecas del occiso. «Ya se sabe que los puteros, a veces, hacen cosas muy raras que no harían en su casa; si yo les contara» argumentó para quitarle importancia a las señales de la tortura.

—¿Por qué pensó esa mujer que don Ulpiano ya se había ido?

—Porque ese cliente siempre sale de la pensión a muy primera hora. Siempre antes de las ocho.

—¿Y se va sin pagar? ¿No pasa por recepción?

—Don Ulpiano siempre paga al entrar, mientras relleno la ficha que luego les mando a ustedes. ¡Ah!… y siempre deja una buena propina.

Montes, al parecer de lo que explicaba el acongojado recepcionista, era un hombre de costumbre y todos los viernes, o los sábados, a eso de las once de la noche se dejaba caer por el Solymar acompañado por alguna dama, que cada semana era distinta, y en ningún caso de su familia.

—¿Pasó algo esa noche?

—¿A qué se refiere, señor comisario? —el conserje no podía esconder que era gallego.

—Que si pasó algo ra-ro —recalcó el policía—, algo distinto a las demás noches.

—Me imagino que pasaría lo que todas las noches… lo normal.

—¿Qué es lo normal? —el funcionario del Cuerpo Superior empezaba a exasperarse.

—¿Quiere que se lo explique, señor comisario? —preguntó el conserje con ojillos de pícaro.

—No, déjelo; mejor déjelo. Vayamos al asunto…

Antes de levantar el cadáver, pero cuando ya se sabía quién era el difunto, él mismo procedió a la inspección del lugar de lo que aparentemente era un simple accidente con resultado mortal. Lo que llamó su atención es que allí no hubiera huella ni señal alguna de la presencia de una mujer en la estancia; ni siquiera la cama parecía deshecha por el uso de dos personas ni las toallas del baño usadas por nadie que no fuera el difunto.

—¿Dice usted que de allí no salió nadie? —preguntó mientras releía por tercera vez la declaración que Celso había hecho ante el subinspector que se le trajo del hotel cuando apareció el cadáver.

—No, señor comisario.

—¿En toda la noche… no salió nadie de esa habitación? —insistió el funcionario de la Criminal. En el expediente figuraban ya tres declaraciones, la del conserje, la de la empleada de la limpieza y la del encargado del bar de la pensión, que insistían en que el difunto entró en el hotel en compañía de una dama «muy llamativa», decía el del bar, «demasiado pintada», decía la de la limpieza y «muy alta» decía el de recepción que era muy bajito.

—No, señor comisario.

—¿Quién estaba de guardia en la recepción esa noche?

—Yo, señor comisario; soy el único que está aquí de noche. Este negocio no da para más.

—¿Y no vio a nadie? —insistía el funcionario.

—No, señor —repetía el encargado.

—¿Cómo era la dama que acompañaba esa noche a don Ulpiano Montes?

—Uf... una mujer de bandera, señor comisario —admiró el empleado del hotel, que era bastante exagerado—; como Carmen Miranda, la de las películas, morena y muy alta... muy, muy alta.

—¿Cómo de alta? —al comisario Torreblanca le sorprendía tanta insistencia sobre la estatura de la dama.

—Muy alta... ya le he dicho: muy alta —quiso repetir el conserje que apenas levantaba poco más de metro y medio.

—¿Había venido antes con ella? —Torreblanca cambió de tercio.

—No, señor; no era de las habituales.

—¿Habituales?

—Sí, señor comisario, las chicas del club El Edén, un sitio de toda confianza.

—O sea... que esa noche el señor Montes iba acompañado por una chica nueva que usted no conocía de nada.

—De nada —remachó el conserje.

—O sea, recapitulemos: entran dos personas en el hotel, usted las ve; suben a una habitación, usted lo ve; pasan allí la noche, usted lo dice; no sale nadie de allí, usted insiste, pero luego el caballero aparece muerto... y la dama se desvanece en el aire.

—Pues... algo así debió de ser, señor comisario.

—¡No diga usted más gilipolleces!

—Es lo que hay... Yo no creo en meigas, pero...

—¡Retírese! —le interrumpió el policía a punto de perder los nervios.

El comisario despidió con mirada criminal al elíptico y sinuoso conserje, que salió de allí mascullando sus cosas, y después, ya solo en su despacho, se atusó el cabello, encendió un cigarro y se sirvió un coñac de la petaca que guardaba en un cajón del escritorio.

El dichoso asunto no hubiera llegado a sus manos y se hubiera quedado en un mero accidente desafortunado con resultado de muerte casual si no fuese por la condición del accidentado, cuya verdadera posición conocían muy pocas personas, y el misterio añadido de la dama evanescente.

Ni siquiera el forense pudo poner en claro cuál había sido el motivo de la muerte ya que todo apuntaba a un accidente, un mero resbalón. Si no fuese porque el conserje no paraba de referirse a la enigmática acompañante, «tan alta», de la que no quedó rastro alguno en el dormitorio, la cosa no hubiera pasado de ahí, aunque fuese inexplicable que el encargado de un próspero negocio de la plaza se alojase en una pensión barata para pasar la noche solo y que allí, por casualidad, tuviese un accidente mortal. Demasiado ridículo y más sabiendo de la afición del muerto a las mujeres de lance, pero esa era la versión que se pretendía fuese oficial. De hecho, él había aparecido en la investigación por mandato del gobernador civil, un falangista experto en nada, que le requirió con urgencia y muchísimo misterio para encomendarle que cerrara «ese desagradable asunto» cuanto antes. «En Madrid, ya sabes, están muy preocupados», argumentó, mentiroso, el gobernador, señalando el teléfono de su mesa oficial como razón última y primera de su encargo. Por supuesto que, *en Madrid,* el asunto, que no se sabía, de conocerse importaba un carajo.

Al comisario no le valía esa chusca explicación del accidente fortuito del huésped solitario; él sabía bien que Ulpiano Montes era socio de su jefe, y de otros gerifaltes de azul, en el mercado del contrabando de mercancías. La agencia del muerto era tapadera para el almacén y reparto de productos que entraban por el puerto de Málaga y después, gracias a la complicidad de un jefe de Abastos que le debía el cargo al gobernador civil y partía peras con el jefe de policía, se alimentaba el canal del estraperlo. Ni al gobernador, ni al jefe de policía, ni a los de abastos les interesaba que el nombre de Ulpiano Montes se aireara mucho, y menos aún si la noticia era que había aparecido muerto de mala manera en un sitio de mala nota. Ulpiano Montes García, un tipo vulgar al que nadie conocía en Málaga, podía ser el hilo por el que llegar a un ovillo que enredara a demasiada gente principal. Había que cerrar ese caso de inmediato; esa era la instrucción del gobernador. «Ulpiano se fue de putas, iría cocido y se dio una hostia en los morros que le dejó frío» explicaba a gritos la primera autoridad provincial. «Tú di eso… y carpetazo», concluía el jefe provincial del Movimiento que le tenía más miedo que a un nublado a que su ministro se enterara de sus enjuagues con el muerto.

A Ildefonso Torreblanca, que tal era la gracia del comisario, el asunto le importaría un carajo y estaría dispuesto a cerrar el asunto como le pedía su jefe, sin más, si no fuese por la misteriosa dama ausente, y eso por prurito profesional, porque nadie le había pedido que se metiera en aquel jardín más que lo justo. El instinto de policía viejo le decía que a Ulpiano Montes le había liquidado su acompañante, pero no encontraba motivo. ¿Despecho?, ¿ajuste de cuentas?, ¿crimen pasional?, ¿asesinato por encargo?, todo era posible para el comisario; las actividades no confesables del difunto en el mercado ilegal y su habitual consumo de sexo por precio en ambientes bastantes turbios, donde no solo se traficaba con carne humana, abrían muchas posibilidades. Él había reparado en algo que el forense no calibró, una marca en el cuello, algo que el especialista liquidó en un pispás, «le debía apretar la corbata» apuntó el médico, cosa que al juez le pareció bien, pero a Torreblanca no. El policía estaba esperando los resultados de la autopsia para ver si se determinaban síntomas de asfixia como posible causa de la muerte. La prensa local, desde luego, no había recogido la noticia, fuese crimen o accidente, por expresa instrucción del inspector provincial de Prensa y Radio del Movimiento que, a su vez, estaba a lo que le ordenase su amo, el gobernador civil y jefe provincial del Movimiento. La prensa de Madrid, tampoco.

La noche del domingo, cuando llegó a su casa de La Ventilla, María telegrafió a Moscú lo que supo por boca de Ulpiano Montes. Relató que un Junker había llegado a Barcelona procedente de Alemania la madrugada del día 19 de abril de 1945, que la tripulación era alemana, los pasajeros también y que había policía española estaba esperando en pista la llegada, que ese avión traía mucha carga en cajones precintados y que el convoy al mando de Ulpiano Montes se había despistado para esconder la secreta carga en un paraje perdido del Maestrazgo, cuya localización se reservó la agente en aquella transmisión. De los viajeros y la tripulación no se sabía nada; desaparecieron del aeródromo después del traspaso de la carga. María no quiso concluir con lo que sospechaba: que Kammler había viajado en ese vuelo; todavía no tenía prueba de ello.

A la mañana siguiente, el lunes, poco después que María entrara a su trabajo en la calle Méndez Álvaro, llegaba a la mesa del comisario

Torreblanca el informe provisional de la autopsia que practicó el forense el domingo por la tarde en el depósito de cadáveres de Málaga. La causa de la muerte era un traumatismo frontal que había provocado el hundimiento del esfenoides y por lo tanto el óbito inmediato del sujeto, también se explicaba que no había síntomas de asfixia, pero sí unas marcas en la parte anterior del cuello, sobre la glotis, que podían ser señal de un intento frustrado de estrangulamiento. Se apreciaba un alto índice de alcohol en sangre, no se marcaban restos de estupefacientes y también relataba el informe que el sujeto habría mantenido relaciones sexuales, por los restos de esperma encontrados en el cadáver. La conclusión era que Ulpiano Montes había fallecido de muerte accidental provocada por una caída inesperada tras un tropiezo con la alfombra, tal vez debida al alto consumo de alcohol, que le ocasionó un fuerte golpe en la nariz con resultado mortal. El asunto quedaba zanjado a efectos forenses, pero a Torreblanca le faltaba aclarar quién era la misteriosa compañera sexual del Sr. Montes. Esa mañana pensaba visitar El Edén para indagar si alguna de las chicas del local había sido su acompañante en la noche de marras.

Cuando María salía de la oficina, cerca de las ocho de la tarde del lunes, el comisario ya tenía localizada, más o menos, a la dama misteriosa. Tras visitar El Edén después del almuerzo y habiendo citado allí a Crescencio Cuesta y a Virtudes Gracia, alias Mimí en su ficha policial, estos reconocieron al policía que la noche de autos se había estrenado para el alterne en el local una chica nueva que les venía recomendada por Julián Cabaña, «nuestro taxista» aclaró Mimí muy orgullosa de su condición de empresaria. Torreblanca llamó a comisaría desde El Edén y pidió antecedentes del tal Cabaña. En media hora, mientras se tomaba un café con los dueños del negocio, tenía detalle del individuo, un prenda. «Hurtos menores, contrabando y proxenetismo» eran las perlas que adornaban su ficha, pero no había cumplido cárcel y todo aquello lo había saldado con multas y alguna noche que otra en el calabozo; lo que le salvaba al del taxi era su condición de confidente de los servicios de información de Falange Española, que al final siempre le sacaban del atolladero. «Si no fuera por los taxistas, las putas, los porteros y los curas, estaríamos más ciegos que un topo en la madriguera», pensó el comisario, un tipo que tenía las manos bastante limpias y que se desempeñaba como burócrata policial sin meterse en más charcos. En aquella España se cruzaban los servicios militares de información, el SIPM; la brigada político-social, la BPS; la policía criminal conocida por la Secreta; el servicio de información de la Guardia Civil; el servicio de información e investigación de Falange Española, que había dirigido el conde de Mayalde y que tenía más de diez mil confidentes con un archivo de cinco millones de fichas y tres millones de expedientes; y por si faltaba algo, circulaban los «certificados de buena conducta» que emitían los párrocos, informando sobre el cumplimiento de sus feligreses de las Normas de Decencia Cristiana y los informes periódicos de capellanes castrenses y penitenciarios. Una red, a veces inextricable, que ataba todas las conductas en un estado general de sospechas y delaciones. Requerido el Cabaña, así se le conocía al taxista en el mundo de la noche, lo más que pudo declarar fue que había llevado a El Edén a una señorita que recogió en la pensión Bocanegra, cerca de la calle Larios, que «se llamaba Isabel Font y que parecía muy educada». «Muy guapa pero muy discreta; no parecía del alterne» explicó el as del volante, que tenía ojo para esas cosas. De la dueña de la pensión, doña Carmen, que era viuda de un sargento de Regulares que se apellidaba Bocanegra, y a la que visitó después, no pudo sacar el policía nada más en claro, salvo que la misteriosa joven se fue de allí el domingo por la mañana, después de devolver el traje, que pagó antes de irse, y que se había identificado con una cartilla de racionamiento expedida en un pueblo de Alicante. «Parecía muy buena chica, muy modosita; no tenía pinta de puta» señaló la del gremio de hostelería que sabía bastante de eso porque alquilaba también habitaciones por horas. Y con eso el comisario Torreblanca cerró el expediente. «Que la busque Rita... pero aquí hay gato encerrado; la historia huele fatal» se dijo antes de firmar su informe al jefe superior de policía de Málaga que se lo remitiría de inmediato al gobernador civil. Con «muerte accidental», como le habían pedido, remataba el comisario sus conclusiones. Eran las nueve de la noche del lunes, llevaba un mal día y quería llegar pronto a casa para cenar.

A la misma hora que Torreblanca entraba en su piso del barrio de El Limonar para cenar con su familia, María Millán cruzaba la puerta de un bar que daba comidas en la calle de Augusto Figueroa que tenía la fachada de madera pintada de rojo y que en el barrio se conocía por El Comunista, porque entre los parroquianos de antes de la guerra estaban sus vecinos de la ahora cerrada casa del Pueblo, aunque ahora aquella taberna pasaba por Casa Ángel. Había quedado allí a cenar con Martirio de la Pasión porque el local quedaba cerca de la pensión donde se alojaba la corista. Esa cita estaba concertada desde el martes anterior, antes de salir a Málaga. Había dos razones para que María hubiera dado el paso de llamar por teléfono a Martirio. La primera era que la granadina, por lo que pudo ver en Horcher, estaba introducida en unos circuitos que a ella le interesaba conocer; solo el haberse topado con Skorzeny en lo que luego pudo saber por Ramón era el *sanctasanctórum* de los nazis en Madrid era una pista a seguir si quería bucear en ese oscuro mundo, y Martirio podía ser otro camino distinto al de Botillas. La segunda era mucho más simple y más sincera; Martirio le había caído muy bien y enseguida intuyó que dentro de aquella mujer de apariencia frívola había una historia escondida tras la coquetería insustancial que aparentaba la *vedette*. Cuando Martirio escuchó que María la proponía salir juntas se alegró mucho y la ofreció cenar el lunes «porque no tengo función esa noche». Fue Martirio la que propuso el lugar de la cita: «Se come de rechupete, me pilla cerca de casa y después nos podemos acercar a Chicote, que está a dos pasos, a tomar una copa… ¿te parece?».

Martirio ya estaba en el bar cuando entró María. La granadina, que se estaba tomando un vino en la barra de estaño, tan antigua como el local, se había puesto sus galas para salir y encontrársela tan puesta le hizo gracia a la madrileña, que para la ocasión vestía de trapillo. La rubia, tan resplandeciente que atraía las miradas embobadas de casi todos los hombres del local, se fue a ella en cuanto la vio.

—María, cómo me alegro de verte —celebró sinceramente al darla un beso en la mejilla, con ese gesto tan típico en señoras de postín que es más un leve roce que un ósculo, no se vaya a estropear el maquillaje.

Los parroquianos no se perdían detalle porque María, pese a relumbrar menos, tenía una figura estupenda y tampoco pasaba desapercibida. «Mira, Blas, una rubia y una morena… la Casta y la Susana», le dijo uno de los asiduos a su compañero de mesa que no las quitaba ojo. «La Susana es la morena, ¿verdad?, porque la rubia… casta, casta… no parece», apostilló el otro.

—Manolo… ponnos una mesa para las dos —pidió la granadina al camarero de la barra, que ya la conocía de otras veces. Había tomado del brazo a su amiga y cruzaban el local como si desfilaran por una pasarela.

—Mi mejor mesa para dos reinas moras, señoritas —ofreció el de la barra señalando una que estaba cerca de la puerta. Manolo era un madrileño de Chamberí, castizo, de charla fácil, muy de requiebros, que parecía escapado de una novela de Arniches y que era un devoto de *La reina mora*, una zarzuela de los hermanos Álvarez Quintero con música del maestro Serrano, que era muletilla de su lenguaje.

—Yo trabajé en esa zarzuela cuando hicieron la película —confesó Martirio mientras se quedaban con la mesa.

—¿Qué papel hacías?

—Ninguno con frase; yo era una figurante —explicó Martirio—. Ten en cuenta que yo era una niña, tenía dieciocho añitos y acababa de llegar a Madrid —la *vedette* se refería a la versión para cine que dirigió Eusebio Fernández Ardavín.

—¿Cuándo fue eso?

—La película se estrenó en el 37 pero la rodamos en el 36, aquí en Madrid. Yo acababa de llegar de *Graná*.

—Entonces somos de la misma quinta —dedujo María que tomó nota de que su amiga se había quedado en Madrid durante la guerra—, porque yo nací en el 18.

—Ya somos muy viejas, María —lamentó Martirio con un mohín de coquetería y atusándose la melena rubia.

—Tenemos toda la vida por delante, Angustias —la animó María usando su verdadero nombre de pila.

En esto llegó el camarero con una frasca de vino tinto de Valdepeñas que dejó sobre el mantelito rojo de la mesa.

—¿Qué van a cenar mis sultanas?

—¿Qué nos ofreces, Manolo? —preguntó la corista haciéndose la interesante.

—Lo que hay, reina mora... ¿Elijo yo?

—Claro que sí —aceptó Martirio.

—Pues de primero tengo unas migas con uvas que están muy ricas; mi parienta, la Blasa, las borda... con su pimentón de la Vera y todo.

—¿Y de segundo? —preguntó María.

—Tengo croquetas de pollo sin pollo, que también le salen muy bien.

—¿Qué llevan? —María estaba intrigada, aunque ya se había acostumbrado por sus vecinas de Hierbabuena a la cotidiana impostura culinaria. De ellas aprendió que se podían hacer tortillas sin huevos y hasta sin patatas, usando las mondas de naranjas para sustituir a las patatas y una mezcla de agua y harina para hacer las veces de huevo; que se podía hacer un cocido solo con garbanzos y hierbas del campo, y unas migas sin tocino ni chorizo tirando de bellotas para el apaño; que los cardillos podían aderezar las legumbres y que las tagarninas se podían guisar; que Cesárea hacía un bizcocho pasable con harina de habas y ralladuras de cáscara de limón, y que el café era siempre achicoria.

—Ese es un secreto de la Blasa, pero si no os lo digo no os dais ni cuenta —se justificó el tabernero.

—Mejor así, Manolo —sentenció la granadina que, pese a ser muy remilgada para las cosas del comer, había optado por aquello de que «ojos que no ven, corazón que no siente», y esa máxima la usaba no solo para la comida sino para muchas más cosas.

Antes de volver a la cocina, Manolo les sirvió dos vasos de vino y les acercó una cestita con trozos de pan.

—Hoy os tengo pan blanco, reinas mías; me lo han traído esta mañana —les explicó guiñando un ojo: se refería a que lo había conseguido del estraperlo. Bien sabía María de eso porque había ayudado a las hermanas en ese tráfico durante el mes de agosto en La Ventilla para sacarse unas pesetas.

—Por nosotras —dijo María cuando se quedaron solas ofreciéndole un brindis a su amiga.

—Por nuestros novios… que nos duren —remató la granadina.

—¿Tienes novio? ¿Es el que yo conozco? —María se refería al impresentable de la corbata chillona y la colonia maloliente que vio en Horcher.

—Qué va, ese ni es ni novio, ni es na; ese es solo un apaño. ¿No te dije que era de la cáscara amarga?, yo le tapo sus cosas y él me paga las mías. Yo tengo varios novios… de los de verdad, aunque solo un ratito cada uno.

—¿Varios?

—Una chica lista no puede poner todos los huevos en la misma cesta, amiga mía; ser decente es carísimo.

—¿Tú no eres decente?

—Yo soy un poco puta, María, para qué te lo voy a negar a ti, pero creo que soy muy buena gente. No hago daño a nadie, no me meto en líos y me busco la vida como puedo. ¿Eso es malo?

—Entonces, Angustias… ¡por nosotras y nuestros novios! —remató María chocando su vaso con el de su amiga admirando su sinceridad. Cada vez estaba más contenta de haber dado con ella; apreciaba que en aquella mujer había una inteligencia natural y un desparpajo del que podría sacar partido, como agente y como amiga.

Justo entonces llegó el tabernero con las migas.

—¿Qué les has echado, Manolo? —pregunto María, que tenía curiosidad por lo que su amiga no quería saber.

—Manteca de cerdo que me han traído de mi pueblo, unos pimientos verdes que me he apañado, ajos del pueblo de Blasa que nos ha mandado mi cuñado y pan de centeno. Las uvas son de Valdepeñas, de donde me mandan el vino.

—¿Llevan chorizo? —preguntó Angustias con remilgo.

—No, reina mía; para ponerte algo malo prefiero que mi parienta lo apañe con pimentón picante y trocitos de bellota. Te juro que todo es sano en esta casa.

La prevención de la granadina tenía fundamento porque en Madrid ya apenas quedaban gatos; se había vuelto a la costumbre de «dar gato por liebre» en muchas casas de comida y domicilios particulares. «Si eres cabrito, mantente frito/ si eres gato, salta del plato» se decía antes de comer. Los de las siete vidas las perdían todas de una vez cuando los cazaban a lazo para terminar en algún guiso casero, tras dejar su carne un par de noches al sereno para que se ablandase, tal era la escasez alimentaria en Madrid.

—Gracias, Manolo —respondió aliviada la corista.

—Las que tú tienes, reina mora —contestó el posadero orgulloso de su cocina. Las dos mujeres se pusieron a ello.

—Pues están buenas —celebró María tras probarlas la primera.

—¿Seguro? —insistió la granadina que no las tenía todas consigo.

—Te lo juro, Angustias; están de rechupete —sentenció la madrileña.

Y así, en silencio, dieron cuenta del primer plato y de un par de vasos de un vino peleón que manchaba los labios y era bastante ácido.

—Qué diferencia con Horcher, ¿verdad? —recordó la *vedette* cuando acabó con su plato.

—Pues a mí me gusta más este sitio; aquí hay buena gente, Angustias, gente como nosotras… y allí… —quiso insinuar María Millán.

—Allí solo va gentuza, María, gente de *malafollá* —la interrumpió endureciendo el gesto de la cara; por primera vez en toda la noche se le había ido la sonrisa de la boca—; si yo te contara…

—Cuenta, cuenta… —la incitó Mará Sliva que, poco a poco iba ocupando el sitio de María Millán.

—Si ya lo has visto tú misma; gente muy rara y muy canalla que en el fondo abusan de nosotras y de todo el que pueden. A mí me dan mucho *regomello*. ¿A ti no te costó esa cena un polvo con tu novio?

—Pues sí —mintió María que aquella noche había dormido sola en su casa.

—A mí, cuando me sacan, algo me cuesta... y casi siempre es lo mismo; ya te imaginas.

—Me imagino, amiga mía —concedió María para dar hilo a la cometa. En eso llegó Manolo con las croquetas.

—Veo que os ha gustado —celebró el tabernero mientras cambiaba los platos.

—Pues sí; estaban muy buenas; me han *encartao* —concedió Angustias.

—Pues las croquetas están de rechupete —anunció Manolo.

—¿De qué son? —intentó averiguar la escrupulosa.

—Ya te he dicho, sultana mía, de pollo sin pollo.

—¿Entonces? —preguntó Angustias que no se le iba la mosca de detrás de la oreja.

—La Blasa las apaña con calabaza y zanahoria muy picaditas y le echa un par de castañas en trocitos para el tropiezo, un poco de pimiento colorado, porque ahora ya no son rojos, y sal y pimienta para la bechamel. ¡Están de muerte!

—Venga con las croquetas —aceptó la granadina.

Unos vasos más de vino y las dos mujeres se pusieron a ello.

—¿Cuándo llegaste a Madrid? —preguntó María cuando llevaban los platos demediados.

—Ya te he dicho... al poco de empezar la guerra —dijo muy sería. Por segunda vez en la noche había perdido la sonrisa y María se dio perfecta cuenta.

—¿No quieres hablar de ello?

—No me importa; ya ha pasado todo... y ahora no hay nada que hacer. Te lo voy a contar... porque quiero fiarme de ti.

—Soy una tumba, amiga. Te lo agradezco —María hizo un gesto con la mano sobre los labios como si echara la llave de un candado.

—Yo llegué sola a Madrid porque me escapé como pude de *Graná* a finales de julio del 36.

—¿Qué te pasó?

—Que los falangistas fusilaron a mi padre, y a mi madre se la llevaron presa y yo me salvé porque cuando vinieron a por ellos yo estaba en casa de una tía mía que era muy beata y donde me enviaron mis padres el mismo día que se sublevaron los militares, el 20 de julio, para que no estuviera en el *follaero*.

—¿No se sublevaron el día 18?

—Son tan cobardes que en *Graná* esperaron dos días para ver que les había salido bien en Sevilla. Cuando supe que habían matado a mi padre, que le encontraron tirado en una cuneta y me lo dijo mi tía, decidí escaparme por Albolote con unos milicianos de la FAI camino de Jaén, que seguía en manos de la República, y de ahí saltar a Madrid que resistió en manos del gobierno leal a los nuestros.

—¿A los nuestros?

—Yo, entonces, tenía ideales, María... y mi familia era muy republicana —quiso explicar la granadina—. Mi padre, que era oficinista y se llamaba Melquiades, era del partido de Azaña... y mi madre, la pobre, era una buena mujer que solo veía por los ojos de mi padre.

—¿No tienes hermanos?

—Qué va, soy hija única. Por eso me escapé, porque si me quedo con mi tía en *Graná* termino en un correccional, como mi amiga Lourditas, que también perdió a su padre y la metieron a hostias en un colegio de la Sección Femenina que era peor que un convento.

—Ya lo siento —lamentó sinceramente María tomándola de la mano.

—Bueno... qué se le va a hacer, son cosas que pasan —dijo volviendo a clavarse la sonrisa en los labios.

María admiró el temple de la granadina y su capacidad para sobreponerse. «Yo, entonces, tenía ideales» fue la frase que se le clavó en el cerebro; era toda una declaración de principios. María Sliva decidió parar ahí su incursión por los sentimientos más reservados de su nueva amiga; no era cuestión de precipitarse.

—Están muy buenas las croquetas, María —dijo Angustias cambiando el tercio y rebobinando la conversación como si esas confidencias no hubieran existido.

—¿Y si son de rata? —quiso bromear María.

Martirio de la Pasión, venida al mundo como Angustias Fernández Requejo, se la quedó mirando muy pensativa y fingiendo un gesto de sorpresa dejó el tenedor en el plato como si la comida le repugnara.

—Pues también, qué leche; de perdidos, al río —reconoció al poco la granadina rompiendo a reír tras una pausa dramática que le quedó que ni bordada.

—¿Otro brindis? —ofreció la madrileña, rota en risas.

—Sí, claro; eso siempre... ¡Por las putas, las ratas y toda la buena gente que hay en el mundo!

—¡¡¡Por ellas!!! —correspondió a voz en cuello María Millán. Detrás de su espalda, María Sliva la miraba mal por escandalosa. «Esta chica se despista mucho; está bien instruida, es una buena agente, pero a veces se desmoña», rezongó bajito para que no la oyeran en Moscú.

Aquella noche, que terminó muy tarde en Chicote entre copas finas y flirteos que no lo eran tanto, María volvió a casa en un taxi con bastante alcohol en el cuerpo y una amiga nueva en el alma. Estaba contenta y Málaga le quedaba muy lejos.

— 27 —

El escondite

Castillo de Peracense, Teruel.
28 de junio de 1949.

El poderoso Hudson Commodore de Kammler había salido de Madrid a las seis en punto de la mañana. Los ocho cilindros del vehículo le proporcionaban 128 HP, tal vez demasiados para las deterioradas carreteras españolas. Su asistente personal, el teniente Karl Müller, conducía el automóvil en absoluto silencio. Kammler, en el asiento trasero del sedán, revisaba una carpeta con papeles que llevaba en su maletín de cuero.

Müller, que usaba un pasaporte suizo como el de su jefe y que le acreditaba como Karl Meyer, soltero nacido en Zúrich y de profesión mecánico, estaba al servicio y a las órdenes de Kammler desde que el general se instaló en España. El falso Meyer se encargaba de la seguridad de su patrón, aunque su empleo formal era el de conductor a su servicio, mayordomo y hombre para todo, al cuidado de su casa en Aravaca. Su asistente no había llegado a España en el Junker que aterrizó sin documentación en Barcelona, sino que se unió a su jefe en Lisboa, desde donde se encargó de un par de asuntos para el general en Paraguay, y desde entonces era su sombra. Müller también procuró *resolver de raíz* la pista suiza que llevaba de Beloni a su jefe.

El motivo formal de aquel viaje era una mera inspección a las instalaciones de la Compañía en Ojos Negros, cosa que estaba prevista en la agenda de su despacho que cuidaba la señorita Bermúdez, pero no era esa la única razón; solo Meyer estaba al corriente de las verdaderas intenciones de su patrón. A las doce del mediodía, tras parar en Alcolea del Pinar para cargar gasolina y tomar un café, llegaban a las oficinas de la empresa en el municipio turolense, un lugar con tres mil almas, todas dedicadas de una o de otra manera al negocio de la minería. Allí le esperaba Íñigo Arruti, el director general de la explotación que sabía de la visita de su jefe por un telegrama que envió la señorita Bermúdez a su oficina en Zaragoza, lo que le obligó a viajar a Ojos Negros y suspender una cita que tenía en Barcelona.

Tras una visita, que fue poco más que un paseo, a las minas de Santa Filomena, San José, Juanita, Leonardo, San Pascual y Santa Carlota, todas ellas a cielo abierto y en plena explotación, y comprobar el excelente funcionamiento de los nuevos equipos de extracción, Kammler quiso dar por concluida la visita, pero Arruti le propuso quedarse a almorzar. No era la intención de Kammler, pero no le pareció bien desairar a su colaborador, un hombre que, por otra parte, le caía muy bien y cuyo excelente trabajo le permitía las tareas de expansión exterior de la Compañía, que era el verdadero interés del alemán disimulado en suizo.

—Hemos preparado una comida de la tierra, Hans —ofreció el director—; así conoces la gastronomía de la comarca del Jiloca. ¿Te quedas?

—Con mucho gusto, Íñigo —mintió Kammler, a quien no le hacía ninguna gracia demorar la partida—; sé todavía muy pocas cosas de esta tierra y espero que me ilustres.

Habían habilitado una sala anexa a las oficinas donde esperaban tres mesas, una alargada para doce plazas, una redonda para seis y una cuadrada para dos. En la más grande tenían asiento los capataces de cada mina, en la redonda se sentaron los administrativos de la oficina y la cuadrada se reservó para el consejero Tobler y el director general. El conductor de Kammler se sentó con los administrativos en un sitio tal que cubriera la posición del general; el teniente de las fuerzas especiales iba armado con su *Lüger* P-08, su pistola reglamentaria cuando vestía el uniforme de la Wehrmacht y de la que nunca se había separado, como tampoco de su cuchillo de combate que disimulaba sujeto a la pierna derecha y escondido por la pernera del pantalón.

Tras unas palabras de Íñigo Arruti presentando al nuevo consejero, «el señor Hans Tobler, un ingeniero suizo que ha apostado por nuestra empresa» dijo el director, Kammler se vio en la obligación de corresponder con otras que concluyeron enseguida con un brindis: «por nuestra compañía, la mejor explotación minera de España. Por todos ustedes», dijo aquel a cuyas órdenes había estado la producción de la más sofisticada tecnología militar alemana y la infraestructura del mayor genocidio de la historia. El almuerzo dio comienzo después que todos los comensales puestos en pie levantaran sus vasos de vino de la tierra. «¡¡Por las minas de Aragón!!», brindaron todos.

Unos entrantes de jamón de Teruel, queso del Tronchón y unos *regañaos*, tortas saladas de harina de trigo cubiertas con arenques y lonchitas de jamón, acompañadas de pequeñas tiras de pimiento rojo, abrieron un menú que llevaba como plato principal *cordero a la pastora*, un cordero lechal asado con un majado de pimienta negra, aceite de la tierra, un diente de ajo, una ramita de tomillo y todo ello desleído en vino blanco. La Compañía había echado la casa por la ventana para celebrar la ocasión; no todos los días pisaba las minas alguien del consejo de administración, y Arruti quería demostrar a su jefe que en *su* empresa se trataba a los trabajadores con una dignidad que no era común en unos años en que el trabajo esclavo de los presos políticos, muy empleado en empresas de obra civil y minería, servía para aumentar los beneficios de las sociedades.

Dos horas duró el ágape en que Arruti aprovechó para poner al corriente al *señor Tobler* del estado de los trabajos en las minas y el nuevo plan de explotación.

Eran las tres y media de la tarde cuando Kammler y su conductor salían de Ojos Negros, pero no de vuelta a Madrid; se encaminaban al sur, a quince kilómetros, al castillo de Peracense, el verdadero objetivo de su viaje. No eran todavía las cuatro de la tarde cuando alcanzaron su destino, un paraje solitario al extremo sur del derruido castillo. Era la primera vez que el SS-Obergrupenfürer pisaba aquel lugar desde el día 19 de abril de 1945 cuando, acompañado por un conductor y un funcionario de policía que hablaba alemán, porque había estado adscrito a la embajada de Franco en Berlín cuando la desempeñaba el conde de Mayalde, dispuso el ocultamiento que ahora le traía al mismo sitio. Su conductor era la primera vez que pisaba el escondite.

Tras aparcar el vehículo cerca de la derruida ermita donde se había escondido la carga del Junker, Kammler le indicó a su guardaespaldas por dónde acceder al depósito bajo los restos de la edificación, cosa que Müller resolvió removiendo unas piedras que taponaban el acceso a la cámara, la antigua nave ahora soterrada, donde se acopiaban las cajas que vinieron en los camiones de Ulpiano Montes. A la luz de una linterna, Kammler se reencontró con su tesoro, con aquello que podía garantizarle una vida en paz y alejado de la gente de Simon Wiesenthal y de los israelitas de David Ben-Gurión si cerraba pronto su acuerdo con los norteamericanos. Allí, en aquellas cajas de madera, reposaba el secreto militar mejor guardado del Tercer Reich, Die Glocke. Kammler, al encontrase otra vez ante la joya de la corona de la tecnología nazi, no pudo evitar un escalofrío. «Seis meses más y hubiéramos ganado la guerra», se dijo a sí mismo recordando el desarrollo de sus *proyectos especiales* a puertas de la derrota militar, las misteriosas Wunderwaffen. La tecnología de misiles, los nuevos submarinos eléctricos, la bomba nuclear y, sobre todo, los experimentos antigravitatorios de uso en aeronáutica y que, además, abrían la puerta al control de la ecuación espacio-tiempo, eran los ases de una jugada que no pudo ponerse sobre el tapete por la demoledora presión militar del Ejército Rojo en el frente oriental.

«Me toca cambiar mi pasado por mi futuro… y tú eres la llave para cruzar esa puerta» se dijo mirando las grandes cajas donde se conservaban las distintas piezas de la Campana y toda su documentación.

—Busca la caja número veintisiete, Karl —le ordenó a su ayudante comprobando una relación mecanografiada que guardaba en su cartera de mano.

La imagen de los dos hombres en aquella bóveda oscura y seca solo iluminados por la linterna que usaba el ayudante bien podía haberse escapado de una película de Fritz Lang, el maestro del expresionismo alemán en el cine, que hubo de escaparse de Alemania en 1933 cuando el gobierno nazi le prohibió su película *El testamento del Dr. Mabuse*. Goebbels entendía que aquella película socavaba la confianza del pueblo alemán en sus líderes políticos. A Fritz Lang le hubiera encantado filmar la escena de estos dos hombres en la cueva, porque no dejaba de ser una paradoja que uno de los más importantes jerarcas de las SS anduviera ahora a oscuras, con un pequeño rayo de luz por toda guía y un oficial por todo séquito, rastreando como una rata en un sótano de un lugar solitario y perdido, para rescatar aquello que le permitiera salir de la oscuridad y, tal vez, salvar la vida.

Cuando el guardaespaldas dio con la caja que necesitaba su jefe la apartó de las otras.

—Ábrela, por favor —ordenó Kammler, tras comprobar el número que la marcaba y repasar el listado que llevaba en la mano.

Cuando lo hizo, el general se acercó a ella con la linterna en la mano comprobando su contenido, doce carpetas de cartón marrón con una pestaña cada una que indicaban su orden en el relato escrito que Kammler llevaba en la mano. La perfecta burocracia alemana cumplía su misión; todo estaba como en el detalle que había conservado el laureado SS-Obergrupenfürer.

—Acércame la bolsa que hay en el maletero —ordenó a su hombre de confianza.

Karl Müller salió de la cueva para cumplir el encargo del patrón. Kammler permaneció al lado del cajón de madera revisando las carpetas una a una. Sonrió satisfecho; todo estaba allí, como esperaba; planos, fotografías y memorándums se ordenaban en ellas escrupulosamente. En aquella documentación estaba la quintaesencia del proceso de investigación que hubiera permitido a la jerarquía nazi hacerse con el control de la batalla en el aire y con un arma más poderosa aún: el control del tiempo y el espacio, algo que él sabía muy bien por las experiencias de María Orsic.

Cuando volvió el oficial, las carpetas pasaron a la bolsa de viaje, y la caja número veintisiete, ahora vacía, volvió a su viejo lugar junto con todas las demás. Pareciera que allí no había pisado nadie. El conductor volvió a tapiar la entrada tal y como se la encontró, y cerca de las cinco de la tarde, el Hudson del *señor Tobler* volvía hacia Madrid. El trayecto ahora sería por Ródenas hacia Setiles para dirigirse a Molina de Aragón atravesando el Pago de Dueñas, y desde allí enfilar hacia Alcolea del Pinar para incorporarse a la carretera nacional. Dado lo que llevaba en el maletero, Kammler prefería utilizar carreteras provinciales de menor tráfico mientras le fuera posible. No obstante, pese a esa prevención, Müller iba preparado para repeler cualquier asalto o agresión; un subfusil MP-40 con dos cargadores de repuesto reposaba bajo su asiento, y tres Stielhangranate M-24, granadas de mango de gran poder destructivo que usaba la infantería de la Wehrmacht, se ocultaban en la guantera del coche por si el imprevisto pasara a mayores. A las nueve de la noche, sin ningún incidente, llegaban a la villa de Aravaca.

Kammler despidió a su conductor y se quedó a solas en su despacho tras cerrar con llave la habitación y bajar las persianas. Allí tomó la bolsa de viaje y apiló todas las carpetas en un montón sobre su mesa de trabajo, un tablero de roble de más de dos metros de largo. Después, dispuso la lámpara del escritorio en el centro de la mesa a fin de iluminar los expedientes que extendía bajo su haz de luz y ocupó dos horas más en fotografiar todos y cada uno de los documentos, usando una película para cada paquete de documentación. Cuando terminó con esa tarea, guardó las carpetas y los doce carretes en una caja fuerte disimulada tras un empanelado de madera que adornaba una de las paredes de la estancia, justo a la espalda de la silla de su escritorio, y dispuso los muebles como estaban antes de la sesión de microfilmado, como si nada hubiera ocurrido en aquel despacho. La llave para maniobrar la cerradura la llevaba siempre colgada del cuello y la combinación la formaban tres números: 2, 8, 34, el 2 de agosto de 1934, la fecha en que Adolf Hitler se proclamó Führer de Alemania y él, ya afiliado a las SS, fue nombrado consejero del Ministerio del Interior del Reich, el comienzo de su carrera criminal hacia el olimpo nazi.

Subió las persianas del despacho cuando terminó la tarea y se quedó mirando por una ventana. Era noche cerrada y Madrid se veía al fondo, a los pies del cerrillo donde se alzaba su casa. Unas cuantas luces, más bien pocas, punteaban la ciudad allá abajo, donde el río Manzanares, un arroyo con nombre y sin agua, bordeaba una ciudad que dormía el sueño necesario para recuperar fuerzas, los que podían, y para espantar sus fantasmas y los recuerdos de tantas desgracias que tenían casa allí, los que se escondían en ella de sí mismos, vestidos en un silencio espeso que vino tras la furia de la guerra en una capital que quedó abrasada por el miedo. Pero Kammler no veía eso; solo contemplaba un paisaje triste de una ciudad pequeña y atrasada donde tuvo que esconderse por necesidad y en la que nunca se había sentido cómodo. «Demasiado seca, demasiado triste y demasiado católica» gustaba decir.

Kammler, un oficial de despacho, jamás pisó el frente hasta que la guerra llamó a la puerta de sus oficinas y entonces, cuando sintió cerca de él la cuchilla afilada de las tropas enemigas, decidió huir de aquella muerte para la que trabajó en cuerpo y alma desde que vistió el uniforme de la calavera de plata, alimentando los caballos de un apocalipsis criminal y sin más sentido que la locura colectiva que se adueñó del pueblo alemán. Él, que no presenció nunca los estertores agónicos de sus víctimas, que disfrazó su vesania con planos y directrices, que nunca sintió en su piel la sangre de un compañero caído en la lucha, que nunca notó en la nuca el aliento frío del miedo en el campo de batalla, abrigaba esa noche una extraña placidez, un impropio sosiego que le hacía creerse seguro en aquel domicilio clandestino, acompañado por los papeles que él creía un pasaporte a su nueva vida. Nunca había sentido culpa ni remordimiento por su tarea y menos aún aquella noche en que se creyó abrazado por la fortuna; todo corría como él había trazado cuando abandonó Alemania dejando su uniforme abandonado en una tienda de campaña en un bosque de Polonia cuyo nombre ya había olvidado.

Aquella noche, a solas ante la ventana, no quería recordar su pasado; solo pensaba en su futuro cercano, en vivir en California con María Orsic, paseando ante el océano Pacífico una seguridad que perdió en 1945 y que esperaba recuperar mediante trueque con el gobierno del presidente Truman, un masón tan anticomunista como él, que estaba dispuesto a transigir con lo que Roosevelt nunca hubiera aceptado. Aquella noche se sentía satisfecho; tenía a sus espaldas, bajo siete llaves, el combustible del cohete que le sacaría de allí, que le transportaría a otro continente, a otro paisaje, a otras costumbres y al viejo e imborrable amor de su vida, a María Orsic, una mujer, tal vez la única, que comprendió las entretelas y vericuetos de su alma, que le acompañó en su aventura, y que nunca le pidió nada, ni siquiera fidelidad.

Mientras se fumaba un cigarro, absorto en sus pensamientos, María Millán, a cinco kilómetros de allí, recibía en su receptor un comunicado cifrado de Moscú a la hora convenida. El departamento de Eitingon le pedía más información sobre Otto Skorzeny y sus compañeros del piso de la calle de Montera.

— 28 —
Un fantasma

Hipódromo de la Zarzuela, Madrid.
2 de julio de 1939.

—Nunca he ido a los caballos, Ramón.

—Yo he ido alguna vez que otra, pero más por el espectáculo de la gente que viene que por las carreras que por los caballos, pero te va a gustar.

—¿Es divertido?

—¿La gente o las carreras?

—La gente, claro…

—Allí se junta el Madrid golfo con el Madrid bien; aficionados, apostadores, desocupados, buscavidas, señoritos, gente del cine, pisaverdes… y carteristas.

—¿Y los rojos no van? —quiso bromear María.

—En la España de Franco no quedan rojos —sentenció muy convencido el falangista—. Además, antes tampoco iban; eso no es para ellos.

—Y nosotros… ¿qué somos? ¿En qué categoría estamos?

—Ahora… desocupados, solo desocupados; tenemos toda la tarde por delante —respondió Ramón besando en la mejilla a su acompañante.

—Yo preferiría ser carterista; me pega más —bromeó María Millán.

Los dos rompieron a reír y se besaron en la boca.

Era la una y media de la tarde del sábado y Ramón Botillas había pasado a recoger a María por su casa de la calle Hierbabuena. El falangista lucía orgulloso su flamante Aprilia que brillaba como una patena.

—A veces creo que te gusta más el coche que yo —comentó con sorna María mientras él le abría la portezuela del acompañante y después limpiaba el picaporte con un pañuelo.

—Tú no eres un Fiat, por bonito que sea; si fueras coche serías un Alfa Romeo de carreras... por lo menos.

—No entiendo de coches, Ramón, pero eso suena bien. Me gusta —concedió ella para bailarle el agua.

—Marita «Alfa Romeo» García... suena estupendo —celebró Ramón, que estaba ese día de un excelente humor.

En esa euforia galante, el coche dejó atrás La Ventilla para dirigirse hacia la zona de Moncloa. Ramón pensaba que almorzarían en un velador del paseo del Pintor Rosales para después acercarse al hipódromo por la carretera de Castilla.

El falangista aparcó su coche lejos de cualquier árbol, «prefiero que se caliente al sol antes de que me lo manchen los pájaros» explicó muy convencido. Ayudó a Marita a salir del coche y ella se colgó de su brazo.

—¿Ves? Te gusta más el coche que yo; a mí no me cuidas tanto —protestó ella con sorna.

—No digas tonterías, Marita —se quiso justificar él para que ella no siguiera por ahí.

Y así iban por la acera camino del velador cuando, al pasar debajo de una acacia de mucho porte, le cayó en el hombro a Ramón Botillas el testimonio fecal de un bípedo alado que no le iba a dejar escaparse vivo.

—¡Me cago en la leche! —exclamó el falangista al ver que su traje quedaba manchado con un feo churretón maloliente. Una urraca salió disparada hacia el parque del Oeste desde la copa de la acacia, tras descargar su munición intestinal sobre el falangista.

María ni pudo ni quiso contener la risa.

—Ya lo siento, Ramón —dijo para justificarse por su simpatía con el pájaro.

—Si es que no hay pájaro bueno. Muertos tenían que estar —rezongó Botillas limpiándose el hombro con su pañuelo pechero.

—No seas bárbaro, Ramón; son animalitos de Dios —quiso templar María poniendo voz de niña pequeña.

—Sí... pero mejor están fritos, que ni manchan ni pían —argumentó el mancillado automovilista, que era devoto consumidor de alondras y zorzales de los que servían en Madrid en muchas tascas como aperitivo acompañando la cerveza de grifo.

—¿No te dan pena?... tan pequeñitos —insistió María, cada vez más divertida.

—Bueno… vamos a dejarlo que me pongo de muy mala leche —quiso concluir Botillas.

—Como tú quieras, cielo mío, pero no te enfades que te pones muy feo —le aduló María, que sabía por dónde llevarle.

Una botella de vino rosado y una paella valenciana sobre un velador de mármol con vistas al parque fue lo que hizo que Botillas recuperara el buen humor.

—¿Tú crees que este conejo es conejo y este pollo es pollo? —preguntó María recordando su cena en El Comunista y señalando con el tenedor los tropiezos de carne.

—No empieces, María. Este sitio es de toda confianza, que el dueño es una persona decente.

—Qué bien. Me alegro por nosotros —celebró ella con ironía. «Será porque puede —razonó para sus adentros—, como si los que comen gato no lo fuesen».

El almuerzo corría entre risas, bromas y cariños cuando Ramón llevó la conversación a donde María no esperaba que lo hiciera.

—¿Qué te parece lo de Málaga? —preguntó como quien preguntara sobre el color de una falda.

—¿A qué te refieres? —María Millán le cedió de inmediato su sitio en la mesa a María Sliva.

—¿No te han dicho nada en lo oficina?

—No… ¿qué ha pasado? —en la oficina nadie le había dicho nada a María al respecto de la muerte de Montes; ni siquiera Tomás Granero.

—Que ha muerto Ulpiano Montes

—Y ese señor, ¿quién es?

—Era el delegado allí de Transportes Dávila.

—No, no lo sabía; además no le conozco. Es la primera vez que oigo ese nombre —mintió ella con gesto de sorpresa—. ¿Era mayor?

—Qué va; era más joven que yo.

—¿Le conocías?

—Tuve algún asunto con él. Cosas de camiones —apuntó Botillas.

—¿De qué ha muerto el pobre?

—Es un asunto raro; parece que se mató en un accidente.

—¿Con el coche?

—No, Marita. Parece que se cayó y se rompió la cabeza.

—¡Qué pena! —fingió lamentar la agente—. ¿Cómo te has enterado?, porque en la oficina nadie ha dicho nada.

—No me extraña… —respondió él, misterioso—. Lo sé por un camarada de Málaga que trabaja en la policía y que fue quien nos presentó hace dos años. Me llamó para decírmelo.

—¿La policía?

—Sí, han estado husmeando porque no parece un accidente… o sí. El asunto no está claro.

—¿A ti te afecta? ¿Era amigo tuyo?

—No, no era amigo mío, pero podría afectarme —reconoció Botillas que también estaba implicado en la distracción de mercancías del puerto; él se encargaba de poner los camiones para despistar cuanto antes el alijo.

—¿Cuándo fue?

—Sucedió la noche del sábado al domingo pasado, mientras tú estabas en Barcelona para ver a tu amiga. A mí me lo dijo Pascual Cidoncha el miércoles pasado —ese era el nombre del subinspector de policía que acompañó a Torreblanca en la inspección cuando se descubrió en la pensión el cadáver de Ulpiano Montes. Cidoncha y Botillas eran camaradas de la Guardia de Franco.

—¿Te puedo ayudar en algo?

—No, no te preocupes, cariño; es un asunto que me pilla lejos. Te he preguntado por si habías oído algo en la oficina. No le des más vueltas; no tiene importancia —explicó él para zanjar el asunto.

Y ahí se quedó la historia y siguieron con el arroz. La Sliva, a quien por cierto le encantó la paella, le devolvió su sitio en la mesa a la Millán, pero se quedó rondando por allí, por si acaso tenía que intervenir. Eran las cuatro de la tarde cuando volvieron al coche y Botillas se dirigió al hipódromo de La Zarzuela.

—¿Te quedarás conmigo esta noche, Ramón? —preguntó María cuando estaban aparcando el coche en el hipódromo.

Había aceptado la cita con Ramón a regañadientes, aunque a él no le dijera nada del porqué; no era cuestión de que pudiera molestarse, ya que por el falangista aun pasaban hilos de su misión y, sobre todo, era el único que conocía su verdadera identidad. Tenía que cuidar aún esa relación. Esa noche, y lo sabía desde el miércoles, no le convenía a María Millán, no podía, estar con su novio falso por una razón muy importante. Necesitaba estar sola en su casa de la calle Hierbabuena a eso de las nueve de la noche, fuese como fuese, pero deseaba que Botillas diera el primer paso para conseguirlo.

Si el falangista no tomaba la iniciativa ya tenía ella preparada una salida para quedarse sola.

—Lo siento, Marita, esta noche no puedo porque tengo a mi cuñada y su marido a cenar en casa y no puedo hacerles un feo.

María respiró aliviada al oírlo.

—Anda… por favor —fingió insistir remolona para hacerle creer a Botillas su interés en que se quedara con ella.

—No puedo, Marita, no insistas, te lo pido; más lo siento yo. Se ha muerto mi suegra hace un mes y las dos hermanas tienen que arreglar los asuntos de la herencia de su madre y como mi concuñado es abogado nos toca la faena esta noche.

—Lo comprendo —otorgó ella muy en su papel de amante obediente. Ahora estaba más tranquila porque podría atender lo que la esperaba.

—Yo me lo pierdo, cielo mío, ya lo sé, pero te compensaré muy pronto —intentó justificarse el cónyuge de la rica heredera, que no se quería perder la cena porque tenían que acordar las hermanas cómo distribuirse un pastel jugoso: una finca en Los Yébenes, tres pisos en Madrid, un chalet en Rascafría, una casa de veraneo en Gandía, unas joyas importantes que venían de muy atrás y un bonito paquete de acciones del Banco Español de Crédito, de cuyo Consejo había sido miembro el difunto marido de su ahora difunta suegra. Botillas había dado un buen braguetazo cuando se casó con la que era la madre de sus dos hijos, una chica un poco corta y no muy agraciada que se enamoró del apuesto falangista. Su padre, un monárquico esencial, se opuso al noviazgo de su hija con el de azul, «si no tiene donde caerse muerto y seguro que es republicano» aducía indignado, pero la madre, consciente de las posibilidades de su hija para encontrar pareja, resolvió el asunto perfectamente: «más vale un cazadotes apuesto que sea listo y sepa dónde se mete que un *pisaverdes* del Club de Campo que nos haga después una avería». Y la parejita se casó en San Fermín de los Navarros, la parroquia de la novia; ella vestida por Balenciaga, él con el uniforme de Falange, la madre tan contenta y el suegro, de chaqué, más cabreado que una mona.

—Eso espero, bribón —sugirió María poniendo la mano en la bragueta del pantalón de su novio y apretándole los testículos.

—Te lo prometo, Marita —remató él mientras sentía un escalofrío en la espalda por el audaz tocamiento.

Ya fuera del coche se dirigieron hacia la pista después de sacar las entradas y pasar por la taquilla de apuestas a comprar unos tickets, cinco *colocados*, en los que Botillas se gastó veinte duros. «Se trata de elegir en cada carrera un caballo que llegue a meta colocado entre los tres primeros» le explicó Botillas entregándole los boletos a María.

La parejita se acercó a la pradera donde había un barullo y se veía que los flashes de los fotógrafos iluminaban el centro de un corrillo. La atracción era la presencia ese sábado en las carreras de Conchita Montes y Edgar Neville, sin duda una de las parejas más singulares y brillantes de la escasa y ramplona vida cultural española.

Conchita Montes, nacida María de la Concepción Carro Alcaraz y tenida por la Katherine Hepburn española, era una rara avis en la escena nacional. Licenciada en Derecho y de familia aristocrática completó estudios en Nueva York en el exclusivo Vassar College, donde se unió a Edgar Neville, un diplomático y escritor adscrito a la embajada en Londres de la Segunda República por su amistad con Álvarez del Vayo y su pertenencia a Izquierda Republicana, y juntos se fueron a Hollywood donde se hicieron amigos de Charles Chaplin. Se decía que «un gordo como Orson Wells se había quedado con Rita Hayworth y que otro gordo, Edgar Neville, se había quedado con Conchita Montes».

Comenzada la Guerra Civil, la pareja se exilió en San Juan de Luz y después volvieron a España, donde Conchita Montes fue arrestada por los sublevados y encerrada en un convento. Edgar Neville se incorporó al bando nacional y después de la guerra la pareja se trasladó a Marbella donde vivieron en una casa que llamaron Malibú en recuerdo a su estancia californiana. Las películas escritas y dirigidas por Neville, un tipo jovial, lúcido, *bon vivant* y muy culto, en las que actuaba Conchita Montes se convirtieron en las más populares del cine de posguerra y, ella, casi siempre su protagonista, en una de las actrices más celebradas. Para escándalo de la mojigata sociedad española, la pareja convivía sin ocultar su relación y sin pasar por la vicaría, cosa bastante inusual. Para colmo los dos colaboraban en *La Codorniz* una revista satírica, ácida e inteligente fundada por Miguel Mihura y que dirigía Álvaro de la Iglesia a trancas y barrancas con los encontronazos que la propinaba la censura. La tarea de la Montes en la revista de humor era confeccionar *el damero maldito*, el pasatiempo más complicado de la prensa española y que consistía en un juego de acrósticos dobles que había descubierto en *Saturday Review y cuya* solución siempre eran citas de Gregorio Marañón, Eugenio d'Ors o del propio Edgar Neville, algo tampoco muy usual en una revista popular.

—¡¡Es Conchita Montes!! —dijo Botillas al reconocerla.

María no dijo nada.

—Es la de *La vida en un hilo*, ¿no la has visto? —preguntó a su amiga mientras se procuraba llegar a la primera línea del corillo a base de codazos y sin soltar a María de la mano.

María Millán no había visto la película, que se estrenó en España tres años antes de cruzar ella la frontera y tuvo mucho éxito, pero sabía perfectamente quien era Conchita Montes por lo que había leído en las revistas del corazón con las que la instruyeron en Moscú de lo que pasaba en España.

—Pues no, Ramón, pero parece muy guapa y muy estilosa —reconoció ella cuando ya casi estaban al lado de la actriz.

Dos codazos más y un empujón en el costado de un periodista pusieron a Botillas y a María Millán delante de la pareja.

—Un autógrafo, por favor, señorita Montes. Me llamo Ramón Botillas, un devoto admirador —pidió el falangista ofreciéndole la libreta de notas que llevaba en el bolsillo de la chaqueta.

—Señora si no le importa, caballero —corrigió ella mirándole a los ojos. Edgar Neville le ofreció una pluma a la actriz.

—¿Y usted cómo se llama, señora? —le preguntó a María con una sonrisa encantadora, al ver que era su acompañante.

—Se llama Bárbara —explicó el falangista dando el nombre de pila de su mujer. Así le llevaría el autógrafo a la dueña de su libro de familia.

—¿Bárbara… como Bárbara de Braganza? —preguntó Conchita Montes a María. A la actriz no le gustó que el novio respondiera por ella.

—Sí, así me puso mi madre que era muy monárquica, señora —mintió la Millán consciente de que no podía hacer otra cosa.

—No me llames señora, llámame Conchita.

—Muchas gracias, Conchita.

Después de firmar en la libreta se acercó a María y la besó en la mejilla. A Ramón no le dijo nada.

—Perdona, María —quiso justificarse el falangista por el feo cuando se alejaban del corrillo—, pero es que…

—No me expliques, Ramón; sé cómo van estas cosas —le interrumpió ella muy seria—. Por mí no te preocupes.

La pareja se dirigió a la tribuna y cuando iban a tomar asiento para ver la primera carrera escucharon una voz tras ella.

—¡María!

La pareja se dio la vuelta y se dieron con Martirio que estaba sola sentada un par de filas detrás de ellos.

—¡Martirio! —respondió María levantándose para ir a ella, pero la granadina se había anticipado y ya estaba junto a la pareja.

Las dos mujeres se abrazaron y se dieron un beso, contentas de encontrarse; no se habían visto desde la cena, aunque había hablado por teléfono un par de veces.

—¿Qué haces aquí? —preguntó la corista.

—Que me ha traído mi novio a ver las carreras. ¿Te acuerdas de él? Es Ramón.

—¿Cómo no me voy a acordar de un hombre tan apuesto? —respondió ella, zalamera por oficio, dándole la mano a Ramón para que se la besara.

—¿Y tú qué haces tan sola? —preguntó María.

—Lo que tú, las carreras —dijo con una doble intención que a Botillas le pasó desapercibida—; a mí también me ha traído mi novio.

María, que captó la inteligencia, sonrió divertida y no preguntó por prudencia quién era su *novio*. Ramón, más insensato, sí que preguntó por Crescencio Cordón. Un discreto golpe con el pie en el tobillo de Ramón fue el mensaje para que su acompañante se callara.

—No, Crescencio no es mi novio; solo es un buen amigo —aclaró Martirio que tenía muchas tablas para salir de eso y de cualquier otro aprieto parecido.

—Ah, claro —asintió Botillas por decir algo.

—A mí me ha traído mi novio, que es un empresario muy guapo, un maduro interesante —explicó Martirio.

—¿Y dónde está ese mirlo blanco? —preguntó María siguiendo el juego de su amiga.

—Ha ido a comprar boletos; es muy aficionado a apostar y entiende mucho de caballos. Me ha traído ya varias veces y luego me lleva a cenar a sitios muy finos.

—¡Qué suerte, Martirio! —celebró María con su peor intención—; porque yo hoy ceno sola.

—Mira… precisamente por ahí viene —señaló Martirio de la Pasión apuntando hacia un hombre muy elegante que subía por las gradas con un sombrero en la cabeza, gafas de sol y los boletos en la mano.

El referido, al ver que su acompañante estaba charlando con otra pareja, titubeó si debía acercarse, pero al final se decidió a ir hacia ellos, guardando los boletos en el bolsillo de la chaqueta cruzada.

—Mira, Hans —celebró Martirio colgándose de su brazo—. Me he encontrado con unos amigos... Ya es casualidad ¿verdad?

—Claro que sí... preséntanos —pidió sin demasiado entusiasmo y quitándose las gafas de la cara.

—Ramón Botillas, concejal vecino y empresario —se adelantó el falangista tendiéndole la mano.

—Hans Tobler, empresario —le contestó el otro, correspondiéndole al saludo con muy pocas ganas.

María le ofreció la mano.

—María García —dijo cuando Tobler se inclinó para besársela.

—A mí dame un beso, Ramón. Encantada de conocerte —ofreció mientras Martirio acercando su mejilla. Se reservó que ya se conocían de Horcher, y Botillas se dio perfecta cuenta de ello. «Esta chica seguro que es una *niña torera*» se pensó refiriéndose a un dicho muy común que se aplicaba a las mujeres de *vida distraída*, por aquello de los cuernos.

Cuando Tobler levantó la cabeza y se quedó mirando a los ojos de María con una media sonrisa de circunstancias, a ella se le heló la sangre. Acababa de reconocer en esa cara el rostro de su objetivo principal; aquel hombre era Hans Kammler, el penúltimo eslabón para alcanzar su objetivo. El teniente general de las SS que había desaparecido y al que se le buscaba por medio mundo estaba a poco más de un metro de ella. En los ojos del nazi se reencontró sus pesadillas en Ravensbrück y la sangre de sus amigos muertos.

—¿Está usted bien, señorita? —preguntó el alemán al ver la turbación de la mujer.

—¿Te pasa algo, Marita? —preguntó también Botillas al ver la súbita palidez de su acompañante.

—No, no es nada, es que soporto muy mal los catarros y como llevo unos días resfriada..., por eso me dan escalofríos —mintió María intentando sobreponerse a la emoción; la cara del alemán, que ella conocía adornada con su uniforme de la calavera de plata cuando le explicaron su historia en Moscú, le trajo del recuerdo, en un instante, las peores imágenes de Ravensbrück. Por fin había dado con su objetivo.

—¿Quieres una rebequita? —ofreció Martirio acercándole la suya, que la llevaba sobre los hombros.

—Gracias, Martirio; no hace falta; enseguida se me pasa.

—¿Quieres que nos vayamos, Marita? —propuso Botillas, al que se le veía preocupado por el súbito malestar de su amiga.

—¿Necesitan que les acerque? —se brindó el alemán.

—No, gracias; tengo el coche aquí —rechazó muy digno el falangista. «Qué se habrá creído el tipo este, ¿qué solo él tiene coche?», se pensó Botillas.

—Vámonos, cielo —pidió María que estaba deseando salir de allí cuanto antes. Hasta entonces no le había quitado ojo al *señor Tobler*, que se había colocado de nuevo sus gafas de sol. Se grabó en el cerebro las facciones de aquel hombre.

—¿Seguro, Marita?

—Sí, Ramón; estaré mejor en casa cuando me tome una aspirina y un té calentito —reconoció ella, que desde que vio a Kammler no le entraba el cuerpo en caja. Pese al duro entrenamiento en la URSS, ni ella misma esperaba el efecto en su ánimo del encuentro con un criminal de esa calaña.

—¿Seguro? —repitió Martirio muy sentida.

—De verdad, amiga mía. Por cierto… quédate con los boletos y ojalá tengas suerte —le dijo ofreciendo a la *vedette* los papeles de las cinco apuestas que había hecho su novio.

—Lo lamento, señor Tobler, tenemos que irnos —se despidió Botillas.

—Ha sido un placer, caballero… pese a las circunstancias —correspondió el alemán volviéndose a calar el sombrero.

La pareja dejó la tribuna y salieron del hipódromo para subir al coche. María, en verdad, estaba descompuesta.

—¿Qué te ha pasado María? —preguntó él en cuanto arrancó el vehículo—. Parece que hubieras visto un fantasma.

Ramón nunca imaginaría que su amiga Marita se había encontrado en verdad con un fantasma, alguien que hasta esa tarde solo vivía en los sueños y pesadillas de una mujer obsesionada con cazarle y ajustar cuentas con su pasado.

—Nada, Ramón, que me ha sentado mal la comida y no era cuestión de explicarse, por eso me he inventado lo del resfriado —mintió la agente, que nunca hubiera imaginado aquel encuentro. Pese a que Kammler había perdido peso, encanecido y algunas arrugas se paseaban por su frente no había podido esconder su mirada; aquellos ojos grises eran los mismos que María Sliva había grabado en su memoria.

—¿De verdad? ¿No te pasa nada?

—Te lo prometo, Ramón; no tengo nada que no quite el bicarbonato y una sopita caliente… y menos mal que no te puedes quedar conmigo esta noche porque estoy hecha unos zorros.

—No te preocupes, Marita; lo importante es que tú estés bien.

—Para el lunes estoy como nueva. Ya verás —prometió ella, segura de lo que decía—. Además, así llegas pronto a casa.

—No me apetece nada, cielo mío; no soporto a mis cuñados.

—Es lo que tienen las familias de posibles… que no os soportáis los unos a los otros, pero es tu obligación de marido rico— quiso bromear ella intentando sobreponerse; la mirada de Kammler, aquellos ojos grises y fríos, no se le iban de la cabeza.

—¡Qué razón tienes, Marita! —aplaudió falangista devenido en propietario consorte, entrando al trapo sin darse cuenta de la fingida ironía.

El viaje desde el hipódromo transcurrió en silencio; María no estaba para cháchara y tenía excusa para permanecer callada. Y siendo poco más de las seis y media dejaban atrás Bravo Murillo para entrar en La Ventilla.

—Por cierto, Marita… ¿recuerdas a Marcelino Soler? —la preguntó cuando el Augusta entraba en la calle Hierbabuena.

—¿El Soplillos? ¿Te acuerdas qué orejas tenía? —respondió ella porque no la quedaba más remedio.

—Perfectamente, por eso nos metíamos con él en el instituto.

—¿Qué ha sido de él? ¿Se quedó con la churrería de su padre? —preguntó por seguirle la conversación; no tenía el menor interés en hablar ahora de aquel niño del colegio.

—Que va; después de la guerra se metió en la policía. Como había tenido una herida en el frente, apenas un rasguño, le dieron la plaza sin problemas. La churrería la lleva su hermana.

—¿La Casilda?

—Justo, que sigue soltera, por cierto. Tienes muy buena memoria.

—¿Cómo no ve voy a acordar si eran vecinos nuestros?

—Ya no están en el barrio porque cuando murió su padre la madre se mudó a un piso en La Latina para vivir con su hermana viuda, y Casilda se quedó a vivir en el altillo de la churrería que tenían por Embajadores.

—¿Y él?

—Se casó con una costurera y tienen dos hijos.

—¿Cómo es que te has acordado de él?

—Porque me llamó el otro día preguntando por ti.

A María se le encendieron todas las alarmas; nadie, salvo Ramón, sabía que andaba en Madrid. Después de haber dado con Kammler no la convenía que nadie pusiera el ojo sobre ella.

—¿A qué viene eso? ¿Qué quería?

—Me vino con una historia muy rara, ya sabes que era muy peliculero y desde que está en la poli está peor; se cree un detective a la americana.

—¿Es gris? —María se refería a los que vestían el uniforme gris del Cuerpo Nacional de Policía.

—Es subinspector en la comisaría de Latina. Está encantado de haberse conocido; no para de enseñar la chapa a todo el que se deja.

—¿Y qué te dijo? —quiso insistir María, que deseaba llegar al fondo del asunto.

—Me preguntó si te había visto, que si andabas por Madrid.

—¿Y eso? —esa pregunta del Soplillos podía ser tan peligrosa como una bala al corazón.

—Me explicó que una vecina de su madre le contó que te había visto por Atocha y como se acuerda de que tú y yo nos llevábamos muy bien me preguntó si sabía algo de ti.

—¿Y tú que le dijiste? —María consiguió disimular su inquietud perfectamente; que una casualidad dinamitara su misión era algo que no podía permitirse.

—Que no tenía ni idea, que te perdí la pista cuando la guerra. Le dije que me contaron que te habías ido de España y que debías de vivir en Francia.

—Muy bien dicho, Ramón —celebró ella.

—No te preocupes, que no tiene importancia; se quedó tranquilo, pero cuida no te vayan a pillar por ahí. Confía en mí, Marita, pero cuídate y sé discreta que lo tuyo todavía colea en la Puerta del Sol y no quiero que nadie lo remueva.

—Muchas gracias por cuidarme tanto, Ramón —le dijo ella acariciándole la mejilla, pero preocupada por aquella inesperada intromisión que podía ocasionar un incidente en sus planes.

El coche paró en la puerta de su casa. Un beso sirvió de despedida a los amantes.

—Te llamo el martes, Ramón, y te cuento cómo he pasado el domingo. Seguro que ya estaré bien —dijo ella al bajarse del automóvil.

—Cuídate mucho, cielo mío —dijo él antes de arrancar el coche para volver a Bravo Murillo.

A las siete de la tarde, Ramón no estaba todavía en su casa de la calle Lagasca; aún le quedaban dos horas para la cena y decidió visitar a su amiga Carmen Montaña. «Hay que aprovechar el tiempo» se dijo mientras conducía el coche hacia la plaza de Las Ventas. Pese a su relación cada vez más sólida con María no había descuidado su *affaire* con Dolores. «Son cosas diferentes» decía para justificarse.

María tenía que estar en su casa esa tarde porque el miércoles por la noche recibió un mensaje de Moscú, de la oficina de Eitingon, que tras acusar recibo de la información recibida sobre Otto Skorzeny y facilitarle algunos nombres de oficiales nazis que ellos presumían escondidos en España, concluía con un número de tres cifras que nunca había aparecido en aquellos mensajes y que encajaba con el código pactado con Eitingon para comunicaciones por fuera del canal oficial. Al final del mensaje figuraban tres cifras, 321, cosa que ella comprendía perfectamente y que le sorprendió mucho, porque desde que estaba en España no había recibido semejante coletilla. Su significado era que 3 días después de recibir esta comunicación debía conectar su emisora a las 21 horas con la frecuencia en que emitía Radio España Independiente porque se difundiría un mensaje radiado para ella. Que Eitingon recurriera a un canal reservado, y que solo conocía María Millán, ajeno al control que los hombres de Beria tenían sobre las cloacas de su departamento quería decir, no le cabía duda, que algo muy importante quería hacerle llegar su jefe sin que se supiera en el circuito de su correspondencia regular con Moscú. Algo personal sin duda, algo que Eitingon pretendía que quedara entre ella y él.

Durante una hora, y en un evidente estado de nerviosismo por su descubrimiento y por lo que le podía venir radiado a las nueve de la noche, se dedicó a preparar la encriptación del mensaje que enviaría a Moscú tras escuchar lo que le viniera por las ondas de La Pirenaica. La comunicación a Eitingon iba a detallar esa madrugada que había encontrado a Hans Kammler, el hombre más poderoso del Reich fuera del gabinete, el que al final de la guerra tenía bajo sus órdenes a Göring y a Speer según le explicaron en su instrucción. Le explicaría que el nazi estaba en Madrid encubierto bajo una identidad que le amparaba como Hans Tobler, que tenía acceso posible a una mejor información sobre él y que solicitaba instrucciones. Nada más de momento.

Cuando terminó la encriptación volvió a poner su manoseado ejemplar de *Cuento de invierno* entre las otras novelas que guardaba sobre el aparador del comedor. El texto para enviar, ya transcrito, apenas media cuartilla, lo guardó entre los papeles que apilaba en el cajón de su mesilla disimulado entre hojas parroquiales.

Aún le faltaba casi una hora para conectar la emisora y aprovechó para prepararse algo de cena: media lata de sardinas, una rebanada de pan de centeno, un vasito de vino tinto y una taza de achicoria. Mientras cenaba, seguía rondándole por la cabeza lo último que le contó Botillas, la extraña indagatoria de Marcelino Soler; que el Soplillos estuviese tras su pista era algo que podía dar al traste con su misión si el policía acababa encontrándola y eso, ahora que había dado con Kammler, era muy peligroso. Cuando se preparó la taza de achicoria ya tenía claro lo que debía de hacer con ese asunto; decidió que tenía resolverlo de raíz y ella bien sabía cómo, en eso había consistido su entrenamiento, en resolver lo inesperado sin titubear, en jugar con su instinto de supervivencia.

A las nueve menos cuarto ya había sintonizado La Pirenaica y estaba a la espera de que dieran las nueve. Un locutor leía una resolución del Comité Central del PCE.

A esa hora en punto sonó en el altavoz de la radio la voz de Josefina López, una catalana divorciada del dirigente comunista Fernando Claudín, que trabaja como locutora de Radio España Independiente desde 1943, cuando terminó en Moscú sus estudios de literatura eslava. Esa voz era la más popular de La Pirenaica.

«Tenemos aquí una petición de un camarada español que vive en Moscú —pronunció la locutora—. Nuestro amigo quiere mandar a su enamorada en Madrid por el día de su cumpleaños un poema de amor, para recordarla que no la olvida, y que pronto, cuando las fuerzas populares derroquen al fascismo franquista, volverán a estar juntos en una España libre —una melodía suave comenzó a sonar tras la voz de Josefina López Sanmartín—. El poema, *La muerte de la paloma*, dice así:

> Una paloma se murió. ¡Dios mío!
> Como una rosa yace sobre el prado.
> Por ella el día amaneció nublado
> y está llorando de dolor y frío.
> Tiene el coral del corazón vacío.

La vena de su arrullo se ha secado
y en su plumaje de fulgor nevado
el cielo se desangra de rocío.
La hierba se le ofrece en verde cuna
para que duerma su quietud de luna
y el jazmín le dará su suave aroma,
a fin de que hecha flor en Dios despierte
y se olvide del trauma de la muerte,
de su temprana muerte de paloma.

María escuchó el poema en silencio, aunque desde el primer verso las lágrimas corrían ya por sus mejillas. Cada palabra que pronunciaba Josefina López era una puñalada en su corazón, cada verso un mazazo en la nuca, cada estrofa el dolor de una muerte. María comprendió con las cuatro primeras palabras del poema, «una paloma se murió» lo que el viejo espía quería participarle, que Inessa Vasiliedna Kosmodemskaya, *su palomita*, había muerto en la URSS. Que Eitingon recurriera a esa vía para indicarle la desgraciada noticia era una señal de que su muerte había sido violenta, que no se le podía participar de ninguna manera, que su amada había sido una víctima más, ella ahora, del sistema de terror que reinaba en la patria del socialismo.

María escuchó en un silencio casi religioso las palabras de Josefina, repitiéndoselas en sus adentros como si fueran una oración de difuntos, una triste jaculatoria, y después desconectó la radio y se quedó ensimismada y yerta mirando al vacío mientras se derramaba en lágrimas de sangre y aliento seco de pena negra, ida de toda sensación que no fuese un dolor que le atravesaba el alma y requería de todo su ser para alimentarse. Al cabo de unos instantes de catalepsia sensorial, muerta del alma como un palo seco con las raíces reventadas, un grito desgarrador le recorrió la garganta para envolverla entera, como para protegerla de sí misma. Después cayó desmadejada en el suelo del comedor, privada de toda conciencia.

— 29 —

Marcelino Soler

Calle San Andrés, Madrid.
4 de julio de 1949.

—¿Qué te pasa, María? —la preguntó Tomás Granero—; te veo mal, muy desmejorada. ¿Estás enferma?

—Nada, don Tomás —mintió ella con cara triste y mirada ojerosa—, que el sábado me invitaron a una paella en un merendero y algo me debió sentar mal; me he pasado todo el fin de semana devolviendo y casi no he pegado ojo.

—Si es que no se puede fiar uno de lo que come por ahí —lamentó el jefe de la oficina.

María había llegado a Transportes Dávila el lunes como siempre, a las nueve en punto, pero no había utilizado el metro, sino que hizo el trayecto en su bicicleta, cosa que le costó bastante esfuerzo porque desde la noche del sábado no había probado bocado y había permanecido en una vigilia dolorosa, anclada al recuerdo de su amada Inessa. El aspecto demacrado y macilento que la afeaba esa mañana bien podía corresponder a la excusa que le había dado a don Tomás.

La jornada corrió sin más incidencias y ella aprovechó un momento para consultar la guía de teléfonos que estaba en el despacho de su jefe mientras Granero salía a tomarse su café con leche de media mañana. Allí buscó unos apellidos, Soler Fernández. Había dos entradas con ellos, una iba marcada por la inicial M y otra por la C en dos direcciones distintas. Apuntó en un papel la dirección y el número de teléfono, 13570, que correspondía a la M, «seguramente será la de Marcelino y la otra la de su hermana», pensó mientras dejaba la guía en el sitio que le tenía asignado Tomás Granero.

A la hora de comer usó un teléfono público que había en el bar donde solía almorzar algunos días. Esta vez solo consumió un café y una copa de coñac. La llamada era a la pensión donde se alojaba su amiga Angustias.

—Pensión La Flor, dígame —la voz de una mujer mayor sonó al otro lado del auricular

—¿Me puede poner con la señorita Angustias? —preguntó María.

—¿De parte de quién?

—De su amiga María.

—Un momento; voy a mirar si está.

Casi cinco minutos tardó alguien en coger el teléfono y María tuvo que poner otras dos monedas en el aparato.

—Dígame —preguntó la granadina que no sabía quién estaba al otro lado de la bocina; María era el nombre de pila de tres amigas suyas que tenían el número de teléfono de la pensión, María Pilar, corista como ella que ahora estaba en Barcelona actuando en El Molino, María Remedios, una peluquera de Granada que también vivía en Madrid y era prima suya, y María a secas, María García, su nueva amiga.

—Buenas tardes, Angustias. Soy María García y necesito verte —y dicho eso no pudo evitar romper a llorar con un desconsuelo que la atenazaba el pecho.

—Es muy importante. Estoy muy mal —insistió al cabo de unos segundos con la voz destrozada por la emoción.

—¿Qué te pasa, chiquilla? —preguntó la andaluza tan asustada como la otra deshecha.

—No te lo puedo contar, ahora. Necesito verte —insistió María, procurando sobreponerse.

—Hoy no puedo porque tengo función y empiezo a las nueve con el primer pase. Ya lo siento —lamentó en verdad la vicetiple.

—¿Podemos vernos mañana cuando salga del trabajo?; es muy importante —aquella era la intención de María.

—¿A qué hora terminas?

—A las siete.

—Claro que sí, compañera, porque mañana no tengo función. Entonces, cuenta con ello. Así cenamos juntas.

—Muchas gracias, amiga.

—¿Dónde quieres quedar? —preguntó Angustias— Tú mandas.

—¿Te parece bien a las siete y cuarto en la glorieta de Embajadores, delante de la Fábrica de Tabacos? —propuso María porque le quedaba cerca del trabajo.

—Perfecto, iré con un taxi.

—Allí te espero, Angustias. Muchas gracias.

—Gracias a ti por acordarte de mí para tus cosas.

—Un beso.

—Otro muy grande.

Aunque hubieran sido solo unas palabras, María se sintió reconfortada al escuchar la voz de la granadina. La noche del sábado, cuando supo de la muerte de su querida Inessa, se le había caído el andamiaje de las convicciones en que había colgado su vida desde que salió de Ravensbrück. Sus ilusiones se habían escapado con el último aliento de Inessa Vasiliedna. La misma soledad que sintió en aquel camastro del campo de concentración a las puertas de la muerte, desnuda de familia y amores, se había instalado otra vez en su cerebro y le estaba helando el corazón. Ya no vivían en ella María Sliva, ni María García, ni tantas otras mujeres que habían ocupado su cuerpo; ahora, toda ella solo era una, la de siempre, María Millán Pruneda, pero poseída por una furia turbulenta a la que no tenía la intención de resistirse. «¿Quién puede vencer al viento o enterrar los mares? Contra el amor, que es como el viento y el agua, el origen de toda vida, no hay barreras, María, porque en el amor se vive, no se está», le había asegurado Inessa cuando amanecía el día, tras la última noche que pasaron juntas. Ahora, María Millán, la pobre chica de La Ventilla que tuvo que huir de España, se sentía como el mar embravecido batido por los vientos de un tifón tropical, se sentía poderosa, imbatible; había encontrado otra vez el odio como motor de su existencia.

Cuando regresó al trabajo y le dieron las cinco de le la tarde pidió permiso a su jefe para irse a casa. «Me siento mal, don Tomás; creo que tengo fiebre. ¿Me da permiso para escaparme hoy dos horas antes, por favor? —le preguntó muy compungida—. Se las recuperaré mañana». El jefe de administración se lo concedió de inmediato eximiéndola de la devolución de ese tiempo de licencia. María necesitaba aquellas horas para seguir el plan que había trazado el domingo, cuando se despertó de su desmayo aterida de frío, contraída, y con el alma ardiendo sobre las gélidas baldosas de terrazo del comedor de su casa.

Al salir de la oficina se fue con la bicicleta a la Ribera de Curtidores, la espina dorsal del Rastro madrileño, donde compró en una tienda de ropa usada que abría entresemana, y que ponía un tenderete en la calle los domingos, unas botas de su talla, una camisa sin cuello, una gastada chaqueta de paño y unos pantalones de pana. También se hizo con un cinturón de cuero que tenía mucho uso, una bufanda ya descolorida y una gorra plana que había visto mejores tiempos. «Es para mi hermano que me ha llegado del pueblo» explicó al mozo de almacén que le atendió. En una chamarilería cercana, al lado de la plaza de Cascorro, se hizo con unas viejas gafas de pasta y un zurrón de esparto. De camino a su casa paró en tres farmacias y en todas compró la misma mercancía en cada una de ellas: cinco cajas de Optalidón, un barbitúrico elaborado a partir de butavital que se usaba como analgésico, y otras tantas de Efedrina, una anfetamina de poderosos efectos estimulantes muy similar al Pervitín, una metanfetamina que usaban los nazis para estimular a sus tropas. En España todavía se podían comprar sin receta médica anfetaminas y barbitúricos.

Cargada con la ropa, envuelta en una ajada tela de colchón, y los preparados farmacéuticos en la cesta de la bicicleta llegó a su casa de la calle Hierbabuena. Tardó poco más de tres cuartos de hora en resolver lo que le tocaba ahora; se vistió con las ropas que había comprado en Curtidores, se aplicó maquillaje en la cara para tomar un color más oscuro, como si la piel estuviera atezada por el sol, y lo mismo hizo en las manos, se recogió el cabello en un moño alto que disimuló dentro de la gorra, se ató la bufanda al cuello para que pareciera más grueso y utilizando unos guantes de los que conservaba de cuando vino de París deshizo los paquetes de medicamentos y machacó las píldoras de cada sustancia hasta conseguir un polvo fino de cada una de ellas que colocó en sendos frascos de cristal de los que tenía en la cocina para guardar encurtidos. Esos recipientes de vidrio, que antes limpió de toda huella, los envolvió en papel de estraza y los ató con un cordel, como si fuera un paquete para entregar. Hecho eso, se guardó las gafas en el bolsillo derecho de la chaqueta, su cuchillo de combate en el izquierdo y la pistola que tenía escondida en el retrete, justo debajo del lavabo, la colocó en la faltriquera derecha del pantalón; en la otra llevaba un cargador de repuesto. Comprobando por la mirilla que no había nadie en la escalera ni en el portal salió así disfrazada, llevando colgado del hombro el zurrón de esparto donde reposaba el *convoluto* de anfetaminas y barbitúricos. Pisó la calle sin cruzarse con nadie, montó en su bicicleta y se dirigió al centro de Madrid.

A esas horas, María Millán parecía uno más de los muchos obreros de la construcción que volvían a casa después de la faena. Eran las nueve de la noche cuando llegaba al barrio de Malasaña; buscaba la calle de San Andrés, el número tres.

Pronto dio con ella cerca de la plaza del Rastrillo, ató la bicicleta a una farola y se aprestó a recorrer la zona para controlar posibles salidas; tenía que preparar varias vías de escape. Al pasear la calle del Espíritu Santo, que hacía esquina en la plazoleta con la de San Andrés, descubrió que allí había una comisaría de policía, un inconveniente inesperado que le obligó a cambiar algo de lo previsto. Después, entró en un bar que hacía esquina con la plazoleta, Casa Méntrida, y pidió un vino para hacer un poco de tiempo. Nadie reparó en ella, pues era como uno más de los parroquianos que a esas horas paraban en el bar antes de ir a casa. Durante su instrucción había aprendido bien el arte de disimularse en cualquier sitio. A las 9.30 pagó la consumición y se encaminó por San Andrés al número 3, el segundo portal de la acera, a medio camino del cruce con la calle de San Vicente. Cuando llegó al portal se dio de bruces con la portera que estaba escobando el oscuro zaguán de la finca, una corrala por lo que pudo apreciar.

—¿Buscas a alguien, muchacho? —preguntó la guardiana.

—Traigo un paquete para don Marcelino Soler, señora —respondió el disimulado obrero sacando del zurrón los tarros envueltos en papel de estraza.

—Sí, es aquí, en el 1ºA, pero el señor Marcelino no ha llegado todavía. —explicó señalando hacia la escalera que subía desde el fondo del portal.

—¿A qué hora viene?

—El señor Marcelino llega a las diez, justo cuando cierro el portal; algunos días llega antes… y otros un poco después.

—¿Le puede entregar este paquete? —María le ofreció el *convoluto*.

—Claro que sí, pero se lo daré mañana, chaval, porque ahora estoy recogiendo —aclaró ella sujetándole del cordel—. Me vienen a casa a cenar unos parientes del pueblo, y hoy me tengo que ir un poco antes. Esta noche se va a encontrar el señor Marcelino con el portal cerrado… pero no le hace falta el sereno porque él siempre lleva llave.

—Muchas gracias, señora.

—De nada, pollo; no las merece.

Y la portera, canturreando una copla de Estrellita Castro, se fue hacia su chiscón, al lado del arranque de la escalera, para dejar el paquete.

María Millán había dado el siguiente paso. Miró el reloj y vio que aún faltaban veinte minutos para las diez y decidió quedarse por la zona para no perder ojo del portal. Para eso se encaminó hacia la esquina de San Andrés con San Vicente donde había una cantina que estaba abierta, «La taberna del Cordobilla» rezaba un rótulo sobre la puerta. Desde allí controlaba perfectamente el acceso al portal de la casa del Soplillos. María Millán recordaba remotamente a Marcelino de cuando eran vecinos, pero distinguía a un policía solo con verlo; su época de clandestinidad en la Résistance la había convertido en una especialista. También en la URSS había progresado en esa habilidad desde que entró en el servicio secreto, un mundo rodeado de misterios, disimulos y dobles o triples obediencias en el que tuvo que andar con cien ojos, y desde que estaba en España de forma clandestina se había doctorado en el arte de detectar a quien pudiera ocasionarle un problema. Que Marcelino Soler fuera policía y tuviera unas orejas como soplillos era algo que le haría inconfundible y más si se añadía el vago recuerdo de un muchacho pecoso y cargado de hombros.

María entró en la taberna, y un tufo de humedad rancia, de olor al cuero agrio de los pellejos de vino y de humanidad poco aseada se le vino al olfato en cuanto cruzó la puerta de la tasca, poco más que un cuarto grande con vistas a dos calles, puerta a una de ellas y ventana a la otra, y con las paredes cubiertas por húmedos y descoloridos carteles taurinos y viejas fotos de cantaores de flamenco. Allí pidió otro chato de vino y se aprestó a esperar la llegada a su domicilio del subinspector, sin quitar ojo del portal. A las diez menos cuarto vio cómo la portera echaba la llave del portón y se iba a su casa. Aún faltaba un cuarto de hora para que el sereno de la calle, unos empleados del ayuntamiento que disponían de la llave de todos los portales y se los abrían a los vecinos, comenzara su servicio en San Andrés. María, que no había abierto la boca desde que entró y que había pedido un chato solo con un gesto, dejó una peseta en la barra pagando la consumición para no perder tiempo cuando llegara el policía.

Solo faltaban cinco minutos para las diez cuando observó que un hombre de la edad que tendría Marcelino, vestido de traje marrón, cargado de hombros, pecoso y con unas orejas que parecían ir un paso por delante de él, dobló la esquina de Espíritu Santo y enfiló San Andrés por la acera de los impares mientras se echaba la mano al bolsillo para buscar la llave del portal. María salió de la tasca, se puso las gafas, y se dirigió de inmediato cruzando la calle al mismo sitio al que apuntaba Marcelino. Los dos llegaron al portal a la vez. Marcelino sacó la llave del bolsillo y apuntó a la cerradura mientras María se ponía detrás de él y, sin que lo notase el policía, sacaba del bolsillo de su pantalón la pequeña pistola que la acompañaba desde que cruzó la frontera. Una pareja mayor bajaba en aquel momento por la acera de los pares hablando de sus cosas.

—¿Eres Marcelino Soler? —le preguntó María desde su espalda.

El policía iba a darse la vuelta para responder cuando sintió en el costado el cañón de la MAB-D, la pequeña semiautomática que había conseguido en París.

—No te des la vuelta y responde, o te pego un tiro aquí mismo —le conminó hincándole el cañón en los riñones. Era evidente para María que allí no podría usar el arma, tan cerca de una comisaría tal vez se hubiera escuchado allí la detonación, pero eso no lo sabía el de la secreta.

—Sí, soy yo, ¿qué quiere?

—Abre, entra… y cállate… y date prisa —ordenó María Millán.

El policía, desconcertado y tembloroso, obedeció lo que le pedía. La mano le temblaba al introducir la llave en la cerradura. En un instante estaban dentro y nadie se apercibió de la encerrona.

—Enciende la luz —ordenó María apuntándole con la pistola.

El policía sudaba de miedo y obedeció de inmediato accionando un pulsador que había en la pared. Una pobre bombilla iluminó apenas el zaguán.

—¿Tú me conoces? —preguntó María acercando con el brazo extendido la pistola al pecho del policía.

—No, no… claro que no —reconoció él con voz temblona.

—Si no me conoces, ¿por qué me buscas?

—Yo no le busco, señor; creo que se equivoca usted.

—No me equivoco, Soplillos.

Que aquel desconocido con pinta de albañil usara el mote de su adolescencia desconcertó al policía que en aquel momento no sabía por dónde le daba el aire.

—¿Qué quieres de María Millán? —desveló ella.

—¿Usted la conoce? —si hasta entonces el policía tenía miedo, al oír ese nombre entró en pánico.

—¿Qué quieres de María Millán? —repitió ella.

—Nada, nada… solo curiosidad; es una amiga —mintió el aterrado subinspector que ahora empezaba a atar cabos.

—Yo sí tengo un recado de María para ti —mientras pronunciaba esas palabras muy despacio llevó su mano izquierda al bolsillo de la chaqueta. El policía creyó que iba a sacar un papel para entregarle. Ella empuñó con fuerza el cuchillo de combate.

—Dígame, por favor; estaría encantado de volverla a ver. Fuimos vecinos hace mucho tiempo… —volvió a mentir Demetrio Soler buscando una salida.

—¿Quieres que te lo diga? —le ofreció María acercándose un poco más a él hasta el punto de poner el cañón de su arma sobre el pecho del acongojado. Él notó la presión del hierro sobre la tetilla izquierda.

—Sí, por favor, claro que sí… —el miedo le atenazaba la garganta.

Durante unos instantes se le quedó mirando en silencio. Montes seguía sin reconocer a quien tenía enfrente. Esperaba la respuesta.

—¡Que la olvides!

Entre la primera y la última sílaba de esas tres palabras, María, en un gesto velocísimo, sacó el cuchillo del bolsillo y le pasó por el filo de un lado a otro de la garganta de Marcelino a tal velocidad que ni siquiera percibió el policía que acababa de degollarle. Marcelino Montes se llevó las manos al cuello procurando una defensa que llegaba tarde mientras caía de rodillas con ojos de espanto.

María esperó a que, boqueando, se desplomara del todo y allí quedó el policía en el portal, tendido boca abajo mientras un creciente charco de sangre orlaba su cabeza provocando que brillaran sus prominentes orejas. Se fijó en que llevaba sucios los zapatos y recordó otra vez a Inessa, ahora cuando la decía bromeando: «fíjate que los de la secreta siempre llevan los zapatos sucios». María limpió el cuchillo en la espalda de la chaqueta del muerto, lo guardó, escondió la pistola donde la traía y dejó las gafas tiradas cerca del cadáver. Después salió del zaguán cerrando tras ella el pestillo de la puerta. No encontró a nadie en la calle en ese momento. Recogió su bicicleta en El Rastrillo y bajó la Cuesta de San Andrés camino de la glorieta de Bilbao para enfilar después a Cuatro Caminos y llegar a La Ventilla por Bravo Murillo. El aire en la cara la hizo recuperarse de la tensión pasada y una sonrisa iluminó su cara por primera vez desde que supo de la muerte de Inessa.

«Pronto se encontrará el cuerpo —pensó cuando ya pedaleaba por Bravo Murillo— y en cuanto aparezca la portera se descubrirá lo del paquete. A partir de ahí es cosa de la policía». María les había marcado por dónde irían las pesquisas.

Lo que había pretendido María Millán era que el subinspector apareciera muerto por un ajuste de cuentas entre traficantes de estupefacientes. «Un muchacho —diría la portera cuando la interrogaran—, trajo un paquete para don Marcelino, pero no se lo pude dar porque no estaba». Sería la portera la que entregara a la policía el paquete. Lo que los compañeros del muerto creerían encontrar en los frascos de cristal no eran pastillas de venta común en cualquier farmacia sino unos misterios polvos blancos que alguien quiso hacer llegar a Montes, pero que se adelantó en la hora y el policía no pudo recibirlos. A partir de ahí solo cabía una opción, que él no hubiese cumplido con su parte, que no pudiera explicar por qué había desaparecido la *mercancía* y que por eso le degollaron. La única pista que encontrarían los compañeros del fallecido serían unas gafas abandonadas, pensarían que seguramente caídas del agresor en el forcejeo ante el asalto. Pero la cosa podía complicarse más aún si el laboratorio de la policía descubría que aquellos misteriosos polvos se podían comprar por cuatro duros en cualquier farmacia; en ese suponer resultaría evidente que el subinspector intentaba engañar a sus cómplices en el negocio dándoles gato por liebre. «Caso resuelto», celebró María cuando estaba a pocas pedaladas de su casa. Ya era de noche y no se cruzó con ninguna de las hermanas Torrijos cuando abrió el portal.

— 30 —
Las cloacas

Calle Hierbabuena, La Ventilla, Madrid.
4 de julio de 1949.

María Millán tardaría aún casi veinte años en saber el porqué y el cómo de la muerte de su amiga. No podría comunicar con Eitingon hasta mucho después, en 1966, cuando el viejo espía salió de la cárcel donde estuvo encerrado doce años, acusado de traición, después que muriera Stalin y que Beria fuese ejecutado y sus colaboradores depurados. Él mismo lo había profetizado cuando le confesó a su compañero Pavel Sudoplatov, depurado como él y responsable de operaciones especiales, que había diseñado el asesinato de Trotski por encargo que Stalin, que «soy un general de la Seguridad del Estado y soy judío. Hay una garantía de que voy a terminar mis días en prisión». Sería el único que podría contarle la ejecución de la teniente coronel de los servicios de información Inessa Vasiliedna Kosmodemskaya, su *paloma*.

En aquel verano de 1949, María no sabía cómo había muerto Inessa Vasiliedna, pero sí podía asegurar que había sido asesinada y ello, no podía ser de otra manera, traía causa de las purgas del régimen estalinista, algo consustancial con su desafortunada y criminal existencia.

Cuando una pequeña ola agitaba levemente la calmada superficie de la oficialidad soviética era señal, así lo entendían los especialistas de los servicios occidentales, de que un maremoto se estaba cociendo en las profundidades del misterioso piélago moscovita. Y eso bien lo sabía María Millán.

El 7 de agosto de 1948 la *Pravda* había publicado una carta de Yuri Zhdánov, el hijo del todavía poderoso Andréi Zhdánov, con fecha del 10 de julio y dirigida al «camarada Stalin». Esa fue la primera señal de lo que estaba por venir.

En ella, el joven ingeniero pedía perdón por sus errores políticos al criticar en una conferencia las tesis del profesor Trofim Lysenko, un ingeniero agrónomo que, con sus extravagantes y anticientíficas teorías, que tomaba prestadas de un iluminado como Michurin, se había convertido en el gurú de Stalin respecto al desarrollo agrario de la URSS. Su primera *ocurrencia* fue postular un método para abonar la tierra sin utilizar fertilizantes o minerales, cosa que la *Pravda* celebró como una victoria. El aparato de propaganda del Partido tenía a Lysenko por un «científico descalzo» porque apenas tenía formación académica y encarnaba la mítica sabiduría popular del campesinado soviético frente a las tesis «reaccionarias y antisoviéticas» de los científicos de formación científica. Para salir del charco, el pobre Yuri tuvo que escribir que «considero que es mi deber asegurarle, camarada Stalin, y a través de su persona al Comité Central del Partido Comunista de la Unión Soviética, que he sido y sigo siendo un *michurinista* ardiente. Mis errores son el resultado de mi insuficiente discriminación de la historia del problema y de que construí un frente incorrecto de lucha por la doctrina Michurin. Todo esto se debió a la inexperiencia y la inmadurez. Corregiré mis errores con las acciones».

Quien no estuviera en las claves de lo que pasaba detrás de los muros del Kremlin no hubiera entendido que el periódico oficial del PCUS gastara papel en publicar semejante banalidad, algo a todas luces ridículo y bastante infantil, pero que para los especialistas de los gabinetes de análisis de los servicios de inteligencia occidentales era señal de que se aproximaba un maremoto en la cúpula del partido comunista de la URSS. Que la *Pravda* obligara a recular por un asunto tan risible al hijo del poderoso secretario del Buró Político del PCUS y miembro permanente de su Comité Central, siendo además el joven doctor el marido de Svetlana Stalin, no se comprendía si no era señal de que algo muyo más profundo estaba por emerger de la ciénaga estalinista.

La siguiente señal de lo que se venía encima fue la inesperada muerte de Andréi Zhdánov el 1 de septiembre de 1948, con solo cincuenta y dos años de edad. No habían pasado dos meses desde que su hijo se había retractado.

Pero el asunto no era tan sencillo como parecía; durante la atención médica a Zhdánov, tras el infarto que padeció poco después de que se publicara la carta de su hijo y él fuera separado del poder, la doctora Lydia Timashuk Fedoseevna, una de las responsables de la supervisión de sus cuidados en el hospital, por su condición de jefa de la oficina de diagnóstico funcional de la policlínica Lecanora, adscrita al Ministerio de Salud de la URSS, avisó al Comité Central en la persona de Belov del erróneo tratamiento que se aplicaba a Zhdánov en la clínica de Valday. Algo que detectó la doctora al analizar un electrocardiograma del paciente. Nadie hizo caso a esa denuncia que se perdió en algún archivo y Zhdánov falleció diez días después cuando iba de la cama al baño sin que nadie pudiera asistirle en ese momento. Al velatorio privado solo asistieron su mujer, Zinaida, su hermana, Anna Alekxandrovna, su hijo Yuri, los médicos que le atendieron y sus guardaespaldas, pero a su entierro oficial tras exponer su cadáver en el salón de Columnas del Kremlin acudieron Stalin, Molotov, Málenkov y Beria junto con los alcaldes de Moscú y Leningrado, la plana mayor del poder soviético. Decidieron enterrarle al día siguiente con honores militares en las murallas del Kremlin y dar carpetazo al asunto cuanto antes. Hasta ahí alcanzaba el relato oficial.

Las siguientes oleadas del maremoto que vino después no encontraron eco en la prensa del partido, pero sí fueron detectados por los servicios de espionaje occidentales. Sustituido Zhdánov por Málenkov, su viejo enemigo, y expulsada Yugoslavia del Kominform, en contra del criterio íntimo de Zhdánov, faltaba resolver el otro frente que tenía abierto Zhdánov en el interior de la URSS: la disidencia del poderoso círculo de Leningrado, algo recurrente en la política soviética que se cocía de manera exclusiva dentro de los muros moscovitas del Kremlin. De eso se iban a encargar Málenkov y Beria, siempre autorizados por Stalin. La purga comenzó cuando el comité del partido en Leningrado propuso cambiar el nombre del puerto de Kronstadt, el mítico enclave naval sede de la flota rusa que se sublevó contra el poder zarista en 1917 y contra el poder bolchevique en 1921, por el de Zhdanovgrado, cosa que abortó inmediatamente el Comité Central del PCUS. Stalin resolvió el asunto ordenando que Mariúpol, su lugar de nacimiento, una pequeña ciudad portuaria en el sureste de Ucrania a orillas del mar de Azov, cambiara su nombre por el del fallecido; eso era todo lo que Stalin estaba dispuesto a conceder.

El caso Zhdánov, en 1948, comenzaba a seguir los pasos del caso Kírov, en 1934: dos dirigentes comunistas muy enraizados en Leningrado, que poco antes de su muerte se postulaban como sucesores de Stalin, o al menos eso creía el desconfiado secretario general. Los cadáveres de ambos jefes comunistas, fervorosos partidarios de Stalin ambos, reposaban en la muralla del Kremlin. Sus muertes, en todo caso, le sirvieron a Stalin para reforzar su control sobre el aparato del partido y despejar de su cercanía a quien pudiera hacer sombra a su liderazgo.

La muerte de Kírov, la gran promesa del partido bolchevique respaldado por la organización comunista de Leningrado, a manos de un comunista enajenado seguidor de Zinoviev, que le disparó en la cabeza, permitió al dictador culpabilizar a Zinoviev y a Trotski como inductores y liquidar mediante una farsa judicial a Zinoviev, Bujarin y Yagoda, el jefe de la policía política y tal vez el responsable directo del crimen por instrucción secreta del propio Stalin. El destituido Yagoda confesaba en la Lubianka al general Orlov, el antiguo jefe de Eitingon en España, pocos días antes de su ejecución que «de Stalin no merezco nada más que gratitud por mi leal servicio, de Dios merezco el más severo castigo por haber violado sus mandamientos miles de veces. Ahora mira donde estoy y juzga si existe un Dios o no...». Trotski se escapó de la carnicería porque ya estaba exiliado en Turquía desde 1929 tras ser apartado de la dirección en 1925 pero seguía siendo la bestia negra del camarada Stalin y la percha idónea para colgar en sus espaldas cualquier intento de acabar con el dictador.

La muerte de Zhdánov, el amigo de Stalin con más papeletas para optar al liderazgo del PCUS ante la ya debilitada salud del secretario general, igualmente respaldado por la organización del partido en Leningrado, se resolvió más discretamente, de ahí el recurso a los médicos durante su estancia hospitalaria, y no hubo juicio alguno pues su muerte había sido *natural*, pero la purga iniciada por Málenkov y Beria tenía una excusa formal en una intención inaceptable para el paradigma soviético: que el difunto animaba un proceso secesionista que pondría a Leningrado fuera de la URSS proclamando una república independiente, algo intolerable para el centralismo soviético.

Un juicio sin ninguna garantía y con unas acusaciones sin fundamento colocó en el banquillo al teniente general Alekséi Aleksándrovich Kuznetsov, miembro del comité central del PCUS y antiguo primer secretario de la diputación de Leningrado, a Pyotr Popkov, secretario regional del partido en Leningrado, a Nikolai Voznesensky, vicepri-mer ministro y presidente del Gosplan —la comisión creada para la planificación de la economía soviética—, a Mikhail Rodionov, presi-dente del consejo de ministros de la República Federativa Soviética, a

Kapustin, segundo secretario del comité del partido en Leningrado, y a Lazutin, el alcalde la ciudad. Todos ellos serían fusilados. Pero no fueron los únicos represaliados porque más de dos mil personas del gobierno de la ciudad de Leningrado y de los órganos regionales también fueron arrestadas, así como otros que sin cargo político simpatizaban con los principales detenidos. Todos fueron sustituidos por partidarios de Stalin llevados con prisa desde Moscú. Doscientos de los encausados fueron condenados a penas de cárcel y sus familias condenadas a vivir en Siberia sin ningún derecho. De las detenciones, interrogatorios y encarcelamientos se encargó Víctor Abakúmov, jefe del MGB que, de paso, purgó su departamento de oficiales cercanos a las políticas de Zhdánov, en especial todos aquellos que simpatizaban con sus posiciones respecto a Yugoslavia, donde buena parte del espionaje soviético adscrito a Belgrado acabó propugnando un entendimiento con el jefe rebelde y sus políticas aperturistas, tal era el caso de Inessa Vasiliedna Kosmodemskaya que había asistido con Zhdánov a la segunda conferencia del Kominform y que coordinaba la actividad de los agentes del MGB en Yugoslavia. La teniente coronel fue acusada de *titismo*, de trabajar para el servicio de inteligencia británico, y sería ejecutada en Moscú, sin juicio, en los sótanos de la Lubianka sin que Eitingon pudiera rescatarla de los hombres de Abakúmov que estaba operando al dictado de Beria. Un tiro en la nuca y una tumba sin lápida en un cementerio a las afueras de Moscú fue el final de la mujer, la *paloma*, que había enamorado a María Millán, a la camarada Sliva.

María Millán alcanzaría a saber las consecuencias para ella de la purga, la muerte de la Kosmodemskaya, gracias al mensaje que Eitingon logró colocar en Radio España Independiente. Eso fue posible gracias a sus buenas relaciones personales con los comunistas españoles en el exilio, muchos de los cuales habían ingresado de su mano en los servicios soviéticos, en la NKVD, mientras fue el jefe de la estación en España durante la Guerra Civil, como había ocurrido con África de las Heras, Caridad Mercader y tantos otros. Uno de ellos era Jacinto Barrio, un comunista del 5º regimiento que tenía experiencia en radio, educado en la Academia Frunze de Moscú y que dirigía La Pirenaica desde 1945. La amable relación de Eitingon con Barrios es lo que había permitido colar el mensaje a María Millán en la programación de la radio que emitía desde Moscú, muy cerca de la oficina del viejo espía.

La agente en España comprendió enseguida que si la muerte de su amada hubiera ocurrido por causas naturales le habría llegado la noticia, más o menos disimulada, a través de la vía regular con Moscú. Si había llegado por el otro canal era señal de que su muerte se debía a razones políticas y eso, ella bien lo sabía, era un crimen que sus jefes no se lo iban a participar nunca, por razón de mantener su lealtad a la causa, algo imprescindible para servir con eficacia a la misión encomendada.

El efecto sobre María Millán de la noticia de aquella muerta tan imprevida y nunca imaginada, cuyos detalles ni siquiera suponía, pero sí que los temía conocer, fue demoledor; porque tras el dolor vino la furia, tal vez por instinto o tal vez por su entrenamiento, tan doloroso, en el sufrimiento. María estaba abandonada, expuesta, había decidido romper para siempre su conexión con Moscú, con el estalinismo, pero ahora no era como cuando la recogieron a las puertas de la muerte y nació a otra vida que nunca hubiese imaginado y que le exigió cambiar de tierra y de lengua, porque ahora, tal vez por eso mismo, era mucho más fuerte, más peligrosa por cuanto estaba decidida a vengar la muerte de todos los que la amaron, pero ya sin la referencia teleológica a unos ideales que pasaban por una organización tan miserable como cualquier otra, construida para detentar el poder a cualquier precio. Marx, Engels, Lenin, Stalin eran los peldaños que descendían de la luz a la sombra, y ahora, por mor del asesinato de su amada y tantos otros que cayeron despeñados en aquel descendimiento, había encontrado la luz en la tiniebla del estalinismo, una opción criminal vestida de patriotismo con la que nunca volvería a comulgar.

María Millán ya no era una orgullosa ciudadana soviética.

Desde que las bombas alemanas acabaron en Madrid con su madre hasta que las balas estalinistas segaron en Moscú la vida de su amada Inessa había ido perdiendo trozos de su alma, mutilándose hasta quedarse vacía y ahora su espíritu, desnudo de afectos y esperanzas, albergaba un vacío turbio y peligroso que solo se podía alimentar de la venganza, algo que la pedían a gritos todas las células de su ser. Su entrega al partido comunista no había sido más que una ilusión, un tramo de esperanza en una vida aherrojada por la violencia y la derrota, de la que solo su infancia le reportaba recuerdos amables.

Desde ahora, María era una mujer sin patria.

Cuando recuperó el conocimiento, tumbada en las baldosas de su casa en La Ventilla, volvió a bautizarse en el dolor que la había hecho fuerte, pero esta vez no había cerca de ella una mano que le ayudara a levantarse. Nadie la esperaba al otro lado de esa frontera, como pasó en 1939; nadie la ofrecía una familia, como hicieron sus camaradas franceses de la Résistance; nadie curaba sus heridas, como ocurrió cuando la rescataron del campo de concentración. Ahora no estaban con ella sus camaradas de la JSU, ni sus amigas del barrio, ni sus padres, ni su hermano, ni su amado Jules, ni tampoco su querida Inessa, su *paloma*. Cuando se recuperó de aquella catalepsia dolorosa en que la sumió la muerte de Inessa comprendió que solo le quedaban recuerdos en el alma y unos pocos nombres vivos en la memoria, los de sus vecinas en la calle Hierbabuena, el de Angustias y el de Ramón, un patético espectro de lo que fue una amistad de juventud, pero el instinto le decía que solo podría usar uno de ellos como asidero, solo uno, por eso recurrió a Angustias, porque era la única persona que podría escucharle sin por ello arriesgarse a una traición. Se lo decía su instinto de mujer, que nunca le había fallado, y lo sabía desde que cenó con ella en El Comunista, cuando percibió que detrás de la corista había una historia soterrada, una realidad roqueña y aristada envuelta en las mallas y lentejuelas de su oficio. Y por eso emplazó a su amiga; esa llamada era en cierta medida un grito de auxilio, lo único posible para ella en aquel momento.

— 31 —

Confidencia y compromiso

Glorieta de Embajadores, Madrid.
5 de julio de 1949.

Cinco minutos antes de la hora acordada, María ya estaba en la esquina de la glorieta de Embajadores con la calle del mismo nombre, donde la Fábrica de Tabacos sentaba sus reales. No habían pasado del todo, tiempo que María aprovechó para hacerse con la situación de la plaza, cuando un taxi que venía por la Ronda de Atocha paró delante de ella. Su amiga, que para la ocasión más parecía Martirio que Angustias dado lo luminoso de su atavío, se bajó del coche con la misma parsimonia que si descendiera de una carroza en su espectáculo. Un grupo de hombres que esperaban el autobús en una marquesina no la quitaban ojo. «¡Quién fuera gato para pasar siete vidas contigo!», la piropeó uno de ellos y otro la silbó con admiración quitándose la gorra como quien se descubre ante el trono de una Virgen. Martirio pasó por delante de todos como si paseara ante su público por el escenario del Martín; solo le faltaba la orquesta. Un guardia municipal, un guindilla tripón y con bigote, también se la quedó mirando y aprovechó para pitar a su paso cuando la tuvo cerca. A María todo eso la incomodaba, por su afición casi profesional a pasar desapercibida en toda circunstancia. «Podía venir más discreta», lamentó sin poder evitar una sonrisa; «Angustias es así... y no va a haber quien la cambie» se dijo acercándose a ella.

—Necesitaba verte, Angustias. Muchas gracias por venir —celebró María abrazándola con emoción. La sonrisa feliz de su amiga la había desarmado de sus cautelas y no la importaban las miradas de aquellos hombres.

—Un beso, cielo mío —correspondió la *vedette* y después la tomó del brazo para cruzar la calle y escaparse por la Ronda de Toledo. «Tampoco es mala la compañía» dijo rumboso uno de los del grupo, cuando casi doblaban la esquina. El guardia volvió a tocar el silbato fingiendo que iba a parar el tráfico para que cruzaran las dos mujeres.

Angustias, siempre dispuesta para el espectáculo les dedicó un beso a todos girando la cabeza, despidiéndose, como si agradeciera el aplauso de su entregado público. «Están *apollardaos*» dijo la bella a su amiga al oído usando una expresión de su tierra para quienes parecen embobados.

—¿Qué te pasa María? —preguntó Angustias cuando ya casi estaban a la altura de la plaza del Campillo y llevaban un rato en un silencio que tenía en ascuas a la granadina.

—Tengo que hablar contigo; es muy importante para mí —rompió María de repente.

—Aquí tienes una amiga para lo que quieras —ofreció Angustias que no se imaginaba lo que le podía pasar a la madrileña.

—Lo sé, por eso me he atrevido.

Las dos mujeres caminaban cogidas del brazo hacia la puerta de Toledo.

—¿De qué se trata? —preguntó Angustias.

—Pues… que yo no me llamo María García —confesó muy seria.

—Toma… ni yo me llamo Martirio; eso nos pasa a muchas —respondió divertida la andaluza.

—Es que yo me llamo María Millán —confesó María como quien desvela un gran misterio.

—Entonces… ¿lo de María García es tu nombre artístico? —preguntó la otra—. Pues tampoco te has quebrado la cabeza; suena fatal. ¿No preferirías algo más original? Te quedaría muy bien algo así como Estrellita de Tetuán. Yo tenía una amiga que se puso Estrellita de Linares y le fue muy bien; hasta grabó un disco de coplas.

—No se trata de eso; es mucho más complicado.

—¿Entonces?

—Yo no soy artista, ni quiero serlo —protestó María.

—No importa, porque para dedicarte a *los novios* —dijo Angustias eludiendo pronunciar lo que las dos entendían perfectamente— también te vendría bien usar otro nombre; no les vas a enseñar la cédula el primer día a esa banda de cabrones.

—Es que tampoco me voy a dedicar a… *los novios*; yo soy secretaria en una oficina —explicó muy seria la cuitada.

—¡Qué rara eres, hija mía! —lamentó la de *Graná*—. Me tienes *regomellá* —quería decir en el lenguaje del Albaicín que la tenía preocupada.

—Es que es muy complicado… —María estaba a punto de tirar la toalla; no sabía por dónde empezar.

—Tú dispara, porque yo he escuchado cada cosa… Si yo te contara —ofreció Angustias apretándola el brazo como si la invitara a la confidencia.

—Me imagino…

María se quedó callada, aún le daba vueltas a si no se habría equivocado al requerir el auxilio de su amiga. En esto habían llegado a la puerta de Toledo.

—¿Penas de amores? —preguntó al poco Angustias volviendo a la carga; quería hacérselo fácil a su amiga.

—También, pero eso no es todo… —dijo misteriosa.

Angustias se quedó callada otra vez, como pensando en sus cosas.

—¿Hacen unos calamarcitos con una caña? —propuso al cabo de un rato, tan contenta como si hubiera descubierto América—. Con un bocadillo verás cómo todo va mejor.

María reventó a reír; nunca se hubiera imaginado esa salida de su amiga. Precisamente esa espontaneidad fue lo que la animó a seguir con sus confidencias.

—¿Y dónde venden esa exquisitez? —preguntó divertida y celebrando la idea porque también tenía debilidad por los calamares; le recordaban sus paseos de juventud por la plaza Mayor con sus amigas del barrio.

—Aquí al lado; conozco una tasca en la calle de Toledo que los bordan —propuso muy docta la granadina—. El sitio me lo enseñó uno de mis novios y ahora me apetece un bocadillo así de grande —explicó haciendo un gesto con las manos separando las palmas como si midiera una barra de pan imaginaria—. Además, allí ya me conocen.

—Si es que tus novios son un chollo —bromeó María, cada vez más enternecida por la bondad ingenua de la corista.

—Ya te digo —asintió la granadina muy orgullosa.

Y hacia allí se encaminó la pareja, a una tasca en la calle de Toledo que preparaban bocadillos de calamares, aunque su especialidad eran los callos a la madrileña. El local, estrecho como un tranvía, tenía una salita al fondo con tres mesas, «el comedor» decía Angustias exagerando un poco. El camarero que atendía la barra saludó a la *vedette* en cuanto pisó el local

—Buenas tardes, señorita Martirio —celebró el mozo.

—Buenas tardes, Crispín —correspondió ella, muy en su papel de clienta *de toda la vida.*

—Mi amiga y yo venimos a merendar unos calamares, que aprieta la gazuza.

—Es un honor, señorita Martirio —celebró el camarero que era muy cumplido— ¿Los quieren en ración o en bocadillo, señoritas?

—En bocadillo, que llenan más. Y dos cañas muy fresquitas y bien tiradas —completó ella.

—Marchando, cocina... ¡Dos bocatas de calamares... de los buenos! —ordenó en un grito a la guisandera que oficiaba de lo suyo entre sartenes y perolas detrás de un cristal esmerilado al fondo del local.

—¿Les pongo ya las cañitas? —ofreció Crispín.

—Mejor llévanoslas al comedor mientras salen los calamares, que tenemos que hablar de cosas de mujeres mi amiga y yo, ¿vale?

—Sin problema, señorita Martirio; ustedes vosotras podéis usar el cuarto para ustedes solas —ofreció el mozo que era sevillano y usaba ese peculiar modo de tratamiento, a la vez cortés y de confianza—. Todavía es pronto y no creo que hoy tengamos cenas. Estarán ustedes como en su casa.

—Gracias, Crispín.

—A mandar, señorita.

Y con estas, las dos mujeres pasaron al comedor, un cuartucho sin más ventilación que un ventanuco al oscuro patio de parcela, que estaba iluminado por una lámpara colgada del techo, tan antigua como el local, y alicatado con un zócalo de azulejos para pelear con las humedades. Nada más que tres mesitas cabían en lo que llamaban exageradamente *el comedor* del local. A María le llamaron la atención las fotografías enmarcadas que adornaban las paredes, en especial una de ellas, que era de Martirio vestida con su atuendo de corista y estaba dedicada al local con su caligrafía de niña. Las demás correspondían a bailaoras, cantantes, tonadilleras y toreros que eran amigos del dueño o habían pasado por allí. Enseguida llegaron las cervezas y los bocadillos.

—¿Queréis ustedes vosotras que os traiga un poco de mahonesa para acompañar? —ofreció el mozo cuando sirvió la demanda.

—Ni se te ocurra, Crispín. Ni una *mihilla*... vete a saber de qué la habréis hecho.

«Angustias, tan escrupulosa como siempre», pensó María recordando la cena en El Comunista y las croquetas de pollo sin pollo.

—Vale, *miarma* —reculó el sevillano saliendo de allí.

Cuando se quedaron a solas, Martirio alzó su vaso de cerveza.

—¡Por nosotras! —invitó la andaluza.

—¡Por las putas, las ratas y toda la buena gente que hay en el mundo! ¿Te acuerdas? —corrigió María evocando el brindis en El Comunista.

—¡Por ellas... que somos nosotras! —aplaudió Martirio como si declamara en la revista.

Tras un sorbo largo, Angustias se quedó mirando a su amiga.

—¿Se puede saber qué coño te pasa, María? ¿Quieres que busquemos un buen nombre para ti?

—No seas cansina, Angustias; ya te he dicho cómo me llamo de verdad y ahí empieza el problema.

—Tú dirás entonces —ofreció la granadina cediendo a su amiga la iniciativa,

—Es una historia muy complicada... y es mejor empezar por el final.

—Te escucho... —se resignó Angustias, a la que costaba mucho callarse.

—Ha muerto la persona a la que amaba... y me he quedado sola. Estoy destrozada —desveló María a punto de romper a llorar: el simple recuerdo de Inessa le partía el alma.

—¿Se ha muerto tu novio? ¿Ese chaval tan majo que te llevó al hipódromo?

—Que va; ese no es mi novio.

—¿Entonces, hay otro?

—Yo estaba enamorada, como no lo he estado nunca, de una persona muy especial y por las circunstancias tuvimos que mantener en secreto la relación.

—¿Estaba casado? —la interrumpió la andaluza.

—No...

—¿Qué pasaba?

María se calló, como pensándose la respuesta, Al cabo de unos instantes que a la granadina se le hicieron eternos se decidió.

—Que era una mujer... Se llamaba Inés —dijo María mientras se le saltaban las lágrimas. Solo pronunciar el nombre de su amada era para ella tan doloroso como recibir un tiro en la frente.

Ahora fue Angustias la que cambió el gesto, pero no a la sorpresa sino a un súbito dolor. María se dio cuenta.

—¿Te pasa algo? —preguntó la madrileña.

También pareciera que a Angustias le costaba encontrar las palabras.

—Que yo también soy de ese palo, María —reconoció con voz muy dulce, como quien se quita un peso de encima—; perdí el amor de mi vida… y también era una mujer. Entonces perdí mi amor… y perdí con ello parte de mi vida.

Las dos mujeres se miraron en silencio.

—Se llamaba Zita y era una gitana de *Graná* que conocí en la academia de La Pastora cuando quise aprender flamenco —confesó Angustias con la voz tomada por el dolor—. Nunca lo supo nadie, y menos mi familia, y teníamos un precioso secreto entre nosotras; porque su familia tampoco lo hubiera visto bien. Era una muchacha morena, con los ojos de miel y la piel de terciopelo y azafrán que siempre estaba contenta como un cascabel.

—¿Qué pasó?

—Que la fusilaron en el Albaicín cuando se sublevaron los militares —despejó la granadina endureciendo la mirada y el rictus de la boca, como si le repugnara contarlo—. Su familia era anarquista, como muchos de los de su raza, y se encerraron en el barrio para resistirse a los franquistas, pero los cazaron como a conejos. Fusilaron a todos los que no pudieron escaparse y ella murió el 21 de julio del 36 de un tiro en la nuca, en la puerta del Ateneo Libertario. Allí estaba de enfermera voluntaria atendiendo a los heridos.

—¿Qué hiciste?

—Yo acababa de perder a mi padre, mi madre estaba detenida y no quise quedarme en una ciudad que me recordaba a Zita por todos los rincones… por eso me escapé de casa de mi tía, que la muy bruja me hubiera acabado metiendo en un convento, y me fui de allí para siempre. Nunca he vuelto a *Graná*… y nunca he olvidado a mi amada gitana.

Las dos mujeres se tomaron de la mano.

—Mi Inés también habrá muerto fusilada —confesó María al cabo de un rato. Sintió un estremecimiento en la mano de su amiga cuando pronunció esas palabras.

—¿No lo sabes?

—Me lo imagino. Solo sé que ha muerto.

—¿Dónde te la han matado? ¿En qué cárcel estaba? —era muy común que las familias de las presas se enteraran mucho después de las ejecuciones de sus seres queridos.

—No lo sé... pero creo que ha muerto en Moscú.

—¿En Moscú?

—Si, Angustias; es una historia difícil y complicada y por eso he querido empezar por el final.

La granadina se quedó mirando a su amiga y volvió a aparecer una sonrisa en su cara.

—Por Inés, que siempre estará con nosotras —brindó Angustias alzando su vaso.

—Por Zita, que nunca se ha ido —correspondió María.

A partir de ahí, María desgranó su verdadera historia en la soledad de aquel pobre comedor. Fue recitando una a una todas las estaciones del doloroso viacrucis en que se convirtió su vida, desde que los bombarderos alemanes segaron la vida de su madre hasta que llegó a la última, la ejecución de Inessa Vasiliedna Kosmodemskaya. No escondió nada a su amiga, ni siquiera su afiliación al espionaje soviético y su nombre en clave, María Sliva.

—¿Qué significa Sliva? —preguntó Angustias que era muy peliculera y tenía los ojos como platos tras saber de las aventuras de su amiga.

—Ciruela —respondió un poco avergonzada por el nombrecito.

—O sea... ¿que tú eres la espía ciruela?

—Más o menos —reconoció con una sonrisa.

—Me gusta... es un buen nombre artístico... María Ciruela. Podemos usarlo.

—Ni se te ocurra, compañera —protestó María a punto de romper a reír.

El relato de su historia secreta fue como un bálsamo para el atormentado espíritu de María. El poder sacar sus misterios a la luz sabiendo que no corrían peligro en los oídos de su amiga era lo mejor que pudo desear; se había sentido cada vez más desahogada en esa peculiar confesión laica como si cada confidencia que volaba de sus labios fuese la extracción de un clavo en la tapa del féretro que la retenía encerrada en sí misma.

—Y tu novio... bueno, ese —corrigió enseguida—, ¿qué pinta en todo esto?

María le había contado lo que pasó hasta llegar a España, pero no lo que había hecho desde entonces y tampoco cuál era su misión; eso lo reservaba para otro momento.

—Ese pollo es un *novio* como los tuyos. Un tipo que me ayuda; era un vecino de mi barrio y estuvo por mis huesos cuando éramos muy jóvenes.

—De eso siempre se acuerdan los tíos; la primera siempre es distinta a las demás. Sácale partido, María.

—¿Tú te has vuelto a enamorar de alguno de los tuyos? —preguntó María cambiando de tercio.

—Quita… yo sigo fiel a mis gustos; prefiero los higos a los pepinos; los hombres son muy simples y solo van a lo suyo… aunque se me dan muy bien. Para mí son cosa de trabajo… como la revista.

—¿Entonces… no hay nadie ahora?

—Ahora estoy más sola que Adán el día de la madre. La última me dejó plantada hace un mes.

—¿Quién era?

—Una compañera del coro, Lissette se hacía llamar, pero de verdad sus padres la pusieron María Pilar.

—¿Qué pasó?

—Que se lio con un estraperlista que la prometió retirarla del alterne y se la llevó a Barcelona… y ahora está trabajando en El Molino de vicetiple.

—¿Le ha ido bien?

—Qué va; el maromo la dejó tirada a la semana de estar en Barcelona.

—¿Por qué?

—Porque el gachó se lio con la *vedette*, plantó a María Pilar… y la pobre ha vuelto al alterne y a buscarse la vida otra vez… y encima no habla catalán.

—¿Te ha dolido?

—Yo estoy acostumbrada, María.

—No te preocupes, amiga; hay más mujeres que días y longanizas —sentenció la madrileña.

—¡¡Por las mujeres!! —brindó Angustias con la poca cerveza que le quedaba en el vaso.

—¡¡¡Por nosotras!!! —aceptó María Ciruela.

Y así terminaron con los bocadillos, que ya se habían enfriado, y otra ronda de cervezas que les trajo Crispín en cuando la señorita Martirio se las pidió con un grito.

Eran las ocho y media cuanto no quedaba ni una miga y habían caído otras dos rondas de cerveza. Las dos mujeres se sentían a gusto la una con la otra, cómplices y compañeras, y ahora amigas en verdad. Las dos habían sufrido, las dos eran fuertes y las dos podían sumar fuerzas para rematar el plan secreto que había trazado María desde que supo de la muerte de su amada, un plan de libertad construido desde la venganza y la ira.

—Yo pago; que bastante me has aguantado —propuso María antes de salir de la tasca poniendo un billete de cinco duros en el mostrador que sacó del monedero que guardaba en el bolso junto a su inseparable cuchillo de combate.

—Pues dame a mí una botella de coñac, que me la llevo; esto sigue, que la noche es joven, pero la pago yo.

—¿Cuál le pongo señorita?

—¿Tienes Barbier? —preguntó Angustias, que de coñac entendía bastante.

—Me queda una botella.

—Pues es nuestra —ordenó la vicetiple poniendo otro billete igual en la barra de la cantina.

La granadina prefería un coñac elaborado en Bilbao a partir del *txakoli* que se había hecho con buena parte del mercado nacional gracias a su precio y que estaba destilado siguiendo el tradicional sistema Charentais de la región francesa de Cognac. Su publicidad en prensa pregonaba las bondades del coñac vizcaíno por su «aroma natural y suavidad en el paladar, pudiéndolo tomar las damas a pesar de los 43 grados que tiene de fuerza alcohólica» ofreciendo «una bebida selecta para un paladar selecto».

Cuando las dos mujeres salieron a la calle, con la botella guardada en el bolso de Angustias, iban cogidas de la mano camino de la plaza de La Cebada. Al llegar al cruce con la calle de La Arganzuela, Angustias paró la marcha, se quedó mirando a María muy fijamente y sin soltar su mano se acercó a ella y la besó en la boca cuando estaban protegidas de las miradas de cualquiera que pasara por allí gracias a la Fuentecilla que ocupaba la esquina. Fue un beso fugaz y húmedo que solo percibió la madrileña y que la ocasionó un escalofrío en la espalda.

—¿Nos la bebemos en tu casa, porque yo vivo en una pensión y no permiten visitas *niná*? —resolvió descarada la andaluza sin darla tiempo a reaccionar.

—Vale… pero yo pago el taxi —concedió María que no esperaba de sí misma una respuesta que le salió del alma.

A las nueve ya estaban las dos amigas en la calle Hierbabuena. Las hermanas Torrijos no repararon en la entrada de la vecina y su acompañante.

Aquella noche las dos mujeres se amaron de madrugada, en silencio, buscándose en los labios y en la piel desnuda de temores que rozaban con sus dedos, tímidos al principio, ardientes después, reconfortantes siempre. Dos mujeres que compartieron su soledad en una danza tan antigua como aquello que nace todos los días, porque su música está escrita en los pliegues de todas las almas que están vivas y que buscaron sin promesas una esperanza que, sin duda, podían ofrecerse. María hizo un esfuerzo por reservarse lo que ahora se traía en la cabeza; no quería asustar a su amiga con lo que se le iba cociendo en el magín. Tampoco le habló de Kammler ni de la enigmática campana; esperaría a otro momento porque aún tenía que rematar algunos flecos.

«Sigue con ella, María; que yo siempre estaré contigo —soñó que le decía Inessa cuando se quedó dormida al alba— Cuídate y cuídala como hiciste conmigo; es una buena mujer y te mereces gozar con ella el tiempo que yo no he podido darte. Hazlo por mí, por favor».

— 32 —

Un crimen que vuelve

Calle Hierbabuena, La Ventilla. Madrid.
6 de julio de 1948.

—¿No crees que te has tomado demasiado en serio a ese hombre?

La pregunta desconcertó a María; ni la esperaba ni venía a cuento en aquel momento.

Las tres mujeres estaban cenando en la casa de Basilisa Torrijos para celebrar el cumpleaños de Cesárea, que había engalanado la mesa del comedor con un mantel bordado que nada más lucía en fechas muy señaladas. María había insistido en aportar ella los ingredientes de la cena; llevaba casi dos meses trabajando en Transportes Dávila, sus amigas sabían que había mejorado su situación y que había dejado el servicio doméstico, y quería corresponderlas por sus muchas atenciones. Había conseguido, *de aquella manera* y sin pasar por la cartilla de racionamiento, media docena de huevos, un chorizo de Salamanca, una botella de vino, una barra de pan blanco y medio pollo de corral en un comercio de ultramarinos de la calle Bravo Murillo con el que ya había trapicheado cuando se dedicaba al estraperlo de la mano de Basilisa. Cesárea había aportado para rematarlo todo, las patatas, las cebollas y pimientos verdes que consiguió de un frutero al que ella procuraba tabaco de contrabando. Como consecuencia, en la mesa había una gran tortilla de patatas con chorizo y pimientos verdes, y el medio pollo descansaba en una fuente, asado con las patatas que sobraron, un poco de vino blanco, dos cebollas, zumo de limón, una zanahoria, algo de pimentón y una copita de coñac en la que se empeñó Basilisa que era la más guisandera.

—¿A qué viene eso? —preguntó ella para eludir la respuesta— Ramón es un buen amigo.

—¿Solo un amigo? —insistió Basilisa.

—Sí, claro… Bueno, un poco más —reconoció modosita.

—¿De qué le conoces? —ahora era Cesárea la que atacaba.

—Me abordó un día en la calle al salir del trabajo… quedamos otro día y una cosa trae a la otra; os podéis imaginar —mintió María que no tenía otra manera de justificar aquello. No entendía el súbito interés de sus vecinas y no quería dar un paso en falso.

—¿Sabes en qué trabaja? —la mayor de las hermanas Torrijos volvía a la carga.

—Me ha dicho que tiene negocias… —eludió ella.

—Hoy, todos tenemos negocios; lo mío y lo de mucha gente es el estraperlo… ya lo sabes —la cortó Basilisa.

—Me ha dicho que se dedica al transporte, cosas de camiones y así. A mí me consiguió el trabajo en Transportes Dávila; dice que son amigos y clientes suyos.

—¿Tú te lo crees?

—¿Por qué no me lo había de creer? A mí me ha funcionado.

—¿Sabes que está casado? —Cesárea tomó el testigo de Basilisa.

Antes, mientras su hermana interrogaba María, ella había repartido la tortilla de seis huevos en los platos. «Qué pinta tiene» había celebrado María.

—Claro que lo sé, amigas mías, pero… ¿a qué viene este interrogatorio? ¿Acaso es un delito tener un asunto con un casado?

—Nosotras no somos monjas, María —dijo Cesárea—, y nos da igual con quien te acuestes, pero…

—¿Sabes en qué trabaja? ¿Sabes quién es? —Basilisa interrumpió a su hermana para volver a la carga con lo mismo, cosa que terminó de prevenir a María.

—Sí, claro. Se llama Ramón Botillas, sé que está casado, que tiene mujer y dos hijos y que se dedica a sus negocios, que me ayuda, que es educado conmigo, que no está mal… y que no estoy yo para que se me pase el arroz —confesó María Millán en su papel de María García, una pobre madre soltera, de Ávila y sin papeles, que se buscaba la vida en Madrid.

—Que se llama Ramón Botillas es verdad, que está muy bien, también, lo demás… qué se yo, pero lo importante no te lo ha contado —la expresión de Basilisa, afable de ordinario, era iracunda en aquel momento, como si contuviera la rabia.

—¿Qué es lo importante? ¿Qué tenía que contarme? —María quería que las hermanas llegaran al final; le picaba la curiosidad.

—Que ese tipo es un cabrón, un fascista de mierda… —sentenció Basilisa escupiéndolas palabras.

—De esos hay muchos ahora —quiso justificar María para liquidar un asunto que la estaba incomodando.

—Este más. Te lo juro, vecina —remató Cesárea apostillando a su hermana.

—¿Qué le pasa?

—Este tío es concejal del barrio, un falangista… y aquí en el barrio le conoce mucha gente —apostilló Basilisa.

—Es normal; ahora hay muchos de azul. Además… si es concejal le conocerá mucha gente, ¿no crees? —María estiraba la cuerda para ver qué sacaba de las hermanas.

—Sí, pero no es por eso.

—¿Entonces, por qué es?

—Porque durante la guerra fue un pistolero, un criminal… —Basilisa Torrijos, de natural descarada, acababa de dictar sentencia.

—A mí me ha dicho que estuvo en la guerra, en el frente del Ebro, con los nacionales, que era soldado…

—¡Eso es mentira! —exclamó airada interrumpiendo a María—; ese cabrón no ha pisado el frente en su puta vida; no se ha jugado nunca el pellejo. Los únicos disparos que ha oído son los de su pistola dando el tiro de gracia a los presos republicanos. Solo estuvo dos meses en el Ebro, por Gandesa… y porque estaba en las escuadras de falangistas que iban detrás de las tropas fusilando presos que dejaban tirados en el campo como si hubieran muerto en combate. Pura carroña.

—¿Y vosotras cómo sabéis eso?

—Porque además de un criminal es un bocazas —completó Basilisa—. Cuando terminó la guerra no paraba de contar por el barrio sus hazañas a quien quisiera oírle.

María ya tenía todas las alarmas encendidas. Frente del Ebro, escuadras de ejecución, prisioneros republicanos, Gandesa, eran palabras que la iban removiendo el estómago; se le vino a la memoria la cara de su hermano Cosme.

—¿Qué contaba? —preguntó con miedo a la respuesta.

—Decía en los bares que entre los presos que pasearon había liquidado él mismo a comunistas de nuestro barrio que cogieron los moros en Gandesa. Él los conocía y a pesar de eso les pegó un tiro en la cabeza. De uno decía que era vecino suyo y que habían ido al mismo instituto.

—Un canalla —apostilló Cesárea muy bajito, como si le diera miedo pronunciar esa palabra.

María no quiso preguntar más; tenía bastante. Se le había cerrado el estómago y sentía nauseas. Sin darse cuenta se acarició con la mano derecha la muñeca izquierda donde llevaba la cuerda de piano que nunca se quitaba. Fue una manera de sentirse segura.

—Al principio no te dijimos nada, porque todas tenemos derecho a buscarnos la vida, pero ahora… —quiso explicarse Basilisa.

—Ahora, ¿qué? —a María no la salía casi la voz del cuello.

—Que no queremos que te pase nada, vecina; que ese pájaro es de muy poco fiar.

—Créela, María —coadyuvó Cesárea—; Basi te dice la verdad; el Ramón ese no es trigo limpio.

María paseó su mirada de una a la otra hermana y luego la clavó en el plato y se quedó en silencio. Acababa de saber algo que siempre intuyó, pero con lo que no quiso contar cuando se cruzó con el falangista, y estaba destrozada.

—Os lo agradezco, amigas. Sé que lo decís por mi bien… pero no me lo podía imaginar —balbuceó al cabo de un rato y a punto de romper a llorar, pero supo sobreponerse; todavía quedaba dentro de ella mucho de María Sliva y no quería que sus vecinas siguieran preguntando; ya sabía bastante. Volvió a acariciar la mortífera pulsera de acero.

A María no le importaba que Ramón fuera un fascista, por eso se juntó a él; ni tampoco que fuera un canalla, sabía defenderse de sobra; ni sus negocios turbios, algo que le había permitido obtener una información esencial para ella, pero ahora descubría que aquel hombre con el que había compartido sexo y con el que no le había costado fingir cariño era el asesino de su único hermano, de su pobre y querido Cosme, del dueño de su cariño más tierno.

—No te apenes, María; hay muchos hombres en el mundo y tú te mereces algo mejor —dijo Basilisa tomándola de la mano; en el fondo lamentaba haberla abierto los ojos a su amiga. Nunca sabría la tormenta que había desatado en ella.

—La mancha de una mora otra mora te la quita —dijo Cesárea, que era muy refranera, para quitarle hierro al asunto. Al menos eso pretendía.

María Millán las miró en silencio. Su expresión había vuelto a la normalidad, pero si las hermanas Torrijos la hubieran conocido bien hubieran notado un leve tic en su ojo derecho. Una señal apenas perceptible de su estado de agitación y que nunca presagiaba nada bueno.

—¡¡Que le den por el culo!! —dijo María por fin alzando su vaso. La ira le corroía las venas y le daba la fuerza necesaria para sobreponerse. Ese era un combustible vital al que ya estaba acostumbrada y decidió aprovecharlo; tenía que sobreponerse. «Primero Inessa y ahora Cosme, es como si me lo hubieran matado otra vez», se dijo a sí misma.

—¡¡Que le den!! —corearon las dos hermanas.

María acabó con su vaso de un solo trago y lo puso sobre la mesa con un golpe que pedía que lo llenaran otra vez. Cesárea atendió el deseo tras acabar también con el suyo.

—Se nos va a enfriar la tortilla —avisó Basilisa.

—Y el pollo, que está pidiendo que le coman —apuntó su hermana, que miraba el guiso con ojos de gula.

—¡A por ellos! —invitó María Millán, fingiendo una tranquilidad que no sentía. El leve parpadeo indicaba que algo turbio se estaba rumiando en su cerebro.

La cena transcurrió con la normalidad que las Torrijos deseaban al ver que su amiga no se lo había tomado a mal aquella intrusión en sus asuntos. «Lo tenemos que hacer por su bien, aunque la duela» había argumentado Basilisa antes de la cena para convencer a su hermana que no era tan partidaria de «meternos en ese jardín». María, que apenas probó la tortilla y solo pudo con un trozo de pollo, no pudo evitar que la simpatía que sentía por ellas creciera aquella noche al comprobar que «estas mujeres son de fiar; son buena gente» se dijo. Admiró de ellas que, viviendo en una condición tan humilde y estando necesitadas de muchas cosas, aquellas supervivientes sin más instrucción que su instinto tuvieran tan claro los principios de bondad, solidaridad y honestidad que regían en la modesta vivienda de La Ventilla. Esa convicción la animaba a seguir el plan que estaba trazando desde que oyó el mensaje que la había enviado Eitingon.

Por la noche, ya a solas en su piso, desnuda de toda simulación y armada de una sangre fría que a ella misma sorprendía, desmontó el radio-transmisor que le mantuvo unida con la oficina de Eitingon, con su misión; era una manera de romper el cordón umbilical con los que habían asesinado a su querida *paloma*. Cada pieza que iba extrayendo del viejo aparato era un peso que se quitaba de encima, como si cada componente que caía en la caja de cartón que los llevaría a la basura fuera un paso más para una nueva libertad, imprevista, que para su desgracia tendría que enfrentar sola, sin Inessa. Cuando desmontó el último de ellos sonrió satisfecha; ya no había vuelta atrás. «Ellos me la han quitado, ellos pagarán las consecuencias» prometió en la soledad de su comedor recordando a su amada. Se alegró entonces de no haber comunicado a Moscú el hallazgo de Kammler en Madrid, cosa que hubiera sucedido aquella noche de sábado si no hubiera recibido el mensaje de Eitingon a través de La Pirenaica. Desde aquel momento tan turbio para ella, tan inesperado y tan cruel, se sintió tan liberada de toda obligación con los esbirros de Stalin como comprometida contra los sicarios del fascismo; ya solo estaba atada por su conciencia y su instinto, lo mejor que tenía. Ahora era ella, solo ella, quien tenía en sus manos la resolución del enigma; solo ella tenía acceso al cabo del hilo que la podía llevar a desentrañar el ovillo que albergaba el secreto que protegía al mayor misterio de la tecnología militar nazi, algo que aún no habían desentrañado los servicios de seguridad y espionaje de los que lucharon contra ellos en la guerra. Y ella, María Millán, pensaba hacerlo.

Aquella noche, mientras desmontaba pieza a pieza el aparato que se fabricó cuando llegó España a fin de tener una voz, había ido construyendo, también pieza a pieza, el primer bosquejo del plan que le permitiría escaparse de todo aquello disolviéndose en el silencio, su mejor camuflaje para lo que estaba urdiendo. Desaparecería otra vez, como cuando cedió su persona a Isabelle Moreau, como antes se lo prestó a ella Isabelle Granier cuando llegó exiliada a Francia, y luego fue nada más que un número en Ravensbrück, una cifra sin nombre a las puertas de la muerte, y luego se convirtió en María Sliva, una agente de la inteligencia soviética, gracias a Eitingon y a su querida Inessa Vasiliedna Kosmodemskaya, para llegar a España otra vez como Marie Blanchard, la beata enfermera francesa que enseguida prestó su piel a María García, una desgraciada madre soltera abandonada por los suyos, hasta que Ramón Botillas descubrió a María Millán cuando el juego había comenzado. Ahora que no quedaban fichas en el tablero, no tendría apellido; ahora solo sería María, una mujer herida que estaba dispuesta a vengarse de tanto dolor, de tanta desgracia y a construirse una vida nueva.

Para aquel nuevo cesto donde alojar una vida que aún estaba por dibujar disponía de pocos mimbres: su instinto, sus recuerdos, el culto a sus amores, su preparación como agente en la URSS, la información que disponía, su amistad con Angustias y su confianza en las hermanas Torrijos. Eso era todo, pero para María Millán era bastante; no necesitaba más.

— 33 —
Venganza

Hotel Nacional, Madrid.
7 y 8 de julio de 1949.

—Te llaman por teléfono, María.

—¿Quién es, don Tomás?

—No lo ha dicho, pero es un hombre. Pregunta por María García.

—Esa soy yo —bromeó con una sonrisa.

—Pues atiéndele; se le veía con prisas.

María sabía perfectamente que no podía ser otro que Ramón Botillas, el único que la llamaba al trabajo de vez en cuando aprovechando que era ella la que atendía las llamadas que llegaban a la oficina, casi siempre para su jefe. En esta ocasión estaba lejos de su mesa ordenando un archivador que había en la habitación de al lado y fue el propio Tomás Granero quien había levantado el teléfono.

—Dígame —ofreció ella muy en su papel de secretaria eficiente.

—Hola, María, ¿cómo estás, cielo mío? —preguntó el falangista. Por la voz se le notaba eufórico.

—Muy bien —mintió ella con aplomo—, ya estoy recuperada del todo; fue una indigestión y un catarro a la vez, pero ya se ha pasado.

—Cómo me alegro —celebró él.

—Estoy deseando verte, Ramón —esta vez no mentía en eso—. Acuérdate que tengo algo pendiente que te debo.

—Te llamo por otra cosa —Botillas no calibró el doble sentido bajo aquellas palabras.

—Tú dirás… —le ofreció ella con la mejor voz que pudo usar.

—¿Te acuerdas de Crescencio Cordón?

—Pues no, la verdad —volvió a mentir María que tenía perfectamente localizado al personajillo.

—Es el camarada con quien nos encontramos en Horcher, el que iba con esa amiga tuya con pinta de puta y que luego nos fuimos a tomar una copa en Chicote.

—Ya me acuerdo —volvió a mentir ella que recordaba al individuo anchón de la corbata chillona, el perfume mareante y un traje demasiado estrecho. Si ya el falangista estaba envuelto en una nube negra y tormentosa dentro de la cabeza de María, que encima llamara puta a su amiga Angustias era llover sobre mojado.

—Pues resulta que ha movido unos hilos que solo él toca con el subjefe provincial del Movimiento y me ha conseguido algo muy importante.

—Tú dirás, cielo —le invitó ella fingiendo un afecto que le quedaba muy lejos—; se te ve muy contento.

—Ha conseguido que me nombren concejal de Abastos en el ayuntamiento de Madrid. Me lo han dicho oficialmente hace un rato, que me han llamado del Gobierno Civil ¡Un puestazo!

—¿Y eso es bueno? —a María le interesaba hacerse la tonta ante su amigo; era parte de su papel, y ya quedaban pocas escenas que interpretar.

—¡Eso es la hostia, Marita; soy el concejal más joven del ayuntamiento más importante de España! —gritó el neófito munícipe.

—Cómo me alegro —siguió mintiendo María—. Enhorabuena porque te lo mereces.

—Tenemos que celebrarlo, cielo mío.

—Cuando tu digas, que yo sé cuál será tu regalo... y te va a gustar —María evitaba usar el nombre de su amigo para que don Tomás no atara demasiados cabos de quién podía ser quien la llamaba.

—¿Te parece bien esta tarde cuando salga del despacho?

—Hoy no puedo porque tengo que preparar tu regalo... y eso lleva tiempo —dijo ella, misteriosa, para agitar la imaginación del falangista.

—¿Mañana? —propuso Botillas. Se le notaba ansioso por el encuentro.

—Claro que sí; para mañana ya lo tendré todo dispuesto. Te daré lo que te mereces y te compensaré por el retraso... y por tu nuevo cargo tan importante —aceptó ella; sabía que regalándole el oído era muy fácil llevarle por donde quisiera.

—¿A qué hora quedamos? —a Botillas le resultaba imposible disimular su impaciencia, y María se daba perfecta cuenta de ello.

—De aquí salgo las siete, pero quiero ir a casa para ponerme muy guapa para ti. ¿Te parece bien a las nueve y media?

—Perfecto —celebró encantado— ¿Dónde te apetece ir, Marita?

—No quiero ir a ningún sitio; quiero estar a solas contigo. Coge una habitación de hotel.

—¿Cuál prefieres? —al falangista le sorprendió lo descarado de sus palabras y eso le excitaba.

—El que tú digas. Uno que te guste.

—¿Te parece bien el hotel Nacional, en Atocha? —ofreció el falangista que usaba ese hotel con alguna frecuencia para sus citas galantes. Ya le conocían como cliente y no le pedían que rellenara la ficha, y menos ahora cuando el gerente se enterara de que era una autoridad municipal.

—Me encanta; es muy bonito por fuera y me imagino que también será muy bonito por dentro.

—¿Quieres que te recoja en tu casa?

—No porque quiero que te lleves una sorpresa cuando me veas —rechazó con la voz más seductora de sus muchos registros.

—Entonces… ¿te espero a las nueve y media en el vestíbulo?

—Te quiero pedir un favor… —propuso eludiendo la respuesta.

—Tú dirás… pide lo que quieras.

—Reserva antes la habitación a tu nombre y di en consejería que alguien pasará sobre las nueve, a recoger la llave. Yo iré a esa hora y pediré la llave de tu parte.

—¿Y eso?

—Porque necesito media hora en la habitación para preparar tu regalo… confía en mí. Te encantará lo que te encuentres porque te ofreceré lo que solo yo sé que te gusta y te mereces. Tú pásate a las nueve y media, por favor. Es una cita especial y tiene que tener un punto de misterio para que te resulte más excitante; te lo debo y te lo mereces por lo mucho que haces por mí.

—¿Entonces le digo al conserje que pasaras tú antes a por las llaves?

—Sí, pero no le digas quién soy; hay que mantener el suspense. Es parte del juego. Solo dile que alguien, sin más detalles, pasará a por la llave. Eso es todo. ¿Te gusta?

—Como tú digas, Marita. Me entusiasman estos juegos —mintió Botillas que siempre iba a esos lances garduños con prisas y a tiro hecho y no estaba para prolegómenos.

—Entonces… lo dicho. Hasta mañana, cariño —se despidió María Millán.

—Un beso, Marita. Me tienes en ascuas —se despidió el eufórico munícipe, cuya excitación estaba al límite después de las insinuaciones sexuales de su querida Marita.

Cuando María Millán volvía a su tarea con los archivadores se cruzó con Tomás Granero que se la quedó mirando sonriente.

—¿Novio *habemus*, señorita García? —el jefe de oficinas había reparado en que la conversación había durado más que una llamada profesional y aunque no había prestado atención a lo que pudiera decir su ayudante sí le quedaba claro que María había procurado disimular quién era el misterioso interlocutor.

—Qué más quisiera yo, don Tomás. Un amigo, nada más que eso; no estoy yo para novios…

—Pues él se lo pierde, señorita García —le respondió con una sonrisa cómplice. Era evidente la simpatía de Granero hacia su nueva ayudante, a la que veía más como a una hija que como una empleada, cosa que María agradecía en el alma.

La mañana corrió sin más incidencias, salvo que el señor Dávila pidió a Granero que le subiera a su despacho los albaranes de entradas y salidas de los últimos seis meses correspondientes a la delegación de Málaga y que a María le tocara volver otra vez al archivo para entresacar lo que le había pedido al jefe, cosa que quedó resuelta poco antes de la hora del almuerzo.

—Vete a comer algo, María, porque a mí me toca quedarme con el patrón y explicarle este follón donde no cuadra nada —dijo señalando el montón de carpetas apiladas sobre su mesa. En las que estaban atadas con unas cintas rojas se señalaban las entradas de mercancía al almacén y las que se ataban con cinta azul se detallaban las salidas desde almacén del puerto a destino.

María comprendió que alguien estaba revisando el trabajo de Ulpiano Montes. Lo que no sabía era que esa investigación no venía de la comisaría de Málaga como ella imaginaba sino de Villajoyosa, del despacho de Klaus Berger, el verdadero dueño de la empresa.

María no se fue a almorzar donde tenía por costumbre, sino que cogió su bicicleta y se acercó a la glorieta de Atocha para reconocer el hotel Nacional. Allí pidió un café en el bar del vestíbulo y estuvo memorizando cuanto pudiera serle de interés respecto a las características del lugar, en especial las distintas entradas y el tráfico de clientes. Cuando había registrado la información necesaria se dirigió a una cabina de teléfonos y marcó el número de la pensión de Angustias.

—¿Te he despertado, holgazana? —preguntó a la corista cuando se puso al teléfono, tras pasar por la casera y esperar más de cinco minutos colgada al auricular.

—Pues sí, cariño; ¿para qué te voy a engañar? Ayer tuve función y luego nos fuimos las chicas a picar algo y nos dieron las tantas —explicó la granadina entre bostezos.

—Necesito que me eches una mano.

—Pide tú por esa boquita de piñón, gitana mía.

—¿Me puedes conseguir algo de ropa?

—No me digas que no tienes qué ponerte. ¿A dónde tienes que ir?

—No, si no es para vestir; es más bien para todo lo contrario, para desnudarme.

—No te entiendo nada, María; a estas horas de la madrugada estoy un poco *empaná*. Dispara para ver si me entero de algo.

—Necesito lencería picantona, Angustias.

—¿Para qué necesitas tú eso, guarrilla? ¿Es que ya te has echado al monte?

—Cosas de negocios. Ya te contaré —respondió la madrileña eludiendo aclarar nada.

—¿Qué te hace falta? —ofreció muy resuelta.

—Medias negras de rejilla, zapatos de tacón alto, un corpiño que marque mucho, de esos que usáis vosotras para llamar la atención, de los que dejan las tetas fuera. En fin, cosas de corista... tú ya sabes.

—¿Las medias las quieres con liga o prefieres un liguero?

—Lo que tú digas; eres la especialista.

—Mejor con liguero; les pone más a los tíos —sentenció Angustias muy segura.

—Vale —concedió María ante la docta opinión de una acreditada especialista.

—¿Algo más?

—¿Qué se te ocurre a ti?

—Espera que lo piense, que me aturullas... ¿Vas de puta buena o vas de ama cruel? —la pregunta sorprendió a María y más por la naturalidad de su amiga al hacerla.

—De ama —respondió un poco cortada.

—Entonces te hace faltan unos guantes largos que sean negros, un látigo, un consolador...

—Y un bigote —la interrumpió María—. ¿Tienes uno postizo?

—En atrezo del teatro habrá algo porque los *boys* los usan a veces si se lo pide el papel. Entonces... el pollo es más bien rarito ¿no?

—Eres un cielo...

—Y tú una mala pécora, gitana; ya me la estás pegando con un maromo... y parecías una mosquita muerta. Por cierto... ¿las braguitas las pones tú o te doy unas mías que son un primor?... llevan lentejuelas.

—Lo que tú quieras —respondió divertida; nunca se hubiera imaginado una prenda así.

—¿Para cuándo lo necesitas?

—Para mañana. Pasaría al mediodía por la pensión a recogerlo.

—Cuenta con ello, gitana mía.

—Un beso grande.

—Otro para ti donde tú sabes.

María bien podía adquirir buena parte de todo ello en una lencería, pero recurrió a Angustias por dos razones: la primera era que no quería dejar pistas en ningún sitio de las adquisiciones, porque ese tipo de lencería no era de uso común y podría rastrearse su compra, y la segunda, la más importante, era que deseaba implicar a Angustias en sus asuntos para hacerla sentir necesaria y como un paso más en una estrategia que iba a tener en la granadina la figura principal.

La tarde corrió sin más trastornos en el trabajo salvo que Tomás Granero seguía en el despacho del patrón revisando la documentación. María aprovechó para puntear las entradas bancarias de la semana anterior y clasificar facturas, algo rutinario. A las siete en punto recogió su bolso y abandonó la oficina. Con su bicicleta tardó poco más de quince minutos en llegar a una trapería donde vendían ropa de segunda mano en buen estado que estaba en la calle Jesús y María, cerca de Tirso de Molina, y que había localizado días antes paseando por aquella zona a la hora del almuerzo; no quería repetir compra en la tienda de la plaza de Cascorro. Allí se hizo con un traje de hombre de chaqueta cruzada y un sombrero de fieltro con la excusa de que todo era un regalo para su novio. En una mercería cercana compró unos calcetines largos y de camino a su casa se hizo con una camisa blanca y una corbata muy chillona en Modas La Comercial, una tienda de ropa en la calle Bravo Murillo. De las prendas que compró para el asunto de Demetrio Soler ya se había deshecho tirándolas y quemándolas en un vertedero de Entrevías, salvo el cinturón que lo conservó en su armario. En una perfumería que estaba para cerrar se hizo con rímel para los ojos y un bote de pintura para uñas; en su casa todavía le quedaba maquillaje.

Aquella noche, después de cenar media lata de sardinas con un poco de pan de centeno, un vaso de vino aguado y una naranja, repasó el plan que había trazado para el día siguiente. Por primera vez desde que supo de la muerte de Inessa durmió de un tirón y sin pesadillas. Estaba más serena.

Al día siguiente, su jefe seguía enfrascado con el señor Dávila en medio de un océano de albaranes y ella aprovechó para poner orden en el despacho de Granero, que estaba mangas por hombro. A la hora del almuerzo, recogió en la pensión la ropa que le había preparado Angustias. «Ya me dirás para que quieres el bigote, cacho puta» le preguntó la granadina cuando estuvieron a solas en su habitación. «Te he traído dos, uno de mostacho y otro más fino —explicó la andaluza enseñándole los aditamentos capilares que se había procurado en el teatro— ¿Cuál prefieres?». María eligió el más delgado, que estaba más a la moda. Tras admirar divertida las bragas de lentejuelas, todo lo requerido pasó a su bolso, incluidas las braguitas. Angustias había cumplido perfectamente el encargo. «Si te hago falta para cualquier numerito, me llamas; que un cuadro de dos mujeres en faena les pone muy cachondos a estos golfos... y yo contigo lo hago gratis, gitana» ofreció la granadina al despedirse. Un beso en los labios selló la visita y María, además, se llevó una palmada en el culo antes de cerrar la puerta de la habitación.

Todavía le dio tiempo a ir a su casa de Hierbabuena para dejar allí lo que había recibido de su amiga, que dispuso al lado de la ropa que compró el día anterior. Con un vaso de leche y un trozo de pan en el cuerpo, quería estar ligera para lo que la esperaba, volvió a la oficina. Antes de entrar en Transportes Dávila aún le dio tiempo a tomar un café solo en el bar de costumbre. Cuando ella salía se topó con Tomás Granero.

—Voy a ver si como algo, que el dueño me ha tenido hasta ahora mismo repasando papeles. Hay un follón en la oficina de Málaga que nadie entiende, porque nada cuadra. Es como si los de allí se hubieran vuelto locos —se explicó el jefe de contabilidad antes de sentarse en una mesita para pedir el menú del día.

—Le espero arriba, don Tomás —se despidió María—. ¿Necesita algo?

—Comer un poco... y un tazón de tila —bromeó el oficinista.

La tarde transcurrió como de costumbre y a las siete en punto se fue de la oficina. Tomás Granero seguía despachando con el patrón que, por lo que pudo saber al día siguiente, no le llegaba la camisa al cuello, visto lo visto en los papeles de la delegación de Málaga.

Cuando llegó a su casa se dio una ducha fría y ya desnuda comenzó el ritual del siguiente acto, vestirse para la ocasión, para la cita con Ramón Botillas.

Primero se vistió las braguitas de lentejuelas sin esconder una sonrisa porque le gustaban, después se calzó las medias de rejilla y el liguero, por último, el corsé, una prenda que le consiguió Angustias confeccionada con satén negro y armada con ballenas que le dejaba los pechos al aire. «Menos mal que no los tengo grandes» razonó María al ver el efecto. Se contempló en el espejo del armario y se gustó; ciertamente estaba muy atractiva y nunca se hubiera imaginado a sí misma de aquella guisa. Así ataviada comenzó a vestir sobre todo ello las ropas de hombre que había comprado. Primero los calcetines que colocó sobre las medias de rejilla, después la camisa sobre el corpiño, por último, los pantalones del traje y los zapatos negros de cordón. Antes de ceñir el cinturón tomó los zapatos de tacón y los introdujo bajo la camisa aprovechando que el corpiño la reducía la dimensión de la cintura y podía alojarlos en esa oquedad, uno a cada lado del ombligo. Tras sujetar el pantalón y su disimulo con el cinturón que había guardado se anudó la corbata ante el espejo y se calzó la chaqueta, que era lo suficientemente holgada en la cintura para disimular lo menguado de su condición natural y los zapatos allí alojados aprovechando la esbeltez que le proporcionaba el corpiño. Se fijó en el espejo y vio que todo quedaba sujeto y en su sitio. Ya solo le faltaba un pañuelo pechero, para lo que usó uno suyo blanco de batista. Le quedaba disimularse con el bigote que le había proporcionado Angustias, cosa que hizo en un pispás con un poco de pegamento que también le había facilitado su amiga, y teñirse un poco la piel con algo de maquillaje para que pareciera masculina. Después se hizo un recogido del pelo sobre la coronilla, que sujetó con horquillas, y se calzó el sombrero que tenía el ala lo suficientemente hermosa para disimular el artificio capilar bajo la copa. Ya había terminado la transformación. Ahora la faltaba un pequeño detalle, armarse con la pequeña pistola francesa, que introdujo en el bolsillo derecho de la chaqueta, con el cuchillo finlandés de combate, que guardó en el bolsillo interior, y tomó también un *foulard* de seda rosa que dobló con cuidado y alojó en el bolsillo izquierdo junto con dos cabos de cuerda de un metro cada uno. En la muñeca, al lado del reloj, llevaba su inseparable pulsera de acero. Tomó algunos billetes del monedero y los guardó en la faltriquera, junto con las llaves de la casa. Ya estaba lista.

Al bajar la escalera desde la primera planta hacia el portal se cruzó en el zaguán con Cesárea que volvía a su casa. María bajó la cabeza para que al ala del sombrero la cubriera el rostro, apretó el paso como si fuese un extraño que no quisiera ser reconocido tras una visita galante a la vecina del primero, y buscando el registro de voz más grave que pudo utilizar escupió un mero y fugaz «buenas noches» antes de desaparecer en la calle Hierbabuena. «Parece que María ya ha encontrado una mora para quitarse la mancha. Estas chicas de ahora…» pensó la casera metiéndose en su vivienda. Eran las ocho y cinco de la tarde, casi de noche.

Subió a un taxi en Bravo Murillo que la dejó en la plaza de Manuel Becerra y ahí tomó otro que la puso a las nueve menos veinte en la calle Atocha, en la esquina con la del Doctor Drumen, en la acera de enfrente al hotel Nacional. María pagó el servicio, y entró en la pequeña calle que llevaba a una plazuela ajardinada a espaldas del hospital provincial. Toda esa zona alojaba modestas pensiones de paso dada su proximidad a la estación de Atocha y en algunas de ellas se alquilaban cuartos por horas para el desempeño de las prostitutas que brujuleaban por la zona, buscándose la vida entre los viajeros y los parroquianos habituales. Tenía aún veinte minutos para fabricar una pieza más del mecanismo de relojería en que se había convertido su cita con el falangista. Ya había batido la zona con anterioridad y sabía perfectamente en qué portales se producía ese comercio veloz y en qué bares esperaban pacientes los chulos que explotaban a aquellas pobres desgraciadas. María, vestida de *niño-pera*, se apostó en la acera contemplando las salidas y entradas de inverosímiles parejas cogidas del brazo y cómo al cabo de un rato, casi nunca más de quince minutos, salían ellos para irse veloces de allí, y ellas, a lo suyo tras recomponer la figura, dispuestas a repetir la faena con alguien que esperara su turno. Se fijó en una de aquellas que esperaba cliente apoyada en la pared y fumándose un cigarrillo mientras miraba al cielo, más expuesta que presente. Era una mujer que acabaría de cumplir cuarenta años, de buen aspecto y pelo oxigenado, que vestía llamativa, pero sin excesos y tampoco usaba demasiada pintura de guerra en la cara. María se cruzó la mirada con ella, le pareció buena persona, y se acercó a donde la mujer tenía sus reales. Ella, al ver al joven mozo que la observaba, tiró el cigarro al suelo y se despegó de su espera.

—¿Quieres compañía, niño guapo? Me llamo Lola, como la que se va a los puertos —le ofreció con unas palabras tan gastadas como su mirada.

—Necesito un servicio tuyo...

—Tú dirás, pimpollo bonito. Pide por esa boquita... —ofreció la mujer que no se llamaba Lola sino Encarna Posadas y no era de Cádiz, como el personaje de los hermanos Machado, sino de Santander y era viuda de un ferroviario que había muerto en la guerra.

—Solo necesito diez minutos de tu tiempo, Lola.

—¿Solo diez minutos? —eso mosqueó a la mujer.

—Solo.

—Pero que sepas que yo cobro media hora y si te corres antes es problema tuyo —explicó la profesional del sexo para que no hubiera equívocos en el trato.

—No quiero sexo —aclaró María muy decidida.

—Oye... que yo no hago cosas raras, que soy una mujer decente —insistió la falsa Lola que, a su modo, era muy recatada.

—Ni yo te las pido, Lola —aclaró enseguida—. ¿Te quieres ganar veinte duros ahora mismo?

La mujer se quedó callada, pensando la oferta y mirando de pies a cabeza a su misterioso cliente, un mozo joven y apuesto a quien no le pegaba alquilar sus servicios.

—¿Qué tengo que hacer? —respondió enseguida; veinte duros tardaba en ganárselos toda una tarde, si había suerte.

—Cruzar la calle, entrar en ese hotel y pedir una llave en recepción. Luego tienes que dármela, eso es todo. ¿Te parece bien?

—¿Y por qué no lo haces tú?

—Porque tengo una cita con un amigo ahí dentro y no queremos dar el cante... ¿lo comprendes ahora?

—Un poco... —respondió la falsa Lola que, en verdad, no acababa de comprender tan extraño encargo.

—Yo tengo que coger la llave y esperarle luego en la habitación —aclaró María impostando la voz.

—Comprendo. Y tú no quieres que... se sepa. ¿Verdad?

—Exactamente —la interrumpió María.

—¿Veinte duros?

—En cuanto me des la llave —insistió María ratificando la oferta.

—Hecho —aceptó Lola, tan contenta. La mujer, que tenía un hermano homosexual, «maricón» y cosas peores le decían en el pueblo, sabía lo mal que lo pasaban «los pobres» decía ella, y estaba dispuesta a hacerlo gratis, pero sabía que su chulo no la quitaba ojo desde el bar y no se lo iba a consentir.

Y las dos cruzaron la calle mientras María explicaba a Lola que le dijera al conserje que venía a recoger una llave de parte del señor Botillas. «Acuérdate: señor Botillas» la reiteró cuando ya entraban en el vestíbulo. «En cuanto la tengas, te vienes al bar del hotel, que está fondo, allí te estaré esperando, me das la llave y yo te doy los veinte duros».

A las nueve menos cinco, María tenía la llave, la 236, y Lola los veinte duros y una mirada amable de agradecimiento. La mujer, obedeciendo a María, abandonó el establecimiento por la puerta del bar y el conserje pensó que había subido a la habitación cuando la perdió de vista. María, que no se quitó el sombrero en ningún momento no usó el ascensor y subió andando. A las nueve en punto cerraba tras ella la puerta de la habitación. Su plan avanzaba con la exactitud de un reloj suizo.

El disimulado joven caballerete, en cuanto llegó a la habitación, se despojó de todos los aderezos masculinos, que guardó en un cajón de la cómoda, donde también escondió el traje y el sombrero, y se fue al baño para cepillarse el pelo. El rímel y la laca de uñas los dejó en una repisa cerca del lavabo. Buscó por la habitación y encontró un pequeño mueble bar con unas copas y sin nada de beber. Pidió por teléfono que le subieran cuanto antes a la habitación una botella de cava, «muy fría» aclaró al servicio de habitaciones. Después se calzó las sandalias de tacón alto, se estiró las medias y se puso los guantes largos antes de anudarse al cuello el pañuelo de seda rosa y ajustarse el liguero y el corpiño. El espejo le devolvió una imagen de sí misma transformada en una seductora *femme fatale*, muy del gusto de las novelas de Leopold von Sacher-Masoch. Se vio poderosa, decidida. Todo iba corriendo como deseaba.

Eran las nueve y cuarto cuando sonaron unos golpes ligeros en la puerta de la habitación. María se quitó deprisa los guantes y el *foulard* y se cubrió con un albornoz para abrir. El camarero dejó la botella de cava en una cubitera con hielo encima de una mesita y se llevó cinco duros de propina. Se marchó de allí encantado con el billete marrón en el bolsillo y María volvió a prescindir del albornoz y recompuso su muy cuidada puesta en escena; solo dejó encendida una de las lámparas de las mesillas y la luz del baño con la puerta entreabierta para garantizar una penumbra misteriosa. Encima de la cama dejó una toalla y en el cajón de una mesilla guardó los dos cabos de cuerda.

Ramón Botillas cumplió su promesa y a las nueve y media en punto, tres golpes en la puerta de la 236 anunciaban su llegada. Cuando el falangista vio a María no supo qué decir, no se esperaba una mujer tan espectacular; parecía la encarnación de una figura soñada a veces y deseada siempre. El cabello de María caído sobre la mitad izquierda de su cara y la penumbra de la habitación casi la hacía irreconocible para el galán. Ramón se acercó a ella, crecida sobre los diez centímetros de sus tacones, y la besó apasionadamente.

Ella, sin mediar palabra, le despojó de la chaqueta y vio que llevaba la camisa azul del partido.

—No he podido cambiarme porque vengo de un acto en el Gobierno Civil por mi nombramiento y he hecho tiempo tomándome una copa con unos camaradas para celebrarlo —se disculpó él.

—No te preocupes; te sienta muy bien —mintió ella que sentía verdadera repugnancia por aquellos aderezos.

—Ahora mismo me la quito, Marita —ofreció Ramón, que también llevaba en la solapa un yugo y sus flechas en oro de mayor tamaño que el que usaba normalmente. «Más cargo, más chapa» se pensó ella al fijarse en el emblema.

—Como quieras; por mí no hace falta si a ti te gusta.

El falangista pasó al baño para desudarse y María aprovechó para echarse el pelo hacia atrás recogiéndoselo en una coleta y tomar las dos sirgas de la mesilla que se ató a la muñeca izquierda, junto a su pulsera de acero. Cuando regresó a la habitación, desnudo como un niño recién nacido, e inhiesta su virilidad por lo que se había encontrado, María le esperaba cerca de la cama, de pie, con las piernas ligeramente abiertas y el torso erguido, en una pose orgullosa y dominante. Su mayor estatura con los tacones ayudaba a ello. Al verle, extendió el brazo derecho y señalándole con el dedo índice hizo gesto para que se acercara. Lo que Ramón no pudo apreciar es que ella llevaba el cuchillo de combate a su espalda, sujeto por el elástico de las bragas.

—Ponte de rodillas —le ordenó.

Ramón obedeció y se postró ante ella mirándola embobado; parecía una diosa.

Ella le rodeó muy despacio poniéndose tras él. Únicamente el ruido de los tacones sobre la tarima y le respiración entrecortada de él maculaban el silencio de la estancia.

—Las manos detrás —estableció ella otra vez y Ramón Botillas obedeció de inmediato.

María se acercó a él y le ató las muñecas con una de las cuerdas.

—Te estás portando bien, perro —le dijo muy despacio dándole una palmadita en el hombro—. ¿Quieres seguir?

—Sí, por favor; lo necesito, María —suplicó anhelante.

—Yo también, no te quepa duda.

Una inesperada patada entre los omoplatos le tiró al suelo y le puso con la cara sobre la tarima.

—¡No te muevas! —le conminó María cuando él intentó levantarse. El mismo pie que le había tirado al suelo se clavó ahora sobre su espalda sujetándole en aquella postura.

—No, no... no me moveré. ¡Perdón, mi ama! —se quiso justificar, deseoso de seguir con aquel juego.

—¡Más te vale, cabrón!... y llámame de usted y señora cuanto te dirijas a mí.

María, entonces, le ató los tobillos con la otra sirga.

—Ponte de rodillas y con las manos en el suelo como el perro que eres —ordenó de nuevo.

—Sí, señora. Como usted disponga... —aceptó él obedeciendo.

Y en esa postura ella se sentó sobre sus riñones, como si montara un caballo, y se quitó el *foulard* del cuello. Sujetó con fuerza la seda rosa con las dos manos y la pasó por delante de la garganta del humillado Botillas.

—¿Estás bien, Ramón? ¿Te gusta? —le preguntó mientras tiraba del pañuelo hacia atrás.

—Sí, mi señora —respondió él con dificultad porque le faltaba la respiración y María no aflojaba sino todo lo contrario.

—Así me gusta, perro.

Otro tirón entorpeció más aún la respiración del sojuzgado jerarca local.

—Gra... cias —pronunció apenas el falangista que, visto cómo empezaba el encuentro, se las prometía muy felices.

—Vas a contestar ahora unas preguntas ¿estás preparado?

—Sí, mi señora.

María, sentada sobre él, se quedó en silencio para aumentar la tensión y el deseo que embargaban a Ramón.

—¿Eres Ramón Botillas?

—Sí, mi señora.

—¿Participaste en la Guerra Civil?

Ante esa inesperada cuestión, Ramón dio un respingo que María contrarrestó asfixiando un poco más a su prisionero, pues eso era Ramón para ella aquella noche.

—Sí, mi... se... ñora —respondió con dificultad. María aflojó un poco la presión sobre su garganta.

—¿Estuviste en el frente de Gandesa?

Otro respingó indicó que a la asfixia se le juntaba el miedo. María acentuó la presión sobre su cuello y sujetando el *foulard* con una mano usó la otra para poner el filo de la hoja de su cuchillo bajo la oreja derecha del falangista.

—Sí, mi... se... ñora —repitió como pudo cuando sintió la leve presión del acero en su cuello.

—¿Ejecutaste a prisioneros republicanos?

—No, María, no. Eso no —respondió él cuando se dio cuenta que aquello ya no era un juego más o menos inocente.

Un pequeño corte a pocos milímetros de la yugular, apenas un rasguño, y un tirón que le puso en asfixia casi extrema le clamaban que su vida corría peligro. Se dio cuenta de que todo era una encerrona. Intentó zafarse de su amazona, pero un golpe seco y violento del talón de María en sus testículos abordó de inmediato aquella maniobra.

—¿Ejecutaste a prisioneros republicanos? —repitió la amazona.

El dolor en los genitales, la asfixia casi total y, sobre todo, el miedo a morir le dictaron la respuesta. María aflojó la presión sobre la garganta para permitirle el uso de la palabra, pero apoyó toda la hoja del cuchillo sobre el cuello de su prisionero anunciándole lo que vendría si se negaba a contestar.

—Sí, María, les ejecuté; no me quedó más remedio. Estábamos en guerra... eran enemigos —confesó rompiendo a llorar. En aquel momento no pudo controlar sus esfínteres y el orín cayó al suelo, tal era su miedo. María volvió a apretar la lazada sobre se cuello.

—¿Asesinaste a Cosme Millán? ¿Asesinaste a mi hermano? —la voz de María no podía disimular su emoción y el dolor al recordarlo; sabía de sobra la respuesta.

Otra patada en los testículos y el filo de la navaja en el cuello coadyuvaron a la contestación.

—Sí, María, lo reconozco. Le maté yo; me obligaron —volvió a confesar con la voz entrecortada por el dolor del suplicio y el miedo a morir.

—¡A mí también me obligan ahora, hijo de puta! ¡Me obligan mis recuerdos y la decencia! —sentenció ella.

—¡¡Perdón, María!! —suplicó sin apenas aliento.

—No hay perdón, canalla. Esto es justicia… la que no le diste a mi hermano. ¡Se lo debo a Cosme!

—Lo… sien… to —balbuceó el falangista.

El cuchillo y el *foulard* cayeron al suelo en ese momento y con una agilidad propia de su entrenamiento agarró con las dos manos la cabeza del falangista girándola en un brusco movimiento que le partió el cuello. Ramón Botillas cayó desmadejado sobre el suelo de la habitación.

María se incorporó respirando profundamente, aliviada tras lo que acababa de hacer. A sus pies, desmadejado y sucio en sus propios humores, estaba el asesino de su hermano que mantenía los ojos abiertos mirando a ninguna parte.

Ahora le tocaba celebrar la última parte de aquella ceremonia sacrificial.

Primero se desnudó de todos sus aderezos y revisó que no hubiera en ninguno de ellos nada que pudiera identificar su procedencia. Después desató el cadáver de Ramón y le vistió en el mismo lugar que yacía con las medias, el liguero, el corsé y los zapatos que ella había usado antes. Las bragas de lentejuelas las metió en la boca del muerto y con el *foulard* ató a la espalda las manos del falangista antes de pintarle las uñas de las manos con el esmalte de color rojo bermellón y dibujarle los ojos con el rímel que había traído. La botella de cava se vació en el lavabo e introdujo su cuello en el ano del asesino de su hermano ayudándose con una crema suavizante que había en el baño. Hecho eso aún le quedaba tarea; quitó de su chaqueta la insignia de su partido y recogió la camisa azul que colgaba en el perchero del baño. Con la camisa aderezó una especie de tocado con el que adornó la cabeza del cadáver dejando que las mangas colgaran desde su nuca hacia la espalda y la insignia se la clavó en la lengua tras sacarla de la boca. Antes de vestirse con la ropa masculina con la que llegó al hotel deshizo la cama y cubrió el cuerpo con la colcha. Los guantes largos los depositó al lado del cadáver. Revisó después la habitación de arriba abajo para que no quedara huella de su presencia.

Eran las once y media de la noche cuando cruzaba el vestíbulo del Nacional camino de la calle, con ella iban la pistola, su cuchillo de combate y los tarritos de esmalte y rímel. El taxi que tomó en Antón Martín la llevó a la plaza del Marqués del Duero y otro la devolvió a cuatro manzanas de la calle Hierbabuena pocos minutos antes de medianoche. Tras pagar la carrera al conductor tiró los frasquitos por una alcantarilla antes de llegar a su casa. Nadie se cruzó con ella al entrar en su piso de la primera planta.

Al día siguiente cuando se descubriera el cuerpo, pensaba ella, y dada la indecorosa situación del cadáver, la policía indagaría sobre los hechos y solo podrían saber que una mujer de la vida había pedido la llave de la habitación tal y como había anticipado el cliente, «un señor de toda confianza» explicaría el conserje, y que poco más podía decir que describir a la interfecta. Si el inspector rastreaba la pista de esa mujer y la encontraba, cosa que sería lo más probable dado que su zona de trabajo estaba en la acera de enfrente, solo podrían sacar de ella que «un caballero joven y muy guapo me dio veinte duros por tomar la llave y dársela a él. Yo creo que era sarasa», aportaría Lola que tenía mucho ojo para esas cosas. Después, sin duda, la falsa Lola tendría coartada gracias a su chulo, que no le había quitado ojo en toda la transacción y que al poco de volver del hotel, y tras cenarse un bocadillo de calamares en El Brillante, ya la vio con un cliente, un tipo mayor al que subió a la pensión habitual, donde darían fe de su presencia. Visto eso y las trazas que presentaba el cadáver, no hacía falta preguntar en la universidad de Salamanca qué había ocurrido entre las cuatro paredes de la habitación 326. «Un asunto de maricones que se han pasado con sus jueguecitos» concluiría el inspector, asunto que dada la condición política del muerto y su reciente nombramiento intuiría que no debía remover. Tal y como presumiría el funcionario de policía que pensaba que «para acabar con tanto mariconismo no hay nada mejor que una mano de hostias», el subjefe provincial del Movimiento secuestró la noticia en cuanto supo del crimen y ordenó echar tierra en el asunto.

Al día siguiente todo corrió como había previsto María Millán. Ella, después de una noche de reposo en la que no tuvo pesadillas, pero sí una imagen de Cosme tan sonriente como le recordaba en vida —«gracias, hermana», le dijo mandándole un beso—, se fue a trabajar a Transportes Dávila como si nada hubiera ocurrido.

— 34 —

Pacto, amor y compromiso

Oficina de la Compañía Minera del Alto Aragón,
pensión La flor y calle Hierbabuena.
13 de julio de 1949.

Íñigo Arruti había llegado a Madrid la tarde anterior. Venía de su oficina en Zaragoza por una petición que le hizo Hans Tobler con cierto misterio. «Quiero despachar contigo un asunto reservado de la mayor importancia, Íñigo» le explicó por teléfono para justificar el requerimiento. A las nueve en punto estaba en las oficinas madrileñas de la Compañía Minera. El aragonés no tuvo que aguardar ni un minuto para ver a Tobler porque en cuanto pisó las oficinas la señorita Bermúdez le hizo pasar al despacho de su jefe; le estaba esperando.

Tras el saludo de rigor, que Arruti apreció más cordial que en otras ocasiones, Tobler, sin rodeos, disparó a las claras el motivo de la entrevista.

—Quiero participarte primero que a nadie, que pienso dejar la Compañía —se despachó el consejero sin presentar más explicaciones.

—Lo lamento sinceramente, Hans —fue cuanto respondió Arruti ante el trabucazo. «Para qué dar vueltas si Tobler entra por derecho» pensó antes de responder a la confidencia.

A Kammler le gustó la respuesta: clara, concisa y, además, parecía sincera. Eso dio pie a que el alemán jugara el siguiente movimiento.

—No te voy a cansar recitando lugares comunes sobre mi vida profesional, mis próximos proyectos, ni demás zarandajas al uso que vienen a estas situaciones.

—Te lo agradezco, Hans, pero no me importaría; imagino que habrás tenido una vida muy interesante y que tendrás proyectos.

—Quiero explicarte algo y te ruego que me permitas un par de minutos antes.

—Los que tú quieras; solo he venido para eso.

—Gracias a ti, principalmente, y en cierta medida también a la inyección de capital que se ha hecho en la compañía desde que compré el paquete de acciones, la producción ha aumentado en tal grado que el comercio exterior ha reflotado los números de nuestras cuentas; hoy exportamos más de lo que es capaz de consumir el mercado nacional —sus innatas dotes de organizador habían dado muy buenos resultados en la Compañía en poco plazo.

—Sin duda —reconoció Arruti.

—Sabes que mi principal preocupación en este tiempo ha sido abrir el mercado exterior y establecer delegaciones comerciales en los nuevos polos de la actividad económica.

—Lo que cual me parece muy inteligente, Hans. Nadie te lo puede discutir.

—Y eso comporta desplazar nuestro comercio —continuó Kammler—, que antes se centraba en abastecer a la industria militar alemana, hacia las aéreas económicas de los vencedores en la guerra. Por eso he abierto delegaciones en Paris y muy recientemente en Inglaterra, en Glasgow, y en los Estados Unidos, en Philadelphia y Nueva York.

—Es lógico… y muy oportuno —aplaudió el ingeniero aragonés.

—Gracias, Íñigo. Estamos ante una nueva geometría del mundo; la guerra lo ha cambiado todo. Fracasado el Tercer Reich, ahora tenemos que elegir entre aceptar la hegemonía de EEUU y sus aliados o la de la Unión Soviética y los suyos.

—¿La doctrina Truman?

—Sin duda. Hoy, el gobierno del general Franco no hubiera hecho con sus amigos lo que hizo durante la guerra; ahora les interesa llevarse bien con los aliados… y soltar lastre.

—Sin duda —concedió el ingeniero, sabedor de a lo que se refería.

—Pues de eso se trata; ya hemos llegado a la raíz de la cuestión —Kammler quería despejar el asunto cuanto antes.

—Tú dirás… —invitó Arruti.

—Voy a deshacerme de mi paquete de acciones y dejar mi puesto en el Consejo y he pensado que tal vez tú estuvieras interesado en ello.

—No te entiendo —mintió Arruti que había comprendido perfectamente.

—Lo diré más claro: ¿quieres que tus amigos compren mis acciones?

—Yo no tengo amigos tan ricos —continuó mintiendo el ingeniero.

—Íñigo, seamos francos. La empresa tiene interés estratégico y no te quepa duda que al otro lado de los Pirineos habrá interesados en adquirirlas y hacerse con el control de la empresa. Nuevos tiempos, nuevos accionistas. Nuevos escenarios, nuevas alianzas.

—Explícate, por favor...

—Yo podría transmitir mis acciones de manera discreta a quien tú me indicaras. La transacción se podría hacer en Suiza, donde tengo la nacionalidad, y los nuevos titulares podrían delegar en ti la representación de sus intereses. Serías el consejero que me sustituyera. Nadie como tú, que conoces todos los entresijos de la producción, para esa tarea.

—Podría ser... —reconoció Arruti; era un plan razonable.

—No hay prisa, Íñigo; háblalo con tus amigos y me dices.

—Te agradezco mucho que hayas pensado en nosotros —apuntó el ingeniero usando un plural que Kammler cazó al vuelo.

Poco después, tras un tomar un café que les preparó la señorita Bermúdez y despachar asuntos de la producción, Arruti salió de la oficina rumiando lo que había recibido de su jefe. «Nuevos escenarios, nuevas alianzas» se repetía una y otra vez recordando las palabras del *señor Tobler.*

Kammler había decidido ya, después de la entrevista en Londres con Angleton, preparar su salida de España y no quería desaparecer del país perdiendo lo invertido en las acciones de la Compañía Minera del Alto Aragón; deseaba recuperar ese dinero. «Nuevos tiempos, nuevos accionistas» había apuntado en la confidencia con Arruti y creyó que ofreciendo las acciones al aragonés, este pasaría la oferta a algún grupo financiero amigo, catalán seguramente. Pero no supo que había errado el tiro, porque el vasco-aragonés miraba más lejos. El ingeniero de minas acudiría a un sobrino del viejo empresario que había sido su protector, iría a Julián Riquelme Navarro que, pese a residir en Argentina, mantenía contactos con todos los de su familia en Francia y, de paso, con los servicios de inteligencia del ejército norteamericano. Al día siguiente, Íñigo Arruti llamaría a Buenos Aires.

La tarde de aquel mismo día, María Millán, la señorita García en el trabajo, recibió una llamada en la oficina. Era Angustias, deshecha en lágrimas.

—¿Qué te pasa? —la preguntó al escuchar la desazón de su amiga.

—¡Que estoy muy jodida, gitana! ¡Que me ha caído una desgracia muy grande! —el llanto de la corista rezumaba por el teléfono y el tono desesperado de Angustias le ponía a María el corazón en un puño.

—Serénate, por favor, y dime qué te ha pasado, corazón —la pidió intentando calmarla.

—¡Una desgracia muy grande! ¡Una desgracia muy grande! —repetía la otra entre pucheros.

—¿Estás enferma? ¿Has tenido un accidente?

—Es mucho peor, gitana; estoy muy cabreada y muy jodida —articuló Angustias como pudo sin desvelar el misterio.

—¿Te puedo ayudar?

—Claro que sí, María. Necesito contarte…

—¿Cuándo quieres?

—Cuando puedas, gitana.

—¿Tienes función hoy?

—Qué va… —y rompió a llorar con más dolor que antes.

—¿Me paso por la pensión cuando salga de aquí?

—Sí, por favor… y así me recoges, que me tiene que dar el aire porque si no reviento…

—Allí estaré a las siete y media.

—Te espero, gitana —se despidió la granadina más aliviada.

María Millán estuvo dándole vueltas toda la tarde a lo que podía ocurrirle a su amiga. Verla tan dolida, tan agobiada, y más cuando la andaluza solía tomárselo todo a broma, la tenía desconcertada. Algo grave la ocurría cuando estaba tan deshecha y apenas se la entendía entre sollozos. A las siete y diez tomaba el metro en Atocha, la línea 1, y diez minutos después y cinco estaciones de por medio, se apeaba en la de Tribunal. A las siete y media en punto picaba el timbre de la pensión donde se alojaba su amiga Angustias Fernández Requejo, Martirio de la Pasión para el mundo de la farándula.

La dueña la llevó al cuarto de su inquilina por un pasillo oscuro decorado con estampas sacadas de antiguas revistas de moda y fue ella misma quien la llevó a la puerta de la habitación, la rotulada en la hoja con el número 4.

—Angustias, tienes visita —anunció la dueña picando en la hoja. La casera era la viuda de un albañil que, cuando terminó la guerra, había acomodado su casa como pensión.

438

La corista no tardó nada en abrir; estaba esperando a su amiga hecha un manojo de nervios.

Las dos se abrazaron cuando la dueña cerró la puerta y se quedaron solas. Angustias rompió de nuevo a llorar como una Magdalena en Jueves Santo. Si no fuera porque hubiera sido de mal gusto, y que no era el momento, María hubiera bromeado ahora con el nombre artístico de su amiga. Toda ella parecía aquella tarde una virgen dolorosa afligida por espantosos dolores de martirio. Tenía la habitación mangas por hombro y encima de la cama había dos maletas abiertas donde, por lo que pudo ver María, estaba enterrando todas sus cosas.

—¿Pero, qué te pasa, criatura? —la preguntó María sin dejar de abrazarla.

—¡Una desgracia muy grande! —repitió ella como cuando la llamó por la tarde.

—Sí, eso ya me lo has dicho, Angustias, pero qué es...

La granadina no paraba de llorar y seguía abrazada a María como si le fuera la vida en ello. Así permaneció un buen rato hasta que cesó en los llantos y comenzó en un hipo nervioso.

—Que... que me han echado, gitana —respondió sin quitar la cabeza del hombro de su amiga—, que me han puesto en la calle.

—¿De la pensión? —preguntó María muy sorprendida. «Si es por esta gilipollez por lo que está montando este pollo la arrastro de los pelos», se dijo a punto de echarse a reír.

—No, de la revista —aclaró la granadina rompiendo a llorar de nuevo.

—¿Hoy?

—Qué va, gitana. Fue ayer después de la función... sin más. Se me acercó el empresario, me llevó a la oficina y me dijo que me fuera, que la compañía salía de gira a provincias y que estaba despedida.

—¿Y eso por qué?

—Porque el muy cabronazo ha colocado en mi sitio a una novia que se ha echado —dijo entre sollozos— y yo que creí, medio tonta, que el pollo era mariquita. ¡Si es que no aprendo! ¡Todos los hombres son iguales, unos hijos de puta!

—¿Qué vas a hacer?

—De momento irme de aquí; tengo que pagar la pensión... y no me queda; no me han dado indemnización y en este oficio se cobra por función. Ya buscaré algo.

Mientras Angustias seguía metiendo sus cosas en las maletas, María reparó en que era el momento oportuno no solo para ayudarla, como le pedía el cuerpo, sino para dar un paso mucho más importante que la uniera más a su amiga; tenía planes para ella.

—Eso está hecho, Angustias. ¿Cuánto debes aquí? —preguntó echando mano a su bolso donde guardaba el monedero y disimulado en el forro con un hilván escondía algunos billetes de cien pesetas para una emergencia.

—Le debo a la dueña trescientas pesetas, dos semanas —respondió con la voz entrecortada.

—Como estas… —ofreció María sacando tres billetes del Banco de España con la efigie de Francisco Bayeu, de los cinco que escondía dentro del forro, y poniéndolos encima de la mesilla.

La granadina se quedó mirando esos billetes con la misma cara que pondrían los amigos de Moisés cuando les llovía el maná. Al verlos, le corrieron dos lagrimones por las mejillas y bajó la cabeza.

—Muchas gracias, gitana; no sabes el peso que me quitas de encima —pronunció muy bajito la granadina echándose otra vez al cuello de su amiga.

—Y ahora mismo nos vamos de aquí —sentenció María con una sonrisa.

—¿A dónde?

—A mi casa; te vienes a mi casa —aclaró la madrileña muy decidida, sin dar hueco a una objeción, y poniéndose ella también a doblar la ropa de su amiga para guardarla en las maletas.

—Pero… ¿tienes cama para mí?

—La mía… —la ofreció guiñando un ojo—, ¿o es que no quieres dormir conmigo?

—Yo contigo hago el pino puente si hace falta, gitana mía. Eres un amor —confesó la andaluza, y en la cara se le dibujó aquella sonrisa cascabelera tan suya y que había enamorado a María. Con un beso en la boca cerraron el acuerdo y las dos se pusieron a la faena.

—Por cierto… ¿tienes más braguitas de lentejuelas? Es que las he perdido —bromeó María Millán mientras recogía ropa de su amiga.

—¡Qué habrás hecho para perderlas, mala pécora!

Quince minutos después, tras pagar a la hostelera y dejarla dicho que si alguien llamaba por teléfono preguntando por Angustias tomara recado de quién era y le pidiera un número para devolver la llamada, estaban en la calle. «Yo llamaré de vez en cuando para ver si hay algo para mí», dijo Angustias antes de irse. «Esta es mi prima, María García —dijo presentándola a la hospedera—. Si hay algo urgente llámela usted a este número y ella me dará el recado» ofreció Angustias facilitando el teléfono de la oficina. Con un beso se despidieron de la casera. Cada una cargaba con una maleta y Angustias, además, con un tiesto de geranios del que no quería desprenderse; «pobrecitos... no se van a quedar aquí solitos» insistió en explicar el porqué de llevárselos. Un taxi, que pasaba por la calle de la Farmacia en aquel momento, las plantó en Hierbabuena a las ocho y media. Las hermanas Torrijos, a través de la mirilla en la puerta de la vivienda de Basilisa, no se perdieron detalle de la llegada.

Aquella noche, después de colocar la ropa de Angustias en el armario y en la cómoda que compartió María con ella, y poner los geranios en el alfeizar de la ventana del comedor, las dos mujeres se aprestaron a cenar en la mesita de la cocina. Sobre el mantel de hule había media barra de pan de centeno, un poco de embutido que había conseguido María *de aquella manera*, algo de vino manchego, ya un poco agrio, y un par de manzanas por toda cena.

La madrugada fue noche de confesión para María Millán; le reconoció a Angustias que había venido a España con una misión secreta, que si estaba escondida y con otro nombre no era porque hubiese decidido volver a su tierra y disimularse en Madrid para rehacer su vida, sino cumpliendo las instrucciones del servicio de espionaje soviético. Le explicó cómo se había escondido en La Ventilla, la relación amable que tenía con sus vecinas, su trabajo como asistenta, sus líos con Basilisa y el estraperlo, su entrada en Transportes Dávila y que se había echado un novio de conveniencia con el que ya había roto «porque se torcieron las cosas», explicó. Guardó en el tintero el episodio de Málaga.

—¿Y cuál es esa misión tan secreta, espía ciruela? —la preguntó Angustias.

—Si te lo explicara tendría que matarte —bromeó María, que quería quitarle hierro a la situación.

—Por ti me dejaría matar a besos, gitana mía.

—Te voy a confesar otro secreto: Tú estás en mi misión, paloma —confesó la madrileña.

—Pero yo no soy una espía; yo soy inofensiva y casi no me entero de nada. No valgo para espía.

—Pero estabas en el sitio adecuado en el momento oportuno; es lo importante.

—¿Y eso?

—La primera vez que nos vimos fue en Horcher, ¿te acuerdas?, cuando después nos fuimos a topar unas copas a Chicote.

—Cómo no me voy a acordar, si nunca había ido a un sitio tan elegante.

—Ahí, gracias a esa casualidad, descubrí a un nazi muy importante que creíamos desaparecido, un tal Otto Skorzeny, un criminal. Lo reporté a Moscú y me ordenaron que siguiera esa pista. A partir de esa noche supe que aquel restaurante era un nido de nazis, de asesinos que se refugiaban en España protegidos por Franco.

—Pues yo no me fijé.

—No me extraña porque llegó al restaurante después de que vosotros salierais y antes de que volvieseis otra vez para recogernos.

—Pues no me enteré de nada; bastante tenía con aguantar al plasta de Atilano Cordón.

—La segunda vez que coincidí contigo por casualidad fue en el hipódromo —continuó María—, ¿lo recuerdas?

—¿Cuándo te pusiste mala?

—Justo. Ahí descubrí, también por casualidad, a mi principal objetivo.

—¿Quién era? Porque ya tampoco me enteré de nada.

María se la quedó mirando y procuró un silencio teatral para dar énfasis a lo que iba a decir.

—Tu novio de aquella tarde —desveló muy seria.

—¿El suizo? ¿Mi Hans?

—No es suizo; es alemán… y es otro criminal.

—¿Mi Hans, un criminal?, si es el más presentable de mis novios; me lleva a buenos sitios, es muy generoso y me trata con mucha educación. Mira… esta pulserita de oro me la ha regalado él —dijo mostrando la joya de su muñeca.

María lamentó el daño que esa información hacía en Angustias.

—Tu Hans es un general alemán, un nazi, un criminal de guerra que está en busca y captura y al que se suponía escondido en alguna parte —explicó para justificar la confidencia—. Al final he dado con él gracias a ti porque si no hubiera estado contigo en el hipódromo aquella tarde tal vez no le hubiera reconocido nunca.

—El señor que te acompañaba las dos veces… ¿también es un espía ruso?

—Qué va, cielo mío. Ese es madrileño y más de derechas que Millán Astray —respondió María riéndose divertida; nunca pensó que nadie imaginara a Botillas como un agente del NKVD—. Es un fascista que conozco de cuando vivía en España, que me lo encontré de casualidad cuando volví, que sale conmigo porque me viene bien, me ayuda cuando lo necesito y me sirve para moverme por sitios de Madrid que yo no podría pisar sola.

—¿Eres su novia?

—¡Anda ya!… Si además ya no me llama desde lo del hipódromo.

—¿Y eso?

—Porque le pilló su mujer —improvisó María—. Nos vio ese domingo por la tarde una amiga de su mujer que le conocía y que también había ido al hipódromo con su marido.

—Eso siempre es un problema para nosotras… las propias. Son para nosotras como el perro para los gatos.

—Luego se lo contó a la parienta de este tío aquella misma tarde —continuó María Millán— y cuando llegó a casa por la noche después de dejarme a mí en casa se encontró con que la legítima le montó un escándalo de chupa pan y moja y casi le pone en la calle… y ahora le tiene secuestrado en casa. Como ella es rica, él tiene que aguantar con lo que le eche la parienta. Me llamó al día siguiente al trabajo despidiéndose muy compungido y no he vuelto a saber nada de él.

—¿Era un buen amante, por lo menos?

—Regular, ni fu ni fa —reconoció María—. Era un poco flojo… y algo rarito.

—Como mi Atilano, que ya te dije que es de la acera de enfrente pero que me saca de vez en cuando para que le tape sus cosas… y me lo paga muy bien.

—Pues, algo parecido.

Las dos mujeres se quedaron calladas, mirándose a los ojos.

—¿Quieres dejar esta vida, Angustias? —preguntó María al cabo de un rato que a Angustias se le hizo eterno.

—Si no sé hacer otra cosa, gitana. ¿Dónde voy a ir?

María la tomó de la mano.

—¿Te vendrías conmigo? ¿Nos escapamos las dos de aquí, de este país de mierda?

—¿Y dónde vamos a ir dos pobres mujeres? Bueno, yo soy una pobre mujer; tú, por lo menos, eres una espía rusa, la espía ciruela… y sabes apañarte.

—Donde tú quieras, paloma. El mundo es nuestro, créeme.

—Solo te supongo una carga, María. Vete tú, que yo me apañaré como pueda. Te lo agradezco en el alma.

—¿No quieres ser mi paloma?

—Te quiero desde que te vi la primera vez, gitana mía… y no querría otra cosa que estar siempre contigo —confesó Angustias emocionada.

—Entonces, vámonos; tengo un plan… y tú eres la parte más importante porque te quiero y te necesito.

—¿Me quieres? —insistió la granadina, cada vez más emocionada.

—Te quiero, paloma —confesó también María con una sonrisa que desarmó a Angustias.

—Entonces cuenta conmigo para lo que te haga falta, María… ¿de qué se trata? ¿En qué puedo ayudarte?

—¿Te imaginas cuál es mi misión?

—Pues no, la verdad.

—Tengo que cazar a Hans, a ese novio tuyo, y apropiarme de unos papeles muy importantes que él esconde.

—¿Cazar quiere decir…?

—Sí, exactamente —la interrumpió María para hacérselo más fácil—. Cazar quiere decir… que tengo que eliminarle; no queda otro remedio. Es un nazi y un criminal al que buscan por medio mundo porque ha matado a miles de personas. Su gente ha exterminado a judíos, demócratas, comunistas, gitanos…

—¿A gitanos también? —Angustias recordó con esa palabra la sonrisa de su querida Zita. Se le vino Granada a la cabeza y los momentos de amor que pasó con ella.

—Sí, claro… para ellos son seres inferiores que no merecen vivir.

—Entonces está muerto, ¡Por estas! —dijo besando sus dedos puestos en cruz.

—Gracias, Angustias.

—Dime qué puedo hacer —ofreció la andaluza muy decidida. El recuerdo de su amada muerta le dio la fuerza que necesitaba.

—Tengo que cazar a Hans. ¿Qué sabes de él?

—Sé que es suizo, o eso es lo que me dice, que es ingeniero y que tiene negocios en Madrid. No sé más.

—¿Cómo se hace llamar?

—Hans Tobler.

—¿Sabes dónde vive o dónde trabaja? —la instrucción de la agente soviética se había hecho con el cuerpo de María Millán. Ahora era María Sliva quien interrogaba.

—No, mi gitana, porque siempre que quiere quedar conmigo me llama a la pensión y viene a recogerme con su cochazo. Luego me saca a comer o a cenar y después me lleva a un hotel de los buenos. De esos que son muy caros y tienen alfombras por todas partes y botones de uniforme y un gorrito.

—¿Va solo?

—No, siempre le acompaña su conductor, un tío más grande que un armario, con cara de pocos amigos y que nunca dice nada por su cuenta, solo contesta. Creo que es extranjero por el acento.

—¿Dónde conociste a Hans?

—En Villa Rosa, una noche de farra después de salir del teatro Martín. Me lo presentó un baboso amigo suyo que va de marqués y que suele invitar a las chicas después de la función.

—¿Sabes algo más de él?

—Nada más; es muy callado y que, como apenas bebe, no se le va la lengua.

—Pues tengo que cazarle como sea; es el principio de nuestra fuga para escapar de toda esta mierda.

—No te preocupes, que yo sé cómo lo podemos hacer, confía en mí… que no soy tan tonta como parezco.

—Claro que sí, cielo mío.

—Por cierto… una cosilla, gitana.

—Dime, Angustias.

—¿Me darás un carnet de espía ayudante? ¿De viceespía? porque como soy vicetiple también seré viceespía… ¿verdad?

—Solo si me consigues otras braguitas de lentejuelas.

Las dos rompieron a reír.

El destino había unido a dos mujeres cuyas vidas se quebraron por la guerra civil española. Las dos eran mujeres derrotadas que perdieron sus familias y abandonaron su tierra por necesidad, escapando de la barbarie fascista que acabó con la II República española. Ninguna de las dos pudo aprovechar la oportunidad frustrada de aquel proyecto político, de aquella ilusión esperanzadora que acabó pisoteada por las botas de los sublevados. María no habría perdido a toda su familia, ni Angustias habría sufrido el fusilamiento de su padre y de su amada Zita, si no se hubieran solivantado los militares desafectos. María hubiera podido ser maestra, como era su vocación desde niña, y tener una familia, y Angustias hubiera podido seguir con la danza y cuidando su amor con Zita, si los *nacionales* no hubieran declarado la guerra al gobierno legítimo de la nación. Ninguna hubiera tenido que escapar del espanto si la guerra no hubiera asolado España. El azar, que no otra cosa, las había hecho coincidir en un momento de sus vidas en que la soledad volvía a atenazarlas, pero ahora no eran aquellas niñas asustadas que huyeron con miedo y con rabia, una al exilio y otra a un Madrid acosado; ahora eran dos mujeres fuertes, dos supervivientes, cada una a su manera, que habían decidido unir sus vidas para compartir otra nueva que deseaban fabricarse. Eran dos mujeres heridas por el amor perdido que encontraron otra vez en el amor la manera de marchar hacia un futuro que deseaban feliz. Y podían hacerlo; ahora era su momento.

—Escúchame, que quiero contarte algo —le dijo aquella noche María a Angustias, a su paloma, tomándola de la mano y conduciéndola a la cama de aquel piso modesto, perdido en un barrio destruido y resistente.

Esa madrugada sería la primera en que se amaron como pareja.

— 35 —

Sigue la caza

Transportes Internacionales Dávila
y calle Hierbabuena, Madrid.
14 de julio de 1949.

—Transportes Internacionales Dávila, buenos días. Dígame.

—¿Señorita García, María García?

—Sí, soy yo. ¿Con quién hablo? —María creyó que se trataba de algún cliente cuando escuchó el acento extranjero de su interlocutor. Eso era algo muy común en la agencia, que llamaran usuarios de fuera para informarse por sus envíos. Ella, a veces, los atendía en francés.

—Soy Hans Tobler, un buen amigo de Martirio.

A María Millán se le heló la sangre en las venas al escuchar ese nombre; tenía a Hans Kammler al otro lado de la línea telefónica.

—Usted me dirá, señor Tobler —respondió al cabo de un instante; nunca hubiera esperado esa llamada.

—Me han facilitado su teléfono en la pensión de la calle Farmacia. La dueña me ha explicado que la señorita Martirio ya no vive allí y que usted podía darme razón de ella. Por eso me ha proporcionado su número de teléfono.

—Así es, caballero. Mi prima ha dejado la pensión y ahora vive en mi casa —explicó procurando que no se apreciara su excitación.

—¿Podría usted darla un recado de mi parte?

—Desde luego que sí, con mucho gusto —ofreció María que ya se controlaba perfectamente—. Tomo nota.

—Que me llame cuando pueda al siguiente número, al 47357 —Hans Kammler le había facilitado el teléfono de su oficina.

—¿Alguna hora en particular? —ofreció María tras anotar el número.

447

—Cuando ella quiera, pero entre las nueve de la mañana y la una del mediodía, que es cuando estoy en el despacho —explicó el alemán.

—Así lo haré, caballero.

—Muy amable, señorita García. Muchas gracias.

—A usted… Que pase buen día.

—Igualmente —se despidió el alemán.

Al colgar el teléfono, María respiró profundamente, como si se repusiera de un esfuerzo. Esa llamada la había desconcertado, nunca hubiera imaginado aquella descubierta en Hans Kammler.

Cruzarse la palabra con aquel criminal tan educado le revolvió el estómago. Para ella, Kammler no era el hombre cortés y discreto que se encontró una tarde en el hipódromo vestido elegantemente de civil. A María Millán no se le quitaba de la cabeza la imagen fotográfica que conoció en Moscú del hombre ataviado con el siniestro uniforme gris de la calavera, que lucía en el cuello de la guerrera la triple hoja de roble en plata orlada con la estrella que le acreditaban como Oberstgruppenführer una de las más altas jerarquías de las SS tras el mismísimo Himmler. «Kammler es mi objetivo —recordó— y no debo perder los nervios ahora» se dijo antes de acudir al lavabo para refrescarse la cara y las muñecas. «Ahora es él quien ha movido ficha. Tendré que estar alerta; comienza la cacería» se recomendó a sí misma cuando volvió a la oficina.

—¿Estás bien, María? —le preguntó su jefe cuando la vio entrar; parecía alterada.

—Perfectamente, don Tomás. Ya sabe… cosas de mujeres —mintió ella. Si Granero hubiera podido medir el pulso de su secretaria se habría dado cuenta de que algo serio la pasaba.

A la hora del almuerzo, María Millán marchó a su casa; quería contar a Angustias lo que había ocurrido. Cuando llegó a Hierbabuena se encontró con la mesa dispuesta; la granadina había preparado algo de comer y había adornado el mantel con un vasito lleno de margaritas silvestres que recogió de un descampado.

—¿A que no has probado nunca esto, gitana mía?

—¿Qué es? —preguntó la madrileña al ver una fuente con lo que parecía una ensalada sin lechuga.

—Una pipirrana, algo muy de mi tierra. La he apañado con tres tomates, dos huevos cocidos, dos dientes de ajo, un pimiento verde, sal y aceite… y le he echado una *mititilla* de bonito para que tenga más sustancia —explicó Angustias muy orgullosa.

—¿De dónde has sacado todo eso? —María estaba sorprendida.

—De un *colmao* que hay en Bravo Murillo; he salido a dar una vuelta y he escuchado que el mozo de la tienda hablaba en *granaino* y hemos pegado la hebra, que es del Realejo... y aquí estoy. Te aclaro que esto se come mojando pan, así que no te andes con remilgos.

—Eres un ángel, paloma —agradeció María dándola un beso.

—Y tú una diosa, gitana mía —la correspondió la granadina, más contenta que unas castañuelas.

María pensó que era mejor celebrar la pipirrana y después informaría a Angustias de la llamada de Kammler.

—¿Te ha gustado, María? —preguntó cuando no quedaba nada en los platos y solo un poco en la fuente.

—Está riquísima —aplaudió la madrileña— ¿Y si le ponemos patatas?

—No seas *cipolla*, eso es una *chuminá*... dices eso en *Graná* y te sacan de allí *esfaratá* a pedradas —protestó indignada la que se había criado a los pies de La Alhambra.

—Vale, vale... lo siento —se disculpó María sin poder evitar la risa que se le venía a la boca siempre que su amiga hablaba en *granaino*.

—Pues eso... —sentenció la de *Graná* muy circunspecta antes de romper a reír como hacía su amiga, su compañera, ya para ella su mujer.

—Ahora toca la bomba —apuntó María tras recoger los platos de la mesa.

—¿Nos ha tocado la lotería?

—Casi..., me ha llamado tu novio a la oficina.

—No jodas...

—Te lo juro, cielo. He hablado con Hans.

—¿Qué coño quería el *malaje* ese?

—Me ha dicho que le llames... me ha dejado un número de teléfono y no ha contado nada más —María le ofreció el número escrito en un papel—. Le he contestado que habías dejado la pensión y que ahora vivías conmigo, que soy tu prima.

—¿Tú, mi prima?... tú eres mi sultana.

—¿Qué hacemos? —María quería pulsar el ánimo de Angustias.

—Llamar enseguida... hay que cazar a ese cabrón. Se dice así, ¿verdad?... cazar —Angustias había entrado de lleno en su papel.

—Sí, sí... claro —respondió divertida la especialista. «Es adorable» pensó para sus adentros al ver la cara de su enamorada.

—¿Qué quieres que le diga?

—No tengo ni idea de por dónde va a salir este nazi de mierda —reconocía María.

—Querrá verme; si no, no me llama —dedujo Angustias, que para estas cosas tenía más vuelo que María.

—Eso es verdad.

—Entonces... lo mejor es quedar con él ¿Qué nos hace falta para cazarle? —Angustias estaba encantada en su papel de espía ayudante.

—Tenemos que saber dónde vive porque guardará en su casa los documentos que necesitamos.

—¿Y luego, nosotras asaltamos la casa y *conti coneso* se los robamos? —Angustias ya se veía en acción.

—Algo así, Angustias... pero es más complicado.

—Tu dirás; tú mandas, que eres la espía ciruela.

—Lo perfecto sería saber dónde vive y que tú consiguieses que te invitara a ir para...

—Que me eche un polvo, ¿verdad? —la interrumpió la granadina que iba tres pasos por delante de la madrileña.

—Pues sí —reconoció María—; con eso le tendríamos distraído.

—Bueno... déjame a mí que te estás liando; que de esto entiendo una *chispitilla* más que tú —proclamó orgullosa Martirio de la Pasión, que ya había ocupado el cuerpo de Angustias Fernández Requejo.

—¿Seguro?

—Seguro; que cosas más difíciles he conseguido. A ese *malafollá* lo cazo yo —concluyó orgullosa la granadina.

—Bueno... pero tenemos que prepararlo bien —quiso corregir María. «Con Martirio no hubieran podido en Moscú; se pone la NKVD y el mundo por montera si hace falta».

—Vale, vale... ¿Cuándo quieres que le llame?

—Pues ya, mañana por la mañana. ¿Te parece bien, paloma?

—Lo que diga mi jefa —respondió cuadrándose ante ella a la manera que saludan los miliares.

—Esta noche lo repasamos todo, cielo mío —prometió María al despedirse para volver a la oficina.

—El repaso te lo voy a dar yo a ti cuando vuelvas, gitana —corrigió la andaluza lanzándola un beso.

A las cuatro en punto volvía a la calle Méndez Álvaro. Antes de entrar reparó en un gran coche negro americano que estaba aparcado en la acera de enfrente. «Seguramente es de algún cliente» pensó, y como esa tarde no tenía mucha tarea aprovechó para ir trazando en un papel las líneas maestras de su plan.

«Sin plan no hay acción» recordó que la insistía durante su proceso de instrucción en Moscú, África de las Heras, una perfecta y ortodoxa agente operativa que tenía la prudencia por bandera. «Un buen agente debe ser capaz de improvisar; en eso está el oficio» propugnaba sin embargo, para lo mismo, Caridad Mercader, una cosmopolita aventurera, desclasada y extravagante, que rompía los moldes donde se fabricaban los funcionarios de inteligencia. Pese a esas diferencias, las dos agentes compartían una singular disposición natural para manejar a sus objetivos masculinos, para manipularles por vía de seducción, algo que también podría y debería María considerar en este operativo. De hecho, por ahí fue su estrategia en los casos de Ulpiano Montes y Ramón Botillas, por la fascinación sexual con la que sedujo a sus objetivos. Reconoció que en el *asunto Kammler* las dos instructoras tenían razón porque el alemán era un tipo bastante complejo e inusual, lo suficiente como para escapar en cualquier momento de las previsiones que se pudieran hacer sobre él. Esa misma complejidad que devenía de su indudable capacidad organizativa exigía planificar con escrúpulo todos los registros posibles de la acción que María pretendía componer. Se le vino entonces a la cabeza una frase del mariscal Gueorgui Zhúkov, el héroe soviético de la Gran Guerra Patria, «¡Cuanto más dure la batalla más fuerza tendremos que usar!», y comprendió que tenía que acometer una acción rápida, algo inesperado que desconcertara a Kammler y no le permitiese maniobrar. La sorpresa debería ser el factor determinante en el plan que María Millán iba pergeñando en sus cuartillas. Martirio de la Pasión era la otra trama de la urdimbre porque a Angustias Fernández Requejo se la guardaba María para ella misma.

Lo que María no sabía era que mientras ella había almorzado la pipirrana con Angustias, Hans Kammler requería a su fiel Müller en la oficina de la Compañía Minera.

—Quiero que vayas a Transportes Internacionales Dávila. Busca la dirección en la guía de teléfonos, y te enteras de quién es María García. Llévate la cámara y fotografíala; quiero saber cómo es.

—¿Algún operativo sobre ella? —ofreció el guardaespaldas, acostumbrado a resolver de raíz los asuntos de su jefe a la menor indicación.

—No, de momento no; solo quiero información. Quién es, qué hace allí y, sobre todo, dónde vive. Solo rastréala; luego, ya veremos.

—A sus órdenes, mi general —aceptó Müller cuadrándose con un taconazo.

Aquella tarde fotografió desde el coche a todas las personas que entraron en Transportes Dávila y solo una era mujer, María Millán, y dedujo que era su objetivo. A las siete comprobó que aquella mujer salía otra vez de la oficina y la siguió a pie hasta la estación de metro en Atocha. Había aparcado el Hudson cerca de la empresa, disimulado en una bocacalle, y entró con ella al subterráneo escondiéndose como mejor pudo entre los muchos pasajeros que a esas horas ocupaban los andenes. Veinte minutos después, Müller había perdido el rastro de María Millán. La mujer se había dado cuenta del marcaje; al fin y al cabo el alemán era un tipo muy alto, de cabello rubio pajizo y aunque se cubriera con una gorra que no le disfrazaba bastante, resaltaba mucho sobre los demás pasajeros. María, para despistarle, se bajó del vagón en la estación de Bilbao como si fuese a transbordar hacia la línea 4, y allí se empequeñeció para meterse a codazos en un grupo que pretendía lo mismo y así quitarse de la vista de su indeseado escolta para volver al convoy, al vagón anterior, en el último momento y antes de que se cerraran las puertas, para continuar en la línea 1. De eso no se percató el oficial, que se fue hacia el transbordo con los demás pasajeros para ver si recuperaba el contacto visual. En la estación de Cuatro Caminos, María Millán repitió la maniobra y transbordó a la línea 2 para regresar a Sol y salir a la calle donde tomar un taxi que la llevara a Bravo Murillo observando que nadie la siguiera. De Bravo Murillo se fue andando a Hierbabuena, pero antes compró unas rosquillas en una panadería que las vendía bajo cuerda.

—Me están marcando, Angustias —dijo María a su compañera en cuanto entró en casa.

—¿Te han manchado? —era evidente que Angustias no dominaba el lenguaje de su nuevo oficio.

—No, que me están siguiendo. Tu amigo me ha puesto una cola.

—¿Una cola?

—Sí, un individuo para que me siga —explicó María—. Quiere localizarnos.

—Será *malaje*… y parecía tan sosito —refunfuñó Angustias.

—Es un tipo muy peligroso, paloma, date cuenta, y tenemos que darnos prisa porque si no nos cazará.

—Una leche… ¡antes lo rajo!

—No te aceleres, paloma; en este oficio hay que conservar la cabeza fría.

—¡Lo rajo… te lo juro! ¡A mi gitana no la marca nadie! —insistió la granadina muy ofendida y ya metida en su papel de agente secreto.

—Tranquila, paloma, que tenemos que cenar y no quiero que te siente mal.

La andaluza, resoplando, no podía disimular su disgusto.

—Te he preparado unas empanadillas —ofreció la andaluza cuando se tranquilizó un poco.

—Estás hecha toda una mujercita de tu casa —bromeó María—. ¿De dónde las has sacado… del mozo del *colmao* otra vez?

—Pues no… las he hecho yo aprovechando lo que ha sobrado este mediodía y algo que tenías en la fresquera.

—Pues yo he traído unas rosquillas de aceite.

—Esas… para postre, gitana, que me *encartan* —dijo antes de darla un beso.

Después de la cena, María sacó sus notas y las puso sobre la mesa del comedor. Antes preparó dos tazas de café.

—Este es el plan, Angustias —dijo mostrando las cuartillas llenas de notas. María usaba una caligrafía enrevesada que nada más que ella entendía como la habían enseñado en Moscú. Utilizaba signos de taquigrafía mezclado con iniciales y palabras en francés.

—Pues como no te expliques —lamentó la andaluza que no comprendía nada de lo que había escrito.

—Te diré lo principal —ofreció condescendiente.

—Dispara…

—Tienes que conseguir, como sea, entrar en su casa; de lo demás me encargo yo —resumió en pocas palabras; quería ahorrarle detalles escabrosos a su amada. De momento lo consideraba innecesario.

—Puedo hacerlo…

—No sabemos dónde vive ni dónde tiene el despacho; tenemos de él un número de teléfono.

—Y su nombre… no se te olvide —recordó Angustias.

—Y su nombre —corrigió María.

—Pues ya le tenemos localizado —dijo Angustias como la cosa más natural del mundo—. Yo no lo he hecho hasta ahora porque no tenía ni *mihilla* de interés; si me tuviera que saber vida y milagros de mis novios me reventaría la cabeza.

—¿En serio que le puedes localizar?

—Mañana mismo te doy pelos y señales del *cipollo* este. Solo tengo que hacer una visita.

—¿A dónde?

—A una amiga mía, a Juanita Conde, que se retiró de la revista y sacó un trabajo de operadora en Telefónica; tenía un novio que la quería bien y que la buscó un empleo decente.

—¿Es de confianza?

—Es buena tía. Hicimos una temporada juntas en el coro del Martín y casi nos hicimos novias.

—¿Y eso? —María iba de sorpresa en sorpresa.

—En la revista las cosas no son como parecen; los *boys* son casi todos mariquitas… y nosotras, visto lo visto… pues eso. ¿No tendrás celos?

—Por favor —dijo María tomándola de la mano— ¿Qué pasó luego?

—Que ella colgó los tacones porque se echó un novio que era un asentador de pescado, le puso un pisito muy mono en Usera y la colocó en la Telefónica.

—¿Siguen juntos? —a María le había picado la curiosidad. Angustias la sorprendía a cada paso por la cantidad de recursos que sabía manejar. Estaba claro que la granadina era una superviviente nata, que tenía una excelente memoria y que de todo sacaba partido.

—Como se puede; él está casado y con hijos, pero sigue cuidándola. Me la encontré hace poco y me dijo que trabajaba en la central de Gran Vía, que fuera a verla cuando tuviera un rato… y mañana por la mañana tengo un rato. Si quieres te llamo al trabajo y te cuento cuando salga…

—Perfecto —aseveró María en plan castrense.

—¿Y con Hans qué hago… le llamo mañana?

—Creo que es lo más oportuno; tenemos que movernos deprisa y aprovechar el momento. Por lo que sea está interesado en verte.

—Eso no es por lo que sea… es por lo que es. Ya te puedes imaginar.

—¿Le gustan tus braguitas de lentejuelas? —apuntó María guiñando un ojo.

—Ese va de otro palo; no es nada divertido. Hans es un clásico para esto de la cama, y va a lo que va… le sobran los adornos. Es muy correcto, pero es muy frio.

—Bueno es saberlo —dijo María apuntándoselo en la cabeza, aunque eso no la aportaba mucho dado el siniestro historial del personaje.

—Entonces, mañana me voy a Telefónica, cotilleo lo que pueda, luego te llamo a ti y te reporto y luego le llamo a él. ¿Es así?

—Más o menos. Creo que será mejor que me esperes en Gran Vía, te vas a SEPU y te compras algo para hacer tiempo y luego yo me paso por allí.

—Acuérdate que hay que llamarle antes de la una del mediodía.

—No te preocupes; le pido permiso al jefe y me escapo un momento con la excusa de que tengo que ir al médico. Estaré en Telefónica a las doce en punto y le llamamos desde allí.

—Perfecto, jefa. Es divertido esto de trabajar de espía...

—No te creas.

—Pues a mí me está gustando... y más si me voy de *mandaillo* a hacer compras.

—Recapitulemos...—María quiso repetir otra vez en voz alta lo que estaba preparado para el día siguiente mientras iba punteando sus notas—, pero lo más importante es que consigas de tu Hans que te invite a su casa; si no tengo que rehacer todo el plan.

—No te preocupes gitana, que eso lo consigo yo en un pispás —prometió muy segura la granadina.

—¿No quieres que lo preparemos un poco ahora? Es cuestión de simular la conversación; nos repartimos los papeles y vamos probando —María recordaba las técnicas de interrogatorio aprendidas en Moscú y las sesiones de entrenamiento para mover la voluntad del entrevistado. En eso era una verdadera especialista su amada Inessa Vasiliedna.

—¿Tú sabes bailar flamenco, gitana?

—Pues no, la verdad —María no esperaba esa salida.

—Pues eso que quieres es como decirle a una bailaora lo que tiene que hacer cuando pisa el tablao, que si uno, que si dos, que si tres... eso es cosa para bailarinas— respondió muy ofendida.

—No te enfades, por favor.

—Eso no se aprende; se sabe, se nace con ello... y punto —respondió muy seria—. Es el duende, y el duende no da clases, nace de la tierra, y te agarra por los tobillos, se te mete en las entretelas y te lleva por el meneo. No se baila con el cuerpo, gitana; se baila con el alma porque el flamenco es fuego y veneno, es como el sexo, ¿lo pillas? A mí me lo enseñó Zita, que llevaba el duende en las venas. «Por los pies entran las alegrías y se van las penas» me dijo un día al salir de una zambra en el Sacromonte. Fue el primer día que nos dimos un beso de amor cuando bajábamos al Realejo.

—Disculpa, paloma —se excusó María, sorprendida y emocionada por los sentimientos de su compañera. A cada rato descubría una faceta de Angustias a cuál más sorprendente y estimulante.

—Si es que para entender esto hay que ser andaluza… —concluyó la otra muy digna.

—Ya veo… porque yo soy más sosa que un salero boca abajo. Entonces… ¿no quieres preparar nada? —quiso insistir la madrileña.

—A ti te voy a preparar yo el cuerpo, espía ciruelita. ¡Vamos a la cama y me cuentas lo que quieras!

Mientras María y Angustias se amaban bajo las palabras y las caricias, una llamada de teléfono entró esa noche en el domicilio zaragozano de Íñigo Arruti, provenía de Buenos Aires.

— 36 —

El cazador cazado

Calle Alberto Aguilera, Telefónica,
calle Hierbabuena, Madrid.
15 de julio de 1949.

—Creo que no están siguiendo, mi general.

—Explícate, Karl —el nazi, sorprendido por aquella afirmación de su ayudante, levantó la mirada de los papeles. Kammler, que había mandado rastrear a María García, no se podía imaginar que fuera él quien estuviera sujeto a vigilancia. Era la paradoja del cazador cazado.

Müller lo había detectado aquella mañana cuando dejó a su jefe en la acera de la calle donde tenía la oficina. El guardaespaldas reparó en un individuo parado en la acera de enfrente que no les quitaba ojo mientras su patrón entraba en el portal y aunque al principio no le dio ninguna importancia advirtió que aquel hombre seguía en el mismo sitio cuando regresó de estacionar el coche en un garaje cercano. Müller no subió a la oficina y se metió en un bar de la misma acera a fin de establecer una contravigilancia; era su trabajo. Pidió un café con churros y se sentó en una mesa cercana al ventanal del establecimiento que le permitía controlar la situación sin que el apostado vigilante le observara, porque a esa hora el sol daba luz sobre la acera de enfrente y el alemán quedaba protegido de las vistas tras los cristales del local. A las once en punto, otro hombre de parecido aspecto, los dos vestían trajes grises de aspecto corriente y sombrero, se acercó al primero, hablaron un momento señalando con la mirada hacia donde estaban las oficinas de la Compañía, y el primero, que era el más alto, se retiró de allí marchando hacia una boca de metro. Para Müller era evidente que se habían dado el relevo en la observación. Al oficial de la Wehrmacht le llamó la atención que ambos llevaban el cabello casi rapado, los pantalones demasiado cortos, las corbatas demasiado estrechas para lo que se usaba en España y que los dos calzaran zapatos negros acordonados con gruesas suelas de goma y puntera reforzada, algo también inusual.

—He localizado a un observador apostado frente a la oficina y como no estaba seguro he esperado en un bar para comprobarlo hasta que otro individuo ha venido para relevarle, como es costumbre.

—¿Eso es todo?

—No, mi general. He vuelto a por el coche y he parado delante de la oficina como si le estuviera esperando a usted.

—¿Y...?

—El segundo observador alzó la mano como si llamara a un taxi y se le acercó de inmediato un coche negro, un Fiat pequeño, que aparcó a su lado, al otro lado del bulevar. El individuo se metió en el coche, en el asiento de al lado del conductor. Es indudable que era parte del operativo.

—¿Qué hiciste?

—Cerré el coche, lo he dejado estacionado delante del portal, y he subido a reportarle, mi general.

—Muy bien, Karl.

—¿Puedo hacer una observación, señor?

—Claro que sí —le respondió Kammler invitándole a ello con un gesto de la mano.

—Esos tipos no son españoles.

—¿Por qué lo dices?

—Demasiado altos, demasiado fuertes, uno de ellos era rubio como nosotros, y los dos gastaban zapatos de uniforme, demasiado gruesos y demasiado brillantes.

—¿Alemanes?

—Yo diría que norteamericanos, mi general, pero no lo puedo asegurar. Creo que son militares con ropas civiles.

Müller sabía de lo que hablaba porque cuando terminó la guerra él se disimuló en una zona controlada por tropas americanas y esos zapatos los había visto en el uniforme de paseo de los oficiales de ocupación.

Kammler se levantó de su mesa y se acercó al balcón sin descorrer los visillos. Vio que allí estaba el coche negro con dos hombres en los asientos delanteros. En ese momento, los EEUU no tenían embajada en España porque su embajador, Carlton Hayes, había regresado a su país en 1946 dejando a un mero encargado de negocios al frente de una modesta representación consular, como habían hecho los ingleses que retiraron a Douglas Howard, su embajador en España, aunque mantuvieron una potente delegación comercial que atendía los servicios encubiertos de las dos potencias. Todo ello había ocurrido cuando en virtud de la resolución de la ONU negando a España su ingreso en la organización, todos los países miembros habían cerrado sus embajadas en Madrid. Desde entonces solo el nuncio de la Santa Sede, el embajador de Portugal y el ministro plenipotenciario de la Confederación Helvética mantenían abiertas sus representaciones en la capital. «Si los norteamericanos tienen aquí gente propia quiere decir que no están usando el cauce acostumbrado; algo se traen entre manos que no quieren participar a los ingleses» pensó en silencio llevándose la mano a la barbilla.

Kammler acababa de cometer su primer error y se dio cuenta en ese momento; alguien estaba tras sus pasos. Había confiado en Íñigo Arruti y el disparo había ido a otra diana. En vez de circular la oferta por Francia, el asunto había terminado en manos norteamericanas, quiso deducir por lo que tenía delante, y eso, sin duda, iba a acabar interfiriendo en sus negociaciones con Angleton antes o después. Ahora se arrepintió de haber ofrecido la venta de sus acciones; no le hacía falta aquel dinero y había sido una grieta en su perfecto blindaje. Tenía que moverse deprisa.

Lo que en verdad había ocurrido, y eso se le escapaba a Kammler, era que cuando Arruti participó el asunto de las acciones a Julián Riquelme Navarro este, al ver que podía recuperar una de las empresas de su familia, recurrió directamente a sus antiguos contactos en la OSS y ahora instalados en la CIA, que también monitorizaba todos los pasos de los republicanos españoles en el exilio, y les planteó la operación «por el interés estratégico del asunto». Si todo tenía origen en Arruti, y Kammler estaba seguro de ello, el rastreo era sobre Hans Tobler, un ciudadano suizo que deseaba retirarse de los negocios, no sobre Hans Kammler, lo cual le daba tiempo para maniobrar. Decidió sacrificar la venta de sus acciones, «ha sido un error» reconoció para sus adentros, y apretar la máquina en su negociación con Angleton y, en todo caso, desaparecer de España cuanto antes para evitar que las dos líneas se cruzaran.

—¿Ordena usted alguna cosa más, mi general? —preguntó Müller a sus espaldas.

—Nada más, Karl, puedes retirarte. Muchas gracias.

Un taconazo fue la despedida de su hombre de confianza.

A las once en punto, cuando Müller subía a reportar con su jefe, María Millán, que llevaba ya una hora en la oficina de Transportes Internacionales Dávila, se excusó con el suyo.

—Don Tomás... ¿me da usted permiso para irme? No me siento bien —solicitó con cara de dolor.

—¿Es por lo de ayer? —se interesó Tomás Granero, preocupado por el aspecto de la muchacha.

—Pues sí, don Tomás; estoy peor. A mí, a veces, se me complican las reglas —mintió para justificar la escapada.

—¿Te quieres ir a casa?

—No, no es eso; porque con eso no hago nada. Quiero ir a la casa de socorro para que me vea el médico y me mande alguna receta... y esta tarde estoy aquí otra vez —prometió María simulando un súbito dolor en el vientre.

—Anda, hija —concedió Granero—, vete al médico y no te preocupes porque hoy tenemos poco que hacer.

—Muchas gracias, don Tomás. Es usted un cielo.

María Millán salió de la oficina y se fue andando hasta Atocha. Allí comprobó que nadie la seguía y tomó un taxi.

—A la calle del Barco, por favor.

Diez minutos después, y quince pesetas menos en el monedero, estaba delante de una pequeña tienda con un pequeño y único escaparate, apenas un ventanuco, y una puerta metálica con mirilla a la calle. Llamó a un timbre en la jamba derecha que estaba debajo de un letrero de latón: Imprenta Santa Aurora rezaba. Ese negocio lo conocía gracias a Basilisa cuando su vecina le consiguió la cartilla y la cédula de identidad. El dueño, un impresor segoviano que había tenido amores antes de la guerra con la hermana de su casera, se dedicaba sobre todo a fabricar estampas religiosas, recordatorios para comuniones y bautizos que se oficiaban en la cercana iglesia de San Ildefonso, y también calendarios con motivos religiosos para publicidad de los comercios del barrio, en especial los que tenían puesto en el mercado municipal pegado a los muros de la parroquia. El nombre del negocio lo conservaba en recuerdo del que tenía la logia, Aurora, en la que se inició en la masonería al poco de proclamarse la II República, aunque después de la guerra le puso antes lo de *santa* para disimular y que no pasara nada. Como fuese el caso, la imprenta no solo fabricaba estampitas y demás imaginería litúrgica, sino que, en la trastienda y bien disimulado, tenía un banco de trabajo donde falsificaba cualquier documento que le pusieran delante, si el encargo le venía de persona de probada confianza. María había hecho buenas migas con él gracias a Basilisa y ahora pensaba hacerle el encargo de un trabajo urgente.

—Buenos días, don Mariano. ¿Muy ocupado? —le saludó cuando el dueño del negocio observó por la mirilla y decidió abrir la puerta.

—Buenos días, niña —le correspondió el impresor al abrirla tras descorrer dos cerrojos— ¿Qué va!... hoy tengo poco tajo, María.

—Me tiene usted que hace un favor —pidió ella cuando la puerta se cerró otra vez y estaban a solas.

—Si está en mi mano...

—¿Sabe usted hacer un pasaporte francés?

—Es mi especialidad —reconoció—, aunque hace años que nadie me pide uno. Ahora solo hago cartillas de racionamiento y cédulas, pero aún me quedan dos en blanco.

—¿Puede hacerlo? Le he traído uno por si le ayuda —María le ofreció el suyo a nombre de Marie Blanchard.

—Desde luego que puedo; es fácil —dijo revisando el que le había ofrecido María —¿Tienes una foto?

—No es para mí, don Mariano.

—¿Entonces?

—Es para una amiga. Yo la puedo traer aquí a mediodía y usted se la hace.

—Es posible; aún me queda película —el impresor escondía en la trastienda, disimulado en un cesto de mimbre, un diminuto laboratorio fotográfico para el revelado y una cámara Pentax.

—Muchas gracias, don Mariano.

—¿Para cuándo lo quieres?

María sacó del bolso veinte billetes de cien pesetas y los puso sobre el mostrador.

—Para hoy a las diez, como muy tarde... —le respondió mirándole a los ojos muy fijamente.

—¡Huy, hija, eso no va ser posible!

María Millán sacó otros diez billetes de su bolso. Mariano Nogales se los quedó mirando.

—Estará, no te preocupes —asintió el impresor sin quitarle la vista al montón de billetes.

461

—Tome nota, don Mariano. El pasaporte irá a nombre de Zita Roussel, soltera, hija de Charles Roussel, de París, y de Zita Fernández, de Granada, de profesión administrativa y nacida en Tánger el día 26 de octubre de 1920. Ponla domicilio en París, en la *rue* Baudin número 62. ¿Necesita algún dato más?

—Solo la foto y su firma, mi niña —dijo el artista tras apuntar con un lápiz los datos con una letra menuda y de pico en una libretita que llevaba en el bolsillo pechero de la bata.

—Estaremos aquí a la hora de comer, no se preocupe.

—Os espero luego —dijo él mientras se guardaba el dinero en la faltriquera —Recuerdos a Basi cuando la veas —deseó al despedirse.

—De su parte, don Mariano.

El impresor puso en el escaparate de la imprenta un letrero cuando se fue María Millán que decía: Cerrado por enfermedad. Al salir a la calle, la agente miró su reloj, faltaban diez minutos para las doce, la hora de su cita con su compañera. Siguió la calle en dirección a la Gran Vía hasta que se cruzó con la del Desengaño, en el costado del edificio de Telefónica, el primer rascacielos madrileño. A las doce en punto entraba por Gran Vía en el vestíbulo principal del edificio. Allí la estaba esperando Angustias.

La granadina se acercó corriendo a ella en cuanto la vio entrar.

—Lo tengo, María; le hemos pillado —explicó muy bajito en cuanto la tuvo delante.

—¿Sabes de dónde es el número de teléfono?

—Solo me falta la partida de bautismo del cabrón ese —dijo orgullosa la aprendiza de espía.

—Cuéntame —la invitó la madrileña.

—Lo tengo aquí todo apuntado. Para que luego digas... —dijo Angustias sacando un papel del bolso.

—Este tío es un cutre... y más *agarrao* que el puño de un santo. Mucho coche, mucho chofer, mucha leche, pero luego...

—¿Quieres contarme de una vez? —la interrumpió María.

—Resulta que mi amiga lo pilló todo en un santiamén. En cuanto le di el número de teléfono localizó la dirección, la calle Alberto Aguilera en el número 11. El teléfono figura a nombre de la Compañía Minera del Alto Aragón.

—¿Y a nombre de Hans Tobler no figura nada? —insistió María Millán, que lo suponía.

—Nada, gitana, pero mi amiga me ha dicho que, con ese nombre de cliente, la Compañía Minera, figuran dos teléfonos más, uno en la misma dirección que el que me diste y el otro... ¿a que no te figuras dónde?

—Pues no, Angustias

—En Aravaca... y resulta que es un chalet porque en esa finca no hay más que un solo número y además es reciente. Está en la calle de los Espinos... ¿no te das cuenta?

—¿De qué?

—De que el pollo es tan tacaño que le enchufa la factura del teléfono de su casa a la empresa.

—¿Tienes ese número? —la verdad era que el razonamiento de la granadina le pareció impecable a su compañera.

—Pues claro... ¿qué te crees? Aquí lo tengo todo apuntado —le contestó ofreciéndole el papel donde detallaba toda la información que había conseguido de su amiga la operadora.

—Un trabajo excelente —reconoció María Millán; la información conseguida por Angustias había simplificado mucho el operativo.

—Si querías saber dónde duerme el alemán este de los cojones, ya lo sabes. Ahora ya no hace falta que me acueste con él para estar al tanto de donde es... ¿verdad?

—¿Te importa? —preguntó María con una pizca de ironía.

—Qué me va a importar, si sabes que los hombres se me dan muy bien... pero no es necesario —rezongó Angustias.

—Tienes razón, paloma; no es necesario —reconoció María que desde que supo ese dato ya había movido su estrategia hacia otro sitio.

—¿Quieres que le llame ya?

—Espera un poco, que todavía tenemos tiempo. Vámonos de compras tú y yo; tenemos más de media hora.

—Ya he estado en SEPU...

—¿Y qué te has comprado?

—Dos pares de medias, un camisón, una bata de estar por casa y un pañuelo para el cuello muy bonito. Cosas de una chica de su casa, gitana.

—Pues vamos a volver que nos quedan cosas por comprar —ordenó María muy decidida.

A las doce en punto volvían a la Telefónica cargadas cada una con su bolsa. María se empeñó en comprar dos pantalones de hombre y dos jerséis de lana, todo de color negro como el de los dos pares de guantes de gamuza para señorita que adquirieron. También compraron calcetines, y en la sección de zapatería se hicieron con sendos zapatos negros de cordón para hombre con suela de goma. Angustias no entendía para qué adquirían todo aquello «tan feo» y había protestado a cada paso.

—Bueno… ¿le llamo ya? —preguntó Angustias dispuesta a convertirse en Martirio en cuanto descolgarse el teléfono.

—Sí, es la hora —indicó María comprobándolo en su reloj.

Las dos mujeres se dirigieron a la batería de cabinas que se ofrecían a los visitantes en el vestíbulo general. Las dos se metieron en una que estaba vacía. A esa hora era mucha la gente que entraba para usar los teléfonos públicos.

—Compañía Minera de Sierra Menera, ¿dígame? —preguntó una voz femenina y neutra.

—*¿El señor Tobler, por favor?*

—*¿De parte de* quién? —preguntó Eulalia Bermúdez.

—Dígale que de Martirio de la Pasión, señorita.

—Espere un momento que le paso enseguida.

Un clic puso la llamada en espera.

—Ufff… qué nervios —dijo muy bajito Angustias a su compañera tapando la bocina con la mano.

—Martirio… —respondió Hans Kammler cuando la tuvo al aparato.

—Qué ilusión me ha hecho que me llames, Hans.

—Tenía ganas de verte.

—Y yo también, pichón mío.

—Me han dicho en la pensión que te has mudado y que ahora vives con una prima tuya…

—Eso es… —le interrumpió ella fingiendo voz de preocupada— Es que me han echado del trabajo, Hans. Ya no estoy en el Martín… ni en ningún sitio… Y como no tenía cómo localizarte no te he podido avisar.

—Eso es una canallada… ¿Te puedo ayudar? —ofreció el alemán sinceramente.

—Me quiero ir de Madrid y empezar otra vez en cualquier sitio; aquí no me ata nada.

—Yo también te quería decir que me voy muy pronto, que voy a salir de viaje y estaré casi seis meses fuera, pero te quería ver antes para despedirme, Martirio.

—Cómo te lo agradezco, Hans; a mí también me gustaría verte antes. Me haría mucha ilusión.

—*¿Cuándo te viene bien que salgamos a cenar?*

—Cuando tú quieras, Hans; yo ahora estoy libre como un taxi. ¿Te apetece esta noche?

—Esta noche no puedo, Martirio, tengo asuntos en casa, pero sí cualquier otro día.

—*¿Mañana?*

—Perfecto, cielo. ¿Dónde te recojo?

—Yo estaré toda la tarde por Madrid. Si quieres quedamos en el bar del hotel Palace a la hora que me digas y luego nos vamos donde tú quieras. Verás qué bien me voy a portar.

—*¿No prefieres que te recoja en casa de tu prima?*

—Es que mi prima María es muy beata y muy estrecha y no quiero que se entere mucho de mis cosas; bastante tengo con que sepa lo del Martín como para encima darle mecha. Y de las vecinas mejor no te hablo porque son unas cotillas. La diré a mi prima que esa noche me voy a dormir a casa de una amiga… y santas pascuas. Lo comprendes, ¿verdad?

—Claro que sí, Martirio; este es un país de curas y misas… y así os va.

—*¡Qué razón tienes, mi amor!*

—Te espero entonces mañana a las nueve en el bar del Palace ¿Te parece?

—Me parece muy bien, Hans, porque lo estoy deseando. Me pondré muy guapa para ti.

—Tú siempre lo estás, preciosa.

—Hasta mañana, amorcito.

—Hasta mañana, Martirio.

Las dos mujeres abandonaron la cabina y salieron a la calle por otra puerta a la que habían usado para entrar.

—Te ha quedado bordado. Eres una actriz estupenda —reconoció María, que no se había perdido nada de la conversación, en cuanto pisaron la acera de la calle Fuencarral.

—Pues no paso de vicetiple —lamentó Angustias.

—¿Te apetecía verle?

—Eso me toca mañana.

—Eso está por ver, Angustias —aclaró misteriosa María.

—Y ahora, ¿qué hacemos?

—Tenemos dos cosas pendientes y vamos a empezar por la más importante.

—Tú dirás, jefa, pero no te pongas profunda que me aturullas.

—Es una sorpresa —dijo María parando un taxi.

—A la calle Hermosilla, por favor —ordenó al conductor.

Quince minutos después llegaban a su destino.

—Pare usted ahí, por favor, y espérenos. Le dejo aquí estas bolsas dijo señalando las compras en SEPU —pidió María Millán señalando un portal muy aparente.

—¿Dónde me llevas?

—Al atelier de Asunción Bastida, una modista que te va a poner como a la reina de Saba, paloma mía.

—Pero que cursi eres cuando te pones... ¿Y eso a qué viene?

—Es parte del plan —respondió hermética.

—Me gusta el plan —reconoció Angustias bajándose del taxi.

—Es una modista estupenda que tiene taller en Madrid y Barcelona. Esta mujer viste a las más famosas —explicó mientras subían al primer piso.

No la contó, porque no lo sabía, que Asunción Bastida abrió su primera tienda en Barcelona 1926, cuando se casó con Marcelino Mases, y que después participó en la Exposición Internacional de Barcelona de 1929 dando a conocer la moda catalana. Tampoco que después abriría tienda en la Gran Vía barcelonesa, con el nombre de Modas Mases, y que en 1934 estableció una sucursal en Madrid hasta que por la guerra cerró los dos establecimientos. Terminado el conflicto abrió otra vez en paseo de Gracia de Barcelona y en la calle Hermosilla de Madrid. Allí se disponían a entrar las dos mujeres. María aún se reservaba la razón de esa visita.

Casi una hora después salían con sendos trajes de sastre, varias faldas, algunas blusas, un abrigo largo y otro corto y cuatro vestidos camiseros que ya estaban confeccionados, pues la catalana era de las primeras modistas en introducir el *prêt á porter* en sus colecciones. También compraron algunas prendas de punto y se dejaron más de seis mil pesetas en trapos. «Es una barbaridad, María» protestó Angustias al enterarse de la factura. «Ya lo entenderás, Angustias», fue toda la respuesta de la madrileña.

—¿Dónde las llevo ahora, señoritas? —preguntó el taxista que estaba encantado con la carrera mientras guardaba en el maletero las bolsas que traían sus clientas.

—A la calle del Barco —pidió María mirando su reloj. Era la una y veinte.

A las dos menos cuarto llegaban a la imprenta

—¿Y ahora… qué misterio te traes?

—Ahora te vas a hacer una foto —indicó María señalando la puerta metálica de la imprenta.

—¿Ahí… en ese sitio tan raro y tan cutre? —Angustias se refería el cartel de la Imprenta Santa Aurora. Como experimentada corista estaba acostumbrada al mundo de los fotógrafos y eso que tenía delante no se parecía a ninguno de los estudios que había pisado.

—Ya te contaré.

Diez minutos después estaban en la calle con las fotos hechas, el pasaporte firmado con un garabato y el compromiso de Mariano Nogales de tener terminado el trabajo a la hora convenida «o un poco antes».

—Llévenos ahora a la glorieta de Cuatro Caminos, por favor —ordenó al taxista que esperaba en la calle montado en la acera.

María tenía intención de cambiar allí de vehículo aprovechando una parada de taxis que había en la esquina con Bravo Murillo. Que unas «señoritas bien» se dejaran los cuartos en Ascensión Bastida y terminaran recalando en un barrio tan modesto como La Ventilla no era cosa que se viera todos los días y podía levantar sospechas si alguien preguntaba después.

—¿Termina ya la carrerita?… porque me tengo que ir a comer casa y yo vivo en Carabanchel, señoritas —protestó el taxista que ya quería retirarse.

—No se preocupe, buen hombre, que ya terminamos —aceptó María Millán.

A las dos y media en punto, después de cambiar de taxi, llegaban las dos mujeres a la calle Hierbabuena. El primer taxista se fue tan contento con dos billetes de veinte duros.

—Pues ya me dirás, jefa… —preguntó Angustias cuando cerraron tras ellas la puerta del piso.

—Solo te quiero hacer una pregunta, paloma mía —dijo María abrazando a su compañera.

—Dime, gitana —ofreció la granadina recostando la cabeza en el hombro de María.

—¿Estás dispuesta a irte de aquí para siempre? Tal vez no volvamos nunca a España… piénsalo.

—Sabes que lo estoy deseando, pero con una condición... y no es negociable.

—Dime...

—Que nos vayamos las dos juntas para siempre. Soy tu amiga, tu compañera de líos, tu ayudante, tu amante y también tu mujer, y quiero estar contigo todos los días de mi vida... los que sean.

Un beso en la boca, unas lágrimas sinceras y emocionadas y un abrazo tan sentido como intenso cerraron su pacto, su matrimonio.

—Esta tarde recogeré tu pasaporte. Es francés y dice que naciste en Tánger, por eso hablas español, hija de un francés y de una española.

—¿Y cómo me llamo?... porque no me he fijado.

—Zita, te llamas Zita Roussel —contestó María con una sonrisa y acariciándola la mejilla.

—Muchas gracias, gitana —Angustias no pudo contener las lágrimas por la delicadeza de su amiga.

—Al tajo, querida, que aún nos queda tarea.

—Tú ordenas, espía ciruelita —Angustia se cuadró para decirlo como hacen los militares.

—Yo me voy ahora al trabajo y tú tienes que hacer un par de cosas esta tarde.

—Si, pero... ¿cuándo me vas a dar el carnet de espía ayudante?

—Cuando tú me regales unas braguitas de lentejuelas —bromeó la madrileña.

—Dime qué tengo que hacer esta tarde.

—Acércate a Bravo Murillo y compra dos maletas buenas que sean distintas, grandecitas y si están usadas mejor, y luego te vuelves a casa y preparas el equipaje.

—¿Qué equipaje?

—Lo que te quieras llevar; esta noche ni tú ni yo dormiremos aquí ni volveremos nunca. Prepara el tuyo en una maleta y el mío en otra. Tú eliges lo que quieres que nos llevemos. Mete dentro lo que hemos comprado en la modista, lo repartes entre las dos, y todo lo que te guste de lo que tenemos en casa. Piensa que somos dos señoritas francesas, tú eres secretaria y yo soy enfermera, y que volvemos a casa después de unos meses en España. Recuerda que solo somos amigas y además muy beatas, o sea que echa alguna estampita y si no la tienes la coges en alguna iglesia. Llévate un neceser con tus cosas, pero no te pases, que ya no eres vicetiple, que te conozco.

—¿Algo más?

—Sí, pruébate la ropa negra que hemos comprado y ajústatela si te hace falta.

—Ya me dirás para qué queremos esos pingajos —protestó la granadina, tan coqueta como siempre—. ¿Algún encargo más?

—Sí, por favor. Consíguete donde puedas un buen mapa de carreteras. Eso es todo.

—¿Te vas ya?

—Sí, porque aún tengo un par de cosas que hacer antes de ir al trabajo y luego, como he faltado esta mañana, me quedaré hasta las nueve. Después iré a por el pasaporte y creo que llegaré a casa sobre las once u once y media. Ahora voy a preparar algo que necesito.

Dicho eso, se fue al cajón del aparador donde guardaba los cubiertos y sacó un tenedor. Con unos alicates arrancó los dos dientes exteriores de los cuatro que tenía y a los que quedaban los aproximó hasta que solo les separaba un milímetro. Después golpeó el tenedor con un martillo hasta dejarle plano y lo guardó en el bolso.

—¿Te preparo algo para cenar? —preguntó Angustias cuando María se levantó para irse.

—No, porque cuando tengo que trabajar me gusta ir ligera. Si acaso, te agradecería luego un café solo bien cargado. El resto no lo llevaremos en un termo, que la noche va a ser larga.

—Un beso, gitana —pidió Angustias ofreciendo sus brazos.

María se despidió así, también ella deseaba sentir el cuerpo de su mujer.

Antes de salir del portal comprobó que llevaba en el bolso la pistola francesa y el cuchillo de combate.

— 37 —
La ejecución

Calle de Los Espinos, Aravaca, Madrid.
16 de julio de 1949.

María Millán volvió a su casa a las once y cuarto de la noche. Angustias la esperaba con el café preparado y las maletas hechas.

—¿Está todo dispuesto, cielo? —preguntó después de besarse con Angustias.

—He comprado las maletas en una tienda que también las tenía de segunda mano, como dijiste.

—Mucho mejor, Angustias; así llamarán menos la atención.

—Y he conseguido la guía de carreteras que me has encargado —continuó la granadina pasándole un ejemplar de la guía de carreteras del Instituto Geográfico y Catastral publicada por La Unión y el Fénix Español, que acababa de salir al comercio. La había comprado en una librería de la calle Alenza.

—¿Nos tomamos un cafetito? —propuso María.

—A mí me vendría mejor una tila… —prefirió la granadina porque el asunto se le hacía grande.

—Lo comprendo, Angustias; va a ser tu primera acción… y puede ser duro.

—Explícame de qué va todo esto, por favor —nunca se había encontrado Angustias ante una situación como la que se apuntaba, pero estaba dispuesta a todo con tal de seguir a su compañera.

—Esta noche vamos a eliminar a Hans Kammler y nos vamos a hacer con sus documentos. Son el salvoconducto para nuestra nueva vida.

—¿Es necesario… eliminarle? ¿No queda más remedio? —preguntó la granadina rehuyendo la mirada de María.

Angustias se veía agobiada; lo que comenzó siendo un juego iba tomando cuerpo y aquella noche se encontraba ante un desenlace cuyas consecuencias aún no había calibrado del todo. Para ella, Kammler no era más que uno de sus novios, un tipo educado que la sacaba a cenar y la ayudaba económicamente de vez en cuando, no el criminal de guerra del que la había hablado su amiga.

—No hace falta que tú participes en la acción —la propuso María sinceramente—; me puedo hacer cargo yo sola de todo el operativo.

—Ya… pero no te voy a dejar tirada. En esto nos hemos metido juntas y saldremos juntas.

—Escucha, paloma. Tú no tienes instrucción, ni técnica ni psicológica, para enfrentarte a un trabajo como este; no es fácil quitar una vida… y no quiero que pases por eso, pero puedes ser muy útil.

—¿Cómo puedo ayudarte?

—¿Sabes poner inyecciones?

—Claro que sí; eso se me da muy bien; porque el hermano de mi padre era practicante y yo me fijaba mucho.

—Pues te nombro enfermera de la misión.

La granadina respiró aliviada porque parecía que María la excusaba de participar en asuntos más sangrientos.

—Explícame lo que vamos a hacer, por favor —insistió Angustias, más por curiosidad que otra cosa; la embargaba la ansiedad.

—Vamos a asaltar la casa de Hans Tobler, le eliminamos y nos vamos de allí.

—Eso ya me lo imaginaba, pero ¿cómo lo vas a hacer? —preguntó Angustias tragando saliva.

—Con esto —dijo sacando del bolso la pistola y el cuchillo de combate y poniéndoles sobre la mesa.

—¡Hostias, mi niña! ¿De dónde has sacado eso?

—Siempre lo llevo encima.

—Como para llevarte la contraria… —quiso bromear la vicetiple.

A partir de ese momento, María relató a su compañera todos los pasos del operativo sin ahorrarse detalle.

—Ufff… —resumió la granadina muy impresionada por lo que se les venía encima.

—¿Qué te parce?

—No te diré que me parezca bien… pero como decía mi madre no se puede hacer una tortilla sin romper los huevos.

—También lo decía la mía —reconoció María Millán recordando no solo a su madre sino todo lo que había aprendido de su entrenamiento en la URSS.

—¿Cuándo quieres qué salgamos?

—En media hora, cuando sean las doce en punto —decidió María Millán tras mirar el reloj.

—¿Y cómo vamos a ir?

—Tengo un coche en la puerta —respondió como si fuera la cosa más natural del mundo.

—¿De dónde lo has sacado?

—Mejor no preguntes; lo tenemos... y ya está.

—Lo que vale mi niña espía —bromeó la andaluza recuperando el buen humor.

Cuando María Millán había salido de la empresa paró en una farmacia y se hizo con una caja de Optalidón y en una carnicería que estaba a punto de cerrar en la Corredera de San Pablo compró un poco de hígado de cerdo picado. A las diez menos cuarto llegaba a la imprenta y tras recoger el pasaporte de Angustias se encaminó a la estación de Tribunal y se desplazó hasta la del Puente de Vallecas en la línea 1. Por allí estuvo brujuleando más de media hora para ver cómo la gente se iba recogiendo en sus casas hasta que encontró un 11 Ligero igual que el que tuvo Ramón Botillas. El coche estaba aparcado en la calle Leonor González, una vía estrecha y discreta, apenas iluminada, y aún tenía el motor caliente, lo que indicaba que hacía poco que estaba allí, seguramente hasta la mañana siguiente. El Citroën paraba en una acera y nadie pasaba por allí en aquel momento. María, apenas tardó un minuto en quebrantar la cerradura usando el tenedor que llevaba en el bolso y otro minuto más en hacer un puente con los cables bajo el salpicadero. Media hora después llegaba a la calle Hierbabuena.

—Ves moliendo estas pastillas hasta que tengas un polvo muy finito —le dijo sacando del bolso la caja de Optalidón.

Angustias se puso a ello aplastando las tabletas con una cucharilla mientras su amiga extendía con cuidado sobre un pedazo de papel el trozo de hígado picado. Después, María mezcló el barbitúrico en polvo con la carne picada. «Solo pondré la mitad» dijo como si su compañera entendiese lo que estaba haciendo.

—¿Eso para qué es?

—¿Qué tal te llevas con los perros? —contestó repreguntando.

—Divinamente… les caigo muy bien. En *Graná* siempre teníamos perro en casa.

—Pues tú te encargas de eso, porque casi seguro que tienen alguno para vigilancia. Hay que evitar que avise a sus dueños.

—¿Cómo lo hago?

—Con esto —dijo ofreciéndole el hígado mezclado con una dosis de barbitúrico capaz de tumbar a un caballo—. Se lo das para que se lo coma… y ya está, se quedará frito.

—¿Muerto?

—No, solo dormido. No te preocupes, que no le ocurrirá nada.

—Menos mal, pobrecito. ¿Qué culpa tiene él de lo canalla que sea su dueño?

—Si es que eres un cacho de pan —reconoció María al ver el pesar que la daba a su compañera matar al animal. Prefirió no contarla lo que hacían en Ravensbrück los perros entrenados por las guardianas.

—Yo me encargo, no te preocupes —aceptó la granadina, más tranquila, envolviendo la carne picada en un pañuelo.

—Perfecto…

—¿Algo más?

—Sí, toma esto —le contestó ofreciéndole un paquete con una jeringuilla de cristal que compró en otra farmacia antes de entrar en Transportes Dávila.

—¿Por eso me preguntabas lo de las inyecciones?

—Sí, tendrás que ponerle una inyección en la vena del brazo, ¿te atreves?

—Perfectamente… También puedo hacer de partera.

—No creo que haga falta… en principio —bromeó su compañera.

María se fue hacia su dormitorio y volvió con cuatro ampollas, las que trajo con ella desde Moscú, las dos mayores contenían pentotal y las dos pequeñas, apenas del tamaño de una judía, llevaban cianuro en su interior.

—Ves preparándola ya porque conviene no perder tiempo luego; todo ocurrirá muy deprisa y no hay que improvisar —indicó ofreciéndole una de las de pentotal.

—¿Qué contiene?

—Es pentotal, el suero de la verdad. Con eso en el cuerpo nadie se calla lo que sabe; es muy eficaz.

—¿Cómo el pitillito de los tíos después de un polvo? —apuntó la granadina.

—Más o menos —respondió divertida.

Angustias preparó el inyectable y volvió a guardar la jeringuilla en la cajita que la protegía.

—Quédate tú con la otra ampolla por si nos hiciera falta usarla —instó a su compañera.

—¿Y las pequeñas?

—Esas otras dos las guardaré yo, paloma mía —María no quiso explicar a su compañera el mortífero uso. Solo pensaba recurrir a ellas en caso extremo.

—¿Algo más?

—Sí; ahora tenemos que vestirnos de negro con lo que hemos comprado en SEPU. Ponte una blusa debajo del jersey y no lleves sujetador, que te quede ceñida. Y no te olvides de usar cinturón.

—Tenemos que parecer hombres... ¿verdad? ¿Y no nos tapamos la cara como en las películas? —bromeó Angustias que poco a poco se iba metiendo en el papel.

—Para eso usaremos las medias que te has comprado esta mañana y, por cierto, recógete el pelo con una coleta y no uses perfumes ni lleves anillos ni pulseras que se te puedan enganchar.

—¿Tú te vas a quitar esa tuya? —preguntó la andaluza que había reparado en que María siempre llevaba puesta la suya de acero.

—Esto no es una pulsera, Angustias, aunque lo parezca; es un arma más peligrosa que un cuchillo de combate... si sabes usarla.

—Mejor no me lo cuentes —rechazó la otra con cara de aprensión.

Las dos mujeres pasaron al dormitorio a cambiarse.

—Ahora vamos a guardar en una bolsa ropa de calle para usarla después del operativo, cuando salgamos de allí con la tarea hecha —indicó María cuando se habían vestido de oscuro.

—¿Y qué nos ponemos?

—Algo sencillo y cómodo, somos dos señoritas que van de viaje. No hay que dar el cante si nos para alguien. No usaremos pantalones para el viaje y no se te olviden los zapatos ni las medias... y que no sean negras ni de rejilla.

—Comprendido, jefa. ¿Eliges tú o elijo yo?

—Elije tú, cielo mío, pero que sea discreto.

—¿Un poco... monjas?

—Exactamente, paloma. Monjas que salen del convento...

—Es mi caso —ironizó la granadina.

Angustias preparó la bolsa con la ropa requerida y, mientras, María se dio un paseo por la casa revisando lo que se quedaba allí; no quería dejar nada comprometido. Retiró la documentación con la que había entrado en España, las estampas religiosas, el rosario y la biblia y puso sobre la mesa la caja de cartón donde guardaba el dinero que la sobraba del que había traído de Paris. Contó los billetes y vio que aún le quedaban más de doce mil pesetas. Tomó dos sobres de la mesilla y en cada uno metió tres mil, separando las otras seis mil restantes en un tercero que guardó en su bolso. En uno de los sobres escribió «Basilisa» y en el otro «Cesárea» y se los colocó en la faltriquera izquierda del pantalón. Después se acercó a la mesilla y recogió la primorosa miniatura de Cuatro Caminos que le había regalado Dorotea Campanal y que tenía sujeta a la pared con una chincheta muy cerca de la cabecera de la cama. Se la quedó mirando con nostalgia y pena al recordar a su amiga muerta y la besó como quien adora una reliquia. Después se la guardó bajo la blusa, en contacto con su pecho, como si fuera un amuleto. Angustias observó todo ello en silencio y no quiso curiosear nada.

—¿Ya está todo? —preguntó María a su compañera cuando eran las doce menos cinco.

—Ya está, jefa —informó señalando las dos maletas y la bolsa cerca de la puerta.

María Millán se metió la pistola en la trasera del pantalón, entre los riñones, sujeta por el cinturón. Después guardó el cuchillo de combate en el bolsillo faltriquero derecho y se ató a la cintura los dos cabos de cuerda que guardaba en la mesilla para la ocasión y que cubrió luego con el jersey. Con un gesto indicó a su compañera que hiciera lo mismo con el pañuelo que guardaba la carne narcotizada, que Angustias metió en el bolsillo derecho, y la cajita con la jeringuilla, que colocó en el izquierdo.

—¿No te dejas nada que te pueda identificar?

—No, porque he metido en la maleta las braguitas de lentejuelas —ironizó la andaluza—. Lo demás de la revista, trapitos y afeites, lo llevé esta tarde a un vertedero. Solo me quedo con las fotos de mis padres y de Zita y una estampa de la Virgen de las Angustias.

—Yo dejé todo eso en Moscú, en casa de Inessa —recordó con pena—, y lo he perdido para siempre.

—Mientras tú vivas, amor mío, vivirán en ti tus padres e Inessa. No sufras, gitana mía; nunca te van a dejar. No te hacen falta fotos porque tú te los pintarás todos los días —dijo Angustias abrazándola y besándola en los ojos.

Las dos mujeres permanecieron así, consolándose, durante un rato. Estaban a las puertas del último acto de la vida que iban a dejar atrás y ese abrazo era su único bálsamo.

—Espera un momento, que ahora vuelvo —pidió María, sacando los dos sobres del bolsillo. En un instante estaba de vuelta; había metido por debajo de la puerta del piso de las hermanas el sobre para cada una. Las Torrijos los descubrirían por la mañana cuando allí no quedara nadie. Era su testimonio de cariño y agradecimiento ya que no podía despedirse de ellas de otra manera. También lamentaba no haberse despedido de Tomás Granero, un buen hombre que se cruzó en su vida.

A las doce en punto de la noche las dos amigas, después de bajar al portal cada una con su maleta y su bolso en riguroso sigilo, arrancaban el coche con el equipaje guardado en el maletero. Antes se ajustaron los guantes negros de gamuza.

María Millán conducía en silencio y Angustias se había persignado cuando su compañera encendió el motor. La conductora rehuyó usar Bravo Murillo, no quería pasar por Cuatro Caminos ni recurrir a vías principales, así que optó por dirigirse hacia el oeste para bordear la Ciudad Universitaria y alcanzar la carretera de La Coruña a la altura de la Puerta de Hierro. A las doce y veinticinco estacionaban el Citroën en la calle de los Espinos a unos cien metros de la entrada a la casa de Hans Kammler.

Durante unos minutos, las dos permanecieron en el coche, en silencio, atentas a cualquier ruido. La calle estaba muy mal iluminada porque solo una farola daba algo de luz en la esquina con la de la Osa Mayor, la vía principal de aquella colonia. Era una urbanización de pequeñas villas, sin comercio ni otra actividad que no fuera la residencia familiar, y a esas horas nadie andaba por la calle. La voluntad de Kammler de pasar desapercibido le había llevado a elegir un lugar poco poblado y bastante desangelado para esconderse, apenas tenía vecinos en su misma acera; solo una casa al fondo de la calle, con dos parcelas vacías por medio, le hacía compañía. Esa circunstancia, que había obrado a su favor hasta entonces, se volvería esa noche en su contra. María, visto lo visto, arrancó el coche nuevamente para recorrer los alrededores inmediatos a fin de determinar cuáles podían ser sus rutas de escape si las cosas se torcían en el curso del operativo. Detectó que a seiscientos metros hacia el oeste había una pequeña casa cuartel de la Guardia Civil, que a esas horas parecía cerrada. Aravaca era un pequeño municipio a las afueras de Madrid, recién incorporado a la capital, con poca población y menos comercio, que apenas requería presencia policial; no era barrio de trabajadores ni había fábricas en su demarcación, solo algunos bares, panaderías, ultramarinos, una mercería y una ferretería eran todo su equipamiento.

Quince minutos después estaban en el mismo sitio, cien metros más arriba de la casa del alemán. Una parcela que, en la entrada, se adornaba con un letrero de cerámica vidriada, Villa Alabarí rezaba el azulejo, que daba nombre a la propiedad. María Millán no sabía que esa palabra, el nombre de un cíclope vasco, correspondía al título nobiliario que engalanaba al marqués propietario de la casa.

Una mirada de María a su compañera señaló el comienzo de la acción. Dentro del automóvil las dos mujeres se cubrieron la cabeza en silencio con una media para disimular su rostro.

—¿Llevas a mano la carne?

—En el bolsillo, María.

—Vamos a ello; seguramente habrá un perro guardián.

Las dos mujeres cruzaron la calle y se acercaron a la verja que cercaba el jardín, en el centro una cancela formada por barras de hierro forjado señalaba el paso de carruajes. La casa se veía apagada, salvo un ventanal en la primera planta sobre la fachada principal.

Angustias se inclinó ante la cancela y pasó un brazo entre los barrotes. En la mano llevaba el pañuelo envolviendo la carne narcotizada. Se puso de rodillas y comenzó a chistar muy bajito, llamando al perro si lo hubiera. El olor de la carne llegaba a María que estaba detrás. Al poco, después de un ruido de madera contra madera, se acercó el perro atraído por el tufo del hígado de cerdo y el chisteo de la granadina.

—Bonito, perro bonito… —masculló Angustias ofreciéndole el bocado.

El animal, un pastor alemán de mucha alzada, olisqueó el regalo, al principio receloso, mientras Angustias, con la otra mano le acariciaba la cabeza. Las palabras quedas de la granadina, los arrumacos en el cuello y el olor de la carne serenaron al pastor que empezó a mover la cola, más confiado. Angustias, muy despacio, quitó el pañuelo con la otra mano y dejó al descubierto el pedazo de carne sangrante sobre la palma que lo sostenía. Seguía hablándole muy bajito, apenas un susurro que María no entendía, y volvió a acariciarle. El perro ya no pudo resistir la tentación y cogió el regalo con la boca, lo echó al suelo y lo devoró en un santiamén sin hacer un solo ruido. La andaluza, muy tranquila, no le quitaba ojo y seguía hablándole con apenas unos susurros, lo necesario hasta que hiciera efecto el narcótico. María atendía detrás con el cuchillo en la mano. No hizo falta esperar mucho porque el pastor alemán cayó redondo enseguida; media caja de barbitúricos en su estómago era un excelente pasaporte a un sueño pesado.

—Eres una artista —musitó María—. ¿Qué le decías al animal?

—Le cantaba bajito un trisagio de mi tierra —explicó Angustias con un susurro.

—¿Y eso que es?

—Un rezo que le hacemos a la Virgen en *Graná* para que nos ayude. El trisagio de Isaías que me enseñó mi madre para los apuros.

—Pues nos ha ayudado... —reconoció la madrileña.

Con un gesto, María Millán indicó a su compañera que ahora debían saltar la tapia, cosa que fue sencilla porque la barda tenía solo metro y medio de alzada al lado de la cancela. Las dos pisaron el jardín sin hacer ruido al caer sobre un césped muy cuidado que tapizaba el suelo hasta la vivienda. Tres acacias de buen porte se interponían entre la cerca y el acceso a la casa de dos plantas; las mujeres se escondieron tras ellas.

De repente, un ligero chirrido como el de la apertura de una puerta con los goznes oxidados, resonó delante de ellas, como si proviniese de una fachada costera que no alcanzaban a ver. «¡Scheisse!... ¿Wer ist da?», escuchó que decía alguien al otro lado de las acacias. «¡Mierda!... ¿quién va?», recordó de cuando escuchaba palabras así en Ravensbrück. Al oírlo, el cuerpo de María se tensó para entrar en acción blandiendo el cuchillo con el filo hacia arriba en su mano derecha. Su entrenamiento militar la dictaba ahora la conducta de manera automática; no había raciocinio, solo instinto de combate y supervivencia. Ante un gesto imperativo de su amiga, Angustias se echó al suelo boca abajo tras la acacia más cercana a la tapia y la más alejada de la vivienda, muy cerca de donde dormía el perro pastor. Las dos permanecían atentas hasta que el eco de unos pasos sobre la gravilla que rodeaba la casa anunció que alguien se acercaba demasiado, y más cuando María vio el haz de una linterna rastreando el suelo. Con otro gesto de la mano apuntó a Angustias que esperara donde estaba, y ella se desplazó hacia el tronco de la acacia más cercana al origen del sonido de pasos cubriéndose tras él. Desde su posición, María pudo alcanzar visión de lo que ocurría.

Tenía a su lado, a poco más de tres metros, al hombre que la siguió días antes en el metro desde la oficina. Ese individuo rubio y corpulento, que ahora vestía un pijama de rayas y empuñaba una pistola Lüger en la mano derecha mientras que sostenía la linterna con la izquierda, se acercaba poco a poco barriendo el suelo como si lo dibujara con el haz de la linterna. Müller había salido a inspeccionar cuando escuchó que batían las hojas de la caseta del perro que estaba debajo de la ventana de su dormitorio y que el perro no volvía a su sitio. De seguir ese camino daría con Angustias de un momento a otro, en cuanto se acercara a la primera acacia. María tenía que actuar de forma inmediata ante lo improvisto, porque no se podía permitir un segundo más de duda y sabía que la acción había de ser letal, fulminante y certera, como recomendaba Zhúkov. No se podía arriesgar a que un disparo accidental de su objetivo, o un grito incluso, pusiera en riesgo lo principal del operativo. Cuando Müller estaba ya a poco más de dos metros del tronco que la escondía, María saltó sobre él sorprendiéndole por la izquierda y lanzando a la vez una terrible cuchillada en arco, de abajo a arriba, que le seccionó primero los tendones de la muñeca derecha y las venas basílica y cefálica del brazo, con lo cual perdió al instante el control de los dedos para accionar la pistola, que cayó al suelo como una piedra, y de seguido, con un giro de muñeca, subió el cuchillo finlandés a la garganta del alemán seccionándole la tráquea y la vena yugular mientras la hoja de quince centímetros entraba hasta el fondo del cuello topando con la columna vertebral. El alemán, con los ojos como platos por lo inesperado y violento del ataque, se desplomó boqueando mientras un chorro de sangre le manaba del cuello donde el cuchillo permanecía clavado hasta la empuñadura impidiéndole el uso de la voz. Cuando estuvo de rodillas, María, tras él, le sujetó la cabeza con las dos manos y le rompió el cuello girándosela con una maniobra seca y veloz. Müller cayó al suelo, boca abajo, desmadejado como una marioneta a la que hubieran cortado los hilos. María recuperó el cuchillo, su querido *finka*, limpiándolo con la chaqueta del pijama y se hizo con la Lüger que guardó en la cintura. Angustias, que seguía pegada al suelo con la cara boca abajo, no percibió ni un solo ruido del ataque; ni siquiera levantó la cabeza hasta que María no puso la mano sobre el hombro de su compañera.

—Ya está, Angustias. Tranquila; un problema menos —dijo María ayudándola a levantarse.

Cuando la granadina presenció el cadáver ensangrentado de Müller, que aún conservaba los ojos abiertos y una posición deslavazada y grotesca, inició una arcada que estuvo a punto de llegar al vómito.

—¿Ves cómo es mejor trabajar con el estómago ligero? —la susurró al oído.

—Lo que falta… ¿va a ser así? —preguntó refiriéndose a Kammler.

—Espero que no —reconoció María que necesitaba un procedimiento más limpio para con el jefe nazi.

Un gesto de la madrileña con el índice en los labios la pidió silencio mientras se descalzaba instándola a que hiciera lo mismo. María no quería incurrir en el mismo error que Müller, pisar sobre la gravilla que rodeaba como una acera los muros de la casa.

Hecho eso, inquirió con un gesto a Angustias para saber si llevaba encima la jeringuilla. La granadina comprobó la caja en su bolsillo y asintió con la cabeza; todo seguía en orden. María guardó el cuchillo en la faltriquera y recuperó la Lüger comprobando que estaba cargada y amartillada con el seguro quitado. Esa pistola era para ella un revulsivo; no podía dejar de asociarla con repugnancia a la uniformidad alemana y se le vinieron a la cabeza el interrogatorio en Lyon y sus torturas en Ravensbrück donde la muerte le podía venir a la frente en todo momento, a caballo de la bala disparada por una pistola igual a la que ahora tenía entre las manos.

Cuando las dos estuvieron descalzas, María entregó la Lüger, ya amartillada, a su compañera, cosa que Angustias aceptó con cierto remilgo, haciéndose ella con su pistola francesa, mucho menos ruidosa, y se encaminaron, con sigilo e inclinadas para no levantar bulto, hacia la puerta por la que había salido el guardaespaldas de Kammler, una entrada lateral a las dependencias de servicio de la casa. Allí, en la planta baja, tenía Müller su alojamiento, un dormitorio con baño y una sala de estar, cerca de la cocina y al acceso al garaje donde dormía el Hudson a cubierto. Las dos mujeres cruzaron todo ello a oscuras, ya acostumbrados sus ojos a la penumbra pues nada más que la luz de la luna al entrar por las ventanas las permitía orientarse, hasta alcanzar el vestíbulo principal que servía al comedor, al salón principal y a la escalera de acceso a la planta alta. La luz encendida, pensó María, debía corresponder al dormitorio de Kammler, pero que se escucharan desde allí los compases atenuados por la distancia del *Carmina Burana* de Carl Off, un compositor bávaro muy del gusto de las jerarquías nazis, le llevaba a pensar que aquella luz correspondería en verdad a su despacho. María precedía su presencia con la MAB-D empuñada con fuerza, como si fuese un faro que la iluminaba en la aventura. Angustias la seguía, imitando la pose.

Las dos intrusas subieron por una escalera de piedra blanca, con los peldaños engalanados por una alfombra espesa que amortiguaba cualquier ruido que pudieran hacer con sus pies descalzos. Así llegaron al comienzo de un pasillo, también alfombrado, que debía servir a las habitaciones de la planta superior. Las luces estaban apagadas en toda la casa y solo una rendija de luz por debajo de una de las puertas, la segunda a la derecha, marcaba la presencia de alguien en el interior de aquella estancia. Las últimas estrofas del recitativo de Blanzifor y Helena sonaban con más intensidad detrás de aquella puerta, pero antes de concluir, el gramófono comenzó a repetir una y otra vez la estrofa. El microsurco estaba rayado. María, al darse cuenta de ello, hizo un gesto con la mano para que su compañera se detuviese; cabía la posibilidad de que Kammler no estuviese allí y hubiera aparejado una emboscada. Durante unos segundos María esperó atenta a que algún crujido, algún ruido, delatara otra posición cercana del alemán. «Tal vez esté en otra de las habitaciones del pasillo esperando su oportunidad y esto sea una encerrona. Entrar ahora sería caer en la trampa» pensó con el cuerpo tenso y dispuesto a saltar ante cualquier amenaza imprevista, pero apenas un minuto después escuchó que alguien detenía el gramófono y reponía el disco a su origen. «Kammler está dentro» se dijo satisfecha. Con una seña le dijo a Angustias que se acercara hacia ella. Nada se oía en aquel pasillo alfombrado que no fuera el latido de sus corazones y la composición de Carl Orff atenuada por la hoja de madera y la pared. María respiró profundamente, como la habían enseñado en Moscú para estas situaciones, y se dispuso a actuar; había procurado enfrentarse a este momento durante años. Nunca podría decir con más exactitud que estaba a las puertas de su objetivo y de su destino; solo tenía que cruzarla para consumar su venganza y liberar sus fantasmas interiores. Indicó a Angustias que se pusiera tras la pared, protegiéndose, y ella se encaró a la puerta.

Empujó el picaporte y se plantó en el hueco apuntando con el arma al centro de la habitación. Kammler, sentado tras su mesa, no esperaba aquella apercion e hizo gesto de echar mano de su pistola, su inseparable Sauer-38H que tenía sobre la mesa, pero un certero disparo de la pequeña pistola francesa de María, que sonó como el descorche de una botella de cava, útil a esa distancia y mucho menos escandalosa que la alemana, le fracturó el húmero del brazo derecho impidiéndole el movimiento para su defensa. La pistola del nazi quedó en la mesa cuando el cuerpo del SS-Oberstgruppenführer golpeó con fuerza contra el respaldo de la silla llevado por el impacto y su gesto se contraía por el dolor.

—¡Quieto, Kammler, o la siguiente bala la guardarás entre las cejas! —escupió ella con rabia.

Por la voz descubrió el nazi que aquella figura negra con la cara disimulada por una media era una mujer.

—¿Quién eres? —preguntó mientras se sujetaba con la mano izquierda la hemorragia por la herida de bala. La lesión no era grave, era lo que había pretendido María Millán, pero sí lo suficientemente dolorosa para tenerle bloqueado el brazo derecho.

—Soy tu peor pesadilla —respondió María.

La agente se acercó a la mesa y se hizo con la Sauer tirándola al suelo hacia el otro extremo de la habitación.

—Pasa… —dijo después invitando a su compañera a que entrara en el despacho de Kammler.

Angustias entró en silencio, también con la cara cubierta y apuntándole con la Lüger. Quien no la conociera pensaría de ella que también era una profesional. Los cantos goliardos de *Carmina Burana* seguían sonando en aquella estancia.

—No le quites ojo y en cuanto veas algo raro le pegas un tiro en la cabeza —ordenó María sacándose de la cintura los cabos de cuerda que guardaba bajo el jersey.

Poco después el alemán estaba atado de los pies, cada brazo a uno de los lados del sillón y el tronco sujeto al respaldo por su propio cinturón. Durante toda la maniobra Angustias, muy en su papel, le tenía amenazado con el cañón de la Lüger en la nuca.

—Tu guardaespaldas está tirado en el jardín y ya estará rindiendo cuentas de sus culpas —le informó mientras se paseaba delante de él, muy despacio.

—¿Qué quieres? —Kammler intentaba sobreponerse a la situación y su voz disimulaba el dolor y el miedo que sentía en aquel momento, o al menos lo procuraba.

—Tenemos tiempo, no tengas prisa —razonó María.

—¿Quién eres?

—Esa es mi primera pregunta… ¿Quién eres tú?

—Ya lo sabes; si no lo supierais no estaríais aquí. Soy Hans Kammler, Oberstgruppenführer de las SS —el nazi apostó por pasar cuanto antes por lo que era evidente.

—Vamos bien… respuesta correcta.

—¿Quién eres? —insistió él.

—Soy una de las muchas personas a las que tú y otros canallas como tú habéis asesinado o habéis jodido la vida —respondió María quitándose la media de la cabeza y ahuecándose el cabello tras soltar la coleta que lo ceñía. Sus ojos parecían carbones y su espléndida cabellera arrebolada la asemejaba a la Gorgona—. Yo estuve presa en Ravensbrück por ser mujer, por ser republicana y por ser comunista. Tengo muchos nombres en mi piel, tantos como seres queridos que han muerto por vuestra culpa. Soy española, francesa, alemana, gitana, lesbiana, activista, resistente, comunista… y soviética. Me llamo María, Carme, Inessa, Isabelle, Dorotea, Zita, Lourdes y tantos otros nombres que no habría días para recordarlos todos,

Al alemán se le demudó el color al escuchar todo aquello. Sabía que esas palabras equivalían a su sentencia de muerte. Angustias, mientras tanto le vendaba la herida del brazo derecho con una toalla que encontró en un baño cercano.

—Prepárale ya, camarada —ordenó María a su compañera usando una palabra que le removiera las entrañas al nazi; él sabía perfectamente que la venganza de las tropas soviéticas, de los comunistas, para lavar los desmanes nazis llevaba la crueldad por estandarte.

Angustias sacó del bolsillo la cajita de cartón donde guardaba la jeringuilla ya preparada. Comprobó que todo estaba bien y tomando la media de la que se había desprendido María la convirtió en un torniquete para el brazo izquierdo, sobre el codo, luego buscó en la flexura interior la vena cefálica y sin más espera le inyectó en el torrente sanguíneo la dosis de pentotal que llevaba preparada desde casa. Angustias guardaba en el bolsillo del pantalón la otra dosis por si fuera necesaria.

María hizo un gesto a su amiga para que se retirara tras él y esperara a que el tiopentato de sodio surtiera su efecto. Pretendía llevar a Kammler a un sueño superficial por la acción de un fármaco psicoactivo que inhibiera el control mental necesario para sostener una elaboración compleja como era una mentira. María sabía por su instrucción, incluso lo había probado ella misma, que el efecto de la dosis administrada no duraría más de quince minutos. Ese era el tiempo útil para su interrogatorio. Cuando vio que Kammler cerraba los ojos y parecía más relajado, con una respiración más regular, comenzó con una batería de preguntas de control.

—¿Cuál es tu nombre de pila?

—Hans Friedrich Karl Franz —respondió el alemán muy despacio, como si le costara trabajo hablar.

—¿Dónde y cuándo naciste?

—Nací el 26 de agosto de 1901 en Szczecin… en la Pomerania Occidental —Kammler permanecía con los ojos cerrados.

—¿Cómo se llama tus padres?

—Franz… y María.

—¿Cómo se llama tu mujer?

—Jutta Carla Anna Horn.

—¿Cuántos hijos tienes?

—Seis, dos varones y cuatro niñas.

Tras mencionar a sus hijos, unas lágrimas que no controlaba corrieron por sus mejillas. Las respuestas habían sido correctas, cosa que sabía María Sliva porque había estudiado en Moscú la ficha del interrogado. La agente hizo una pausa y miró su reloj. Le quedaban todavía trece minutos.

—¿Desde cuándo estás afiliado al partido nazi?

—Desde marzo de 1932.

—¿Y a las SS?

—Desde mayo del 33.

—¿Cuál es tu grado militar?

—Obergruppenführer y general de las Waffen-SS.

Esas respuestas salieron de la boca de Kammler con la misma serenidad que las anteriores. Parecía que el suero de la verdad hacía efecto, aunque el nazi no hubiera confesado todavía nada que ella no conociese. María decidió apretar un poco más las tuercas a su prisionero:

—¿Eras responsable del diseño y construcción de los campos de concentración?

—Sí —reconoció Kammler.

—¿Has dirigido el proyecto de las V-2?

—Sí —confesó sin reservas.

—¿Sabes quién soy?

—No —en eso no mentía.

—¿Sabes qué espero de ti?

—No —en esto tampoco.

María decidió pasar al siguiente paquete de preguntas acercándose cada vez más al misterio de su secreto.

—¿Has experimentado con la campana?

Kammler se quedó callado, con los ojos cerrados, como si no hubiera escuchado la pregunta.

—Si —respondió al cabo de unos instantes.

—¿Dónde?

—En Der Riese —María sabía perfectamente de la existencia de «el Gigante» en Bad-Charlottenbrunn.

—¿Qué es la campana? —aquella era la pregunta crucial del interrogatorio.

—El arma definitiva del Tercer Reich —contestó si reservas ni elusiones, orgulloso. Esa claridad sorprendió a María Millán.

—¿Por qué?

—Es una máquina del tiempo y se fundamenta en la antigravedad.

—¿Dónde se encuentra?

Kammler se calló otra vez y movió la cabeza de un lado a otro, como negando algo.

—¿La tienes tú? —insistió ella.

Kammler seguía en silencio, pero abrió los ojos y sonrió retador. María se quedó mirándole.

—Ponle la otra ampolla —ordenó la agente a su compañera.

Angustias preparó de nuevo la jeringuilla y volvió a taladrar la vena del general nazi. Kammler reaccionó con un respingo y cerró los ojos. Angustias solo le había administrado la mitad de la ampolla.

—¿Dónde está la campana? —insistió María al cabo de un rato.

Kammler se resistía a responder, pero el suero le iba haciendo efecto, y ahora apenas podía resistirse.

—En el castillo… de Peracense… en el sótano de la ermita —confesó al cabo de unos instantes, que a las dos mujeres se les hicieron eternos.

—¿Los documentos del experimento?

—También están allí —reveló el nazi que ya no era capaz de controlar lo que decía.

—¿Tienes alguna copia?

—Sí —reconoció en un suspiro.

—¿Dónde?

—Está guardada… en mi caja fuerte.

María cesó en el interrogatorio y rebuscó por la habitación hasta que dio con el panel que escondía la caja tras su escritorio. Cuando la tuvo delante vio que, además de la rueda de claves, la caja llevaba cerradura de llave. Un gesto de contrariedad le marcó la comisura de los labios

—La llave la lleva encima, María; la lleva colgada al cuello con una cadenita de oro. No se la quita nunca —salió al quite Angustias que bien sabía de las desnudeces del alemán. Eran las primeras palabras que pronunciaba desde que entró en la vivienda y, además, no se había quitado la media de la cara.

—Martirio, ¿eres tú?… pero… ¿qué haces aquí? —preguntó casi en sueños el alemán cuando quiso reconocer entre las tinieblas del pentotal la voz de su amante. Nunca hubiera imaginado encontrase a Martirio de la Pasión, su ingenua andaluza, en aquella habitación.

—Ponle el resto, deprisa —ordenó María mirando la jeringuilla que Angustias conservaba en la mano.

Angustias obedeció la orden y María, mientras, le abrió la camisa arrancándole la cadena con la llave.

—¡Dime la combinación! —apremió ella.

Kammler tenía los ojos cerrados y parecía dormido.

—¡¡Dime la combinación o te pego un tiro!! —repitió golpeándole en mejilla con la culata del arma. El dolor pareció reanimarle un poco.

—Dos… ocho… y… treintaicuatro —confesó al cabo de unos instantes. Dicho eso, Kammler se quedó inerme, como exánime. María temió que el pentotal hubiera acabado con su prisionero.

La madrileña se fue a la caja y aplicó la combinación en el dial giratorio, después introdujo la llave en la cerradura y accionó la manivela de apertura. Sonó un chasquido y la puerta acorazada se abrió lentamente. La mujer inspeccionó el contenido y se encontró con doce carpetas marcadas con la esvástica, otros tantos carretes de microfilm, un archivador de color negro, varios sobres cerrados y fajos de billetes de pesetas, dólares y libras esterlinas. También había tres fotografías, varios pasaportes y dos carpetas azules sujetas con gomas elásticas. María sacó todo ello y lo dispuso sobre el escritorio del dolorido general, que seguía, exhausto e insensible, atado en su silla con una respiración muy pausada.

En el archivador, que llevaba las iniciales SM marcadas con una pegatina blanca, se encontró un informe de explotación de la Compañía Minera, sus balances, una especie de cuaderno de venta con información técnica y mercantil, la cuenta de resultados, las actas del consejo de administración desde que Tobler se incorporó como accionista y el certificado de tenencia de sus acciones. En una de las carpetas azules había unos planos de la explotación minera y en uno de ellos se marcaba la ruta para acceder desde Ojos Negros a un punto cercano al castillo de Peracense que estaba marcado por una X. Sin duda ese era el lugar que había mencionado Kammler como escondite de la Campana. María separó esa carpeta a un lado de la mesa. En la otra carpeta azul se archivaban documentos bancarios con el membrete del banco Ziegler&Ziegler, un grifo mitológico en color dorado, que estaban redactados en alemán y algunas escrituras protocolizadas y timbradas con la fe pública del notario *herr* Frankeimer. María también separó esa carpeta. En los sobres, que eran tres, se encontró con que en uno había diamantes, en el otro, esmeraldas y en tercero una clave numérica, CJID-4IPL-G062-O34G. También había una pequeña llave y la dirección de un banco en Zúrich, y tres fotografías: una de ellas correspondía a una pareja de personas mayores, seguramente sus padres, en otra estaba Kammler con sus seis hijos y la que debía ser mujer, quiso deducir María, y la tercera era el retrato de una mujer muy bella de ojos claros y pelo rubio recogido en una trenza larga. Por último, se dedicó a revisar las doce carpetas con la esvástica. Allí estaba cuanta documentación precisaba, «si Kammler guardaba esto con él, no hay duda que es importante», dedujo María Millán.

Al final buscaron por la casa una bolsa de viaje y colocaron en ella todo el contenido de la caja fuerte, salvo lo relativo a la Compañía Minera, el archivador negro, que se quedó donde estaba, junto con los distintos pasaportes al uso del nazi. María no contó las cantidades, pero el dinero disponible eran casi sesenta mil pesetas en billetes de cien y doscientas, trece mil libras esterlinas, diez mil francos suizos y unos pocos más de veinte mil dólares en todo tipo de billetes.

Kammler seguía dormido y atado en su sillón.

—Baja al jardín, por favor, acércate al coche y súbete la bolsa de la ropa —ordenó a su compañera—. Yo me quedaré aquí arreglando esto.

Cuando se quedó sola con el nazi procedió a despertarle palmeándole en la cara. El alemán abrió los ojos y se la quedó mirando, parece que había pasado el efecto del pentotal y el orgullo había vuelto a su mirada, aunque un rictus de dolor por la herida en el brazo le torcía el gesto de la boca.

—¿Qué vas a hacer conmigo? —el alemán no recordaba nada de lo que había confesado bajo los efectos del suero.

—Me gustaría desollarte poco a poco, como si fueras una res, para que sufrieras un poco del dolor que has ocasionado a tantos —explicó paseando su cuchillo de combate muy cerca de la cara de su prisionero, lo hacía con la mano izquierda porque en la derecha llevaba la pistola francesa apuntándole a la cabeza—, pero no me va a dar tiempo.

—Te puedo pagar lo que quieras; tengo mucho dinero —ofreció Kammler intentando salvarse.

—Ya te lo cogido —le interrumpió María con acritud.

—Tengo mucho más fuera de aquí —quiso insistir Kammler con dificultad al pronunciar—. Te diría dónde conseguirlo.

—No me interesa tu dinero; lo que quiero de ti ya lo tengo.

—¿La campana? —Kammler sabía bien que cualquiera que le buscase no era por sus crímenes, salvo la oficina de Simon Wiesenthal, ni por su dinero, sino por su secreto, por la misteriosa campana. Por Die Glocke.

—No solo…

—¿Qué quieres ahora?

—¡Tu vida, hijo de puta…, tu vida! —y según pronunció esas palabras apretó el gatillo.

Apenas sonó el estampido de la pistola, pero una bala del 7,65 le entró a Kammler en el cerebro atravesando la frente y echando su cabeza hacia atrás. Los ojos vidriosos se le quedaron abiertos.

Mientras Angustias iba a por la bolsa con la ropa de paseo, María liberó el cadáver de sus cinchas y lo tendió en el suelo quitándole el torniquete del brazo izquierdo y el apósito sobre la herida del brazo derecho que colocara antes la granadina. Recompuso la habitación como si hubiera sido el escenario de un robo con violencia y puso la Sauer-38H en el suelo, cerca de la mano derecha del cadáver. Antes hizo un disparo con el arma que impactó en la jamba de la puerta de su despacho, como si el alemán hubiera intentado defenderse de sus atacantes y hubiera muerto en la refriega.

Tras desordenar los papeles de su mesa tirándolos por el suelo apagó la luz de la habitación y bajó a la planta baja donde esperaba Angustias con la bolsa. La granadina había escuchado los dos disparos.

—¿Qué ha pasado? —preguntó agobiada en cuanto se reencontró con su amiga.

—Lo que tenía que pasar, gitana —insinuó María, que deseaba ahorrarle los detalles a su compañera.

La granadina se persignó al oír aquello porque se imaginaba perfectamente lo que había ocurrido arriba en su ausencia.

—Ahora vamos a vestirnos de señoritas decentes —ordenó María.

—¿Y qué hacemos con estos trapos? —Angustias estaba incómoda vestida de negro. «Parezco un nazareno» se dijo al verse así ya en la casa de Hierbabuena.

—Doblarlos y guardarlos en la bosa; nos harán falta todavía. Si nos preguntan, por lo que sea, diremos que son ropas del mecánico que cuida el coche.

—¿Quién nos va a preguntar? —la pobre Angustias no salía de la zozobra.

—No lo sé, pero recuérdalo por si acaso —previno María mientras se desnudaba de ellas.

Al rato ya estaban las dos vestidas con ropa de calle. Parecían dos mujeres corrientes que iban al cine o pasear por El Retiro con sus novios.

—Toma tú la bolsa de la ropa, que yo cargaré con la de los documentos. Vamos al garaje.

Allí colocaron la bolsa con la ropa al fondo del maletero del Hudson, junto con una lata de aceite y una rueda de repuesto, y desmontaron la bancada de los asientos traseros del vehículo para esconder allí lo que Kammler había guardado en su caja fuerte.

—¿Nos lo vamos a llevar?

—Desde luego; el Citroën lo estarán buscando mañana temprano y este todavía está limpio. Cuando quieran encontrarlo, ya lo habremos abandonado nosotras.

María y Angustias contaban con dos días para la huida porque ni el domingo ni el lunes, que era 18 de julio y fiesta nacional, se echaría en falta al ingeniero Tobler. A partir del martes, cuando no se presentara en su oficina ni contestara al teléfono, comenzaría la búsqueda.

—¿Sabes conducirlo?

—Sé llevar cualquier cosa que tenga ruedas —afirmó María con un punto de orgullo recordando sus meses de instrucción en la URSS, aunque había sido en Francia, con sus compañeros de la Résistance, donde aprendiera a conducir automóviles y motocicletas para las misiones de apoyo y enlace.

—Pero qué lista es mi espía —bromeó Angustias, un poco más tranquila; para ella todo lo vivido esa noche era una experiencia emocional muy dura, pero estaba decidida a seguir a su amada a donde hiciera falta.

Antes de abandonar la casa, María descerrajó desde fuera la cerradura de la puerta principal de la vivienda con una palanqueta que se agenció entre las herramientas del garaje e hizo lo mismo con la de la cancela de la calle. Todo tenía que figurar con la apariencia de un asalto para cometer un robo. Mientras María retiraba del jardín el cadáver de Müller y lo llevaba al interior de la casa, que lo depositó en el suelo de la cocina, Angustias recogió al pastor alemán, que seguía dormido, y le encerró en un aseo al lado del vestíbulo de la vivienda del cual no podría escapar cuando se despertase, «una cosa es matar a un hijo de puta y otra cosa es hacerle daño a un pobre perro» se decía la granadina mientras le acomodaba bajo el lavabo. Se trataba de que el asalto pasara desapercibido el mayor tiempo posible, por lo menos las cuarenta y ocho horas previstas, el tiempo que necesitaban para continuar con su huida.

—Ahora vamos al Citroën para recoger nuestras maletas —propuso María abrazándose con su amiga que seguía sin tener el cuerpo en caja—. Ya falta menos para escapar de toda esta mierda, cariño mío.

Las dos mujeres se besaron a la puerta del garaje, a la luz de la luna. En aquel aliento compartido por unos instantes se alojaba la esperanza. Un minuto después habían vuelto a la cochera con su equipaje. El Citroën quedó abandonado, pero con las puertas cerradas, tres parcelas más arriba de la que había servido a Kammler como domicilio. Nada indicaba que fuera un coche robado. María, antes de salir de allí para siempre, cerró bien la cancela, aunque descerrajada la cerradura, para que nada delatara a la vista que había sido franqueada.

A la una y media de la madrugada del sábado al domingo, el poderoso Hudson salía de Villa Alabarí. Los pilotos del freno se encendieron cuando el automóvil redujo la velocidad para girar en la calle Osa Mayor camino de Madrid por la carretera de La Coruña.

Comenzaba la huida de dos mujeres hacia la libertad, dos mujeres con heridas en el alma que por todo patrimonio atesoraban solo su amor furtivo y la custodia de un gran secreto.

María había decidido cruzar la ciudad para alcanzar la carretera de Aragón y para ello pensó que lo más seguro, dado el vehículo que conducía, era recurrir a arterias urbanas principales donde el imponente Hudson pudiera pasar más desapercibido, al atravesar barrios acomodados donde no llamara la atención. Al llegar a la Puerta de Hierro giró hacia la avenida de los Reyes Católicos para tomar Cea Bermúdez y después José Abascal hasta que cruzó el paseo de la Castellana y subió la cuesta de María de Molina para enfilar la carretera que llevaba a Zaragoza, cosa que las dos mujeres consiguieron sin ningún incidente. Angustias llevaba los nervios a flor de piel y María, que se los controlaba, conducía en riguroso silencio y con todos los sentidos atentos.

Sin mediar palabra, que el silencio era el tercer acompañante, salieron de Madrid y, tras pasar el puente sobre el río Henares, ya cerca de Guadalajara, María paró el coche en una pequeña explanada a la derecha del arcén de la carretera nacional. Unos pinos le protegían de la vista.

—¿Qué pasa? —preguntó Angustias, que no lo esperaba y estaba a punto de quedarse dormida. El sobresfuerzo emocional que le suponía haber participado en el operativo mortal contra su amigo Tobler, uno más y ni siquiera el peor de sus novios, le estaba pasando precio y el tibio calor del coche la había amodorrado a las puertas de una laxitud que empezaba a hacerse con su cuerpo.

—Nada, cielo mío, que quiero respirar un poco de aire fresco y despejarme la cabeza; nos queda mucha noche por delante —explicó María Millán, que necesitaba descansar un momento del estado de ansiedad emocional en el que estaba instalada desde que pisó la casa del nazi. No era la primera que se daba de bruces con la muerte, ni la primera tampoco en que por su mano se había segado el destino de algún objetivo, pues así era, con ese nombre, como ella denominaba a los eliminados por su habilidad mortal. Lo que había convertido esta misión en especial era que en pleno desarrollo de su preparación operativa había padecido un terremoto emocional por causa de la muerte de Inessa que resquebrajó la pétrea seguridad de sus obediencias, algo que nunca calibraron los especialistas de la NKVD.

Aquella noche se había culminado con éxito la primera parte, la más dramática y cruel sin duda, de la estrategia que urdió para su misión en España, para eso había sido adiestrada, aunque las motivaciones dieran un vuelco en pleno proceso y por eso, por su instinto y el adiestramiento recibido de los especialistas de la Lubianka, había conseguido culminarla con éxito. Sus jefes en Moscú la habían compelido a esa tarea y ella la había hecho suya, la había aceptado, pero ahora no se debía a las instrucciones del Kremlin; ahora era libre, ahora trabajaba para sus recuerdos, sus obligaciones y sus amores, por su propia dignidad, por su vida y su futuro, por sus padres, por su hermano, por su novio, por Inessa y ahora también por Angustias, y por tantos otros como ellos que habían perdido la vida a manos de gentuza como Kammler, Müller o Botillas.

María Millán se bajó del coche y se quedó mirando la oscuridad, a ninguna parte, porque en el fondo estaba rebuscando en su interior los recuerdos felices de su pasado para trenzar, con aquellos hilos, la cuerda en la que amarrar su próxima andadura. Bajo las estrellas de aquella noche en La Alcarria, camino de algo de lo que ni ella misma estaba segura, quería reencontrarse consigo misma, desnuda ya de obediencias y prejuicios, pero no de creencias ni de afectos. Sus convicciones seguían incólumes; era una mujer de izquierdas, comunista y solidaria que había roto con el estalinismo y con todo autoritarismo que coartara la libertad. El asesinato de su amada Inessa por causa del terror estalinista había sido su particular caída del caballo, como ocurrió con Pablo de Tarso en su viaje a Damasco. Aquel crimen acabó con su militancia, pero no con sus ideas. Su encuentro con Angustias, sin embargo, supuso reencontrarse con el amor de manera inesperada y por ello con la esperanza. Kammler habría muerto por su mano, en todo caso, por mera razón de venganza; se lo debía a sus convicciones. Ahora, aquella noche, comprendió que el crimen hubiera sido estéril puesto que no hubiera vuelto nunca a Moscú ni hubiera continuado con la misión, ni se habría reservado el control de Die Glocke, pero gracias a Angustias, a su amada Angustias, a esa mujer providencial que había sido su tabla de salvación, todo su trabajo volvía a cobrar sentido. El amor a Angustias, algo que empezó como una amistad casual con Martirio de la Pasión, volvía a dar sentido a su vida y decidió reutilizar su misión como vía para escapar del vacío que se abrió ante ella.

Angustias observa desde el coche esa quietud distante, casi hierática, de su amiga y decidió bajarse también; no la quería dejar sola.

Se acercó a María por detrás, en silencio, con timidez, y se abrazó a ella apoyando su cabeza sobre la espalda de su amada y los brazos rodeándola por la cintura. No dijo nada, se quedó así, como una niña pequeña, acurrucada en su amiga, y al poco, sin mediar palabra, comenzó a besarla el cuello muy dulcemente con besos de algodón que subían muy despacio por su piel. Un escalofrío recorrió la espalda de María ante esa invasión amorosa y Angustias, al percibirlo, subió las manos hacia los pechos de su compañera acariciándolos al principio con una suavidad que al poco era testimonio de pasión encendida. María se echó hacia atrás buscando refugio en su amada y cuando las dos pieles casi eran solo una, la madrileña se dio la vuelta mirando a Angustias a la cara con ojos tan abrasadores y brillantes como las estrellas que empedraban de luz el cielo. La granadina estaba lista para recibir esa mirada porque sus ojos también ardían como tizones, y esos cuatro luceros de agua y fuego, de ansiedad y deseo, se acercaron poco a poco hasta que sus labios bebieron el mismo aliento y sus lenguas dibujaron las mismas palabras luminosas en el silencio de la noche oscura, el templo infinito, inesperado y casual para celebrar aquel misterioso sacramento de amor.

Cuando separaron los labios, húmedos por el deseo y aun insatisfechos de las muchas cosas que se quedaron entre los dientes, Angustias subió a una sonrisa y se juramentó ante María con unas palabras que rezumaban emoción:

—Que se me paren los pulsos si te dejo de querer, gitana mía.

Epílogo

—Dos daiquiris, por favor —pidió Angustias mientras se ajustaba la pamela.

—Con todo mi *amol*, señoras —le agradeció el camarero que tomó la comanda, un mulato joven, todo él vestido de blanco con el uniforme de su oficio.

Las dos mujeres estaban sentadas bajo una sombrilla de los jardines del hotel Nacional, sin duda el más chic de La Habana. El lujoso establecimiento, que llevaba abierto en el corazón de El Vedado casi treinta años, era lugar de paso obligado para cualquier famoso que pisara la isla y el sitio de reunión más cosmopolita de la ciudad.

—Me encanta el sitio —reconoció María.

—A mí me gusta más el mesero, hermana; está para mojar pan.

—Serás golfa…

María y Angustias, ahora muy conocidas en La Habana, pero como las hermanas Anguita Vílchez, María la mayor y Martirio la más joven, eran habituales de los salones del hotel porque no se concebía un sarao de copete si no estaban ellas entre las invitadas. La razón de tal fama estaba en que eran las propietarias de Le Parfum Royal, una boutique dedicada a la cosmética y alta perfumería que habían establecido en 1950 en un palacete que adquirieron en una de las calles más selectas de El Vedado y que era visita obligada para las damas adineradas de la sociedad habanera. El barrio donde estaba asentado su próspero negocio era ahora lugar de reunión de intelectuales, músicos y artistas porque las familias más acaudaladas habían mudado su residencia hacia Miramar y el Country Club.

En Le Parfum Royal, un palacete blanco de estilo italiano con una gran pérgola en planta baja, se albergaba el negocio de cosmética y, también, la vivienda de las hermanas en la planta alta. En la baja, además del obrador y la rebotica y una escalera que bajaba al sótano donde habían instalado el almacén, había dos saloncitos para tertulias con las clientas, porque el negocio no solo era un comercio sino un punto de información al que mucha gente acudía por no ser menos. Por aquellas salitas se sabía de amores, lícitos o ilícitos, de negocios más o menos turbios, de tráfico de influencias y de cualquier chisme o trapisonda que circulara por la *jet* habanera. Nada era de considerar si no había pasado antes por los salones de las hermanas perfumeras.

—¿Me das fuego, hermana mía? —pidió Martirio sacando un cigarrillo de su pitillera de plata y tomando postura de actriz americana para encenderlo.

—¿Has visto los que están sentados en aquel velador? —preguntó María mientras ponía a trabajar su encendedor.

No solo eran gente del celuloide y las letras los que allí paraban para contemplar desde la loma de Taganana, al extremo de la Bahía de San Lázaro, el celebrado malecón habanero y la fortaleza del Morro, sino tipos mucho menos conocidos, pero sin duda mucho más peligrosos, y eso llevaba años ocurriendo. Los salones del hotel ya habían servido en diciembre de 1946 para la reunión de los capos de las cinco familias mafiosas de Nueva York, a fin de ordenar sus asuntos. Les convocaron Charlie *Lucky* Luciano, el *capo di tutti capi*, y Meyer Lansky, el jefe de la familia judía y principal cerebro financiero de las demás organizaciones mafiosas. Acudieron a la llamada Frank *Primer Ministro* Costello, Albert *Sombrerero Loco* Anastasia, Joseph *Joe Bananas* Bonanno, Vito *Don Vito* Genovese, Giuseppe *Joe Adonis* Doto, por las familias de Nueva York; Anthony *Joe Batters* Accardo, Charles *Gatillo feliz* Fischetti, y Sam Giancana, por las de Chicago; Stefano *Sepulturero* Magaddino, en representación de los amigos de Búfalo; Carlos *Pequeñín* Marcello, por los de Nueva Orleans; Santo *Louie Santos* Trafficante Jr., el *capo* de Tampa, y por las familias judías comparecieron Abner *Longy* Zwillman, de Nueva Jersey, Morris *Moe* Dalitz, de Cleveland, Joseph *Doc* Stacher, de Las Vegas, y Philip *Dandy Phil* Kastel, de Luisiana. Todo un plantel de delincuentes que urdieron en esa tenida cómo poner en jaque al FBI y repartirse el pastel de los negocios prohibidos. Cuba en aquellos años, desde el golpe de Estado que llevó al poder al corrupto dictador Fulgencio Batista, era el patio de atrás de los EEUU porque los intereses norteamericanos, lícitos e ilícitos, gobernaban del todo la isla. Si Batista convirtió a Cuba, con sus amigos *yankees*, en el burdel de los Estados Unidos, el hotel Nacional, la joya de la corona, era el refugio perfecto para todo tipo de negocios, contubernios y exhibiciones de lo que hiciera falta, y los referidos por Martirio debían ser, por las pintas, socios de alguna de aquellas cofradías. Eran cuatro hombres vestidos de manera estrafalaria con camisas floreadas y zapatos con tacón cubano y punteras de piel de cocodrilo que despachaban sus asuntos en la lengua del Dante, mientras otros tres, mucho más jóvenes y corpulentos que vestían de oscuro y llevaban sombrero, gafas de sol y apuntaban un bulto bajo la axila permanecían de pie, cerca de ellos, oficiando de cancerberos.

—Esa gente... con la pinta, paga —reconoció Martirio.

En eso llegaron los cocteles que habían pedido las hermanas.

—Bien fresquitos, como les gusta a mis reinas —dijo el camarero, que atendía por Jairo y siempre se las ingeniaba para atender a las hermanas, mientras les servía las bebidas.

—Muchas gracias, Jairo. Toma..., porque tú lo vales —respondió Martirio dejando un billete de veinte dólares sobre la tapa de mármol de la mesita.

—Las que ustedes tienen, señoritas —agradeció el cubano con una sonrisa dentífrica.

—¿No te le querrás llevar a casa, pendón? —dijo María con retintín; parecía divertida con las insinuaciones de su compañera.

—¿Pero no te has dado cuenta?

—¿De qué?

—De que este monumento es mariquita... Si es que no te fijas, gitana mía; tienes menos sensibilidad para estas cosas que una almeja en invierno.

Las dos rompieron a reír.

En la Cuba de Fulgencio Batista era grande la tolerancia para las prácticas homosexuales masculinas. De hecho, en La Habana, había locales para ese público feliz como La Cuevita, El Gato negro o Los Troncos, donde era muy fácil toparse con famosos *maricones*, tal y como se les decía en la isla, estadounidenses como Errol Flynn, Tennessee Williams, o Montgomery Cliff que se soltaban en La Habana con más libertad que en su tierra. El mercado de la prostitución homosexual masculina, controlado también por las mafias del negocio de los juegos de azar, abastecía sin tapujos a sus clientes, muchos de ellos turistas y militares *yankees*. Pero con la homosexualidad femenina las cosas eran bien distintas porque, dada la inveterada estructura patriarcal y machista de la sociedad cubana, desaparecía la tolerancia cuando el asunto era entre faldas, por eso eran muy pocas las mujeres que se atrevían, ni siquiera en los círculos artísticos e intelectuales, más liberales, a expresar su propia condición lesbiana. Esa y no otra era la razón que había llevado a María y a Angustias a cambiarse el nombre y también el parentesco; para vivir juntas, era más sencillo pasar por hermanas que por amigas y, menos aún, que por pareja y amantes.

Las hermanas se habían citado aquella mañana en el hotel con una de sus clientas, la mujer de un ministro del gobierno de Batista, que les iba a presentar a «unos caballeros de Miami muy interesantes que tienen buenos negocios con mi esposo», les había explicado muy misteriosa. Desde que llegaron a La Habana y abrieron su boutique no habían descuidado tejer una red de relaciones no solo con mujeres adineradas sino también con círculos habaneros de intelectuales y artistas usando para ello sus salones como lugar de encuentro para tertulias literarias y culturales que adornaban su labor comercial. Eso y sus productos, todos venidos de París y muy exquisitos, eran el fundamento de su éxito. Las hermanas Anguita habían conseguido en pocos años ser toda una institución en La Habana.

Lo que nadie sabía, ni podía imaginar, era que estas dos mujeres eran hijas de una peripecia vital que comenzó en España cuando una noche escaparon de Madrid con un coche americano cargado de secretos e ilusiones a la busca de un destino que nunca imaginaron que estaba escrito en aquella isla caribeña.

Cuando la policía madrileña descubrió los cadáveres de un empresario suizo, asesinado de un disparo en la frente, y de su conductor, degollado de un tajo, en un chalet de Aravaca, ellas ya habían abandonado España. La muerte de Hans Tobler, un empresario suizo con intereses en España, y de su asistente, un ciudadano suizo que era mecánico de profesión, se catalogó de inmediato por la Brigada de Investigación Criminal como un robo con violencia con resultado de muerte en el enfrentamiento ante el asalto. Así lo supusieron los inspectores de la BIC por la caja descerrajada de su despacho, por eso supusieron que los autores del asalto eran miembros de una banda especializada, «seguramente extranjera». Para mayor confusión, encontraron tres días después el coche del suizo incendiado a las afueras de Alicante, algo incomprensible.

Lo que nunca sabría la policía española es que María Millán Pruneda y Angustias Fernández Requejo salieron hacia Zaragoza la misma noche de autos, que un control de policía para vigilar el tráfico estraperlista paró su coche, el Hudson robado a Tobler, en el kilómetro 103 de la carretera nacional pero del que las dos mujeres salieron sin problemas gracias a sus pasaportes franceses, a que en su equipaje no había nada que llevara a la sospecha, a su aspecto conservador y que tenían como coartada el regreso a su país. Tampoco sabrían los de la BIC que nunca llegarían a la frontera con Francia; que antes se desviaron para Teruel, hacia Ojos Negros, hasta dar con los tajos mineros donde aprovechando la noche y la escasa vigilancia se hicieron con varios cartuchos de dinamita de los que se guardaban en una caseta y se empleaban para las excavaciones a cielo abierto y que, con ellos, se dirigieron después a la ermita que venía señalada en los planos que obtuvieron de la caja fuerte desplumada. Allí, a los pies del castillo de Peracense, descubrieron enseguida el escondite que Kammler tenía en la ermita soterrada y volaron el acceso a la cripta donde el nazi había depositado la Campana. Tras la explosión quedaba inaccesible el escondite soterrado, cuyo acceso ahora estaba disimulado y protegido por el grueso muro de cascotes que provocó la explosión, de forma y manera que nada indicara que tras aquel mampuesto de piedras se ocultase algo; la explosión había hecho impenetrable el lugar del escondrijo, antes solo disimulado y ahora cegado por el derrumbe. El secreto quedaba protegido porque nada hacía pensar que tras aquel cúmulo de piedras se enterrase nada; la cripta de la ermita permanecería sepultada para siempre; eso pretendía María Millán. Terminada la tarea, cambiaron la ruta hacia la costa mediterránea.

La intención de María era escaparse por mar con todo su equipaje. A tal fin acudieron al barrio de El Carmen, en el puerto de Alicante, un arrabal obrero y pescador de vieja tradición republicana de donde salía a faenar la flota pesquera hacia aguas africanas. No les fue muy difícil alcanzar un arreglo con el patrón de uno de aquellos barcos que además de pescadores eran, casi todos, contrabandistas. Por cuarenta mil pesetas acordaron con él que las llevaría de polizones junto con sus equipajes a Orán, territorio francés en la costa argelina, un tradicional punto de llegada y refugio para exiliados españoles que huyeron, y aún lo hacían, de la represión franquista. Un viaje de más de doscientas millas náuticas hacia la libertad. Parte del contrato era llevar el Hudson a las afueras de Alicante y quemarlo en algún descampado al lado de la carretera a Valencia. Así alcanzaron María Millán Pruneda y Angustias Fernández Requejo el territorio francés.

Durante su estancia en Orán, que duró cinco semanas, la primera en el hotel Le Martinez, del bulevar Clémenceau, y las otras cuatro en una casita baja que alquilaron en un callejón perpendicular a la *rue* Sainte Claire Devile, se aplicaron en resolver asuntos pendientes. María Millán, que no había revelado aún los carretes encontrados en la caja fuerte de Kammler junto a las carpetas de la esvástica, procedió a microfilmar en la soledad de su casa, con la Minox que se llevó a España desde París, el total de los documentos que sustrajo en Aravaca. Al igual que Kammler, utilizó un carrete para cada carpeta y, después, se encargó de revelar ella misma los microfilms para comprobar su calidad y que había trasladado al celuloide el total de la información clasificada. Comprobado eso con todo detalle destruyó las carpetas por fuego en el fogón de la cocina; viajar con aquellos documentos era demasiado comprometido.

A partir de ahí, utilizando sus pasaportes franceses falsificados en París y en Madrid, viajaron hasta Marsella y allí se hicieron con nueva documentación francesa para pasar a Suiza por Ginebra camino de Zúrich.

Mientras las dos mujeres escapaban hacia su libertad, la policía española cerraba el caso del señor Tobler sin haber encontrado ninguna pista que pudiese señalar hacia los asaltantes del chalet. De otra parte, ante el silencio de radio de María Sliva, los servicios del MGB soviético activaron su búsqueda y, ante igual desaparición de Kammler, cuya comunicación con Angleton quedó interrumpida de igual manera, las redes europeas controladas por la CIA, iniciaron igual tarea respecto al alemán, empezando por Londres y Lisboa. Cuando la estación de la CIA en España, camuflada como oficina comercial, cruzó la información que recibía de Langley con lo que obtenía de sus confidentes en la policía española concluyeron que tal vez el suizo asesinado en Aravaca fuera el general Kammler, cosa que atribuyeron de inmediato a agentes soviéticos para hacerse con la información que custodiaba el nazi después de asesinarle. Los servicios secretos soviéticos, ante lo infructuoso de su propia pesquisa, porque nunca dieron con rastro que los llevara a su agente en España, concluyeron justo lo contrario, que la camarada Sliva había sido eliminada por algún servicio aliado para proteger a Kammler, su objetivo. Los dos bloques convergían en algo esencial: eran los otros, los enemigos, los que se habían quedado con el nazi y su misteriosa campana, o le habían eliminado para apropiarse de su tecnología.

Mientras todo eso se cocía en Langley y la Lubianka, María y su compañera se presentaban en el banco Ziegler&Ziegler y gracias al sobre que contenía una clave numérica, CJID-4IPL-G062-O34G, una pequeña llave y los documentos de los que se habían apropiado en el expolio de la caja fuerte del general de las SS, se intitularon a su favor los saldos de lo que aún disponía en el banco, casi cinco millones de francos suizos. Los empleados del banco de Zúrich ya estaban acostumbrados a que el dinero nazi saltara de manos con frecuencia y no pusieron demasiadas pegas esta vez pero, como siempre, a cambio de una jugosa comisión «por gastos bancarios» adujeron. Para esa maniobra utilizaron los nuevos pasaportes franceses que consiguieron en Marsella y donde figuraban como nacidas en Tánger y con ascendencia española. La siguiente estación de su itinerario escapista fue trasladarse a Londres y embarcar allí en el St. Louis, un barco de la British Pacific Steamship Navigation Company, camino de la República de Cuba. Lo más importante de su equipaje eran los dos juegos de microfilms que cada una de ellas custodiaba por separado. El 26 de octubre de 1950 pisaron tierra cubana. Al año de haberse establecido en La Habana ya habían conseguido nacionalizarse como ciudadanas cubanas alegando el arraigo español por apellido, ascendentes y lugar de nacimiento, que figuraban en sus pasaportes franceses, y un pellizco de dinero en dólares americanos para engrasar el trámite burocrático ante la corrupta administración habanera.

Con parte del dinero que la pareja tenía en Suiza compraron la propiedad en El Vedado y así dio comienzo la carrera de las hermanas perfumeras.

Mientras las disimuladas hermanas saboreaban las bebidas, a la espera de la mujer del ministro, una explosión reventó en las cercanías de los jardines del hotel. La deflagración sonó cerca del malecón y los tres de negro sacaron de inmediato las armas de las sobaqueras mientras sus jefes se tiraban al suelo temiendo lo peor; no era inusual que los de su cofradía resolvieran las querellas internas tirando de pistola o dinamita.

María y Martirio, sin embargo, permanecieron serenas, como si esperaran el incidente, como si el asunto no fuese con ellas. Era el día 26 de julio de 1953.

A esa misma hora eran detenidos en Santiago de Cuba, a más de ochocientos kilómetros de allí, al otro lado de la isla, el abogado Fidel

Castro y más de cien de sus camaradas por haber intentado asaltar el cuartel Moncada, la segunda fortaleza militar del país y sede del regimiento n° 1 Antonio Maceo, que estaba protegido por más de mil hombres armados. En la acción, que resultó un fracaso, murieron seis de los asaltantes y cincuenta y cinco más fueron ejecutados por los militares allí mismo y sin juicio. Todos los demás, Castro entre ellos, fueron arrestados por los uniformados leales a Batista.

—Me parece, hermana, que volvemos a la carretera —aventuró María mientras se terminaba el daiquiri como si tal cosa; la antigua agente soviética se imaginaba muy bien lo que estaba pasando.

—¿*On the road again*, gitana mía? —preguntó Martirio, que se había hecho muy bien con el inglés cuando llegó a La Habana y lo usaba siempre que podía, aunque no había perdido el acento de *Graná*.

—*Again!* —sentenció María con una sonrisa de complicidad.

En el malecón sonaron disparos de armas de fuego.

Había comenzado la revolución cubana.